I07511167

A
B

# LA

# DAME BLANCHE

SCEAUX. — IMPRIMERIE E. CHARAIRE

# LA
# DAME BLANCHE

ROMAN INÉDIT

PAR

MICHEL MORPHY

PARIS
H. GEFFROY, ÉDITEUR
222, BOULEVARD SAINT-GERMAIN, 222

Il lui montra les bordes ennemies.

## CXLI

### LA SURPRISE

Les troupes de lord Rosberg et le nouveau corps de débarquement anglais avaient réussi à faire leur jonction, grâce à l'éloignement de la contrée qu'ils avaient choisie pour cela.

Désireux, pour le début de leur nouvelle campagne, de frapper un coup



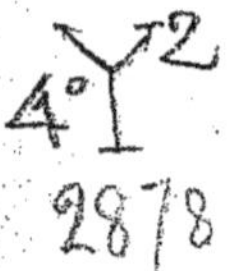



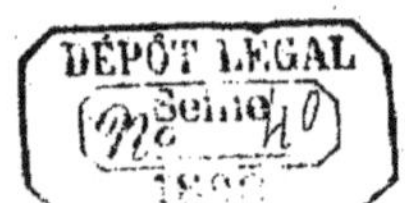

qui produisit sensation, ils envoyèrent une colonne d'enfants perdus dans la région où le chevalier d'Avenel et Mac Sweeny avaient évacué leurs blessés, lors de leur départ précipité pour Édimbourg, après leurs premières victoires.

Les bûcherons qui n'avaient pas suivi l'armée écossaise, ne prévoyant pas une attaque de l'ennemi contre le hameau où se trouvaient les blessés, s'étaient disséminés dans les forêts avant que les froids ne fussent devenus trop intenses.

Après l'écrasement des Anglais et des seigneurs révoltés, ils ne pensaient pas que ces tristes alliés reprendraient de sitôt l'offensive.

En conséquence, ils ne croyaient pas nécessaire de veiller plus longtemps à une défense inutile.

Lord Rosberg savait cela.

Et il n'avait rêvé rien moins que le massacre des blessés qui se trouvaient dans le village.

Ce succès barbare devait, espérait-il, griser ses troupes et frapper en même temps les Ecossais fidèles de terreur.

Un grand nombre de soldats d'Avenel, les moins grièvement atteints, avaient déjà quitté ces contrées hospitalières et rallié la capitale.

Mais parmi ceux que leur état retenait sur la couche d'angoisse, se trouvaient Julien, le fils inconnu du chevalier d'Avenel, et Joë, son vigilant protecteur, son ami, son garde-malade.

La forte constitution du marin avait fini par triompher du mal.

Il aurait pu, comme bien d'autres, quitter ce hameau pittoresque perdu dans les rochers et les bois.

Mais se séparer de Julien?... abandonner son mousse encore si faible?

Il aurait fallu qu'on lui eût changé le cœur pour qu'il y songeât seulement.

Et son corps d'athlète penché sur l'adolescent, il le soignait ainsi que l'aurait fait une véritable mère, épiant chaque jour un peu de mieux sur ses traits.

Lorsqu'un être faible, à l'âge où la nature est encore en état de formation, voit brusquement tarir les sources de la vie, combien alors le rétablissement est lent et incertain!

Et après les premiers symptômes de convalescence, à la suite desquels Julien était retombé plus accablé sur sa couche, que de fois l'ancien marin du *Forwart*, le cœur bien gros, s'était demandé :

— Sera-ce la mort?... ou la vie?...

Après ces longues alternatives d'incertitude et d'espoir, le mal semblait cependant abandonner sa proie.

Joë, assis au chevet du lit de l'adolescent, le considérait, un sourire de confiance sur ses gros traits.

— Mon petit mousse, bientôt je t'emmènerai. Nous partirons pour Édimbourg... Et là nous chercherons ta famille; car, après la secousse que tu viens de passer, être un peu dorloté ne te ferait pas mal.

L'enfant secoua la tête avec découragement.

— Ma famille?... mon bon Joë... C'est toi, toi qui m'as sauvé... C'est le seigneur de Kervien à qui je dois d'être devenu ce que je suis... Ce noble gentilhomme que peut-être ni toi ni moi ne reverrons jamais!... A part vous deux, ne suis-je pas seul au monde?...

Ses mains se nouèrent dans une étreinte nerveuse et désolée.

— Sans famille!... — murmura-t-il d'une voix lente et faible.

Et il retomba dans un morne silence, Joë n'osant troubler sa pénible méditation.

Autour d'eux, le silence était complet; dans le clair matin suspendant des perles de givre fondue aux branches sombres des sapins, le hameau forestier semblait sommeiller encore, tellement tout était calme et paisible...

Tout à coup, une clameur s'éleva, affolée, galopante :

— Les Anglais... Voici les Anglais!

Des bûcherons travaillant sur la limite de la forêt, avaient aperçu sur le versant dénudé d'une montagne une troupe compacte.

C'était la colonne de partisans expédiée par lord Rosberg, afin de surprendre le village et d'en massacrer les habitants, ainsi que les blessés qui s'y trouvaient.

C'étaient les assassins embrigadés, chargés de l'œuvre exécrable qui devait frapper d'épouvante les fidèles patriotes.

Les bûcherons s'étaient rapidement portés au-devant des nouveaux venus par des raccourcis connus d'eux seuls.

Un pavillon au léopard anglais les avait bientôt renseignés.

De là cette clameur d'alarme soufflant telle qu'un vent de tempête dans le hameau tantôt si calme et si paisible :

— Les Anglais!... C'est-à-dire : le meurtre... la destruction!... tout le mal!...

Saisissant aussitôt leurs haches, leurs massues, les bûcherons s'étaient élancés au-devant de leurs adversaires, résolus à défendre leurs foyers.

D'autres, escaladant des sommets escarpés, commençaient à faire rouler sur les envahisseurs des quartiers de rochers, armes de titans faisant jaillir les chairs sous leurs masses pesantes.

Cette brusque offensive des bûcherons avait d'abord déconcerté les assaillants.

Ils n'étaient pas habitués à cette façon de combattre.

Ceux d'entre eux qui avaientassisté à la bataille soutenue par Walter d'Avenel, à sa victoire, en voyant ses hommes vêtus de peaux de bêtes se ruer sur eux, en faisant tournoyer leurs haches au large tranchant, ou leur masses énormes, faisant craquer les têtes comme des billots de bois sous les lourds coin de fer, hésitaient, reculaient.

Et les rangs qui suivaient, crevés, ouverts par les blocs qui roulaient, moissonnant des files entières, flottaient au hasard, tandis que des cris confus, cris d'appel, cris d'alarmes, cris de déroute s'en élevaient déjà.

Les bandits anglais et de toutes nations envoyés par lord Rosberg pour cette sinistre mission avaient marché durant toute la nuit, espérant surprendre le village avant le réveil et en exterminer les habitants dans leurs lits, hommes, femmes, enfants, blessés, semant autour d'eux la mort, puis l'incendie!...

Effroyable et sanglante hécatombe, de sinistre renommée, bûcher monstrueux dont les flammes iraient porter au loin la terreur et paralyser tous les courages.

Mais la difficulté du chemin avait trompé leur espoir. Ils rencontraient la lutte... ils rencontraient la mort!

Ils reculaient déjà... lorsqu'un cri de rage et de douleur jaillit de la poitrine velue des bûcherons.

D'une allée voisine, une autre troupe venait de déboucher.

Les ennemis, afin de terminer plutôt leur affreuse besogne, s'étaient divisés en deux bandes, conduits par quelque traître, — les traîtres maudits pour lesquels le dernier supplice avec mille raffinements est encore trop doux!

Les défenseurs du village n'étaient qu'une poignée, la plupart des bûcherons étant au loin, livrés à leurs rudes travaux.

Se partager en deux phalanges?

Hélas! la partie allait être trop inégale.

Il n'y avait plus qu'une chose à faire, arrêter le plus longtemps possible l'ennemi, tandis que quelques-uns d'entre eux, trop grièvement blessés pour combattre avec fruit, rassemblant leurs dernières énergies, rétrograderaient vers le village pour crier aux blessés, aux vieillards, à tous ceux qui ne pouvaient lutter, de fuir tandis que les frères, les maris, les pères opposeraient leurs poitrines aux envahisseurs.

Joë, en entendant le souffle de la bataille, avait poussé un sourd rugissement.

Saisissant lui aussi une hache du bûcheron, qui allait bien à sa main de marin, il s'était élancé au dehors.

Les bandits n'assassineraient pas Julien... ou lorsqu'il tomberait, ce serait après avoir semé tellement de victimes autour de lui que le trépas de son petit mousse serait déjà vengé.

Les bûcherons blessés eux-mêmes l'arrêtèrent.

— Trop tard, — dirent-ils, magnifiques et effrayants à voir sous leurs dépouilles de fauves aux fourrures rouges de sang caillé. — Ils sont trop, et l'on nous a vendus.

« Fuyez, tandis qu'il en est temps encore. Sauvez l'enfant!

Ces derniers mots firent tomber les bras armés du colosse.

Sauver l'enfant!...

Oui, c'était là avant tout son devoir. C'était la tâche sacrée qu'il avait assumée en accompagnant Julien.

Le bûcheron ensanglanté qui lui parlait, noueux comme les chênes de ses forêts et chancelant comme eux quand la foudre les frappe, — sans les abattre encore, — le saisit par le bras, le conduisit à un endroit d'où l'on apercevait les crêtes des collines.

Et sans un mot de plus, il lui montra les hordes ennemies et la cohorte noire qui s'immolait pour tous.

Ce spectacle était affreux. Il était significatif.

Dans le village, une agitation poignante régnait partout.

Les bêtes de trait, tirées hors des étables, étaient attelés à la hâte aux chariots rustiques où s'empilait tout ce qui tombait sous la main affolée des femmes.

Des vieillards incapables de marcher, ceux des blessés qui étaient restés encore et que l'on pouvait soulever y étaient transportés pêle-mêle.

Des clameurs d'appel, d'angoisse et de malédiction remplissaient le hameau, donnant l'énergie du désespoir aux derniers défenseurs qui résistaient encore, accroissant la fureur des ennemis qui voyaient de loin leurs proies si près de leur échapper.

Quelques-uns, laissant leurs compagnons aux prises avec les bûcherons ayant enflammé des torches faites avec des branchages, s'élançaient vers les maisons, afin d'y jeter l'incendie avant que tous les habitants eussent eu le temps de fuir...

Le feu qui, allumé de tous les côtés à la fois, enfermerait, dans ses crépitantes murailles, ceux qui n'avaient pas encore gagné le large...

L'ancien pirate bondit dans la chaumière où Julien, un rouge factice aux pommettes des joues, les yeux brillants, soulevé sur sa couche, écoutait, la main étendue.

— Joë, — fit l'enfant, — c'est la guerre, n'est-ce pas?... Joë, un pistolet!... la main qui ne peut plus manier l'épée peut encore enflammer la poudre.

— Trop tard! — gronda le colosse. — Et ils sont trop nombreux, les lâches!... Il faut fuir, hélas!

— Fuir!...

L'adolescent avait jeté ce mot avec une expression de honte et de révolte.

— Il le faut, Julien. A moins que tu ne préfères voir ton matelot massacré sous tes yeux.

Il savait, le bon corsaire, que cette parole serait plus éloquente que tout sur l'enfant qu'il voulait sauver.

— Tout est donc ainsi désespéré!... Nous en sommes donc là? — gémit le fils de Walter d'Avenel. — Joë, je t'obéis. Mon épée!

— Ton épée?... Tu es incapable seulement de marcher.

— Joë, le temps presse, dis-tu. Je t'en supplie, attache-moi mon épée. Si je dois tomber, que je tombe en soldat!

L'ancien pirate, ému par cette parole dans laquelle il voyait se révéler toute l'âme de son cher protégé, noua rapidement à la ceinture de l'adolescent l'écharpe à laquelle pendait son épée déjà glorieuse.

Lui-même boucla la sienne, prit du même mouvement ses pistolets.

Et enlevant Julien dans ses bras, il s'élança au dehors.

Devant eux, de longues files d'êtres errants, de chars roulant dans un galop fiévreux, s'enfonçaient déjà dans la forêt.

Comme Joë venait de franchir la porte, un petit groupe d'aventuriers anglais surgit au tournant d'une ruelle.

Avec une clameur furieuse, ils bondirent sur le marin, heureux, dès leur arrivée, de rencontrer déjà des victimes.

Un son rauque et terrible jaillit des poumons du colosse.

Une détonation retentit, lui faisant écho, et une balle envoya rouler à terre celui des bandits qui était le plus proche.

Et se ruant d'un élan foudroyant au milieu d'eux, comme un bélier, comme un Léviathan, les renversant, irrésistible, effrayant, formidable, il s'ouvrit un passage et s'enfonça dans le bois, tenant toujours le fils de Walter d'Avenel serré contre sa poitrine...

## CXLII

### DESTRUCTION

Un instant après, les flammes enveloppaient le hameau.

Les maisons, construites en bois pour la plupart, au toit de chaume, offraient un aliment facile à l'incendie.

Quelques retardataires, affolés, couraient, hagards, au milieu de l'immense, de l'horrible foyer.

Les partisans les repoussaient avec leurs piques au milieu des flammes, chaque fois qu'ils tentaient d'en sortir, quel que fut leur sexe et leur âge.

Et les malheureux, cherchant des issues où partout ils rencontraient les mêmes obstacles inhumains, la même barrière formée de soudards féroces, tournoyant au milieu des langues de feu et de fumée, tombaient un à un avec des convulsions affreuses.

Des cris déchirants sortaient de quelques-unes des maisons.

Ils étaient poussés par des blessés ou des malades, heureusement peu nombreux, que l'on n'avait pas eu le temps d'arracher au fléau.

Mais leurs clameurs n'en étaient peut-être que plus poignantes, plus atroces à entendre, car elles permettaient de suivre l'agonie de chacun.

Et les aventuriers, pareils à une bande de démons déchaînés, leur répondaient par d'abominables hourras et ils dansaient autour du monstrueux bûcher !...

Grâce à leur écrasante supériorité numérique, ils avaient fini par avoir raison de la poignée de bûcherons qui s'étaient jetés devant eux.

Héroïques victimes, les forestiers s'étaient sacrifiés pour permettre aux habitants du village de fuir.

Et couchés sous le grand ciel triste, les cadavres ennemis sur lesquels ils étaient tombés attestaient leur vaillance.

Mais la fureur d'avoir rencontré une telle résistance avait exaspéré les assaillants et déchaîné tous leurs mauvais instincts, et ils accomplissaient, certes, comme ils ne savaient que trop le faire, la mission atroce qui leur avait été donnée.

Lord Rosberg avait choisi des coureurs de route sans foi ni loi pour cette lâche besogne.

Il était bien servi !

Et ces émissaires auraient en effet le droit de dire que leurs torches incendiaires n'avaient laissé que la ruine et la désolation où, quelques heures auparavant, s'épanouissait la vie.

Mais s'ils se montraient sans pitié envers ceux qui n'avaient pas eu le temps de fuir, ces bandits enrégimentés n'avaient cependant pas réussi à faire autant de victimes que leur chef l'avait espéré.

Les habitants du village continuaient à s'enfoncer dans les bois épais et touffus, dont les masses puissantes s'élevaient sur les pentes des montagnes, traversées autrefois par l'armée du chevalier d'Avenel.

Les ennemis n'osaient pas les y poursuivre.

Ils craignaient de s'y heurter aux autres bûcherons du village.

Avertis par les clameurs d'alarme, ceux-ci avaient peut-être quitté leurs chantiers éloignés, et, nombreux et résolus, ils feraient payer cher aux aventuriers leur trop facile triomphe.

La lutte serait autrement redoutable en face de nombreux combattants résolus à venger la destruction de leurs demeures, le massacre de leurs amis, de leurs parents.

La lamentable caravane prolongeait donc entre les méandres de la forêt sa longue file éplorée, sans être inquiétée.

Vers le milieu du jour, cette masse d'êtres désormais sans foyer campa au milieu d'une clairière.

Des vieillards placés en sentinelle montèrent sur des pointes de rochers afin de signaler l'approche de l'ennemi.

Mais, craignant un juste et farouche châtiment de leur férocité, les aventuriers attendaient de s'être reposés pour battre en retraite et rapporter le récit certainement exagéré de leurs honteuses prouesses.

Durant ce temps, quelques femmes hardies, de ces plébéiennes courageuses et fortes comme en a produit plus d'une fois la vieille race gauloise qui peupla l'Europe occidentale du détroit de Gibraltar au dernier rocher de l'Écosse, — cette race écrasée, décimée, détruite en Angleterre par les Anglo-Saxons partis des forêts de l'Allemagne, — quelques forestières au cœur résolu, disons-nous, avaient marché de l'avant, allant avertir les bûcherons dans les retraits lointains où leurs cognées terrassaient les chênes centenaires.

La nuit âpre et froide tombait lorsque les coupeurs de bois prévenus furent réunis dans le lamentable campement.

Des feux brûlaient tout autour de la vaste clairière.

Auprès de ces foyers, plus d'une mère, plus d'une épouse, plus d'une fiancée gémissait et pleurait...

— Les tombes sont prêtes, confions à la terre ceux qu'elle attend.

Hélas! on avait pu compter ceux, — et celles aussi! — qui manquaient à l'appel.

Rassemblés au centre, les chefs des bûcherons discutaient tristement.

Leur hameau, détruit par l'incendie, ne pourrait plus les abriter.

D'autre part, obligés de s'en éloigner pour se livrer à leur rude

labeur dans cette saison de l'année, les forestiers seraient, de même qu'aujourd'hui, incapables de le défendre.

A quoi bon, en ce cas, aller le disputer aux ennemis barbares qui s'en étaient emparés par surprise?

Le nombre de ceux qui restaient ne serait pas de trop pour soulager la détresse de toute cette population chassée de ses foyers; pourquoi exposer inutilement des existences précieuses?

— Il nous faut gagner le rocher de l'Aigle, — déclara un vieillard. — Les pentes en sont presque inaccessibles. Cinquante hommes y tiendraient tête à une armée. En outre les forêts qui en couvrent les flancs, depuis longtemps inexploitées, permettront aux travailleurs de se livrer à leur besogne, tout en restant à portée du premier cri d'appel

— L'ancien a raison, — répétèrent les chefs. — Oui, au rocher de l'Aigle!...

Il fut convenu que, le lendemain, une reconnaissance serait envoyée du côté du hameau détruit afin de relever et de rapporter, s'il était possible, les cadavres des braves tombés dans l'engagement du matin.

Puis, leurs tombes creusées dans la clairière où la caravane campait pour le moment, on se mettrait en route pour la région déserte qui allait devenir leur nouvelle patrie.

Joë, assis tristement sur une pierre près d'un feu alimenté de branches résineuses, considérait Julien couché à terre assez loin des flammes pour en recevoir sans danger la chaleur.

Sans qu'il se doutât que la fatigue existait pour lui, l'ancien pirate l'avait porté dans ses bras durant tout le trajet.

Arrivé dans la clairière, il avait ramassé des feuilles sèches, de jeunes pousses de sapin, et en avait formé un lit.

— Voici pour toi, mon petit mousse, — avait-il dit au fils inconnu du chevalier d'Avenel.

— Joë, Joë, — repartit l'adolescent, — comment reconnaitrai-je jamais ton généreux dévouement!

Tandis que l'adolescent, ému par tant de prévenance touchante et vraie, manifestait ainsi sa reconnaissance, le marin s'était baissé pour le soulever.

— Laisse-moi, — avait dit l'enfant honteux de sa faiblesse.

Et s'appuyant sur son bras débile dont la chair s'était comme fondue au cours de son incomplète convalescence, il était allé tomber sur la couche préparée par le bon géant.

A cette heure de nuit, le marin, oubliant le sommeil, veillait encore sur lui.

Il n'avait pas qualité pour aller assister au conseil tenu par les bûcherons.

Aussi, modestement, s'abstenait-il.

On l'aurait cependant écouté avec déférence : mais que lui importait tout ce qui n'était pas l'enfant?

Julien, étendu sur son lit de feuilles mortes, fixait sur la nuit ses yeux dilatés par le surcroît de fièvre causé par les affreuses émotions et la fatigue de ce jour...

Puis, ses paupières s'abaissèrent lentement, restèrent closes.

— Il dort, — pensa Joë avec une pitié attendrie. — Le sommeil bienfaisant l'a repris. Puisse le rêve lui donner au moins l'illusion du bonheur!... Pauvre petit gars!

Lorsque le jour reparut, gris, terne, plus glacé encore que la nuit, une escouade de bûcherons redoutablement armés reprit le chemin du village.

Un chariot traîné par des bœufs les suivait.

Attentifs, sondant l'étendue devant eux, après plusieurs heures de marche, ils arrivèrent enfin là où la veille encore s'élevait, rempli d'animation et de joie sereine et forte, le hameau où ils avaient reçu le jour... où leurs ancêtres avaient vu se fermer leurs yeux.

Hélas! tout cela n'était plus maintenant qu'un souvenir... ce n'était plus que quelques mornes débris, quelques monceaux de cendres encore chaudes.

A cette vue, des larmes lourdes et brûlantes coulèrent sur plus d'une joue hâlée...

Ah! si les êtres maudits, auteurs de cette désolation, de cette profanation avaient été là, l'indignation et la colère leur auraient fait oublier la disproportion de leur nombre.

Mais, pareille aux bêtes de proie qui, leur coup fait, se terrent de nouveau, la horde sanguinaire s'était empressée de disparaître, une fois son sinistre exploit accompli.

Imposant silence à leur douleur, les bûcherons se dirigèrent alors vers l'endroit où une poignée d'entre eux, héros sacrifiés, avaient arrêté longtemps les lâches aventuriers.

Ils y trouvèrent leurs cadavres encore étendus sur ceux des ennemis abattus par leurs coups.

Les bandits de lord Rosberg, marchant sous la bannière de Somerset, — redoutant l'attaque des bûcherons, et se sentant mal à l'aise dans ces contrées sauvages, loin de tout secours, — s'étaient hâtés de regagner le chemin de la côte, sans prendre même le temps d'ensevelir leurs morts.

Les forestiers couchèrent les corps de leurs amis sur le chariot qu'ils avaient amené.

Et ayant prononcé des paroles d'éternelle malédiction sur les cadavres des bandits, ils s'en retournèrent, laissant leurs dépouilles justement abhorrées se décomposer lentement sous le ciel immuable et servir de pâture aux fauves de la nuit.

Quelques débris informes, pieusement recueillis sous les décombres fumants du hameau, furent ajoutés à leur triste convoi.

Et après un adieu émouvant aux ruines dont l'abandon leur déchirait le cœur, ils reprirent, mornes et accablés, le chemin du campement.

Durant leur absence, des tombes avaient été creusées.

Lorsqu'ils reparurent, lorsque les cadavres lentement sortis du chariot eurent été, un à un, couchés sur le gazon, un douloureux concert de lamentations s'éleva... La douleur des enfants, des veuves, des ancêtres, ravivée par la vue de ceux qui leur étaient ravis, faisait peine à voir.

— Allons, les hommes, — dit le vieillard qui, la veille, avait fait adopter le rocher de l'Aigle comme nouveau refuge des fugitifs, — mettre un terme à l'excès de douleur de ces infortunés sera une bonne œuvre.

« Les tombes sont prêtes, confions à la terre ceux qu'elle attend.

Les bûcherons s'approchèrent pour procéder alors à l'ensevelissement de leurs amis.

Mais des mères, des épouses se jetaient sur les dépouilles de ceux qu'on voulait leur ravir, les enveloppant de leurs bras, voulant au moins les garder quelques heures de plus.

Le fils de Walter d'Avenel, dressé sur sa couche, pâle d'émotion, considérait ce douloureux tableau.

— Ah ! — murmura-t-il, — venger un jour ces infortunés, punis pour l'hospitalité qu'ils nous ont accordée !

. . . . . . . . . . . . . . . . . . . . . . . . . . . .

Les tristes funérailles étaient cependant accomplies.

La nuit redescendait, lourde et désolée, sur le morne campement dont quelques sanglots rompaient seuls le silence accablé.

Au jour, avaient décidé les chefs, après un dernier adieu aux tombes encore fraîches, on quitterait ces lieux remplis de trop accablants souvenirs...

Au jour, l'on allait s'enfoncer plus loin, plus haut dans les forêts.

## CXLIII

### DÉPART

ACCOMPAGNER les bûcherons dans leur exode?... Subir avec eux toutes les vicissitudes que devait rencontrer la fondation d'un nouveau village?... Cela paraissait à Joë au-dessus des forces de son petit mousse.

Il s'était informé auprès de leurs compagnons d'infortune.

Le rocher de l'Aigle était une montagne glacée aux versants incessamment fouettés par le vent âpre de l'hiver.

Le soin de leur sécurité, la proximité de forêts profondes où ils pourraient s'adonner à leur profession tout en restant à proximité de leurs demeures obligeaient les bûcherons à aller s'y établir.

Mais quel séjour affreux pour un blessé, pour un malade, aussi faible que l'était Julien.

— Attendre sous une tente de peaux de bêtes la construction d'une chaumière pour s'y abriter?... — murmurait Joë. — Le pauvre sera mort de misère et de froid auparavant!...

Et serrant son front dans ses mains:

— Non! — se répétait-il, — tout plutôt que cela! Oh! je le sauverai. N'ai-je pas répondu de lui?....

Une inspiration venait de germer dans son esprit.

Le capitaine Mac Sweeny avait remis à Julien une croix de la part du chevalier d'Avenel.

Il lui avait dit qu'il n'aurait qu'à représenter ce joyau à Walter d'Avenel, et que celui-ci lui ouvrirait sa maison, l'accueillerait comme un fils.

Eh bien! ils allaient se rendre là où était le manoir du chevalier; Julien montrerait son talisman et il trouverait enfin un abri où il pourrait achever de se rétablir.

— Oui, là est le salut, — conclut le marin.

Entrevoyant dès ce moment l'avenir sous des couleurs plus rassurantes, il alla retrouver l'adolescent, et il lui exposa le projet qu'il venait de former.

— La température est plus douce dans la plaine que dans ces régions élevées, — expliqua-t-il. — Le voyage y sera moins pénible pour toi qu'à travers ces chemins à peine frayés où les roues des chariots cahotent à tout instant sur des souches, des racines noueuses. Il ne sera guère plus long...

Et comme l'enfant ne répondait pas, résigné à son sort :

— Là-haut, vois-tu, sur ces rochers dénudés, le froid te tuerait. Et que deviendrait ton matelot, tout seul, sans un ami, sans personne?... Il ne me resterait plus qu'à aller me faire massacrer pour mettre fin à mes remords, car il me semblerait toujours que c'est moi qui t'aurais laissé mourir.

— Tais-toi, Joë. Ne sais-je pas que tu es le dévouement même? Si j'existe encore, va, c'est bien à toi que je le dois.

Et un découragement affligé se répandit sur ses traits décolorés :

— Hélas! comment entreprendre le long voyage dont tu parles? Tu m'as porté jusqu'ici. Mais j'ai vu combien tu étais épuisé. Je ne consentirais pas à ce que tu recommences une pareille épreuve. Tu succomberais à la deuxième étape, mon pauvre ami.

Un sourire illumina la grosse figure de l'ancien pirate.

— Aussi ai-je pensé à autre chose, et ce sera pour toi un voyage aussi doux qu'un bercement. Consens seulement à ce que je te conduise au château du chevalier d'Avenel. Le reste me regardera.

A ce moment la physionomie grave et mélancolique de Walter, telle qu'on la lui avait dépeinte, reparut devant le souvenir de l'adolescent.

— S'il me repoussait!... — murmura-t-il.

Cruelle incertitude!... L'enfant se demandait si le seuil du château habité par son père, par la mère dont il avait souvent imploré le nom ne se fermerait pas devant lui!...

Joë écarta doucement le vêtement de son protégé, montra la croix d'or et d'argent.

— Le talisman, — répéta-t-il.

— Tu es le maître, Joë, — répondit alors le blessé. — Je t'obéirai.

Le marin, ayant obtenu l'assentiment de Julien, se rendit au milieu des bûcherons qui délibéraient sur l'ordre dans lequel allait s'effectuer leur départ.

— Je vais me séparer de vous, ainsi que Julien, mon jeune ami, — leur annonça-t-il. — Le voyage serait trop rude pour lui. Mais ni l'un ni l'autre nous ne vous oublierons jamais.

« Un peu plus tard, quand Dieu le voudra, nous irons vous voir sur le rocher de l'Aigle.

— Tu parles de t'en aller, compagnon, — fit observer le vieillard qui avait fait décider l'exode de la malheureuse tribu, — comment pourras-tu le faire avec un pauvre blessé ?

— Les chariots, les bœufs que vous conduisez vont gêner quelques-uns d'entre vous sur les montagnes abruptes, arides, sans pâturages dans lesquelles vous vous rendrez. J'achèterai un de ces attelages.

— Va donc! — reprit le vieillard. — Tu as raison ; car les épreuves qui nous attendent sont en effet bien cruelles.

Après une minute de silence général, il ajouta :

— Mais si les ennemis te barrent la route, si tu rencontres trop d'obstacles en face de toi, reviens vers nous, ami ; nous vous recevrons toujours comme des amis, comme des frères.

Joë voulut essayer de répondre aux paroles affectueuses du vieillard : mais il ne sut que lui prendre les mains et les serrer, — une étreinte de colosse dans laquelle il mit tout son cœur, si simple et si grand.

Un instant après, le marin avait fait l'acquisition d'un char rustique, aux roues solides et trapues.

Quatre bœufs fauves aux cornes recourbées, à l'œil doux, y étaient attelés...

Julien possédait encore la plus grande partie de la somme que lui avait remise le seigneur de Kervien avant leur séparation sur les côtes de l'Angleterre.

Dans la détresse qui venait de fondre sur les malheureux forestiers, celui d'entre eux à qui Joë s'était adressé pour l'achat de ce rustique équipage avait été heureux de cette transaction.

Le marin acheta aussi des peaux de bêtes, et assujettissant des branches flexibles au-dessus du char, il les recouvrit d'un toit formé de plusieurs rangs de pelleteries.

De la sorte, Julien y serait abrité contre le froid et la pluie.

Plusieurs bûcherons, témoins de ces soins attendrissants, oubliant leurs propres souffrances, voulurent l'aider.

Ils avaient appris à estimer Joë, et ils s'étaient pris aussi à aimer Julien pour sa grande jeunesse, pour sa douceur affligée, et pour l'héroïsme qu'il avait montré.

— Laisse-nous nous joindre à toi, — dirent-ils au marin. — Cela nous consolera de savoir que ton jeune ami aura ainsi moins à souffrir...

D'énormes brassées de feuilles mortes, bien sèches, odorantes, de fines bruyères formèrent bientôt, sur le chariot, une couche épaisse et très douce, grâce à laquelle Julien ne souffrirait presque pas des cahots de la route.

SCEAUX IMP. CHARAIRE

Ainsi que l'avait dit Joë, son petit mousse ne sentirait guère qu'un mouvement berceur.

Joë, presque radieux, conduisit alors l'attelage ainsi aménagé auprès de Julien.

— Voici notre berline de voyage, — dit-il. — Allons, mon mousse, c'est l'heure de partir.

Les bûcherons achevaient en effet eux-mêmes leurs préparatifs.

L'ancien pirate se baissa pour soulever Julien dans ses bras.

Mais l'enfant secoua la tête.

Et s'appuyant seulement sur son épaule, il se mit debout dans un effort de volonté.

Les forestiers, délaissant leur morne besogne, s'approchèrent.

L'enfant blessé allait les quitter : ils voulaient lui dire adieu.

Julien étendit sa main pâle vers eux; ses grands yeux, brillant d'un éclat douloureux, mais dans lesquels semblait scintiller son âme, parcoururent leur cercle ému,

— Le sort nous sépare, — dit-il, — après nous avoir réunis.

« J'ai trouvé longtemps un abri sûr parmi vous. Du fond du cœur, merci, merci à tous! »

Il prononça le nom de la femme dont il avait partagé la chaumière, pour l'assurer de sa reconnaissance particulière.

Et tandis que, oubliant son malheur personnel, elle l'embrassait, des larmes d'attendrissement dans les yeux, l'enfant cherchait sa main

Véritable gentilhomme, dans le sens élevé de ce mot, à l'insu de tous, il y glissa un peu de cet or qui atténuerait sa détresse.

Joë à ce moment le sentit chanceler; le courageux enfant était à bout de forces...

Le marin n'eut que le temps d'ouvrir les bras, et Julien y tomba, tandis qu'une crispation de douleur, de désespoir surtout, tirait ses traits.

Le colosse le serra doucement contre sa poitrine et l'emporta vers le chariot, où il l'étendit sur l'épaisse et odorante couche qui s'y trouvait entassée...

Des femmes apportèrent alors des provisions afin que les deux voyageurs n'eussent pas, s'il était possible, à souffrir de la faim durant leur longue et périlleuse étape.

Et cependant, les vivres étaient rares pour ceux qui restaient au campement et qui allaient bientôt se diriger vers les montagnes boisées, au milieu desquelles, solitaire et nu, s'élevait le rocher de l'Aigle.

Les bœufs, sous le joug, grattaient le sol de leur sabot fourchu, comme s'ils eussent été impatients de marcher.

Julien étendit sa main pâle vers eux.

Joë serra les mains de ceux qui étaient le plus près de lui, fit entendre un dernier adieu et toucha les bœufs de son aiguillon.

— Que les bons génies vous conduisent, — répondirent les montagnards.

Julien s'était opposé à ce qu'on laissât retomber le rideau qui formait l'arrière du chariot.

Et soulevé sur le coude, de sa main restée libre, il faisait encore des signes d'adieu et d'amitié à ceux dont ils se séparaient.

Il balbutia :

— Merci de tout cœur !

« Courage, bonnes gens !

» Et au revoir... en de meilleurs jours !

Il entendit une dernière fois l'écho lointain des vœux formés par ces braves travailleurs, puis ils cessèrent de parvenir jusqu'à lui, il cessa d'apercevoir les bûcherons.

— Adieu... amis !

Le chariot venait de disparaître à un coude du chemin, le ramenant vers le village incendié, où il leur fallait passer pour gagner la région des basses terres...

Durant ce temps, les forestiers, rappelés à leur pénible situation, se remettaient à leurs préparatifs.

Leur caravane s'était bientôt formée.

Encadrée par les hommes, la hache de labeur et de combat à l'épaule, elle s'ébranla, se dirigeant, lente, morne, silencieuse, vers la triste contrée, où les envahisseurs ne viendraient sans doute pas les chercher dans leur suprême refuge de misère.

Et il ne resta plus que des tombes fraîches dans la clairière où quelques feux achevaient de mourir, cendres froides bientôt, emblèmes de la destinée de ceux dont les dépouilles, seules, habiteraient désormais ces tristes solitudes.

Telle est la destinée !

## CXLIV

### JOUR D'ESPOIR

Julien était retombé sur sa couche, emporté au pas lent des bœufs : Joë avait eu raison; il sentait à peine les cahots, adoucis par le lit épais sur lequel il était étendu.

Mais il était loin de songer à son bien-être.

Une morne tristesse l'accablait.

La lugubre misère des bûcherons dans l'intimité desquels il avait vécu depuis sa blessure lui montrait la vie sous un jour noir et funèbre.

Il avait obéi à Joë en consentant à le suivre, mais envahi d'un immense découragement, il se disait qu'ils avaient sûrement entrepris pour rien ce morne voyage.

Ils ne trouveraient aucun abri, dans les villages forestiers situés aux confins de la plaine, l'ennemi les ayant vraisemblablement ruinés et détruits avant de venir attaquer ce dernier hameau.

Leurs provisions s'épuiseraient bientôt, et que deviendraient-ils alors, dans un pays battu par les troupes étrangères?

Joë cheminait à côté de l'attelage, et c'était un spectacle touchant que cet ancien coureur de mers, longtemps habitué à manier la hache ou le sabre d'abordage, un aiguillon à la main aujourd'hui, à côté de ces grands bœufs paisibles.

Cependant le soldat veillait toujours en lui.

L'œil au guet, sondant l'épaisseur des bois autour de lui, il avançait, sa lourde épée au flanc, s'étant assuré que ses pistolets étaient prêts à servir...

Les bûcherons retournés le jour précédent en reconnaissance au village incendié n'y avaient, il est vrai, plus découvert d'ennemis.

Tout indiquait que, leur attentat réalisé, ces derniers avaient réellement battu en retraite.

Savait-on cependant si quelques traînards en quête d'aventures n'étaient pas restés en arrière, battant la campagne, à la recherche de quelque nouveau pillage?

Aucune précaution n'était de trop, puisqu'il fallait quand même repasser par le hameau détruit avant de prendre le chemin qui conduisait vers la plaine lointaine.

Mais le sentier qu'ils suivaient traversait pour le moment un large espace découvert : rien d'inquiétant n'apparaissait.

Joë laissa le chariot le dépasser afin de voir par l'ouverture laissée entr'ouverte à l'arrière si Julien, bercé par le roulement sourd du véhicule, s'était endormi.

Il l'aperçut, adossé contre les charpentes du rebord, ses yeux profonds fixés au loin comme s'il voulait lire dans les cieux.

— Tu ne reposes donc pas ? — gronda doucement le matelot.

— Comment le pourrais-je, Joë, alors que tu fatigues et que tu peines.

— Bast ! — repartit le matelot avec une feinte gaîté, — lorsqu'on a été enfermé comme moi pendant des années entre les quatre planches du bordage d'un navire, on n'est pas fâché de se dérouiller les jambes. Allonge-toi donc, mon petit moussaillon ; tu me donneras des nouvelles du matelas que je t'ai préparé.

Julien s'étendit, et aux bourdonnements qui vinrent battre son pauvre crâne, il comprit qu'il avait encore, en effet, besoin de nombreux ménagements.

Le marin était allé reprendre sa place à la tête de l'attelage, et ils marchaient depuis plusieurs heures lorsque les bœufs s'arrêtèrent.

— Qu'y a-t-il ? — interrogea la voix faible de l'enfant.

Joë s'était rapproché.

— Attends-moi là sans inquiétude ; nous sommes en vue du hameau ; avant de nous approcher davantage, j'y vais faire un tour, par simple prudence.

« Voici l'aiguillon, si tu entendais du bruit, tu n'aurais qu'à piquer les bœufs, et à leur faire reprendre en toute hâte le chemin du campement que tu connais.

Le brave matelot ne disait pas que, dans ce cas, il lutterait jusqu'à la mort, ainsi qu'il l'avait résolu, pour donner à son petit mousse le temps de se mettre hors de portée.

Il s'éloigna à grands pas.

Arrivé en face des ruines, il n'aperçut que leur désolation.

Sous les rares débris de toits qui étaient restés debout, aux environs, nulle part, aucune trace d'être humain.

C'était bien le désert et la mort.

Le matelot se hâta de revenir sur ses pas.

Sur le devant du char, de loin, il aperçut Julien.

L'adolescent avait trouvé moyen de se mettre debout, et ayant rejeté l'aiguillon, c'était son épée nue qu'il tenait à la main.

Lui aussi, si l'ennemi venait à se montrer était résolu à mourir.

Un instant après, ils arrivaient dans le hameau.

A certains endroits, un peu de fumée s'élevait encore du milieu des décombres.

Julien considérait ce morne spectacle avec une affliction muette et profonde.

Depuis son enfance, ou plutôt depuis ce qu'il se rappelait vaguement de son enfance, tout ne lui apparaissait qu'à travers un voile de deuil et de tristesse.

Ces restes d'incendies évoquaient en lui le souvenir confus d'autres incendies, ces ruines lui rappelaient d'autres ruines. Mais tout cela était vague, incertain, brouillé.

Et après un effort douloureux pour préciser ses souvenirs :

— Non, — fit-il en passant sa main sur son front, — je ne me souviens plus.

En présence de certains faits qui le remuaient profondément, l'infortuné avaient ainsi des retours instinctifs vers le passé, vers son enfance : il lui semblait qu'une clarté allait luire soudain pour lui.

Mais l'obscurité qui avait enveloppé la mémoire de ses premières années, depuis la grave blessure qu'il avait reçue à la tête jadis, sur le *Forward*, l'envahissait bientôt plus épaisse.

Il en était de même à cette heure.

Joë avait conduit l'attelage dans une prairie voisine. Les bœufs avaient besoin de nourriture et de repos.

Il sentait cependant le péril d'une station prolongée aussi près du village.

Les bandits de lord Rosberg et de Somerset en connaissaient à présent le chemin :

Ne risquaient-ils pas de reparaitre?

Aussi, dès que les grands bœufs roux furent suffisamment reposés, il les remit sous le joug, et l'on repartit.

Délaissant la route ordinaire, il s'enfonça dans les forêts à l'ouest, par un sentier que les bûcherons lui avaient indiqué, s'éloignant de la mer, car c'est de ce côté qu'étaient arrivés les envahisseurs.

Bercé insensiblement par le roulement sourd du chariot, Julien avait fini par s'endormir...

Lorsqu'il se réveilla, reposé, réconforté, le véhicule glissait doucement sur une large pente.

Au loin, devant lui, les plaines et les ondulations de l'Ecosse s'étalaient comme une mer lointaine, sous les rayons d'un soleil inclinant peu à peu vers le couchant.

Le ciel brumeux, les jours précédents, tout à coup dégagé, montrait un horizon d'une pureté infinie.

Etait-ce un joli été de la Saint-Martin, — comme le disait à peu près à cette heure Marguerite, la gracieuse fleur d'Ecosse, au chevalier d'Avenel ?...

Marguerite, que Julien ne connaissait pas !

Le fils inconnu de Walter, à la vue de cette clarté apparaissant à son réveil, devant l'étendue immense des terres de sa patrie, sentit une effusion puissante et salutaire envahir son cœur.

— Regarde, Joë, — cria-t-il à son guide avec un enthousiasme soudain. — Ne dirait-on pas que l'avenir nous sourit et nous appelle?

Et après une longue contemplation :

— C'est à toi que je dois la joie que j'éprouve. C'est toi qui as voulu ce voyage. Toi, mon ami fidèle, mon protecteur et mon soutien !...

Un sourire s'épanouissait sur les traits du marin.

L'insecouable tristesse qui, depuis si longtemps, s'était emparée de son petit mousse venait enfin de faire place à un peu de joie.

Et la joie, c'était de la force, c'était de la vie.

Mais la nuit allait bientôt venir.

Du lieu où ils se trouvaient, l'ancien pirate avait pu étudier les environs...

A plusieurs lieues à la ronde, aucun indice d'êtres humains n'avait frappé son attention.

Les deux voyageurs se trouvaient pourtant encore dans la région parcourue, quelques jours auparavant, par la bande de Somerset ; aussi prit-il ses précautions en conséquence.

Avant la chute du jour, il arrêta l'attelage qui portait Julien au pied d'un rocher à pic, de façon à ce qu'ils ne pussent être attaqués par derrière.

Tandis que les bœufs, détachés, broutaient les fougères poussées entre les rochers, Joë, abattant des arbustes épineux, en formait un rempart devant le chariot.

— Maintenant, — dit-il joyeusement, lorsqu'il ne resta plus qu'un étroit passage facile à fermer, — vingt hommes peuvent venir, je ne les crains plus.

Il alluma alors du feu avec des branches mortes et charria de grosses pierres tout autour du foyer.

Les deux voyageurs avaient fait un repas frugal et substantiel, la joie qui avait ranimé Julien ce soir-là, lui avait redonné un peu d'appétit.

La nuit tombait.

L'ancien pirate prit quelques-unes des lourdes pierres qu'il avait fait chauffer, et les porta dans le chariot, les disposant aux pieds et sur les côtes du blessé.

— De la sorte, tu n'auras pas froid, — dit-il simplement.

L'adolescent ne répondit que par un regard de reconnaissance...

Rien, dans le dévouement exquis du marin, ne pouvait plus le surprendre!...

Joë fixa alors soigneusement les pelleteries fermant les issues du chariot.

Son petit mousse serait là comme dans une chambre bien close et n'aurait pas trop à souffrir...

Afin que les flammes, vues de loin la nuit, ne vinssent à attirer l'attention, il éteignit le feu, alla chercher les bœufs qui ruminaient, allongés, et les parqua dans son enceinte improvisée.

Et, ayant fermé le passage resté libre, il s'étendit au dehors sur la terre chaude, afin de prendre une heure ou deux de sommeil.

Malgré les instances de son jeune compagnon, il en avait décidé ainsi, afin de passer le reste de la nuit à veiller et être toujours prêt à tout événement.

Mais la destinée clémente voulut leur accorder une première nuit de calme et de réconfortant repos.

. . . . . . . . . . . . . . . . . . . . . . . . . . . . . .

. . . . . . . . . . . . . . . . . . . . . . . . . . . . . .

. . . . . . . . . . . . . . . . . . . . . . . . . . . . . .

Le reste de leur voyage s'accomplirait-il aussi pacifiquement?

Leurs épreuves étaient-elles donc terminées?...

Espérons-le :

Le vent qui a manqué faire sombrer le navire, ne le conduit-il pas ensuite vers le port?...

Leur caravane était bientôt formée.

## CXLV

### L'HEURE ROUGE !

Les deux voyageurs s'étaient remis en route.

Le char rustique traversait un plateau dénudé.

La stérilité avait marqué ce coin de terre de son sceau désolé : pas un arbre, pas un buisson. A peine quelques touffes d'herbes épaisses et rudes.



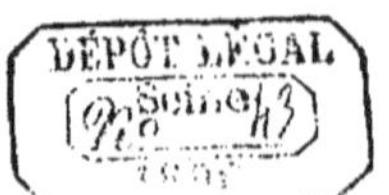

L'ancien pirate et le blessé, partis dès la pointe du jour, avaient dû faire halte un moment sur ce plateau lui-même.

Les bœufs, fatigués, avaient broyé difficilement les lames coupantes de cette herbe amère et âcre qui seule y végétait.

Pas d'eau pour étancher leur soif.

Pas un sentier !

Joë avait en effet quitté la région forestière et le chemin qui y existait.

C'est qu'il avait relevé les signes évidents d'un campement récent.

Quels étaient ceux qui venaient de passer là ? Étaient-ce des amis ou des ennemis ?

Le cœur soudain rempli d'angoisse, il avait montré à Julien les feux éteints, les restes de repas indiquant le passage d'une troupe nombreuse.

— Voici le danger, — avait-il dit.

Conduisant le chariot au milieu de fourrés où il devait demeurer invisible, il avait alors cherché une éminence du haut de laquelle il pût voir au loin.

Au milieu des masses touffues des arbres, il lui était impossible d'apercevoir ceux qui avaient passé là avant eux.

Mais il distingua, à une certaine distance, une plaine découverte.

Continuer à suivre le chemin, c'était risquer à chaque pas de tomber sur les hommes qui se trouvaient devant eux.

D'autre part, circuler sous les bois, hors des routes frayées, était totalement impossible.

— Nous n'avons qu'un moyen de salut, — avait-il confessé à Julien, — c'est d'atteindre la plaine que je viens d'apercevoir. Une fois là, nous avancerons rapidement et peut-être trouverons-nous de ce côté quelque hutte, quelque village où l'on nous dira quels sont les hommes qui sont passés ici avant nous, et qui, tout l'indique, doivent avoir été détachés d'une troupe armée.

S'ouvrant un passage à la hache, Joë était parvenu, au prix d'énormes fatigues, à atteindre cette plaine, ce plateau.

Et ils s'y étaient engagés.

Le milieu du jour était dépassé depuis longtemps, et ils n'entrevoyaient pas la fin de ces mornes steppes.

Aucune chaumière, aucune fumée, de quelque côté que portât leur vue...

Le marin marchait sombre et taciturne, lorsque Julien l'appela d'une voix pressée, haletante, et, la main étendue, lui montra l'horizon.

D'un bond, Joë fut sur le chariot.

— Je vois, — murmura-t-il avec émotion, — ce sont les soldats dont nous avons aperçu l'ancien campement.

Leurs armes, qui luisaient sous les rayons du soleil déclinant de l'hiver, ne laissaient, en effet, subsister aucun doute.

— A quel parti appartiennent-ils? — prononça-t-il encore. — Amis ou ennemis?...

Et son regard angoissé se tourna vers son pauvre compagnon.

Il avait voulu le soustraire à un danger probable en l'emmenant loin des montagnes glacées où se dressait le rocher de l'Aigle, et c'était, hélas! pour le condamner peut-être à une mort plus certaine.

Si ces hommes faisaient partie de la troupe qui venait d'opérer la destruction du hameau forestier, ils seraient sans pitié.

A ce moment, les soudards aperçurent, de leur côté, le chariot, car ils firent signe aux voyageurs de s'arrêter.

Et comme les bœufs continuaient à avancer, ils agitèrent leur bannière en poussant de nouveaux cris, tandis que cinq ou six d'entre eux s'engageaient sur le plateau.

— Le léopard d'Angleterre! — prononça le matelot d'une voix creuse. — Ce sont les brigands dont nous ne connaissons que trop la besogne. S'ils nous rejoignent, nous sommes perdus!

Et, sautant à terre, il planta son aiguillon dans le flanc des bœufs.

Ceux ci poussèrent un beuglement de douleur sous la violence du coup; le fer aigu mordit de nouveau leur croupe, et ils s'élancèrent sous le cinglement de la souffrance.

Joë venait de remarquer qu'aucun des Anglais n'était à cheval.

Lord Rosberg, comprenant que de la cavalerie ne pourrait manœuvrer dans ces forêts et ces montagnes, avait envoyé uniquement une troupe de fantassins.

Les soudards, voyant les fugitifs, s'étaient élancés. Ces bœufs traînaient sans doute un butin, et ils les auraient bientôt rattrapés.

Mais Joë, l'aiguillon dressé, l'abattait sans cesse sur l'attelage qui maintenant emportait le chariot en une course rapide, poursuivi sans relâche par le fer de son conducteur.

Le sang dégoûtait du flanc des bêtes, de la bave moussait à leur mufle.

Aussi, loin de diminuer, la distance semblait augmenter entre les fugitifs et leurs poursuivants.

Les soudards s'en aperçurent.

Alors une inspiration, digne des bandits sanguinaires qui venaient de massacrer des femmes et des enfants, jaillit de leur esprit.

L'herbe maintenant était devenue plus haute, plus serrée, plus épaisse.

Un d'eux en arracha une poignée sèche et cassante, et frappant ensemble deux silex, fit jaillir des étincelles qui l'embrasèrent.

Ses camarades l'avaient compris; un hourrah féroce qui parvint jusqu'aux voyageurs sortit de leur poitrine.

Et aussitôt dix torches pareilles s'allumèrent et embrasèrent l'herbe sur vingt mètres de large.

Y puisant de nouvelles flammèches, les bandits, bondissant comme des démons, allèrent porter l'incendie plus loin, puis plus loin encore.

Maintenant une véritable houle de feu galopait sur le plateau avec des grésillements sinistres, accompagnée, comme dans un sabbat démoniaque, par les clameurs de joie frénétiques, les hourrahs sauvages des soudards.

Le vent soufflant du côté des fugitifs poussait avec une rapidité vertigineuse cette mer de feu de leur côté.

C'est bien ce qu'avaient calculé les bandits, et c'est pourquoi, ne pouvant les atteindre, ils avaient songé à mettre le feu aux herbes.

Joë, en détournant la tête pour voir si les Anglais ne gagnaient pas de terrain, vit surgir les flammes.

Leur sifflement sinistre parvint jusqu'à lui, jusqu'à Julien qui, silencieux, les avait vues lui aussi s'élever.

Mais l'enfant n'avait pas dit un mot.

Une pâleur plus grande s'était seulement répandue sur ses traits, tandis que son visage revêtait la spectrale rigidité de celui des statues.

Il venait de comprendre le plan des bandits.

La fatalité, il le voyait bien, après avoir paru lui sourire la veille, s'acharnait sur lui de nouveau, et il était résigné à la mort, la mort horrible par le feu.

— Mais avant, je demanderai un de ses pistolets à Joë, — avait-il résolu froidement ; — je me brûlerai la cervelle.

L'horrible houle de flammes bondissait en hurlant comme si mille démons se fussent réunis pour attiser avec plus de violence cet incendie à nul autre pareil.

Le brasier s'était encore élargi. Il gagnait à chaque instant l'étendue de la vaste plaine.

Le vent qui soufflait, activé, aurait-on dit, par le fléau lui-même, emportait des flammèches, et tout à coup des foyers éclataient soudain, là même où rien ne semblait le faire prévoir.

Et les vagues pourpres, claquant comme des drapeaux affreux, hurlant de sinistres, de sifflantes clameurs, galopaient toujours avec une vitesse vertigineuse, diminuant à chaque minute la distance qui les séparait des fugitifs.

Le marin poussa une imprécation de désespoir, levant vers le ciel son front énergique dans un appel, une imploration suprême.

Et de nouveau son aiguillon s'abattit sur le flanc des bœufs.

Les énormes animaux, pareils à des bêtes de légende, courbèrent leur tête monstrueuse, et le char écrasa la terre, emporté à une véritable allure d'enfer.

Joë, de nouveau, avait jeté un regard de désolation immense sur l'enfant.

Il avait vu son visage effroyablement impassible, ses yeux creusés par les peines, distendus, brillants et sombres, attachés avec une expression intense, une fixité terrible sur les flammes.

Il eut l'intuition de la vérité. Julien regardait venir le martyre et ne tressaillait même pas.

Un soufflement rauque sortit de la poitrine puissante du marin.

Et se courbant, empoignant les timons de ses deux mains noueuses, il s'y attela lui aussi, se ruant derrière les bêtes, semblable à un homme d'un autre âge.

Et sa voix, effrayante, rauque, surhumaine, clamait dans le grondement, la lame sifflante des flammes, jetant les animaux toujours en avant.

Il n'avait plus besoin de l'aiguillon maintenant pour les exciter.

Les bœufs avaient senti le danger : leurs naseaux avaient humé le souffle embrasé.

Et d'eux-mêmes, affolés, les cornes labourant les herbes, leurs reins musculeux tendus, leur queue claquant sur leurs flancs ensanglantés, ils fuyaient par bonds formidables, faisant craquer et grincer les jougs, le timon, emportant dans une course effrénée le char maudit qui les empêchait de fuir assez vite.

Joë, son regard dilaté, attaché au loin, embrassait, mesurait la plaine.

Il se demandait s'ils en atteindraient à temps la limite, s'ils parviendraient à sortir assez tôt de cet enfer.

Était-ce de la sueur, de la bave, de l'écume qui ruisselait du naseau des bêtes, de son propre corps?

Il l'ignorait.

Et ses doigts épais noués au char, il continuait à se ruer en avant, des sons farouches sortant de sa gorge.

Encore une heure de cette course effrayante, et ils parviendraient peut-être aux confins de ce plateau de mort : ils trouveraient un abri derrière le rideau protecteur de la forêt.

Encore une heure?...

Hélas! ses pieds saignaient; l'haleine qui sortait des naseaux sanguinolents des bœufs haletait, précipitée, bruissante.

Ils bondissaient toujours, il est vrai, leurs sabots fourchus faisant voler le sable, leurs prunelles énormes semblant contenir des reflets d'incendie, magnifiques d'épouvante sauvage.

Encore une heure!...

Derrière eux, les flammes déchaînées continuaient leur ardente poursuite, des ailes invisibles les portant en avant, par sauts furieux.

Julien s'était dressé sur le char, toujours tourné vers elles... et, il le voyait, elles gagnaient de vitesse.

Combien de temps durerait cette lutte entre les éléments démuselés et l'homme?

Tout à coup les vagues de feu débordèrent sur les côtés. Elles allaient enserrer les malheureux.

Les bœufs les aperçurent, et raidissant brusquement leurs muscles, leurs jarrets s'arrêtèrent, frissonnants.

Une imprécation monta de la poitrine de Joë.

Dans un coup de vent, la trombe rouge arriva jusqu'au char, jusqu'aux bœufs cloués au sol.

Leur poil grésilla, et ils partirent de nouveau, véritablement fous, frénétiques...

Était-ce l'incendie, étaient-ce les animaux qui volaient maintenant plus vite sur la terre?

Il sembla à Joë qu'un des animaux avait fléchi. Du sable vola, labouré par sa corne, et il bondit plus fort.

Puis, brusquement sa tête racla encore le sol, ses jarrets se plièrent, il se redressa pour continuer à fuir, et s'abattit en un paquet énorme...

Cette fois, Joë ne poussa même pas une exclamation; les dents serrées, tirant son couteau, il sauta devant, pour couper les cordes qui liaient la bête abattue à l'attelage.

Les bœufs restés debout, immobilisés, les reins tendus, se démenaient avec des beuglements sauvages, essayant de rompre leurs liens.

Un d'eux, se reculant pour s'arracher au joug d'un effort terrible, aperçut le marin, secoua sa tête pesante, et en détendant l'ossature, l'atteignit d'un coup de cornes, l'envoya rouler à terre.

Et rendu à ses instincts natifs, soudainement revenus, il se cabra, irrésistible, sa masse dressée, fit craquer une armature de la charpente.

Et libre enfin, il partit en avant, pareil à un projectile, passant comme un monstre d'autrefois à travers les flammes.

Joë, étourdie, les reins meurtris, essayait de se relever.

Il vit passer le fauve, comprit qu'ils étaient perdus.

La lutte était devenue impossible.

Encore à genoux, tâchant de reprendre ses forces, il aperçut les volutes pourpres effleurer le chariot, l'atteindre, l'envelopper.

Alors, une clameur de détresse véritablement déchirante, quelque chose qui tenait du sanglot, de la prière et de la malédiction, hoqueta sur ses lèvres.

Et toute sa puissance revenue soudain dans ce dernier désespoir, il se retrouva debout, frappant le sol du pied.

Oh! ce serait la lutte jusqu'au bout, la lutte à la face de Dieu.

— Julien! me voici! — criait-il, tous les ressorts de son être détendus à la fois.

Et d'un seul élan, arrivant jusqu'au chariot, saisissant le fils de Walter d'Avenel, il l'enveloppa de ses bras en une pression irrésistible, et fonça devant lui.

— Joë, — essayait de protester l'enfant, — sauve-toi, abandonne-moi à mon sort.

Le marin ne l'entendait même pas!

A travers les flammes, à travers l'air brûlant, il continuait sa course, résolu à arracher Julien à ce supplice ou à périr avec lui.

Derrière eux le char flambait.

La charpente, les feuilles sèches, les bruyères amoncelées par l'ancien pirate pour servir de couche à son protégé, servant d'aliment au fléau, s'étaient embrasées en même temps, formant un foyer étagé au milieu duquel les malheureux animaux restés entravés se tordaient en des convulsions affreuses.

Et, au loin, les soudards, les bandits qui avaient déchaîné ce fléau, voyant ce brasier s'élever dans le ciel, poussaient des hourrahs de joie, se disant que leurs proies n'avaient pu échapper, qu'ils avaient deux victimes de plus.

Deux victimes nouvelles?... Pas encore.

Mais qui sait!...

Était-ce un moment de trêve, un de ces apaisements après lesquels la tempête reprend plus furieuse, plus implacable?

Le vent, comme satisfait de l'œuvre cruelle qu'il venait d'aider à accomplir, s'était arrêté un instant.

Joë s'en aperçut.

— Oh! — fit-il dans le chaos de son esprit, — si je parvenais seulement à sortir de cette zone d'air embrasé et de fumée...

Et faisant appel à ses suprêmes énergies, il chercha rapidement de quel côté il trouverait le plus tôt une atmosphère respirable, et coupa droit dans cette direction, ne voyant rien autre.

Un tourbillon fit refluer les flammèches, une de ces sautes de vent, comme il s'en produit souvent, les ramenant en arrière.

Mais ne serait-ce pas pour les pousser ensuite avec plus de violence encore dans leur direction première?

Une rapide lueur d'espoir passa dans l'œil du marin. Quelques minutes de plus et ce serait peut-être le salut.

Devant lui, la forêt s'ouvrait avec ses nappes immenses, la forêt sur le bord de laquelle l'herbe plus rare verrait peu à peu expirer les horribles flammes.

— Y arriverai-je? — murmura-t-il. — Oui, serait-ce seulement pour y mourir!...

Hélas! la trombe de feu, après son tourbillonnement, était de nouveau repartie.

Joë entendit son claquement aigu, sentit derrière lui son haleine embrasée.

Il courba sa taille osseuse.

C'était le dernier instant, la dernière lutte. De l'homme ou de l'enfer, qui allait l'emporter?...

L'enfant, écrasé entre ses bras, ne disait plus rien : la forêt était devant eux, le foyer de mort tout autour, les enserrant...

L'heure était à la destinée.

. . . . . . . . . . . . . . . . . . . . . . . . .

Un sifflement plus violent, plus sinistre des flammes s'éleva.

Des buissons craquèrent.

D'une suprême détente de ses membres, Joë atteignit la forêt, se plongea sous son ombre, sous sa voûte, sous son abri.

Et chancelant alors, comme un chêne foudroyé, il détendit son étreinte, laissa glisser Julien, et s'abattit...

Une véritable houle de feu galopait sur le plateau avec des hurlements sinistres.

## CXLVI

### FINIE, L'ESPÉRANCE!

Le feu ayant consumé ses derniers aliments s'était éteint sur le plateau.

Seuls quelques nuages de fumée légère s'élevaient encore, attestant le désastre.

Les soldats anglais, convaincus que les voyageurs avaient été victimes du fléau, avaient repris leur route.

Ils avaient vu flamber le chariot, et l'épaisseur de la fumée ne leur avait pas permis de distinguer le matelot emportant son jeune compagnon...

Du reste, puisque les flammes avaient réussi à gagner de vitesse le char emporté à une allure affolée, il était évident pour eux que les fugitifs n'avaient pu s'échapper à pied.

Joë gisait étendu à terre. L'effort surhumain qu'il avait tenté avait tout épuisé, tout brisé en lui.

Julien, après le premier moment de stupeur, regardant, encore frémissant, mourir les dernières flammes, s'était agenouillé auprès de lui.

— Joë... — appelait-il. — Mon pauvre Joë!...

Auprès d'eux, pas une goutte d'eau.

Il écoutait s'il n'entendait bruire aucune source; si faible qu'il fût, il aurait, malgré tout, trouvé assez de force pour se traîner jusque-là, puiser de l'eau fraîche, il ne savait comment, et tâcher de secourir son infortuné ami.

— Ah! — gémissait-il, — lui devoir la vie et demeurer là, impuissant!...

Sa main d'enfant, posée sur la poitrine musculeuse de Joë, perçut, faibles, à peine distincts, les battements de son cœur.

Le colosse vivait donc encore!

Mais le souffle n'allait-il pas se tarir tout à fait chez lui?

Le temps s'écoulait, morne.

Un immense silence, plein de désolation, planait sur l'étendue.

L'adolescent qui interrogeait de nouveau, plein d'angoisse, les battements du cœur de Joë, crut sentir ses poumons se gonfler sous une haleine plus ardente.

Une sueur abondante sourdait sur tout le corps du marin, indice que la vie continuait à fonctionner.

Julien l'épongea doucement avec son mouchoir.

Sous ces soins, un halètement plus fort souleva la poitrine du colosse, sa bouche s'ouvrit pour aspirer la gorgée d'air que réclamaient ses poumons, et, dans le réveil de son être, ses yeux s'ouvrirent tout grands.

Il aperçut l'enfant penché au-dessus de lui, et parut chercher.

Et le souvenir lui revenant tout entier, il appuya sa large main sur le sol, afin de redresser son buste, et jeta un rapide regard devant lui, avant d'avoir prononcé une parole.

— Joë, — murmura l'enfant, — te voici donc revenu à toi!...

— C'est fini, n'est-ce pas? — haleta le marin. — Le feu s'est éteint... Et les Anglais?...

— Le silence est absolu, — répondit l'enfant. — Ils doivent s'être éloignés.

— Mais s'ils revenaient?... Il ne faut pas qu'ils nous trouvent ici.

Il avait saisi une branche d'arbre pour s'aider à se mettre debout.

— Calme-toi, Joë; reprends des forces.

Julien n'avait pas encore achevé, et le matelot s'était déjà redressé, appuyé contre un arbre, tandis que le sang recommençait à courir dans ses veines.

— Bon, — dit-il après un moment d'attente, — on n'entend en effet aucun bruit : les bandits qui ont voulu mettre le comble à leurs méfaits doivent s'être retirés. N'importe, nous ne pouvons rester ici. Nous n'avons même plus de quoi manger.

Julien ne répondit rien d'abord : la situation était terrible.

— Continue ta route tout seul, — déclara-t-il après un instant de méditation. — Tu arriveras sans doute à quelque village. Si tu le peux, tu reviendras me chercher... Et si tu ne retrouves que mon cadavre... tu te diras que j'ai cessé de souffrir.

— Mon pauvre mousse, t'abandonner? ah! jamais de ma vie. Ma faiblesse s'est passée. Je me sens fort comme un taureau à présent.

Il cassa une branche d'arbre droite et légère.

— Appuie-toi d'une main là-dessus, de l'autre sur mon bras. Et à la grâce de Dieu!

— Allons!... — soupira Julien.

Et ils se mirent à marcher.

Qu'il était douloureux, ce morne et accablant voyage.

Julien, se mordant les lèvres, mettait avec peine un pied devant l'autre...

Joë s'en apercevait, malgré le stoïcisme résigné de l'enfant.

Il eût voulu le porter, il en parla même. Mais Julien l'arrêta dès les premiers mots.

D'ailleurs, Joë le sentait, ses forces à lui étaient bien abattues aussi, quoi qu'il eût prétendu, et il ne l'aurait peut-être pas pu.

Après de nombreuses haltes, ils se laissèrent aller à côté l'un de l'autre sur le tronc renversé d'un arbre.

Ils n'avaient rien pris depuis le matin, et la faim jointe à l'épuisement faisait chanceler le marin.

Il arracha une poignée de feuilles d'arbres à demi desséchées et les porta à sa bouche.

Hélas ! des feuilles coriaces, quelques baies sauvages que l'ancien pirate recueillit furent le seul aliment qu'ils parvinrent à donner à leur immense besoin de nourriture.

La nuit tombait.

Joë ne trouva pas même un silex d'où il pût extraire quelques étincelles afin d'allumer du feu.

Il chercha un arbre dont les branches plus basses les protégeraient un peu contre la rigueur du froid et il y entassa des feuilles mortes.

Il en recouvrit le corps de Julien, et s'allongeant à côté de lui :

— Serre-toi contre moi, afin de moins sentir la froidure. — lui dit-il.

Et le lendemain, se remettre en voyage dans de telles conditions !... ô détresses affreuses de la créature humaine !...

— Par pitié ! — suppliait Julien, — laisse-moi mourir ici !

L'ancien pirate ne lui répondait pas, se sentant trop épuisé lui-même pour parler.

Un moment vint où Julien hors d'état de faire un pas de plus se laissa aller à terre.

Une larme gonfla alors les paupières du marin.

C'était donc fini?

Il traina le malheureux enfant sous un buisson.

— Julien, — balbutia-t-il, — je m'en vais. Si je ne suis pas ici demain, c'est que le sort n'aura eu pitié ni de l'un ni de l'autre et que je serai tombé moi aussi... et pour toujours !

« A ton dernier soupir, alors pense à moi !

Il attacha, sur l'adolescent, encore un regard d'une navrance atroce. Puis il s'éloigna, en flageolant comme un homme ivre.

Appuyé sur une branche qu'il avait ramassée, il avançait soutenu par sa seule volonté.

Un monticule se trouva devant lui. Peut-être, de son sommet, verrait-il au loin?

Il hésita une seconde devant la fatigue supplémentaire qu'il allait s'imposer.

— Il le faut pourtant, — se dit-il.

Et il commença la lourde ascension.

A mi-côte, il dut s'arrêter pour prendre haleine.

— Oh ! j'arriverai quand même au sommet, dussé-je m'y trainer sur les mains ! — gronda-t-il en se redressant péniblement.

Et il recommença sa marche.

— Hélas ! — gémit-il en atteignant la cime de la montagne, — je n'aperçois que l'étendue immense et déserte !... Allons, il nous faut expirer ici.

Sans aucun espoir, il se tourna d'un autre côté.

Alors son œil déjà voilé s'éclaira : était-ce bien un toit qu'il apercevait ?...

Oui, plus de doute ; dans l'espace vide, situé devant cette butte, une forme humaine venait de passer.

— Oh ! — fit-il, — la délivrance serait-elle possible ?

C'était loin, horriblement loin.

Qu'importe, dût-il se traîner sur les mains, ainsi qu'il venait de le dire un instant avant, il y arriverait !

Ne devait-il pas essayer de sauver Julien... s'il en était temps encore.

Illuminé d'un espoir soudain, y puisant une force factice, éphémère, il s'élança sur la pente, avide de profiter de la vigueur qui lui revenait pour un moment, afin de se rapprocher du but qu'il venait d'entrevoir.

Il arriva ainsi au bas de la colline, s'enfonça dans la forêt, suivant immuablement l'orientation qui devait le conduire vers la chaumière.

A présent qu'il l'avait aperçue, il lui semblait distinguer, à certains signes, la présence de l'homme dans le voisinage.

Et ces idées le réconfortaient, renouvelaient son énergie.

Cependant les ressources humaines ont des limites : son exaltation fut bientôt insuffisante.

La distance commençait à lui apparaître insurmontable.

Quoi, renoncer, succomber au moment d'aboutir ?...

Titubant, une sueur glacée découlant de son front, Joë s'appuya à un arbre, voyant la terre tourner.

Il envoya la main à sa gorge pour étouffer le spasme qui y montait.

Et dans la détresse éperdue de l'être qui voit tout s'abîmer en lui, autour de lui, un cri, une clameur immense sortit de sa poitrine : appel angoissant et suprême.

Cette voix, répercutée par la profondeur silencieuse des bois, résonna longuement... lugubrement.

Etait-ce l'écho ?

Un accent lointain avait paru répondre à celui exhalé de la bouche du voyageur.

L'oreille avidement tendue, Joë écouta...

Ce qu'il avait cru percevoir, était-ce une erreur de son cerveau malade ? Aucun bruit ne parvenait plus jusqu'à lui.

Ses mains s'agriffèrent désespérément dans l'écorce de l'arbre auquel il s'appuyait.

Et rassemblant ses dernières forces, ne voulant pas tomber sans avoir lutté jusqu'au bout contre le destin, il lança encore un rauque, agonisant appel... le dernier!

Mais cette fois!... non, il n'était plus possible de douter.

Une voix humaine avait réellement répondu à la sienne.

On avait donc perçu ses accents, on venait à son aide?...

Et le cou tendu, la tête tournée du côté d'où il avait entendu arriver le cri lointain répondant au sien, le marin demeura appuyé, cramponné à l'arbre qui soutenait son corps.

Mais le temps s'écoulait.

Ceux qui lui avaient répondu le découvriraient-ils dans l'immense dédale de ces forêts?

Il commençait à désespérer, sa poitrine se soulevant d'une façon haletante, l'instinct de la conservation, le souvenir du petit Julien gisant au loin, le tenant encore debout, lorsqu'un froissement de feuilles parvint jusqu'à lui.

Il ne voyait personne, et on ne l'apercevait sans doute pas davantage.

— A moi! — exhala l'ancien pirate d'une voix éteinte.

— A moi! — dit-on. — Qui donc demande ainsi du secours? Est-ce un voyageur égaré?

Le craquement des branchages se faisait plus distinct : il paraissait causé par le passage de deux personnes.

Une ombre, une forme humaine se dessina à travers les feuilles subsistant encore.

Joë vit un homme vêtu du costume primitif des forestiers, et à quelques pas de lui, sondant également les fourrés, un enfant d'une douzaine d'années.

L'homme l'aperçut en même temps.

D'un coup d'œil, il remarqua son attitude, l'accablement exprimé par tout son être et se dirigea de son côté.

— Est-ce vous qui avez appelé, — demanda-t-il, — et qui êtes-vous? Comment vous êtes-vous égaré dans ces bois?

Maintenant qu'il se voyait secouru, Joë sentait la faiblesse contre laquelle il luttait avec l'énergie du désespoir le terrasser.

Le tronc auquel il était appuyé l'empêchait seul de tomber, sa lourde tête penchée sur son épaule.

L'inconnu vit avec pitié sa détresse.

— Du courage, — dit-il en s'approchant. — Laissez-vous glisser à terre; vous serez mieux que debout, dans l'état où vous paraissez vous trouver.

Et soutenant le corps énorme du matelot, il le fit s'asseoir sur la mousse.

— Donne-moi ma gourde, — ordonna-t-il à l'enfant qui l'accompagnait.

Et débouclant le flacon rustique qu'il avait demandé :

— Buvez une goutte de gin, cela vous remettra pour le moment.

« Puis quand vous vous sentirez un peu plus fort, vous vous appuierez sur moi pour arriver jusqu'à ma chaumière... car vous mourez de faim, n'est-ce pas ?

Joë fit signe que oui, et saisissant la gourde qu'on lui présentait, il en avala avec avidité deux ou trois gorgées.

Il en sentit la chaleur généreuse descendre en lui, leva les yeux et considéra son sauveur avec une expression de reconnaissance intense.

— Retourne à la maison, — commanda alors ce dernier à l'enfant, — dis à ta mère de préparer un bon feu et de la nourriture. Je lui amène l'hôte du hasard : cela porte bonheur.

L'enfant obéit et le bûcheron resta seul auprès de Joë.

— Vous sentiriez-vous capable d'absorber encore une gorgée de gin ? — interrogea-t-il. — Dès que vous le pourrez, ensuite, je vous servirai de soutien, et nous nous mettrons en route... Puis, si cela vous convient, vous me raconterez par quelle suite d'aventures vous êtes arrivé, dans ces endroits inhabités, ma maison étant la seule qui existe à vingt lieues à la ronde.

L'ancien matelot du *Forward* absorba avidement encore un peu de la liqueur puissante.

— Oui, — répondit-il, sentant la vie recommencer à circuler en lui, — et puisque vous avez la générosité de m'offrir l'hospitalité, j'espère que ce ne sera pas pour me trahir.

— La persécution de quelque ennemi puissant est donc cause de votre détresse, malheureux inconnu ? Soyez sans crainte, et gardez votre secret si vous le jugez bon. Roger le bûcheron ne demande, ni d'où ils viennent, ni où ils vont, aux hôtes que le ciel lui envoie.

Il tendit la main à Joë pour l'aider à se remettre sur ses jambes.

— Vous sentez-vous capable de marcher, à présent ?

— Oui, — murmura Joë, — grâce à vous qui avez compati à ma souffrance. Mais je ne vous cacherai rien, car un malheureux jeune homme gît au loin entre la vie et la mort, sans personne autour de lui.

Le souvenir de Julien, l'alcool qu'il venait de prendre, avaient ravivé sa vigueur, et le bûcheron n'avait presque plus besoin de le soutenir.

Vigueur factice, du reste, Joë s'en aperçut bientôt.

Il entrevit enfin la chaumière vers laquelle il marchait depuis si longtemps... Il en franchit le seuil.

Un instant après, une saine chaleur pénétrait son corps glacé et une nourriture légère et substantielle y apportait la vie.

Joë attacha alors son regard sur ses hôtes.

— Vous m'avez sauvé, merci. Mais il faut que je reparte. Laissez-moi emporter un peu de cette liqueur qui m'a ranimé tantôt, et quelques aliments : je vous les paierai ce que vous voudrez. Julien m'attend et je le ramènerai ici, — s'il n'est pas trop tard.

Le bûcheron comprit qu'il s'agisait de l'adolescent abandonné.

— Je vous acompagnerai, — dit-il. — Mais la nuit ne va pas tarder à venir. Il ne nous faut pas attendre que la lune soit levée pour nous mettre en route. Durant ce temps vous achèverez de vous remettre.

L'ancien pirate ne pouvait se résigner à cette attente : il lui semblait entendre les gémissements d'agonie de son petit mousse.

Il se rendait compte cependant que son hôte avait raison.

Ils se seraient égarés dans les bois, sans aucune clarté pour les guider...

Dans ce cas, c'en eût été réellement fait du fils inconnu de Walter d'Avenel.

Joë employa ces quelques heures à indiquer au bûcheron l'itinéraire qu'il avait suivi pour venir. Il lui raconta par quelle suite d'événements il avait été contraint de se séparer de Julien afin d'aller chercher du secours.

Les habitants de la chaumière, en l'écoutant, ne pouvaient s'empêcher de pousser des exclamations d'horreur et de pitié, d'horreur des actes de barbarie commis par les soudards, de pitié pour Julien.

— Le plateau nu, — fit observer le forestier, — je le connais. Par des chemins que j'ai déjà pratiqués, nous y arriverons plus vite que par celui qui vous a amené ici.

La lune apparut au-dessus de l'horizon.

— En avant! — prononça Joë, impatient.

Le repos, la nourriture lui avaient rendu toutes ses forces; et il fallait son ignorance de la direction à suivre pour l'avoir empêché de partir déjà.

Le bûcheron saisit une serpe à la lame affilée et solide.

Et les deux hommes s'enfoncèrent sous le bois.

. . . . . . . . . . . . . . . . . . . . . . . . . . . . . . .

Il demeura ainsi, ses yeux distendus par l'angoisse...

## CXLVII

### FAUVES RODEURS

LORSQUE Joë avait quitté le fils de Walter d'Avenel, le malheureux enfant, sa tête décolorée tournée de son côté, l'avait suivi des yeux tandis qu'il s'éloignait.

Lorsqu'il eut cessé de l'apercevoir, il laissa ses paupières se refermer.



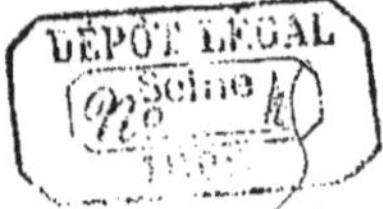

Un instant après, deux grosses larmes glissèrent sous ses cils clos.

Le sentiment de son malheur venait de l'envahir avec la conscience de toute son étendue.

Son existence, si courte, et si remplie déjà de cruelles épreuves, aboutissait à cela : à une lente agonie dans le froid, la faim, l'abandon au milieu des forêts.

— Demain, — pensait-il avec une navrance atroce, — j'aurai fini de souffrir.

Car il ne s'abusait pas sur la tentative suprême de son compagnon.

Joë pouvait à peine se soutenir lui-même. Arriverait-il seulement auprès de quelque habitation où on le recueillerait?

— Pauvre Joë! — murmurait-il dans sa désespérance, — qu'il ait au moins ce bonheur!...

Mais si cela arrivait, si cet espoir auquel il n'osait même pas croire se réalisait, son noble ami ne retrouverait plus qu'un cadavre lorsqu'il reviendrait le chercher.

Malgré son stoïcisme, la pensée qu'il allait mourir, expirer au milieu de la désolation, remplissait son âme d'un déchirement affreux.

Pas même un visage ami penché sur le sien à l'heure douloureuse où tout se brise et s'éteint à la fois... pas une larme de femme... de mère tombant sur son front brûlé.

Rien... personne...

Hélas! quelle enfance avait été la sienne! et quelle vie amère!

Une existence de misère et de persécution, livré presque sans défense aux tortures d'une brute, le capitaine du *Forward*, à l'âge où d'autres, enveloppés de la tendresse maternelle, voient le sourire bercer leurs jeunes ans.

Et à cette heure... l'isolement dans ce qu'il avait de plus affreux... pas même un toit pour y mourir.

La dent des bêtes fauves déchirant sa dépouille!...

Comment l'infortuné aurait-il pu résister à un tel accablement et retenir ses pleurs?...

Le temps s'écoulait, et chaque heure emportait un peu de la vie qui lui restait encore.

Le soir vint...

L'enfant était demeuré à la même place. Un fardeau de plomb paraissait charger sa tête et écrasait son corps.

Des bruits confus, lointains d'abord, s'élevèrent dans la forêt.

Puis ces rumeurs se précisèrent, se rapprochant.

L'ouïe obscurcie, Julien eut la sensation que cela rôdait autour de lui.

Dans le noir absolu qui l'enveloppait, il aperçut soudain deux flammes phosphorescentes braquées de son côté.

Malgré son affaiblissement, un frisson le secoua.

Les bêtes de proie, les sinistres déchiqueteurs de cadavres!... Déjà!...

N'attendraient-elles donc pas qu'il eût rendu le dernier soupir?

D'autres lueurs ardentes, fixées sur lui, lui montraient de nouveaux ennemis.

Il entendait haleter leur souffle.

Les fauves, enhardis par son immobilité, s'avancèrent.

Que l'un deux osât faire le premier bond, et ils allaient le déchirer tout vivant, ayant flairé une proie de loin et accourant à ce régal épouvantable.

L'horreur fit circuler une énergie dernière dans les membres de l'infortuné.

D'une main défaillante, il chercha à son côté l'épée dont il n'avait pas voulu se séparer, et s'appuyant sur ses coudes il parvint à se redresser à demi. Et il demeura ainsi, ses yeux distendus par l'angoisse, attachés sur ceux des bêtes, l'éclair de son épée nue tourné vers elles, menaçant!

Cent fois, il sentit des spasmes précurseurs de l'agonie finale l'étreindre. Mais il se raidit, ne voulant pas être déchiré vivant par les dents lâches et féroces qu'il lui semblait voir luire par moments.

Et la nuit continuait de s'épaissir...

Ténèbres d'angoisse, ténèbres éternelles!...

Et l'heure passait...

L'heure qui ramena le jour.

Avec l'aube renaissante, les fauves, peureux, et sans doute repus à l'avance de la chair calcinée des bœufs, abandonnés dans la plaine, se retirèrent un à un, attendant que des indices qu'ils connaissaient bien vinssent leur apprendre qu'ils pouvaient revenir sans danger et se repaître enfin de la proie convoitée.

Julien lâcha alors son épée... Sa tête roula sur son épaule.

Et une prière s'exhala de son âme, adressée à ce Dieu dont il avait souvent entendu prononcer le nom : celle de le faire mourir!...

Oh! la navrante supplication de l'enfant qui ne trouve plus d'autre espérance que la tombe...

Et cependant le jour grandissait, le jour symbole de la vie.

Un nouveau déchirement d'angoisse revint lacérer le cœur de l'agonisant : de nouveau, il avait entendu crier les feuilles mortes.

Après leur apparente retraite, les implacables carnassiers n'allaient-ils pas même attendre qu'il eût exhalé le dernier soupir?

Mais le bruit se rapprochait.

Ce n'était pas l'allure sourde, cauteleuse des rôdeurs de ténèbres.

Mais alors?..,

— Julien!... Julien!... — lançait une voix interrogeant l'espace.

Était-ce vrai?... était-ce possible?...

N'est-ce point plutôt le trouble de ses sens qui enfante cet appel chez le pauvre petit?...

Mais la voix s'élevait de nouveau plus distincte, plus rapprochée.

L'abandonné, rappelant son âme à demi perdue déjà dans les limbes de l'infini, tourna sa tête exsangue du côté d'où il lui semblait avoir entendu venir cet accent; son œil sans clarté se rouvrit.

Un éclair fugitif y passa.

Il voulut dresser ses bras inertes.

— Un homme, bondissant à travers un buisson, vint tomber à côté de lui, agenouillé.

Et le prenant dans ses bras :

— Julien, mon petit Julien... mon petit mousse. C'est moi, c'est ton Joë.

« Mais il est tout froid!... Courage, Julien, vis. Nous te sauverons.

Une véritable douleur se lisait sur les traits convulsés du marin, car c'était lui en effet.

Hélas! le pauvre petit n'était presque plus qu'un cadavre.

Le bûcheron auprès duquel il avait trouvé un asile venait de le rejoindre à la hâte.

Tandis que Joë, serrant le jeune blessé sur sa large poitrine, essayait de l'y réchauffer, le forestier écarta ses lèvres et y fit glisser quelques gouttes de la liqueur dont le matelot lui-même avait pu apprécier la veille les effets salutaires.

L'huile versée dans la lampe qui meurt en ranime tout à coup la lumière...

L'adolescent, un instant avant agonisant, eut conscience que la vie redescendait en lui.

Le compagnon de Joë, en homme habitué aux forêts, allumait en même temps du feu, et Julien, que l'ancien pirate continuait à tenir contre sa poitrine, sentit une chaleur bienfaisante le pénétrer.

Quelques nouvelles doses de liqueur, administrées avec prudence, de légères frictions aidèrent à rétablir les battements du cœur.

— Allons, — prononça l'homme des forêts, — je crois que si nous avons marché vite, du moins, il ne sera pas trop tard.

Julien ne parlait pas, mais ses yeux ouverts s'éclairaient lentement,

— Mon petit mousse... — murmurait le marin. — Tu as cru que tu ne me reverrais plus, n'est-ce pas? Mais ton brave Joë, vois-tu, est comme toi un abandonné, un sans famille. Et sa famille tu l'es tout entière pour lui.

Il l'avait recouché sur les feuilles mortes qui avaient été si près de lui servir de linceul.

Et avec le bûcheron, ils suivaient anxieusement, sur ses traits, les progrès de leurs soins.

Le bûcheron avait un fils, et son cœur rude s'attendrissait devant le noble et malheureux enfant dont Joë lui avait appris les malheurs.

Mais la flamme, abondamment alimentée, claquait joyeusement, et comme pour augmenter cette sensation d'espoir renaissant, le soleil se levait, chassant les brumes de l'hiver.

— Ah! — murmura enfin le blessé, — je sens comme une délivrance!...

Le marin joignit alors ses mains noueuses.

— J'entends enfin sa voix. Tu es sauvé. Sauvé!

Et sans honte, la joie donnant aussi naissance aux larmes, le colosse s'essuya les yeux.

Un instant après, il présenta un peu de nourriture à l'adolescent.

Oh! très peu, son estomac étant trop délabré pour ne pas exiger les plus grandes précautions.

Et tandis que le fils du chevalier d'Avenel revenait réellement à lui, il lui disait :

— Grâce à ce brave bûcheron qui m'a recueilli moi-même, je suis arrivé à temps. Sans cela, vois-tu, mon petit mousse, je ne me serais jamais consolé. Je me serais mis à la recherche des bandits qui sont cause de tout, et je me serais fait tuer par eux en te vengeant.

Durant ce temps, le forestier s'était éloigné, abattant et dépouillant des branches longues et flexibles.

Il les apporta ensuite auprès du blessé.

— Ce sera pour faire une civière, — annonça-t-il.

Et il s'éloigna de nouveau, cherchant certaines espèces d'arbres sur le tronc desquels il arracha de larges bandes d'écorce.

On le vit revenir alors, chargé de ces dépouilles.

Et ces écorces lui servant de cordes, il relia les bois les uns aux autres, aisément.

Une civière, à la fois solide et souple, fut bientôt fabriquée et recouverte de mêmes branches.

— Il ne reste plus qu'à y étendre notre jeune ami, — dit-il à Joë, — et à reprendre le chemin de la chaumière.

Julien eût voulu résister, mais il s'en rendait compte, il était à bout.

Il fut donc contraint de se laisser faire, et reposa bientôt sur la civière que les deux hommes enlevèrent de chaque bout.

Le bûcheron marchait le premier.

On s'arrêtait de temps en temps; avec sa serpe, il ouvrait un passage, et l'on repartait.

Le balancement souple et cadencé de sa couche était presque sans fatigue pour l'enfant que Joë ne quittait pas du regard

Après plusieurs heures de marche, il montra, à travers une éclaircie, à Julien, une fumée qui montait vers le ciel.

— Voici pour aujourd'hui le terme de notre voyage, — lui dit-il. — Dans quelques instants tu vas pouvoir te reposer pour vrai, auprès d'une brave femme qui te dorlotera comme un fils.

— Il en sera bien comme vous dites, — fit le bûcheron qui avait entendu. — Nous avons un enfant, et nous nous souvenons de la maxime : « Fais aux autres ce que tu voudrais qu'il te fût fait. »

Les arbres étaient maintenant assez espacés pour s'y frayer aisément un chemin sans avoir de nouveau besoin de recourir à la serpe.

La petite caravane arriva bientôt en vue de la chaumière.

La femme du forestier, prévenue par son fils, placé dehors en sentinelle, parut sur le seuil.

Et avec la simplicité patriarcale et solennelle des mœurs d'autrefois, faisant avec la main droite un signe de croix dans la direction de Julien, elle prononça gravement ces mots :

— Vous que le malheur conduit dans notre demeure, soyez-y le bien reçu; et que le bonheur accompagne ensuite votre marche.

Durant l'absence de son mari, elle avait dressé un lit rustique fabriqué par le bûcheron lui-même.

Et, chose rare chez les pauvres habitants de ces solitudes, elle y avait mis des draps grossiers et rudes, mais fleurant bon les aromates poussés dans la forêt.

Julien était presque un enfant encore. Puis, la longue souffrance l'avait tellement amaigri, affiné, que ses traits avaient pris une sorte de caractère féminin.

La femme du peuple le dévêtit maternellement de ses mains et le coucha elle-même dans le lit tiède et parfumé.

— Là, — fit-elle. — Il me semble que ce que je viens d'accomplir, c'est de la bénédiction pour notre fils à nous.

— Merci... — murmurait Julien. — Merci, bonne mère.

Joë était foncièrement ému.

Enfin, son cher, son infortuné et brave petit mousse, rencontrait un moment de trêve dans la tourmente abattue sur lui.

Il y avait donc encore quelques bonnes créatures sur la terre !

Oubliant son propre délabrement, il le voyait déjà se rétablir loin des féroces soudards de Somerset, afin de pouvoir achever leur long voyage.

Tandis qu'il pensait ces choses-là, une ride coupa son front.

Il venait d'évoquer le souvenir des sinistres bandits qui, après avoir semé le massacre sur leurs pas, avaient essayé de les brûler vivants au milieu des herbes enflammées, et cela ramenait la crainte dans son esprit...

Leurs hordes errantes n'allaient-elles pas paraître, de nouveau, à l'improviste ?

Julien, qui avait les yeux fixés sur lui, interrompit ses réflexions, dont il n'avait que trop de motifs de deviner la nature.

— Tu penses aux ennemis qui nous ont fait tant de mal, n'est-ce pas, Joë? — dit-il. — Rassure-toi. Moi, j'ai confiance. Cette maison si hospitalière, la générosité si touchante de nos hôtes, ce soleil qui vient rire au bord de la fenêtre. Tout cela est d'un bon augure. Il me semble qu'une nouvelle aurore se lève pour nous.

« Tu as vu les soins qui m'ont encore été donnés, n'ont-ils presque pas été ceux d'une mère ?

« Une secourable étoile nous suit ! »

## CXLVIII

### AU MANOIR DES AIEUX

Julien et son dévoué compagnon se trouvaient depuis une semaine chez le bûcheron...

Joë avait d'abord été sur le qui-vive, à cause du voisinage probable des irréguliers de lord Rosberg et de Somerset.

Leur hôte, très inquiet et afin d'en avoir le cœur net, était reparti, avait battu les environs.

Et ayant poussé jusqu'à la plaine, il en avait rapporté la certitude que ces bandits enrégimentés avaient disparu.

Du reste, pour augmenter le sinistre renom de leurs exploits, ils avaient pris soin de marquer leur passage par de nouveaux massacres.

La route était libre !

En l'apprenant, Julien se tourna vers le matelot.

Une nostalgie étrange, inexplicable, lui faisait maintenant désirer d'arriver au but du voyage qu'ils avaient entrepris.

Souvent, dans ses rêveries, la douce physionomie de la dame d'Avenel revenait à son esprit...

Il l'avait même vue en songe, durant une nuit de sommeil plus calme; il s'était retrouvé dans l'oratoire de Marie Stuart, et il présentait à l'amie de la reine la croix d'argent et d'or de Walter.

— Joë, — dit-il, — je me sens suffisamment rétabli pour me remettre en voyage... Partons !

Le marin accueillit ces paroles avec joie.

Il ne sentait pas son jeune protégé suffisamment en sûreté dans cette retraite...

Les aventuriers connaissaient les chemins de ces forêts ; les nécessités de la guerre pourraient les y ramener.

Et puisque le chemin était libre, il fallait en profiter.

Du reste, ils ne pouvaient rester plus longtemps dans la chaumière sans abuser de l'hospitalité du bûcheron.

Sur sa prière, ce dernier se rendit dans un hameau situé à plus d'une journée de marche, vers l'ouest, et en revint avec une charrette de paysan.

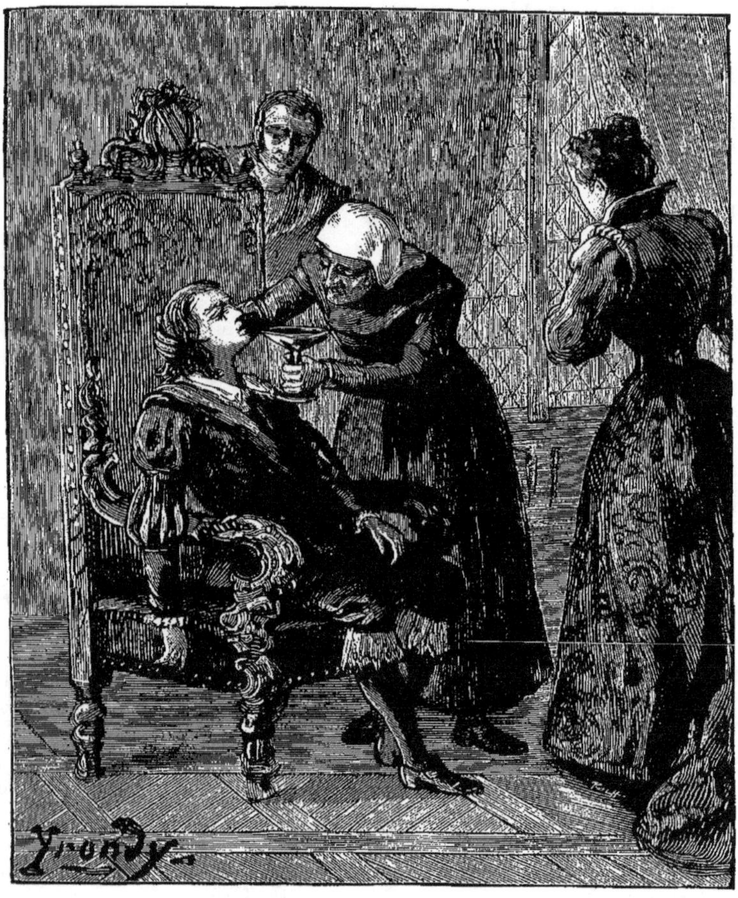


— Buvez, mon enfant, réitéra la châtelaine.

Le bûcheron s'était résigné à cette démarche après avoir vainement essayé de conserver les deux voyageurs quelques jours de plus, et il n'avait fallu rien moins que la décision irrévocable de ses hôtes de s'en aller à pied, pour l'y décider.

Julien, à qui des soins admirablement inspirés avaient fait un grand bien, mais encore faible cependant, s'allongea sur la charrette.



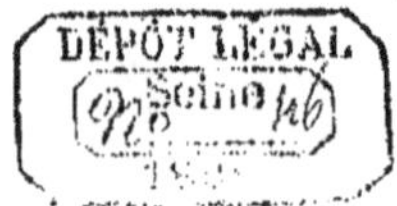

Et l'on repartit après de sincères et touchants adieux ; les habitants de la forêt appelant sur le reste de son voyage toutes les bénédictions.

L'ancien protecteur de Julien, le vicomte Henri de Mercourt, prévoyant les dangers, les complications que l'adolescent risquait de rencontrer, en se rendant en Écosse, avait voulu qu'il ne manquât au moins pas de ressources.

Le petit trésor qu'il lui avait remis en conséquence n'était pas encore épuisé.

Et en quittant la chaumière, Julien avait laissé, sous son oreiller, quelques pièces, n'ayant point osé les offrir à ceux qui l'avaient sauvé et qui les auraient refusées.

Ils cheminaient aussi rapidement qu'ils le pouvaient, Joë ayant hâte de se trouver hors de la zone parcourue par les soldats de Somerset.

A deux ou trois reprises, ils aperçurent au loin des détachements de cavalerie...

Mais leur conducteur connaissait admirablement la contrée, et prenant des chemins de traverse, il fut assez heureux pour les éviter.

Ils traversèrent avec émotion le champ de bataille illustré par la victoire du chevalier d'Avenel.

Bientôt après, ils étaient sur la route d'Édimbourg.

— Il me semble que je revis, — disait l'enfant à Joë, sentant sa poitrine se dilater à mesure qu'il se rapprochait de la capitale.

A cette heure, ils ne craignaient plus rien des ennemis.

Cependant, sur les instances de l'enfant lui-même, le conducteur de la charrette pressait son attelage.

Le moment vint où ils aperçurent les hautes tours de la capitale.

— Regarde ! — dit Joë à son petit mousse. — Nous arrivons, les mauvais jours sont finis.

— Oui, Edimbourg ! Edimbourg !... — murmura Julien.

Cependant, à mesure qu'on approchait, de la mélancolie se répandait encore sur ses traits.

Un paysan avait indiqué à Joë le chemin direct du manoir de Claymore ; ils s'y étaient engagés, et la ville commençait à disparaître derrière les masses boisées qui recouvraient cette pittoresque partie de la campagne.

La prostration du fils inconnu de Walter d'Avenel devint alors si intense que Joë en fut alarmé.

— Qu'as-tu donc, mon petit mousse? — interrogea-t-il.

— Joë, — dit l'enfant, — revenons sur nos pas, gagnons Édimbourg. Je ne sais quelle réception m'attend dans ce château où je vais me présenter sans aucun droit. J'ai peur !

— Peur?... Et de quoi?...

« On se repentirait de recevoir impoliment un pauvre héroïque blessé comme toi, mon petit mousse, quand je suis là....

Et adoucissant son courroux :

— Du reste, n'as-tu pas ton talisman, la croix que t'a fait remettre le chevalier d'Avenel? Non, mon brave Julien, le séjour dans une auberge, à Edimbourg, n'est pas ce qu'il te faut.

« Songe que tu as été plusieurs fois à un doigt de la mort... Puis tiens, n'est-ce pas une des flèches qui dominent le toit du manoir de Claymore que l'on aperçoit par-dessus la cime des arbres?

« Il est trop tard!

« Allons, mon jeune chevalier, n'oublie pas que tu portes sur ta poitrine glorieusement trouée, la croix du chevalier de la reine!

Julien ne répondit rien.

Mais sa main, appuyée sur son cœur, avait de la peine à en comprimer les inexplicables et violents battements.

Y aurait-il ainsi, véritablement, des voix secrètes nous avertissant à certaines heures solennelles de notre existence?

Le jour était près de toucher à son déclin, lorsque le rustique attelage vint s'arrêter à quelques pas du manoir de Claymore.

Son conducteur n'avait pas osé pousser jusqu'au perron.

Julien et Joë, ce dernier malgré son apparente assurance, partageaient le même embarras.

Le matelot descendit le premier et voulut tendre les bras à son jeune compagnon pour le soulever comme il avait eu, hélas! à le faire si souvent durant ce douloureux voyage.

Il lui semblait que, devant ce témoignage des souffrances endurées par Julien, on se montrerait plus accueillant.

L'inquiétude de l'adolescent avait fini par le gagner.

Mais Julien secoua la tête, et serrant ses lèvres, afin qu'aucun soupir ne sortît de sa bouche, s'appuya d'une main sur l'épaule du marin, et de l'autre sur le côté de la charrette et descendit lentement...

Et il apparut à côté de Joë, tout pâle de la souffrance qu'il venait de maîtriser.

L'un et l'autre, l'épée au côté, en soldats et voulant être traités en soldats, ils regardèrent autour d'eux, vers le château.

Le montagnard qui veillait au dehors s'avançait à leur rencontre.

Joë considéra sa masse noueuse, l'étudiant, et une expression de satisfaction passa sur ses traits énormes; son âme simple et énergique venait de sentir, dans le highlander, un ami.

— Je désire saluer la dame d'Avenel, — dit alors le blessé au gardien.

Et il s'avança vers le perron, la main gauche appuyée sur l'épaule de Joë, lentement à cause de sa souffrance, les yeux fixés devant lui, sa tête cruellement pâlie, noblement dressée, les boucles de ses longs cheveux flottant autour de son cou.

Une fillette... Marguerite, la gracieuse fleur d'Ecosse, jouait à quelque distance.

A la vue du voyageur, si jeune, si visiblement éprouvé et si beau, elle demeura immobile d'abord, puis, se réfugiant près d'une jeune femme assise aux derniers rayons du soleil, resta tournée vers lui.

Et l'enfant et la mère, car c'était Ellen, également émues, toutes deux, considéraient les deux nouveaux venus, Julien, évoquant comme une image de rêve et sur lequel Ellen, avec une surprise involontairement attendrie, sentait flotter elle ne savait quelle ressemblance qu'elle ne pouvait définir.

Halbert apparut à ce moment sur le seuil.

— Halbert, — lui dit le highlander, — annonce à notre dame et maîtresse qu'un jeune chevalier vient se rendre auprès d'elle.

Une légère rougeur passa sur les traits de l'adolescent : on le traitait en gentilhomme.

Quant à Joë, son regard reconnaissant remercia le montagnard.

Ils étaient au bas du perron.

Julien s'arrêta : jamais il ne pourrait gravir ces marches.

L'ancien pirate se baissa pour le prendre dans ses bras robustes : mais l'enfant l'arrêta.

Il ne voulait point faire pitié.

Le highlander avait vu, il avait compris. Il avait deviné l'héroïsme de l'enfant, le dévouement du marin.

Il se plaça de l'autre côté de Julien, et, découvrant sa forte tête :

— Appuyez-vous sur moi, — dit-il avec douceur.

Celui-ci était donc bon et secourable aussi?

— Merci, — dit l'enfant d'une voix faible qu'il s'efforça d'affermir.

Et, appuyé sur ses deux soutiens, lentement, il commença à gravir les degrés, les yeux dressés vers le ciel.

— Maman, regarde, — murmurait Marguerite. — Il peut à peine marcher.

— Pauvre enfant !... — murmurait Ellen, pleine d'admiration, de compassion émue.

Julien continuait sa pénible montée.

Il dut s'arrêter à plusieurs reprises, malgré l'aide affectueuse de ses deux compagnons.

Le nouveau voyage de ces derniers jours l'avait affreusement débilité en dépit des attentions incessantes de Joë.

Il fallait tout son étrange ascendant sur l'esprit du marin pour empêcher celui-ci de le prendre dans ses bras, tellement la souffrance de l'enfant lui faisait pitié.

— Courage !... — murmurait le highlander. — Nous arrivons !

Joë, anxieux, comptait les marches.

Arriveraient-ils réellement ?...

En bas Marguerite, les mains jointes, se taisait.

. . . . . . . . . . . . . . . . . . . . . . . . . . . .

Julien venait enfin de toucher le sommet des marches. Il avait cru un moment qu'il ne l'atteindrait pas.

Il attendait, reprenant son souffle.

Halbert reparut.

— La châtelaine d'Avenel attend son visiteur, — annonça-t-il, tandis que son regard sympathique s'attachait sur Julien dont la souffrance était trop visible malgré son stoïcisme.

— Merci encore, — dit l'adolescent au highlander, avec un sourire qu'il eut la force d'appeler sur ses traits roidis par le mal.

Et, appuyé seulement sur le fidèle compagnon de ses malheurs, le fils inconnu de Walter d'Avenel pénétra, chancelant, étranger, la confusion et l'inquiétude au cœur, dans le manoir de ses aïeux.

## CXLIX

### UNE MÈRE

Marie d'Avenel était dans la salle des ancêtres.

Elle avait reçu un message de son époux, et c'est là, en face des fondateurs de la race d'Avenel, qu'elle avait voulu le lire.

Cette lecture, elle venait de l'achever lorsque Halbert lui annonça la visite d'un jeune gentilhomme inconnu.

Et Marie d'Avenel avait donné l'ordre de l'introduire.

Halbert ouvrit toute grande la porte de la vaste pièce et s'effaça pour laisser entrer Julien.

L'adolescent embrassa du regard la large pièce seigneuriale, vit la châtelaine debout au milieu, et son œil éperdu, rempli de confusion, alla de Marie aux vieux portraits suspendus aux murailles, et qui, presque animés dans leurs cadres, paraissaient les regarder tous deux.

Marie, surprise, considérait l'extrême jeunesse, le charme étrange, la pâleur trop éloquente de son visiteur.

Elle fit vivement quelques pas au-devant de lui, tandis qu'elle le dévisageait avec un saisissement étrange, irraisonné, effrayant!

Julien porta la main à sa poitrine.

Et, en sortant le joyau que Mac-Sweeny lui avait remis de la part du chevalier de la reine :

— Madame, — prononça-t-il d'une voix à la foix grave et tremblante, — voici une croix qui a appartenu à l'illustre chevalier d'Avenel.

Il la lui tendait.

Marie la prit, la considéra rapidement, et, tout émue :

— Je la reconnais... et je vous reconnais enfin, aussi... car je ne vous ai pas oublié.

Sa voix frissonnait d'une émotion singulière en prononçant ces paroles.

Elle croyait que c'était au souvenir de ses angoisses anciennes, le jour où, dans l'oratoire de Marie Stuart, elle avait remis à Julien un message pour son mari.

Hélas! pauvre mère, elle ne savait pas qu'un sentiment infiniment saint et mystérieux vibrait en elle.

Julien eût voulu mettre un genou en terre pour présenter ce bijou à Marie d'Avenel.

Mais s'il l'avait fait, il aurait été peut-être incapable de se relever.

La châtelaine vit les stigmates de longues souffrances imprimés sur ses traits gracieux.

Elle avait appris par Walter qu'il avait été grièvement blessé.

Son regard maternel, — il l'était à son insu, — l'enveloppa rapidement.

— Mais vous souffrez... mon enfant...

Et s'apercevant que la main de Julien tremblait sur l'épaule de Joë, pâle lui-même d'émotion et d'inquiétude :

— Vous vous soutenez à peine.

D'un mouvement instinctif, elle saisit sa main restée libre, la sentit brûlante.

— L'infortuné ! — balbutia-t-elle. — la fièvre le dévore... De grâce, — ajouta-t-elle en s'adressant à Joë, — soutenez-le jusqu'à ce fauteuil.

Et elle-même, soulevant presque l'enfant, croyant toujours n'obéir qu'à un sentiment de générosité, elle l'accompagna avec plus de sollicitude qu'elle ne l'eût cru.

Si son enfant ne lui avait pas été ravi, n'aurait-il pas à peu près cet âge, et n'eût-elle point été éternellement reconnaissante envers qui lui eût prodigué les mêmes soins?

A son appel, Tibbie, la vieille nourrice était accourue.

Experte à juger des souffrances, elle discerna d'un coup d'œil l'état de faiblesse et d'anéantissement de Julien.

— Ce jeune gentilhomme succombe de fatigue et d'épuisement, — dit-elle aussitôt.

Et joignant ses mains desséchées par l'âge, dans un élan instinctif, elle murmura :

— Pauvre enfant!...

Pauvre enfant!...

Ce cri avait retenti dans le cœur de Marie d'Avenel.

Et penchée sur lui, tandis que Tibbie préparait à la hâte un cordial, elle balbutia :

— Si jeune et déjà si éprouvé! Ah! la chose barbare que la guerre!

« Mais n'avez-vous pas une mère, quelque parent qui eût pu, avant cette heure, soulager votre affreuse souffrance?...

A ces mots, Julien et Joë échangèrent un regard désolé.

Marie le surprit.

Fut-ce intuition? fut-ce souvenir?

Il lui sembla qu'il lui avait parlé autrefois de son abandon.

Et se reprochant d'avoir ravivé une douleur secrète, d'un accent profond et triste :

— J'ai eu un fils... et il n'est plus. Si vous y consentez, jusqu'à votre rétablissement complet, c'est moi qui vous servirai de mère. Ce logis est vaste, vous y attendrez en paix des jours meilleurs.

Julien mit la main sur son cœur.

— Ah! merci, madame; merci pour n'avoir point repoussé l'orphelin!

Une grosse larme perlait en même temps à l'œil de Joë, l'ancien pirate. Son petit mousse trouvait enfin un abri sûr.

Et le marin plia son genoux qui résonna sur les dalles; et d'une voix profonde, il prononça :

— Merci pour lui!

Tibbie revenait en ce moment.

Avec attendrissement, elle présenta à Julien une tasse d'un bouillon odorant.

— Buvez! — encouragea Marie d'Avenel. — Tibbie m'a nourrie de son lait, elle a élevé mon pauvre petit Julien, nul ne s'entend mieux qu'elle aux soins à donner à ceux qui souffrent.

Julien!... avait-elle dit?... Un coup violent venait de retentir au cœur de l'adolescent, et il avait pâli peut-être encore davantage.

— Buvez, mon enfant, — réitéra la châtelaine, — vous venez presque de défaillir.

Le blessé ferma les yeux

Pourquoi cette émotion, se disait-il? L'enfant disparu du chevalier et de la châtelaine d'Avenel s'appelait Julien comme lui. Est-ce qu'il manquait de personnes portant le même nom?

Joë avait pris la tasse des mains de Tibbie, et doucement, maternellement, suivi par l'œil des deux femmes attendries, il l'approcha des lèvres décolorées du jeune homme.

« Son petit mousse » but. Un sang plus chaud courut alors dans ses veines, et l'altération de ses traits s'anima.

— Maîtresse, — proposa Tibbie, après quelques mots échangés à voix basse. — Si vous y consentez, c'est moi qui le soignerai.

Marie d'Avenel ne répondit pas.

Envahie d'un inexprimable besoin de maternité, elle songeait qu'il y aurait une tristesse presque douce à veiller au chevet d'un être né de son sein...

L'ombre envahissait la salle des ancêtres dans laquelle le sort avait voulu que le fils inconnu de Walter d'Avenel pénétrât d'abord, en abordant au château de ses pères.

De loin en loin, ils rencontraient quelques débris de chariot.

Tibbie, qui était ressortie, vint aviser la châtelaine que les préparatifs commandés étaient terminés.

. . . . . . . . . . . . . . . . . . . . . . . . .

Quelques instants après, Julien était couché dans un lit arrangé par la main experte de Tibbie elle-même, la vieille Tibie qui, dès le premier instant, s'était attachée à l'enfant.

— Tu vois, mon petit mousse, que j'avais raison d'avoir confiance dans le talisman du chevalier d'Avenel, — disait Joë débordant d'espoir pour son jeune protégé, — j'en avais la foi ici !

Il se frappa sur le cœur :

— Et tu seras bien soigné. Je le sens. Du reste, je ne te quitterai pas. Tu me manquerais de trop. Je coucherai là.

En même temps, il désignait la fourrure placée aux pieds de Julien.

La nuit avait envahi les alentours du manoir.

Le noueux highlander avait repris sa faction nocturne, aidé du vétéran arrivé récemment de la Tour d'Avenel.

Marie se tenait immobile et soucieuse à quelques pas du lit de Julien...

Un jeune et charmant visage se montra à l'ouverture de la porte : c'était celui de Marguerite. Ellen l'accompagnait.

La fillette considéra longtemps la tête de Julien inclinée sur l'oreiller, les yeux clos, presque aussi blanche que les fines lingeries et encadrée par le flot brun de ses cheveux bouclés.

— Il dort, — prononça-t-elle doucement.

— Puisse ce sommeil lui être salutaire ! — murmura Marie d'Avenel. — Laissons-le reposer.

Elle avait envie de poser ses lèvres sur les boucles sombres de l'enfant. Et elle se retira sans l'oser, ses regards encore attachés sur l'adolescent.

Joë resta seul auprès de Julien,

Halbert vint le chercher pour lui montrer sa chambre, l'assurant que son jeune compagnon serait scrupuleusement veillé.

— Merci, ami, — répondit l'ancien pirate. — Mon petit mousse et moi nous ne faisons qu'un. Je l'ai tant vu souffrir ! Je coucherai ici.

Et il s'étendit sur la fourrure au pied du lit, prêt à se redresser au premier gémissement de Julien, à son premier appel.

Au dehors donc, le highlander, dont la vigilance avait déjà entravé les criminelles tentatives de Stewart Bolton, défendait le vieux manoir contre tout danger extérieur.

Au dedans, l'ange protecteur de la famille étendait son égide tutélaire sur ceux qui s'y trouvaient réunis, sans connaître encore, hélas ! le lien mystérieux et puissant qui, à travers les océans, à travers d'innombrables épreuves, les avait providentiellement rapprochés.

Et lorsque le jour parut, un sourire naquit aux lèvres blanches de Julien, sur lequel le sommeil avait versé son baume.

Tibbie, gardienne vigilante, experte en l'art de soigner les blessés et les convalescents, aussitôt avisée, vint panser la plaie point encore fermée de l'enfant.

Oh ! avec quelle tendre pitié, en voyant son pauvre corps si amaigri.

Ce ne fut pas cependant sans avoir eu à céder à l'insurmontable réserve de l'enfant qui, sevré des caresses d'une mère, n'ayant point l'habitude de recevoir les soins de mains délicates, consentit difficilement à laisser voir à peine sa blessure.

Hélas ! cette pudeur instinctive, bien digne du rejeton de Marie, c'était la douleur, c'était l'inconnu pesant plus longtemps sur ces êtres qui, à tant de titres, méritaient la pitié du ciel.

Tibbie, frappée de retrouver sur lui certains signes, eût, — qui sait ! — découvert la vérité !

Et Marie d'Avenel eût serré son enfant dans ses bras.

Hélas ! mères, si vous êtes créées pour la joie, lorsque l'enfant aimé vous sourit, vous l'êtes aussi, vous l'êtes surtout pour la douleur.

Et Marie d'Avenel n'avait pas fini de pleurer !...

Douce, comme le sont les aïeules, les vieilles femmes au cœur très bon, Tibbie appliquait sur la plaie de l'adolescent les baumes dont elle avait le secret, Joë la laissant faire avec une sorte d'extase.

— S'il a dû souffrir !... — gémissait-elle.

Et elle l'incitait à ne point avoir peur : elle ne lui ferait point de mal en le pansant.

— Nous vous guérirons, vous verrez, et nous ferons de vous un beau et brillant cavalier, — dit-elle après avoir achevé son pansement avec une telle habileté que l'enfant sentit à peine ses vieux doigts l'effleurer.

Et un de ces breuvages réconfortants dont elle possédait l'admirable recette vint couler son fluide dans son corps.

Marie d'Avenel, méditative, debout au pied du lit, détaillait ses jeunes traits ; Marguerite, accompagnée de sa mère, s'apprêtait à venir sur la pointe des pieds considérer de nouveau le blessé, lorsque le trot sonore d'un cheval résonna au dehors sur la terre glacée.

La châtelaine s'approcha de la fenêtre.

— Un messager, — dit-elle avec inquiétude.

Halbert parut presque aussitôt.

— Un courrier de la reine, — annonça-t-il. — Il a bien voulu me charger de ce pli.

L'épouse de Walter d'Avenel rompit précipitamment le cachet et parcourut le message tandis qu'un tremblement agitait sa main.

Marie Stuart lui mandait une nouvelle à la fois triste et consolante.

L'armée écossaise qui faisait tête aux seigneurs révoltés et à leurs alliés, les Anglais, enveloppée par des forces supérieures, avait été décimée.

« Le chevalier d'Avenel est arrivé à temps avec des renforts pour empêcher le complet anéantissement de mes braves, — ajoutait la descendante des Stuarts. — Il est sain et sauf, je vous en avise afin que vous n'appreniez point par d'autres le malheur qui me frappe et pour que vous ne craigniez pas pour la vie de celui qui nous est cher. »

— Vaincue! — murmura Marie d'Avenel. — Infortunée souveraine!

Elle aperçut le regard embrasé de Julien, ceux consternés des autres assistants, croyant peut-être à un désastre irrémédiable.

Alors elle relut le message à voix haute.

La lueur allumée dans les prunelles de Julien flamboya.

— La reine a besoin de tous ses serviteurs, et je suis là, moi!

D'un effort nerveux, il s'était relevé.

La mère se révéla alors, à son insu, dans le cœur de la châtelaine.

Elle se précipita vers l'adolescent, une angoisse irraisonnée dans ses gestes, dans son accent.

— Hélas! infortuné petit, — fit-elle après son premier émoi; — que pourrait votre frêle existence, blessé comme vous l'êtes, contre des hordes triomphantes?...

— Ah! — gémit l'enfant, — rester sur ce lit, impuissant! Il me semble que je serai déshonoré devant Dieu, ma Patrie... et ceux qui m'ont donné le jour!

Son accablement était réel.

Une large main se posa alors sur son épaule.

Julien releva la tête et reconnut Joë.

— La noble dame d'Avenel a raison, — prononça le matelot d'une voix grave. — Tu succomberais avant même d'avoir rejoint l'armée.

Il eut un sourire puissant et tranquille, et touchant la garde de sa lourde claymore :

— Mais si la cruelle blessure que tu as déjà reçue au service de la reine ne te permet pas de tenir une épée... à mon côté, en voici une large et pesante pour deux.

Et la voix très douce :

— Reste ici, mon cher petit mousse : Joë va rejoindre l'armée, et il te remplacera aussi bien qu'il sera possible. Et, si Dieu le veut, il se battra pour deux.

L'enfant lui tendit les mains dans un élan.

— Mais toi-même, la marque du fer ennemi qui t'a frappé est encore sanguinolente?

— Moi, je suis comme les chênes, le bûcheron qui les touche en passant avec sa cognée leur donne une vigueur nouvelle.

Marie d'Avenel, tous ceux qui l'entouraient considéraient avec une émotion silencieuse, insoutenable, le duel d'émulation, de générosité de l'enfant et du colosse.

— Je puis partir, — reprit le marin, — car je te laisse avec confiance entre des mains amies.

— Oui, valeureux soldat, — dit Marie avec exaltation en s'avançant.

Et penchée sur Julien :

— Allez sans crainte, celui que vous m'avez amené est pour moi comme un fils... le fils que le sort m'a ravi!

— Va donc! — murmura le blessé. — Et que Dieu te garde. Car s'il en est de plus nobles par la naissance, il n'en est point par le cœur. Adieu, Joë, ton petit mousse ne t'oubliera jamais... jamais!

Le colosse se pencha, enlaça doucement l'enfant dans ses bras, afin de ne point le meurtrir, et ils s'embrassèrent.

Joë saisit sa toque, attacha sur Julien encore un regard humide, s'inclina devant Marie d'Avenel, fit un signe d'adieu à tous ceux qui étaient là, et partit!...

Julien, empli d'une mélancolie intense, écouta se perdre dans l'escalier le bruit des pas de son fidèle compagnon.

Depuis qu'il n'était qu'un enfant et, à bord du *Forward*, il avait vu veiller sur lui la protection instinctive du pirate; c'est par Joë qu'il avait été délivré de cet enfer; et depuis, son existence si souvent menacée avait vu chaque fois son bras se lever entre la mort, la hideuse Camarde... et lui...

Et maintenant ils se séparaient!

Une sensation d'abandon douloureux étreignit son âme et l'ombre qui emplit ses yeux la dénonça.

Une autre main, douce et tiède, se posa alors sur son front.

— Confiance, enfant! Je prierai pour lui. Confiance pour vous aussi; celle qui veille à votre chevet, n'est-ce pas une mère?...

Une mère!... O Dieu de pitié!

## CL

### LES DEUX ERMITES

Les jours s'écoulent, calmes et uniformes, au manoir de Claymore. Et l'enfant et la mère vivent, côte à côte, portés l'un vers l'autre par un secret penchant, sans connaître le lien si tendre qui les rapproche ainsi... d'amour pieux !

Joë, par les récits détaillés qu'il n'eût pas manqué de faire, aurait sans doute fait naître des soupçons révélateurs dans l'esprit de Marie d'Avenel.

Mais il est loin, sur le théâtre de la guerre où son épée besogne pour deux, selon la promesse qu'il a faite à Julien.

Laissons le temps préparer les événements futurs, étapes de joie ou de tristesse, reprenons le chemin des frontières...

L'éphémère été de la Saint-Martin a pris fin depuis longtemps.

Les frimas se sont de nouveau abattus sur les immenses, les mornes étendues qui s'étendent des plaines cultivées de l'Écosse aux rives de la Tweed.

Deux autres voyageurs, en butte à toutes les colères des éléments, ont essayé de se frayer un passage à travers ces déserts.

Une tombe est derrière eux, fraîchement construite : devant eux l'immensité, — et ses menaces !

Leurs noms? — Les persécutés de la vie. Ceux qui traînent le boulet du malheur, ceux pour qui le jour écoulé fut plein de larmes, et à qui le lendemain prépare de nouvelles douleurs.

Et il en sera ainsi jusqu'à ce que la fosse mortuaire creusée hier pour le vieillard se rouvre de nouveau pour eux, — ou que le ciel apitoyé leur accorde merci !

— Christie, le froid est trop cruel, mes forces m'abandonnent !...

— Appuie-toi sur moi, Ketty, ma femme, mon épouse.

« La plaine maudite des Trépassés sera bientôt lointaine ; alors nous ferons halte.

— Une halte ? qu'importe, puisqu'il nous faut continuer ensuite ce douloureux et accablant voyage.

« Christie, je ne t'aurai retrouvé que pour cesser bientôt de te voir.

Comme mon pauvre père qui dort là-bas de l'éternel sommeil, je sens que je suis à bout.

— Aussi n'irons-nous pas plus loin : arrivons seulement jusqu'à ces montagnes ; je construirai une hutte contre un de ces rochers, de façon à ce que ni le vent ni la neige ne l'ébranlent, et nous y attendrons des jours meilleurs... Ne sommes-nous pas époux ?

Échangeant ces paroles, une main passée à la taille de Ketty pour la soutenir, Christie de Clinthill avançait, ses mains gercées par le froid, sa poitrine dénudée mordue par l'âpre vent des sommets.

De loin en loin, ils rencontraient quelques débris de chariot, épaves laissées derrière elle par l'armée de Walter d'Avenel, lors de sa retraite hasardeuse à travers ces steppes.

— D'autres ont passé ici et ils en sont sortis, — prononçait le soldat, — marchons, ma belle meunière !

Mais en même temps, son front se barrait de rides profondes, car il ne discernait que trop la signification de ces débris abandonnés peu à peu par l'armée en détresse.

Il fallait cependant avancer, sortir de cette plaine affreuse, — ou périr !

L'œil attaché avec angoisse vers les montagnes dont la hauteur les protégerait un peu, il poursuivait son effrayante étape.

Oh ! quel Golgotha ! Ils les atteignirent enfin, ces montagnes lointaines, inabordables avaient-ils cru parfois : ils touchèrent enfin le terme de la plaine mortelle où les âmes errantes guettent les vivants égarés.

Christie conduisit sa compagne au pied d'un rocher dressant sa masse escarpée au flanc d'un de ces monts dont les sommets les abritaient contre les bises du nord...

Un feu ardent promptement allumé réchauffa les membres glacés de Ketty, et Christie y puisa lui-même une vigueur près de l'abandonner.

Le guerrier, ranimé, étendit alors sa main autour d'eux en disant :

— Je vais construire ici une demeure. Cette étendue sera notre domaine. Nous vivrons dans ces lieux jusqu'à une saison plus clémente.

Et méditant :

— Et qui sait, si, plus tard, le temps de cette solitude ne nous apparaîtra pas comme un des meilleurs de notre existence.

Christie avait, pour unique outil, le hoyau sacré qui lui avait servi à creuser la tombe du vieux meunier.

Il lui fallut chercher, dans les bois qui couvraient les pentes des montagnes, les branches fracassées par la foudre ou arrachées aux arbres par l'orage... Il n'avait aucun instrument pour en abattre que ses mains décharnées...

En se détournant, il vit, comme un point sombre, la barque...

La nuit venue, ils ne possédaient encore qu'un abri provisoire, quelques branches noueuses appuyées sur le rocher et le long desquelles Christie avait entassé des bruyères pour diminuer le passage de l'air.

Le lendemain, il continua sa recherche des premiers matériaux indispensables, tandis que Ketty, restée seule, attristée, faisait cuire quelques-unes des galettes dont ils n'osaient pas manger à leur faim.

Le soir, de grosses branches, profondément enfoncées dans le sol, dressaient enfin leur squelette.

Christie, rendu ingénieux par la nécessité, fixa à leur sommet d'autres bois destinés à supporter le toit.

Des branchettes flexibles, tordues au préalable, lui servaient de liens pour les assujettir.

— Voici notre palais qui commence à s'élever, — dit-il à Ketty avec une sorte de joie.

Le plus ardu était en effet accompli.

Le lendemain le toit était terminé ; très en pente, il s'appuyait contre le rocher, et, couvert d'une couche épaisse de bruyères retenue par des branches transversales, il les garantirait suffisamment contre la pluie et la froidure.

Le rocher formait lui-même une des murailles ; des bruyères tassées entre un double rang de branchages fermèrent les trois autres côtés.

Ainsi que l'avait annoncé Christie, ils pourraient braver là les rigueurs du froid.

Un bon feu répandait dans l'étroite cabane une saine chaleur, la fumée s'échappant par une ouverture ménagée au sommet.

Certes leur séjour était bien pauvre, bien précaire, et cependant ils goûtaient une véritable félicité après les souffrances qu'ils avaient subies.

Le souvenir du vieux meunier couché dans sa tombe de l'autre côté de la plaine funèbre, revint à l'esprit de Ketty.

— Mon pauvre père vivrait encore s'il avait pu avoir un pareil abri, — gémit-elle.

Christie lui ferma tendrement la bouche.

— Pensons à l'avenir et non pas au lamentable passé. Ne t'en souviens que pour te rappeler les paroles du bon vieillard. Il nous a unis. A nous de faire notre existence.

Et effaçant, sous un baiser, la contention que trahissait, sur le front pur de sa compagne, une ride prématurée :

— Nous avons trouvé une retraite : le présent est déjà plus consolant. Ketty, ne te semble-t-il pas que nous sommes deux châtelains régnant sur nos domaines ?

Sa compagne sourit avec tristesse.

— Un domaine sans habitants.

— Nous nous figurerons que Dieu nous a chassés du paradis terrestre, et nous nous consolerons en nous aimant... en nous adorant davantage !

Sa sérénité apaisait les anxiétés instinctives de Ketty.

La présence d'une âme forte et bien trempée servie par un corps vigoureux répand autour de soi une influence salutaire.

Ketty, encore mélancolique par suite de son deuil récent, délivrée enfin des souffrances matérielles, sentait son âme se rouvrir tout entière à l'amour.

Et, comme l'avait prophétisé Christie, il s'épanouissait avec plus de force, plus d'amplitude dans le vide absolu qui les entourait.

Le soldat, faisant appel aux souvenirs de son enfance, s'était mis à tendre des rets, à dresser des trébuchets.

Il leur restait à peine un peu de la farine miraculeusement sauvée de l'effondrement du moulin.

C'est par le meunier lui-même qu'elle l'avait été, comme s'il avait voulu assurer encore, après sa disparition, la subsistance de ceux qu'il laissait après lui...

Mais grâce au fonctionnement des pièges, de la venaison venait à présent fréquemment y suppléer, Christie devenant chaque jour plus adroit dans son industrie de chasseur...

En parcourant « leur domaine », ensemble, les jours où la froidure était moins aiguë, appuyés l'un sur l'autre dans un abandon d'un charme profond, ils avaient découvert un ruisselet à l'eau transparente.

Christie ou Ketty, quelquefois tous deux ensemble, aimant à ne point se séparer, ils allaient en puiser dans des récipients de bois creusés au feu par le soldat.

Et, peu à peu, moins affligée de la mort du vieillard auquel ils pensaient cependant toujours avec un culte pieux, savourant les joies étranges de leur solitude, ils attendaient l'un et l'autre sans impatience le retour du beau temps pour reprendre leur voyage.

## CLI

### FABERS LE CORROYEUR

Après les steppes désolés des frontières, l'Angleterre. Poursuivons notre route, franchissons la Tweed.

Les malheurs qui fondent sur l'Écosse, c'est un mot d'ordre venu du sud, de Londres où trône Somerset, qui les cause.

Le sinistre favori entouré de gardes dont le dévoûment est entretenu par une double paie continue d'exercer une véritable tyrannie.

L'orgueilleuse Elisabeth, flattée de ses grossières adulations, ferme les yeux sur ses exactions pourvu qu'il recule les limites de son royaume, n'importe par quel moyen... pourvu qu'elle trouve auprès de lui des voluptés cachées sous sa menteuse austérité.

Les prisons sont pleines, qu'importe!... La Tour de Londres regorge de captifs... tant mieux! les geôliers ne s'ennuieront pas.

Somerset tient le peuple par ses mercenaires, à la tête desquels il a mis des nobles déshonorés, avides de conquérir ses faveurs ; il tient les nobles par le bourreau.

Parfois, en tête à tête avec son hypocrite souveraine, tandis que ses doigts épais jouent avec les joyaux de son corsage, il parle, en riant férocement, d'ajouter une nouvelle tour à toutes celles dont se compose la bastille anglaise.

En effet, la place va bientôt y faire défaut, tellement est grand le nombre de ses ennemis qui l'emplissent... depuis lord Mercy, enfermé dans le plus souterrain de ses cachots, jusqu'à Martial Dacier, l'écuyer breton, enchaîné à l'étage le plus élevé du donjon.

Enchaîné!... Quelle dérision, quelle ironie barbare, le malheureux ayant une cuisse brisée, et les chairs de ses jambes, de ses chevilles, de ses genoux ayant crevé sous la pression des brodequins, l'éclatement des coins de fer!...

Après la nuit épouvantable où Somerset avait eu recours aux pires tortures dans l'espoir d'arracher le secret de la retraite du vicomte Henri de Mercourt, Somerset était revenu de nouveau dans la cellule du malheureux supplicié.

— Parleras-tu ? — avait-il interrogé une fois de plus.

Le Français lui avait répondu par le même dédaigneux silence.

Ivre de rage, le sanguinaire ministre s'était alors tourné vers le médecin chargé d'accompagner chaque fois les tourmenteurs que Somerset avait voulu traîner encore après lui dans la prison de Martial, afin de l'épouvanter.

— Regarde bien cet homme, — lui avait-il ordonné. — Et dis-moi quel supplice il est capable de supporter. Les pinces rougies, les tenailles, le plomb fondu, quoi ?...

— La mort ! — avait répondu laconiquement le médecin.

— La mort ? Que signifie ?...

— La fièvre qui ronge le prisonnier, l'épuisement résultant de la perte de son sang et de ses anciens supplices sont tels qu'une syncope le saisirait immanquablement au premier essai, et qu'il ne s'en réveillerait sûrement plus.

— Damnation ! — rugit le duc rouge, — il ne faut pas qu'il meure encore. Il n'a pas assez souffert. Soigne-le, médecin. Guéris-le si tu tiens à ta tête, car moi je tiens à ma vengeance et les tortionnaires n'ont pas eu leur compte.

« Quand il sera assez fort, je reviendrai !

Et il était parti, roulant ses yeux farouches, striés de veines sanglantes.

Ainsi que l'avait ordonné le terrible ministre, le médecin, tremblant maintenant pour sa propre sécurité, déployait pour guérir Martial toutes les ressources de son art.

Le fils de Jean Dacier, de l'honnête et vaillant intendant du manoir de Kervien, stoïque et résigné, le laissait agir.

Il savait que Somerset reparaîtrait dès qu'on le préviendrait que sa victime serait en état de supporter, sans expirer trop vite, les affreux raffinements de la torture.

— Ce jour-là, je me couperai la langue avec les dents afin de ne pas trahir mon maître, — s'était juré l'indomptable et loyal serviteur.

Il ignorait dans quelle nouvelle retraite avait pu se réfugier le seigneur de Kervien.

Mais il était bien résolu à ne rien révéler de ce qui le concernait.

— Le vicomte de Mercourt doit être caché dans Londres, — se disait-il. — Sans cela, ce misérable duc ne montrerait pas un tel acharnement.

Il ne se trompait pas.

Le seigneur de Kervien, la veille encore, loin de la capitale y était revenu.

La nuit était tombée depuis une heure ou deux ; Fabers le corroyeur se disposait à mettre les volets à sa boutique, lorsqu'un homme, dissimulé dans l'ombre projetée sur le sol par les murs de la vieille église de Saint-Paul, s'était avancé vers lui et avait prononcé quelques mots d'une voix basse et rapide.

C'étaient les paroles dont Wilkie, l'ancien gardien de la Tour de Londres, avait dit au vicomte de Mercourt de se servir.

A cette phrase, l'artisan n'avait pu réprimer d'abord un violent mouvement de surprise, et, frappé par l'accent étranger de l'inconnu, l'avait considéré, d'abord avec un soupçon, aussitôt dissipé.

Car se remettant de suite :

— Entrez ! — avait-il répondu, se plaçant derrière lui pour le cacher à ceux qui du dehors auraient pu l'apercevoir dans le rayon de lumière projeté par la lampe qui brûlait à l'intérieur.

Et l'ayant poussé dans son arrière-boutique :

— Ne bougez pas de là, je reviens.

Et, ressortant, il avait activé la fermeture de son magasin, en fredonnant une chanson que l'on venait de faire en l'honneur du jubilé de la reine.

De la sorte, si quelque argousin était par là à rôder, il ne soupçonnerait pas un aussi fidèle sujet de la reine de machinations quelconques.

La fermeture achevée, s'étant assuré à deux reprises que serrures et verrous étaient à point, il vint rejoindre l'inconnu dans l'arrière-boutique, après avoir pris soin de fermer la porte qui communiquait avec le magasin lui-même.

De la sorte, l'espion doué de l'ouïe la plus fine, l'oreille collée aux fentes des volets, ne pourrait entendre les propos qui allaient être échangés.

— Je n'ai rien à vous demander, — dit-il au visiteur. — Qui que vous soyez, vous êtes ici en sûreté... à moins que les sbires ne vous aient suivi.

— Je ne le crois pas. Voici plus d'une heure que je suis caché dans le renfoncement que fait l'abside de l'église et je n'ai pas vu âme qui vive...

« Cependant, si vous ne voulez pas m'interroger, je crois avoir quelque chose à vous apprendre.

— Vous êtes libre.

— J'ai encouru la colère d'un homme puissant... Et il y a peut-être du danger pour vous à me donner asile.

Le corroyeur haussa les épaules.

— Wilk, en vous envoyant ici, a su que vous pouviez être tranquille. J'ai cinquante ans. Je n'ai plus de femme, mon fils unique a péri, il y a quelques années, dans une querelle avec des gens de la cour. Il m'est indifférent de vivre vingt ans de plus ou de moins.

Il ajouta :

— Quant à votre sécurité personnelle, je suis connu pour un des bons et paisibles commerçants de la Cité, et c'est une garantie.

D'une voix lente et basse, comme intérieure, il ajouta :

— Quant à mon deuil, je le cache en moi-même et nul ne sait que je n'ai point pardonné au meurtrier de mon fils, au lâche Somerset.

Henri de Mercourt, car le visiteur n'était autre, on le sait, que le gentilhomme français, attacha un long regard sur son hôte.

Encore un chez qui les crimes du favori de la reine avaient porté la désolation, l'éternel désespoir.

Le gentilhomme posa la main sur le bras de son hôte.

— J'ai entendu. Vous aussi, vous avez eu à souffrir de cet homme. Que diriez-vous si vous étiez vengé?...

— C'est vrai, j'ai pensé tout haut, — murmura le corroyeur. — Que voulez-vous, c'est aujourd'hui l'anniversaire de la mort de mon enfant. Date funèbre!... J'ai songé à lui tout le jour. On l'avait couché là où vous êtes, lorsqu'on me l'a rapporté, le flanc ouvert d'un double coup de dague. Le soir, il n'était plus!...

Il secoua tristement la tête.

— Se venger? Cela me le rendrait-il?... Mais je dirais que Dieu est juste puisqu'il punit enfin le meurtrier.

Un pas résonna à ce moment au sommet de l'escalier menant de l'arrière-boutique à l'étage supérieur.

Une certaine inquiétude se manifesta alors sur les traits du réfugié.

— Ne craignez rien, — émit Fabers le corroyeur. — C'est Lysie, ma servante. Elle avait nourri mon fils; notre deuil est le même, — et la haine de l'assassin aussi.

Une vieille femme, aux lèvres fermées comme le sont les portes de pierre des sépulcres, émergea de l'ombre dans laquelle l'escalier était plongé.

— Lysie, — annonça le corroyeur, — je suis seul à la maison. Comprends-tu?

La vieille inclina la tête.

— Oui, maître.

C'était l'heure du repas.

Sans bruit, comme si un cadavre eût été encore dans cette salle, elle disposa le couvert pour deux.

L'énorme fatigue de la journée, le voyage que venait de faire Henri de Mercourt avec Wilkie, l'ancien geôlier de la Tour de Londres et Annie, sa courageuse compagne, avait épuisé sa vigueur; il avait faim comme tous ceux qui ont beaucoup marché au grand air.

Cependant la contrainte qui pesait sur cet intérieur silencieux et morne lui enlevait presque tout appétit.

— A table, monsieur, — dit l'artisan, — les hommes ont besoin d'entretenir leurs forces afin de pouvoir lutter.

Et il prit sa place, rompant silencieusement de loin en loin un morceau de pain.

Quant à la servante, elle s'assit à l'écart, ne mangeant point, murmurant des prières, celles des morts.

Le triste repas achevé, Fabers le corroyeur conduisit l'étranger au premier étage.

— Nous partagerons la même chambre, — dit-il. — Si l'on apercevait une lumière de plus du dehors, c'en pourrait être assez pour dénoncer votre présence ici.

— Merci, — répondit le gentilhomme; — votre prévoyance me montre que j'ai bien fait de frapper à votre porte.

Et il se jeta sur un canapé de paille tressée, refusant d'accepter le lit que lui offrait l'artisan.

Le lendemain, la nuit commençait à se faire lorsqu'une femme, le visage enveloppé d'une mante sans doute à cause de la fraîcheur, se dirigea d'un pas mesuré, indolent, vers la maison du corroyeur.

Elle portait à la main quelques peaux de chèvre indiquant qu'une affaire du métier l'appelait dans cette boutique.

Elle entra sans se cacher, étala ses pelleteries sur le comptoir.

Et, tournant le dos à la rue, écartant un coin de sa mante sous la clarté de la lampe.

— Annie! — exclama sourdement le marchand.

Il venait de reconnaître la femme de l'ancien geôlier revenue dans Londres malgré les argousins lancés sur sa piste.

— Avez-vous reçu une visite? — interrogea alors rapidement celle-ci. — Répondez-moi vite!

— Il est là-haut.

— Vous n'avez rien observé de suspect?

— Rien. Et Wilkie?...

— Il est dans un asile sûr, je l'espère.

La visiteuse ramena sa mante sur sa tête et feignit de mesurer les peaux de chèvre qu'elle avait apportées. Elle ajouta :

— Entrez vite, — souffla-t-il.

— Vous *lui* direz qu'*il* se trouve à onze heures, ce soir, à l'entrée du Pont-Vieux, du côté de la Cité. Un homme sera dans une barque et chantera à mi-voix la ballade de Richard-Cœur-de-Lion. Votre hôte descendra sur la berge et ira rejoindre le batelier. Adieu, Fabers, et qu'*il* se garde !

— Vous reverrai-je et verrai-je Wilk ?



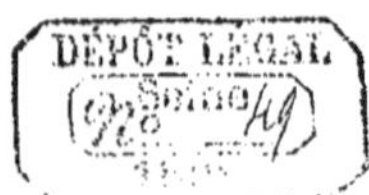

— Oui, dès que ce sera sans trop de danger.

— Portez-lui mon adieu, Annie, et que le ciel vous conduise!

— Merci, Fabers!

La femme reprit les peaux qu'elle avait apportées, et penchant la tête comme pour ne pas trébucher sur la pierre du seuil, en réalité pour cacher ses traits mis en relief par la clarté de la lampe, elle gagna la rue, et disparut de son même pas indifférent.

Son cœur battait cependant dans sa poitrine, et elle flageola un moment sur ses jambes, lorsqu'un passant qu'elle croisait la regarda avec une certaine attention.

Quelques pas plus loin, ayant volontairement laissé tomber son fardeau, elle se détourna, et ne remarqua personne derrière elle.

— Allons, c'est une fausse alerte, — prononça-t-elle.

Et pressant le pas, ayant hâte d'échapper aux inquiétudes qui l'agitaient, elle ajouta mentalement :

— C'est qu'une seule imprudence, ma piste découverte, c'est la vie de plusieurs créatures menacées. Somerset ne pardonne ni à ses ennemis ni à ceux qui leur donnent asile.

« Et Londres n'est plus qu'un repaire de lâches bourreaux et de vils policiers...

« Que dis-je! c'est à qui soupçonnera, épiera, dénoncera son voisin pour assurer sa propre sécurité et se mettre bien en cour, grâce aux pires trahisons!

« Malheureuse ville!

« Infâme Somerset!

## CLII

### SUR L'EAU

L'HORLOGE de la vieille cathédrale de Saint-Paul venait de sonner la demie de la dixième heure.

— Le pont est à dix minutes d'ici, — dit le corroyeur à Henri de Mercourt. — Voici le moment de vous préparer. L'homme sera dans une barque, fredonnera la ballade de Richard-Cœur-de-Lion. Elle ne m'a pas dit davantage.

— J'irai le trouver, quel qu'il soit.

L'artisan étala des vêtements sur une chaise.

— Je suis plus âgé que vous, mais notre taille est à peu près la même. Croyez-moi, revêtez cet habit : c'est le mien. On serait surpris de voir un gentilhomme sortir à cette heure de chez moi, ce gentilhomme serait-il le quaker le plus rigide. Et de la surprise au soupçon, il n'y a qu'un pas, hélas !

— Merci, — répondit le seigneur de Kervien. — Ce ne sera du reste pas la première fois que j'aurai porté le costume d'homme du peuple.

Il s'habilla, passa la cotte de drap épaisse et ample du commerçant à son aise, cacha en partie les boucles de ses cheveux repoussées sous un bonnet de feutre.

Il jeta un regard de regret sur son épée qu'il ne pouvait emporter.

— Prenez cette bible, — prononça Fabers, — elle vous protégera davantage que la lame la mieux trempée. On croira que vous allez au prêche ou que vous en revenez.

Henri de Mercourt esquissa un pâle sourire ; le masque de la religion était en effet en Angleterre celui sous lequel on pouvait encore le mieux se cacher.

Le corroyeur éteignit la lampe, entre-bâilla la fenêtre et étudia longuement les environs.

— Vous pouvez partir ! — souffla-t-il.

Le gentilhomme français descendit rapidement l'escalier, la servante ouvrit la porte.

— A tantôt, mon maître, et lisez, je vous prie, quelques versets à mon intention, — prononça-t-elle à voix haute, pour le cas où, trompant la vigilance du corroyeur, quelque espion eût rodé par là.

Henri de Mercourt était de nouveau exposé à tous les hasards. La porte s'était refermée derrière lui.

Il toucha au fond de sa poche son ancien coutelas dont il s'était quand même muni, sentit la grosse bible qu'il avait sous son bras.

Et, tâchant d'imiter la démarche lente du vieux corroyeur, il s'achemina du côté opposé à l'église.

L'heure était un peu tardive pour aller assister au prêche ou en revenir; mais ceux qui l'apercevraient penseraient avoir à faire à un puritain fervent, membre de quelques-unes de ces sectes récemment écloses et connues par leur excès de piété fanatique, — ce qui ne pouvait être qu'une recommandation.

Au moment où il débouchait sur le quai conduisant au pont, deux hommes sortirent d'une ruelle, et, se dirigeant ouvertement vers lui, vinrent le dévisager.

L'un était gros et trapu, avec des jambes torses de chien basset; ils s'étaient arrangés pour le rencontrer à quelques pas d'une des rares lanternes qui brûlaient la nuit aux angles de quelques carrefours.

Sous cette lumière indécise, Henri de Mercourt le reconnut : un frémissement violent agita son corps et ses yeux lancèrent deux éclairs, heureusement vite étouffés.

L'homme aux jambes torses, au mufle de dogue, était un des deux argousins qui avaient tenté de l'arrêter autrefois, à l'auberge du *Léopard de bronze*: c'était peut-être le plus féroce des lâches policiers qui l'avaient assailli dans la maison du fils hideux de Stewart Bolton.

C'était un des agents des basses œuvres, des louches persécutions du duc de Somerset.

Et Henri de Mercourt avait instinctivement saisi le manche de son coutelas.

Immoler un tel misérable, c'eût été venger ses propres souffrances passées, c'eût été venger aussi d'autres victimes inconnues et débarrasser la terre d'un suppôt de l'enfer.

Mais l'immonde estafier n'était pas seul

Le Français comprit le terrible péril de la tentation qui venait de le tenailler.

Y céder c'était donner l'éveil, c'était peut-être compromettre l'existence de ceux qui l'avaient accompagné à Londres, de ceux qui l'avaient recueilli lui-même.

Les tristes personnages étaient encore en face de lui, tâchant de détailler ses traits afin de voir si, par hasard, ce n'était pas un des suspects, plus nombreux chaque jour.

Se souvenant de la bible que Fabers avait eu l'inspiration de l'engager à prendre, Henri de Mercourt leva la main et sentencieusement laissa tomber ces mots :

— Le Seigneur a dit : paix aux hommes de bonne volonté.

Un éclat de rire moqueur sortit de la bouche des deux argousins.

— Merci de tes sentences, frère quaker, — lança l'agent aux jambes torses.

Et, parlant à son camarade, il ajouta, sans souci de scandaliser le dévot à qui il croyait avoir affaire :

— Voilà qui vaut moins qu'une bouteille de gin !...

Les policiers s'éloignèrent ensuite, convaincus qu'un marmonneur de versets ne pouvait être un conspirateur.

Le vicomte de Mercourt les regarda s'engager sur le pont, écouta leurs pas cesser graduellement de se faire entendre.

Il s'avança alors contre la bordure du quai, écouta.

Le battement des flots de la Tamise contre les arches du pont s'élevait seul.

— Wilkie ne se trouverait-il pas à l'endroit indiqué? — demanda-t-il. — Car ce doit être lui qui m'a donné ce rendez-vous.

Puis un soupçon traversa son esprit.

Annie n'avait nommé personne. L'avait-on trahi et attiré dans un piège, pour en finir, l'eau profonde de la rivière étant un linceul toujours prêt à se refermer sur ceux dont on désirait se débarrasser sans bruit?

La femme de l'ancien geôlier, remplir ce rôle infâme? Non, tout protesta aussitôt dans son esprit.

Cependant les deux argousins dont il venait de faire la rencontre, et qui s'étaient si ouvertement approchés de lui pour le dévisager, s'étaient trouvés là bien inopinément...

— Wilkie aurait-il envoyé quelqu'un m'attendre à ce rendez-vous? Et soit imprudence, soit délation, celui-là aurait-il mis mes ennemis au courant de ma présence à Londres?... En ce cas, à quoi bon reculer?

Et le seigneur de Kervien s'avança délibérément.

Alors, comme si l'on n'eût attendu que le moment d'entendre le bruit de sa marche, une voix assourdie s'éleva de dessous la première arche du pont, chantant la chanson du héros du nord.

Le gentilhomme français descendit rapidement sur la berge et vit une barque sortir de l'ombre où elle était cachée et glisser le long du bord.

— Est-ce vous, Wim ? — interrogea le piéton.

Il avait cru reconnaître la voix de son hôte de la forêt. Cependant, par précaution, il avait dénaturé son nom, pensant que Wilk comprendrait.

— Moi-même, monseigneur. Embarquez vite.

Et il poussa l'avant de son embarcation contre la berge,

Le gentilhomme sauta aussitôt dans le canot qui s'éloigna du bord et gagna le milieu de la rivière.

— Monseigneur, — dit alors Wilkie, — nous pouvons causer maintenant. Partout ailleurs, il y aurait eu danger; les agents de Somerset sont si nombreux que leurs oreilles sont collées à toutes les portes, aux fissures de chaque mur.

— Oui, — fit le gentilhomme en considérant l'étendue déserte des flots, — c'est effectivement ici le seul endroit où l'on puisse échanger ses confidences sans péril... A l'instant même d'arriver au pont, j'ai rencontré deux des plus dangereux argousins du sinistre duc.

Et s'approchant encore davantage de l'ancien geôlier :

— Cet homme est gardé mieux qu'un roi; un seul moyen me paraît exister pour l'atteindre : une sédition populaire, la défection d'une partie de ses gardes, grâce à laquelle un homme résolu, parvenant jusqu'à sa personne, lui planterait un poignard dans le cœur et mettrait fin à sa tyrannie.

— Je me suis informé, — répondit Wilkie, — le peuple murmure, mais il tremble. Quant aux nobles qui pourraient le conduire, ils sont ou à plat ventre devant le favori, ou retirés dans leurs châteaux, ou enfermés dans la Tour de Londres.

— Il faut les en délivrer!

L'ancien geôlier hocha la tête.

— Les gardiens sont nombreux, bien armés, de nombreux postes de soldats dont les chefs sont à la dévotion du favori en tiennent les issues. On n'entre et l'on ne sort pas comme on veut de la morne bastille.

— N'y ai-je pas pénétré, et n'en ai-je pas repassé le seuil?. .

L'ancien porte-clés ne répondit point.

L'entreprise téméraire du gentilhomme avait réussi une fois. Mais ce n'était pas par ce moyen qu'on parviendrait à soustraire à la captivité les prisonniers capables de prendre la direction d'un mouvement populaire.

Le seigneur de Kervien devina les réflexions de son compagnon.

Sa tête resta penchée sur sa poitrine, tandis que la barque glissait lentement au fil de l'eau.

— Écoutez, — dit-il brusquement, — depuis longtemps, je nourris un projet qui permettrait de pénétrer dans la forteresse sans que ni les soldats d'Élisabeth et de Somerset, ni les canons placés dans les embrasures puissent nous en empêcher.

Et d'une voix basse, ardente :

— Des maisons ont été bâties en face de la Tour ; la largeur d'une rue, puis celle du fossé l'en séparent seules. Il s'agirait de louer ou d'acquérir une de celles qui sont situées en face du donjon sous lequel se trouvent les cachots souterrains.

« Celle de Jackson l'orfèvre est vide depuis la mort de son maître, nul ne se souciant de venir habiter un voisinage aussi triste que celui de la Tour de Londres.

« Eh bien, nous l'achèterons. La maison d'un orfèvre doit être munie de caves profondes afin d'y mettre les lingots d'or et d'argent à l'abri des malfaiteurs. Elles nous serviront.

Tout à leur conversation, inattentifs à ce qui se passait autour d'eux, puisqu'ils se trouvaient seuls au milieu du fleuve, leur barque venait d'atteindre un endroit dangereux, l'emplacement d'un ancien pont écroulé.

Un tourbillon saisit la barque, l'emportant avec rapidité, et l'eau effleura le bord, glissant dans l'embarcation avec un ruissellement sinistre

Les deux hommes n'eurent que le temps de se jeter sur l'autre côté pour permettre au canot de se redresser, de ne pas sombrer.

Wilkie, les mains nouées sur les avirons, essayait de couper le flot devenu impétueux, et qui menaçait d'emporter la nef au plus fort des tourbillons.

Henri de Mercourt n'avait rien pour l'aider.

Un coup d'aviron plus vigoureux lança enfin la barque hors du gouffre, et Wilkie continua à ramer en silence jusqu'à ce qu'ils fussent sortis de ces parages dangereux.

— Monseigneur, — dit-il encore tout haletant, en laissant aller ses rames, — ce qui vient de se produire est d'un funeste présage.

— Mettons que ce soit signe de danger. N'en avons-nous pas déjà triomphé ?

Et le gentilhomme exposa son plan.

— Les immenses travaux qu'ont accompli les constructeurs de la forteresse, deux hommes vigoureux et décidés peuvent les entreprendre en partie. Le sol sur lequel repose la Tour de Londres est facilement pénétrable : il ne nous sera pas impossible de creuser un étroit passage allant de la maison au donjon.

— Et là ?

— Là, il est deux infortunés que je me suis juré de délivrer, dussé-je y laisser la vie, vous le savez : c'est Martial mon écuyer, c'est lord Mercy, le père d'Ellen. Croyez-vous, Wilkie, que lorsque le peuple verra le vieillard vénérable qui fit jadis régner la justice et les autres nobles captifs que nous délivrerons peut-être en même temps, il hésitera à marcher contre ses tyrans?

— Vous avez peut-être raison, monseigneur. D'ailleurs, ne vous l'ai-je pas déclaré quand nous avons quitté notre retraite, c'est à vous de commander, j'obéirai.

Henri de Mercourt lui tendit la main.

— Non, ami, nous sommes deux soldats de la même cause ; les décisions à prendre doivent l'être en commun. Comme je vous le disais là-bas, dans votre chaumière, peut-être vaudrait-il mieux que vous me laissiez agir seul.

Et montrant quelques navires stationnés à quelque distance :

— Vous pourriez gagner la France sur un de ces vaisseaux, et vous y achèveriez vos jours loin de toute persécution.

— Non! non! — reprit Wilkie avec force, — vous allez exposer votre vie pour délivrer l'homme vertueux qui fut mon bienfaiteur et je vous laisserais seul? Jamais je ne commettrai ni une pareille lâcheté, ni une telle ingratitude !

Les deux hommes s'entendirent alors sur les moyens de mettre à exécution le plan qui venait d'être arrêté.

Annie, la femme de Wilkie, se ferait passer pour la veuve d'un marchand de la province et elle achèterait la maison.

— Mais si on venait à la reconnaître? — avait objecté le Français, en entendant l'ancien geôlier émettre le premier cette proposition.

— Elle a beaucoup changé depuis mon départ de Londres. Puis, mes anciens compagnons de garde dans la prison l'ont à peine vue autrefois, Annie ayant toujours supporté avec peine mon métier de porte-clés.

Afin de pouvoir introduire dans la maison les outils nécessaires, Annie ferait effectuer certaines réparations.

Henri de Mercourt et Wilkie entreraient ainsi déguisés en ouvriers.

Et ils commenceraient leur œuvre !

Le gentilhomme détacha la ceinture de cuir qui lui ceignait les reins et en sortit une partie de l'or qu'elle contenait.

— Voici, — dit-il, — afin de permettre à Annie de donner un premier acompte. Le complément sera envoyé de France à Fabers le corroyeur comme étant le paiement d'une fourniture faite.

L'ancien geôlier enveloppa dans son mouchoir les pièces sur lesquelles les étoiles mettaient des reflets fauves.

Il dirigea ensuite sa barque vers le bord de la Tamise.

Et immobile sur le rivage, il regarda le caboteur se diriger vers le nord.

On était loin du port au bas duquel le gentilhomme s'était embarqué.

Mais cela valait mieux ainsi, au cas où quelque témoin inaperçu d'eux l'aurait vu aller rejoindre Wilkie.

Ils accostèrent. La berge était déserte.

— A bientôt ! — dit le gentilhomme.

Son compagnon lui répondit par les mêmes paroles, et Henri de Mercourt sauta à terre et s'enfonça dans les faubourgs de la ville, ayant beaucoup plus confiance à cette heure dans son coutelas que dans la bible que lui avait donné le corroyeur et qui lui avait été cependant d'un si grand secours.

Toutes les salles de dévotion étaient en effet fermées depuis longtemps.

En se détournant, il vit, comme un point sombre, la barque retraverser la rivière et disparaître au milieu de bateaux marchands à l'ancre au bas de la ville.

A peine s'il croisa quelques passants, la plupart de ceux-ci étant des buveurs attardés, sortant des tavernes interlopes, qui à cette époque lointaine pullulaient déjà à Londres.

Non loin des salles de prêche existaient ainsi de louches établissements de « beuverie » ainsi que l'on disait joyeusement et simplement au bon pays de France, où le vin coule et chante clair dans les verres limpides, et où l'on ne connaissait guère alors les dangereux alcools absorbés par les pieux protestants d'outre Manche.

Le gentilhomme français ne redoutait pas ceux qu'il rencontrait, titubants, l'ivresse querelleuse parfois.

Il était habitué depuis longtemps à mater des hommes plus redoutables.

Son regard cherchait à découvrir et à éviter surtout les individus aux pas étouffés, à la démarche trop pacifique en apparence que Somerset lançait chaque nuit sur la ville comme rabatteurs de sa police.

Henri de Mercourt s'aperçut un moment qu'il en avait un à ses trousses.

Rebroussant chemin, il marcha tout droit vers lui.

L'autre, après un brusque retour en arrière, reprit la piste, lorsqu'il vit le « gibier » qu'il flairait reprendre son chemin.

Le Français, tirant alors pour de bon son couteau, reprit ouvertement l'offensive.

L'argousin, se voyant talonné, changea de rue.

Henri de Mercourt l'y suivit, accélérant le pas.

Nul n'est lâche comme un policier attaché aux basses œuvres de la persécution politique.

L'agent de lord Somerset, se voyant poursuivi avec tenacité, comprit qu'il avait affaire à un adversaire déterminé.

Aucun de ses dignes acolytes n'apparaissait afin de lui prêter main-forte et lui permettre de tomber à deux sur l'audacieux qui ne voulait point se laisser *filer*.

Et ce fut lui qui, par une fuite rapide, chercha à se soustraire à ce tenace et inquiétant promeneur.

L'étranger s'arrêta alors, écoutant de quel côté se perdait le bruit des pas de l'argousin.

Un rire dédaigneux retroussa sa lèvre.

— Si l'on n'avait à lutter qu'homme contre homme, poitrine contre poitrine, — murmura-t-il, — je te jure bien, Somerset, que je ne me cacherais pas.

S'orientant de nouveau, il reprit sa marche par une direction opposée à celle par laquelle le policier avait disparu.

Il atteignit enfin l'église Saint-Paul et, se confondant dans l'ombre du vieux bâtiment, il se dirigea vers le logis du maître corroyeur.

C'était le moment le plus périlleux depuis sa sortie.

Qu'un agent le vît rentrer à une heure où il n'était pas habituel qu'un artisan paisible regagne sa demeure, et cela suffisait pour que, le lendemain, une nuée de ses pareils envahît la maison afin d'y opérer une perquisition.

Au moment de quitter l'ombre protectrice de l'église, il fit halte de nouveau, courbé vers la terre pour se rendre compte si aucune vibration du sol ne trahissait la marche d'un autre homme.

Henri de Mercourt n'entendit rien. Il jeta un long et attentif regard sur les environs.

Et franchissant l'espace découvert qui le séparait de l'habitation du corroyeur, il la rejoignit rapidement.

La porte s'ouvrit aussitôt, sans qu'il eût appelé.

Fabers était derrière, aux écoutes, la main sur le loquet.

— Entrez vite, — souffla-t-il.

Et le seuil de la boutique se referma dès qu'il l'eut franchi.

Henri de Mercourt se trouvait de nouveau en sûreté.

L'homme dont la présence à Londres avait troublé précédemment le sommeil de Somerset s'y trouvait de nouveau, et le cruel et lâche ministre l'ignorait!

## CLIII

### MAITRE ESTIENNE, DIT LE BÈGUE

Le lendemain, un ballot de peausseries sortait ouvertement de la boutique de Fabers le corroyeur, afin d'être chargé sur un voilier qui devait transporter du fer en Espagne après avoir fait escale à Saint-Malo.

Le ballot portait l'adresse de « Estienne, dit le Bègue, marchand sur le quai à Saint-Malo, en Bretagne ».

Une de ces peaux, placée au milieu du paquet, était marquée d'une petite croix de couleur rouge, un de ces signes apparemment employés par les artisans pour indiquer la qualité des marchandises.

Le voilier sortit de la Tamise à la marée du soir, sans que rien d'anormal eût marqué son départ.

Cinq jours après, il se présentait devant Saint-Malo, doublait les récifs du Petit et du Grand Bé, où repose aujourd'hui Châteaubriand, et venait jeter l'ancre devant la ville.

Estienne, dit le Bègue, prévenu qu'un chargement de peaux lui était destiné, ne parut manifester aucune surprise et en prit livraison.

— Vous augmentez donc votre commerce, notre maître ? — lui dit son aide, — puisque, jusqu'à maintenant, vous ne faisiez trafic que de boissellerie.

— Il faut bien étendre ses affaires par ces temps de navigation, — repartit le marchand.

Et il roula lui-même le ballot dans la pièce où il serrait ses marchandises de réserve, défendant à son commis d'y toucher, de crainte de dégâts.

Estienne le Bègue retourna s'installer ensuite dans la boutique, allant et venant, servant la pratique comme à l'ordinaire; mais, en réalité, ne quittant point de l'œil la porte derrière laquelle étaient les nouvelles marchandises.

Il attendit le soir, et quand son commis fut allé se coucher, après s'être bien assuré qu'il dormait à poings fermés, le marchand redescendit dans sa boutique et ferma à clé la porte de communication.

Et une lampe à la main, il se dirigea vers la resserre.

Une fois là, il défit avec attention les cordes qui ficelaient le colis et déploya l'enveloppe, ne laissant rien passer sans l'avoir inspecté au préalable.

— Ce n'est pas ici, — murmura maître Estienne, en secouant l'emballage pour voir si rien n'en tomberait. — C'était du reste probable. Il est trop avisé pour l'avoir placé à un endroit aussi exposé.

Le marchand attaqua ensuite les peaux méthodiquement rangées, tournant et retournant chacune d'elles dans tous les sens.

— Ce n'est pas encore ça, — ruminait-il en continuant patiemment ses recherches.

Il était arrivé au milieu du paquet, et tout à coup il eut un mouvement d'attention.

Estienne le Bègue venait de remarquer une petite croix coloriée en rouge.

Il prit la pelleterie, une magnifique pièce de cuir, épaisse comme le doigt, et l'approcha de la lampe.

Il crut apercevoir alors une incision, invisible pour qui n'eût pas été prévenu. Et prenant son couteau à déballer, il en introduisit l'extrémité dans l'étroite rainure.

Il constata alors que le cuir avait été effectivement ouvert dans l'épaisseur, puis recollé avec beaucoup d'habileté, sur les bords. Et il mit à nu une sorte de poche qui y avait été ménagée.

Et de cette poche, il retira un papier léger.

— C'est bien cela, — dit-il.

Il lut, sur le papier, cette suscription : Maître Jean d'Acier.

Estienne le Bègue inséra, dans une poche intérieure de sa veste de gros drap, le pli qu'il venait de découvrir ainsi, rétablit tant bien que mal l'emballage.

Puis, reprenant sa lampe, il remonta dans sa chambre, glissa le papier sous son oreiller, et se coucha.

Réveillé le lendemain, à la pointe du jour, il descendit dans sa boutique dont il défit les volets,

Revenant ensuite dans l'escalier conduisant aux étages, il héla longuement son commis.

— Eh! bien, paresseux! Faut-il que j'aille te tirer par les pieds ou par les oreilles pour te réveiller.

Le commis descendit bientôt, se frottant encore les yeux.

— Il est bien temps de te lever, fainéant, — gronda le marchand. — J'ai déjà fait la moitié de ta besogne.

Et il montra le ballot arrivé le jour précédent, dans l'état où il l'avait laissé la veille au soir, après l'avoir défait, et, en outre, des cribles et des vans à nettoyer le froment, en désordre.

Maître Estienne n'aimait pas à ce que des tiers fussent au courant de ce qu'il lui plaisait de faire, et, de la sorte, son aide ne se douterait pas qu'il était redescendu dans la boutique.

Le commis installé à son travail, le marchand de boisselleries sortit : il fit diverses courses, dont une entre autres sur le port.

Les voyages sur les côtes de Bretagne étaient bien plus rapides par la mer que par voie de terre.

A cause de cela, un caboteur qui mettait à la voile dans la journée, pour Brest, emportait un large pli scellé à la cire et envoyé par le marchand de boisselleries, à « Maître Jean Dacier, intendant, au château de Kervien. »

L'épaisse enveloppe contenait le message trouvé dans le ballot arrivé de Londres.

Le caboteur, solide et bien maté, avec sa membrure épaisse, alla passer par les Minguiers, releva l'île anglo-normande de Jersey et gagna l'Océan.

Le surlendemain seulement, Jean Dacier recevait le message expédié par Estienne le Bègue,

Et tenant dans ses doigts qui frémissaient d'émotion le mince pli expédié de Londres.

— Une lettre de mon maître!... Après un si long silence, je vais enfin apprendre ce qu'il est devenu... Je vais enfin recevoir des nouvelles de mon fils, de Martial.

Cette lettre, il y avait longtemps qu'il l'attendait, qu'il la désirait, ne sachant plus ce qu'ils étaient devenus depuis que le patron de la barque sur laquelle ils étaient partis, retourné au pays, lui avait appris le débarquement du vicomte de Mercourt et de son écuyer sur la côte anglaise, et celui de Julien et de l'ancien pirate en Écosse

Jean Dacier allait peut-être trouver aussi sous cette enveloppe des nouvelles de ces deux derniers.

Mais son fils surtout, son Martial qu'il avait donné à son maître afin de le protéger.

Il s'était retiré à l'écart, attendant d'être seul pour la décacheter avec une impatience égalée par son anxiété.

Il l'ouvrit enfin.

La lettre qu'il tenait à la main était brève.

« Prière à maître Jean Dacier de faire expédier par Estienne le

Bègue à Fabers, maître corroyeur à Londres, derrière l'église de Saint-Paul, pour marchandises reçues, deux mille louis payables en monnaie anglaise par Jacob Lévy, banquier dans la cité de Londres.

« HENRI. »

Et en-dessous ce post-scriptum :

« Dans quelque temps des nouvelles de Martial. »

— C'est là tout !... — murmura le vieillard.

La tête inclinée, il relut la dernière ligne.

— Bientôt des nouvelles de mon fils. Que signifient ces derniers mots? Mon fils!... la joie de ma vieillesse!... Serait-il malade, blessé?... Gémirait-il au fond de quelque prison?...

« Mais il vit!... Cette phrase trop courte me l'indique.

Le vieillard dressa ses mains ridées vers le ciel :

— Seigneur, je l'ai voué au sacrifice en forçant mon maître à l'emmener. Je remplissais mon devoir. Mais veillez sur lui, faites que l'enfant puisse venir fermer les yeux à son père, lorsqu'il faudra partir !...

Depuis longtemps, des pensées funèbres le hantaient.

Le silence prolongé d'Henri de Mercourt lui faisait appréhender les pires complications, seul avec Martial dans un pays peuplé d'ennemis.

Il recevait enfin des nouvelles, et elles ne disaient que ceci :

— Votre fils n'est pas mort!

Le vieil intendant s'arracha péniblement à sa prostration...

— Allons, je m'abandonnerai plus tard à mes méditations. Je n'en ai pas le droit pour le moment. J'ai un ordre à exécuter. Et puisque mon maître me le communique de si loin c'est qu'il y a urgence.

Après un nouveau coup d'œil au message expédié par le seigneur de Kervien, après un nouveau soupir en relisant la dernière ligne, il l'enferma ainsi que celui d'Estienne dans un coffre de fer.

Ayant ensuite allumé un flambeau, il descendit par un escalier privé dans les souterrains du manoir.

Un instant après, il en remontait, portant, sur son bras, deux sacs de toile... Il en vida le contenu sur une table : chacun d'eux contenait vingt rouleaux d'or.

Jean vérifia le nombre des pièces de quelques-uns d'entre eux.

— Je ne me suis pas trompé : il y a bien cinquante louis dans chaque rouleau. Cela fait deux mille louis pour les deux sacs réunis.

Il prit cent louis dans le coffre de fer où il avait enfermé les deux lettres, et joignit cette somme à la précédente en disant :

— Ce sera pour les frais de banque et autres.

De nouveau, il relut le message expédié par le seigneur de Kervien, afin d'être sûr qu'il exécutait strictement ses ordres.

L'honnête et fidèle intendant enferma ensuite le tout dans une caisse après l'avoir enveloppé d'un épais emballage afin que le ballottement en trahît le moins possible le contenu.

Il appliqua ensuite sur le joint des planches quatre larges cachets aux armes de la maison de Kervien, afin de les garantir contre toute tentative frauduleuse.

Ceci fait, il tira son écritoire à lui et écrivit lentement, pesant les mots à « Maistre Estienne, dit le Bègue, marchand en boisselleries, sus le quay à Saint-Malo de France ».

Il lui détaillait le montant de l'envoi qu'il lui faisait, lui transmettant d'une façon précise les ordres d'Henri de Mercourt, et il finit ainsi :

« Espérant en Dieu que tout sera fait promptement et comme il convient, je suis votre affectionné serviteur et ami,

« JEAN DACIER, intendant. »

Le jour même le caboteur qui avait apporté la double missive reprenait la mer, emportant le précieux colis préparé par Jean Dacier et la lettre adressée à Estienne, le commerçant malouin.

Un serviteur de confiance prenait en même temps place sur le bateau, chargé de lui rapporter l'accusé de réception du destinataire.

— Souvenez-vous que, de la bonne arrivée du chargement que vous emportez, dépend la vie de plusieurs personnes, — dit solennellement le vieillard au patron de la barque et à son envoyé, au moment où le bateau levait l'ancre.

Et immobile sur le rivage, il regarda le caboteur se diriger vers le nord et disparaître derrière les rochers du cap Finistère.

Le vieillard regagna alors lentement le château.

Il connaissait désormais une adresse où il pourrait suivre le passage de son maître... Avec quelle émotion il lui aurait écrit là, dans la soif de connaître ce qu'était devenu le châtelain de Kervien, et aussi, et surtout, Martial, son fils unique... Mais il ne le devait pas, il ne le pouvait pas, ignorant même si ce Fabers était un ami ou un ennemi et si la somme envoyée n'était pas une rançon.

— Hélas! — murmura le vieillard, — triste fardeau que celui de l'âge!... Et dire que ceux pour qui l'on donnerait sa vie sont le jouet du hasard, et ne pouvoir rien qu'attendre et gémir sur ces rochers!...

Et reprenant sa brouette, il continua son chemin.

Combien le vieux manoir lui paraissait vide et morne, sans le maître qu'il avait vu grandir, sans le fils dont il avait fait un fier et loyal soldat, sans Julien son élève, et même sans Joë, le brave colosse qu'il n'avait pu s'empêcher d'affectionner.

Tous étaient partis un jour, et il demeurait seul, se demandant si aucun de ceux qui s'en étaient allés ainsi reparaîtrait jamais.



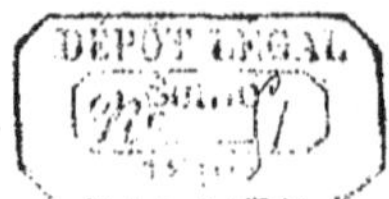

## CLIV

### LA VEUVE

Une femme vêtue de l'ancien costume du pays de Galles s'était présentée chez les héritiers de Jacksen, l'orfèvre, établi de son vivant en face du vieux donjon de la Tour de Londres.

Jacksen avait été un maître fabricant d'orfèvrerie plutôt qu'un joailler proprement dit.

Le quartier dans lequel était situé son atelier était trop taciturne pour attirer les belles dames en doux mal de coquetterie.

Aussi, son décès survenu, nul ne s'était présenté pour prendre la suite de son commerce, moins avantageux à cet endroit que dans les parages élégants.

La maison était également inhabitée et les héritiers de l'orfèvre reçurent avec joie la visite de la provinciale qui, étant veuve, disait-elle, ne recherchait point une demeure gaie et frivole.

Afin d'en tirer un bon prix, ils firent valoir que son voisinage la garantissait contre les maraudeurs ; la visiteuse leur objecta l'état de décrépitude de la façade, se gardant bien de montrer un empressement excessif...

La femme au costume du pays de Galles n'était autre qu'Annie, la vaillante épouse de Wilkie, l'ancien geôlier de la Tour de Londres.

Elle s'était décidée pour ce déguisement qui, cachant en partie ses traits, ne permettrait pas de la reconnaître.

Après bien des pourparlers, et ayant débattu le prix de l'achat pièce à pièce, en gens qui connaissaient la valeur de l'argent, on finit cependant par s'entendre.

En conséquence, un matin, les gardes du premier guichet de la Tour ne furent pas peu surpris de voir s'ouvrir les volets de la vieille maison de l'orfèvre.

Ils apprirent alors qu'une vieille femme s'était décidée à en faire l'acquisition.

— Il est certain que ce ne pouvait être un jeune et joli minois, — grognèrent-ils ; — quelle jeunesse viendra jamais s'égarer par ici ?

Au bout de deux ou trois jours, on vit des ouvriers poser leurs échelles contre les murailles et boucher les lézardes.

— Eh! la vieille qui essaie de cacher ses rides, — gouaillèrent les soldats.

Un matin, les maçons n'étaient pas encore arrivés, lorsqu'un homme se dirigea vers la maison de la veuve, poussant une brouette.

Des outils la chargeaient; des maculatures de plâtres masquaient l'éclat trop neuf de l'acier avec lequel ils étaient fabriqués. Des sacs de chaux les cachaient, du reste, en partie.

Arrivé devant l'entrée de la Tour de Londres, l'homme s'arrêta, et soit fatigue, soit émotion, laissa aller sa brouette sur le sol.

Il faisait froid et une épaisse étoffe de laine abritait ses oreilles et son cou contre la gelée matinale, déguisant presque entièrement sa barbe grisonnante...

Il considéra longuement le seuil de la forteresse.

— Eh! l'ami, — lui cria un guichetier en remarquant son attention, — aurais-tu envie d'y habiter par hasard? Il y a encore de la place.

L'homme blêmit légèrement; puis, fixant celui qui lui parlait, il haussa les épaules et maugréa :

— J'y suis entré avant toi et sorti de même.

Et reprenant sa brouette, il continua son chemin.

Le guichetier supposa que c'était quelque ouvrier qui avait travaillé à des réparations intérieures et ne s'en préoccupa pas davantage.

L'inconnu arriva jusqu'à la maison de la veuve.

Là, ayant poussé sa brouette contre la porte, il frappa de certaine façon...

L'huis s'ouvrit aussitôt; la coiffe blanche de la maîtresse du logis parut au dehors, et elle interrogea d'un coup d'œil les deux côtés de la rue, les créneaux de la forteresse...

— Te voici enfin, Wilkie. J'étais mortellement inquiète. Personne ne t'a suivi? Entre vite.

— Je n'ai remarqué aucune figure suspecte; c'est l'heure où les ouvriers commencent à se rendre à leur travail. Mais il vaut mieux que je ne me presse pas : ma précipitation pourrait donner l'éveil.

Sans se hâter, comme un manouvrier qui ne veut pas se fatiguer en attaquant trop vivement sa besogne, il écarta les sacs de chaux, et porta d'abord à l'intérieur ses nombreux outils.

Reparaissant ensuite, il poussa dans le corridor la brouette elle-même.

Il ressortit, étudia une minute l'état des travaux commencés, et en profita pour observer l'aspect du voisinage.

— Tu peux fermer, — dit-il en rentrant. — On ne s'est aperçu de rien.

La prétendue veuve obéit, et s'approchant ensuite de Wilkie :

— Mon cher homme, te voici donc ! Ah ! si tu savais par quelle transes j'ai passé depuis que je suis ici seule.

— Brave et dévouée Annie ! — prononça l'ancien geôlier. — Embrasse-moi.

Certes, ils n'étaient point jeunes, l'un et l'autre, et le costume adopté par la courageuse femme la vieillissait encore ; cependant il y avait une émotion vraie dans leur étreinte.

Ce n'est pas en vain qu'on a vécu vingt années d'une existence commune et que l'on sent la menace suspendue sur la tête de l'un et de l'autre.

— Oh ! ce n'est pas pour moi que j'avais peur, — ajouta Annie. — Une femme, qui est-ce qui se méfie ? Mais je craignais à chaque instant qu'on ne découvrît ta retraite. Et c'est alors, hélas ! que j'aurais réellement mérité ce nom de veuve qui m'épouvante à certaines heures.

— Allons, ne te fais pas d'idées pareilles : ruse de guerre.

— C'est ce que je me dis sans cesse. Et malgré ça... Tiens, je n'ai pu fermer l'œil de la nuit en pensant que tu allais te rendre ici de jour. Il me semblait à chaque instant que j'entendais des cris et que j'allais te voir traîner dans la Tour.

— Et tu vois...

A ce moment, un bruit de voix s'éleva brusquement au dehors.

Annie changea de couleur.

— On t'a suivi ! — balbutia-t-elle, saisie brusquement d'épouvante.

— Non, ce doivent être les ouvriers.

Et en disant cela, il saisit cependant un levier de fer, prêt à vendre chèrement sa liberté et sa vie.

On frappait plus fort.

— Qui est là ? — questionna Annie, la voix haletante.

— Les maçons, donc ! Ouvrez vite qu'on se réchauffe en travaillant, car il ne fait pas bon à rester sans bouger.

Wilkie et sa femme échangèrent un regard de soulagement.

Le premier poussa sa brouette dans un couloir conduisant à la cave.

Annie en referma la porte sur lui, jeta une étoffe sur les outils restés près de l'entrée et alla ouvrir.

C'était en effet les ouvriers.

— On dormait encore, la veuve ? — fit leur contremaître.

— Je mettais un peu d'ordre ici, — balbutia la maîtresse du logis.

Le maçon toucha du pied l'étoffe qui recouvrait les outils apportés par Wilkie et que l'arrivée matinale des ouvriers ne lui avait pas laissé le temps d'enlever.

— Ah! oui, je vois.

Annie frémissait... Que le soulier du maçon résonnât contre le fer d'un des outils, celui-ci relèverait peut-être l'étoffe!

Et alors, comment expliquer leur présence sans faire naître de soupçons?

Le soin qu'elle avait pris de cacher ces objets ne paraîtrait même que plus louche.

Et il en fallait si peu pour donner l'éveil aux espions de Somerset.

L'achat de cette maison à côté de la forteresse deviendrait dans ce cas, à lui seul, une indication aux argousins.

Une perquisition amènerait la découverte de Wilkie, son arrestation.

— Oui, c'est alors que je serais réellement veuve, — pensait-elle avec l'angoisse que lui donnait ce titre funèbre.

Et elle demeurait debout à la même place, afin d'empêcher un de ces hommes de céder à la curiosité, de regarder ce qu'elle avait caché sous l'étoffe.

Le mortier était encore gelé et ils ne pouvaient continuer le travail inachevé la veille.

— Houp! chargez ces tuiles neuves, et au grenier, vous autres! — ordonna le maître à ses aides. — Nous allons boucher les gouttières de la toiture en attendant qu'il dégèle.

Ils se mirent à gravir lourdement l'escalier, chargés de leur fardeau.

Annie en profita pour enlever les outils à l'entrée de la cave.

Elle n'avait pas terminé qu'elle entendit redescendre un des manœuvres.

Il venait faire un autre voyage.

Dès qu'il fut hors d'état de l'apercevoir, Annie, réunissant toutes ses forces, emporta le reste des outils.

— Tiens, — observa l'homme lorsqu'il reparut, — vous avez déménagé ce que vous aviez là, sous une étoffe. C'était donc de la contrebande que vous cachiez ainsi?

Il cligna de l'œil.

— Faudrait voir, dans ce cas!

— Oh! des affaires de femme, — fit la maîtresse du logis en affectant le calme tandis que son sein se soulevait, — il n'y a rien à cacher. Seulement, les maçons, ça met du plâtre partout.

L'argument parut concluant à l'ouvrier, et il remonta, traînant lourdement ses pieds et fredonnant un air du peuple.

Wilkie, blotti à l'entrée de la cave, n'osait faire un mouvement, de crainte d'attirer l'attention.

Il ne connaissait pas la maison et s'était jeté là sur l'indication rapide de sa femme.

Annie attendit que les maçons, ayant achevé de charrier les matériaux dont ils avaient besoin, fussent tous occupés sur les toits.

Elle alluma alors une petite lampe afin de sortir son mari des ténèbres dans lesquelles il était plongé.

L'ancien geôlier parcourut rapidement les caves et transporta la brouette et les outils dans la dernière afin d'échapper à la curiosité des ouvriers s'il leur prenait fantaisie d'ouvrir la première porte.

Lui-même s'assit sur la brouette.

— Emporte la lumière, — dit-il à Annie. — Il n'en faudrait pas davantage pour tout compromettre.

Et il demeura enveloppé dans cette nuit aussi complète que celle des cachots les plus profonds de la sinistre prison voisine.

Henri de Mercourt et lui se proposaient de l'attaquer par la sape et la pioche, et il commençait son apprentissage dans ce métier souterrain.

Seul, parfois, quelque bruit sourd parvenait jusqu'à lui.

— De même que les bruits du dehors parviennent à peine dans cette retraite, de même l'on n'entendra pas, à la surface de la terre, le bruit de nos outils, dès que nous aurons commencé à creuser ! — conclut-il. — La tentative du vicomte de Mercourt est hardie ; mais c'est parce qu'on n'a pas supposé qu'elle fût possible qu'elle sera peut-être réalisable.

Son attente, son immobilité lui pesaient cruellement, et il tâchait de saisir quelques signes extérieurs lui indiquant la marche du temps, de l'heure.

Une lumière brilla à l'entrée de la première cave.

L'ancien geôlier se dressa, se blottit contre le mur de celle à laquelle il se trouvait.

Était-ce Annie ? était-ce un des ouvriers ?... ou était-ce pire encore ?

La lumière approchait...

Un flottement d'étoffes, celui d'une robe, se fit entendre.

C'était Annie.

Les ouvriers venaient de quitter leur ouvrage pour aller manger, et elle se hâtait d'en profiter pour apporter sa subsistance au reclus.

Ce fut avec une sorte d'avidité que le captif absorba le bouillon chaud qu'elle lui présentait.

Cette longue immobilité dans l'humidité de ce caveau avait fini par le pénétrer.

— Mon pauvre Wilkie, — dit sa femme, — tu commences là une pénible existence.

— Qu'importe, — répondit son mari, — si nous arrivons au but.

Annie secoua la tête.

Le résultat lui paraissait bien problématique. Et combien de souffrances jusque-là ! Combien de périls !

— Et même, — fit-elle continuant tout haut sa pensée, — si vous parvenez à creuser ce passage, si vous ne rencontrez ni blocs de rochers ni obstacles infranchissables, comment arriver auprès de ceux que vous voulez délivrer, malgré les gardiens en permanence, les rondes !

Et s'abandonnant à son abattement, elle reprit :

— Tu le sais mieux que moi, mon pauvre Wilk, toi à qui lord Mercy avait fait donner un emploi dans cette maudite prison !

— Femme, voudrais-tu me décourager avant même que je me sois mis au travail ?

— Te voir enfermé dans cette nuit ?... Cela me fait un effet que je ne puis exprimer. Il me semble que tu es dans un sépulcre.

— Annie !... Annie !... tu as donc juré de tout faire pour m'empêcher d'accomplir ce devoir que nous avons l'un et l'autre librement accepté. Tu viens de prononcer le nom de lord Mercy... le juste ! As-tu oublié la misère de laquelle il nous a tirés autrefois en me nommant geôlier dans la Tour de Londres. Et plus tard ?...

— C'est vrai... pardonne-moi, Wilkie.

— Et ce généreux, cet intrépide gentilhomme français à qui j'ai donné ma parole ? Irai-je lui dire maintenant que j'ai réfléchi... que j'ai peur. Entends-tu, Annie, *que j'ai peur*, car ce serait bien là la vérité.

La malheureuse femme était toute confuse.

Ainsi qu'elle venait de l'avouer, elle n'avait pas été maîtresse d'une impression pénible en apercevant son mari au milieu de ces ténèbres.

Elle savait pourtant le trouver là puisqu'elle-même l'y avait conduit. Mais son cœur s'était serré néanmoins.

— Hélas ! — s'était-elle mis à penser, — reverra-t-il jamais le jour ?

Maintenant, elle demeurait immobile, toute affligée encore, le regardant manger à la clarté vacillante du flambeau.

Elle voulut toucher sa main pour voir s'il n'avait pas froid, et sentit ses vêtements imbibés par l'humidité du caveau.

Et un gémissement qu'elle ne put réprimer sortit de sa poitrine.

Il allait prendre certainement le mal de la mort, son corps bientôt pénétré par l'eau qui suintait presque des murs.

Wilkie devina la cause de son nouveau chagrin.

— Ce n'est rien, cela, — dit-il en riant, — cette cave est fermée depuis trop longtemps. Quand nous serons allés et venus quelque temps, il n'y paraîtra plus.

Annie ne paraissait pas convaincue.

Son mari ajouta :

— Du reste, tu sais ce qu'affirment les savants; plus on creuse et plus il fait chaud : il y a du feu là-dessous. L'un séchera l'autre.

La femme se rendait compte que son mari plaisantait afin de la tranquilliser.

— Allons, — reprit Wilkie avec gravité, — oublies-tu ce que tu disais toi-même au seigneur de Kervien, dans notre chaumière, quand il hésitait à accepter nos offres ?

« Femme, femme, semer le découragement, c'est déjà commencer à trahir !

Annie rougit.

Devant les dernières et sévères paroles de son mari, elle se retrouva la femme du peuple énergique et résolue qu'elle s'était montrée en d'autres circonstances.

— J'ai eu un moment de faiblesse. C'est vrai. Mais tu n'auras plus à m'adresser de reproches, Wilkie. Je serai digne de toi.

Du bruit se fit entendre à cet instant au-dessus d'eux, Annie ayant intentionnellement laissé les portes intérieures ouvertes.

C'étaient les ouvriers qui revenaient, leur repas achevé.

Elle se retira aussitôt, voulant laisser la lumière à son mari, afin qu'il ne restât pas dans ces ténèbres dont la morne pesanteur l'avait si fort impressionnée.

— Non, emporte le flambeau, — dit l'ancien geôlier. — Je te l'ai déjà dit, c'est elle qui pourrait constituer notre véritable péril. Il suffirait d'une fissure par laquelle ces hommes verraient filtrer un peu de clarté, pour nous perdre.

Annie obéit et remonta rapidement au jour.

En haut, les ouvriers s'impatientaient.

— Eh ! eh ! la veuve, — plaisanta le contremaître, — vous avez donc un amoureux caché par là que vous êtes si longue à ouvrir, aujourd'hui?

La femme chercha à lire avec angoisse sur les traits de cet homme.

N'aurait-il pas en réalité des soupçons ?

Elle se contraignit à sourire.

— Les amoureux ?... Il y a longtemps que je ne sais plus ce que c'est, hélas !

Et pour achever de détruire les doutes que les ouvriers pouvaient

L'homme au costume d'ouvrier pénétra rapidement à l'intérieur.



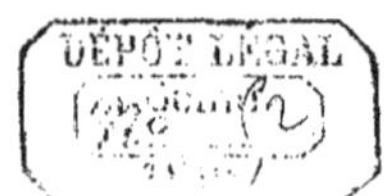

avoir, elle feignit de ne pas s'occuper d'eux, laissant les portes béantes afin qu'ils pussent tout observer sans contrainte.

Mais tandis qu'ils allaient et venaient en liberté, elle donna un tour de clé à la cave, sans être remarquée, et mit la clé dans sa poche.

Elle pria même le contremaître de l'aider à poser un rideau dans sa chambre. De cette façon, cet homme aurait toute facilité pour s'assurer qu'elle était réellement seule.

— Hum! voici une maison bien grande pour vous, — lui fit observer le maître-maçon qui aimait à causer.

— Je compte prendre une servante.

— Une servante... Je ne dis pas... Ça *meuble* déjà un peu.

Et cherchant à plaisanter, comme le faisaient les gens du peuple :

— Mais vous n'êtes, après tout, pas si vieille que vous en avez peut-être l'air, et, dame, si je n'avais pas moi-même épouse au logis, je serais bien capable de vous en conter.

Annie fit semblant de rire.

Il lui fallait paraître posséder toute son indépendance d'esprit et feindre l'enjouement, tandis qu'elle savait Wilkie enfermé à quelques pas d'elle dans une espèce de sépulcre.

Hélas! c'était là le rôle habituel des conspirateurs.

Lorsque le maçon eut quitté la chambre pour retourner à son travail, elle demeura mélancolique, songeant à l'avenir qu'elle n'avait malgré tout pas vu si embrumé lorsque, dans leur chaumière, abandonnée depuis, elle avait affirmé au seigneur de Kervien qu'elle était prête elle aussi à s'attacher à sa cause.

Sa rêverie attristée durait depuis un moment lorsque la voix du contremaître se fit entendre de nouveau.

— Eh! la belle veuve, — s'exclamait-il, — vous avez fermé la porte de la cave... C'est-il que vous avez peur pour vos trésors?

Annie sursauta. Que voulait donc cet homme?

Avait-il entendu quelque bruit dans le caveau et Wilkie aurait-il trahi sa présence?... En ce cas ils étaient perdus l'un et l'autre, et probablement Henri de Mercourt avec eux.

Une sueur abondante mouilla les cheveux, les tempes blêmes de la pauvre femme... Après son premier mouvement nerveux, elle était retombée sur sa chaise, les jambes cassées.

Elle perçut alors le pas lourd de l'ouvrier dans le corridor précédant sa chambre.

Ce dernier, n'obtenant pas de réponse, croyait n'avoir pas été entendu et venait la trouver.

La femme de l'ancien geôlier se dressa en une détente soudaine.

Le maçon était à quelques pas, répétant sa question. Il ajouta :

— Nous avions emmagasiné du sable dans la cave ; il doit en rester encore une brouettée ou deux, et nous en avons besoin.

Annie respira.

— Ah ! — fit-elle en se forçant à sourire, — c'est que j'ai mis quelques vieilles bouteille en cave. Et, comme les maçons sont gourmands, quelques précautions ne sont pas de trop.

Les ouvriers ne soupçonnaient donc pas la présence d'un homme au fond du caveau.

La situation n'en était pas moins terrible.

La « veuve » répondit qu'elle allait chercher la clef, prétendant avoir oublié l'endroit où elle l'avait placée.

Et quand le contremaître se fut éloigné, elle courut à la cave prévenir le reclus...

Wilkie entassa hâtivement tout ce qu'il avait apporté, dans un coin où il serait le plus à l'abri, et s'accroupit lui-même dans l'angle.

Annie, affreusement angoissée, prévint alors le maçon.

Il y avait en effet un peu de sable déposé là au commencement des travaux.

Et prête, s'il le fallait, à empêcher, par la force, les ouvriers de s'enfoncer plus avant dans le caveau, elle demeura là, à côté d'eux, sous prétexte de les éclairer, la main qui tenait son chandelier agitée d'un tremblement nerveux.

Deux fois, les ouvriers reparurent, ne se pressant pas, semblant prendre plaisir à faire durer ses transes.

Ce fut enfin terminé.

La « veuve » alors referma la porte, regagna sa chambre où elle tomba de nouveau sur une chaise, les jarrets sans force.

Annie commençait à faire son apprentissage de cette existence d'alertes et d'inquiétudes qui allait devenir la sienne.

Mais, tandis que les heures s'écoulaient, elle se demandait si elle aurait assez de vigueur pour résister à ces alarmes continuelles.

La nuit arrivée, les maçons se retirèrent en annonçant qu'ils reviendraient le lendemain pour la dernière fois.

— Demain !...— murmura-t-elle intérieurement. — Cette lutte sourde, souterraine, de deux hommes cachés dans les entrailles de la terre contre le chef de milliers de soldats, de geôliers et de bourreaux va donc commencer... J'ai peur de demain !...

## CLV

### LES OUVRIERS DE LA NUIT

Les ouvriers s'en allaient, rejoignant leurs demeures du pas lourd de ceux pour qui la journée a été rude.

Mais à peine étaient-ils à quelque distance qu'un homme parut à l'extrémité de la rue, cheminant péniblement sous le poids d'une auge de plâtrier.

Un bonnet, blanchi par la longue pratique de cette profession, et penchant sur le côté de sa tête, masquait une partie de son visage, caché de l'autre côté par l'auge.

Il arriva devant la maison de la veuve et heurta du pied ; deux coups, puis un troisième.

— Que voulez-vous ? — interrogea une voix de l'intérieur.

— C'est le plâtrier, — répondit le visiteur.

La porte fut entre-bâillée et la veuve glissa un regard inquiet à travers l'étroite ouverture.

— Le plâtrier avec les outils, bonne femme, — reprit l'autre.

C'était le double mot d'ordre.

La fausse veuve ouvrit et l'homme au costume d'ouvrier pénétra rapidement à l'intérieur.

Il laissa glisser son auge à terre.

Et la taille cambrée, la tête expressive du vicomte Henri de Mercourt apparut.

L'huis s'était refermé derrière lui, les verrous mis aussitôt, la barre placée pour compléter la fermeture.

— Attendez, — prononça seulement Annie.

Et elle gravit rapidement l'escalier.

Arrivée au premier étage, elle gagna une fenêtre dont les volets étaient restés entrebâillés exprès.

Et se blottissant derrière leur abri, elle alla se rendre compte que nul promeneur suspect n'avait remarqué l'entrée du prétendu plâtrier.

Elle aperçut alors deux individus, bien reconnaissables aux différences caractéristiques qui les distinguaient.

L'un, très grand, osseux, dont on devinait le profil d'oiseau de proie en dépit de la nuit, son manteau effiloché laissant, en quelque sorte, transparaître son corps de squelette.

L'autre petit et trapu, avec des jambes torses, un mufle de dogue.

Les deux hommes fixèrent d'un même mouvement la maison de la veuve.

Et ils passèrent...

Annie revint alors jusqu'à l'escalier.

— Eh ! le plâtrier !.. — appela-t-elle doucement.

Henri de Mercourt, se guidant sur sa voix, monta en tâtonnant.

La veuve lui montra les deux individus et glissa :

— Ils se sont arrêtés devant la maison.

— Eux !... — murmura le Français.

Les deux promeneurs s'éloignaient sans se retourner ; le Français ne pouvait apercevoir leur visage, mais il les aurait reconnus entre mille.

— Ce seraient donc des espions ? — murmura Annie.

Toutes ses appréhensions de la journée lui revenaient.

— Ce sont les deux argousins qui, à deux reprises déjà, ont essayé de s'emparer de moi.

Et avec un haussement d'épaules dédaigneux :

— Somerset est décidément plus vicieux qu'intelligent de se servir de deux bandits dont la vue seule est un signalement, un avis de fuir.

Les deux argousins atteignirent l'entrée de la Tour de Londres et y pénétrèrent.

— Ces deux limiers ont-ils eu vent de quelque chose ? — murmura Henri de Mercourt comme à part lui. — Ou bien est-ce leur instinct de chiens de chasse qui les a fait s'arrêter, leur signalant l'ennemi ?...

Il était disposé à adopter cette dernière hypothèse.

Les argousins n'avaient probablement passé là que par hasard, se rendant dans la prison où les appelait leur hideux métier.

— N'importe, — conclut-il, — il faut veiller. Où est Wilkie?

Annie répondit que son mari était caché dans la cave la plus profonde de la maison, n'ayant point encore osé le délivrer.

— Allez le chercher, — dit le gentilhomme. — Moi je ne quitte pas la fenêtre.

Une lampe brûlait dans une pièce voisine.

Les habitations contiguës, occupées par des artisans, des commerçants âgés, fatigués du négoce, étaient éclairées modestement.

Maintenant que l'on savait l'ancienne maison de l'orfèvre habitée, la laisser seule, dans l'obscurité, n'aurait pu que donner lieu aux plus dangereuses suppositions.

C'est pourquoi la femme de l'ancien geôlier avait allumé cette lampe à la clarté pacifique et tranquille.

Elle enflamma la mèche d'une chandelle, laissant soigneusement brûler l'autre lumière, ce qui avait en outre l'avantage de laisser dans une obscurité plus grande, la fenêtre derrière les contrevents de laquelle était blotti Henri de Mercourt.

Et elle descendit.

Un instant après, un pas étouffé se faisait entendre derrière le gentilhomme.

C'était celui de Wilkie.

Les deux hommes se serrèrent silencieusement la main.

— Priez Annie de venir me remplacer, — glissa le Français à son oreille.

La femme du geôlier se présenta aussitôt et se mit en sentinelle.

Henri de Mercourt et son compagnon descendirent alors au rez-de-chaussée.

Le premier souleva péniblement l'auge de plâtrier afin de la transporter dans une pièce reculée.

— Que contient-elle donc, messire, qu'elle est si lourde? — interrogea l'ancien porte-clés en la prenant de son côté pour lui aider.

— Vous allez le voir.

Arrivé dans une chambre où le bruit de leurs voix ne risquait pas d'être entendu de dehors, il écarta la chandelle qui les éclairait.

Il souleva alors une toile couverte d'une épaisse couche de plâtre et d'où émergeait le manche d'une truelle et une équerre.

— Des armes! — exclama Wilkie en voyant luire des reflets d'acier sous les rayonnements de la flamme.

— Oui, il y a de quoi nous permettre à l'occasion de soutenir un véritable siège.

Il sortit de l'auge trois paires de pistolets d'un système nouveau, se chargeant beaucoup plus vite que ne le permettaient les batteries incommodes dont on se servait alors, puis d'abondantes munitions, des épées courtes, mais à la lame épaisse et large, armes dangereuses entre des mains vaillantes.

— Il y a encore ceci, — fit-il en montrant un sac qui tenait tout le fonds de l'auge.

— De la poudre?... — murmura Wilkie.

— Oui, de la poudre de mine... Si nous sommes découverts, si le nombre de ceux contre qui nous aurons à lutter est trop considérable, nous mettrons le feu à ceci, et nos ennemis périront avec nous.

Il y eut une minute de sombre silence. Puis Henri de Mercourt reprit :

— De la sorte, Somerset ne nous aura pas vivants!

Les deux hommes remirent alors les armes et les munitions dans l'auge, les recouvrirent comme auparavant afin de les préserver de l'humidité, et les transportèrent dans la cave où se trouvaient déjà les outils charriés par Wilkie.

— Des pioches, des pinces, des pelles, pour creuser la terre, — dit le gentilhomme breton, — des armes pour nous défendre... et pour attaquer, le moment venu. Wilkie, tout cela me met de la fièvre, de l'ardeur dans le sang!... Au travail!

En le voyant aussi résolu, l'homme du peuple sentit se réveiller toute son ardeur, atteinte malgré lui par les angoisses que sa pauvre femme n'avait pas su lui cacher.

— Oui, — fit-il avec force, — la lutte, la victoire ou la mort!

Ils remontèrent.

Annie continuait sa faction.

— As-tu remarqué quelque chose? — interrogea Wilkie.

— Il m'a semblé voir sortir de la Tour le plus grand des deux hommes qui sont passés tout à l'heure. Il a regardé par ici, puis s'en est allé du côté de la taverne de Norberg Robby.

A ce nom, un nuage passa sur les traits du gentilhomme.

C'est ce misérable qui les avait dénoncés, lui et Martial, qui les avait livrés pour toucher un infâme salaire.

Si l'écuyer breton gisait, la cuisse fracassée, dans un cachot, c'est à lui que cela était dû : c'était le hideux frère et émule de John Robby qui avait en quelque sorte mis les instruments de supplice aux mains des tortionnaires acharnés sur l'infortuné.

Et Henri de Mercourt ne l'avait pas encore châtié!

Est-ce que le jour de l'expiation tarderait longtemps encore pour les deux frères, dont l'un avait été le tourmenteur, avait essayé d'être l'assassin d'Ellen Mercy, — ce qu'ignorait le gentilhomme breton, — et dont l'autre avait livré Henri de Mercourt lui-même et Martial ?

Le seigneur de Kervien, au nom de Norberg Robby, était tombé dans une sombre méditation, à laquelle il s'arracha d'un violent effort.

— Non, — fit-il, répondant à ses propres pensées, — je n'ai pas le droit de le frapper encore. Ce serait dénoncer ma présence, ce serait faire démuseler la meute de Somerset. Mais, patience... Ah! la patience est lourde à certaines heures!...

Henri de Mercourt, infatigable, continuait à creuser.

Il tendit dans la nuit la main vers les murs de la forteresse.

— Arracher à leurs souffrances tous les malheureux, captifs dans cet enfer maudit, voilà quel doit être notre seul but! Nous réglerons nos comptes après.

Au haut des créneaux, la silhouette des sentinelles se promenant, le fusil chargé, apparaissait de loin en loin.

Le gentilhomme se tourna vers la femme de Wilkie.

— Annie, — dit-il avec une grande douceur, — c'est une existence hasardeuse et dure qui nous est réservée jusqu'au jour du triomphe... triomphe encore incertain. Vous êtes une femme et j'ai peur pour vous... J'ai réfléchi, et il en est temps encore : vous pouvez vous retirer. Wilkie lui-même. J'apporterai ici des provisions, et seul, caché à tous les yeux, j'entamerai mon œuvre.

Le rouge de la confusion monta aux joues de la femme du peuple.

Le noble gentilhomme avait donc lu en elle ses hésitations, ses craintes d'un moment ?

Un remords tenailla son âme simple et franche.

— Non, monseigneur, — reprit-elle avec énergie voulant racheter sa faiblesse d'un moment. — C'est volontairement que nous vous avons suivi. Nous ne vous quitterons pas.

— Eh ! bien, en ce cas, que les événements s'accomplissent. Nous sommes les ouvriers de la nuit. A nous les ténèbres souterraines ! A nous la lutte. Et que Dieu soit neutre ! — ainsi que disaient mes ancêtres.

— *Amen !* — répondirent les deux époux d'une seule voix.

Mais la présences de deux limiers de Somerset, une heure avant, en face de la maison, exigeait une vigilance immédiate.

Henri de Mercourt déclara qu'il allait continuer de veiller seul.

Il avait déjà eu affaire à ces individus ; mieux que Wilkie il était à même de voir clair dans leurs agissements.

Et songeant à Ellen, aux paroles malheureusement incomplètes de lord Mercy, si près de lui, et cependant si loin ; à Martial, captif lui aussi derrière les sombres murs dressés en face de lui... à Jean Dacier, s'interrogeant peut-être à cette heure sur le sort de son fils, Henri de Mercourt, seul éveillé, ainsi que les sentinelles debout en face de lui, sur le rempart, laissa s'écouler la nuit, aux aguets, sentinelle perdue !

## CLVI

### PRÉPARATIFS DE FÊTE

C'était fini.

Les réparations commandées par la « veuve » pour l'ancienne demeure du joailler Jacksen étaient achevées.

Les ouvriers avaient enlevé leurs échafaudages, emporté leurs échelles... Annie les avait payés, ainsi que les héritiers de l'orfèvre.

La traite d'Estienne le Bègue, le marchand de Saint-Malo, était exactement parvenue au maître corroyeur.

Sans éveiller l'attention, ce dernier avait trouvé moyen de faire parvenir à Annie la somme nécessaire pour être définitivement maîtresse de l'immeuble qu'elle venait d'acquérir.

Quant au reste, Fabers avait fait revêtir de la signature du juif Jacob Lévy une traite au porteur qu'il avait remise au vicomte de Mercourt.

Ceci avait plusieurs avantages.

Les policiers de Somerset auraient pu se souvenir que Wilkie avait été lié avec le maître corroyeur et organiser une souricière autour de la maison de ce dernier.

Mais le banquier Jacob Lévy était en relations avec trop de gens, nobles et marchands, pour être soupçonné de tremper dans un complot quelconque.

Donc point de danger de ce côté; et le jour venu, si le péril rendait nécessaire sa fuite immédiate, le seigneur de Kervien n'avait qu'à présenter sa traite à l'usurier.

Et il était assez riche pour fréter un navire pour lui et ses compagnons.

La fuite, Henri de Mercourt n'y songeait même pas.

Néanmoins, il conservait soigneusement cette traite qui pouvait mettre du jour au lendemain, dans ses mains, des moyens d'action considérables.

En attendant, l'important était qu'Annie fût totalement, légalement chez elle. C'était fait : nul n'avait désormais le droit de mettre les pieds dans sa demeure. C'était l'essentiel, et l'on allait pouvoir « travailler ».

La maison avait pris un air de fête, de gaîté par suite des quelques réparations effectuées. Qui eût pû soupçonner cette façade riante, récemment récrépite de recéler de farouches conspirateurs?

Il est vrai que ces travaux n'avaient été entrepris que pour permettre à Wilkie et au gentilhomme breton de s'y introduire et d'y apporter les instruments nécessaires à leur tâche.

Mais les voisins, les gardiens de la Tour, voyant cette réfection coïncider avec le jubilé prochain de la reine, ne pouvaient qu'y discerner l'indication d'un loyalisme louable, — surtout aux yeux des agents de l'autorité. Annie avait du reste eu soin de l'indiquer aux ouvriers : la maison, prétendait-elle, aurait pu attendre encore un an ou deux

— Mais puisque voici le jubilé de notre Gracieuse Souveraine, ce ne sera pas un mal de faire un peu sa toilette, n'est-ce pas? — répétait-elle volontiers.

Ses propos avaient été colportés et lui avaient attiré une juste considération.

Le jour des grandes fêtes était imminent.

La veille de cette journée de joie, une des premières parmi les habitants de la rue, la « veuve » commença à sortir des étoffes éclatantes afin de les suspendre aux fenêtres d'où elles pendaient au dehors, le long des murs, comme il était d'usage pour indiquer la part que l'on prenait aux réjouissances publiques.

Tout en faisant cela, elle tenait la rue en surveillance.

Depuis l'arrivée de Wilkie et du châtelain de Kervien, il y avait toujours quelqu'un en faction derrière les fenêtres.

Tandis que la femme du geôlier commençait son installation, elle eut une violente émotion.

Les deux hommes qu'elle avait signalés à Henri de Mercourt, le soir même où il était entré dans la demeure mystérieuse, venaient de se diriger sournoisement de son côté.

Et, parvenus devant la maison, ils s'étaient encore brusquement arrêtés d'un même mouvement, la considérant, les yeux luisants.

Annie n'avait fait que les entrevoir la fois précédente.

Mais aujourd'hui, elle pouvait détailler leurs traits, les deux estafiers s'étant postés à quelques mètres d'elle seulement.

Et elle sentit son sang se glacer à l'expression de ruse diabolique, de férocité animale imprimée sur les traits des deux sicaires.

Leurs regards papillotants, fouilleurs, semblaient vraiment vouloir percer les murs, surtout ceux du plus grand, à la face de squelette.

Annie, ne pouvant en supporter l'éclat étincelant et mauvais, baissa les yeux sur son compagnon aux jambes torses...

Le mufle de dogue de ce dernier avait l'air de humer, de chercher une voie comme les chiens de chasse.

La femme de l'ancien geôlier sentit qu'elle perdait toute assurance; elle eut conscience que ces deux hommes l'étudiaient, et que son trouble serait peut-être une révélation pour eux.

Instinctivement, elle avait senti le besoin de fuir, de se soustraire à leur vue... Mais c'eût été accroître leurs doutes, s'ils en avaient.

Aussi, afin de se donner une contenance et rester là quand même, hagarde, éperdue, elle appliqua au hasard des chiquenaudes aux draperies, comme pour en abattre les plis, tendant, secouant, sans trop savoir ce qu'elle faisait.

Et comme ils ne s'en allaient pas, prenant des rubans, elle les déroula au dehors, incapable, dans son émotion, de discerner même les couleurs, ayant l'air de chercher l'effet qu'ils produiraient, en réalité, sentant le besoin d'agir, de faire quelque chose...

Les deux policiers se regardèrent.

Observateurs par métier, ils connaissaient cette vanité des femmes qui les portait à faire étalage de tout, bijoux ou rubans, du goût souvent le plus criard.

— Parbleu! — eut l'air de dire le plus petit des deux argousins, — elle veut être à la hauteur d'un voisinage aussi officiel que la Tour de Londres. Puis, nouvelle venue dans le quartier, il faut bien qu'elle offusque aussi un peu ses voisins et surtout ses voisines.

Son compagnon, lui, considérait son visage, son front étranglé, rétréci, par la coiffe des femmes du pays de Galles.

— Un esprit borné, — pensait-il. — Le jubilé de la reine!... Si elle pouvait, elle étalerait ses nippes entières à la fenêtre.

Cela était exact du reste, les Anglais, gourmés et raides, de cœur sec souvent, étant les plus fanatiques le moment venu.

Et il pivota sur ses talons avec un mépris visible, causé par le dépit qu'il éprouvait de n'avoir rien à glaner.

Quelques pas plus loin, l'agent au mufle de dogue se retourna cependant...

A présent, Annie, la tête perdue, piquait des fleurs en haut des rubans, des fleurs de papier d'un aspect réellement horrible, tellement tout cela cadrait mal ensemble.

— La mode de son pays, — ricana l'agent à tête d'escogriffe qui l'avait imité. — Quelle vieille toupie!

Et ils réintégrèrent l'intérieur de la prison où ils étaient chargés par leur digne maître de confesser un malheureux.

Quand ils eurent cessé de montrer leurs vilains faciès, Annie reprit peu à peu son sang-froid.

Elle retira une partie de la décoration qu'elle venait d'installer ; puis, quittant son poste d'observation, elle alla à la hâte informer son mari et le vicomte de Mercourt de la réapparition des deux agents.

Le gentilhomme se plaça alors derrière les volets aux trois quarts refermés d'une des fenêtres, et épia leur retour afin de tâcher de lire sur leur physionomie. Mais ils ne reparurent pas.

Tandis qu'il continuait à attendre, un cri déchirant, aigu et prolongé, troua l'air, venant de la prison.

C'était l'infortuné qu'ils avaient mission de faire parler.

Ne réussissant pas à obtenir par la ruse les déclarations pour lesquelles ils avaient été délégués auprès de lui, ils avaient recours aux grands moyens. Et l'affreuse clameur qui venait de retentir avait jailli de la gorge du prisonnier livré à ces deux bêtes féroces !

Le vicomte de Mercourt avait pâli.

Il se demandait si ce râle n'avait pas été exhalé par Martial.

Un nouveau cri, bref et rauque cette fois, se fit entendre encore.

Puis tout se tut... L'homme était sans doute mort, ou les tourmenteurs, afin d'étouffer ses clameurs, avaient eu recours à la poire d'angoisse.

Mais le châtelain de Kervien avait eu le temps de reconnaître que cette voix n'était pas celle de son écuyer.

La victime que l'on torturait ainsi était vraisemblablement dans un cachot situé le long des murs extérieurs pour que sa plainte fût ainsi parvenue au dehors.

Henri de Mercourt tendit le poing vers l'abominable forteresse.

— Séjour de malédiction ! — gronda-t-il ; — quand donc se lèvera le jour de tempête où la foudre rasera tes remparts ?...

Il brûlait maintenant d'attaquer les obstacles qui le séparaient de la prison d'État... Il lui semblait que chaque heure de retard était la perpétration d'un nouveau crime qu'il laissait s'accomplir.

Mais, après mûre réflexion, ils avaient convenu d'un commun accord, avec Wilkie, qu'ils attendraient le commencement des fêtes du jubilé d'Elisabeth pour donner le premier coup de pioche.

Il était à craindre, en effet, qu'à l'orifice même des caves, le bruit de leurs outils ne parvînt jusqu'à la rue.

Au contraire, lorsque partiraient les premières détonations de l'artillerie, lorsque les canons accroupis sur les remparts de la Tour de Londres vomiraient eux-mêmes la flamme de leur gueule de bronze, faisant trembler le sol, qui donc percevrait le travail des ouvriers souterrains ?...

Encore une demi-journée à attendre. Encore une nuit !

## CLVII

### ESCLAVES IVRES

Le matin venait de se lever, le matin gris et cotonneux de Londres, l'hiver.

Soudain un coup de canon sourd, à l'écho prolongé, se fit entendre, venant du palais de la Reine.

C'était le signal du jubilé.

Henri de Mercourt et Wilkie, les bras nus l'un et l'autre, une ardente résolution dans leur regard, se tenaient à l'entrée de la première cave.

La vibration du premier coup de canon n'était pas encore éteinte lorsqu'une autre détonation éclata tout près, faisant trembler le sol.

C'était le canon royal de la Tour de Londres.

— Voici l'heure! La fête en haut, la lutte en bas! A l'œuvre! — clama le gentilhomme.

— A l'œuvre! — répéta Wilkie — Et périsse la tyrannie!

Et saisissant une torche de résine, il s'élança le premier dans les profondeurs du sol.

Les détonations se suivaient maintenant, ardentes, précipitées, faisant croire aux captifs enfermés dans les cachots souterrains que le peuple, fatigué d'être opprimé, attaquait la sombre forteresse.

En bas, sous la terre, un bruit d'outils s'éleva, sourd, continu, étouffé par le fracas de la poudre.

C'était Henri de Mercourt, c'était Wilkie, commençant leur tragique et patiente besogne, leur labeur de géant.

Et leurs pics attaquaient la terre, pressés, sans trêve, sans relâche.

Le sol ne présentait pas une résistance insurmontable, ainsi que l'avait prévu le gentilhomme.

Un amoncellement de pierres et de sable gisait déjà à leurs pieds, autour d'eux.

Mais, contrairement à ce qu'on aurait pu supposer, l'excavation que commençaient à pratiquer les deux travailleurs des ténèbres n'était pas entamée devant eux, à hauteur d'homme, mais au bas du mur faisant face à la prison.

Ils avaient en effet prévu le cas de perquisitions.

Si cela avait lieu un jour, il fallait que les agents fussent arrêtés, déconcertés par la vue de la muraille intacte.

Grâce à des travaux combinés d'avance entre les deux courageux pionniers, un simple trou d'homme, facile à obturer, devrait dans la suite donner seul accès au souterrain.

Pour le moment, tranquillisés par le fracas qui, à l'extérieur, empêchait de saisir le bruit de leurs outils, ils ne pensaient qu'à arriver le plus loin possible.

Ils manœuvraient avec une telle énergie que les matériaux extraits commençaient à les embarrasser.

Wilkie prit une pelle et commença à étaler la terre sur un côté de la cave.

Henri de Mercourt, infatigable, continuait à creuser.

Il disparut bientôt tout entier dans la cavité.

Une torche plantée à côté de lui, entre deux pierres, l'éclairait de sa flamme rouge.

La sueur l'inondait, mais il ne s'en apercevait pas.

L'ancien geôlier avait pris de nouveau place à son côté et son pic à lui besognait aussi avec fureur.

L'ouverture qu'ils pratiquaient était plus large que celle qu'ils avaient projetée.

Mais, pour l'instant, il s'agissait surtout d'aller vite, de gagner du terrain, de s'enfoncer assez profondément dans la terre pour n'avoir plus à craindre le résonnement sourd des pioches à la surface du sol.

Plus tard, lorsqu'ils seraient assez loin, l'un d'eux comblerait une partie du passage, tandis que l'autre continuerait la percée.

— Vous êtes fatigué, monseigneur, — dit Wilkie. — Vous devriez vous arrêter pour reprendre haleine.

— Plus tard, nous ne sommes pas encore assez loin.

Les coups que le gentilhomme portait à présent retentissaient espacés, presque mécaniques, et ses bras commençaient à s'engourdir.

Mais il s'acharnait, sa volonté dominait sa lassitude, pressé de rattraper le temps qu'ils avaient perdu pour attendre ce jour.

A la fin, ses muscles raidis furent incapables de manier plus longtemps l'outil, qui lui échappa.

Et il s'adossa à la paroi entamée, pour reprendre haleine.

Durant ce temps, Wilkie essayait de travailler pour deux.

L'eau ruisselait, abondante, sur la poitrine du gentilhomme.

Il sentit un mortel frisson courir sur sa peau, causé par l'humidité suintant aux murailles des caves voisines...

Elle alla chercher une couverture de bure et revint l'en couvrir.

Pour se réchauffer, il prit la pelle abandonnée un instant auparavant par l'ancien porte-clefs, et, à son tour, se mit à déblayer le terrain.

C'était ce qui s'appelle se reposer en travaillant.

Ses muscles reprenaient en réalité leur élasticité.

— Place ! — dit-il en se rapprochant de nouveau de la brèche.

— Messire, je suis un homme du peuple, habitué à une vie rude ;

mais vous, c'est différent. Il faut vous ménager sous peine d'être moulu de fatigue demain, — protesta son compagnon.

— Oubliez-vous, Wilkie, que j'ai fait le portefaix sur les quais? Et, ma foi, je m'en suis tiré avec un certain honneur. Ceux qui ont connu le Tondu pourraient en témoigner.

Et il se campa à côté de son compagnon, la pioche levée.

Les pierres, les terres éboulées, détachées par son outil, s'étalèrent bientôt à ses pieds...

La prétendue veuve était descendue les trouver une fois, tout émue.

De l'intérieur de la maison, elle percevait la répercussion des coups de pioche et redoutait qu'on ne s'en avisât dans les maisons voisines.

Son mari lui demanda si les gens qui passaient dans la rue paraissaient surpris.

— La foule circule avec abondance, — répondit Annie. — On vient jusque des faubourgs de Londres, voir tirer le canon du haut des tours. Mais nul ne paraît se douter de rien.

— Allons, le peuple est partout le même, — répliqua le gentilhomme avec amertume. — Il ira en habits de fête assister au tir des canons dirigés contre lui, et il ne pense même pas à ceux qui sont enfermés derrière ces murs... à ceux qui sont là trop souvent pour l'avoir défendu. Triste peuple d'esclaves !...

Et il ne s'acharnait que davantage à son labeur.

Lorsque les détonations cesseraient de se faire entendre, il fallait que leur galerie fût enfoncée assez profondément dans le sol pour que la répercussion produite par le choc de leurs instruments fût devenue imperceptible au dehors.

Au milieu de la journée, quand Annie vint leur porter de la nourriture, elle aperçut une ouverture oblique, sorte de galerie descendante qui atteignait environ deux mètres de profondeur.

De crainte d'une visite inattendue, il avait été convenu que les deux hommes prendraient leurs repas dans le souterrain.

La « veuve » avait essayé d'abord de les faire changer d'avis.

Elle appréhendait, pour leur santé, le séjour continuel dans ces caveaux au suintement humide.

Ils auraient le temps de se dissimuler en cas de visite, avait-elle essayé de prétendre.

Mais les assiettes, les verres laissés à demi vides sur la table? Cela suffirait pour les dénoncer. Aussi Henri de Mercourt avait-il refusé en ce qui le concernait.

— Voici mon logis, — avait-il déclaré en désignant un coin de la dernière cave, dans lequel il avait étendu déjà quelques fourrures.

Quant à l'humidité, il s'y habituerait, — affirmait-il, — par la raison que l'on s'habitue à tout.

Et il avait donc été résolu qu'ils prendraient tous leurs repas dans le souterrain même.

Les aliments que leur apportait la femme de Wilkie rétablirent leurs forces.

L'un et l'autre en avaient besoin.

Quand leur repas fut terminé, ils s'interrogèrent des yeux : ce peu de repos n'avait pas permis à leurs membres d'oublier la fatigue.

Mais l'heure pressait.

Il fallait profiter de la fête qui répandait dans la ville une animation inaccoutumée, jetant une foule bruyante autour des remparts d'habitude mornes et déserts de la forteresse. Il fallait se hâter de se servir de cette circonstance, pour avancer l'ouvrage entrepris.

Le canon avait cessé de se faire entendre, il est vrai.

Mais des musiques, la plupart discordantes, des instrumentistes plus ou moins pris de boisson, parcouraient les rues.

Les travailleurs souterrains entendaient parfois leurs sons criards arriver jusque dans la cave.

D'un même pas, ils se dirigèrent vers l'entrée de la cavité.

Et, de nouveau, l'acier de leurs pioches entama la terre.

Annie était remontée, allant reprendre sa faction inquiète, en feignant de regarder avec intérêt la foule, ivre de gin, roulant sous ses fenêtres.

Au coucher du soleil, de nouvelles salves d'artillerie ébranlèrent les airs...

Les énormes murailles de la citadelle tremblaient jusque dans leurs fondations aux vibrations produites par la décharge simultanée de toutes les pièces.

Henri de Mercourt et Wilkie, excités par ce tumulte dont l'écho se prolongeait jusque dans les fondations du sol, précipitèrent leur besogne, fouillant la terre avec un surcroît d'énergie.

Puis tout retomba dans le silence, dans le calme de la nuit.

Le gentilhomme français laissa alors échapper l'outil qu'il maniait.

— En voilà assez pour aujourd'hui, — déclara-t-il.

La paume de ses mains était meurtrie, endolorie, les muscles de ses bras semblaient former des nœuds à certains endroits.

Malgré sa vigueur corporelle, son corps n'était pas accoutumé au travail et il sentait cruellement la fatigue d'un labeur aussi acharné que celui qu'il venait d'accomplir.

L'ancien geôlier donna encore quelques coups de pioche, puis s'arrêta complètement.

Il était las lui aussi... et plus qu'il ne l'avouait, quoique l'existence qu'il venait de mener pendant des années, dans sa chaumière lointaine, l'eût endurci au travail.

La besogne qu'ils avaient faite était assez importante, malgré les conditions défectueuses qu'il leur avait fallu surmonter, en prévision de l'étroite ouverture, qui seule, passant au ras du sol, devait donner accès au souterrain, de façon à pouvoir être masquée facilement.

Wilkie se dirigea vers la porte de la première cave et prêta l'oreille.

Nul bruit ne venait de l'intérieur.

Annie était donc seule dans la maison.

Et il fit entendre un appel convenu et de nature à n'être compris par personne.

La « veuve » accourut.

— Femme, nous avons dit adieu à l'outil pour aujourd'hui... et nous avons encore bien faim, — avoua le mari.

Un instant après, « la veuve » apportait aux deux travailleurs leur repas du soir.

Les deux hommes mangèrent peu cependant, l'excès de lassitude leur avait enlevé l'appétit.

Surtout le gentilhomme!

Il prit à peine un bouillon, trempa une croûte de pain dans un verre de généreux vin d'Espagne dont la femme du geôlier avait eu l'attention de leur descendre une bouteille, prévoyant l'effet immanquable d'un effort aussi acharné, aussi long.

Il s'étendit aussitôt après sur les pelleteries qu'ils avait installées dans le caveau.

— Ce soir, je vais vous céder le poste d'honneur, Wilkie. C'est vous qui allez veiller cette fois durant la première partie de la nuit.

Il allongea ses membres endoloris.

— Je vais essayer de dormir, et en me réveillant au milieu de la nuit, j'irai vous remplacer.

Et il ferma les yeux.

La sueur qui le couvrait n'avait pas encore eu le temps de se sécher; il s'était abîmé à terre avec l'écrasement de la créature chez laquelle tout se détend et se brise à la fois.

La bonne Annie pensa au froid qui pourrait le saisir dans l'humidité du caveau.

Et, remontant, elle alla chercher une couverture de bure et revint l'en couvrir.

Le sommeil commençait à emporter Henri de Mercourt : une sensation de bien-être détendit ses traits, et ses lèvres s'agitèrent confusément comme pour un remerciement indistinct.

— Dormez, noble Français, véritablement digne du nom de gentilhomme, — prononça Wilkie à voix basse, — et puisse le rêve vous donner, illusions chères, quelques heures de ce bonheur que la vie vous refuse encore !

Et il quitta le caveau avec sa courageuse compagne.

Quelques troupes de musiciens, totalement ivres d'eau-de-vie ou de liqueurs fermentées, se succédaient encore dans les rues, achevant la fête de la souveraine au milieu de l'orgie.

Annie alla se reposer, elle aussi, afin de pouvoir veiller le lendemain, tandis que son mari et le seigneur de Kervien, redescendus dans le sein de la terre, y poursuivraient leur œuvre.

Et l'ancien geôlier, luttant contre l'épuisement qui l'accablait, reprit sa faction, à l'abri des volets à demi fermés, dans la nuit striée de temps en temps, au loin, par les lueurs de quelques pièces d'artifices ou des feux de joie s'éteignant un à un...

—

## CLVIII

### A BEC ET A GRIFFES!

Mille clartés s'allumaient à la même heure dans le palais d'Élisabeth.

La tragique souveraine, la femme à l'esprit puissant, mais au cœur sec comme un rocher, conviait sa noblesse, et certains représentants du négoce, méticuleusement choisis, à venir lui présenter leurs hommages.

Elle leur offrait une fête splendide, digne d'elle.

Les riches marchands, revêtus des insignes des dignités bourgeoises qui leur avaient donné l'accès du palais, attendaient dans la salle qui leur avait été réservée, après avoir longé des corridors remplis de gardes aux armes étincelantes.

Entourés de leurs massiers, ils discutaient gravement du prix des denrées et aussi des affaires de l'État, leur présence à cette fête faisant entrevoir, à certains d'entre eux, le rôle que la bourgeoisie, appuyée sur sa fortune, devrait être appelée à jouer dans un avenir peu éloigné.

Dans une salle voisine, à la décoration plus somptueuse, se tenaient les gentilhommes, comtes et baronnets, en costumes magnifiques, la main sur la garde de leur épée, mais la mine soucieuse, causant.

Nobles orgueilleux en apparence, fiers de leurs privilèges, semblait-il, mais l'âme inquiète, sachant par expérience combien leur noblesse n'était qu'un vain hochet, lorsque le voulait la redoutable souveraine, car ils pouvaient compter les vides faits dans leurs rangs par la hache du bourreau... et les ordres d'écrou dans la Tour de Londres!

Enfin, dans une pièce immense dont les proportions ne faisaient que mieux ressortir leur nombre réduit, les lords, ceux que l'on surnommait les grands d'Angleterre.

Et ceux-ci, sous la pourpre, le velours, les décorations resplendissantes de leurs costumes, apparaissaient réellement pareils à des fantômes, car c'est parmi eux que la hache avait le plus effectué ses sinistres moissons...

C'étaient leurs pairs qui peuplaient en plus grand nombre les cachots souterrains que la souveraine et son favori entr'ouvraient de temps en temps, tombes nouvelles, d'où jamais nul ne ressortait.

Et, comptant leur petit nombre au milieu de la salle, dont la vaste étendue, répétons-le, ne rendait que plus impressionnant l'effet de leur phalange décimée, ils se demandaient lesquels d'entre eux étaient peut-être, déjà, désignés dans l'esprit de l'ombrageuse souveraine, pour la prochaine immolation.

La porte de la première salle s'ouvrit à deux battants, celle dans laquelle se tenaient les ancêtres des orgueilleux commerçants de cette Angleterre que nous ne connaissons que trop aujourd'hui.

Des gardes aux cuirasses éclatantes parurent.

Et derrière eux s'avança un cortège fastueux : c'étaient les ministres d'Élisabeth.

Le premier de tous, la tête arrogamment levée, marchait le duc de Somerset, lord-chef de la haute justice et grand chancelier.

Les marchands se courbèrent respectueusement.

Mais lui passa entre leur double haie sans même paraître les apercevoir.

Et il parut, hautain, presque menaçant, au seuil de la pièce réservée à la noblesse.

Puis, semblable à un souverain, faisant violence à la rigidité de son attitude, il daigna laisser venir à ses lèvres un sourire protecteur, et continua sa marche entre les têtes inclinées.

C'était maintenant au tour de la salle des lords.

Les gardes aux casques étincelants, aux larges cuirasses, aux glaives nus, — et prêts à frapper, — s'avancèrent. Et derrière leur triple rang, Somerset, un sourire encore sur les lèvres, mais un sourire d'une hauteur écrasante, plein de mépris et de dédain.

Les lords, dernier rempart, derniers survivants de la vieille Angleterre, essayèrent de retrouver leur ancienne assurance, de se roidir, de supporter son regard de défi.

Mais, malgré eux, sentant leur isolement, leur faiblesse dans ce palais rempli de gardes, où un mot, un seul ordre serait leur perte, presque tous, ils baissèrent le front !

Mais quels regards de sombre menace suivirent l'insolent favori, lorsqu'il fut passé !...

Le cortège ministériel venait de faire son entrée dans la salle du trône.

Ceux qui le composaient allèrent prendre place immédiatement auprès des degrés qui y conduisaient.

Les lords suivirent, puis les membres de la noblesse aux éperons retentissants, aux épées au riche fourreau, unique survivance de leurs anciennes gloires, de leur puissance d'autrefois réduite aux seuls signes extérieurs.

Après eux, les marchands, mal à l'aise devant cette éblouissante assemblée.

Les vieux lords, placés par l'antique cérémonial au point de toucher presque les marches du trône, comme s'ils n'avaient qu'à étendre la main pour atteindre, pour toucher celui ou celle qui allait l'occuper, sentirent un dernier vestige d'orgueil gonfler leur poitrine.

Et leurs têtes, encore rouges ou pâles de l'insolence silencieuse du favori, se redressèrent, considérant tous ceux qui étaient là et dont ils étaient les premiers.

A ce moment, une large porte aux panneaux chargés d'or s'ouvrit avec fracas.

— Sa Gracieuse Majesté la reine! — lança une voix éclatante.

Et Élisabeth parut.

Elle parut seule, plus impressionnante encore dans son isolement.

Somerset, son amant et son premier ministre, lui avait proposé d'aller la chercher dans ses appartements avec deux autres de ses ministres, et de la conduire avec cet apparat dans la salle du trône.

Pour toute réponse, Élisabeth avait laissé tomber sur lui son regard d'acier...

Que croyait-il donc être, pour supposer qu'elle consentirait à se montrer dans une telle circonstance avec lui à son côté, presque comme son égal?

Et froidement elle avait donné, de sa voix brève et impérieuse, ses ordres à son maître des cérémonies, au point de laisser croire qu'elle n'avait même pas entendu les propositions de Somerset.

Les deux battants de la large porte ouverte, elle demeura un moment immobile, droite, fière, dominatrice, produisant l'impression de quelque divinité redoutable sous les tentures de velours d'un rouge sombre aux crépines d'or, retombant autour d'elle.

La lourde couronne constellée de pierreries chargeait sa tête altière; le long manteau royal pendait à ses épaules, traînant derrière elle.

Sous son front pâle, ses yeux brillaient, décelant sa volonté. Et, gardant volontairement son immobilité, elle les promena lentement, pesamment, sur la foule.

— Elle est réellement belle à cette heure! — pensa Somerset, des frémissements d'orgueil immense traversant son être à la pensée que cette femme, cette reine, était à lui tout entière, à certaines heures.

Et elle passa ainsi dans les rangs des courtisans.

Élisabeth sentit qu'il osait la regarder, et, en passant sur tous, son regard se posa sur lui avec une expression telle, qu'il trembla...

Alors, avec une allure souveraine, froide, glaciale, véritablement reine dans toute l'acception du mot, comme si un abime la séparait de tous ces lords, de tous ces nobles, de tous ces dignitaires du peuple réunis, elle s'avança vers le trône.

Deux officiers marchaient après elle, de chaque côté de son manteau royal, le glaive à la main.

Pas de suivantes. Il lui aurait semblé qu'elle aurait cessé d'être Élisabeth, la souveraine, à l'âme tellement altière qu'elle s'était refusée de partager le trône avec un époux.

Mais loin d'elle, dans son sillage, des gardes, de l'or et du fer. Toujours des gardes!

Et elle prit place, incarnation vivante et vraie du pouvoir absolu, le sceptre de domination dans sa main froide et dure.

C'était au lord-chief de justice à prononcer une harangue.

Somerset le fit d'une voix troublée, étant encore sous l'impression du regard qu'Élisabeth avait laissé peser sur lui.

Il lui baisa ensuite la main : elle n'abaissa même pas les yeux sur lui...

Tous le remarquèrent. Le favori avait donc été frappé d'une disgrâce soudaine?

A cette supposition, les traits des lords, des principaux représentants de la noblesse brillèrent d'une joie ardente.

Le terrible exécuteur des volontés de la souveraine, le ministre corrompu dont la domination était d'un tel poids, atteint par la défaveur royale, c'était la porte ouverte aux compétitions personnelles.

C'était peut-être aussi le joug du pouvoir allégé.

Les nobles virent l'autorité relâchée avec la disparition du soudard qui avait trouvé si bien son bénéfice à faire peser de tout son poids l'autorité royale.

Élisabeth lut ces sentiments dans l'éclat de leurs regards; elle devina leurs espérances.

Une flamme rapide et aiguë comme une lame d'épée passa dans ses yeux.

— Milord-duc, — fit-elle alors d'une voix haute et résolue, — votre main?

Somerset avait entrevu lui aussi l'abîme de sa chute.

A ces paroles qu'il n'espérait plus entendre, un frémissement violent l'agita.

Il avait donc tremblé trop tôt?

Mais la leçon cruelle qu'il venait de recevoir lui avait rappelé le caractère altier, ombrageux, de sa royale maîtresse.

Sans oser la regarder, cette fois, il fléchit le genou et, la tête inclinée à son tour, il s'avança jusqu'à la première marche du trône.

Élisabeth appuya alors le bout de ses doigts secs, aux phalanges osseuses, sur son poignet.

Et elle passa ainsi dans les rangs des courtisans.

Somerset, lâche devant elle, comprit qu'il pouvait retrouver son audace vis-à-vis des autres; il comprit aussi la nécessité de prendre la revanche de l'humiliation qu'il venait de subir.

Et de nouveau son regard orgueilleux brava ceux des courtisans, des grands seigneurs qui s'étaient réjouis trop vite de sa défaite.

Entre les rangs des gentilshommes et ceux des bourgeois, se tenait un jeune homme pâle, aux lèvres minces, au regard fuyant, et dont le visage antipathique, défiant toute analyse, semblait ne vouloir indiquer aucun âge précis...

D'une mise trop recherchée pour rester parmi les représentants de la bourgeoisie, les nobles laissaient un espace vide autour de lui, quoiqu'il portât l'épée comme les gens de leur caste.

Une légère rougeur piquait la pommette de ses joues blêmes, sentant le mépris contenu dans cet éloignement des gens de la noblesse.

Ses regards rencontrèrent ceux de Somerset, durant une seconde.

Le favori en lut la signification.

Le désir de se venger des nobles qui, tout à l'heure, applaudissaient à sa chute qu'ils escomptaient déjà le saisit.

La reine avait passé sans un mot au milieu d'eux.

— Majesté, — dit-il en désignant le jeune homme, — voici un de vos bons serviteurs, le jeune comte Percy de Verbrock, venu vous présenter les hommages d'un loyal sujet.

— Ah ! oui, celui dont vous nous avez entretenue, milord-duc. Comte de Verbrock, continuez à nous servir toujours aussi fidèlement.

Le fils de Stewart Bolton avait plié le genou.

La reine était déjà passée.

Le jeune et déjà affreux ambitieux se remit debout.

Un cercle de feu embrasait l'orbite de ses joues.

Comte !...

Il était comte, enfin.

Il était noble !...

La reine lui en avait donné le titre solennellement. Elle n'avait parlé à personne jusqu'à ce moment, rompant ce hautain silence pour lui, ce qui augmentait la signification de ses paroles.

Supérieur par la fortune à tous ces hobereaux qui l'avaient méprisé jusqu'alors à cause de son extraction roturière, il devenait dès ce jour leur égal... sinon davantage.

Les gentilshommes qui se trouvaient le plus près s'étaient regardés les uns les autres, se rendant compte de la portée de l'acte de la sanglante souveraine.

— Les premiers seront les derniers, et les derniers deviendront les premiers, — essaya de parodier à voix basse un de ceux qui se targuaient d'indépendance.

Mais plus d'un, en commentant cette maxime, se rapprochait lentement du fils de Stewart Bolton, flairant en lui un nouveau favori de la fortune qu'il valait mieux avoir pour ami que pour ennemi.

. . . . . . . . . . . . . . . . . . . . . . . . . .

La fête terminée, Élisabeth regagna ses appartements, sa main aux pesants anneaux d'or striés de diamants encore appuyée sur le poing de son ministre humble, et soumis en apparence comme le plus respectueux de ses serviteurs, mais au fond triomphant comme un roi.

Percy, le cœur encore palpitant malgré la froideur livide de ses traits, rentra chez lui pour envoyer à son père un courrier annonçant que la reine l'avait fait comte de Verbrock en présence de toute la cour.

— Ma devise, — disait-il, — sera : *A bec et griffes.*

## CLIX

### LE VIEUX LION

Au matin, un messager, cachant sa mission sous un costume de pêcheur, prenait place sur une de ces barques solides et trapues, aptes à braver les plus violentes tempêtes des mers houleuses du nord.

L'embarcation descendait aussitôt la Tamise, et, prête à arborer, selon les circonstances, le pavillon d'Angleterre ou d'Écosse, mettait le cap vers ce dernier pays.

Et quelques jours après, Stewart Bolton, l'ancien intendant des maisons de Melrose et d'Avenel, l'homme enrichi par la rapine et les crimes les plus odieux, apprenait que son fils portait enfin ce titre de comte si longtemps convoité.

Son unique rejeton, Percy, l'enfant au cœur sec qui n'avait jamais eu une caresse pour ce père dont il était bien pourtant le digne fils, et que le vieux criminel aimait d'autant plus !

— Enfin ! — clama le misérable, — voici ma race désormais anoblie ! Walter, le comte Verbrock vaut bien, je pense, le chevalier d'Avenel.

Et sa pensée, se reportant avec violence de la tour d'Avenel au manoir de Claymore, représenta de nouveau à son souvenir la fille des ducs de Melrose...

Et dans une poussée d'ambition et de passion mélangées, voyant ce titre de noblesse conféré à son fils comme déjà étendu à lui-même, Stewart Bolton, par effet rétroactif, revint à ses anciennes et implacables espérances.

Oui, le jour arriverait bientôt où, entouré d'une escorte de soudards anglais, il franchirait le seuil du manoir de Claymore, l'épée au côté, les éperons de chevalier aux talons, et disant à l'infortunée, sans défense désormais :

— Marie d'Avenel et de Melrose, ce n'est plus Stewart Bolton, l'intendant, le valet que tu as méprisé, qui est devant toi à cette heure, c'est le comte de Verbrock. Il vient ici en maître, et tu vas être à lui.

Et cette espérance, il pouvait en effet la nourrir.

Somerset, ayant décidé la cauteleuse Élisabeth à jeter le masque, ne venait-il pas d'envoyer dix mille hommes au secours des seigneurs écossais révoltés ?

Afin d'enlever, s'il était possible, son meilleur général à Marie Stuart, n'avait-il pas fait mettre le siège devant la tour d'Avenel ?

Et dans un mouvement d'orgueil effrayant, le sinistre personnage, l'agent secret de ce même Somerset, continua à mi-voix :

— Et tout cela, c'est moi qui l'ai fait !... Moi, caché ici sous l'apparence d'une condition infime ; moi, un de ces valets à qui l'on ne parlait qu'avec mépris, monté peu à peu, à force de bassesse et de zèle menteur, au rôle d'intendant !... moi, le prétendu Edward Corfilt qui vais offrir quelques malheureuses fourrures de porte en porte... où j'écoute ce qui se dit et où j'épie ce qui se fait, ce qui se trame.

Un rire strident déchira sa gorge :

— Ah ! la Stuart ne se doute pas quel ennemi invisible, implacable, elle a cramponné à son flanc.

Et, secouant les épaules :

— Marie Stuart... l'Écosse, l'Angleterre, que me fait tout cela, à moi ? Et Somerset lui-même !... Somerset que je hais lorsque je songe que lui aussi avait jeté son dévolu sur Marie de Melrose !... Somerset dont je servais les cyniques projets, — en les faisant avorter plus souvent qu'il ne l'a cru !... Somerset dont je me sers aujourd'hui... plus que ne le sers en réalité malgré sa toute-puissance !

« L'or, la noblesse pour moi !... Et pour moi aussi l'amour de Marie de Melrose et d'Avenel au milieu de l'Écosse en sang !

Et il se disait que tout cela était possible.

De l'or, il en possédait déjà autant que les seigneurs les plus riches, — on sait comment. Et il en aurait encore davantage, à l'heure de la curée, qui ne pouvait tarder.

La noblesse conférée à son fils n'était que la récompense de ses premiers services.

Qu'en serait-il lorsque le léopard anglais étendrait ses griffes sur l'Écosse asservie ?

Quant à la fille, à l'épouse de ses anciens maitres, elle ne lui échapperait pas, lorsque des soudards choisis et bien payés garderaient les issues de sa demeure !...

Et le misérable avait en réalité le droit de prévoir tout cela ; car grâce à sa monstrueuse habileté, grâce aux concours secrets qu'il avait su acheter, il était parvenu à renseigner le duc de Somerset sur la plupart des projets de Marie Stuart.

C'était lui qui, par des rapports incessants, confirmés par les événements nouveaux, avait frappé de telle sorte l'esprit du favori d'Élisabeth que celui-ci venait d'envoyer une véritable armée au secours de lord Rosberg, au moment où la reine d'Écosse espérait voir la révolte vaincue, la paix renaître.

La paix ?...

Le chevalier d'Avenel, encore convalescent, avait eu à peine le temps de se mettre à la tête de quelques régiments afin de se porter à la hâte au secours de l'armée de Mac Sweeny menacée par des forces plusieurs fois supérieures.

Le vieux soldat, sur l'ordre de Marie Stuart, poussée elle-même dans cette voie par des conseillers incapables ou perfides, négociait avec lord Rosberg et les principaux conjurés la cessation des hostilités.

Mac Sweeny désaprouvait ces négociations.

Pour lui, la fin de la guerre était dans la continuation incessante, sans repos, de la lutte, dans un châtiment exemplaire infligé aux traîtres qui n'avaient pas hésité à s'allier aux étrangers.

L'armée de lord Rosberg, démoralisée, désemparée par deux défaites successives, poursuivie sans relâche, diminuait, faiblissait chaque jour, prête à se dissoudre à la première offensive réellement énergique.

« Encore un effort, — avait-il écrit à la reine, — et le trône des Stuarts sera raffermi pour des siècles ! »

Mais Marie Stuart, par horreur du sang, dans sa douleur d'une lutte fratricide, excitée d'autre part par des conseillers avides de faire servir, à leur projets ténébreux, ses généreux sentiments, avait renouvelé au vaillant général l'ordre de négocier la soumission des rebelles.

Profondément attristé, mais serviteur fidèle et soumis, Mac Sweeny avait obéi.

Seulement, inquiet, redoutant malgré tout quelque fourberie, il pressait les négociations, ayant hâte d'en finir.

« Rosberg trouve chaque jour quelque nouveau prétexte pour ne pas conclure le traité que Votre Majesté m'a chargé de lui faire accepter, — écrivait-il. — Que la reine daigne me croire : une bonne bataille avancerait plus l'échange des signatures que dix conférences. »

C'était dans la plaine de Klondikke.

L'armée de Mac Sweeny, adossée à une série de coteaux, était en quelque sorte reliée à celle des seigneurs par un plateau élevé qui lui permettait d'atteindre le camp de lord Rosberg sans avoir à gravir les quelques hauteurs sur lequel ce dernier avait établi son camp.

Le vieux capitaine des gardes de la reine pensait lancer sa cavalerie sur ce plateau et faire assaillir le camp des seigneurs par le côté et par ses derrières, tandis que l'infanterie l'aborderait de face, le jour où l'on en viendrait aux mains, ainsi qu'il le désirait, le soldat et le diplomate étant d'accord en lui pour cette solution qui seule était la bonne.

Ses cavaliers, il en connaissait la valeur depuis le raid effrayant qui, sous la conduite de Walter d'Avenel, les avait amenés à temps à Édimbourg pour repousser l'attaque de la flotte anglaise devant le port qui conduisait à la capitale.

Quant à ses fantassins, ils comptaient parmi eux ses vaillantes troupes du camp de Pleackwers, les bûcherons aux massues et aux haches terribles, les higlanders des bords de la Tweed.

Ses soldats ne demandaient qu'à marcher, qu'à combattre.

Avec eux, que ne pouvait-il espérer? Mais, hélas ! l'ordre était formel, il fallait continuer ces maudites négociations que lord Rosberg semblait se complaire à traîner en longueur...

Mac Sweeny, entouré de quelques-uns de ses lieutenants, était en conférence avec lord Rosberg et les seigneurs rebelles, dans une tente dressée à peu près à mi-chemin entre les deux camps, lorsqu'un de ses officiers, arrivant à la hâte, s'approcha de lui et lui parla bas à l'oreille.

Aux premiers mots, le vieux soldat avait bondi.

Et, brusquement empourpré sous ses cheveux blancs, l'œil fulgurant, la lèvre frémissante :

— Lords et barons ! — s'écria-t-il. — J'aurais pu croire à un égarement passager; mais à la félonie?... Ah ! c'est digne de vous !

Lord Rosberg avait pâli.

L'outrage était terrible.

Le soldat sans tare et sans reproche le regarda en face :

— Milord, tandis que vous m'amusiez ici, vous saviez qu'un corps d'armée anglais s'avançait par mer... et qu'il est débarqué.

Le traître comprit qu'il ne pouvait pas continuer plus longtemps ses déloyables manœuvres.

Il jeta un rapide coup d'œil autour de lui.

Sous prétexte de ne rien conclure sans être approuvé par les seigneurs confédérés, — ces derniers étaient en nombre supérieur aux officiers amenés par Mac Sweeny :

— Eh bien ! soit, — s'écria-t-il. — Tous les moyens sont bons pour qui veut vaincre. Capitaine Mac Sweeny, vous êtes mon prisonnier !

Un véritable rugissement sortit de la poitrine du vieux lion.

Sa main, portée à la garde de son épée, en fit jaillir la lame étincelante.

— Votre prisonnier, noble traître et félon, pas encore !

Il bondit au dehors, en criant « Trahison ! Trahison !... »

Et il fonça sur l'allié des Anglais avant que celui-ci pût se mettre en garde.

Lord Rosberg n'eut que le temps de se jeter en arrière.

Mac Sweeny eut un haussement d'épaules plein de mépris.

Mais, en même temps, il constata le petit nombre de ceux qui l'entouraient et qui, eux aussi, avaient tiré l'épée...

Il n'avait pas le droit d'abandonner l'armée menacée par deux ennemis.

Et, profitant du saisissement causé aux compagnons de lord Rosberg par son attaque soudaine, il bondit au dehors, en criant :

— Trahison ! Trahison !...

Trahison, le cri sinistre et sombre !...

Oh ! comme il était justifié, cette fois.

Lord Rosberg le comprit :

— Sus à eux ! A mort ! A mort ! — commanda-t-il en donnant l'exemple et s'élançant sur la trace des patriotes.

Mac Sweeny vit que ses compagnons et lui n'auraient pas le temps de monter à cheval.

Pâle et résolu, il fit face à ses adversaires :

— Soit, à mort !... Courtisans ambitieux vendus à l'ennemi, c'est une besogne que j'épargnerai au bourreau !

Et, serrés les uns contre les autres, les Écossais présentèrent un mur d'acier à leurs agresseurs.

Ceux-ci, sentant l'occasion décisive, fouettés par l'affront véhément du vieux soldat, bondissaient autour d'eux.

Mais le cri de « trahison » avait été entendu de l'armée écossaise.

Le détachement de cavaliers qui avait accompagné les plénipotentiaires de la reine et qui était stationné à quelque distance s'avançait au galop.

Plusieurs chevaliers s'élançaient d'eux-mêmes du camp, pour le soutenir.

Lord Rosberg jugea son coup de force compromis, avorté.

Et courant, ainsi que ses compagnons, vers leurs chevaux, ils reprirent à toute allure le chemin de leur camp, accompagnés par leur propre escorte qui n'avait pas osé venir à la rescousse.

— Et ce sont des nobles, cela ! — gronda Mac Sweeny.

Mais la situation était critique : il se hâta de rejoindre l'armée écossaise.

Là, le rapport de ses coureurs lui confirma ce que l'officier était venu lui apprendre succinctement.

Une armée, considérable pour l'époque, débarquée nuitamment, s'avançait à marches forcées par deux routes différentes, afin d'enfermer les Écossais entre leurs colonnes et le camp de lord Rosberg.

— Il n'y a qu'une ressource, — déclara brièvement le vieux soldat, — si nous ne voulons être saignés ici comme des moutons, c'est de passer sur le corps à ces faux gentilhommes et de gagner la région de l'Ouest, où nous attendrons des renforts envoyés d'Édimbourg.

Et il fit immédiatement sonner les trompettes, lança quelques ordres brefs.

Arrachant ensuite un feuillet de ses tablettes, il y traça ces mots, d'une main fiévreuse :

« Majesté,

« Les appréhensions de votre vieux capitaine n'étaient que trop justifiées.

« Rosberg négociait pour donner le temps à une armée de secours de débarquer et de nous prendre à revers.

« Je marche sur son camp et pense atteindre de là les montagnes d'Orfeld, où nous mourrons sans faiblesse si des secours ne nous arrivent pas à temps.

« Votre fidèle sujet,

« MAC SWEENY. »

Pas de titre, rien que ce nom.

C'était assez !

Il tendit le papier à un jeune officier qu'un peloton de lanciers supérieurement montés se tenait prêt à escorter.

— Passez à travers tous les obstacles, — commanda-t-il. — Si un seul d'entre vous survit, qu'il remette ce papier à la reine... Allez !

L'officier ne répondit pas un mot.

L'heure n'était plus aux paroles.

Il planta ses éperons dans le ventre de son cheval; son escorte l'imita aussitôt.

Et bientôt leur troupe haletante disparut dans la poussière.

## CLX

### L'ARMÉE-CITOYENNE

Tandis que le soldat sans reproche et sans peur avertissait sa souveraine de la rupture des négociations, un de ses escadrons allait aussitôt occuper une position dont Mac Sweeny voulait s'assurer.

Située dans la zone neutre ménagée entre son armée et celle de lord Rosberg, cette position était d'une grande importance et il ne voulait pas laisser à ce dernier le loisir de le devancer.

Des mouvements rapides qu'il observa dans le camp des seigneurs révoltés lui apprit qu'il avait agi prudemment.

En effet, des cavaliers venaient d'en sortir ayant évidemment le même objectif que lui.

Mais il était trop tard : la bannière écossaise flottait sur le point culminant vers lequel les alliés des Anglais comptaient se diriger...

Derrière Mac Sweeny, ses soldats pliaient rapidement leurs tentes.

En même temps, par de nouveaux ordres, le vieux capitaine indiquait à chaque contingent ses positions de combat.

Du côté de lord Rosberg, la même activité régnait aussi.

— Maudit soudard! — grommelait l'ancien gouverneur d'Édimbourg, donnant ce nom de mépris immérité au noble capitaine des gardes de Marie Stuart, — triple maudit et triple fou!... Que n'ai-je pu continuer à l'abuser quelques jours de plus! J'écrasais son armée jusqu'au dernier homme.

Il ne savait pas que, depuis le premier jour de ces fatales et trompeuses négociations, l'honnête guerrier se méfiait de lui.

Le soin avec lequel Mac Sweeny s'était gardé, envoyant des coureurs dans toutes les directions, en était la preuve.

Excités par la nouvelle de la forfaiture commise, les Écossais fidèles déployaient une véritable rage dans leurs préparatifs de lutte.

Aussi furent-ils rapidement terminés.

Et les divers contingents eurent-ils vite pris les postes qui leur étaient assignés.

Mac Sweeny se porta alors au galop devant chacune de ses colonnes.

Et là, de sa voix de bataille, il lança ces paroles :

— Guerriers, redoutant votre vaillance, les traîtres que vous avez à combattre ont essayé de la félonie pour nous surprendre à l'improviste. A nous de les écraser, afin d'en faire ensuite un exemple de carnage aux étrangers qui viendraient souiller le sol de la patrie !

Le martellement enivré des armes vengeresses sur les boucliers lui répondit, accent terrible et sombre.

Et les Écossais s'ébranlèrent !

Lord Rosberg vit s'avancer leur masse tumultueuse...

Son camp à lui n'était pas encore levé.

Ses mercenaires coururent en désordre prendre leurs dernières positions de bataille.

Mais déjà une charge endiablée, menée par un corps de cavalerie aventureux, les abordait, rompant les rangs qu'ils commençaient à former.

Et continuant à foncer en avant, les Écossais parvinrent jusqu'aux tentes, les renversant sous le poitrail de leurs chevaux, semant la terreur parmi ceux qui s'y trouvaient encore.

Le chef des seigneurs révoltés vit avec colère leur terrible agression :

— Cernez-les ! — cria-t-il. — Et puisqu'ils ont envahi le camp, qu'aucun d'eux n'en sorte vivant !

Et cinq ou six fois plus nombreux, les irréguliers assaillirent de partout la vaillante cohorte.

Ceux-ci étaient venus en sacrifiés, ils le savaient.

Assaillis à leur tour de partout à la fois, les braves comprirent que l'heure était venue de payer leur héroïsme.

Et faisant tête, ils commencèrent une lutte ou plutôt une défense désespérée.

Leur général leur avait dit :

— Allez, pénétrez dans le camp des rebelles et empêchez-les de se former.

Ils avaient accompli sans hésiter la première partie de leur tâche.

Maintenant le plus difficile restait à faire.

En effet, il est relativement aisé à une troupe de cavalerie de franchir des masses humaines.

On n'a qu'à lancer les chevaux... et à faire d'avance, bien entendu, le sacrifice de sa vie.

Mais se débattre au milieu d'une nuée d'ennemis sans chercher à rompre leur cercle, sans chercher à fuir, c'était là où l'abnégation atteignait à son apogée tragique.

C'était là le martyre sanglant... pour la Patrie !

Embrasés par le saint amour national, les Écossais s'y étaient condamnés, non sans être résolus à vendre chèrement leur vie.

Ils combattaient depuis un moment avec acharnement, leur nombre diminuant à chaque instant, lorsque des clameurs formidables éclatèrent.

Du point culminant occupé si heureusement par un escadron écossais, une trombe emportée assaillait d'un autre côté le camp de lord Rosberg.

En même temps, l'infanterie de Mac Sweeny, ayant traversé l'espace qui la séparait des rebelles, c'est-à-dire des mercenaires servant dans leurs rangs, abordait ces derniers.

Les highlanders du clan d'Avenel, placés les premiers, arrivaient au pas de course au cri de :

— Écosse ! Ecosse ! Avenel !

Avenel, le redouté chef de guerre !

Lord Rosberg et ses affidés, inquiets, se demandèrent si le chevalier de la reine se trouvait réellement parmi leurs adversaires.

Pourtant ils le savaient blessé, loin du champ de bataille.

— Non ! — fit l'ancien gouverneur d'Édimbourg, — ce sont seulement ses anciens soldats qui poussent son cri de guerre, sans doute afin d'intimider les nôtres !

Et décidé à atténuer l'effet produit par ce nom, il bondit sur le front de ses troupes, afin de les entraîner à son tour au cri de :

— Rosberg ! Rosberg !

Et il ajouta ce cri dérisoire et mensonger :

— Liberté !... Mort aux suppôts de l'usurpatrice !

Ceux qui lui obéissaient se souciaient vraiment bien de la liberté !

Ils combattaient pour leur solde ; et ils eussent passé le lendemain sous l'étendard de Marie Stuart si celle-ci leur avait offert une paie plus élevée.

Quant aux serfs amenés-là par les seigneurs, leur victoire comme leur défaite ne devait rien changer à leur destinée.

Mais le chef commandait : ils obéirent.

Rosberg croyait avoir arrêté l'élan des Écossais fidèles, lorsque, masse énorme et noire, un moutonnement terrible parut sur sa droite.

C'étaient les bûcherons !

Les pelages sombres de leurs fourrures flottaient à la rapidité de leur course furieuse.

Les highlanders avaient été chargés de préparer la voie, trop peu nombreux pour lutter seuls, et les hommes des forêts arrivaient en dernier appoint, pareils à des guerriers titanesques.

Le grand seigneur, traître à sa patrie, comprit qu'il s'était encore réjoui trop tôt.

C'était l'attaque attendue par les cavaliers qui, les premiers, s'étaient jetés dans son camp en y semant le désordre.

Le chef, dressé sur ses étriers, agita alors désespérément sa bannière.

C'était le signal convenu!

Et ceux des Écossais qui subsistaient encore, un tiers peut-être, repoussant leurs agresseurs, se rangèrent autour de lui.

Sur un signe, l'éperon au flanc de leurs chevaux, ils refoulèrent, écrasèrent alors tout ce qui essayait de leur barrer le passage.

Et ils sortirent du camp, l'ayant traversé de part en part.

Le chef de la cavalerie de lord Rosberg ordonna à ses hommes de les charger, de les empêcher de se reformer.

Mais les chevaux vont vite, et déjà ils avaient pris le large.

Le vaillant escadron s'était rangé de nouveau en bataille, et, les glaives rougis, il chargea une seconde fois les seigneurs révoltés, éventrant les fantassins que lord Rosberg, éperdu, essayait d'opposer aux highlanders et aux bûcherons dont les massues, les haches s'empourpraient dans l'effroyable boucherie.

En vain, le chef de la cavalerie rebelle, par des charges successives, essaya d'arrêter le mouvement graduel des valeureux Écossais.

Les pièces de canon fabriquées autrefois par le chevalier d'Avenel commencèrent à tonner.

Leurs boulets arrivant dans les escadrons massés pour une tentative suprême y jetèrent définitivement le trouble et la terreur, crevant les cuirasses, éventrant les chevaux.

Les montagnards aux armes tournoyantes, les soldats d'Avenel s'avançaient toujours plus avant.

Derrière eux, les volontaires d'Édimbourg, formant une troupe moins bouillante peut-être, mais d'une solidité à toute épreuve, achevaient d'assurer leur triomphe.

— Frappez! frappez, braves guerriers! — encourageait le capitaine Mac Sweeny. Que ces traîtres apprennent à connaître le poids de la fidèle Claymore d'Écosse.

Il lui tardait d'avoir achevé sa victoire, pour mettre à exécution le plan dont il avait informé la reine, dans le message qu'il lui avait envoyé avant le commencement de l'action.

Attendre la jonction des rebelles avec les Anglais sur le terrain où les deux armées se trouvaient actuellement aux prises, c'eût été courir au-devant d'un anéantissement fatal.

Aussi, méprisant, ignorant le danger, se portait-il partout où la fortune de ses armes demeurait en suspens.

Un escadron l'entourait, et à sa tête il chargeait, obligeant à reculer ceux qui s'étaient flattés d'arrêter ses cohortes.

Rosberg lui aussi s'était rendu compte de l'énorme avantage qu'il y avait à tenir là l'armée royale.

Ses artifices jusqu'à ce jour n'avaient pas eu d'autre but.

Vainqueur alors sans coup férir, maître absolu de ses mouvements, il aurait pu se porter à marches forcées sur Édimbourg, et contraindre Marie Stuart à accepter sa main, c'est-à-dire la perte déguisée de sa puissance, ou bien l'obliger à l'abdication, une autre honte !

Aussi comprend-on sa fureur en voyant ses projets percés à jour par son adversaire.

C'est pourquoi, redevenu brave à cette heure, il chercha à joindre Mac Sweeny qui, plus âgé, ne pourrait pas, espérait-il, soutenir longtemps un combat singulier.

Mais, sans cesse en mouvement, le vieux général n'était pas facile à rencontrer.

Lord Rosberg, qui le cherchait depuis un moment, parvint à se jeter enfin au galop à sa rencontre.

— Allons, vil courtisan de l'usurpatrice ! — lui lança-t-il, — ose donc te mesurer avec moi !

Courtisan !...

Le guerrier au visage tailladé de cicatrices pâlit. Courtisan, lui qui avait, avec tant de raison, jeté cette insulte au visage de l'homme d'intrigue qu'était le misérable allié des Anglais !

Puis, relevant fièrement sa noble tête blanche :

— Lord Rosberg, — fit-il d'une voix éclatante, — le courtisan méprisable entre nous deux, tu sais bien que c'est celui qui marche sous la bannière étrangère.

« Quant à ton défi... Mac Sweeny a appris à connaître tes habituelles traîtrises. Après la bataille, tu me retrouveras. Mais à présent, l'heure est à mes vaillants dont tu voudrais arrêter les exploits !

Et, s'adressant à ses soldats :

— Chargez, compagnons ! Chargez ! Car Rosberg le déloyal, le lâche et le félon a peur !

Et, sans plus se soucier du général ennemi que s'il n'existait pas, il fonça à la tête des siens sur un gros de cavaliers qui venait de prendre en flanc sa brave infanterie, composée des volontaires d'Édimbourg, ces loyaux sujets, ces bons patriotes, qui avaient déserté leurs magasins ou leurs ateliers pour venir défendre la patrie.

En voyant accourir son chef respecté pour la dégager, la cohorte-

Les fauves des forêts, attirés par l'odeur du sang répandu...

citoyenne entonna l'hymne national écossais, et aborda avec impétuosité, pour la seconde fois, l'infanterie des rebelles, ne s'inquiétant plus des cavaliers prêts à les attaquer.

Le vieux capitaine n'était-il pas là ?

Lord Rosberg, blême des cinglantes paroles de son victorieux adversaire et du refus qu'il venait d'essuyer, voulut imiter Mac Sweeny et faire ainsi descendre la victoire sur les siens.

Mais ses troupes étaient ébranlées.

N'étant soutenues par aucun sentiment élevé, elles combattaient en tronçons épars, obéissant sans élan aux ordres des chefs rebelles.

Elles faiblissaient visiblement.

Soudain, un gros de mercenaires lâcha pied.

C'était la déroute !...

Lord Rosberg ne pouvait plus espérer retenir l'armée de Mac Sweeny jusqu'à l'arrivée des Anglais !

Attendre une heure de plus, c'était assister à l'écrasement, ou, du moins, au fatal éparpillement de ses propres soldats.

Et il donna l'ordre de battre en retraite vers un plateau élevé d'où il espérait continuer à inquiéter l'armée royale.

Mais une nouvelle charge plus impétueuse des Écossais ne donna pas le temps à son commandement de parvenir à ses officiers.

Ses autres contingents, refoulés de partout, voyant fuir une partie de leurs hommes, se débandèrent à leur tour, l'épée dans les reins.

Et il n'y eut bientôt plus, sur la plaine, que des groupes confus et fuyant en désordre.

Lord Rosberg, sur le point d'être fait prisonnier, dut mettre son cheval au galop pour se soustraire à un châtiment mérité.

Et, suivi d'un gros de cavaliers, qu'il parvint à rassembler en chemin, il gagna les forêts où il espérait se mettre à l'abri.

Durant cette véritable fuite, il sonnait désespérément du cor, pour rassembler ses troupes vers le lieu de sa retraite.

Il ne songeait plus à venir réclamer, du vieux général, le combat singulier auquel il l'avait défié par suprême politique.

Mac Sweeny laissa un moment sa cavalerie donner la chasse aux fuyards afin d'assurer sa victoire.

Lorsqu'il vit la plaine entièrement dégagée, lorsqu'il vit l'armée rebelle fuyant dans tous les sens, sourde à la voix de ses chefs et aux appels du cor de lord Rosberg, il fit sonner ses trompettes.

Il avait atteint son but.

Maintenant il devait accomplir la seconde partie du projet de salut qu'il avait annoncé à la reine.

Il lui fallait gagner les montagnes d'Orfeld où il résisterait plus avantageusement aux efforts combinés des seigneurs rebelles et de leurs alliés.

Pour cela, il n'y avait pas de temps à perdre.

Son armée était prête, le convoi resté sur la limite de l'ancien camp, durant la bataille, attendait.

Mac Sweeny, rangeant ses troupes en colonnes, donna le signal de la marche.

Et les Écossais s'enfoncèrent vers l'Ouest, emportant les blessés, ayant même relevé leurs morts, afin de leur donner une sépulture à la première halte.

Quant aux ennemis, quant à ceux qui restaient...

Les fauves des forêts, attirés par l'odeur du sang répandu, allaient venir dès les premières ombres du soir, faire leur proie des mercenaires ou des malheureux serfs abandonnés sur le terrain par leurs chefs en déroute...

Ce seraient, hélas! leurs seules funérailles!

## CLXI

### LUTTE DERNIÈRE

Lord Rosberg avait envoyé des estafettes au commandant du corps d'invasion anglais.

Se plaignant du retard mis par ses alliés à venir le rejoindre, il lui annonçait sa propre défaite, alors qu'un peu plus de hâte, déplorait-il, lui eût permis d'anéantir l'armée de la reine.

Le surlendemain, ceux dont il avait escompté durant tant de jours la venue, — les renforts d'Élisabeth, — étaient enfin auprès de lui.

La rencontre du chef des insurgés et du commandant anglais fut un concert de récriminations mutuelles.

Ce dernier, à la réception du message de l'ancien gouverneur d'Édimbourg, avait ralenti la marche de ses troupes.

Rosberg s'étant laissé battre, ce n'était pas la peine d'épuiser ses soldats en continuant à doubler les étapes.

D'autre part, opérant dans un pays inconnu, il préférait procéder avec lenteur puisqu'il n'y avait plus urgence, et s'entourer de toutes les précautions nécessaires. Et puis, il voulait commander seul...

Il pensait, en effet, que c'était la deuxième défaite infligée par le vieux général royaliste aux grands seigneurs révoltés.

Et actuellement, réuni enfin à lord Rosberg, celui-ci lui reprochait cette lenteur en termes acrimonieux.

— Je porterai votre manière d'opérer à la connaissance de lord Somerset, votre maître! — dit-il d'un ton de menace au général anglais.

— Faites, milord, si cela vous plait, — repartit son interlocuteur avec un froid dédain. — Mais n'oubliez jamais que je suis ici le représentant de Sa Gracieuse Majesté, la reine Élisabeth, et de son illustre ministre, lord Somerset... et que j'ai autour de moi dix mille hommes pour me faire respecter!

Lord Rosberg, à ces paroles, s'était mordu les lèvres de dépit.

Ce n'était pas la première fois que ses alliés lui laissaient voir leur orgueil, semblant lui dire qu'il n'était pour eux qu'un instrument.

Et à ces moments-là, faisant un retour sur le passé, il accusait silencieusement Marie Stuart de l'avoir poussé dans la voie de la rébellion.

— Pourquoi avoir refusé, dédaigné son amour ?...

Il oubliait que son ambition démesurée était seule coupable.

Il se souvenait pourtant qu'il était Écossais et craignait encore de voir les Anglais s'implanter définitivement.

— Voilà pourquoi j'aurais voulu vaincre... vaincre sans eux ! — murmurait-il tout bas.

Regrets ou remords d'autant plus inutiles qu'il persévérait dans son erreur criminelle.

Il aurait voulu marcher de suite sur Mac Sweeny, ne pas lui donner le temps de se fortifier ou de recevoir des renforts.

Mais le général anglais tenait à laisser reposer ses troupes avant de se mettre lui-même en campagne.

Et lord Rosberg, malgré son désir, avait besoin de quelques jours pour donner à ses soldats débandés le temps de rallier sa bannière.

Des courriers envoyés par lui dans toutes les directions étaient chargés de ramener les hésitants, le grand seigneur rebelle tenant à montrer au chef anglais qu'il y avait toujours à compter avec lui.

Quand lord Rosberg se trouva de nouveau à la tête de forces suffisamment respectables, quand le chef anglais consentit à lever son camp, plusieurs jours s'étaient écoulés.

La reine d'Écosse avait reçu le message de Mac Sweeny, elle avait eu le temps d'avertir Walter d'Avenel.

Et ce dernier, oubliant que sa convalescence n'était pas terminée, s'était rendu à l'appel de Marie Stuart.

Ayant rassemblé à la hâte quelques régiments, il s'était dirigé sans perdre de temps vers les montagnes d'Orfeld, au milieu desquelles le vieux capitaine avait annoncé qu'il allait attendre des renforts.

Dès l'arrivée du chevalier de la reine à Édimbourg, des messagers étaient partis pour toutes les provinces, appelant aux armes les fidèles.

Apprenant que le vainqueur des Anglais rentrait dans la lice, des clans entiers s'étaient levés d'enthousiasme.

Leurs barons, contraints par le mouvement populaire, avaient été obligés de se mettre à leur tête.

Du nord au sud de l'Écosse, des rivages d'une mer à l'autre, les humbles s'étaient redressés au cri :

— Pour la patrie !

Et tandis que ceux qui se trouvaient trop loin du théâtre de la guerre pour y arriver en temps utile se rassemblaient à Édimbourg, autour de la gracieuse et poétique souveraine, les autres attendaient Walter d'Avenel sur sa route afin de se joindre à lui.

Et Walter voyait chaque jour son armée s'augmenter.

Mais combien la route est longue pour celui qui sait son arrivée attendue par des frères d'armes en péril !

Et cependant, une armée à organiser, chemin faisant, un convoi à former sans cesse pour un nombre de combattants accrus chaque jour, la subsistance d'une masse d'hommes à assurer...

Walter d'Avenel en était presque à regretter les adhésions enthousiastes qui ne cessaient de lui arriver.

Pourtant, il ne pouvait refuser ces braves gens.

Il accomplissait des prodiges d'énergie, méprisant le mal, à cheval ou debout nuit et jour, afin de ne pas perdre une minute.

Ses éclaireurs, envoyés au loin, lui avaient appris la marche en avant des alliés, — des alliés contre la patrie écossaise.

Il expédia par divers chemins des hommes sûrs à Mac Sweeny.

Ils lui portaient ces seuls mots :

— Confiance, j'approche!

Le vieux capitaine communiqua aussitôt cette bonne nouvelle à ses soldats.

Des hourras enthousiastes l'accueillirent.

— Qu'il vienne vite! — clamaient les Écossais. — Et que nous chassions définitivement cette fois les étrangers!

Mac Sweeny s'était établi dans une forte position.

Mais ses hommes réclamaient l'offensive : il contenait leur généreuse impatience, le chevalier d'Avenel s'avançant.

Profitant des bonnes dispositions de ses troupes, il jugea qu'il était préférable de ne pas attendre les ennemis dans une région bonne pour la défense, mais où ces mêmes ennemis pourraient empêcher sa jonction avec le chevalier d'Avenel.

Il ordonna donc la levée du camp au milieu des acclamations générales, afin de se rapprocher du chevalier de la reine.

Mais les bateaux anglais n'avaient pas seulement débarqué des hommes sur la terre d'Écosse.

Somerset n'ignorait pas que la plupart des victoires anglaises étaient *achetées*...

Des coffres remplis d'or accompagnaient l'expédition.

Et lord Rosberg, expert en intrigues louches, s'était déjà servi d'une partie de cet or.

Sous prétexte d'abandonner sa cause, des transfuges avaient passé dans le camp de Mac Sweeny.

Le loyal soldat n'aimait point ceux qui vont d'une bannière à l'autre.

Il les faisait secrètement surveiller.

Malgré sa vigilance, quelques-uns d'entre eux parvinrent cependant à se jeter dans la montagne, dès qu'ils eurent appris l'intention du chef d'aller au-devant du chevalier d'Avenel.

Les alliés, prévenus, lancèrent aussitôt toute leur cavalerie avec ordre d'attaquer Mac Sweeny dans sa marche et d'empêcher à tout prix la jonction des deux généraux.

Le capitaine des gardes de la reine, avisé par ses éclaireurs de l'approche de grandes masses ennemies, s'était porté en avant.

Il aperçut tout à coup les montagnes rapidement couvertes de troupes hostiles, des deux côtés d'un défilé par lequel il était obligé de passer.

Il avait été déjà prévenu de la disparition de certains transfuges.

— Je n'avais eu que trop raison de me méfier, — pensa-t-il. — Les misérables espions ont fait le métier pour lequel ils étaient payés.

Et il prit ses positions de combat.

Il était temps!

Trois fois, les highlanders d'Avenel, ceux qu'il appelait les braves des braves, lancés en enfants perdus, essayèrent de gravir les hauteurs garnies par les cavaliers ennemis.

Trois fois décimés, écrasés, brisés, ils essayèrent de les en déloger.

Les « alliés », descendus de leurs chevaux, faisaient rouler sur eux des blocs de rochers qui, défonçant les crânes, les poitrines, entraînaient dans les ravins, dans les précipices des grappes entières d'assaillants.

Les bûcherons, habitués à rivaliser d'héroïsme avec cette troupe d'élite, demandaient à marcher avec eux, à les venger.

Tous réclamaient l'honneur de combattre.

Mais le vieux lion, secouant sa tête blanche, refusa.

Le terrain ne permettait pas d'engager un plus grand nombre d'hommes. C'eût été augmenter le massacre.

Il arrêta les highlanders au moment où ils allaient monter encore à l'assaut.

— Non, — dit-il. — Vos frères auront peut-être encore besoin de vous.

Et promenant son regard sur le chaos des montagnes qui les entouraient :

— Allons-nous donc périr ici?

Rapidement, il bâtit son plan de bataille.

Un chevalier, couvert d'une armure blanche, venait de surgir.

Les ennemis de l'Écosse avaient choisi ces lieux pour exterminer son armée qui, unie à celle du chevalier d'Avenel, aurait une seconde fois sauvé sa patrie...

Eh bien! s'ils devaient succomber, ils auraient au moins la joie de ne pas tomber sans vengeance.

Et froidement, il assigna, à chacune de ses cohortes, sa place sur des



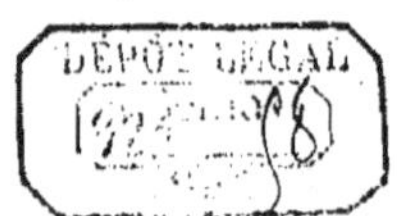

collines qui s'étageaient derrière lui, s'appuyant les unes sur les autres.

En même temps, il songeait aux paroles gravées sur la tombe des Spartiates, morts jusqu'au dernier en défendant les Thermopyles :

« Passant, va dire à Lacédémone que nous sommes morts pour obéir à ses ordres. »

Les alliés, avertis par des estafettes du succès de leur cavalerie, accouraient à marche forcée.

Mac Sweeny, faisant appel aux bras noueux des bûcherons, avait fait placer sa petite artillerie au sommet de la position, de façon à pouvoir tirer dans tous les sens.

Une rumeur profonde, furieuse, le brisement de branches d'arbres, comme si d'âpres légions de bêtes fauves se ruaient de son côté, lui annonça l'approche des ennemis.

Ceux-ci, le sachant acculé avec ses guerriers, accouraient, avides de carnage, sûrs, cette fois, de la victoire.

Ils allaient combattre trois... dix contre un.

Ils vaincraient donc presque sans péril.

Mac Sweeny écrasé, c'était l'Écosse sans défense, c'était la conquête... c'était le butin!...

Ceci expliquait leur avidité ardente.

Le vieux capitaine vit une tourbe humaine déborder tout à coup des crêtes des collines et garnir les pentes des ravins.

Et cela s'avançait vers lui, vers les siens, moutonnant, hurlant, terrible.

Ses soldats, sur son ordre, ne bougeaient pas.

Les alliés, surpris de leur immobilité, de leur silence presque religieux, s'arrêtèrent, étonnés, troublés malgré eux.

— En avant! — clama la voix de lord Rosberg pressé de prendre sa revanche. — Ils ne nous échapperont pas!

— *All right!* Hurrah! Et vive l'Angleterre! — hurlèrent les soldats de Somerset.

— Vive à jamais l'Écosse! — répliqua Mac Sweeny en agitant son épée.

— Vive l'Écosse! — répondirent d'un seul cri six mille voix.

Et le combat s'engagea.

Combat effroyable, nouvelle lutte de géants.

Trois contre un, avaient dit les alliés.

Mais à certaines heures, que vaut le nombre en présence de l'héroïsme, devant l'énergie du désespoir?

Lord Rosberg et le général anglais ne tardèrent pas à s'en apercevoir.

En outre, dans cette circonstance critique, Mac Sweeny avait si bien pris ses dispositions, que les assaillants ne pouvaient profiter de leur principal avantage.

Les deux généraux firent donc reculer une partie de leurs troupes, les gardant en réserve.

Un rempart d'ennemis abattus s'étendait déjà aux pieds des Écossais décimés.

Mais la main se fatigue à frapper.

C'est là ce qu'attendaient les deux généraux ennemis.

Ils attendirent que la lassitude eût rendu moins ardente la farouche énergie des défenseurs de l'Écosse.

Ils firent alors avancer leurs troupes fraîches et les lancèrent avec fureur sur les adversaires qui luttaient sans repos, sans relâche, depuis des heures.

— Toujours la ruse et jamais d'héroïsme ! — fit Mac Sweeny avec amertume.

Et, à son tour, il donna un ordre.

Et les pièces d'artillerie qu'il avait fait placer sur la montagne commencèrent à tonner.

Leurs boulets de plomb et de pierre, portant à chaque coup dans les masses serrées des ennemis, y causèrent de véritables ravages.

— Aux pièces ! — hurla Rosberg. — Enlevez-leur cette maudite artillerie !

Mais un mur de fer, de poitrines humaines, arrêta ceux qui tentèrent d'obéir à cet ordre.

Ainsi que l'avait promis le capitaine des gardes de Marie Stuart, s'ils succombaient ce ne serait pas sans vengeance.

Des monceaux de cadavres garnissaient les creux des vallées.

La voix terrible du canon, répercutée par les échos de ces lieux si souvent déserts, ressemblait à des grondements de volcan.

Et les montagnards, habitant de l'autre côté de la chaîne des monts d'Orfeld, impressionnés et troublés, écoutaient ce bruit lointain et sinistre.

Mais lord Rosberg, cet homme des observations louches, observa que le tir des canons était lent, mesuré.

Et cette pensée jaillit aussitôt dans son esprit : les Écossais étaient sûrement à bout de munitions et ménageaient leurs coups.

Oui, cela devait être.

Une expression de joie brilla enfin dans ses yeux.

Ce n'était pas seulement le général qui se réjouissait en lui. C'était surtout l'homme dont l'ambition avait été si vivement froissée.

Il allait donc pouvoir se venger des dédains de Marie Stuart.

Il allait en même temps humilier le vieux capitaine, qui avait infligé à son amour-propre l'affront de refuser un combat singulier dont il discernait le mobile.

Les canons ralentissaient en effet leur tir d'une façon visible.

Mac Sweeny tourna vers eux son visage creusé d'une ride de désespoir...

Ces pièces dont il sentait agoniser le tir étaient la dernière protection des braves dont il avait charge.

Quelques-uns de leurs boulets, — les derniers! — firent reculer encore une fois les assaillants.

Puis elles se turent.

Un hurrah strident jaillit alors de la gorge de lord Rosberg :

— Les artilleurs n'ont plus de munitions. A nous la victoire ! Nous les tenons! Hurrah ! hurrah !

Une clameur vociférée par plus de dix mille poitrines répondit à la sienne...

La boucherie allait donc commencer.

Mac Sweeny avait entendu le cri de joie furieuse de lord Rosberg : « Nous les tenons! »

— Pas encore! — lança-t-il d'une voix éclatante.

Et il tourna vers lui sa figure martiale... vers lui et vers les hordes hurlantes, frénétiques, que Rosberg lançait en masse sur les Écossais pour les écraser d'un coup.

Le vieux capitaine ne voulait tomber que frappé en face.

Son héroïque légion avait entendu, elle avait compris, elle aussi.

Elle allait être digne de lui!

## CLXII

### AVENEL! AVENEL!

Les habitants des dernières vallées de ces montagnes avaient écouté avec une émotion indicible mourir le bruit du canon... pareil à l'agonie lointaine d'un orage.

Ils n'étaient pas les seuls!

La petite armée de secours, rassemblée par Walter d'Avenel et conduite par lui avec une impatience anxieuse, venait d'atteindre les derniers contreforts des monts d'Orfeld.

Le chevalier de la reine marchait à l'avant-garde, étudiant la contrée, cherchant s'il n'apercevrait pas quelque éclaireur de Mac Sweeny.

Malgré la pureté du ciel, il crut entendre un bruit lointain et affaibli de tonnerre.

Saisi d'un soupçon soudain, il s'arrêta, ordonna d'un geste l'immobilité à ceux qui l'entouraient, et prêta l'oreille.

Un nouveau et faible grondement arriva jusqu'à lui.

Sautant aussitôt de cheval, il applique ses oreilles contre terre.

Et, se relevant brusquement:

— C'est le canon! On se bat là-bas!... Ah! puissé-je encore sauver Mac Sweeny et venger ma reine!

Il avait laissé au capitaine des gardes de Marie Stuart, resté à la tête de l'armée, les pièces d'artillerie primitives, mais légères et efficaces, qu'il avait fabriquées lui-même.

Mac Sweeny s'en servait. Il se trouvait donc engagé.

Les alliés, en nombre bien plus considérable, avaient réussi à lui couper la route.

Et ce bruit du canon était le râle de sa résistance!...

Le chevalier de la reine eut aussitôt pris son parti.

Passant au galop au milieu de ses troupes, il ordonna de nouvelles formations, et, montrant la direction d'où venaient les détonations, commanda de tripler l'allure.

Laissant le convoi qui avait entravé sa marche sous la garde de quelques centaines d'hommes, il revint au milieu de ses troupes.

Et montrant les montagnes avec la pointe de son épée:

— On se bat là-bas. Arrivons à temps pour secourir nos frères!

Et, prenant sa cavalerie, il s'élança devant.

Son lieutenant avait ordre de lui conduire le reste des troupes sans prendre de repos.

En abordant les premières pentes des montagnes, le grondement des détonations lui arriva plus distinctement, mais en même temps plus espacé...

Et, tout à coup, il cessa de l'entendre.

— Mac Sweeny aurait-il réussi à repousser les ennemis? — murmura-t-il. — Cependant le bruit des détonations ne s'est ni éloigné ni déplacé... Aurait-il été vaincu?...

Et une angoisse soudaine l'étreignant, il songea à tous les braves immolés en pareil cas.

Il revit le clan d'Avenel, les chaumières d'où tant de vaillants étaient sortis à sa voix, et qui demeureraient vides à jamais du père, de l'époux, du frère, partis pour les combats... pour la défaite!

Il pensa aux rudes bûcherons qui avaient si généreusement accueilli autrefois sa petite armée épuisée par la traverse des forêts, la fatigue et la faim, et qui avaient grossi ses troupes de leurs terribles phalanges

Ces lutteurs jusqu'alors invaincus, eux dont les haches terribles, les massues noueuses cerclées de fer avaient défoncé les cuirasses des fameuses Côtes de Fer, des cavaliers anglais réputés invincibles, allaient donc périr aussi, — sans profit et sans gloire!

Et tous, tous, laissant le trône des Stuart à la merci des étrangers et des traitres...

— Oh! cela ne sera pas! — dit-il avec force. — Par notre sainte Dame Blanche d'Avenel!

Et mettant son cheval au galop, il pénétra dans les gorges qui tordaient, entre les montagnes, leurs circuits tourmentés...

Derrière lui, cinq cents cavaliers suivaient avec fracas, comme si, en un nouveau déluge, des eaux torrentueuses roulaient les rochers détachés.

Mac Sweeny ignorait l'approche de ce secours.

Les courriers qu'on avait envoyés en avant, arrêtés par la cavalerie anglaise, avaient dû rétrograder. Et ceux qu'il avait expédiés ensuite, dans d'autres directions, erraient à travers les défilés, cherchant à découvrir de nouveaux passages.

Mais, ainsi qu'il l'avait juré, lord Rosberg et ses alliés ne triompheraient ni aussi vite ni aussi facilement qu'ils se le promettaient.

Les hordes anglaises, enivrées d'espoir, étaient venues se briser sur le mur d'airain de l'armée écossaise.

A la fin, las d'être attaqués, fatigués de repousser des assauts, les bûcherons, rangés en carré profond et sombre, s'ébranlèrent d'eux-mêmes sans en avoir reçu l'ordre.

Et, sans souci de la masse d'ennemis rangés devant eux, ils s'avancèrent, s'enfoncèrent dans leur houle, pareils à un navire-fantôme au milieu d'une mer de tempête.

Et des cadavres jonchaient le sol, autour de leur noir bataillon !

A chaque instant, leur nombre se réduisait ; mais, se serrant, comblant chaque vide, ils ne cessaient de combattre, imprimant dans le sang la trace de leurs larges pieds.

C'était une immolation tragique, affreuse et magnifique ; mais c'était une vaine immolation.

Entourés de tous côtés, les guerriers écossais étaient condamnés à périr jusqu'au dernier... à moins de se rendre.

Se rendre, ni eux ni leur chef n'y pensaient seulement !

Les highlanders des bords de la Tweed eurent alors une inspiration mélancolique et tragique.

Au moment de succomber, de mourir, ils entonnèrent le chant de guerre d'Avenel... appel aux souvenirs de gloire des ancêtres, adieu viril et touchant au pays natal.

Les strophes ardentes du vieil hymne de guerre éclataient en ondes farouches et sonores, scandées par le bruit des épées, lorsque soudain, à l'entrée du défilé occupé par les Anglais, un remous inattendu fit refluer la masse de ceux-ci.

Lord Rosberg était debout sur une éminence d'où il contemplait l'agonie des Écossais, impatient de la voir durer aussi longtemps.

Il se retourna, involontairement inquiet.

Il vit les rangs de ses alliés s'ouvrir violemment, repoussés, écrasés contre les rochers.

— Damnation ! — rugit-il d'un accent étranglé. — C'est LUI !...

Un chevalier couvert d'une armure blanche venait de surgir, enlevant son cheval qui bondissait, écumeux, renversant tout.

Derrière, d'autres cavaliers, ardents, résolus, le glaive nu à la main, suivaient comme une trombe, achevant l'effrayante trouée.

Le nouveau venu, la visière de son casque levée, dans un sublime mépris du danger, embrassa d'un coup d'œil le champ de bataille.

— Avenel ! Avenel ! — cria-t-il d'une voix terrible. — Oui, c'est moi... Avenel, le ressuscité !...

Et il lança sa monture au plus fort de la mêlée.

— Avenel ! — haleta le chef des Anglais et des traîtres atterré. — Mort à lui ou nous sommes perdus !

Et il le désigna aux mercenaires qu'il gardait en réserve.

Mais le cri de guerre, si redouté sur la rive anglaise de la Tweed, poussé par le chevalier était parvenu jusqu'aux Écossais.

Ils reconnurent Walter d'Avenel.

Et une acclamation frénétique, enflammée, jaillit de leur bouche :

— Avenel ! Avenel ! Écosse ! A la rescousse, jusqu'à la mort ! — répondirent-ils avec un élan gigantesque.

Des blessés eux-mêmes se soulevèrent pour agiter leurs toques ou leurs épées brisées.

— Courage, amis ! — clama le vieux capitaine écossais, reconnaissant lui aussi le beau et fier chevalier de la reine. — Je vous disais bien que ces félons ne nous tenaient pas encore !

Et à la tête de ce qui lui restait encore des braves artisans d'Édimbourg, rangés autour de lui, il chargea afin de rejoindre Walter d'Avenel.

Les deux chefs, enfin arrivés auprès l'un de l'autre, s'embrassèrent et se tournèrent aussitôt vers les ennemis de l'Écosse qui reculaient déjà...

Lord Rosberg, qui, l'imprécation aux lèvres, se voyait encore contraint de songer à la retraite, eut tout à coup un cri de joie sinistre.

Il venait de reconnaître le petit nombre des soldats de secours amenés par Walter d'Avenel.

— Allons, — fit-il, — il sera dit que la fortune de la Stuart devra sombrer d'un seul coup, aujourd'hui, en me livrant ensemble ses deux généraux.

Et la lutte recommença plus violente, plus acharnée.

Malgré des prodiges de valeur, les soldats de Mac Sweeny et de Walter d'Avenel, battus par une véritable mer humaine, étaient obligés de se replier sur la montagne à laquelle le vieux général s'était appuyé dès le commencement.

A cause de la nature tourmentée du terrain, les cavaliers amenés par le chevalier de la reine avaient dû mettre pied à terre, perdant ainsi leur principal avantage.

Et Walter regardait anxieusement vers les gorges, pour voir si toutes ses autres troupes ne paraissaient pas.

Sur son ordre, les trompettes sonnaient sans désemparer, pour les guider à travers les montagnes.

Tout à coup, au sommet d'un pic escarpé, des bannières s'agitèrent.

— Les voici ! — clama le chevalier. — Enfin !

Aux cris de : « *Ecosse ! Stuart !* » les débris de ce qui avait été la vaillante

— Vous pleurez, Julien, dit-elle.

armée de Mac Sweeny et les jeunes troupes de secours descendant des rochers se réunirent, prêtes de nouveau à faire tête.

Le soir commençait à tomber... Un fossé de sang coulant dans le fond de l'étroite vallée où l'on s'était battu tout le jour, séparait les deux armées. Le combat s'était arrêté de lui-même.

Les Anglais et les partisans de lord Rosberg, épuisés par cette



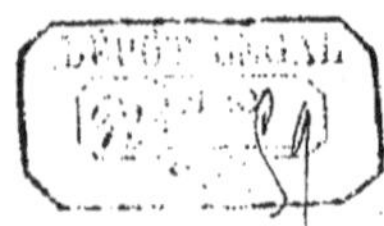

longue lutte, attendaient, appuyés sur leurs piques et leurs épées.

De leur côté, ceux qui n'avaient point été atteints du côté des Écossais profitaient de ce moment de répit pour reprendre leurs forces.

Quelques légères escarmouches s'engagèrent encore, puis la nuit sépara définitivement les combattants.

Le chevalier Walter d'Avenel et Mac Sweeny se consultèrent alors.

L'arrivée des renforts avait empêché une extermination fatale.

Mais, sans munitions pour recommencer la bataille, sans convoi pour nourrir l'armée, la position n'était pas tenable.

Un hérault envoyé aux alliés proposa, chose triste et grave, « l'échange des cadavres ». Il se produisait ainsi de ces cérémonies naïves et impressionnantes jusqu'à la fin de ces affreuses guerres.

A la lueur de branches résineuses tenant lieu de torches, on vit alors, dans chacun des deux camps, des hommes creusant de longues tranchées et d'autres y couchant ceux que la mort avait fauchés.

Durant cette lugubre veillée, des bûcherons s'étaient répandus dans les bois, sur l'ordre du chevalier d'Avenel.

Ils étaient chargés de fabriquer une grande quantité de civières.

Le nombre des Écossais blessés était considérable.

Walter d'Avenel était arrivé à temps pour sauver l'armée de Mac Sweeny d'un anéantissement complet, mais combien de victimes étaient déjà tombées avant son apparition !...

Aussi lorsque les bûcherons qui avaient survécu reparurent avec les civières, lorsqu'on eût couché sur elles ceux qui étaient incapables de marcher, les plus endurcis ne purent s'empêcher de frémir.

Recommencer la lutte le lendemain, dans ces conditions, serait pire que de la folie : c'eût été un crime... Aussi les deux généraux donnèrent-ils, d'un commun accord, hélas! le signal de la retraite.

Les blessés furent emportés d'abord, puis l'artillerie que, dès la nuit, on avait descendue de ses positions et préparée à cet effet.

Les diverses cohortes s'éloignèrent ensuite sans bruit, laissant les feux de bivouac allumés pour faire croire à leur présence.

Walter d'Avenel resta des derniers afin de protéger la marche.

Et bientôt, là où la veille tant d'êtres humains avaient donné et reçu la mort, il ne resta plus des brasiers agonisants et de longues fosses.

Lorsque le jour parut, lord Rosberg aperçut les positions des Écossais abandonnées, et au loin l'arrière-garde près de disparaître.

Après un premier mouvement de dépit, il renonça à la poursuite.

Il pensa, en effet, qu'il était imprudent de chercher à forcer les lions dans leur retraite.

## CLXIII

### UNE MÈRE

Walter d'Avenel était donc allé reformer son armée hors de l'atteinte des ennemis.

De nouveaux contingents, des guerriers isolés lui arrivaient chaque jour.

Parmi ces derniers se trouvait Joë, l'ancien pirate.

Fidèle à la promesse qu'il avait faite à Julien, à son petit mousse, il venait combattre pour deux.

Le fils inconnu de Walter d'Avenel était demeuré au manoir de Claymore, le destin l'ayant enfin conduit auprès de ceux qui lui avaient donné le jour.

La mère et le fils étaient réunis, et ils ne connaissaient point le lien qui les unissait.

Quant à Walter d'Avenel, durant la précédente campagne, celle au cours de laquelle Julien avait été blessé, la fatalité ne lui avait même pas permis de voir son enfant.

Et aujourd'hui il en était éloigné.

Julien avait ressenti d'abord comme un grand vide autour de lui de ne plus apercevoir Joë.

Il y avait tant d'années maintenant qu'il était habitué à la présence de l'ancien pirate !

Depuis le jour où Joë l'avait arraché à sa captivité sur le *Forward*, ils ne s'étaient plus séparés.

Durant la pénible période qui venait de s'écouler, alors que l'enfant avait cru voir si longtemps la mort penchée sur sa couche, n'est-ce pas le matelot qui l'avait soigné, disputé au trépas ?

Et n'était-il pas habitué à chercher sa colossale stature comme une protection, son visage apitoyé de bon géant sans cesse tourné vers lui, dans une affection silencieuse et touchante.

La sensation d'isolement qu'il en ressentit fut si violente, au lendemain même du jour de son arrivée sous un nouveau toit, que deux larmes mouillèrent un moment ses grands cils.

Hélas ! son seul ami sur la terre d'Écosse le quittait, le laissant dans une demeure inconnue où on lui ferait peut-être connaître bientôt la gêne de sa présence... Que deviendrait-il dans ce cas, sans parent, sans famille, sans abri... et parviendrait-il à retrouver Joë ?

Marie d'Avenel, entrée sur la pointe des pieds dans la chambre du jeune homme, vit ses larmes.

— Vous pleurez, Julien, — dit-elle tout émue.

L'enfant rougit en entendant sa voix, en l'apercevant.

La châtelaine s'avança alors, et le couvant de son regard empli de quelque chose de plus que la douceur, de plus que l'humaine pitié, elle murmura :

— Vous ne vous trouvez pas heureux. Vous souffrez peut-être beaucoup, et n'osez pas vous plaindre?

— Merci, madame... — prononça Julien. — Votre hospitalité est si bonne, les soins qui m'ont été donnés sont si bienfaisants, que je ne sais si je souffre encore.

— Vous pleuriez pourtant, mon enfant ?...

Cette insistance, ce mot attendri troublèrent profondément l'adolescent.

Et ce fut d'une voix très basse qu'il confessa :

— C'est vrai, j'ai eu un moment de faiblesse, de découragement. Pardonnez-le-moi. C'est mal d'avoir montré de la tristesse dans une maison où l'on m'a ainsi accueilli.

— Pauvre... pauvre enfant ! — balbutia Marie.

Et appuyant, avec une tendresse inconsciente, sa main sur sa tête pâlie, glissant ses doigts dans ses boucles sombres, éparses sur l'oreiller :

— Non, ne retenez point vos pleurs. Quand l'âme est trop excédée, c'est un apaisement de laisser dégorger ses larmes... ô infortuné qui, à l'âge où tant d'autres goûtent la sereine tranquillité du foyer familial, avez fait un si rude et si amer apprentissage de la vie !...

Julien s'était tu, un baume posé sur sa plaie vive par ces paroles empreintes d'une compassion si vraie.

Après un moment de silence, Marie d'Avenel reprit :

— Oui, je comprends le découragement qui doit vous étreindre parfois. Ni mère, ni sœur, ni parent... personne ?

Et se parlant à elle-même :

— Oui, ce doit être affreux.

— Personne ! — répéta l'enfant comme un écho funèbre.

La châtelaine vit ses yeux clos, devina de nouvelles larmes près de sourdre... et que l'enfant par dignité ne voulait pas laisser percer.

Elle se reprocha d'avoir aggravé son affliction.

— Rassurez-vous, consolez-vous, — dit-elle. — N'avez-vous pas rencontré ici des amis? N'y avez-vous pas trouvé un foyer? Car cette maison sera la vôtre jusqu'à ce que vous soyez entièrement guéri... jusqu'à ce que votre ami vienne vous chercher... ou que vous ne vouliez plus d'une seconde mère auprès de vous.

— Oh! madame! — protesta l'enfant. — Vous êtes l'ange gardien que mes rêves évoquaient, entrevoyaient parfois.

Et lentement, faiblement, éprouvant le besoin de répondre à l'affection secourable que lui témoignait la châtelaine de Claymore par sa propre confiance :

— Je pleurais la destinée qui m'est faite, le départ de mon compagnon. Je me voyais de nouveau seul sur la terre!

— Seul!...

— Oh! pardonnez-moi, vous qui vous montrez si généreuse; c'est un blasphème, je le sais, puisque vous êtes auprès de moi!

Marie d'Avenel secoua la tête :

— Seul, — répéta-t-elle. — Cela est donc bien vrai! La guerre impitoyable a donc passé là où vous avez reçu le jour et a tout anéanti, tout détruit, même la demeure, le foyer, et les êtres si chers que l'on n'oublie jamais?...

— Hélas! — gémit l'adolescent. — Je ne sais plus... Tout est noir et inconnu pour moi dans ma destinée.

— Quoi, vous ne connaissez même pas votre famille?

— La graine emportée par le vent dans le désert aride sait-elle rien de son origine?... Elle va... se dessèche... et meurt!

— Mon Dieu! mon Dieu! — exhala la mère éprouvée dans une supplication, — serait-ce bien possible? Des créatures humaines se trouveraient-elles ainsi jetées dans la vie sans avoir seulement un coin de terre où elles puissent revenir pour y prier, sans savoir qu'il est derrière elles une tombe pour s'y agenouiller. Hélas! pauvres petits êtres sans famille... pauvres mères sans enfants, comme vous êtes à plaindre!...

Prostrée par une grande amertume devant le désastre d'une existence telle que celle de l'enfant que le ciel avait conduit vers elle, accablée par le souvenir de ses propres douleurs, elle s'était assise contre le lit de Julien... Chose étrange, elle ne retrouvait plus à cette heure, sur ses traits, l'indécise ressemblance qui avait retenu ses regards dans l'oratoire de Marie Stuart.

Le hâle plaqué sur le visage de Julien par la guerre, au cours de laquelle il avait été blessé si cruellement, les longues périodes de déperissement qu'il avait traversées, les journées et les nuits si nombreuses durant lesquelles il était demeuré incertain entre la vie et la mort, sur les limites de l'agonie, le râle soulevant à peine sa poitrine épuisée, l'affreux amaigrissement de son corps... tout cela avait creusé, ravagé sa figure!

Son expression était plus féminine, plus éthérée... presque mourante.

Marie d'Avenel, en le considérant, pensait à ces faces de martyrs qu'elle avait vues parfois sur les tableaux religieux, et qui semblent revêtir une beauté surhumaine, digne du ciel.

Ce ciel auquel elle croyait dans sa piété sincère.

L'enfant, à ce moment, tourna de nouveau sa tête vers elle.

Et avec une hésitation inquiète, semblant obéir à une crainte secrète ou à un mouvement instinctif, il lui demanda :

— Vous ne me renverrez pas?... Vous me garderez auprès de vous, madame, n'est-ce pas?

Il avait prononcé ces paroles d'une voix très basse, apeurée...

Son attitude, l'anxiété de son regard décelait la détresse intime d'une âme abandonnée, l'incertitude angoissée du pauvre être sans appui, pareil à l'oiseau blessé pour qui il n'est plus d'abri.

Marie, en l'entendant, avait reçu un grand coup au cœur.

La demande, la supplication de l'enfant lui avaient produit un effet étrange, extrêmement douloureux.

Et elle le regardait, sans parole, les yeux mouillés, ne s'expliquant pas ce qui se passait en elle, tout entière encore à l'impression affreusement pénible, toute de pitié qu'elle venait de ressentir.

L'infortuné crut qu'elle refusait, que la châtelaine avait supposé qu'il avait l'intention de s'implanter chez elle.

Son front se pencha avec tristesse, en même temps que la rougeur le couvrait en pensant qu'il avait peut-être été pris pour un vulgaire parasite.

— Pardon, — balbutia-t-il. — J'oubliais que je ne suis qu'un vagabond sans nom. Mes paroles ont dépassé ma pensée.

Et sa noblesse instinctive, sa dignité se révoltant contre cette idée, il ajouta, raffermissant sa voix :

— Je m'en irai, dès que je pourrai marcher.

— Vous vous en irez?...

Tout le tumulte de sentiments qui s'agitaient dans le sein de Marie d'Avenel se traduisit dans ce cri... jailli de son cœur autant que de ses lèvres!... Et dans un élan subit, irraisonné, l'instinct divin de la mère qui ne se connaît point, elle enveloppa l'enfant dans ses bras, comme pour l'empêcher de partir, de s'éloigner.

— Il s'en irait!... Cher et pauvre abandonné... comme il a dit cela! Il s'en irait au hasard, à peine guéri. Sans toit, sans foyer, dans l'impitoyable saison d'hiver!...

Et très douce, dolente :

— Pourquoi avoir dit cela, Julien ? Parce que je ne vous répondais rien, n'est-ce pas? Mais si vous saviez ce qui me rendait muette. C'était l'émotion. Tenez... écoutez-moi bien... J'ai eu un fils, un cher petit enfant que j'aimais plus qu'une mère ne peut aimer, je crois. Il portait le même nom que vous, mon petit Julien dont la perte a laissé là un vide éternel.

Elle posa sa main sur sa poitrine.

Machinalement, Julien y appuya sa tête, comme si un besoin de consolation s'élevait en lui à son tour.

Les affligés sentent ainsi profondément le chagrin des autres : ils se comprennent... Et ici, c'était bien autre chose que deux affligés ordinaires réunis par le destin !... Lente, morne, Marie d'Avenel reprit :

— Il aurait à peu près votre âge, vous comprenez, le doux trésor que des criminels m'ont ravi et dont l'affreuse perte me cause toujours le même mal !... Et après ce que vous venez de me dire, je pensais que si le Ciel avait frappé le père et la mère au lieu de frapper l'enfant, que si la guerre barbare avait chassé l'orphelin après avoir immolé les parents, puis détruit sa demeure, il aurait peut-être été, comme vous, errant et malheureux, et mon âme eût béni ceux qui l'auraient accueilli, secouru et aimé.

« Voilà pourquoi, pauvre enfant, je ne répondais pas. Et interprétant mal mon silence, vous vouliez vous éloigner d'une mère !...

— Pardon, encore, — murmura l'adolescent. — Pardon de vous avoir méconnue. J'ai tant souffert déjà !

Et il demeurait immobile, sa tête posée contre ce sein maternel en une extase pareille à celle qu'il avait rêvée tant de fois, les jours où il se disait qu'il retrouverait peut-être sur la terre d'Écosse celle qui lui avait donné le jour...

Quant à Marie d'Avenel, elle songeait à la félicité céleste qu'il lui aurait été donné de goûter si elle n'avait pas été privée de son fils, de l'enfant de son amour !

Un alanguissement délicieux pénétrait Julien ; il oubliait momentanément le long martyre de son enfance, ne sachant même plus qu'il avait été blessé, perdu à cette heure dans une idéale béatitude, savourant cette illusion à laquelle il n'osait s'arracher, d'un foyer, d'une mère !...

— Hélas ! — pensait Marie de Melrose et d'Avenel, — pourquoi n'est-ce pas réellement mon fils qui est ainsi auprès de moi, sur mon cœur !...

Et desserrant doucement son étreinte, elle posa, avec un soupir, un baiser sur les boucles brunes de l'enfant.

## CLXIV

### PETITE SŒURETTE

La guerre continuait dans les provinces du Sud.

Walter d'Avenel était arrivé à temps pour sauver, d'un désastre complet, la fortune de Marie Stuart.

Les forces militaires dont il disposait étant insuffisantes pour rejeter les Anglais à la mer, il empêchait au moins le mal de s'étendre.

Des nouvelles de lui étaient encore parvenues au manoir de Claymore et Julien savait que son ancien compagnon, le bon et terrible Joë, avait été incorporé dans son armée où, selon sa promesse, il se battait pour deux... et même, sûrement, pour dix !

La pensée que son fidèle ami avait pu rejoindre leurs compagnons d'armes sans tomber entre les mains des partis qui battaient la campagne avait tranquillisé « le petit mousse », inquiet parfois sur le sort du brave marin à qui il devait tout.

Les soins intelligents et remplis de sollicitude, dont il était l'objet, activaient sa guérison.

Après les vicissitudes par lesquelles il avait passé depuis que, blessé, il avait erré d'un camp et d'un village à l'autre, vaguant à travers les forêts, son être éprouvait un repos inconnu dans la douceur d'une chambre bien close.

Le feu qui pétillait dans la haute cheminée, envoyant jusqu'à sa couche ses chaudes effluves, mettait sur ses traits ses reflets dorés.

Et l'on aurait dit qu'un peu de ses teintes s'y déposait graduellement, le sang commençant à circuler plus généreux dans ses veines.

L'affection attendrie de Marie d'Avenel ne se démentait point, s'affirmant au contraire par mille attentions délicates.

Et, mettant au cœur de Julien un apaisement qu'il n'avait jamais connu, cette affection lui faisait peut-être plus de bien encore que les baumes pourtant merveilleux de la vieille et dévouée Mysie...

Mysie s'était attachée à leur hôte infortuné dès le premier jour, comme les vieilles gens s'attachent parfois, rajeunis par la tendresse, à ceux plus faibles qu'ils voient éprouvés.

Heureuse, elle considéra alors son petit chef-d'œuvre.

C'est avec une sorte de culte mystérieux qu'elle soignait le jeune chevalier, ainsi qu'elle nommait l'adolescent.

Une autre affection était née aussi auprès de Julien, plus juvénile et plus gaie, celle qu'il fallait pour amener le sourire sur ses traits.

Et cet attachement, c'est Marguerite, la fille d'Ellen Mercy, qui l'avait voué au jeune et poétique blessé.



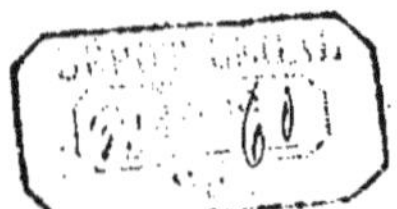

Marguerite, la fleur d'Écosse!

Ainsi qu'elle l'avait fait le premier jour, celui de l'arrivée de Julien, elle s'était d'abord posée de nouveau, — tel un oiseau léger et peureux, — sur la pointe des pieds à l'entrée de la chambre pour apercevoir le petit « gentilhomme ».

Elle s'était ensuite hasardée un peu plus, se retirant vivement dès qu'elle craignait d'être aperçue.

Puis, après un instant, encore craintive et enjouée, elle avait laissé les yeux de Julien entrevoir son visage ému et souriant en même temps.

Et elle avait échangé avec lui un regard dans lequel se lisait sa tendresse innée d'enfant envers l'éprouvé.

La fois suivante, elle avait osé s'avancer avec Ellen jusqu'au pied du lit du blessé...

Et elle le considéra alors de ses grands yeux remplis de rêverie et de tristesse, durant tout le temps que la fille de lord Mercy demeura auprès du blessé, Ellen puisant, dans ses propres infortunes, de la pitié pour ceux qui souffraient.

Le jour d'après, entrée doucement dans la chambre de Julien entre deux allées et venues de Mysie, elle s'enhardit à lui parler avec l'attendrissante gravité des enfants.

— Cela va mieux, aujourd'hui, monsieur Julien? — demanda-t-elle, un peu troublée d'oser une aussi grosse question.

Le jeune homme avait laissé un fugitif sourire errer sur ses lèvres sans couleur.

— Merci, mademoiselle, je crois que je vais bien mieux en effet.

L'enfant avait fait entendre alors un « ah! » heureux et approbatif.

Et elle était demeurée là, silencieuse, jusqu'à ce qu'entendant se rapprocher les pas de Mysie, elle s'était sauvée de peur d'être grondée.

N'avait-on pas recommandé de ne point fatiguer le blessé?

A partir de ce jour, la connaissance était faite.

Marguerite accompagnait sa mère ou Marie d'Avenel dans la chambre de Julien, quelquefois même la vieille Mysie, sa « nourrice » comme elle disait.

Mysie était un peu plus sévère, mais la mignonne avait tant de câlineries pour l'attendrir.

Elle restait parfois dans la chambre après son départ.

— Il faut que je lui tienne compagnie, — affirmait-elle avec ingénuité, — afin qu'il ne s'ennuie pas.

Graduellement, la présence de sa jeune amie était devenue une sorte de besoin pour Julien.

Son sourire attendri était la clarté qui illuminait sa chambre close par les frimas.

Son babil lui-même, mutin et réfléchi à la fois, avait pour lui un charme inconscient.

Il lui semblait que Marguerite était pour lui quelque chose de plus qu'une petite sœur, espiègle et affectueuse.

— Vous ne vous en irez plus à la guerre, n'est-ce pas? — lui demandait-elle tandis qu'une crainte inquiète se dessinait sur ses jeunes traits.

— La guerre?... — répondait Julien. — J'ai peur qu'elle ne s'achève sans moi. Comme c'est long à venir la guérison!...

— Mes petites mères disent que c'est parce que vous n'avez pas pu être bien soigné... Ce sont tous ces vilains voyages.

Et reprenant son idée avec sa ténacité d'enfant :

— Si mon papa Walter revient bientôt, alors vous ne partirez plus pour la bataille, puisque tout sera fini?

Le chevalier d'Avenel!

Son nom rendait le jeune homme songeur. La destinée l'avait en effet empêché de se trouver en présence de ce guerrier illustre, désormais.

Il recevait l'hospitalité dans son manoir et il ne le connaissait pas lui-même...

Une certaine confusion, une gêne invincible le prenait à cette pensée.

Et heureux de l'affectueuse confiance de sa petite amie, il l'interrogeait sur le chevalier de la reine, essayant de le pressentir mieux chaque jour sans l'avoir vu.

— Si vous saviez comme il est bon! — exprimait Marguerite en joignant ses petites mains pour donner plus de force à son affirmation. — Adieu, ma jolie fleur d'Écosse, m'a-t-il dit en m'embrassant lorsqu'il est parti.

Et avec l'ingénuité de son âge.

— Sa gentille fleur d'Écosse, comme il m'appelle!... Je voudrais bien qu'il y ait des fleurs lorsqu'il reviendra. La petite fleur d'Écosse lui offrirait ses jolies sœurettes dont le parfum est un baiser.

Puis, tout à coup, avec un mouvement mutin :

— Est-ce que vous les aimez, vous, les fleurs?

Julien se souvint de celle qu'il avait voulu cueillir, toute frêle et tremblante, un jour dans le village des bûcherons... détruit aujourd'hui par les bandits de lord Rosberg!

L'effort qu'il avait fait alors pour parvenir jusqu'à elle, avait été cause de sa première rechute.

— Si je les aime!... J'ai manqué mourir pour en avoir une!.,.

La fillette ouvrit de grands yeux effarés.

— Mourir pour elles. Vous les aimez donc bien?...

Et une ingénuité délicieuse répandant sur son joli visage une teinte de gravité inattendue.

— Je voudrais être une petite fleur, moi aussi... pour qu'on m'aime un peu.

Aveu d'enfant, aveu exquis!...

Julien demeura, un moment, inconsciemment troublé, une sensation singulière passant dans son être.

— Mais n'en êtes-vous pas une, Marguerite? N'êtes-vous pas celle que l'on a surnommée si gentiment : la fleur d'Écosse?

L'enfant hocha la tête avec un demi-sourire.

Elle le savait bien. Oui, cela lui faisait plaisir d'être appelée ainsi.

Mais ce qu'elle aurait voulu, c'était d'être une fleur pour vrai, une fleur sur lesquelles, l'été, se posent les papillons, une de ces fleurs qui sentent si bon... puisque Julien les aimait tant, que pour elles il avait manqué mourir.

Comme le blessé, lisant dans sa physionomie intelligente et naïve les pensées qui la traversaient, restait silencieux, elle ajouta :

— Eh bien, puisque vous y tenez tant que ça je vous en apporterai. Mais vous les garderez jusqu'à ce qu'elles soient fanées, n'est-ce pas?

— Oui, je vous le promets, — répondit Julien avec gravité. — Hélas! c'est la saison des frimas, et les fleurs n'osent pas se montrer.

— Il y a les perce-neige, — rectifia l'enfant avec vivacité. — Oh! je sais où les trouver, allez, puis il y en a encore une autre, tout petite, eh! oui, toute petite, avec ses pétales bleus comme une larme du ciel. Elle se tapit contre le tronc des arbres, afin de s'y abriter. Si vous voyez comme elle est fraîche et jolie, cachée sous la mousse qui pousse à leurs pieds. Je vous en apporterai.

Elle regardait à travers la fenêtre, cherchant à se remémorer l'endroit où elles poussaient. Car elles étaient rares, les pauvres petites fleurettes bleues, semblables à une larme tombée du ciel et ayant besoin d'une protection pour se former, pour éclore à l'abri de la bise glacée.

Et elle aurait voulu être déjà de retour, afin de présenter à son ami les fleurs de la terre qu'il chérissait tant... qu'il avait failli perdre la vie pour l'une d'elles.

Ce serait au moins elle qui les lui aurait données, et ingénument elle se disait qu'elle les embrasserait!...

Oh! bien doucement, afin de ne pas les flétrir, les fleurs chétives de l'hiver aux pétales si légers et si frêles!...

## CLXV

### LES MARGUERITES BLEUES

Rien n'est berceur comme la tiédeur du feu, l'hiver dans une chambre bien close; le ronronnement sourd de la flamme rongeant le bois.

Julien, réduit à une immobilité presque complète sur son lit, le sang encore faible, s'était peu à peu assoupi.

Marguerite le regarda un moment sommeiller.

Les traits de son ami avaient ainsi, dans le repos, une douceur plus grande encore que d'habitude.

Et l'enfant éprouvait une émotion intime, inexplicable, pour son jeune cœur, à le contempler.

Elle joignit les mains !...

Le désir naïf de s'approcher de lui, de poser ses lèvres innocentes entre ses sourcils sous le flot brun de ses cheveux, la prit.

Elle l'eût fait avec une sorte de piété, semblable à celle qui lui faisait baiser parfois les images des anges dessinés dans son livre d'heures.

Mais elle craignit de le réveiller.

Et, après un dernier regard baigné d'un sourire, elle sortit sur la pointe des pieds.

Marguerite, la petite fleur d'Écosse, tira doucement la porte afin qu'aucun bruit ne vint troubler le repos de son ami, et elle descendit avec précaution.

Quelque chose de grave était répandu sur sa physionomie à la fois sérieuse et mutine.

Cette affection étrange que l'on observe parfois chez les enfants à l'âme trop hâtivement mûrie et qu'elle ressentait, est souvent l'embryon de l'amour.

L'amour?. . La fille d'Ellen Mercy ignorait ce que c'était.

Elle était bien trop jeune pour cela.

Puis la retraite presque absolue dans laquelle vivaient les habitants du manoir de Claymore avaient si peu laissé résonner ce mot lui-même à ses oreilles.

Et cependant, le dieu resplendissant et mystérieux, le dieu de douleur et de joie était descendu dans son cœur ingénu, — et elle ne le savait pas, la douce mignonnette.

Comment, à quoi l'eût-elle connu?

Sa tendresse était celle de Paul et Virginie; elle était l'ignorance exquise et ravie. Elle aimait comme aiment et sont aimées les fleurs, ses sœurs charmantes et parfumées, — sans le savoir.

Amour d'enfant aujourd'hui... dans une année ou deux, amour de jeune fille.

Et cela mettait sur sa physionomie, imprimait sur ses traits moulés par la grâce, une empreinte nouvelle.

Elle pensait à la conversation qu'ils avaient eue tantôt, avant que Julien ne s'assoupit.

— Il a manqué mourir pour une fleur! — murmurait-elle. — O Dieu!

Et l'enfant, rêveuse, ajoutait :

— Je vais en chercher pour lui sous la neige, où elles se blottissent frileusement. S'exposerait-il aussi à périr... pour celles que je lui donnerais?

Et l'incertitude l'attristait.

Elle devinait que si Julien méprisait son offrande, elle aurait un gros sanglot... un désespoir véritable.

On connait ces désespoirs d'enfant. Ils sont parfois pénibles.

— Mais non, — fit elle à mi-voix comme répondant à ses inquiétudes, — M. Julien aime trop les fleurs... et il est trop gentil pour rejeter celles que je lui donnerai avant qu'elles soient toutes fanées.

Avec un peu d'égoïsme, elle le voyait même conservant ses fleurs plusieurs jours encore, alors qu'elles seraient déjà décolorées, flétries.

Et elle gagna une porte de service...

Ellen se serait inquietée de voir son enfant aller dehors, par le froid vif, et trop légèrement vêtue pour l'atmosphère extérieure.

Marguerite se glissa derrière quelques touffes de genévriers au feuillage persistant, derrière lesquels elle espérait parvenir à se dissimuler...

Et heureuse de la réussite de ses petites combinaisons stratégiques, un air de joyeuse espièglerie remplaçant, sur ses traits, la gravité qui y était empreinte un instant auparavant, elle s'écarta sans bruit.

La neige, écrasant sous ses petits pieds son blanc duvet, empêchait qu'on ne l'entendît.

Et elle était tout amusée à la pensée de tromper la surveillance affectueuse, inquiète, un peu grondeuse parfois de Tibbie.

Mysie, plus indulgente, ni Halbert lui-même ne l'avaient aperçue.

C'était une vraie bonne fortune.

Et cela paraissait à la fillette ainsi qu'un heureux augure, comme si les anges gracieux qu'elle invoquait naïvement, le matin et le soir, la favorisaient, approuvaient même le petit tic-tac innocent de son cœur ingénu...

Ellen, la croyant bien sagement occupée à distraire le blessé, aidait mélancoliquement, dans une des salles du manoir, Marie à broder une écharpe écussonnée aux armes d'Avenel et de Melrose pour le jour où le chevalier reviendrait de la guerre.

Marie elle-même, plongée dans ses pensées, ne parlait point, voyant son époux au milieu des dangers, et laissant s'envoler de son âme la prière incessante et muette de protection pour ceux qui sont loin.

Quant à Ellen, elle n'avait, dans tout le passé déjà long, que des souvenirs d'affliction.

Et quelque fussent les événements sur lesquels son esprit s'arrêtât, elle n'y pouvait trouver que des sujets de tristesse et de deuil.

De là, sa contention, son silence rêveur, tandis que sa main amaigrie aidait son amie à semer, sur la soie de l'étoffe, les nuances harmonieuses et chatoyantes que l'on eût crue brodées par les mains de deux fées.

Durant ce temps, Marguerite, la mignonne Fleur d'Écosse, légère comme un jeune chevreuil, s'enfonçait dans le bois.

Elle se dirigeait du côté des domaines qui dépendaient du château voisin, où habitait le précédent possesseur du manoir de Claymore.

C'est là que, accompagnant Halbert, elle avait aperçu les jolies fleurettes dont elle parlait à Julien, un moment auparavant.

Les arbustes, à son passage, épandaient sur elle la blanche toison déposée sur leurs branchages par l'hiver, poudrant sa fine chevelure de leurs prismes légers.

Et elle, rieuse, secouant sa tête, les semait autour d'elle et continuait à marcher, à courir...

Devant elle, partout, le profond silence du bois.

Pas un être humain, personne autre que l'adorable enfant.

Comme seul bruit, parfois, le battement d'ailes d'un merle ou de quelques grives effarouchées par son approche et disparaissant dans un fourré.

— Oh! n'ayez pas peur, gentils oiseaux, — pensait-elle. — Je ne vous veux aucun mal, je viens uniquement chercher des fleurs pour mon ami!

On lui avait défendu avec raison de s'en aller aussi loin toute seule.

Et cependant elle ne sentait aucune peur. Est-ce que ses anges familiers n'étaient pas avec elle?...

Tout à coup, une exclamation enfantine jaillit de ses lèvres.

Et toute ravie, elle se dirigea vers un gros bon chêne, vieux comme le monde, qui tordait de son côté son tronc au front chevelu.

Couvert de nœuds, de gibbosités, il semblait vouloir couvrir, défendre contre les antans les frêles plantes, à la tige chétive, poussées sous son énorme abri.,.

Et celles-ci au sommet desquelles frissonnaient les fleurettes bleues, gouttelettes d'azur sur la terre, tendaient vers l'enfant leur charmante parure.

Marguerite se pencha, bien doucement, appuyée sur le chêne ami,

Et de ses doigts roses un peu engourdis par le froid, elle cueillit, une à une, les fleurs précieuses.

Sa moisson faite, elle se releva, regarda l'arbre avec une sorte de reconnaissance et s'en alla continuer sa cueillette.

Avec une promptitude de coup d'œil merveilleuse, elle discernait tout de suite les troncs au pied desquels était resté un endroit dépourvu de neige.

Et s'agenouillant à côté, elle ajoutait quelques menus pétales à ceux qu'elle possédait déjà.

Au bout d'un instant, elle en eut réuni un petit bouquet.

— Mais ce n'est pas tout, — dit-elle. — Du bleu, rien que du bleu, c'est gentil certes, mais un peu monotone!

Enfin, elle découvrit, perçant le tapis blanc qui recouvrait le sol, quelques perce-neige à la corolle d'hermine à peine entr'ouverte.

Elle en coupa les tiges avec ses ongles, et délicatement les plaça au centre de son bouquet.

Heureuse, elle considéra alors son petit chef-d'œuvre.

Et s'étant assurée que personne ne pouvait l'apercevoir, radieuse et un peu confuse cependant, comme si elle faisait quelque chose d'illicite, elle y posa ses lèvres.

Une rougeur pudique couvrit en même temps ses traits.

Mais, tout à coup, elle s'arrête, frémissante d'émoi... Elle a cru entendre... elle a entendu comme une menace sous bois... des branches cassées, les feuilles mortes piétinées... Est-ce un homme, est-ce un fauve?...

Et en courant, maintenant, elle revient vers le manoir.

Parvenue derrière les genévriers qui avaient favorisé sa sortie, elle s'assura que Tibbie, dont elle craignait la présence, justement redoutée, la bonne et vigilante nourrice, n'était pas là.

L'enfant se faufila alors à l'intérieur, son joli visage empourpré par

Il jeta une brassée de bois dans l'âtre.

sa course violente et aussi par le froid du dehors auquel elle ne faisait même pas attention... Quant à son inquiétude, qui n'était peut-être que trop justifiée, elle n'y pensait déjà plus!...

Un instant après, elle était parvenue sans encombre devant la chambre de Julien.

Poussant la porte avec précaution, elle aventura sa tête pour voir si nul ne s'y trouvait.



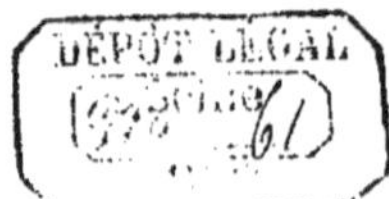

Son ami était seul, les yeux clos, sommeillant encore.

Marguerite entra sur la pointe des pieds.

Elle s'approcha du blessé, ses fleurs à la main.

Ses cheveux noirs épandus sur l'oreiller, son visage respirant le calme produit sur lui par le repos qui fait oublier la douleur, le fils inconnu du chevalier d'Avenel et de Marie n'en était que plus attachant.

La jeune fille resta immobile à le considérer.

Ah! oui, son ami était bien gentil.

Et elle l'aimait tout plein... tout plein!

Elle fit deux pas de plus, supprimant la distance qui les séparait.

Et, en tremblant, elle avança la main qui tenait ses fleurs, et elle les posa sur la poitrine de Julien... là où était sa blessure.

Piété ingénue, exquise tendresse, superstition digne de son cœur, elle avait voulu les mettre là, ayant la croyance, la foi naïve que peut-être elles lui feraient du bien, calmeraient, guériraient son mal.

Ne mettait-elle pas en effet des fleurs sur l'autel de la bonne Vierge?

Marguerite avait procédé avec tant de soin que le blessé ne sentit même pas le poids léger des pétales.

Mais fût-ce leur parfum à peine sensible? les effluves envolées d'elles? l'avertissement donné par les invisibles génies du rêve?...

Julien, en dormant, étendit la main, rencontra les fleurs...

Un sourire glissa alors sous ses paupières encore closes.

Et ce souvenir amenant le réveil, peu à peu il les souleva, les rouvrit...

Son regard, glissant sous ses cils aperçut les fleurettes... chercha autour de lui, — et distingua Marguerite.

Et il devina!

Le blessé eut alors un moment de surprise épanouie, d'extase.

Ces jolies corolles blanches et bleues, elles étaient pour lui qui les aimait tant, ces corolles déposées là sur sa plaie pour que leur fluide la pénétrât, la guérît!

Quelle attention doublement attendrie et charmante!

— Oh! Marguerite, — murmura-t-il. — Petite sœur!... petite sœur!...

Le front incliné, un peu penché sur le côté, comme pour mieux lire dans ses prunelles, la fillette le considérait, heureuse, emplie de félicité, elle aussi, sans savoir...

C'était donc bien réel qu'il était content?

Son visage exprimait cette interrogation.

— Mignonne fleur d'Écosse, — reprit Julien, — vous êtes donc allée cueillir ce joli bouquet pendant que je dormais?

— Quand donc voudriez-vous que je l'eusse cueilli, beau chevalier ?

— Beau chevalier ? — sourit Julien voyant la mine redevenue espiègle de l'enfant dans sa joie innocente.

Il prit les fleurs et les considérant :

— Si elles sont jolies, fines et délicates ! Gracieuses marguerites d'hiver, dirai-je puisque nous ne connaissons pas leur nom... et puisque celle à qui je les dois s'appelle du doux nom de Marguerite.

L'enfant avait joint les mains en l'entendant parler ainsi.

— Mais il fait froid dehors; il vous a fallu braver le vilain temps pour aller les chercher. Et cela a dû être long, elles sont si petites !...

La fillette posa la main sur son cœur dans un mouvement instinctif.

— Froid, certes non. Il faisait si bon... j'avais si chaud là.

Quel aveu plus naïf, plus éloquent !

Julien laissa ses yeux redescendre de l'enfant sur le bouquet et demeura ainsi, immobile, méditatif, un long moment.

Puis lentement, il approcha le bouquet de sa bouche.

Et lui aussi, comme l'avait fait la jeune fille dans le bois, là même où elle l'avait effleuré de ses lèvres, longuement il le baisa.

Alors, le cœur épanoui de l'enfant n'ayant point assez du sourire pour exprimer ce qui l'emplissait, deux larmes, brusquement, suspendirent à ses longs cils leur limpide diamant.

Et irradiée et confuse à la fois, la jeune fille se révélant en elle dans l'enfant, elle s'échappa, elle s'enfuit, allant cacher sa joie émue, sa naissante félicité !...

## CLXVI

### A LA PORTE DE GLASCOW

OUI, c'est l'âpre saison des frimas, si dure, si prolongée dans les contrées du nord.

L'aquilon glacé parti des terres mortes du pôle, après avoir soulevé les flots, grince sur les rochers des montagnes d'Écosse.

Son âpre haleine évoque des hurlements de damnés aux angles des vieilles tours ruinées, et fait traîner de longs et sombres halètements parmi les bois où les branches gémissent et se tordent.

Dans les lieux reculés, les chemins couverts de neige sont impraticables...

Ceux qui habitent les confins des forêts sont captifs au milieu d'un véritable désert de neige.

Au loin, perdus dans le chaos des rocs, des steppes immenses, deux êtres humains attendent, reclus, jetés par le destin dans l'existence la plus cruelle qui puisse être réservée.

Et cependant, ils ne se plaignent pas, bénissant le sort qui les a réunis, même dans l'épreuve.

C'est Christie de Clinthill, c'est Ketty, quelque temps auparavant sa fiancée, maintenant son épouse devant la nature et Dieu.

Son épouse depuis que la main défaillante du vieux meunier, avant de descendre pour jamais dans la terre, les a unis, les a bénis!...

La cabane, péniblement construite par le guerrier, les abrite tant bien que mal contre un froid meurtrier.

A plusieurs reprises, la tempête, s'engouffrant dans les replis des montagnes contre lesquelles Christie a appuyé leur précaire demeure, en a secoué les étais.

Les bruyères qu'il a entassées sur les côtés, amoncelées sur le toit pour en former les murs et arrêter ou le givre ou la neige, secouées par le vent ont plus d'une fois manqué de s'arracher.

Il lui a fallu, bravant les rigueurs croissantes de l'affreuse saison, charrier de nouvelles branches, abattues par ce vent même, afin de consolider leur minable chaumière.

Il lui a fallu, au prix des plus pénibles efforts, creuser le sol gelé pour recouvrir de terre les branchages du toit d'une sorte de mortier à peu près impénétrable.

Cette terre, encore amoncelée au bas des murailles, trop vite improvisées au début, arrête maintenant les infiltrations de l'eau et de la neige fondue par la chaleur du feu qui brûle jour et nuit à l'intérieur.

Mais combien les journées sont interminables et mélancoliques souvent pour les deux créatures enfermées dans cet étroit espace.

Comme les deux reclus, les deux affamés guettent les signes précurseurs d'une saison plus clémente qui leur permettra de revenir parmi les humains.

Heureusement que l'affection qu'ils ressentent l'un pour l'autre les soutient et les défend contre la nostalgie.

— Christie, — dit Ketty un soir que sans autre lumière que celle de leur foyer, ils écoutent l'orage gronder au dehors. — Christie tu m'as promis de m'apprendre la cause de ta longue absence, loin du pays. Laisse-moi te rappeler ta promesse.

A plusieurs reprises, déjà, l'ancienne habitante du Moulin-Joli avait adressé cette demande à son compagnon.

Mais le soldat qui n'était cependant ni un trembleur ni un superstitieux, avait toujours renvoyé cela à plus tard.

— Non, vois-tu, — disait-il, — depuis le soir où j'ai vu l'Homme Noir, auquel je m'étais refusé de croire jusqu'alors, il n'est arrivé que des malheurs autour de nous. J'aime mieux ne pas parler de ces choses.

« Lorsque je revins à moi chez les moines de Saint-Joseph où mes compagnons m'avaient transporté, je ne fis pas d'abord la moindre attention à cette apparition : une hallucination sans conséquence de mon cerveau au moment où je tombai, pensais-je. Mais depuis, j'ai causé avec mes compagnons, eux aussi l'avaient aperçu : il emportait notre pauvre petit Julien. L'Homme-Noir n'est donc pas un mythe !

Et Christie retombait dans un sombre mutisme, croyant apercevoir encore l'Homme-Noir emportant le petit Julien dans ses bras, la nuit où l'écuyer de Walter d'Avenel était parti avec l'enfant et ses hommes d'armes pour délivrer le chevalier.

Une balle de pistolet avait abattu son cheval ; une autre l'avait terrassé lui-même, il est vrai ? Et les fantômes ne se servent pas d'armes à feu.

Mais avant de s'évanouir, il avait cru voir le terrible Homme-Noir des légendes enlacer Julien de ses bras et s'éloigner d'un bond avec son fardeau. Et, comme il le disait, il avait appris depuis que ce n'était pas là une illusion de son cerveau, ainsi qu'il le pensait d'abord sans s'y arrêter.

Ou, plutôt, le temps et le mystère avaient produit leur œuvre affolante dans son esprit fruste et simple, bouleversé par tant d'événements et de malheurs...

Et il redoutait que cette évocation ne ramenât le mauvais génie.

Pourtant, puisque Ketty revenait à la charge... à la grâce de Dieu !

— C'est vrai, — murmura-t-il d'une voix sourde, — je t'ai fait souvent cette promesse. Eh bien ! je vais la tenir. Seulement, Ketty, toi qui es une femme et par conséquent dévotieuse, fais le signe de la croix, afin que les génies qui hantent, dit-on, les landes et les tombeaux ne reviennent pas !

Ketty se signa lentement.

— Ma foi, — avoua Christie de Clinthill, — il y a des moments où je ne reconnais plus le franc batailleur, impie et insouciant que j'étais. Comme auparavant, vingt hommes armés ne me feraient pas peur pourvu que j'eusse seulement une épée solide à la main. Mais pour le reste, vrai, quand j'y songe après coup, il y a des moments où un petit frisson me parcourt le corps.

Il jeta une brassée de bois dans l'âtre.

— Voici qui va chasser définitivement tous les noirs souvenirs.

La flamme, jaillissant avec un nouvel éclat, éclaira ses traits énergiques, la longue et puissante barbe poussée sur ses joues depuis qu'ils erraient à travers les landes et les forêts, se nourrissant de racines et de leur maigre chasse.

Et il commença son récit :

— Tu connais, chère Ketty, les événements qui suivirent l'arrestation du chevalier d'Avenel, lors de son retour au château et l'enlèvement de son fils, notre brave petit Julien, — parti avec moi et mes compagnons afin d'arracher le chevalier aux Anglais maudits qui l'avaient assailli par surprise. — Tu les connais d'autant mieux que ton aide courageuse permit à l'épouse de mon maître d'échapper à ses ennemis. Je ne te les rappellerai donc pas. Tu sais aussi que je me séparai de Walter d'Avenel et de son infortunée compagne après avoir juré de châtier le meurtrier de leur fils.

« Ce meurtrier, d'après John Robby, l'abominable cabaretier du *Gué de la Mort* n'était autre que Stewart Bolton, l'ancien intendant du duc de Melrose, devenu ensuite celui du chevalier et de sa jeune et trop confiante épouse.

« Son crime accompli, ses crimes devrais-je dire, l'odieux gredin avait passé en Angleterre. Où pouvait-il en effet se trouver en sûreté sinon dans les États où l'implacable ennemi, l'ancien rival de mon seigneur, était tout-puissant.

« J'avais acquis la preuve à peu près certaine d'une longue entente, d'une vieille complicité entre ce scélérat de Bolton et lord Somerset dont il était l'agent. L'intendant trahissait à la fois son pays et son maître, il était donc tout naturel que, pareil à la race infecte des traîtres, il allât chercher un refuge auprès de ceux à qui il s'était vendu.

« Je revins donc au clan d'Avenel où, — ma chère et toujours fidèle Ketty, — j'échangeai avec toi de nouveaux serments, et je franchis la Tweed, après avoir quitté mon costume de soldat, et n'ayant gardé pour arme qu'un poignard caché sous mes vêtements, afin d'en frapper l'assassin le jour où je le rencontrerais.

— Je me souviens!... — murmura Ketty d'un accent contenu.

— Sur la rive anglaise, je retrouvai les traces indéniables du passage du scélérat. J'arrivai jusqu'à une ferme, ou plutôt à un vaste domaine rural acheté depuis longtemps en secret par le misérable intendant avec le produit non seulement de ses rapines, mais aussi de ses félonies.

« Les paysans ne l'aimaient pas à cause de son âpreté. J'appris donc assez facilement d'eux qu'il y était venu peu de temps auparavant et qu'il en était reparti quelques instants après en emmenant avec lui un enfant sournois et orgueilleux qu'il disait être son fils et que les paysans avaient été chargés par lui d'élever en secret.

Arrivé à cet endroit de son récit, Clinthill s'interrompit :

— Quels mystères sans doute inavouables planaient sur la vie de l'ignoble intendant, — murmura-t-il, — pour le contraindre à cacher ainsi l'existence de cette fortune et de cet enfant?

Christie de Clinthill avait alors pris la route de Londres.

C'est vers la capitale de l'Angleterre, lui avait-on dit, que s'était dirigé Stewart Bolton.

Londres était grand, mais le soldat était patient et tenace, et il espérait bien se trouver un jour ou l'autre en présence de l'assassin.

Le sang du bandit paierait ce jour-là pour celui de sa victime; son châtiment satisferait l'âme errante du pauvre petit Julien.

Le capitaine d'armes de Walter d'Avenel arriva à Londres.

Chacune des routes de la cité avait un gardien permanent, outre le poste militaire changé chaque jour.

Christie s'adressa à ce gardien et lui demanda s'il ne se souvenait pas d'avoir vu entrer une carriole qu'il lui dépeignit aussi exactement que possible, indiquant l'époque du voyage de Stewart Bolton.

Le gardien se mit à rire.

Le questionneur croyait donc que Londres était un bourg comme celui dont il venait sans doute pour qu'on se souvînt d'une guimbarde.

Christie, sans se décourager, s'adressa à chacune des autres routes de la capitale.

— Ce voyageur est un de mes proches, et je donnerais beaucoup pour le retrouver, — protestait-il.

Sur ce dernier point, l'Écossais disait vrai.

Il aurait volontiers payé ce plaisir de sa vie, pourvu qu'il eût vu rendre le dernier soupir à l'ancien intendant, avant de périr lui-même.

Enfin, à une des entrées de la cité, comme il renouvelait sa question, un des soldats de garde l'interpella. Il avait remarqué l'équipage à cause de l'enfant. Et puis, il y avait eu un léger accident.

Il dépeignit le fils de Stewart Bolton, et ajouta :

— Je me souviens parfaitement. Son père l'appelait Percy. Une physionomie singulière que celle de cet enfant, des lèvres sur lesquelles le sourire était glacé : une tête à finir sur l'échafaud... à moins qu'il n'y fasse plus tard monter les autres !

C'était bien cela.

L'homme et l'enfant, installés sur une carriole poussiéreuse, avaient pénétré dans la ville par la route d'Écosse.

Le soldat n'en savait pas davantage.

Mais Christie rayonnait. L'homme qu'il cherchait était à Londres ; il finirait bien par lui mettre la main au col. Et ce jour-là !...

A moins que Bolton eût quitté la ville depuis lors.

Cette inquiétude était venue troubler sa joie ; il commença par battre, avec une hâte fiévreuse, toutes les auberges situées dans le quartier par où était entré l'ancien intendant, et fréquentées par les voyageurs de sa condition.

John Robby, en lui racontant la fable de l'assassinat de Julien, rejetant tout sur Stewart Bolton, afin de se venger de ce dernier, s'était bien gardé de faire la moindre allusion au trésor d'Avenel.

Le guerrier ignorait donc que l'ancien intendant était aussi riche que la plupart des plus grands seigneurs de la cour d'Angleterre et qu'il tenait trop à mettre à l'abri le chargement de sa carriole pour aller se loger à l'auberge.

Dès son arrivée à Londres, le traître s'était rendu dans la somptueuse demeure au fond de laquelle nous avons vu Percy, digne fils d'un tel père, livrer ignominieusement Henri de Mercourt qui s'était imprudemment confié à lui.

Christie pouvait donc battre en tous sens tous les quartiers de Londres habités par les gens du peuple ou les bourgeois.

L'aubergiste lui montra un énorme cheval normand.

Il s'y trouvait depuis plus d'un mois, repris par le découragement, lorsqu'un soir, près de la route de Glascow, il vit de loin un homme à cheval dont la tournure le frappa étrangement...

— Serait-ce possible! — exclama-t-il sourdement. — Lui enfin!...

Le cavalier suivait la rue principale; Christie en était à cent pas.

A quelques mètres devant lui se trouvait une ruelle oblique allant aboutir à la rue dans laquelle était le cavalier. Son cheval marchait au pas.

Christie se mit à courir, enfila la ruelle.

Il était près d'en atteindre l'extrémité quand le cavalier reparut.

Une vingtaine de mètres les séparaient.

Cette fois Christie de Clinthill le reconnut positivement.

Il voulut crier, l'appeler, décidé à l'attaquer immédiatement, à lui faire expier son crime, dût-il être arrêté aussitôt après, incarcéré et frappé du dernier supplice, sa qualité de capitaine écossais étant par elle-même un arrêt de mort.

Mais, à cet instant, Stewart Bolton fouettait sa monture d'un vigoureux coup de houssine.

Les fers du cheval battant le pavé étouffèrent la voix du guerrier, et l'ancien intendant n'ayant pas même remarqué l'homme qui venait de le menacer, s'éloigna rapidement.

Christie aperçut alors un laquais solidement armé qui, cheminant à une distance respectueuse, avait imité sa manœuvre.

L'Écossais s'était arrêté plus que surpris.

— C'est bien Stewart Bolton que je viens d'apercevoir, l'ancien valet du duc de Melrose, élevé ensuite à la qualité d'intendant; c'est bien l'homme qui gardait nos camps avec les autres serviteurs, quand nous étions à la bataille. Mais il monte un cheval de prix; un laquais l'escorte ni plus ni moins que s'il était un homme de qualité.

Lord Somerset l'avait donc bien magnifiquement récompensé pour le crime qu'il avait commis?...

Mais le saisissement du géant fut de courte durée.

Il venait de retrouver Stewart Bolton, il fallait qu'il le rejoignît à tout prix... Il lui semblait que l'âme de son petit Julien, trépassé sans sépulture, lui reprochait son inaction.

Et il se remit vivement à marcher.

Les portes de Glascow-road n'étaient guère qu'à deux cents mètres de là.

Il vit Bolton s'arrêter devant le poste, sortir de sa poitrine un papier, le tendre à l'officier qui commandait.

Ce dernier parut montrer une déférence subite à la vue de ce document, et l'ancien intendant sortit de Londres, suivi de son domestique, gagnant la campagne.

— Oh ! je le rattraperai ! — grondait Clinthill.

Walter d'Avenel lui avait remis une somme assez forte pour faciliter ses recherches, et le soldat y avait joint l'argent produit par la vente de ses armes et de son harnais de guerre.

Les aubergistes établis près des remparts étaient tous, plus ou moins, marchands de chevaux : ils achetaient les montures des voyageurs qui venaient passer à Londres un temps assez long, et les revendaient à ceux qui en partaient.

Christie de Clinthill s'adressa au premier dont il aperçut l'enseigne.

— Avez-vous un solide cheval de selle à me vendre et vite, — dit-il.

L'hôtelier considéra sa stature.

— J'ai justement votre affaire.

Et riant narquoisement, car l'Écossais, dans sa nouvelle tenue, n'avait guère l'air d'un cavalier.

— Mais c'est une bête un peu difficile, et je ne sais...

L'acheteur lui répondit seulement par un haussement d'épaules.

— Marchons...

Et lui-même se dirigea vers l'écurie, dont il aperçut la porte ouverte.

Celui qu'il voulait rejoindre avait de l'avance et il ne fallait pas perdre de temps pour le rattraper.

L'aubergiste lui montra un énorme cheval normand, amené, lui dit-il, par un chevalier français, qui s'en était défait récemment.

Christie examina d'un coup d'œil son encolure puissante, son large poitrail, ses reins solides, les muscles noueux de ses jarrets.

— Avez-vous son harnachement? Je vais l'essayer!

Et tandis qu'un palefrenier le sellait, il convint du prix, rabattant d'un accent bref et catégorique la moitié de la somme demandée par l'hôtelier.

Celui-ci, commençant à comprendre qu'il avait affaire à quelqu'un du métier, se montra du coup aussi accommodant et obséquieux qu'il avait affecté d'être insolent lorsque Christie s'était adressé à lui.

La bête était prête.

L'Écossais sauta en selle sans toucher les étriers afin d'aller plus vite, fit volter sa monture, la lança en avant, lui fit franchir un obstacle qui se trouvait au milieu de la cour.

— Ça va, — dit-il. — Voici votre argent.

Il tira de sa bourse de peau une poignée de couronnes à l'effigie de la reine Élisabeth, les compta et les jeta à l'hôtelier.

Et il s'élança au dehors, tandis que les pièces roulaient en tintant...

En quelques bonds de sa monture qui faisait réellement honneur au pays de France d'où elle provenait, il atteignit le poste.

— On ne passe pas! — lança un soldat en croisant sa pique.

Le papier montré à l'officier du poste par Stewart Bolton était l'ordre de ne laisser sortir personne de la journée après le porteur du présent et ses suivants. Christie eut un mouvement machinal pour prendre à son côté l'épée qu'il n'avait plus et couper court à toute opposition en la plantant dans la gorge de la sentinelle.

Mais en même temps qu'il étouffait un juron, une inspiration surgit à son esprit, en se souvenant de la déférence subite montrée par l'officier qui à cet instant apparaissait de nouveau. De qui pouvait être le papier qu'avait lu ce dernier pour produire un tel effet, sinon du tout-puissant favori de la reine dont Stewart Bolton était autrefois l'agent, Christie le savait.

— Ordre de lord Somerset, — dit-il avec audace. — J'ai à rejoindre le gentilhomme qui vient de sortir.

Il donnait le titre de gentilhomme à l'abject intendant. Ce mot lui avait écorché le gosier. Mais il le fallait.

Le soldat releva à demi sa pique, hésitant, regardant son chef.

Christie de Clintill s'en aperçut et, sans attendre la réponse de ce dernier, il frappa de ses deux talons, violemment, les flancs de son cheval, rendant les rênes.

L'animal détendit ses jarrets comme un ressort... et passa.

Christie de Clintill, courbé sur sa selle, afin de donner moins de prise à l'air, s'enfonça dans la route où il avait vu s'engager le traître.

Son cheval était vigoureux. Mais une inspection rapide lui avait montré que Stewart Bolton n'était pas moins bien monté.

De plus, ce dernier avait au moins une demi-heure d'avance.

Tout allait donc dépendre de l'allure avec laquelle voyageait l'homme que l'ancien capitaine d'Avenel voulait rejoindre.

Des artisans regagnaient Londres, venant d'une maison de plaisance, en construction dans la campagne pour un seigneur de la cour.

L'Écossais arrêta sa monture et leur demanda s'ils n'avaient pas remarqué un cavalier d'un certain âge, accompagné d'un serviteur armé.

— J'ai à m'acquitter auprès de lui d'une mission urgente, — ajouta-t-il avec un accent singulier.

En même temps, il détournait les yeux pour cacher la flamme menaçante qui venait de s'y allumer.

Les ouvriers répondirent affirmativement.

— Seulement il doit être loin, s'il continue du même train!

Christie répondit par un remercîment bref et remit sa bête au galop.

## CLXVII

### LE JUSTICIER

Londres était déjà loin, Christie de Clinthill avait traversé les faubourgs extérieurs : c'était maintenant la solitude de la vraie campagne, et il n'apercevait pas encore ceux qu'il cherchait.

Il avait quitté le terrain plat qui entourait la ville et la route s'élevait montueuse, traçant des lacets.

Soudain, à un des nombreux détours il aperçut au loin, devant lui, deux cavaliers marchant l'un devant l'autre : le maître et le valet.

Le soleil qui déclinait éclairait en plein l'endroit où ils se trouvaient.

A sa clarté mettant en relief le costume et la stature des deux voyageurs, Christie reconnut Stewart Bolton à ne pouvoir s'y méprendre.

— Oh ! oui, c'est lui; c'est bien lui, — fit-il. — Et je le laisserais s'échapper ?... Jamais !... Tonnerre et sang !

Il savait par expérience qu'il ne faut pas forcer à l'excès les chevaux, surtout aux montées.

Il considéra le sien ; son encolure luisait de sueur.

— C'est une bête vaillante, — pensa-t-il. — Mais il y a trop longtemps qu'elle est à l'écurie; elle n'est plus habituée à la fatigue.

La prudence l'engageait à la ménager, sauf à reprendre son avantage après la côte.

Mais savait-il s'il n'y avait pas d'autres routes plus loin et quelle direction prendrait le scélérat dont il ne voulait pas, dont il n'avait pas le droit de renvoyer le châtiment au lendemain.

Un coude se présentait devant lui.

Quand il l'eut dépassé, il vit la route courant pendant quelque cent mètres en terrain presque plan sur le flanc d'un côteau.

— En avant ! — dit-il en français.

Le brave animal, semblant comprendre ce mot, n'attendit pas que son cavalier eût eu besoin de le toucher, et reprit le train de lui-même, brûlant le terrain en des foulées superbes.

Quand le crépuscule commence à s'étendre sur la terre, les moindres bruits prennent une ampleur, une sonorité extraordinaires.

Les voix qui s'élèvent dans les vallées montent avec une netteté saisissante vers le sommet des montagnes.

Stewart Bolton gravissait au pas la route montueuse.

Il détourna brusquement la tête, se pencha sur le côté, prêtant l'oreille.

Et tout à coup, il arrêta son cheval, faisant signe à son suivant de l'imiter.

— Je ne me trompe pas, — prononça-t-il à mi-voix. — C'est un cheval lancé à un galop rapide...

« Le bruit croît, s'avance... il se dirige de notre côté... Serait-ce vers moi?... »

Et blême subitement comme tous ceux dont la conscience n'est pas tranquille, il poussa sa monture jusqu'au bord du chemin, afin d'apercevoir, s'il le pouvait, le cavalier qui montrait une hâte si singulière... et si peu rassurante.

Il demeura un moment sans rien apercevoir, les végétations et les accidents du terrain bornant sa vue.

Enfin un voyageur de haute taille monté sur un cheval puissant parut à un tournant.

L'œil avivé, l'agent de lord Somerset tâcha de percer ses traits.

La distance était trop grande pour le lui permettre.

Alors, il inventoria rapidement ses vêtements, espérant trouver là une indication.

— Aucune arme, — prononça-t-il, — le costume d'un homme du peuple... Cependant, il paraît se tenir singulièrement bien campé à cheval.

Et son inquiétude doublée par cette dernière observation :

— Quelqu'un aurait-il eu vent de la mission que je vais remplir? Cet homme porte certainement un déguisement; cela doit suffire pour me le rendre suspect. S'il ne laisse pas voir d'armes apparentes, il doit avoir de bonnes raisons pour cela; et il en a sûrement de cachées. En empêchant la sortie de tout voyageur par la porte de Glascow, lord Somerset et moi nous avons cru assurer la réussite de la mission dont il m'a chargée. Serait-ce donc en vain?

Somerset, dominant l'Angleterre grâce à la faveur d'Élisabeth, grâce aussi à sa tyrannie, s'était senti plusieurs fois près de succomber sous les rivalités liguées contre lui.

Élisabeth était une reine à la fois vicieuse et mystique.

Trop fière, trop réellement reine pour prendre un époux et partager le pouvoir avec lui, elle voulait laisser après elle la renommée d'une femme inaccessible aux passions humaines.

Elle voulait être comme la reine-vierge.

Aussi eût-elle sacrifié Somerset s'il eût compromis son prestige.

Malgré tout, les courtisans avaient remarqué ses faveurs pour l'homme investi par elle des plus hautes dignités.

Et ils s'étaient dit que le moyen de détruire l'influence de cet homme était de montrer à la despotique et orgueilleuse souveraine combien il était dégradé, perdu de mœurs.

Élisabeth, voyant la honte de son favori près de rejaillir sur elle, n'hésiterait pas à le sacrifier, ils la connaissaient assez pour en être certains.

Lord Commerey, après avoir d'abord essayé de lutter contre le favori, avait paru courber la tête.

Il avait quitté la cour, et était venu s'occuper exclusivement en apparence du gouvernement du comté de Kent dont il avait la charge.

En réalité, et secrètement, il recueillait, avec une patience ténébreuse, un faisceau de preuves écrasantes sur la dépravation de Somerset.

Contre le soudard, devenu premier ministre d'Angleterre, il avait, entre autres, acquis récemment la preuve d'un attentat de telle nature que sa divulgation ne permettrait pas à Elisabeth de garder plus longtemps ce ministre favori, tant le scandale devait être retentissant.

Somerset perdait rarement de vue ceux qui avaient été ses victimes, afin d'empêcher toutes représailles de leur part.

Il avait appris ainsi les agissements de lord Commerey.

Il fallait à tout prix se débarrasser de lui, et le faire vite et secrètement, afin qu'il n'eût pas le temps de faire éclater le scandale qu'il préparait ni de prendre aucune mesure.

C'est pourquoi il avait envoyé Stewart Bolton, muni de laisser-passer, Stewart Bolton voyageant simplement, afin que son approche n'éveillât aucune défiance.

Aussi, chargé d'une mission de cette importance, l'ancien intendant, l'agent secret de Somerset était-il inquiet de voir un cavalier suivre la même route que lui, en paraissant essayer de le rejoindre.

Il était prêt d'atteindre le sommet de la côte.

A son tour, il rendit la main et fit marcher la cravache.

Christie venait de mettre son cheval au pas.

Quoique placé en contre-bas, le galop de deux chevaux était assez fort pour qu'il parvînt jusqu'à lui.

Dans un mouvement instinctif, il se rua sur la grille.

— Ce coquin de Stewart Bolton m'aurait-il deviné? — se dit-il.

Il regarda sa monture, se demandant s'il ne ferait pas bien de la pousser, afin de rejoindre ceux qu'il désirait atteindre, ou au moins ne pas se laisser distancer.

Mais il eut vite compris qu'il ne maintiendrait ses avantages que pour les reperdre bientôt et sans doute sans retour.



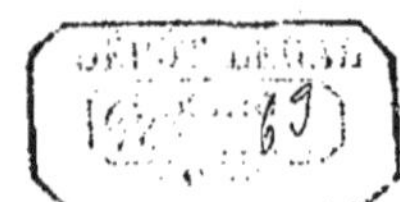

— Je regagnerai ce terrain en plaine, — pensa-t-il, irrité d'entendre le bruit continu de la course des deux hommes.

Et il prêtait anxieusement l'oreille afin de suivre la direction qu'ils avaient prise.

Parvenu au bout de la montée, il s'aperçut, aux traces de fers laissées sur le sol, que les voyageurs qui le précédaient n'avaient pas changé de route.

Lui aussi lâcha les rênes. Son normand, intrépide comme ceux de sa race, étendit ses muscles puissants, dévorant le terrain par bonds démesurés...

Des paysans travaillaient près d'un carrefour.

L'écuyer fit halte et les interrogea.

— Les deux voyageurs dont vous nous parlez ont pris la route du Kent, — lui répondirent-ils.

Et ils lui indiquèrent un chemin obliquant à travers les terres, un demi-mille plus loin.

Christie de Clinthill remercia et repartit.

Les traces imprimées dans le sol lui montrèrent qu'on ne l'avait pas trompé : il se lança dans cette direction nouvelle.

Stewart Bolton qui s'était arrêté derrière un bouquet d'arbres, pour écouter, perçut de nouveau le galop de son ennemi derrière lui.

— Plus de doute, — fit-il en pâlissant, — c'est à moi qu'on en veut.

Il avait la lâcheté instinctive des êtres vicieux.

— Tes armes sont chargées? — demanda-t-il à son suivant, moitié valet et moitié agent.

— Oui, maître... tout est prêt.

— Rappelle-toi que si je venais à périr tu serais considéré comme complice de mon assassinat. En route, et attention, surtout!

Mais s'il était admirablement monté, il n'était pas capable de rivaliser avec Christie de Clinthill.

Aussi perdait-il du terrain.

La sueur coulant de ses tempes plus qu'elle ne suintait aux flancs de son cheval, dans la terreur qui l'envahissait, il apercevait déjà, au loin, la silhouette puissante de l'écuyer.

Celui-ci, rivé sur sa selle, soutenant son cheval, ne quittant pas le misérable des yeux, riait déjà d'un rire terrible.

Encore une heure au plus de cette course, il serait sur lui, et alors, un compte redoutable serait à régler entre eux.

Il y avait bien le laquais... et les armes dont il était muni.

Mais Christie de Clinthill ne s'en souciait même pas.

Il était la justice ; et eût-il même une balle dans le corps, il passerait, atteindrait l'autre, le maître, le meurtrier !

Bolton, qui cravachait éperdument sa bête, distingua bientôt les toits d'une petite ville sur la gauche.

Il se souvint alors du laisser-passer que lui avait délivré Somerset, avec ordre à toutes les autorités d'obéir à ses réquisitions.

Il ne devait se servir de cette pièce qu'à la dernière extrémité.

Mais n'était-ce pas le cas ?

Comme un fou, il se jeta dans un chemin de traverse qui paraissait le rapprocher de la ville.

Christie coupa à travers champs pour le rejoindre.

Quelques cents mètres les séparaient à peine : l'heure était décisive.

Mais la ville était proche.

Stewart Bolton y entra à triple allure.

— Le shériff !... Où est le shériff ? — cria-t-il d'une voix haletante au premier citadin qu'il rencontra.

Ce dernier lui indiqua le Palais de Justice.

L'agent secret leva de nouveau sa cravache et vint s'engouffrer dans le monument public à l'indignation des gardiens.

— Le shériff, vite. Ordre de la reine, — dit-il sans s'arrêter à leurs exclamations.

Ordre de la reine !

Les gens de justice bondirent ; ils le conduisirent aussitôt chez le magistrat que l'un d'eux courait prévenir.

Ce dernier s'était levé de son siège.

Stewart Bolton entra brusquement dans un cabinet, pâle encore, et montra l'ordre dont il était porteur.

— Un ennemi du gouvernement de la reine pénètre à cette heure dans votre cité ; j'en requiers l'arrestation immédiate, — dit-il.

L'ordre porté sur le laisser-passer était formel : le juge s'inclina.

Christie de Clinthill faisait à ce moment irruption dans la ville.

— Le voici ! — dit Stewart Bolton au shériff, une flamme implacable dans le regard. — C'est un homme redoutable, que Votre Honneur prenne bien toutes ses précautions.

Le magistrat comprit la menace contenue dans ces paroles. Il connaissait les terribles rigueurs de Somerset.

— Emmenez tous vos hommes, — commanda-t-il à son sergent resté respectueusement debout à l'entrée de la salle. — Et saisissez-vous à tout prix du cavalier que cette... personne vous désignera.

Bolton comprit que le juge avait deviné en lui un des espions de

Somerset : il se souciait vraiment bien des mépris de ce petit magistrat.

Et il sortit, suivi du sergent et de son escouade.

En entrant dans la ville, Christie de Clinthill s'était fait indiquer la rue suivie par les deux cavaliers.

Après quelques hésitations, il arriva sur la place, incertain, les cherchant des yeux.

Dix hommes s'élancèrent, l'entourèrent avant qu'il eût tourné bride.

Le sergent sauta en même temps au mors de son cheval.

Et il prononça les paroles consacrées et terribles :

— Au nom de Sa Majesté la Reine, je vous arrête!...

S'il est un désespoir, une révolte furieuse contre le sort, contre les hommes, c'est bien ce qu'éprouvait à cette heure le brave Christie de Clinthill.

Avoir tout quitté, renoncé à tout, patrie, fiancée, amis, s'être volontairement condamné à une vie aride de recherches ; s'être voué à cette tâche : devenir le châtiment ; n'avoir pas eu de cesse, de véritable sommeil, de repos avant d'avoir aperçu l'homme cherché, le criminel à punir.

S'être alors attaché à lui comme l'ombre au marcheur; galoper pendant des heures à sa poursuite; avoir vu diminuer la distance qui le protégeait, n'avoir plus qu'à compter les minutes qui restent à s'écouler avant l'expiation dont on est résolu à être l'instrument...

Et au moment où l'on va être le bourreau sanctifié, — qui frappe et qui venge! — voir le condamné de l'immanente justice vous échapper!... Sentir des bras étrangers arrêter votre bras, entraver l'œuvre sublime!...

Et, ironie du sort plus enrageante encore, entendre le scélérat, qui fuyait tantôt, passant tout à coup de la lâcheté à l'arrogance, ordonner :

— Emparez-vous de cet homme; c'est un malfaiteur dangereux.

Et les autres, les gardes de la loi, lui obéissant!...

Christie de Clinthill venait d'éprouver tous ces sentiments, de faire toutes ces réflexions rapides dans la durée d'un clin œil :

— Au nom de Sa Majesté la Reine, je vous arrête! — avait prononcé l'homme aux galons de sergent.

Christie ne connaissait point de reine, ni de ministre à cette heure.

Il ne connaissait que le criminel, debout derrière ses acolytes et le désignant du doigt.

— Arrière! — cria-t-il.

D'une secousse violente, il se débarrassa des deux soldats qui s'étaient cramponnés à lui...

En même temps son talon s'abattit contre les flancs de sa monture.

Mais son cheval, épuisé par la course ardente et prolongée qu'il venait de fournir, était couvert d'écume et de sueur.

Le sergent se tenait suspendu à son mors.

Il ne parvint pas à s'en débarrasser, à bondir comme l'espérait Christie.

— Ah! si j'avais mes éperons... ou une épée!... — rugit l'Écossais.

D'un élan subit, il s'élança à terre, afin d'aller rejoindre Stewart Bolton derrière les gardes à l'abri desquels il se tenait.

— La hart pour vous, si vous le laissez s'approcher! — siffla l'agent secret blême de terreur.

Il devinait que si l'écuyer de Walter d'Avenel parvenait à le saisir, il était perdu.

Le terrible géant était homme à lui briser la colonne vertébrale avant qu'on fût parvenu à le retirer de ses mains.

Les gardes, stimulés par cette menace furieuse, honteux d'être tenus en échec par un seul adversaire, tombèrent ensemble sur Christie de Clinthill, pareils à la meute coiffant un sanglier.

Le guerrier écossais chancela sous cette ruée.

D'une violente détente de ses épaules, il se débarrassa encore de deux ou trois d'entre eux.

Mais le poids de la masse l'aveuglait, l'étouffait.

Il butta contre l'un des gardes dont il venait de se défaire, et chancela, comme un chêne déraciné.

Et perdant l'équilibre sous le poids qui lui écrasait les épaules, il s'abattit avec un soufflement rauque.

— Liez-lui les poignets, vite! — hurla Stewart Bolton.

Le misérable était blême encore de la nouvelle terreur qu'il venait d'avoir.

Et il ajouta :

— Les poignets et les chevilles!

Le sergent avait remarqué la prompte soumission du juge lorsque Stewart Bolton lui avait parlé.

Ne doutant pas qu'il avait affaire en lui à quelque policier puissant, il fit siffler la lanière de cuir qui lui servait à garrotter les malfaiteurs.

Et saisissant le poignet droit de Christie, dont deux hommes paralysaient le bras, il le tordit en arrière et y noua rapidement sa corde étroite et coupante.

— A l'autre! — fit-il.

L'Écossais sentit l'âpre morsure de la lanière sur sa peau; il fit un nouvel effort.

Mais ses agresseurs étaient trop nombreux et il était renversé.

La corde de cuir s'enroula autour de son poignet gauche, nouée bientôt avec la cruelle dextérité, l'adresse brutale des gens de police.

Alors, joyeux de n'avoir plus à le craindre, les gardes, lui écrasant ses genoux sous leurs lourds talons ferrés, lui ligottèrent les chevilles.

— Ça y est! — souffla le sergent. — Il est fini.

« Il est fini! » C'est-à-dire : nous pouvons l'accabler d'insultes et de mauvais traitements à présent, nous pouvons nous rire de lui. Il est à notre merci.

Stewart Bolton exultait.

Christie de Clinthill, étendu à terre, étroitement entravé, était incapable de faire un mouvement.

La fureur qui grondait dans sa poitrine était effroyable.

L'enfer protégeait donc l'abject assassin jusqu'au bout, puisqu'il ne lui avait pas permis de le rejoindre cent mètres avant, en pleine campagne où il lui aurait fait expier ses crimes infâmes.

Et rien!... il ne pouvait rien.

Dans une tension énorme de ses muscles, il tordit ses reins, releva sa tête, dardant, sur le misérable, ses yeux injectés de sang par la lutte et la colère.

— Tu triomphes aujourd'hui, Stewart Bolton! — cria-t-il. — Traître! Infâme! Assass...

Il n'acheva pas.

— Le bâillon! — avait hurlé le hideux personnage à ses premières paroles.

Le sergent, comprenant que le prisonnier allait prononcer des paroles que nul ne devait entendre, avait brutalement écrasé les lèvres accusatrices sous un bâillon aux angles de fer.

Un halètement sourd gonfla la poitrine de l'infortuné, et ses traits s'injectèrent sous l'étouffement.

Il était enfin vaincu.

L'ancien intendant le considéra alors avec une joie féroce.

Une expression de triomple insultant éclatait sur ses traits; il s'approcha de celui qui venait de le faire trembler, mais qu'il pouvait braver, désormais.

Il se pencha au-dessus de lui, rapprochant son visage de celui de sa victime.

Les deux hommes se fixèrent alors avec une expression de rage intense.

Stewart Bolton se taisait, Christie de Clinthill était bâillonné; et cependant ce qui jaillit de ses prunelles fut tel que les gardes, si blasés qu'ils fussent, frémirent, impressionnés.

— Mettez-le debout! — ordonna l'espion de Somerset d'une voix rauque.

Les soldats aidèrent le géant à se redresser.

Et sur un signe, ils le traînèrent vers le bâtiment de justice, derrière lequel se trouvaient les prisons.

Le shériff avait suivi la scène de derrière les vitraux de son cabinet.

Il n'était point intervenu.

Il avait deviné dans Stevart Bolton un agent de la police politique du duc : les pouvoirs dont il était muni ne pouvaient guère laisser subsister de doute.

Devant cette police, l'autorité des juges disparaissait.

Christie de Clinthill, les jambes liées, les bras attachés derrière le dos, la bouche fermée par le bâillon, disparut sous le porche du sombre édifice, entre les gardes qui avaient eu tant de difficultés pour le capturer.

Les gens du peuple qui avaient assisté de loin à la lutte le regardèrent entrer, se disant à voix basse « que ce devait être un grand criminel! »

— ... A moins que ce ne soit un ennemi de milord-duc, — ajoutaient tout bas quelques-uns.

Un instant après, la porte du cabinet dans lequel le shériff était demeuré s'ouvrit.

C'était encore Stewart Bolton qui entrait.

— L'homme que je viens de faire prendre est un prisonnier d'État, — dit-il.

Le juge s'inclina, indiquant qu'il avait compris.

L'espion reprit :

— Je demanderai, en conséquence, à Votre Honneur s'il possède un cachot et un personnel assez sûrs pour que cet homme n'y puisse avoir de relations avec personne... pas même avec ses geôliers.

— Pas même avec ses geôliers. C'est donc un personnage important?

L'agent secret demeura muet.

Le shériff eut la conviction que toute curiosité serait vaine.

— Non, je n'ai pas cela, ici, — répondit-il. — Mais, à six heures d'ici est la forteresse de Korswerey, qui sert en même temps de prison d'État.

Mes hommes pourront y conduire votre prisonnier si vous le désirez.

Stewart Bolton fit un geste d'acquiescement.

— C'est entendu. Nous partirons dans deux heures.

Et il sortit, allant s'assurer que l'on n'avait pas retiré son bâillon au prisonnier, ni desserré ses liens qui lui entamaient la peau.

Nul ne devait entendre les paroles que Christie aurait prononcées sans le bâillon qui lui fermait la bouche et qui ne tomberait que dans un de ces cachots souterrains, ou quelquefois placés au haut des tours où le captif ne voit jamais âme qui vive.

L'ancien intendant n'avait pas trop de deux heures pour se reposer et laisser son cheval se remettre, tant sa course avait été rapide, afin d'échapper à son poursuivant.

Dès que l'espion de Somerset se jugea en état de reprendre sa route, il se remit en selle.

Les gardes de justice attendaient, ayant revêtu leur équipement et chargé leurs armes.

— En marche, — ordonna-t-il.

Le sergent poussa durement le géant, et la troupe s'ébranla.

Sur l'ordre de Stewart Bolton, son valet marchait en tête, en avant-garde, l'ancien intendant se demandant si l'écuyer, fidèle à ses habitudes de guerre, n'avait pas quelque troupe de partisans battant la campagne.

Lui-même fermait la marche.

Il tenait à veiller sur son prisonnier.

Ils furent bientôt hors de la ville.

Le chemin était mauvais, raboteux, peu fréquenté d'habitude; des herbes, des ronces poussaient au milieu.

Elles accrochaient au passage les cordes qui entravaient les chevilles de Christie de Clinthill, lui sciant la peau.

Le malheureux respirant à peine, l'haleine coupée par le bâillon étroitement attaché, buttait parfois, incapable de se plaindre.

Du reste, Christie aurait préféré endurer mille martyres plutôt que d'implorer la pitié du sinistre gredin entre les griffes venimeuses de qui il était tombé.

Du sang commencait à colorer ses lanières.

Stewart Bolton s'en apercevait, et un rire féroce courait sur ses traits.

Il savourait le commencement de sa vengeance.

Pourtant il craignit à la fin que, usées par le frottement, les lanières ne vinssent à se rompre...

Il s'arrêta, angoissé.

L'écuyer de Walter d'Avenel pouvait lui échapper dans ce cas, et les cheveux du sinistre personnage se hérissaient de terreur à la pensée de savoir le géant en liberté.

Mais le sergent le rassura.

— On attacherait un taureau avec, — déclara-t-il.

Et la marche continua, lamentable, affreuse pour le malheureux.



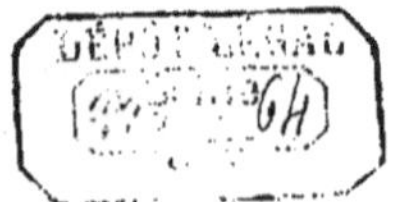

Un moment, exténué, tâchant le sable de la route de gouttes pourpres, il tomba.

— Relève-le avec la pointe de ton épée, — cria l'agent-secret au sergent.

Celui-ci larda le vaincu avec la pointe de sa lame, comme on pique les bœufs avec un aiguillon.

Christie de Clinthill essaya de se relever, mais retomba.

Il fallut qu'un des soldats le prît par le bras pour l'aider à se remettre debout.

Le prisonnier dédaigna de se retourner seulement vers son bourreau.

Et la traite recommença, véritable chemin de la croix...

Christie entrevit enfin les sombres murs de la citadelle.

C'était la captivité, c'étaient assurément les horreurs et la désespérance d'une détention équivalent à un enterrement.

Et cependant le malheureux salua la vue du sombre monument comme une délivrance.

Il souffrait trop.

Il accomplit la dernière partie de cette funèbre étape comme un homme ivre, buttant presque à chaque pas, soutenu par la seule volonté d'atteindre ce lieu de douleur, mais où, au moins, il allait être délivré du monstre qui se repaissait de ses souffrances, ses souffrances qu'il s'ingéniait à augmenter, à accroître.

Quand il mit le pied sur le pont-levis, il sentit une défaillance insurmontable l'envahir, fit quelques pas encore en chancelant... ayant dépensé toute sa force de volonté pour atteindre ce triste lieu.

Et il tomba sur le seuil même de la forteresse... comme si le sort le frappait de la mort fictive de l'évanouissement, voulait indiquer que c'était bien fini pour lui, et que le cachot qui l'attendait allait être son tombeau.

Quand il sortit de sa syncope, il était enfermé dans une cellule étroite et voûtée.

Une épaisse grille de fer, coupant presque son cachot en deux parties égales, diminuait encore l'espace exigu dans lequel il pouvait se mouvoir.

Une meurtrière garnie de barres de fer, située tout en haut sous la voûte, lui laissait entrevoir un coin du ciel.

Aucun bruit ne parvenait à ses oreilles, lui laissant supposer qu'il se trouvait au sommet d'une des tours qu'il avait aperçues du dehors.

Et se dressant malgré le mal horrible que lui faisaient ses chevilles enflées et saignantes, il se traîna vers la grille, et essaya de l'ébranler, — pour faire connaissance avec sa prison.

Elle ne trembla même pas, sa membrure épaisse étant solidement scellée dans les murs aux pierres énormes.

— Allons! — murmura Christie de Clinthill, — une cage comme pour une bête fauve. Je crois que je puis dire adieu à tout.

Et il se laissa aller sur le sol, son âme et son corps anéantis l'un et l'autre.

Le jour s'obscurcissait : la nuit vint sans qu'il eût fait un mouvement.

Un assoupissement pesant s'empara de lui...

Il était plongé dans cet état, des cauchemars pénibles traversant ce demi-sommeil, lorsqu'une vive clarté inondant soudainement son cachot et un bruit insolite le réveillèrent convulsivement.

Le prisonnier redressa sa tête fatiguée.

Un homme était de l'autre côté de la grille de fer, un flambeau à la main, et le considérait avec des yeux luisants de fauve joie.

Écartant les derniers nuages qui voilaient sa vue, Christie de Clinthill considéra attentivement ce visiteur.

Et tout à coup il se retrouva debout, un rugissement terrible sortant de sa poitrine.

— Toi! — s'écria-t-il. — C'est donc toi, Stewart Bolton! Toi, le traître et l'assassin!...

Et dans un mouvement impulsif, il se rua sur la grille, essayant de la renverser, d'atteindre le misérable.

L'espion s'était reculé dans un bond d'effroi instinctif.

Mais, pas plus que dans la journée, les barreaux de fer n'avaient bougé sous l'assaut du prisonnier.

Un ricanement aigu grinça alors entre les dents du visiteur.

— Tu es bien définitivement pris, Christie de Clinthill, — ricana-t-il. — Le commandant de la citadelle me l'a assuré, dix hommes ne renverseraient pas cette grille.

— C'est pourquoi tu oses venir me braver, lâche scélérat!...

Un rire aigre résonna entre les lèvres de Bolton.

— Je viens rendre visite à mon vieil ami Christie. Comment va donc le chevalier d'Avenel, brave écuyer?...

— Tu railles, misérable. Mais prends garde; si tu as échappé aujourd'hui au châtiment de tes forfaits, il n'est pas dit pour cela qu'ils resteront toujours impunis, lâche assassin d'enfants!

L'ancien intendant du château de Melrose considéra pendant quelques secondes le captif avec attention.

— Ah! ah! est-ce que le seigneur Christie se serait par hasard constitué vengeur des opprimés? — ricana-t-il encore.

— Mais approche donc, maudit! Avance donc à portée de ma main afin que je t'étrangle en dépit de ces barreaux, pour que je brise ton crâne contre cette grille elle-même, ainsi que tu as brisé, contre les rochers qui garnissent le fond de la Tweed, celui du pauvre petit Julien, englouti sous ses flots.

Un rire d'insulte éructa aux lèvres de l'espion.

— Tu es fou, maître Christie. Ce n'est pas avec les rochers de la Tweed que le crâne du petit louveteau dont tu parles a fait connaissance.

— Ce n'est pas contre les rochers de la Tweed? Avoue donc ton crime tel que tu l'as commis puisque je suis actuellement hors d'état de t'en punir. Du reste, les aveux de John Robby, ton abominable complice, sont formels.

— Ah! c'est John Robby, le cabaretier du *Gué de la Mort*, qui m'accuse? — siffla le bandit.

Et les yeux injectés de sang, s'avançant d'une façon oblique vers le prisonnier pour que celui-ci ne pût le saisir à travers les barreaux :

— Eh bien! oui, je m'en vante, c'est moi qui ai causé la mort du louveteau d'Avenel, mais ce n'est pas moi qui ai accompli la besogne.

« Oh! non par pitié.

« *Je n'avais pas le temps.*

« Je l'ai livré, ficelé, ligotté, à John Robby, mon complice, selon tes propres paroles.

« Et celui-ci, sur mes instructions, l'a emporté sur le bord de la mer où il l'a précipité dans les vagues après lui avoir écrasé le crâne.

« La Tweed n'est pas assez profonde.

« Il aurait pu surnager.

Et un hideux éclat de rire souligna ces affreuses paroles.

— Tu mens!

Le misérable haussa les épaules.

— Pourquoi mentirai-je puisque je revendique ma part de cette exécution? Le bras n'est qu'un instrument méprisable : la tête est tout. Or, je te le répète, c'est moi qui, en haine de ton maître, ai livré Julien à l'aubergiste du *Gué de la Mort*, c'est moi qui ai décrété sa perte. Et ce n'est pas fini!

Il abaissa sa voix :

— Je suis venu pour te dire ceci : la haine que j'ai vouée à la race d'Avenel est inextinguible.

« Pourquoi? ceci me regarde!

« Tu as osé te poser en vengeur de ceux que j'ai condamnés et frappés, tu périras ici dans une captivité éternelle.

« Le clan d'Avenel sera ruiné, ravagé en entier, et ce nom même disparaîtra de la terre.

« Je l'ai juré. Et tu vois par ce que j'ai déjà fait que je suis homme à tenir le reste de ma promesse.

« Et maintenant, adieu, Christie de Clinthill, et si tu fais de vieux os ici, souviens-toi qu'il est parfois imprudent de se poser en vengeur et en justicier.

Stewart Bolton frappa le plancher du pied d'une certaine façon, et une trappe s'abaissa sous lui.

— Encore un mot avant de t'éloigner, — lui cria Christie. — Tu prétends ne t'être pas souillé personnellement du meurtre de Julien d'Avenel.

« Mais comment est-il tombé entre tes mains?

Un éclat de rire strident tordit la bouche de l'ancien intendant; une flamme réellement satanique dilata ses prunelles.

— Demande-le à l'Homme Noir!...

Et il disparut dans la trappe qui se referma avec un claquement sinistre.

Christie de Clinthill était retombé dans les ténèbres et dans le lourd silence.

Ces seules choses résonnaient dans sa mémoire : Julien avait été assassiné sur le bord de la mer par John Robby sur l'ordre du misérable intendant.

Et sur tous ces méfaits passait, évocation fatale de l'enfer, la grande ombre maudite de l'Homme Noir.

## CLXVIII

### ENTRE CIEL ET TERRE

La captivité terrible prédite par Stewart Bolton à l'écuyer de Walter d'Avenel paraissait en effet ne devoir prendre fin que dans le tombeau.

Et c'était déjà presque un sépulcre qui renfermait l'infortuné.

Jamais un visage entrevu : pas même une silhouette de gardien : personne.

Une fois par jour, un coin du plancher se soulevait de l'autre côté de la grille, et un panier contenant une maigre pitance apparaissait à portée de sa main.

L'étroite ouverture se refermait ensuite, et c'était fini.

Il resta ainsi longtemps... longtemps !

Jamais âme qui vive et toujours le même coin d'horizon entrevu à travers la meurtrière ouverte sous la voûte, bleu ou gris selon les saisons.

Grâce à sa taille énorme, Christie pouvait en atteindre l'arête avec l'extrémité de ses mains.

Se cramponnant aux ferrures qui l'obturaient, il parvint sur le bord à la force des poignets.

Alors, plongeant avidement son regard sur l'espace, sur les campagnes étendues devant son regard, un rêve d'impossible liberté s'ancra en lui.

Autant qu'il en pouvait juger, le sol lui apparaissait à une distance effrayante, n'étant pas à même de voir immédiatement au-dessous.

Qu'importait cela?

Introduisant son bras jusqu'à l'épaule à travers la grille de fer qui divisait son cachot en deux parties, il était arrivé à s'apercevoir que son panier à provisions était fixé à une espèce de treuil formé par un long câble.

Si ses vivres lui étaient envoyés du rez-de-chaussée même de la citadelle, cette corde devait être d'une longueur considérable.

La plaque de son ceinturon lui était restée ; il l'aiguisa patiemment contre une des pierres de sa cellule.

Puis chaque jour, tandis qu'il prenait ses vivres dans le panier, il commença à scier prudemment un peu de la corde.

En même temps, grâce à sa vigueur herculéenne et à ses efforts renouvelés chaque jour, il parvint à ébranler un des barreaux de la meurtrière.

Que ne peut l'œuvre quotidienne, persistante, de plusieurs mois !

Un jour vint où il comprit qu'une seule secousse allait jeter cet obstacle à bas.

Christie de Clinthill avait étudié le moyen d'empêcher la trappe de se fermer hermétiquement.

Il attendit une nuit épaisse et noire.

Alors, le cœur lui battant d'une façon terrible dans la poitrine, il agriffa ses ongles au bord de la trappe, parvint à l'ouvrir... sentit la corde enroulée sur son treuil.

Rapidement, il acheva de la couper, et tira à lui... lentement... lentement...

C'était sa vie qui se décidait.

Les guichetiers n'avaient point à veiller dans les cuisines, la nuit.

Avec une sensation d'extase indicible, Christie sentit venir dans sa main le dernier bout du câble.

— Mon Dieu ! — murmura-t-il. — Serait-ce possible ? Je sortirai de cette prison ! Je reverrai Ketty... le chevalier d'Avenel peut-être... et ma patrie !...

Une sueur glacée mouilla ses tempes ; le plus difficile était encore à tenter.

Il s'agissait de sortir de son cachot, d'atteindre le pied des remparts. Et après ?

Le prisonnier ignorait même si la tour dont il occupait vraisemblablement le dernier étage donnait directement sur la campagne ou s'élevait dans une cour intérieure.

En outre, des sentinelles ne veillaient-elles point au bas du mur ?

Angoissante incertitude...

Christie ne pouvait pourtant hésiter.

Se hissant jusqu'à la meurtrière qui servait de lucarne, il en descella définitivement les barreaux.

Il attacha ensuite l'une des extrémités de la corde à la grille qui partageait sa cellule.

Puisqu'elle était si solide que dix hommes ne parviendrait à l'ébranler, prétendait-on, sa solidité allait lui servir.

La corde fortement attachée, il en fit glisser doucement le reste par la meurtrière, écoutant anxieusement si aucun bruit, aucune voix ne s'élevait d'en bas.

Rien ne vint indiquer que l'alarme avait été donnée.

Il restait maintenant au prisonnier à s'élever de nouveau jusqu'à la lucarne, afin de s'y établir, et à se glisser au dehors.

Dix fois, il dut recommencer sa tentative.

La sueur inondait ses membres fatigués.

Il y parvient enfin.

Elle était étroite, étranglée ; mais amaigri, débilité par sa longue captivité, le manque de nourriture, il parvint à y engager ses épaules en se tenant sur le côté.

Il avait saisi la corde à deux mains ; son corps avançait dans le vide.

Il ne distinguait rien au-dessous qu'une profondeur noire et insondable.

— Est-ce la mort ? est-ce la délivrance ? — se demanda le captif.

A cette minute décisive, si courageux qu'il fût, il eut peur du vertige, de l'écrasement en bas, sur le sol.

Ne voulant pas rester plus longtemps sur cette impression, il abandonna son dernier appui et son corps glissa tout entier dans le vide.

La corde grinça sur l'arête de la meurtrière, se tendit terriblement...

Mais elle ne se rompit pas.

L'Écossais commença alors à descendre, sentant sa masse ballotter dans l'espace.

Les pieds effleurèrent à plusieurs reprises des ouvertures ferrées, fenêtres d'autres cachots sans doute.

Et il continua à descendre en évitant tout bruit.

Soudain, un bruit de pas parvint à son oreille.

Il s'arrêta, angoissé.

C'était le va-et-vient d'une sentinelle.

Christie de Clinthill continua à se laisser glisser le long de la corde...

Il lui avait semblé distinguer des ombres non loin de lui ; puis elles disparurent, et il s'enfonça dans une nuit plus sombre.

Il ne se tenait plus que machinalement, ses bras crispés ayant peine à soutenir plus longtemps le poids de son corps.

Ses pieds sentirent tout à coup une résistance : c'était le fond du fossé.

Une immense ivresse dilata alors l'âme du fugitif. Encore un peu de bonheur et il était sauvé!...

Rampant sur le sol, il reprit lentement sa marche.

Soit par l'effet de l'émotion, soit faiblesse par suite de son long manque d'exercice, ses jarrets fléchirent sous lui, et il demeura un court instant! — un siècle pour lui — sans pouvoir bouger.

Le pas de la sentinelle au-dessus du rempart le remit debout.

Anxieux, craignant d'attirer son attention, il s'éloigna de la citadelle, essayant de gagner le bord extérieur du fossé.



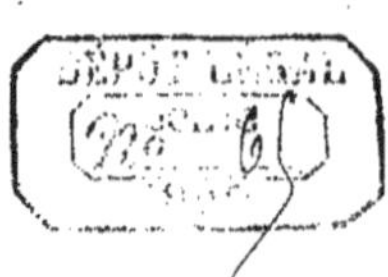

Mais il butta contre une pierre.

— Qui vive ! — lança aussitôt la sentinelle.

Christie de Clinthill s'arrêta. Le soldat, n'obtenant pas de réponse, avait suspendu sa marche, écoutant...

L'évadé se courba, et, s'aidant de ses mains, rampant sur le sol, reprit lentement sa marche angoissante.

La sentinelle, croyant s'être trompée, s'ébranla de nouveau, regardant encore dans la direction où il lui avait semblé entendre du bruit.

Le bord du fossé était maçonné. Cependant, la forteresse n'ayant plus d'importance militaire, Christie atteignit un endroit où le revêtement était éboulé.

Avide de reconquérir définitivement sa liberté, il s'y élança.

Le factionnaire entendit alors très distinctement les briques roulant sous son poids.

– Aux armes ! — cria-t-il.

Il épaula en même temps son lourd mousquet, en enflamma la poudre, et un lingot de plomb vint s'écraser à quelques mètres du fugitif.

L'évasion était signalée.

Christie bondit alors en avant, résolu à échapper, coûte que coûte, à ceux qui allaient se jeter à sa poursuite.

Et il partit droit devant lui à travers la campagne, afin de profiter de l'avance qu'il avait sur les soldats de la citadelle.

Le jour le trouva, épuisé, à bout de forces, au milieu des broussailles dans lesquelles il s'était blotti.

Il ne savait où il était. Mais tout bruit de poursuite avait cessé depuis longtemps.

Affreuse existence que celle d'un évadé n'ayant aucun toit où reposer sa tête.

L'ancien écuyer de Walter d'Avenel connut ces cruelles angoisses.

Enfin, après avoir manqué tomber à plusieurs reprises entre les mains des soudards de Somerset, il avait atteint les bords de la Tweed.

Son regard, gros de menaces, s'était arrêté un moment sur ces rives sanglantes. Mais ce n'était pas l'heure de régler le vieux compte qu'il n'avait point oublié.

Il était obligé de se cacher encore.

Il avait franchi la Tweed, avait retrouvé Ketty...

Mais c'était la nuit fixée pour l'invasion des hordes anglaises, et il n'avait rencontré un abri momentané que pour recommencer la vie errante qu'il avait dû mener depuis son évasion.

Et maintenant, il se trouvait de nouveau reclus, dans une misérable cabane, au milieu de la plaine glacée.

Mais il n'était plus seul.

Ketty, la fiancée d'autrefois, sa compagne, son épouse aujourd'hui, partageait sa solitude, et l'avenir était ouvert devant eux...

. . . . . . . . . . . . . . . . . . . . . . . . .

. . . . . . . . . . . . . . . . . . . . . . . . .

. . . . . . . . . . . . . . . . . . . . . . . . .

Christie de Clinthill avait achevé son récit.

Les dernières branches qu'il avait jetées sur le foyer finissaient de charbonner.

Un profond silence suivit ses dernières paroles.

Puis le narrateur entendit un bruit de sanglots contenus.

Il sembla se réveiller du songe dans lequel l'avait plongé en finissant cette évocation du passé.

— Tu pleures, Ketty, — dit-il d'une voix très douce.

Sa jeune femme lui jeta ses bras autour du cou.

— Je pense à tes longues souffrances, à la méchanceté des hommes. Et tu ne m'as pas oubliée à travers toutes ces épreuves !... Christie, la Dame Blanche veillait sur nous. Elle ne nous abandonnera pas.

— Oui, — murmura le guerrier, — la Dame Blanche qui, lorsqu'elle paraît, fait fuir le fantôme de l'Homme Noir... L'Homme Noir qui a emporté mon pauvre petit Julien, pour le livrer à cet infâme Stewart Bolton.

Une lueur brilla alors dans l'œil de Ketty.

— A moins que le misérable espion n'ait profité de ce qu'il se trouvait dans la région hantée, assure-t-on, par ce mauvais génie pour frapper les esprits et faire son coup en laissant croire à une apparition du maudit.

— Oh! alors qu'il prenne garde. Les vieilles gens affirment que les esprits errants sont sans pitié pour ceux qui usurpent leur nom.

Et secouant sa tête léonine, Christie de Clinthill ajouta :

— Et si le maudit n'agit pas, l'immonde Stewart Bolton étant capable d'avoir fait un pacte avec lui, ce sera Christie de Clinthill qui, sous l'égide de la Dame Blanche, saura le punir et avec lui son abject complice, John Robby, le cabaretier du Gué de la Mort !... Mon pauvre petit Julien, — que les démons se soient ou non ligués avec les hommes pour te faire périr, — Christie de Clinthill saura atteindre tes meurtriers, et tes mânes seront satisfaits... enfin !

# CLXIX

## LA PEAU DU LION

Au fond du désert où il était bloqué par les neiges, Christie de Clinthill menaçait Stewart Bolton.

Et celui-ci, à cette heure, triomphait, loin de Londres, retourné dans le pays où l'ancien écuyer de Walter d'Avenel ne croyait pas qu'il oserait reparaître jamais.

L'agent secret de Somerset venait d'apprendre la défaite de Mac Sweeny et la retraite de l'armée écossaise.

Défaite glorieuse, certes, car elle était due à la trahison, à la surprise, à l'attaque d'un ennemi bien supérieur en nombre.

Mais qu'importait cela ?

La cause des seigneurs rebelles, celle des Anglais leurs alliés, jusqu'alors éprouvée, vaincue, venait de voir le succès se ranger sous sa bannière.

Avec l'or que charriait après lui le général anglais, les nobles qui hésitaient encore n'allaient pas tarder à apporter leur adhésion.

Et cette fois, ce serait bien le triomphe définitif, final, le triomphe de l'œuvre maudite dont l'ancien intendant était l'ouvrier obscur, ténébreux mais actif.

Ce serait le couronnement de ses ardentes machinations, celui de sa carrière d'être infime, méprisable, rampant dans l'ombre et s'élevant chaque jour un peu plus sur les cadavres, sur les ruines.

Des émissaires qu'il avait racolés partirent aussitôt dans toutes les directions porter, propager la cruelle nouvelle.

Dans les manoirs escarpés où demeuraient les chefs de clans qui n'avaient pas encore pris parti, ces hommes devaient dire :

« Les troupes de Marie Stuart, vaincues, décimées, sont poursuivies par lord Rosberg et l'armée anglaise qui traîne avec elle des trésors considérables. »

Le duc de Somerset et son agent secret ne l'ignoraient pas, la rivalité des chefs de clans entre eux avait toujours été la cause des malheurs de l'Écosse, comme elle devait être celle de son asservissement définitif sous le joug étranger.

Des guerres privées les armaient souvent les uns contre les autres, et à cause de leur hostilité, un certain nombre d'entre eux n'apercevaient pas le péril de l'invasion étrangère.

L'annonce des énormes richesses apportées par le général anglais devait les faire songer aux incitations dont ils avaient déjà été l'objet.

Les combats livrés sous les murs de leurs manoirs, les assauts de leurs adversaires avaient ébranlé les remparts de leurs places-fortes.

Du moins en était-il ainsi pour beaucoup d'entre eux.

Fatalement, ils songeaient que les trésors apportés par le général anglais viendraient à point pour redresser leurs murailles détruites par toutes ces guerres intestines.

Ils avaient déjà été l'objet de pressantes sollicitations.

Avec les subsides nouveaux que lord Rosberg allait pouvoir leur verser, ils édifieraient de nouvelles tours, assiéraient plus fortement leur puissance personnelle.

Et lord Rosberg lui-même, un des principaux d'entre eux, ne leur donnait-il pas l'exemple, en ayant levé un des premiers l'étendard de la révolte.

Les émissaires de Stewart Bolton ou plutôt d'Edward Corfilt étaient partis. Et déjà la sombre annonce du désastre essuyé par Mac Sweeny se répandait à travers l'Écosse avec la rapidité de la foudre, les devançant parfois.

La fortune se déclarait définitivement contre la cause nationale.

Et le cri de : « A bas les Stuart ! » commença à retentir funèbre et sombre, ceux qui le poussaient n'entendant pas que l'écho répondait : « A bas la patrie ! »

Stewart Bolton, avisé aussitôt, se livra à une joie violente dans la misérable cahute au fond de laquelle il s'était réfugié afin de se livrer avec sécurité à ses démoralisantes manœuvres.

Il avait en effet quitté depuis quelque temps l'auberge à l'enseigne de l'*Ancre d'Espérance*.

On commençait à trop l'y connaître.

On avait remarqué les visiteurs à figure louche ou aux déguisements significatifs qu'il recevait.

Singulière clientèle pour un pelletier-fourreur, avait-on fini par dire.

D'autant plus qu'ils étaient rares, parmi ces prétendus clients du non moins prétendu Edward Corfilt, ceux qui se présentaient chez lui avec des fourrures ou qui en emportaient : celles-ci, du reste, toujours les mêmes, ayant tout l'air de passer de l'un à l'autre pour justifier plus ou moins ces visites.

Le gredin exultait positivement.

Les événements donnaient raison à ce qu'il n'avait cessé de promettre à lord Somerset, à son digne patron.

Le favori de la reine Elisabeth serait bien forcé de reconnaître la justesse de ses avis.

Il ne pourrait en conséquence faire autrement que de récompenser d'une façon remarquable l'agent qui l'avait si bien servi.

L'ancien intendant était assez riche pour dédaigner toute récompense en argent si c'était nécessaire... s'il le fallait quand même pour obtenir celle qu'il ambitionnait maintenant... qu'il enviait avec tant d'âpreté.

C'est-à-dire la noblesse actuellement conférée à son fils Percy seul, remontant à lui cette fois par lettres-patentes d'Elisabeth.

Mais sa joie venait surtout de la situation que la victoire des Anglais faisait au chevalier d'Avenel.

Ce dernier avait bien assez à faire pour conserver Edimbourg.

A la tête de troupes neuves, insuffisamment entraînées, il avait toutes les peines du monde à empêcher les « alliés » de marcher vers la capitale.

On pouvait dire que la couronne des Stuart, à cette heure, reposait sur sa tête.

Il ne pouvait donc s'occuper de son manoir de Claymore.

De là surtout, l'ivresse de Bolton.

Il avait le champ libre de ce côté, et pour peu que cela durât, tous ses lâches projets seraient réalisés.

Mac Sweeny, le glorieux vaincu, était retourné à Edimbourg y équiper de nouvelles troupes.

Le chevalier d'Avenel se trouvait donc seul pour faire face aux ennemis de la dynastie écossaise ; c'était le génie du mal disant à l'agent secret :

— L'heure est à toi. Agis !

Mais lâche ainsi que le sont tous les êtres atroces, il ne voulait se montrer que lorsqu'il n'aurait plus rien à craindre.

Dans un nouveau message, rappelant à Somerset que les événements avaient donné raison aux avis qu'il n'avait cessé de lui transmettre, il l'engageait avec fièvre à recommencer le débarquement tenté l'année précédente en face d'Édimbourg.

Cette fois, le chevalier d'Avenel ne serait pas là pour le repousser.

Et alors oui, Stewart Bolton agirait : il s'élancerait sur ses innocentes victimes comme un fauve démuselé.

En même temps, il dépêcha son limier le plus adroit auprès du manoir de Claymore.

— Peut-être, — se disait-il, — en raison de la pénurie de soldats où il se trouvait, avait-il rappelé à lui les serviteurs de Marie.

En ce cas, la châtelaine restée seule avec des femmes, Stewart Bolton n'hésiterait plus.

Mais son agent revint lui apprendre que, outre le highlander dont l'ancien intendant avait appris à redouter la vigilance, et Halbert, un autre défenseur, portant le costume des montagnes, était en outre arrivé au manoir de Claymore.

C'était l'envoyé de Martin, le défenseur d'Avenel, que Walter avait laissé au manoir de Claymore pour y prendre un repos mérité et veiller en même temps sur celles qu'il y abandonnait par suprême devoir.

— J'étais près de me retirer, — lui dit son espion, — lorsque j'ai aperçu dans le bois un enfant, une fillette. Elle m'a entendu marcher, a pris peur et s'est sauvée.

— Une fillette ? — répéta Bolton songeur.

Il croyait l'enfant de Somerset disparue.

Serait-ce la fille ou la nièce d'un des serviteurs ?

Son subordonné ne put lui faire le portrait de la jeune Écossaise : elle avait fui trop vite.

Quoi qu'il en fût, elle devait avoir parlé, révélé cette alerte.

Et Marie d'Avenel serait hors de son atteinte tant que l'armée anglaise n'aurait pas envahi la contrée.

Sur ces entrefaites, grâce aux intelligences secrètes qu'il était arrivé à nouer jusque dans le palais de la reine, il apprit l'envoi d'un messager de Marie Stuart au manoir de Claymore.

Que pouvait mander la reine à l'épouse de son chevalier, de son défenseur ?

Auparavant, la dame d'Avenel venait de temps en temps rehausser de sa présence la cour aujourd'hui bien déchue de Marie Stuart, cette cour, dont, avec sa beauté mélancolique, elle était le seul ornement, discrètement chantée par les poètes.

Stewart Bolton remarqua que, depuis l'envoi de ce messager, la descendante des ducs de Melrose n'avait plus reparu à Édimbourg, malgré l'amitié réelle qui l'unissait maintenant à l'infortunée souveraine.

L'inquiétude saisit alors l'agent secret.

Le pli expédié au manoir de Claymore n'était-il point une lettre de Walter d'Avenel avisant celle dont il était séparé du désastre qui venait d'avoir lieu, et l'invitant à chercher un refuge plus loin.

— Il ne faut pas qu'elle m'échappe, — marmonna le bandit. — Oh! je l'atteindrai quand même, en quelque endroit qu'elle se cache. Oui, pourvu, seulement, que je sache où elle sera!

Que faire?... Envoyer de nouveau aux renseignements l'homme qu'il avait déjà employé à cet effet. Non.

Ne s'était-il pas laissé voir?

Dans les cas importants, il n'avait confiance qu'en lui-même.

— Mais reparaître là-bas. Le maudit highlander qui surveille les approches m'a étudié avec trop de persistance. Il me reconnaîtrait sûrement, quel que soit le déguisement que je pourrais revêtir.

Et un frisson passa dans son dos à la pensée de sentir la main du redoutable montagnard se poser sur lui. Ce n'était pas le cas de compromettre le résultat haineux qu'il poursuivait depuis si longtemps.

Il se souvint alors du château d'Aireburg, voisin de celui de Claymore et où les serviteurs lui avaient fait autrefois un si bon accueil, lui parlant sans défiance. Mais une difficulté l'arrêta.

Lors de sa première visite, il s'était présenté avec l'attirail d'un marchand de fourrures. Rien d'étonnant à ce qu'il reparût aujourd'hui sous le prétexte de faire le même commerce.

— Seulement, c'est sous les mêmes apparences que je me suis présenté ensuite à Marie d'Avenel. Cet infernal highlander qui monte la garde auprès d'elle a peut-être fait part, aux gens de l'autre château, des soupçons qu'il n'a guère pris la peine de déguiser à mon sujet.

Et le misérable ressentit de nouveau l'épouvante des lâches et des criminels devant la possibilité d'être découvert.

Soudain un rire tordit sa lèvre:

— Les soldats de Walter d'Avenel ont été tailladés de coups d'épée. Par l'enfer, mon déguisement est tout trouvé. Je vais revêtir une casaque de buffle, un hausse-col clabossé. Avec une jambe entourée de linges, un bras en écharpe, une claymore rouillée au côté, je passerai pour un des soldats de l'indépendance. Les gens du peuple sont si naïfs qu'il n'y aura pas d'assez bonne réception pour moi.

Et il commença à se préparer.

Il se présenterait comme un éclopé de la dernière bataille regagnant son village situé au loin et venant demander l'hospitalité en passant.

L'épée dont il se munit serait même une arme s'il le fallait, quoique les armes dont l'espion aimait à se servir ne fussent pas de celles qui mettent les adversaires face à face.

Quand sa ressemblance avec un des valeureux vaincus des monts d'Orfeld lui parut suffisante, Stewart Bolton se glissa hors de sa tanière.

Le prétendu blessé se laissa tomber sur un escabeau.

L'essentiel était qu'on ne le vît pas sortir, afin de ne susciter aucune suspicion.

Il y réussit.

A l'attention bienveillante des passants qu'il croisa ensuite dans les rues, il discerna que sa transformation était bien réussie.

Il avait l'air d'un des vétérans qui avaient suivi le chevalier d'Avenel pour vaincre ou tomber avec lui.

Le tigre rampant avait revêtu la peau du lion !...

— Voilà un de nos braves, victime des Anglais abhorrés, — prononçaient ceux qu'il rencontrait.

Il entendit à plusieurs reprises des phrases semblables, et faisant semblant de boîter, il gagna une des portes de la ville.

Pas celle qui conduisait directement où il voulait aller !

Il était trop circonspect pour cela.

Les soldats qui gardaient la porte qu'il allait franchir le saluèrent avec un respect affectueux.

— On a décousu, brave compagnon ? — fit l'un d'eux.

Le faux blessé secoua la tête.

Et montrant, de sa main restée libre, son épée au fourreau à demi écrasé et tordu.

— Elle est encore aiguisée... Et ce n'est peut-être pas fini !

— Oui, — répondirent les autres, — mais nous espérons bien aller prendre votre place !

Les lèvres minces de Stewart Bolton s'agitèrent, prononçant tout bas :

— Oui, allez ; et puissiez-vous y rester jusqu'au dernier !

Et il gagna la campagne.

Il regrettait d'avoir entouré sa jambe de ces linges tâchés de rouge, quoiqu'ils fussent nécessaires pour compléter son déguisement.

Pour rester dans son rôle, il était obligé de boîter et ne pouvait marcher aussi vite qu'il l'aurait voulu.

Mais d'un autre côté ne fallait-il pas écarter tout soupçon ?

Depuis qu'il était à Édimbourg, il avait soigneusement étudié tous les environs...

Après une demi-heure de marche, véritablement fatigué par la claudication qu'il simulait, il arriva à un chemin qui, coupant en biais, allait rejoindre la route du château de Claymore.

Il s'y engagea après un moment de repos.

Des bois s'étendaient sur sa droite, se reliant à ceux dans lesquels, — fou de fureur et de passion, — il avait poursuivi une nuit Marie d'Avenel.

S'étant assuré qu'il était seul, que personne n'était visible aux environs, il y pénétra...

La neige, durcie ou fondue sur les chemins, craquait sous son pied.

Que lui importait ? Il ne voyait que le but.

— Je vais donc pouvoir cheminer rapidement sous ces abris, — se dit-il. — Nul ne pourra m'y apercevoir.

Nul ?... A moins que quelque bûcheron ou quelque trappeur de gibier ne s'y fût enfoncé.

Courbé, plongeant son regard sous les branches, il demeura immobile, prêtant en même temps l'oreille.

Aucun autre bruit ne s'élevait que le vol intermittent de quelque oiseau où la passée lointaine de quelque chevreuil.

Il connaissait bien ces rumeurs particulières aux régions forestières.

— Je puis marcher.

Et retirant son bras qui s'ankylosait dans l'étoffe en lambeaux qui lui servait d'écharpe et oubliant la feinte blessure qui avait ralenti son pas jusqu'alors, il s'avança aussi vite qu'il le put.

Il s'arrêtait brusquement de loin en loin, tantôt par prudence, tantôt sous le coup d'inquiétudes soudaines.

Mais la guerre, en drainant, en envoyant sur les champs de bataille presque toute la population valide d'alentour, avait fait un véritable et profond désert de ces bois où ne résonnaient plus ni la rude cognée des bûcherons ni les appels joyeux des chasseurs.

A travers une éclaircie, il aperçut une route.

C'était celle qui, s'enfonçant vers l'ouest, conduisait à l'ancienne demeure des sires d'Avenel, et qui devait le mener également à l'endroit où il voulait se rendre.

Il se dirigea donc de ce côté.

Il risquait de rencontrer quelque paysan auprès du château.

Et le campagnard se serait étonné à bon droit de voir un éclopé galoper a travers les broussailles au lieu de suivre le bon chemin.

Arrivé sur la route, l'agent secret se remit donc à trainer la jambe.

Le trajet qu'il avait à faire était encore prolongé, et il maugréait intérieurement d'avoir un rôle aussi fatigant à remplir.

Il distingua enfin, au-dessus des futaies, les hautes tours du château d'Aireburg.

Il arriva bientôt à l'entrée de l'allée qui y donnait accès, taillée en pleine forêt comme celle qui conduisait au manoir de Claymore.

— Le comte d'Aireburg continue à habiter ses domaines de l'ouest où il s'est retiré en spectateur depuis le début des hostilités, — se dit-il. — Tant mieux, les domestiques seront plus à leur aise pour causer.

Au courant actuellement de tout ce qui concernait la noblesse écossaise, il savait que le comte d'Aireburg était le possesseur du manoir voisin de Claymore avant que Walter d'Avenel ne l'eût racheté.

De là, chez les gens du comte, une propension naturelle à s'intéresser à ce qui se passait chez le chevalier de la reine.

Cette circonstance allait servir ses projets...

Elle allait même engendrer les événements les plus graves.

## CLXX

### RÉVÉLATIONS

STEWART BOLTON s'était engagé dans la large et somptueuse allée.

Il avançait délibérement en dépit de ses blessures factices.

Mais, arrivé à une centaine de mètres du château seigneurial, il parut ne se traîner que difficilement, appuyé sur son bâton.

Les lévriers de garde avaient bondi à sa rencontre en l'apercevant.

— Paix! — leur ordonna une voix.

Et un homme âgé sortant de derrière un massif de ces rhododendrons aussi hauts que des arbres que l'on remarque dans les endroits abrités, en Angleterre et même en Écosse, lui demanda ce qu'il désirait.

— Salut frère, — prononça alors le traître d'une voix grave et fatiguée. — Un soldat dela cause nationale, ayant aperçu cette demeure, vient demander si l'on ne pourrait lui donner un peu d'eau pour étancher sa soif, et une croûte de pain de sarrasin pour reprendre des forces.

— Un soldat de notre Écosse, certes !... Mais vous êtes blessé?...

L'espion secoua la tête.

— Oui, blessé seulement...

Le ton avec lequel il venait de prononcer ces paroles indiquait la tristesse, le regret peut-être de n'être pas resté parmi les morts glorieux qui eux, au moins, n'avaient pas vu l'invasion étrangère s'étendre sur le pays.

L'Écossais le considéra avec émotion.

— C'est vrai, — dit-il, — les nôtres ont été malheureux, la trahison et la félonie ont eu raison de leur vaillance. Mais, d'après ce que je vois, vous avez fait courageusement votre devoir, vous n'avez rien à vous reprocher.

Ces paroles étaient de nature à troubler son interlocuteur si son âme avait été moins corrompue.

Stewart Bolton ne broncha même pas.

— Vous avez bien fait de venir ici, — reprit l'autre. — Mon maître est absent et je garde son château avec quelques-uns de ses gens ; mais nous serons heureux de vous donner l'hospitalité.

— Oh ! un morceau de pain seulement, pour me redonner quelques forces et me permettre de reprendre ma longue traite afin de regagner mon village.

Le serviteur le conduisit dans les communs réservés aux domestiques.

Là, le prétendu blessé se laissa tomber sur un escabeau.

Rassemblés autour de lui, les gens de service montraient une affliction, un intérêt réels.

On lui apporta à boire de l'eau coupée d'alcool de genièvre, ce qui était considéré comme souverain dans les cas de grande fatigue, et on lui servit à manger.

La marche avait aiguisé l'appétit du misérable, et il fit honneur au repas frugal mais substantiel qu'on lui présentait.

— Vous combattiez dans l'armée de Mac Sweeny... ou bienétiez-vous dans celle du chevalier d'Avenel ? — lui demanda-t-on.

— J'étais d'abord sous les ordres du vieux général. Mais j'ai passé ensuite dans les troupes du chevalier de la reine, — répondit le faux invalide. — Et c'est dans ses rangs que j'ai été blessé... deux fois, au bras et à la jambe.

Il fit le geste de montrer ses blessures. Le geste seulement !...

Puis se reprenant :

— Enfin !... cela se guérira peut-être. Et je reviendrai prendre ma place dans la lutte... pour la patrie, sous les ordres de mon chef, le brave Walter d'Avenel.

— Vous aimez donc bien votre chef ?

— Qui ne l'aimerait pas !

Mais, en même temps qu'il prononçait ces paroles d'une voix emphatique, une lueur mauvaise, venimeuse passait dans les yeux du traître.

— Eh bien ! réjouissez-vous, vous êtes à côté de sa demeure. Le manoir de Claymore où se trouve sa famille est distant seulement de quelques centaines de pas. Je suis sûr que la dame d'Avenel verrait avec plaisir un brave soldat qui lui donnerait des nouvelles de son noble époux.

Stewart Bolton simula une vive douleur causée par une de ses blessures, afin de ne pas répondre.

Il se serait bien gardé de tenter une épreuve aussi périlleuse.

— Oui, — fit un autre, — les deux châteaux sont tellement près l'un de l'autre que je voyais hier encore la gentille Marguerite, la fille de lady

Ellen en train de cueillir des fleurettes dans le bois où la neige n'est pas encore fondue...

L'œil terne de Stewart Bolton s'alluma de nouveau.

Que venait-il d'entendre?

L'enfant dont lui avait parlé le limier envoyé en chasse quelque temps auparavant serait la propre fille d'Ellen Mercy ?...

Marguerite, oui c'était bien ce nom, il se souvenait!

La fille d'Ellen et de Somerset!...

Jusqu'à ce moment, il avait gardé pour lui le secret de la présence d'Ellen en Écosse, attendant l'heure de s'en servir contre Somerset lui-même, si cela devenait nécessaire.

Et voici que l'enfant disparue, croyait-on dans l'incendie de Melrose, se trouvait auprès de sa mère!

A force de volonté, il domina pourtant la joie féroce qui venait de le pénétrer, — joie foudroyante, éblouissante, car il voyait déjà dans la fille de Somerset une nouvelle victime, un otage... pour obtenir de Somerset tout ce qu'il voudrait... Après quoi...

Mais il fallait être bien sûr qu'il ne se trompait pas.

L'œil baissé pour dissimuler les lueurs fauves roulant dans ses prunelles, il feignit de n'avoir pas entendu toutes les paroles de ses interlocuteurs.

— C'est la fille du chevalier d'Avenel?... — interrogea-t-il afin de les amener à lui donner des détails.

— Non, le chevalier n'a pas d'enfant, ou du moins d'après Halbert l'intendant, il aurait eu un fils, assassiné par des bandits. La jeune damoiselle est la fille d'une de ses parentes, lady Ellen.

C'était donc bien exact!... Ces hommes répétaient que c'était la fille d'Ellen.

— La jeune damoiselle ne craint donc pas le froid pour venir cueillir des fleurs dans les bois par un temps pareil, — insinua encore Stewart Bolton, — d'autant plus qu'elles ne doivent guère foisonner à cette époque.

Sa voix tremblait légèrement, malgré l'indifférence qu'il s'efforçait d'affecter.

— Dame, non, elles n'abondent guère; et il faut une patience d'ange comme celle de la petite Marguerite, — un petit ange espiègle! — pour en dénicher quelques-unes.

Voici que cet homme donnait à l'enfant le nom porté effectivement par la fille du lord-chief de justice. Aucun doute n'était plus possible.

— Somerset!... Somerset!... Tu me feras comte, tu me feras marquis,... et même duc si je veux, ou je livre ta fille à Élisabeth! ou je te perds!

Le domestique continua :

— Dame, si la damoiselle s'en va ainsi chercher des fleurettes, c'est qu'elle n'est plus seule comme autrefois, avec des gens âgés ; c'est que son petit cœur a parlé peut-être, depuis l'arrivée du jeune gentilhomme si généreusement soigné au manoir de Claymore.

Un étranger, un hôte de plus, un jeune gentilhomme soigné au manoir de Claymore !

Et Stewart Bolton l'ignorait.

De qui pouvait-il donc être question ?... Voici que tout un inconnu surgissait devant lui !...

La fille d'Ellen et de Somerset ?... Ce jeune homme ?... Etait-ce un parent ignoré de lui, un futur défenseur de Marie d'Avenel ou d'Ellen Mercy ?

Un ennemi en tout cas !

Déguisant avec difficulté l'âpreté de son accent, il interrogea cette fois d'une façon plus directe ses nouveaux compagnons, incapable de maîtriser plus longtemps son ardente curiosité.

— Mais, au fait, — déclara le vieux domestique qui l'avait introduit — c'est un jeune gentilhomme blessé comme vous, en combattant contre ces Anglais maudits.

— Ah ! je le connais peut-être. Comment s'appelle-t-il ?

Et l'ancien intendant tendit l'oreille, avec une attention intense.

Il ignorait qui pouvait être celui dont on lui parlait, et comme, si la découverte qu'il venait de faire de l'existence de la fille de Somerset était le présage de révélations plus saisissantes encore, il attendit avec un trouble involontaire le nom qu'il réclamait.

Le domestique du comte d'Aireburg répondit :

— Je sais seulement que ce jeune homme, un adolescent encore, fut le seul, avec un marin qui l'accompagne en guise d'écuyer, à défendre un moment la reine Marie, lors du coup de force tenté par lord Rosberg afin de s'emparer de notre souveraine. Quant à son nom, il doit y avoir quelque mystère dans sa vie, car il n'est connu, je crois, que sous le nom de Julien.

L'ancien intendant ne put maîtriser un brusque mouvement.

Julien !... Était-ce possible ? Est-ce que les enfants renaissaient des limbes dans lesquels on les croyait perdus à jamais ?

Julien, le nom du fils de Walter d'Avenel !...

Il connaissait les événements dont on venait de parler.

Il était instruit de l'audacieuse tentative de l'ancien gouverneur d'Edimbourg.

Il le savait, l'héroïque intervention de l'enfant dont la vue l'avait si fortement impressionné autrefois à l'auberge de *l'Ancre d'Espérance*, avait arrêté le seigneur rebelle et donné à Mac Sweeny le temps d'arriver.

Et c'était cet enfant chez lequel, dans un coup d'œil rapide, il avait cru découvrir une certaine ressemblance avec le chevalier d'Avenel qui se trouvait actuellement au manoir de Claymore.

Et il s'appelait Julien.

Le même nom que l'héritier d'Avenel, assassiné d'après ses ordres par John Robby, le cabaretier du *Gué de la Mort*.

— Julien!... Julien!... — se répétait-il. — Si c'était l'enfant que j'ai enlevé autrefois à Christie de Clinthill et remis ensuite à John Robby pour le faire périr?

Mais l'aubergiste ne prétendait-il pas avoir exécuté ses ordres!...

A cet instant, Stewart Bolton se rappela ce que lui avait dit Christie dans son cachot de la forteresse de Korwerey.

L'aubergiste et l'intendant avaient joué sans cesse un double jeu, l'un envers l'autre, n'hésitant mutuellement ni devant le mensonge, ni même devant le crime.

De même que John Robby n'avait pas hésité à accuser son ancien complice du meurtre de l'enfant, de même avait-il peut-être caché seulement Julien d'Avenel, afin de ménager l'avenir.

En ce cas, ébloui comme devant une révélation fulgurante, il trouvait Marguerite, la fille du duc de Somerset qu'il avait crue longtemps disparue, dévorée, engloutie dans l'incendie du château de Melrose, et Julien d'Avenel, réunis tous deux par le sort sous le toit de Claymore.

Julien d'Avenel, à côté de ses parents ignorant qu'ils avaient auprès d'eux l'enfant si longtemps pleuré.

Si cela était réellement ainsi, c'était presque tout le passé remis en question.

Stewart Bolton n'avait plus ni faim, ni soif.

Cependant, il se remit à manger pour dérober la contention de son esprit aux serviteurs du comte d'Aireburg.

Redevenu maître de son sang-froid, il essaya de nouveau de les interroger d'une façon indirecte.

Il apprit ainsi que Julien était arrivé au manoir de Claymore avec Joë le colosse, et que ce dernier en était reparti.

— Cela fera toujours un adversaire de moins, — pensa le gredin.

Il sut aussi que Julien gardait le lit.

— C'est pour désennuyer son jeune ami que la gentille damoiselle s'en

L'agent secret retira d'une armoire, une défroque...

vient chercher des fleurs, — conclut le vieux domestique. — Mais elles sont rares, avec un froid pareil, et l'enfant s'enfonce chaque jour davantage dans le bois.

Et il ajouta :

— M'ayant aperçu inopinément l'autre jour, elle a eu bien peur tout de même.

« Mais reconnu aussitôt de la petite damoiselle, elle s'est rassurée et m'a appris alors que sa terreur venait de ce qu'elle avait entendu récemment craquer des branches d'arbres et avait remarqué ensuite des traces de pas.

« Quoique des individus mal intentionnés aient essayé de nuire autrefois aux habitants du manoir de Claymore, ils n'ont plus osé reparaître ayant compris que bonne garde y était faite et que, le cas échéant, il y aurait à compter aussi avec nous.

« J'ai donc tranquillisé l'enfant, ces traces de pas étant certainement celles de quelqu'un d'entre nous égaré dans les bois à la poursuite de quelque gibier.

« Mais ce sont là, camarade, des historiettes peu dignes d'un guerrier comme vous, et le temps passe.

Stewart Bolton se dressa avec un effort apparent.

— Oui, le temps passe, et j'ai encore bien du chemin à faire avant de regagner mon village. Merci à vous tous pour l'hospitalité que vous avez accordée à un soldat de l'indépendance.

Mais les gardiens du château d'Aireburg ne voulurent pas le laisser partir avant d'avoir mis dans le sac de toile qui pendait à son côté de quoi soutenir ses forces en chemin.

Et le traître s'éloigna définitivement, accompagné par les bénédictions et les souhaits d'heureux voyage des braves gens qu'il venait de tromper si indignement.

Parvenu assez loin du château, il jeta dans un fourré, avec mépris, les provisions dont ils avaient si pieusement voulu le charger.

Et s'étant replongé dans les bois, ne craignant plus d'être aperçu, il arracha encore les lignes qui le gênaient et reprit à grands pas le chemin d'Édimbourg.

Il semblait être, réellement, quelque fauve altéré de sang et de carnage !

## CLXXI

### LOUPS ET RENARDS

Stewart Bolton, sorti de la capitale par une porte, portant un bras en écharpe, rentra par une autre, n'ayant gardé de son déguisement que la claymore dont il s'était muni.

Revenu dans la maison basse au fond de laquelle il tramait ses sourdes intrigues, il s'y enferma avec une hâte à la fois sauvage et sombre.

Tout ce qu'il venait d'apprendre obsédait son esprit.

L'idée du mal dans ce qu'il pouvait avoir de plus affreux venait de germer dans son esprit.

Il voulait y réfléchir à l'aise.

Julien, encore tout petit enfant, avait déjà montré dans son jeune âge que le sang généreux des Avenel remplissait ses veines.

Ayant vu un jeune pâtre entraîné par les eaux d'un torrent, il n'avait pas hésité à courir à son secours.

Mais les flots tumultueux n'avaient pas eu de peine à repousser son faible corps, et il avait été violemment projeté sur les rochers de la rive...

Il aurait certainement péri si Christie de Clinthill qui veillait sur lui avec une sollicitude inquiète, — qu'on n'a pas oublié, — n'était arrivé à temps, pour sauver, du même coup, le fils de son maître et le petit pâtre.

Mais les arêtes aiguës des rochers avaient grièvement meurtri le corps chétif de Julien, tout marbré de taches de sang qui faisaient peine à voir.

Les recettes médicales de Tibbie l'avaient guéri assez rapidement.

Mais plusieurs petites cicatrices étaient restées sur ses reins, dont une taillée en croissant et très visible sous l'épaule gauche.

Stewart Bolton se souvenait à cette heure de ces événements, de ce détail.

— Si je pouvais m'assurer que ce Julien, actuellement au manoir de Claymore, a ou n'a pas cette cicatrice ? — se disait-il.

Ramassé sur lui-même, rapetissé, ses prunelles, aux flammes vicieuses fouillant le soir qui tombait, il semblait voir à travers le temps, à travers l'espace.

Quelle joie pour lui, si ses suppositions se réalisaient, s'il découvrait que ce Julien échoué, inconnu au manoir de Claymore, était réellement le fils de Walter d'Avenel et de Marie de Melrose.

Un enfant, si brave qu'il soit, n'est pas un adversaire bien redoutable.

L'inexpérience de la jeunesse ne fait que le livrer plus facilement aux coups de ses ennemis.

Et il est si facile de planter la lame d'un poignard dans le cœur de ceux à qui l'incessante méfiance n'a pas appris à se tenir sans cesse sur leurs gardes.

L'ancien intendant, le cynique criminel ne voyait guère que ce moyen de satisfaire son désir : les investigations sont plus faciles sur un corps qui a cessé de vivre !

S'il ne trouvait pas, sous l'épaule de sa victime, la cicatrice que portait autrefois le fils du chevalier d'Avenel, ce ne serait qu'un cadavre de plus parmi les milliers que la terre engloutit chaque année.

— Mais si je découvre cette marque, ce croissant sous son épaule, oh ! alors, quelle volupté !

« Oui, avec quelle joie ardente, je renverrai le cadavre au manoir de Claymore avec ces mots tracés sur un papier fixé au poignard planté dans sa plaie :

« Votre fils n'a pas été noyé dans la Tweed comme l'affirmait mensongèrement John Robby. Je l'ai retrouvé et je vous le renvoie ! »

Et il pardonnerait à John Robby ses fausses accusations, il lui pardonnerait de n'avoir pas exécuté ses ordres.

Car Walter et Marie, ayant pleuré pendant des années l'enfant qu'ils avaient cru assassiné, et retrouvant son cadavre encore tiède, ce serait pour eux comme s'il avait été tué deux fois.

Et pour l'infâme Bolton, ce serait une joie sans pareille.

— Je veux même mieux que cela, — se dit-il, parlant d'une voix âcre et sourde qui aurait fait peur à qui l'aurait entendu. — J'entends faire coup double. Julien d'Avenel, si c'est lui, et la fille d'Ellen Mercy, disparaîtront tous deux à la fois..., si c'est possible.

Et un rire affreux passait sur ses lèvres à la pensée de l'horrible désolation qu'il allait jeter dans le manoir de Claymore.

Cette désolation, il la voyait d'avance dans ce tableau : Walter et Marie agenouillés, fous de désespoir devant le cadavre de leur fils reconnu trop tard, et Ellen, en proie à la démence, parcourant les bois et appelant sa fille d'une voix déchirante...

— Sa fille que je mettrai en lieu sûr comme un otage, en avertissant Somerset, sa fille que je livrerai au duc, lorsqu'il m'aura conféré mes titres de noblesse à moi aussi !

Alors, quand il aurait fait subir à Walter d'Avenel et à Marie de Melrose tout ce que la douleur peut donner de plus aigu, lorsqu'il verrait l'infortunée mère pantelante et brisée, il lui indiquerait le motif de sa haine; ayant obtenu de Somerset le pouvoir de ne craindre aucune répression, la tenant alors en son pouvoir, le fauve terrible et bestial alors apparaîtrait pour assouvir sa furieuse passion.

La nuit s'était faite, tandis que ces projets hideux et malfaisants roulaient sous son crâne.

L'effrayante contention de sa fureur secrète endolorissait son cerveau.

Stewart Bolton, réellement semblable aux fauves dont il avait les instincts, se mit à marcher de long en large dans les ténèbres.

— Mais il me faut réaliser ces projets, il me faut guetter le moment où ce Julien quittera son lit, se hasardera au dehors... avec la fille d'Ellen Mercy et de Somerset... pour épeler sans doute leur alphabet d'amour, — gronda-t-il, revenant à ses pensées mauvaises.

Et il eut un rire aigre et sinistre.

Pour que la jeune fille allât cueillir avec tant de ferveur des fleurs aussi rares en bravant le froid et la neige, il fallait qu'une idylle fût née entre elle et le jeune blessé,

Eh bien! il les saisirait ensemble au moment où ils seraient bien rapprochés l'un de l'autre, pour murmurer tout bas l'éternel :

— Je vous aime !

L'aversion instinctive, invétérée, que le misérable portait à la race d'Avenel et à tous ceux qui, de près ou de loin, touchaient à cette famille trouvait même son compte à cette réunion.

Il savourerait la douleur, la révolte du fils de Walter d'Avenel en voyant des mains sacrilèges s'abattre ainsi sur l'enfant aimée...

L'adolescent, que Stewart Bolton détestait uniquement parce qu'il portait le nom d'Avenel, connaîtrait ainsi la pire des tortures, celle de l'amour frappé à mort.

L'ancien intendant aurait aussi la joie infâme des larmes sillonnant les joues de Marguerite, son affreux désespoir lorsqu'elle assisterait au meurtre de celui à qui elle s'était attachée... Car il voulait qu'elle en fût témoin : il tenait à épuiser ces atroces félicités !

— Oui, il en sera ainsi ! — se dit-il. — Et je vais préparer ce qu'il faut pour cela.

Se mouvant dans les ténèbres, toujours pareil aux fauves rôdeurs de la nuit, il s'approcha d'une table, écartant les meubles qui gênaient ses pas. Et tâtant avec ses doigts, parmi les objets qui s'y trouvaient, il y prit une pierre à feu et un barreau d'acier placé à côté.

Sur la même table, il y avait un flambeau.

Il fit jaillir quelques étincelles sur la mèche autour de laquelle il venait de verser une pincée de poudre.

La flamme jaillit, éclairant la chambre.

A sa clarté, l'agent secret retira d'une armoire une défroque dont il avait l'habitude de se couvrir lors de ses sorties nocturnes.

Son costume de soldat ne valait rien pour ce qu'il allait faire.

Un instant après, grâce à sa figure répugnante, il avait tout l'air d'un coupeur de bourses sous l'accoutrement qu'il venait de revêtir.

Il quitta alors sa tanière; et il s'orienta vers l'auberge mal famée où nous l'avons vu se rendre autrefois, le jour où il avait tant de raisons de croire que Marie de Melrose et d'Avenel allait tomber entre ses griffes.

Quelques-uns de ses affidés qui avaient trop à perdre à le dénoncer connaissaient seuls le nouveau logis qu'il était allé occuper en quittant l'auberge de l'*Ancre d'Espérance*.

Les autres, les espions de second ordre, ou les bandits qu'il employait selon les circonstances, il allait lui-même, sous des déguisements différents, les racoler dans les bouges où ils gîtaient, attendant le « client ».

Ceux dont il avait besoin, cette fois, ce n'étaient pas des estafiers brutaux et rudes comme lors de l'attaque précédente.

Les gens du château d'Aireburg le lui avaient déclaré : en cas d'alerte, ils étaient prêts à se porter au secours du manoir de Claymore.

Et les quelques défenseurs restés auprès de la dame d'Avenel étaient de trop rudes jouteurs pour que l'espion songeât positivement à la lutte ouverte... Il lui fallait cette fois des gens souples, insinuants, hardis certes, mais surtout adroits... Des renards et des loups !

Parvenu devant l'hôtellerie borgne, il en ouvrit doucement la porte, constata que la salle ne renfermait aucun visage étranger, c'est-à-dire suspect... Il entra alors, continuant à scruter les visages.

Dans l'un des coins, il reconnut un des bandits qui l'avaient accompagné, lors du guet-apens qui devait, espérait-il, faire tomber Marie d'Avenel en son pouvoir.

Au regard que cet homme attacha sur l'agent secret, ce dernier comprit que le brigand était prêt à marcher, pour peu que l'on désirât faire appel à la lame de son poignard.

Et cependant, furieux d'avoir vu, lors de cet attentat, sa victime lui échapper malgré tout, l'abject espion n'avait pas tenu tous ses engagements vis-à-vis de ses aides... Le père du nouveau comte de Verbrock comprit la signification de ce regard sur lui.

Ce n'était pas d'acolytes de cette espèce dont il avait besoin et voulait se servir ce jour-là.

Ceux-ci étaient des brutes sanguinaires et courageuses, soit !

Mais il lui fallait, nous l'avons dit, des compagnons d'une autre espèce, également cruels, mais plus vicieux, plus souples, plus intrigants.

Ces derniers étaient plus lâches, étant plus rusés, plus rampants.

Mais l'agent de Somerset ne les en estimait que mieux, étant davantage semblable à eux... La besogne qu'il leur réservait ne prévoyait pas l'attaque d'ennemis armés : non, mais une tâche sournoise, celle dans laquelle il excellait !

Il traversa la première salle, n'y ayant pas découvert de figure à sa convenance... Une étoffe grasse, loqueteuse masquait une porte.

Il la souleva, passa son buste... Et il disparut.

C'était la seconde salle du bouge, presque un caveau, sans air, sans lumière pendant le jour... La fumée de deux chandelles de graisse suintante formait un nuage opaque et nauséeux.

Cinq ou six individus étaient assis ou plutôt vautrés autour d'une table, dans cette atmosphère insoutenable.

Ils jouaient aux dés à côté de bouteilles à moitié vides.

Le rideau en s'agitant leur fit relever la tête : le bandit aperçut des physionomies anguleuses, des lèvres minces, des yeux clignotants au regard aigu.

C'était ce que cherchait Bolton.

Il les eut vite dévisagés tous et se dirigea vers une table du bouge.

En passant, il dit un mot à l'oreille de l'un des joueurs.

Celui-ci ne répondit que par un signe de tête.

Mais lorsque la partie fut terminée, abandonnant ses compagnons, il alla s'asseoir vis-à-vis de Stewart Bolton.

L'ancien intendant parla alors d'une voix si basse que les autres, peu éloignés cependant, n'entendirent même pas le son de sa voix.

A mesure qu'il expliquait ce qu'il voulait, la physionomie de l'estafier s'éclairait ; des flammes papillotantes luisaient dans son regard avide.

Il dit quelques mots à son tour, se dressa et alla toucher l'épaule d'un de ses partenaires.

Et ensemble ils allèrent auprès de Stewart Bolton.

Les paroles échangées furent brèves. Le « patron » avait détaillé au premier tout ce qu'il désirait.

Ils s'éloignèrent sans souci du cadavre qu'ils laissaient derrière eux.

## CLXXII

### REQUIESCAT IN PACE

Le lendemain, alors que le jour pointait seulement, les deux estafiers avec lesquels Stewart Bolton avait eu ce court colloque se dirigeaient vers le château d'Aireburg.

Ils suivaient la large allée qui y donnait accès, chacun d'un côté, enfoncés d'une cinquantaine de pas dans le bois.

De cette façon, ils n'étaient pas visibles de l'allée elle-même et devaient apercevoir quiconque s'y serait engagé.

En même temps, ils épiaient les alentours.

Ils arrivèrent à la limite de la forêt, en face de la résidence seigneuriale, sans avoir aperçu âme qui vive, ni sans être remarqués eux-mêmes.

Un signal sourd et bref ayant été échangé entre eux, ils se blottirent en embuscade au milieu des broussailles...

Devant eux, se trouvaient les jardins qui entouraient le château.

Ils étaient depuis plus d'une heure réduits à l'immobilité, habitués ainsi que les hommes de leur profession aux factions prolongées, lorsqu'un des serviteurs sortit du château.

Ce dernier avait un arc sur l'épaule.

En l'absence des maîtres, la livrée aimait à se livrer au plaisir de la chasse, ainsi que l'attestait l'arme dont il était muni.

Après avoir hésité un moment, il se dirigea du côté de l'allée par laquelle il pensait sans doute gagner les bois.

L'estafier qui était le plus rapproché de lui quitta alors précipitamment son abri, se coulant sous la forêt.

Le domestique s'enfonça dans la large voie ombragée.

Lorsque le second bandit l'y vit réellement engagé, il abandonna à son tour sa retraite et se mit à ramper derrière lui, toujours invisible dans les fourrés, s'y faufilant avec une telle adresse que l'on n'entendait même pas craquer les branchages.

Le chasseur était à peu près au tiers du chemin, lorqu'il aperçut devant lui un homme assis, le dos tranquillement adossé contre un tronc d'arbre.

On n'avait guère l'habitude de rencontrer des promeneurs dans ces solitudes, surtout par ces matins d'hiver.

Aussi le marcheur s'arrêta-t-il, surpris, considérant l'inconnu.

Ce dernier, au bruit, releva sa tête d'un air des plus naturels.

Et paraissant considérer le nouveau venu avec un étonnement admirablement joué, il laissa un sourire courir sur ses traits.

— C'est sans doute au majordome du seigneur châtelain que j'ai affaire, — dit-il avec une parfaite civilité.

Et se dressant pour saluer :

— Je suis un des poètes dont la gracieuse reine Marie lit, dit-on, quelquefois les œuvres. Et j'ai voulu puiser des inspirations au milieu de la nature.

A la vérité, il était quelque peu dépenaillé... la dague qui pendait à sa ceinture était bien de dimension plus respectable qu'il n'était utile à une main vouée à l'écritoire.

Mais le domestique pensa que les aligneurs de rimes étaient assez noblement gueux pour porter des chausses trouées et mettre à leur ceinture, afin de se donner un air cavalier, la première lame venue, décrochée à bon compte de la devanture d'un fripier.

Puis, le titre de majordome, que l'inconnu lui décernait derechef, joint à sa politesse de meilleur aloi, le flattait en produisant sur lui la meilleure impression.

— Vous profitez sans doute des loisirs que vous laisse votre charge pour aller tirer quelque chevreuil ou un coq de bruyère ? — reprenait l'inconnu.

— Il en est effectivement ainsi que vous le dites, sire poète.

Celui auquel on appliquait ce qualificatif délicat s'inclina avec une feinte humilité.

— Oh ! poète !... vous êtes vraiment trop généreux, seigneur majordome, de me donner vous-même ce titre... rimeur tout au plus... malgré l'indulgence que la cour veut bien témoigner parfois à mes modestes productions... Mais, je l'avoue, je ne serai pas fâché de composer quelque chant héroïque sur la chasse... le gibier errant à travers le bois, inquiet et humant l'air, le chasseur tendant son arc, et la flèche mortelle partie en sifflant, terrassant la bête...

« Je suis sûr que notre très gracieuse souveraine y trouverait goût.

Un peu de rouge monta aux joues du valet.

Il se vit, grâce à l'exagération du conteur, transformé en héros antique, décochant le trait fatal qui jetterait bas le fauve agile.

Et le poète livrerait ces vers où il serait question de lui à quelque gentilhomme pour les présenter à la reine.

Une bouffée d'orgueil l'envahit : de majordome, il devenait personnage d'envergure.

— Mais il n'est point d'empêchement que vous assistiez à mes simples exercices de chasse, sire poète, — repartit-il avec quelque confusion, — quoique je puisse m'en vanter, je tire de l'arc avec une certaine adresse.

— Puisque vous m'y autorisez... — reprit l'inconnu.

Et afin de laisser passer le chasseur, s'étant incliné d'un mouvement qui parut au domestique du meilleur goût, il suivit.

Mais ce ne fut pas sans s'être retourné et avoir toussé à deux ou trois reprises.

— Je crois que la fraîcheur du matin a impressionné mes parois palatino-buccales, — crut-il devoir faire remarquer, en employant des termes que le domestique devait nécessairement trouver très érudits, ne les comprenant point.

Et les deux hommes disparurent dans les fourrés.

A ce moment, celui des bandits qui cheminait à travers les bois, de l'autre côté de l'allée, parut à découvert, avançant prudemment la tête afin de s'assurer que le terrain était désert à droite et à gauche.

Le froissement des branches lui indiquait l'endroit où le majordome de circonstance et le poète d'occasion venaient de disparaître.

Il se courba, se rapetissa et se lança dans l'allée qu'il traversa courbé en deux, confondu avec le sol, presque invisible.

Et il se trouva tout à coup avoir disparu de l'autre côté sans que la futaie eût même révélé son passage.

Et couché à terre, rampant à demi, se faufilant à travers les branches basses, il suivit la voie tracée par les deux hommes qui le précédaient, la retrouvant grâce aux feuillages froissés, — et à quelques rameaux cassés comme par hasard et pendant de loin en loin aux chênes taillis.

Un sifflement de merles s'étant fait entendre, le prétendu poète détourna la tête, regardant derrière lui d'un œil incisif.

— Le refrain du merle brun... c'est bon signe, — dit-il, — lorsqu'on va à la chasse.

Et il salua, avec le même son parfaitement imité, l'oiseau jacasseur dont il venait, disait-il, d'entendre la voix.

Et sa main qui allait sans affectation casser une branche la laissa aller.

Il pensait en même temps :

— Il est inutile de marquer pour d'autres la trace de notre passage, puisque mon second vient de m'avertir qu'il est sur nos talons.

Et il continua à suivre le domestique, qui, l'arc tendu, creusait les fourrés du regard.

Un bruit s'élevant derrière eux arrêta brusquement ce dernier.

Le faux poète tressaillit.

Et s'adressant à son compagnon :

— Sire majordome, — dit-il tout à coup, — voulez-vous que je vous récite la poésie de Saint-Hubert. Elle fera venir le gibier.

— A moins qu'elle ne le fasse fuir plus loin, sire poète, — rétorqua gaîment le valet qui, grâce aux paroles opportunes de son compagnon, n'avait point entendu le bruit soudain, résonnant derrière leurs talons.

Une souche tendant son traquenard sous les pas de l'estafier qui les suivait à la trace, avait eu raison de sa prudence d'Apache et failli donner ainsi l'éveil.

Le chasseur et son compagnon s'isolaient de plus en plus dans la futaie.

Ils traversaient un endroit envahi par les genêts et entièrement touffu...

Le rimeur rencontré par le domestique feignit de butter, tout à coup, et comme pour se rattraper lui arracha son arc.

— Holà! — fit-il en même temps à voix haute.

Un sifflement de branches se rapprochant lui répondit.

Le chasseur n'eut pas le temps d'interroger : un second compagnon venait de surgir à deux pas.

— Sire majordome, — annonça avec un sourire de ses lèvres minces celui qui s'était donné à lui comme un aligneur de vers, — sire majordome, j'ai le plaisir de vous présenter un mien ami...

Le domestique, à la vue du nouvel arrivant au sourire aigu, allumé sur le visage de son précédent compagnon, avait pâli, flairant le piège.

Il fit brusquement quelques pas en arrière.

Le faux poète, sans cesser de sourire, tendit l'arc qu'il venait de lui enlever, en dirigeant la flèche vers sa poitrine.

— De grâce, sire majordome, ne nous privez pas de votre compagnie, cette flèche, par sympathie pour son maître, serait capable d'aller vous retrouver.

En même temps, le dernier arrivé, obliquant rapidement, rasant un buisson, allait couper la retraite.

— Que désirez-vous de moi? — balbutia l'infortuné chasseur. — Si tant est que vous nourrissiez quelque mauvais dessein.

— Dieu nous en garde! Dieu ou le diable, à votre choix, — nargua le premier, lequel n'était autre que l'estafier à la mine sournoise et cauteleuse sur l'épaule de qui Stewart Bolton avait frappé la veille dans certain cabaret borgne.

Il reprenait la parole :

— Nous serions seulement désireux de savoir combien vous êtes actuellement de serviteurs en la seigneuriale résidence où vous occupez la charge éminemment notoire et distinguée d'intendant.

— Hélas! — répondit le pauvre diable, — je n'y suis que sommelier d'ordinaire... et valet de la fauconnerie en même temps, durant l'absence de mes maîtres...

— Laquelle absence vous permet en outre d'aller éclaircir les daims et chevreuils de monseigneur. Très bien. Et le nombre de vos camarades?...

— Est de six en tout.

— Non, de cinq.

Le valet, déconcerté, regarda avec hébétude celui qui lui parlait.

— J'ai dit cinq, — appuya l'estafier. — La vie est en effet une vallée de larmes, et nous ne voulons pas laisser passer l'occasion de vous en délivrer.

Et il tendit de nouveau l'arc enlevé au valet tandis que son compagnon tirait sa dague du fourreau.

— Vous allez donc m'assassiner ? — bégaya le pauvre diable.

— Fi, le vilain mot. Vous donner le ciel tout au mieux. Faites votre acte de contrition, — ricana-t-il. — Voici saint Pierre qui vous observe du Paradis.

Le malheureux valet vit une lueur féroce luire dans ses prunelles sous son rire sardonique.

— Pitié ! — s'écria-t-il en essayant de se jeter derrière un buisson pour gagner le large.

Il n'en eut pas le temps: la flèche siffla sinistrement, coupa l'air de son trait rigide...

Il y eut un claquement bref. L'infortuné envoya sa main crispée au dard qui venait d'entrer dans sa poitrine et chancela.

— A l'aide ! — voulut-il crier.

Il n'en eut pas le temps.

Le second bandit arrivait dessus, lui fermant la bouche avec sa ceinture, rapidement liée derrière sa tête en bâillon.

Puis, étendant le bras, il arracha la flèche de la plaie.

Le sang, ne trouvant plus d'obstacle, jaillit en bouillonnant.

Les deux estafiers le considérèrent avec des joies terribles dans leur regard, heureux, dans leurs instincts malfaisants, de voir l'infortuné se tordre sous la douleur, asphyxié par son bâillon.

Mais son agonie se prolongeait trop. Ils s'impatientèrent...

Celui d'entre eux qui avait revendiqué le titre de poète, afin d'abuser le pauvre diable, s'approcha, tira sa dague au tranchant effilé, et jetant l'arc dont il n'avait plus besoin, passa derrière la tête du moribond afin d'éviter des éclats de sang.

Et dextrement, habilement, avec le geste d'un barbier expérimenté, il appuya la lame sur le cou de sa victime, et d'une pression adroite, froidement, il lui ouvrit la gorge... jusqu'au larynx.

L'air sortit en sifflant de l'horrible plaie, le sang s'extravasa hors des carotides coupées, frisant d'abord en deux jets, s'abaissant ensuite et continuant à couler en flot épais... C'était horrible !

Mais cela allait être plus vite fait...

Quand la liqueur de vie commença à se tarir, le corps fut agité de quelques secousses convulsives.

Puis il se raidit, s'immobilisa.

— Çà y est! — prononça le pseudo-poète. — Pourquoi a-t-il voulu aller à la chasse? Le gibier est à bas; maintenant, au reste.

Le valet n'était plus guère qu'un cadavre, si la mort n'était pas déjà absolue.

Il était un de ces infortunés, de ces humbles, de ces esclaves que chaque jour voit sacrifiés à la haine ou à l'intérêt.

Les deux estafiers étaient venus se mettre aux aguets depuis la pointe du jour, pour attendre un des serviteurs du château d'Aireburg, l'attirer au loin si c'était possible, grâce à leur esprit fertile en ruses, et le *supprimer*.

Il était nécessaire qu'il en fût ainsi, afin d'exécuter les ordres de Stewart Bolton.

C'était fait!

— *Requiescat in pace!* — gouailla le premier des deux bandits.

Et ils s'éloignèrent sans plus se soucier du crime qu'ils venaient de commettre et du cadavre qu'ils laissaient derrière eux, sans plus s'en préoccuper que si rien ne s'était passé.

Les carnassiers se chargeraient de lui donner une sépulture.

Et ils avaient autre chose à faire, eux!

## CLXXIII

### AUX AGUETS

Dans la soirée du même jour, deux paysans à l'air naïf et que leur gaucherie, ainsi que la coupe de leurs habits indiquaient comme originaires des provinces les plus lointaines, s'arrêtaient à l'entrée des jardins qui entouraient le château d'Aireburg.

A en juger par l'apparence, — et elle ne devait pas tromper en ce qui les concernait, — c'étaient deux braves rustauds venus à Édimbourg malgré les troubles, afin d'y chercher fortune.

N'ayant aperçu personne, ils se décidèrent à avancer, en jetant autour d'eux des regards à la fois ébahis et craintifs...

Sans doute, dans les contrées éloignées d'où ils provenaient, ils n'avaient pas encore eu l'occasion d'apercevoir de castels aussi somptueux, environnés surtout de jardins aussi beaux.

Après qu'ils se furent arrêtés, leur paquet à l'épaule, se demandant s'ils pousseraient plus loin, un aboiement se fit entendre et un visage d'homme se montra.

Les deux paysans se découvrirent alors d'un geste niais, saluant jusqu'à terre, à plusieurs reprises, sans oser changer de place.

L'homme qui venait d'apparaître rappela les chiens qui bondissaient les crocs à l'air, vers les deux visiteurs, et s'avança de leur côté.

Ces derniers se consultèrent timidement du regard, et comme si un même ressort les mouvait recommencèrent leurs salutations.

— Ah çà! — fit l'autre, — en voici qui viennent sûrement de leur pays.

Les paysans se décidaient enfin à avancer non sans une gêne visible.

— Que demandez-vous ?...Et où allez-vous ? demanda celui qui venait à leur rencontre.

C'était le domestique principal, chargé avec ses camarades de garder le château ; c'était l'homme qui, la veille, avait donné l'hospitalité à Stewart Bolton.

Les deux villageois se concertèrent du regard, ouvrirent la bouche tous deux à la fois ; et chacun voyant que l'autre allait parler se tut, resta bouche bée...

Il vit une forme menue et gracile disparaître légèrement vers le manoir.

— Eh bien ! voyons ? — fit leur interlocuteur impatienté.

Un son inarticulé sortit de la bouche de l'un deux, dans l'effort qu'il fit pour surmonter son embarras, et il bégaya, expliquant que son frère et lui avaient quitté le comté de Clowes pour venir se mettre en service ensemble dans la capitale.

Et comme, de la route, ils avaient aperçu les tours d'un château, ils avaient osé venir jusque-là.

Mais ils ne savaient pas que c'était une aussi puissante demeure, s'empressa-t-il d'ajouter.

Ils comprenaient la faute qu'ils avaient commise, en supposant qu'on pourrait les y accueillir. Ils suppliaient seulement qu'on les laissât se retirer sans les punir de leur témérité.

Leur interlocuteur ne put s'empêcher de sourire.

— Vous dites que vous voudriez entrer en place ?

— Oh ! oui, messire...

— Que savez-vous faire ?

Celui qui avait fini par s'instituer l'orateur montra du doigt son compagnon.

— Lui... il sait soigner les bestiaux, les vaches, les bœufs... Il sait aussi dresser les oiseaux pour la chasse.

— Il connaît la fauconnerie, diable !

Celui dont il venait d'être question secoua silencieusement la tête, tandis que ses yeux brillaient de contentement.

— Et toi, que fais-tu ?

— Que Votre Honneur me pardonne, je faisais office de sommelier et de laveur de vaisselle chez le bailli du village. Même qu'il avait plus de vingt espèces de vin dans ses caves, sans compter les hydromels et autres liqueurs.

— Fichtre, on est gourmand dans le comté de Clowes et messieurs les baillis s'y tiennent cossument.

L'intendant réfléchit quelques minutes.

— Comment t'appelles-tu ?

— Que Votre Honneur me pardonne, je m'appelle Erwig.

— Et ton frère ?

Une voix essoufflée sortit de la bouche du second.

— Christians.

— Eh bien ! — reprit l'intendant, — il nous arrive une assez singulière aventure. Notre sommelier, parti ce matin pour la chasse, n'a pas reparu. Il cumulait, avec les soins à donner à la cave, la tâche momentanée de valet de fauconnerie, et comme les faucons sont des bêtes dont il faut avoir l'habitude, ma foi, je suis assez embarrassé.

« Ce maudit sommelier aurait-il feint d'aller à la chasse pour courir à quelque débauche. C'est possible. Ces gens de bouteilles sont si dissolus. Puisque vous voilà je vais vous prendre, en attendant de savoir ce que nous ferons...

Erwig, l'orateur des deux villageois, laissa tomber son paquet d'émotion, et joignant les mains :

— Oh! messire.

Quant au second, ébloui d'un tel honneur, il avait mis un genou en terre.

Fauconnier d'un comte!... d'un vrai comte!... avec un si beau château!...

Jamais, dans ses rêves les plus délirants, il n'avait sans doute entrevu pareille fortune.

— Allons, — dit l'intendant, — suivez-moi que je vous présente à vos camarades. Mais surtout, tâche, toi, Christians de ne pas laisser dépérir les faucons de monseigneur, car je ne donnerais pas cher de ton existence, et toi, Erwig, évite de boire le vin de ses barils...

Et il se prit à rire de l'expression de terreur répandue sur les traits du premier.

Un instant après, les deux paysans étaient installés dans leurs fonctions respectives.

On s'aperçut tout de suite qu'Erwig s'entendait parfaitement aux bouteilles.

Quant au fauconnier, il paraissait un peu maladroit.

— C'est l'émotion, — expliqua à peu près son frère. — Surtout après la peur que M. l'intendant lui a faite. Mon pauvre Christians!...

Pourtant, après s'être fait cruellement mordre les doigts par les voraces oiseaux de proie, au lieu de leur donner sagacement à manger selon les règles strictes de la fauconnerie, il montrait à la fin moins de gaucherie.

La nuit venue, l'intendant les conduisit dans le réduit destiné à leur servir de chambre commune.

Tout bruit éteint, chandelles soufflées, l'un des paysans approcha sa bouche de l'oreille de l'autre.

— Ça y est. Nous sommes dans la place.

— Oui. Mais ces satanés oiseaux m'ont becqueté tous les doigts... Au diable les faucons et la fauconnerie! Mais je crois cependant que j'ai attrapé le mouvement.

— J'espère que la faction ne sera pas de longue durée! Mais prudence. Je suppose aussi que maître Edward Corfilt sera content, et surtout qu'il sera généreux, car nous avons assez adroitement manœuvré.

Les deux compères se turent...

Et après avoir longtemps prêté l'oreille pour s'assurer que rien d'inquiétant ne se révélait pour eux, ils s'endormirent du sommeil des gens qui ont la conscience tranquille.

Ils n'avaient assassiné, en effet, qu'un homme ce jour-là, l'infortuné valet parti à la chasse dès l'aube, car les deux naïfs villageois n'étaient autres que le prétendu poète de la matinée et le sinistre rôdeur de broussailles... C'étaient les deux estafiers engagés la veille par l'ancien intendant à cause de leur habileté.

Experts en l'art d'employer la ruse, de revêtir les aspects divers nécessités par les circonstances, ils avaient « supprimé » le sommelier du château pour se faire admettre à sa place.

Ils suivaient ainsi les instructions de leur patron occasionnel.

Stewart Bolton voulait faire surveiller les hôtes du manoir de Claymore.

Essayer d'y établir des espions à poste fixe ?

Il n'y fallait pas songer étant donné les motifs trop réels qu'on y avait de se tenir sur ses gardes. Mais il n'en était pas de même dans la résidence voisine du comte d'Aireburg.

Avec un peu d'attention, les habitants de cette dernière demeure pouvaient se tenir au fait de ce qui se passait dans le manoir limitrophe.

C'est pourquoi l'ancien intendant avait engagé ces deux limiers. Tandis que l'un occuperait ses camarades de service, l'autre espionnerait le manoir de Claymore.

Le lendemain, au réveil, les deux nouveaux venus se présentèrent, la mine encore intimidée, les yeux gros de sommeil, une bonne joie campagnarde sur les traits devant leurs compagnons, l'air heureux d'avoir dormi dans un aussi riche château.

Christians alla donner à manger aux faucons avec un peu moins de maladresse que la veille; il n'eut guère qu'une phalange de déchiquetée — et fut sur le point d'étrangler la bête, mais se retint.

Durant ce temps, celui qui avait déclaré s'appeler Erwig, voulant savourer la joie de vivre au milieu de si beaux jardins, s'en alla au dehors, faire en quelque sorte le tour du propriétaire.

S'insinuant à travers les arbres, traversant les fourrés sans y faire même crier une branche, il aboutit aux bois dépendant du domaine racheté par Walter d'Avenel... Comme une apparition de légende, à travers la brume cotonneuse de ce matin d'hiver, il vit une forme menue et gracile disparaître légèrement vers le manoir.

— Ce doit être la petite amoureuse, — songea-t-il.

Marguerite, la gentille et féerique fleur d'Écosse, était la seule jeune fille au logis du chevalier de la reine. L'incertitude n'était pas possible.

Sortie à la prime aube, sans souci de la froidure, elle venait probablement d'effectuer sa cueillette, afin d'offrir, dès son réveil, à son pauvre ami, toutes fraîches, les fleurettes si menues, si gracieuses et si rares dans la rude saison.

L'espion demeura longtemps immobile, son œil d'orfraie, — déniaisé actuellement qu'il n'avait plus besoin de feindre, — attaché sur l'endroit où l'enfant s'était montrée à lui, pareille au faon léger qui surgit sous les taillis et cesse aussitôt d'être visible.

Marguerite venait en effet de réintégrer le manoir.

A cet instant, elle offrait son mignon et frêle bouquet à Julien dont les paupières s'étaient rouvertes dans un doux sourire en apercevant cette charmante image à son réveil, en voyant la main fluette lui tendre son petit trésor si menu et si avenant.

Et la charmante Fleur d'Écosse ne songeait plus au bois, y ayant ravi ce qu'aimait... celui qu'elle aimait. Elle n'y revenait pas.

L'espion, abandonnant son immobilité, contourna alors le manoir à distance pour n'attirer l'attention de personne, traversant comme une ombre furtive les espaces vides, s'écrasant ensuite derrière les troncs...

Il étudiait le terrain sur lequel il avait à opérer.

Rentré enfin au château, il ouvrit de grands bras extasiés en présence de ses camarades amusés de sa simplesse.

— Que c'est beau ! Que c'est beau ! Et que c'est grand. Va voir Christians et prends garde de te perdre.

L'oiseleur le regarda avec des yeux arrondis, et hochant la tête, sans parler, le rire distendant sa large bouche stupide, il gagna le large à son tour... Le soir, lorsque les deux frères... d'occasion se trouvèrent seuls, leurs yeux subitement avivés, une flamme perçante allumée dans leurs prunelles, ils se fixèrent durant un éclair.

— J'ai vu la fillette.

— Moi, j'ai trouvé l'endroit où elle a cueilli des petites fleurs ; il y a encore la trace de ses pas, et la neige écartée autour des plantes...

— Ça marche... ça marchera... A demain.

L'homme qu'ils avaient assassiné ne pouvait reparaître.

On n'avait plus entendu parler de lui, et l'intendant opinait pour quelque débauche après laquelle le valet n'avait plus osé rentrer.

Les prétendus paysans du comte de Clowes avaient donc été confirmés dans leur poste. Et adroits à faire naître les prétextes pour demeurer au dehors, leur faction continua, le lendemain et les jours suivants...

La fille d'Ellen, tranquillisée par le silence des bois, y revenait quotidiennement.

Heureuse et mutine, elle vaquait parmi les taillis et les futaies, y récoltant ses fines fleurettes, ne se doutant de rien, aucun bruit ne lui révélant la présence de qui que ce fût, son regard n'apercevant point l'espion écrasé derrière quelque tronc d'arbre, son regard aigu attaché sur elle, pauvre colombe !

## CLXXIV

### SOLEIL D'AVRIL

Le soleil renaissant, en fondant la neige qui recouvre la terre, semble aussi fondre la douleur chez ceux qui gémissent sur leur couche durant les longues nuits affligées de l'hiver.

Les fleurettes au pâle azur, récoltées pieusement par la fille d'Ellen Mercy, avaient cessé de paraître. D'autres fleurs les avaient remplacées, des fleurs au parfum pénétrant.

Et comme ravivé par le soleil naissant de la nature, Julien avait pu quitter son lit d'épreuve.

Une après-midi, alors que les rayons plus vifs répandaient leur tiédeur sur la terre, il fit ses premiers pas au dehors.

Il était appuyé sur Marie d'Avenel.

L'enfant et la mère!...

Ils s'ignoraient... Ce lien divin qui les unissait était inconnu de l'un et de l'autre; mais quelque chose d'infiniment doux et tendre les enveloppait cependant tous les deux.

Il semblait que leurs âmes se recherchaient, se fondaient l'une dans l'autre, tandis que la descendante des ducs de Melrose prononçait ces mots:

— Appuyez-vous bien sur moi. C'est le bras d'une mère!

Et lui, l'abandonné, se confiait à son appui avec des sensations émues, troublées, inconnues encore, un charme d'une douceur exquise, enveloppant, auquel il n'osait se livrer, – par crainte du réveil.

Marguerite marchait à côté d'eux, et son regard se dressait à chaque pas, ravi et plein de joie muette, vers Julien.

La vieille Tibbie avait préparé un siège bas et chaud à un endroit où les rayons concentrés, réfléchis par les murailles, établissaient une température déjà presque printanière. Les bienfaisantes effluves du soleil d'avril venaient y jouer.

Après quelques instants, Marie d'Avenel y conduisit son jeune protégé.

Halbert, heureux de voir le « chevalier » qu'il s'était pris à aimer lui aussi, en bonne voie de rétablissement, apporta d'autres sièges.

Ellen l'accompagnait, et ces âmes d'élite se trouvèrent réunies sous la clarté de l'astre, dorant les murs du vieux castel construit jadis par les anciens de la race d'Avenel au temps de leur puissance.

Le regard de Julien se porta tout autour de lui sur la nature reverdissante, et avec une sorte de tendre caresse s'arrêta sur les fleurs.

Elles semblaient tendre vers lui leurs délicates et tremblantes corolles exprès pour appeler sa main.

Marguerite s'en aperçut.

N'était-elle pas la Fleur d'Écosse vouée elle-même en quelque sorte, par ce nom symbolique, à la déesse qui fait s'épanouir et scintiller les odorants pétales?...

Et quels doigts mieux que les siens étaient indiqués pour cueillir leurs moissons parfumées et les déposer entre ceux de son ami?

D'un geste rapide et souple, gracieuse, elle s'avança, se baissa et coupa quelques tiges à la parure la plus fine et la plus éclatante à la fois...

Et elle se retourna vers le cher convalescent afin de les lui donner.

Mais, au moment de les lui tendre, elle se ravisa.

D'un mouvement impulsif et charmant, dans un élan irraisonné et parti de son cœur, elle les porta à ses lèvres.

Puis, rougissante et souriante en même temps, elle les lui présenta.

Julien avait la main tendue pour les recevoir, il les prit tout troublé.

Cet aveu nouveau, inconscient, devant la plénitude de la nature et du jour sacré, en présence de celles qui étaient là, mettait dans son esprit une confusion inexprimable.

Ellen n'avait vu le mouvement ingénu et cependant si expressif de son enfant.

Une inquiétude subite passa dans sa pensée.

Ce qui venait de se produire était toute une révélation.

Avec la candeur et l'innocence de son âge, Marguerite aimait...

La fille de lord Mercy, toute saisie, ne trouva aucune parole de réprimande ni de blâme : la spontanéité du geste de son enfant disait sa pureté céleste.

Mais elle se souvint des désillusions atroces qui avaient atteint son propre amour, au temps déjà lointain et pourtant jamais oublié où elle avait aimé elle aussi.

Il est vrai que l'homme dans lequel elle avait eu confiance se nommait Somerset!...

Et ses paupières s'abaissèrent, se fermèrent dans une contention prolongée et plaintive.

Marie d'Avenel avait vu, elle aussi.

Son attention se porta immédiatement vers Julien.

Elle remarqua son trouble : elle devina la palpitation de son être.

— Chers et pauvres enfants!... — songea-t-elle, — nés l'un et l'autre de l'épreuve et de l'adversité et dont les âmes vibrent d'un même sentiment d'amour, à l'aurore de la vie!

Elle aussi se sentait émue.

Marguerite reniée par son père... son père qui n'avait pensé à elle que pour chercher à la faire périr... — son père qui poursuivait son orgueilleuse carrière, la croyant morte.

Et Julien qui ne savait même point quelle contrée avait vu s'ouvrir sa lamentable existence... malheureux adolescent sans foyer et sans nom!...

Fatalité étrange et saisissante qui rapprochait, semblait vouloir unir deux victimes frappées également et d'une façon si cruelle par le destin.

Un silence profond avait succédé à l'acte spontané de Marguerite.

La fillette, s'en apercevant, demeurait immobile, interdite.

Marie d'Avenel, devinant les souvenirs attristants que cet incident avait évoqués chez son amie, jugea nécessaire de faire cesser ce silence.

Elle prit la parole, demandant à Julien si la fraîcheur encore persistante de l'atmosphère, en dépit du soleil, ne l'impressionnait pas.

Un sourire détendit les traits du jeune homme...

— Il est si réconfortant d'apercevoir la voûte du ciel au-dessus de soi, — répondit-il.

— Oh! oui, — fit Marguerite avec expansion, — le ciel que l'on aperçoit à travers les arbres, c'est si joli!

Elle oubliait la contrainte pesant sur elle ainsi que sur chacun, un moment avant, toute heureuse de voir une communauté de sentiments de plus l'unir à son ami.

Et déjà, par la pensée, elle se voyait avec lui, errant dans le bois, regardant, à travers le feuillage des chênes, le ciel qu'elle trouvait si joli, selon son expression.

Marie d'Avenel, souriante, continuait à causer.

Ellen, délaissant ses pénibles souvenirs, se mêla enfin à la conversation...

Son œil, à la prunelle pâlie par la mélancolie, englobait, dans un même regard, Julien et Marguerite, le jeune blessé recueilli au manoir de Claymore et son enfant adorée.

Elle se demandait si l'affection naissante qu'elle venait de constater ne serait pas semblable à ces tendresses écloses parfois au matin de

— Quand il a marqué sa proie, il l'a toujours eue... ne l'oublie jamais.

l'existence et que les tempêtes de l'âge emportent sans laisser subsister même les lambeaux du souvenir...

— Sera-ce cela pour mon enfant? — pensait-elle. — Ou bien cette inclination sera-t-elle la cause de larmes intarissables comme pour moi?... Ou bien le point de départ de son bonheur?...

Angoissante perplexité des mères... surtout des mères meurtries elles-mêmes par l'amour!...

Elle songeait à tout cela en répondant vaguement à son amie d'une voix dolente.

Le soleil, voilé par quelques nuées légères, n'avait plus autant de chaleur.

Julien souffrait du froid...

Marie d'Avenel s'étant aperçu qu'il frissonnait l'avait questionné de nouveau.

— Vous avez raison, voici que je ressens un peu de fraîcheur, ma mère, — dit Julien en donnant à Marie d'Avenel ce titre que la reconnaissance avait déjà mis sur ses lèvres.

Titre mensonger, croyait-il, qu'il n'employait cependant pas sans émotion et que la noble descendante des ducs de Melrose n'entendait pas sans un involontaire tressaillement.

Julien s'était dressé, faisant de lui-même quelques pas vers les arbres dont les voûtes profondes l'appelaient.

Sa main encore sans couleur, appuyée de nouveau sur la châtelaine, il chemina un instant.

— Quand vous serez tout à fait guéri, je vous guiderai moi-même, — proposait Marguerite, en montrant les voûtes profondes sous lesquelles elle avait grandi.

Hélas ! elle ne savait pas que la joie innocente qu'elle se promettait serait peut-être sa perte et la perte de celui que son jeune cœur aimait !

## CLXXV

### LE FAON ET LA BICHE

Le mieux-être de Julien s'accentuait, suivant la progression de la belle saison.

Appuyé tantôt sur Halbert ou sur un des autres serviteurs, il prolongeait chaque jour plus avant ses promenades dans le bois ou autour du manoir.

Marguerite était presque toujours de ses sorties.

Tandis qu'elle accompagnait son ami, elle n'apercevait pas des yeux qui, luisant derrière des broussailles, ne cessaient de l'épier de loin et de suivre également Julien.

L'heure vint enfin où le fils inconnu de Walter d'Avenel put marcher sans aucune aide.

— C'est moi qui vous guiderai dans le bois, — lui redit alors la toute jeune fille. — Et quand vous serez fatigué, vous vous appuierez sur mon épaule.

Julien, mû par le sentiment de la dignité qui parlait si noblement chez lui, avait prononcé devant Marie d'Avenel le mot de départ.

Il prétextait la nécessité de se rendre à l'armée, afin de ne point abuser en réalité de l'hospitalité si affectueuse qui lui avait été donnée au manoir de Claymore.

— Rejoindre l'armée, pauvre enfant! — avait soupiré celle qui, sans savoir pourquoi, sentait qu'elle le chérissait maintenant autant qu'un fils; — supporter les rigueurs d'une guerre?... mais vous succomberiez avant une semaine!...

Marguerite était survenue, tandis que la châtelaine prononçait ces derniers mots.

Les yeux de l'enfant s'étaient brouillés de pleurs amers, tandis qu'elle joignait silencieusement les mains.

Et Julien s'était tu.

Il le sentait, du reste, celle qui, durant cette nouvelle période de souffrances, avait eu réellement pour lui des attentions et des tendresses de mère, n'avait que trop raison.

Il était encore hors d'état d'endurer les fatigues d'une campagne.

Il s'était donc résigné; au fond, une joie inavouée chantait en lui. Il allait demeurer plus longtemps auprès de Marguerite!

Et, ensemble, ils erraient maintenant autour du vieux manoir.

Ellen, après avoir longtemps réfléchi, n'avait pas essayé d'enrayer la tendresse éclose dans le cœur de son enfant.

A quoi cela lui aurait-il servi?

Le jeune homme allait repartir un jour ou l'autre, afin de gagner, dans les batailles, un des titres de cette noblesse dont il était sans aucun doute issu...

Si lui aussi aimait Marguerite, il reviendrait.

Ellen lui révélerait alors le douloureux secret de la naissance de la jeune fille; et puisque lui-même se trouvait sans famille, s'il était réellement digne de Marguerite, Ellen Mercy laisserait leurs destinées s'unir...

Les promenades des deux jeunes gens étaient à présent quotidiennes.

La douceur naissante de la belle saison, la profondeur mystérieuse des bois, tout secondait l'expansion de leurs âmes.

Ensemble, se tenant par la main, ils s'enfonçaient chaque jour davantage parmi les taillis.

Marguerite, emplie d'une gaîté ingénue, faisait connaître à Julien ces lieux ombreux où elle avait vécu, ces bois qui avaient caché, abrité son enfance.

Et continuant à le guider ainsi chaque jour, ils s'éloignaient davantage.

Occupés d'eux, il n'entendaient point des pas étouffés dans l'éloignement; ils ne distinguaient pas des ombres fortuites se glissant derrière les arbres et les suivant à la piste.

D'ailleurs ceux qui les épiaient ainsi avaient la souplesse des fauves, de même qu'ils en avaient l'âpreté tenace, implacable.

Erwig, un des deux prétendus paysans du comté de Clowes qui avaient trouvé moyen de se faire engager au château d'Aireburg, s'était rendu à Edimbourg.

Prenant son air le plus naïf, le plus niais, il avait demandé au chef des domestiques la permission d'aller voir la capitale.

La capitale!... Il en avait plein la bouche.

Les autres serviteurs n'avaient pu s'empêcher de rire de voir l'importance énorme qu'il paraissait attacher à cette visite.

Pour sûr, il n'avait quitté son pays lointain que pour voir Edimbourg.

Aussi cette autorisation ne lui fût-elle pas refusée.

Une fois loin du château et hors d'état d'être aperçu, le faux paysan, déployant une vélocité extraordinaire, s'engagea dans les raccourcis susceptibles de le conduire le plus vite possible à la capitale.

Il paraissait les connaître d'une façon singulière, et ce n'était peut-être pas la première fois qu'il opérait dans ces parages.

Par exemple, arrivé à portée de remparts, il reprit son allure lourde de rustre mal dégrossi et son air le plus admirablement ahuri.

Avec des yeux énormes, il considérait les tours, les murailles et ne s'en approchait qu'avec une sorte de respect craintif.

Au moment de déboucher sous la porte, il se découvrit même, et s'approchant de la sentinelle, lui demanda si c'était la ville d'Edimbourg qui était devant lui.

Celui-ci ne put que narguer :

— Oui, c'est Edimbourg... à moins que ce ne soit la capitale de l'Angleterre !

Tout en se moquant de son interrogateur, il faisait allusion à une très vieille prophétie d'après laquelle la dynastie écossaise devait régner un jour en Angleterre.

Les patriotes écossais, reculant à cette heure devant l'invasion anglaise puisaient, dans le souvenir de cette prédiction, l'espoir en une prochaine revanche.

Ils devaient voir leurs espérances brisées toutes.

Et cependant la prophétie se réaliserait malgré tout; après avoir fait rouler la tête de Marie Stuart sur l'échafaud, l'orgueilleuse Elisabeth, au moment d'expirer, devait voir ses ministres eux-mêmes proposer, pour lui succéder, l'héritier même de celle qu'elle avait emprisonnée et fait si cruellement mourir.

La destinée devait venger ainsi la martyre.

Les paroles du soldat n'avaient pas eu l'air d'être comprises par le paysan.

Il s'avança timidement dans la ville, considérant toutes choses avec un étonnement parfaitement bien joué.

A force de marcher au hasard, selon toute apparence, il arriva devant la retraite misérable habitée par Stewart Bolton.

Il heurta d'une façon particulière.

L'agent secret était accoudé sur une table, à l'intérieur, le sourcil contracté, les lèvres serrées.

Un message de Percy, de son trop digne fils, fait comte de Verbrock par Somerset, était arrivé dans la nuit.

Au nom du tout-puissant et sombre ministre, il lui mandait qu'il était inutile d'attendre une nouvelle attaque d'Edimbourg au moyen de troupes débarquées par la flotte anglaise.

Sa capitale directement menacée, Marie Stuart irait en effet, dans ce cas, chercher un refuge dans les provinces du nord de son royaume où le patriotisme était encore trop vivace.

Elisabeth et son ministre voulaient attendre que la trahison eût fait son œuvre, pour que l'infortunée reine d'Ecosse ne trouvât d'abri nulle part et leur fût livrée sans retour.

Des paroles de malédiction hoquetaient entre les dents serrées de Stewart Bolton.

Que lui faisaient Marie Stuart, Elisabeth d'Angleterre et Somerset lui-même ?

Il ne les combattait ou les servait que pour arriver à son but, et ce but Somerset semblait le reculer comme à plaisir.

Tout à coup, il entendit frapper d'une manière inaccoutumée à la porte de la masure dans laquelle il se cachait.

Il se dressa en sursaut.

L'ancien intendant venait de reconnaître le signal indiqué par lui-même aux louches estafiers qu'il avait engagés avec l'ordre de se faire admettre parmi les serviteurs du château d'Aireburg.

Une joie fauve inonda son visage sombre.

Il y avait du nouveau au manoir de Claymore, puisque l'un de ces bandits venait le trouver !

Les voluptés criminelles ou les vengeances que Somerset refusait de lui procurer, le sort les lui apportait donc, puisque cet homme se présentait enfin.

Après un mouvement rapide pour lui ouvrir, il s'arrêta pourtant.

Ne s'était-il pas abusé en croyant reconnaître ce signal ?... ou même n'était-ce pas un piège qu'on lui tendait ?

Accomplissant une œuvre souterraine, il prenait les plus extrêmes précautions, sachant que sa tête était en jeu.

Se dirigeant sans bruit vers une fenêtre latérale, il appliqua son œil à une fente qu'il avait ménagée lui-même, étudiant l'homme qui se présentait à sa porte.

Il ne reconnut pas d'abord le prétendu paysan, tellement sa métamorphose était complète.

L'autre, craignant de n'avoir pas été entendu ou que la maison ne fût vide, frappa de nouveau, plus distinctement.

— C'est bien le signal que j'ai indiqué, — murmura Stewart Bolton.

En même temps, grâce à son attention soutenue, il retrouvait, sur la face de son visiteur, les traits de l'un des estafiers avec qui il avait conféré, il y avait quelque temps, dans l'arrière-salle d'un bouge.

L'homme appliquait du reste ses lèvres au joint de la porte, y soufflant ces paroles :

— Maître, c'est celui que vous avez envoyé au château d'Aireburg. Il y a des nouvelles.

Aucune erreur, aucune supercherie n'étaient plus à craindre : l'ancien intendant reconnaissait la voix.

Il entre-bâilla légèrement la porte.

L'estafier regarda autour de lui, avec la prudence ordinaire de ses pareils, et entra vivement :

— Maître Edward Corfilt, — dit-il alors en prenant son air le plus lourd et le plus gauche, — Erwig, du comté de Clowes, vient vous saluer.

Le prétendu marchand de fourrures l'étudia rapidement, constatant l'habileté de sa transformation.

Mais aucun sourire ne parut sur ses lèvres, rien ne détendit ses traits...

Il se trouvait encore trop sous l'impression du refus de Somerset.

Il avait donné mission à l'estafier de le prévenir du moment où il pourrait porter son dernier coup à Walter et à Marie d'Avenel en leur apprenant en même temps l'existence et la mort, réelle cette fois, de leur fils, voulant étendre en même temps son œuvre néfaste à l'enfant née de lord Somerset et de la fille de lord Mercy.

Le visiteur ne pouvait lui apporter que des renseignements capables de servir sa haine, — et non son criminel amour, — et la haine n'apaise pas.

— Maître, — prononça l'estafier pour tâcher de le dérider, — vous pouvez vous réjouir : le jeune faon commence à débûcher.

— Sort-il seul ?

— Tantôt l'un, tantôt l'autre l'accompagnait ces temps-ci. Maintenant il erre seul dans le bois... seul... avec la petite biche qui ne le quitte pas d'une semelle !

Une flamme glauque s'alluma, éteinte aussitôt, dans l'œil torve de celui qui l'écoutait.

— Tant mieux, nous les cueillerons tous deux du même coup.

— Paie double, dans ce cas? — hasarda le bandit. — Il faut bien faire partager sa joie aux autres.

Les lèvres minces de Stewart Bolton se tendirent encore davantage.

Un salaire avait été fixé et son avarice protestait.

Mais la vision du désespoir de Walter, de Marie d'Avenel, d'Ellen Mercy, de tous ceux enfin qu'il englobait dans sa même aversion d'être malfaisant, parut devant son esprit.

Ses narines se dilatèrent, respirant le mal qu'il allait déchaîner.

— Eh bien ! soit, — grommela-t-il d'un accent rauque, — paie double s'ils sont pris tous deux dans le même coup de filet. Mais prends garde à toi si tu les manques.

La physionomie volontairement hébétée du bandit se transforma.

Une lueur ardente s'alluma sous ses paupières brusquement distendues, ses dents jaunes, aigües, se montrèrent, dans un rictus de bête sauvage ; tous ses traits se crispèrent en une sorte de rire épouvantable.

— Je ne manque jamais ceux que je guette et que j'attaque à mon gré.

Stewart Bolton comprit la signification de ses paroles.

Le bandit indiquant ainsi qu'il se faisait fort de mettre Julien et Marguerite entre ses griffes, mais à condition qu'on le laissât opérer à sa guise.

L'ancien intendant connaissait l'esprit fertile en machinations criminelles de l'homme qui se trouvait devant lui.

La façon dont il avait réussi à s'introduire au château d'Aireburg en était une preuve.

De plus, — il venait de le montrer encore dans cette circonstance, — un cadavre n'était pas pour le faire hésiter, et il excellait à frapper sans attirer l'attention de témoins dangereux ou gênants.

Mais Stewart Bolton avait escompté aussi les affreuses ressources de son intelligence.

Il tenait trop en outre à savourer les satisfactions sanguinaires qu'il s'était promises pour s'exposer à les laisser échapper par la faute d'un complice.

Sa tête s'enfonça dans les épaules, l'expression répulsive de sa physionomie s'accentua encore, sa voix siffla âcre et basse :

— C'est celui qui paie qui doit commander... surtout quand celui-là s'appelle Edward Corfilt... Edward Corfilt vend des peaux de bêtes sauvages, et il en a pris les instincts. Quand il a marqué sa proie, noble ou bandit, il l'a toujours eue... ne l'oublie jamais, toi non plus !

L'estafier sentit le vent de la menace contenue dans ces paroles passer sur lui...

Dans le monde interlope, taré, fleurant le sang et la débauche parmi lequel Stewart Bolton paraissait parfois et venait chercher

L'ancien intendant et ses acolytes les regardaient approcher.

les instruments de ses inavouables besognes, une légende avait fini par se former sur son compte.

Tous, plus ou moins avaient travaillé pour lui, qui, énigmatique, silencieux, les rétribuait comme s'il avait eu à sa disposition les trésors d'un État, et les renvoyait ensuite.

Ils lui sentaient une sorte de pouvoir occulte, ténébreux, et ils s'étaient

habitués à le craindre, nul n'osant, sans frémir songer parfois à le dénoncer.

Le bandit qui se trouvait en présence de Stewart Bolton, repris par l'ascendant que l'espion politique exerçait sur ses semblables, demeurait silencieux.

Son interlocuteur le questionna alors, l'interrogeant sur les habitudes de Julien et de Marguerite, les heures et la durée ordinaire de leurs promenades.

Tandis que l'autre parlait, un plan s'élaborait dans son abominable cerveau.

Ce qu'il voulait, ce n'était plus de poignarder sur place les deux jeunes gens.

La volupté eût vraiment été insuffisante!

Il entendait jouir davantage du mal qu'il se préparait à faire.

Et avec les acolytes qu'il avait déjà lancés en chasse, il pouvait espérer beaucoup plus...

D'un ton bref, rauque, assourdi, il arrêta avec l'homme qui était en face de lui les détails d'exécution du projet qui se déroulait dans sa pensée.

L'esprit subtil, fécond en ressources criminelles de son auxiliaire, était bien fait pour le comprendre, pour le seconder.

Un instant après, une gaieté âcre, silencieuse, suant le mal, éclatait sur leurs traits; ils s'arrêtèrent de parler, se considérant.

Il leur semblait déjà sentir le faon et la jeune biche, comme ils disaient, panteler sous leurs griffes.

— Retourne là-bas, et tenez-vous prêts! — ordonna Stewart Bolton.

La physionomie de l'estafier s'alourdit, reprit son expression stupide.

Et il sortit, l'hébétude de son regard masquant le travail de sa pensée, à la suite des nouvelles instructions que l'ancien intendant venait de lui donner.

## CLXXVI

### EN CUEILLANT DES FLEURETTES

Le fils de Walter d'Avenel et la fille reniée par Somerset sentaient croître, dans la paix de la nature, leur amour aussi frais et aussi pur que les fleurs qu'ils aimaient tant à cueillir.

Nulle part, leurs âmes encore neuves ne vibraient plus exquises que sous la profondeur et le désert des bois.

Aussi ne manquaient-ils pas aller y errer chaque jour loin de tous.

Ils avaient adopté l'heure où, après le repas du milieu du jour, le soleil pénètre, de ses rayons irisés, la terre encore humide des pluies de l'hiver.

C'est cette régularité fatale qu'avait escomptée Stewart Bolton.

Le lendemain du jour où le prétendu Erwig, engagé comme sommelier au château d'Aireburg, était allé le trouver, deux hommes se glissaient sournoisement sous les futaies parmi lesquelles Marguerite et Julien aimaient à venir chaque jour.

Ces deux hommes étaient ceux qui s'étaient présentés comme des paysans du comté de Clowes venant chercher leur vie à Édimbourg

Adroits à trouver des prétextes, ils s'étaient éloignés ensemble du château d'Aireburg sans éveiller la défiance.

Profitant de la facilité que leur donnait la coutume écossaise, un plaid, un de ces châles aux couleurs tranchées qui fait partie du vieux costume national, était jeté sur leurs épaules.

Ils les avaient choisis amples et épais... larges et forts comme des couvertures... Pourquoi?...

L'œil animé, luisant autant que celui des loups-cerviers aux aguets, ils sondaient les endroits par lesquels Julien et Marguerite avaient l'habitude de paraître.

Ils regardaient aussi d'un autre côté, prêtant l'oreille.

Leur rein s'allongea tout à coup, s'écrasa derrière la feuillée qui les dérobaient.

Insaisissable pour des oreilles ordinaires, un frémissement lointain de feuilles venait de parvenir jusqu'à eux, pareil à la passée inquiète, insensible de quelque fauve.

Le claquement bref du cri de la caille s'éleva soudain, venant de ce côté, trouant le silence qui retomba aussitôt plus profond sur les bois.

Une demi-minute s'écoula, puis un des deux hommes cachés sous les branchées porta sa main droite à sa bouche.

Et le même appel résonna.

— C'est lui, — avait murmuré son compagnon.

Tapis, invisibles, ils tenaient leurs regards tendus vers le point d'où était venu le premier cri d'oiseau.

Une tête parut enfin entre deux bouleaux, inspectant rapidement les environs.

Le même appel d'oiseau se fit entendre, seulement ébauché.

Et plié en deux, un homme s'avança.

C'était Stewart Bolton !

L'estafier qui avait pris le nom d'Erwig se montra alors.

Un instant après, les trois hommes étaient réunis.

L'ancien intendant portait lui aussi le costume des montagnes, le plaid à carreaux éclatants jeté sur l'épaule. Mais, en plus, une corde longue, mince, tressée serrée, lui servait de ceinture.

Il échangea quelques paroles rapides, concises avec ceux qui l'avaient précédé, et les trois hommes s'aplatirent, disparurent dans les buissons qu'ils avaient choisis.

Des fleurs, des œillets sauvages, des anémones aux teintes vives étalaient leurs corolles à côté d'eux.

C'était l'appât qui devait attirer la proie... le gibier.

Avant de se terrer, ils avaient déplié leurs plaids, à portée de la main.

Le silence le plus profond régnait sous la forêt.

A peine quelque envolée d'oiseau, claquant rapide dans les hautes branches, avant de se perdre dans le ciel, s'élevait seule, pour disparaître aussitôt, augmentant la sensation d'abandon et d'immensité.

Immobiles, les trois hommes continuaient à attendre.

Soudain les prunelles de celui dont Stewart Bolton, la veille, avait reçu la visite flamboyèrent; une sorte de halètement siffla entre ses lèvres, avertissant ses compagnons.

A travers des troncs espacés, il venait d'apercevoir, à une distance considérable, deux jeunes corps, serrés l'un près de l'autre, presque enlacés...

La gracieuse, la féerique apparition disparut presque aussitôt.

Quels pouvaient être ceux qu'ils avaient vu, sinon Marguerite, la virginale et pure fleur d'Ecosse, et Julien, le noble fils d'Avenel?

C'étaient eux, en effet!

Se tenant par la main, ils allaient dans les bois, ne pouvant plus contenir le besoin d'expansion de leurs âmes, épelant les premiers balbutiements du cantique d'amour.

Errants parmi les méandres capricieux du bois, ils n'étaient plus visibles.

Mais la chanson des rameaux frôlant leurs corps dans les sentiers étroits indiquait leur passage.

Et les misérables embusqués pouvaient suivre leur marche lente comme à la piste.

Julien, tenant dans ses deux mains la main gauche de la jeune fille, — la main du cœur, — avançait avec elle, lui disant les douces confidences montées de son âme et qui étaient pour celle de Marguerite comme une musique délicieuse.

La gracieuse enfant répondait parfois par quelques mots : presque un soupir plutôt qu'une parole.

Stewart Bolton et ses deux auxiliaires percevaient le murmure de leurs voix glissant sous les ramées, pareil à un murmure d'ailes soyeuses...

Échangeant par instants, entre eux, un regard expressif, ils reprenaient aussitôt leur immobilité, la face sinistre, le cou tendu vers l'endroit où s'avançait les deux amoureux, si jeunes et si confiants.

De nouveau, ils avaient distingué, puis perdu de vue, leur couple charmant.

La robe claire de Marguerite venait de reparaître à leurs yeux, quand les fleurs auprès desquelles les bandits s'étaient blottis avec intention frappèrent la vue de l'enfant énamourée :

— Voyez, Julien, — dit-elle, — les fleurs amies qui nous ont rapproché l'un de l'autre... qui nous ont fait nous aimer... Ne vous semble-t-il pas qu'elles tendent leurs corolles vers nous... comme pour nous appeler!

— Laissons celles-ci à la terre, dont elles sont la parure; n'en avons-nous pas d'autres auprès de la maison? — répondit le jeune homme.

Certes, il avait pour les fleurs un culte passionné et cependant un sentiment, qu'il ne songeait même pas à expliquer, l'éloignait de cet endroit, de la récolte que voulait faire son amie... son aimée...

Marguerite secoua sa tête mutine :

— Celles du parterre n'ont pas leur éclat. Puis ce ne sont pas des fleurs sauvages, les fleurs de « nos » bois.

Et elle entraîna son compagnon.

Les traits du visage convulsés,les mains ouvertes ainsi que des griffes, l'ancien intendant et ses acolytes les regardaient s'approcher, retenant leur souffle.

Julien et Marguerite n'étaient plus qu'à quelques pas des buissons.

La mignonne enfant appuya un de ses genoux sur la mousse pour cueillir des anémones.

— Laissez-moi vous aider, — dit alors Julien.

Il allait se baisser; mais il n'en eût pas le temps!

Une masse sombre tourbillonna au-dessus de sa tête.

Devinant un danger, une trahison, un attentat qui menaçait peut-être sa compagne chérie, Julien se jeta de côté, essayant de se rapprocher d'elle, de la couvrir de son corps, relevant la tête pour savoir à quel ennemi il avait à faire.

Dans un éclair, il entrevit des formes humaines et aussi comme des voiles sombres, un drap flottant...

Et il roula à terre, enveloppé, paralysé, bâillonné bientôt dans une étoffe épaisse.

Le cri qu'il allait pousser fut étouffé dans sa bouche.

Cependant, il crut percevoir une clameur, son nom jeté en appel au secours par la voix de Marguerite.

Mais ce fut tout. Il était plongé dans une nuit soudaine, des bourdonnements emplissaient ses oreilles, le souffle lui manquait.

Quant à Marguerite... elle aussi, qu'était-elle devenue?

. . . . . . . . . . . . . . . . . . . . . . . . . .

Stewart Bolton et ses deux estafiers, en entendant la jeune fille insister pour cueillir les fleurs, avaient frémi de joie.

Ils avaient donc judicieusement choisi leur embuscade.

Les nerfs tendus comme pour happer leurs proies, ils dévoraient réellement des yeux les deux adolescents tandis que ceux-ci approchaient.

C'était le moment où Marguerite s'étant agenouillée, tranchait de l'ongle la tige des anémones... Et son ami se baissait auprès d'elle!

Les regards des trois bandits, dans un instinct commun, s'étaient croisés alors, se comprenant!

Dans une détente violente, formidable, le premier des deux estafiers avait bondi hors du fourré, son plaid déployé flottant en l'air, visant Julien.

L'adolescent avait bien essayé de se dérober, de faire tête. Mais le brigand était tombé sur lui comme un énorme vampire, le paralysant sous les plis épais de l'étoffe.

Et le fils de Walter d'Avenel avait roulé à terre, ses lèvres enfermées sous l'épaisseur du plaid, le corps de son adversaire l'écrasant de tout son poids.

Une autre ombre jaillissait en même temps du buisson voisin et l'étoffe tournoyante lancée par une autre main s'abattait sur la fille d'Ellen.

L'enfant n'avait eu que le temps de pousser, dans un appel instinctif, le nom de Julien... Et celui-ci ne s'était pas trompé, hélas!

Mais, baissée vers la terre, elle avait été pour les misérables une proie facile.

Elle n'avait pas même eu le temps de se relever.

Le bandit qui venait de jeter, ainsi qu'un épervier, l'épaisseur de son plaid sur son frêle corps, la maintenait également à terre, abîmée sous sa masse.

Stewart Bolton, les doigts ouverts, avait suivi l'attaque de ses deux agents, prêt à se joindre à l'un d'eux, si c'était nécessaire.

Ses victimes, surprises par cette agression inattendue, foudroyante, gisaient sur le sol; il sauta hors de son repaire.

La corde qu'il avait enroulée à sa ceinture siffla.

Julien, revenu de son saisissement, essayait de se débattre, de s'arracher aux mille plis de l'étoffe qui l'étreignaient, au poids qui le plaquait à terre.

— Ah! le louveteau voudrait mordre quand même! — gronda l'agent secret.

Et un nœud coulant cingla brutalement les bras de Julien, les immobilisant contre son corps.

A la stupeur du premier moment, un désespoir atroce venait de succéder chez l'adolescent.

Les malfaiteurs qui l'avaient attaqué avaient perpétré le même attentat contre Marguerite : le cri de la jeune fille, de l'enfant qu'il aimait, en était la preuve!

Cette pensée atroce décupla ses forces. Et malgré le lien qui immobilisait ses bras, malgré l'asphyxie qui commençait à l'envahir, il entreprit de nouveau une lutte sans merci.

— C'est toujours la même race intraitable! — prononça l'accent âcre de Bolton.

Et de nouveaux tours de la corde mince aux nœuds meurtriers lièrent de telle façon les bras de l'infortuné à son buste qu'ils semblaient ne faire qu'un ensemble.

— A l'aide, amis! — tenta alors de crier le fils de Walter d'Avenel.

Il espérait que sa voix arriverait à percer l'épaisseur du tissu et parviendrait peut-être jusqu'au manoir.

Mais un poing s'abattit sur sa bouche y enfonçant la laine de l'étoffe.

En même temps, le plaid enroulé à plusieurs doubles, autour de sa tête, lui formait un véritable bâillon.

Il enveloppait également tout son buste ainsi qu'une camisole de force.

L'infortuné râlait, absolument réduit à l'impuissance, l'haleine coupée...

Un rire funèbre écarta les lèvres de Stewart Bolton.

— C'est comme la première fois, lorsque je l'ai livré à ce traître de John Robby, — ricana l'ancien intendant, se souvenant de l'enfant qu'il avait remis jadis, pareil à un paquet informe, au cabaretier du *Gué de la Mort* pour le faire périr. — Seulement, comme le louveteau a grandi, il marchera aujourd'hui.

En effet, il ne lui avait pas ligotté les jambes.

Et désignant Marguerite, il ajouta avec une ironie affreuse :

— A la tourterelle, maintenant.

Hélas ! la fille d'Ellen était semblable aux fleurs dont elle était la sœur si gracieuse... frêle et délicate comme elles.

Le saisissement, la douleur... l'affreuse sensation d'un crime, l'arrachant tout à coup à l'ami... dont elle entendait les paroles célestes une minute auparavant... à la mère qu'elle chérissait de tant de tendresse... à tous ceux qu'elle s'était habitué à affectionner... l'avait anéantie.

Victime vouée d'avance au sacrifice, l'âme perdue, elle sentit les liens brutaux meurtrir ses poignets menus, assujettir autour d'elle l'étoffe qui l'empêcherait de voir ces ravisseurs, qui la séparaient du monde.

Julien, étendu inerte sur le sol, mis hors d'état d'opposer une résistance quelconque concentra toutes ses facultés à essayer de se rendre compte de ce qui se passait.

En dépit du lourd voile qui entourait sa tête, il entendit Stewart Bolton ordonner de garrotter Marguerite, ainsi qu'on venait de le faire pour lui-même.

Il s'était résigné à son sort quel qu'il pût être, se sentant à la merci de ses ennemis... lui qui, encore aux premières années de sa vie, n'avait pu nuire à personne.

Mais Marguerite?... Mais l'enfant dont la tendresse naïve, la douce affection avait fait naître l'amour dans son âme, la savoir martyrisée, elle aussi, la voir presque, oui, la voir par les yeux de l'esprit, en proie à ces êtres criminels qu'il ne connaissait pas, mais dont il ne soupçonnait que trop l'infamie?...

Oh ! cela jamais !

Les bandits entraînèrent les deux captifs à travers la lande.

Tordant ses reins, dans une secousse irrésistible, il redressa son buste, se mit sur un genou, et d'un mouvement emporté s'élança devant lui.

Mais ne voyant pas, il butta contre un arbre, pencha en arrière et retomba lourdement sur le sol, meurtri.

Un éclat de rire cynique éructa aux lèvres de l'espion.

— Cela lui apprendra! — ricana-t-il.

Dans son affreux contentement de tenir enfin, — et pour jamais cette fois, — le fils de son maître qu'il avait trahi, il oubliait sa prudence ordinaire, risquant d'être entendu par les serviteurs du manoir.

Dans ce cas, du reste, il était bien résolu : ces derniers n'auraient trouvé que deux cadavres.

Il se baissa sur Julien qui gisait à terre.

Et détendant une des cordes, soulevant le drap afin que sa voix parvînt à l'oreille de l'enfant, il lui cria :

— N'aie pas peur, vous serez réunis... Tu la reverras!... Mais ce sera pour la voir mourir!

Un râle d'affreuse lamentation déchira la gorge de l'adolescent.

— Maudit! — exhala-t-il. — Maudit!...

Mais il s'arrêta. Stewart Bolton venait de tendre de nouveau la corde et l'haleine lui manquait.

— La biche est entravée, — annonça un des bandits.

— Debout, toi! — ordonna alors Stewart Bolton en secouant rudement le fils de Walter d'Avenel.

Aidé du premier des deux estafiers, il le mit brutalement sur ses pieds...

L'autre en avait fait autant de Marguerite.

— Par ici! — commanda encore l'espion en étendant le bras.

Et entraînant leurs malheureuses victimes qui trébuchaient à chaque pas, ils s'enfoncèrent dans les fourrés s'étendant entre le manoir de Claymore et celui d'Aireburg et qui allaient rejoindre les immenses forêts solitaires.

## CLXXVII

### FIAT LUX!

 quelques lieues d'Edimbourg, sur une hauteur, au milieu de landes désolées formées par un sol rocheux et infécond s'élevaient de vieux bâtiments à demi ruinés.

A en juger par ce qui en subsistait encore, cette demeure avait dû avoir jadis une certaine importance.

Mais ceux qui l'habitaient avaient fini par l'abandonner, attristés sans doute par la mélancolie éternelle du paysage, la morne stérilité du sol.

C'est de ce côté que Stewart Bolton conduisait ses infortunées victimes.

Afin de leur permettre de respirer, il avait seulement fait détendre un peu l'étoffe autour de leur bouche.

L'agent secret ne voulait pas faire mourir ses prisonniers avant l'heure!

Les estafiers ignoraient eux-mêmes où l'on allait.

L'un tenait Julien par le bras, l'autre la pauvre Marguerite.

Ils les entraînaient du reste brutalement: et les malheureux enfants, aveuglés par le plaid qui leur enveloppait la tête et une partie des épaules, buttaient douloureusement contre les racines et les branches.

Ils tombèrent à plusieurs reprises.

Chaque fois, les bandits les remettaient cruellement debout.

Les genoux de Marguerite saignaient.

Sœur délicate des fleurs, disions-nous, elle avait été entourée jusqu'alors de soins attendris.

Et martyrisée de la sorte, respirant avec peine sous le voile épais qui masquait son visage, elle pleurait silencieusement. De grosses larmes brûlantes coulaient sur ses joues sans s'arrêter.

Julien lui aussi souffrait affreusement.

Mais endurci par les épreuves nombreuses qu'il avait traversées, épreuves morales, épreuves matérielles, il résistait avec plus de force.

Ne sachant ce qu'était devenue Marguerite, ce que l'on avait fait d'elle, il avait d'abord prononcé son nom, l'avait appelée.

La jeune fille avait entendu sa voix, malgré les étoffes qui les étouffaient l'un et l'autre, et elle lui répondit dans un long sanglot.

Mais une secousse brutale, des menaces farouches leur avaient imposé silence.

— Courage, petite sœur chérie, — avait ajouté cependant le fils de Walter d'Avenel. — Ceux qui nous aiment nous délivreront.

Un rire sinistre vomi par la bouche de Stewart Bolton ponctua sa phrase.

— Ils peuvent essayer, — nargua-t-il. — Là où je vais vous conduire, mes tourtereaux, ils ne viendront pas vous chercher.

Et tirant un couteau dont il fit sentir la pointe à Julien.

— Mais silence, plutôt !... louveteau de malheur, si tu ne tiens pas à ce que j'enfonce quelques pouces de ceci dans la chair de ta douce amie.

Un frémissement convulsa tout l'être de l'adolescent.

Et retenant une malédiction, il se tut.

Le misérable qui les tenait en son pouvoir venait de l'avertir, la vie de Marguerite répondait de sa soumission à lui.

Les deux estafiers continuaient à les entraîner, prenant les sentiers qu'ils rencontraient ou coupant à travers bois selon les indications de l'agent secret.

Et, souvent la tête de leurs prisonniers heurtait les branches sans que leurs cyniques conducteurs y fissent seulement attention.

Stewart Bolton marchait derrière, surveillant les uns et les autres.

Une joie malsaine l'emplissait.

Il tenait en son pouvoir, une nouvelle fois, le descendant, l'unique héritier d'une race qu'il abhorrait !

Il avait cru la détruire jadis, s'étant fié à un complice...

Mais, aujourd'hui, il serait lui-même l'exécuteur de sa sentence.

Et il éprouvait, dans son infamie, une sorte d'orgueil immense et quasi-justifié à se dire que la race d'Avenel, plusieurs fois séculaire, allait cesser d'exister parce que lui, Bolton, un ancien laquais, le voulait ainsi.

Et, d'une voix ardente, il pressait ses acolytes, ayant hâte d'arriver là où il avait silencieusement, secrètement préparé une retraite.

La précipitation de leur marche n'était qu'un supplément de souffrances pour les deux captifs ; c'était pour lui une cause de contentement de plus.

La direction qu'il avait prise le conduisait aux parties les plus épaisses, les plus abandonnées de la forêt.

Néanmoins, il ne cessait de prêter l'oreille.

Il suffisait de quelque braconnier venu à la découverte, d'un promeneur égaré pour le dénoncer.

L'ancien intendant avait prévu le cas et donné à voix basse ses instructions au prétendu Christian et à son sanglant acolyte.

Les bruits s'entendent de loin sous les forêts, mais les formes ne se distinguent pas facilement à travers les ramures.

Au commandement de halte, brièvement prononcé, les deux estafiers devaient s'arrêter.

Un seul d'entre eux maintiendrait les deux prisonniers par le bras.

Ceci fait, Stewart Bolton était résolu à se diriger vers le gêneur qu'ils auraient aperçu : il devait s'en approcher d'un air bénévole, comme pour lui demander paisiblement, humblement son chemin.

Sous les plis de son vêtement, l'espion avait caché deux pistolets chargés.

Abordant l'intrus, il s'approcherait de lui, sous le masque d'une feinte politesse.

Et brusquement, prenant un de ses pistolets cachés, il ferait feu, à bout portant.

Un des estafiers devait suivre à courte distance, prêt à le rejoindre et à agir en même temps si Stewart Bolton se trouvait avoir affaire à deux personnes.

Mais la guerre qui avait facilité les précédents agissements du traitre, en appelant aux armes toute la population valide des environs, devait rendre également en ce jour les bois absolument vides et déserts...

Les trois hommes et leurs prisonniers atteignirent enfin la limite de la forêt, débouchèrent sur la lande à l'extrémité de laquelle les ruines qui dominaient la hauteur frappèrent leur vue.

Les deux estafiers retournèrent vers leur chef, lui demandant, par l'expression de leur regard, si c'était là qu'ils devaient aller.

Stewart Bolton étendit silencieusement la main dans la direction des ruines.

Les bandits comprirent et entraînèrent les deux captifs à travers la lande.

Cette dernière partie de leur exode était une atténuation aux tortures subies par les deux infortunés.

Leurs pieds s'embarrassaient bien parfois dans les genêts et les chênes-nains tordant, au ras du sol, leurs rameaux sarmenteux

Mais ils ne sentaient plus les branches des arbres les fouettant durement, meurtrissant leur corps ou plantant leurs épines aiguës dans leur chair.

Seule, l'affreuse enveloppe qui leur cinglait la tête et continuait à les étouffer leur causait un véritable supplice.

Marguerite, plus pâle que Julien, sentit même la respiration lui manquer; elle trébucha et, déjà chancelante sous l'effet de la fatigue et du saisissement, elle roula à terre.

Julien perçut la chute d'un corps.

Il eut la prescience qu'il s'agissait de la jeune fille et oublia Stewart Bolton.

— Marguerite ! — s'écria-t-il ; — que t'arrive-t-il... ô mon Dieu ?

L'enfant, envahie par une syncope, ne pouvait parler.

— Traîne-la par les cheveux si elle ne peut marcher ! — hurla l'espion, se faisant un immonde plaisir de répondre ainsi à la question affolée du jeune homme.

Le fils de Walter d'Avenel entendit.

Il fit un effort instinctif pour lever ses bras, arracher le bâillon, le voile qui l'emprisonnait lui-même, et se jeter sur les misérables qui martyrisaient une enfant.

Mais les cordes minces et solides, qui lui liaient les poignets et immobilisaient ses bras le long de son buste, lui entrèrent dans la peau sans qu'il parvînt à se soustraire à leurs nœuds experts, et un soupir déchirant lacéra sa poitrine.

— Maudits ! — gronda-t-il

— Houp ! debout ! la colombe, — goguenardait au même instant un des estafiers.

Julien prêta avidement l'oreille; ses sens, décuplés par l'émotion, il perçut un bruit de pas chancelants, incertains.

Il pensa que ce devait être son amie.

— Marguerite ! — appela-t-il encore.

L'enfant, martyrisée, reconnaissant la voix de son jeune compagnon, comprenant qu'elle n'était point seule au milieu des criminels qui l'entraînaient, se sentant moins perdue, moins malheureuse au milieu de son affreuse infortune, voulut répondre.

Mais une voix irritée couvrit la sienne.

— Te tairas-tu ? chien, fils de chien ! — hurlait Stewart Bolton, s'adressant à Julien.

A cette grossière insulte, le jeune homme frémit.

Il ignorait le nom de son père : l'horrible blessure, qu'il avait reçue jadis à la tête, sur le navire pirate, ayant aboli sa mémoire, ayant creusé, entre ce qui avait eu lieu avant le combat où il avait reçu cette blessure et ce qui l'avait suivi, un fossé infranchissable, une sorte de noir chaos dans lequel il ne se retrouvait plus.

Mais il sentit néamoins son sang se révolter devant l'outrage fait à celui de qui il était né.

— Mon père, toi que je vénère, qui que tu sois... que ne puis-je te venger ! — pensa-t-il avec un élan désespéré.

Mais, en même temps, une étrange impression se produisit chez lui.

Il lui semblait reconnaître la voix qui venait de proférer ce blasphème.

Déjà, la première fois que l'ancien intendant avait parlé, cela lui avait fait quelque chose.

Mais à présent la sensation était plus nette.

Cet accent, il lui semblait l'avoir entendu, il y avait longtemps... très longtemps, il ne pouvait s'expliquer dans quelles circonstances.

Le noir auquel il se heurtait, lorsqu'il essayait de replonger dans son passé, le reprenait là, lui causant la sensation douloureuse que ses recherches lui produisaient chaque fois.

Ce souvenir de voix déjà entendue l'avait saisi déjà en face de Marie d'Avenel, mais plus faible cependant, plus atténué, Julien n'étant pas alors sous l'influence de la violente secousse qu'il venait d'éprouver et qui faisait vibrer ses nerfs.

Mais actuellement, dans le trouble, la souffrance morale et matérielle qu'il éprouvait en croyant reconnaître la voix de Bolton, il se demandait si ce n'était pas réellement le passé qui se levait pour lui.

En effet, si les événements actuels ne s'enchaînaient pas à ceux du passé, comment expliquer l'agression dont il venait d'être l'objet, lui qui n'avait pas eu l'ocasion ni le malheur de nuire à personne au monde.

Oui, tout cela se liait, s'engrenait sans doute.

Mais de quelle façon et par quels liens?

— Hélas! — se dit-il, — vaines illusions; à quoi me sert d'essayer de creuser ce problème? Comme si le présent ne suffisait pas à mon malheur!

D'ailleurs, pensait-il encore, si la catastrophe qui venait de fondre sur lui et sur Marguerite elle-même avait eu pour cause quelque vieille haine de famille, comment son infortunée compagne eût-elle été comprise dans cette lâche agression?

Non, ils avaient dû tomber entre les mains de brigands qui, voyant en eux les enfants de quelque riche châtelain, avaient voulu se procurer une importante rançon.

Et cela apaisa l'angoisse de Julien.

Lady Mercy, — Ellen avait repris le nom de son père par honte de l'autre, de celui de Somerset, — rachèterait sa fille.

Quant à lui, qui n'avait ni parent ni personne pour le réclamer, les brigands feraient ainsi qu'ils pratiquent en pareil cas.

Ils le tueraient pour se venger de la désillusion qu'il leur causait.

Et stoïquement Julien se résigna...

Il emporterait dans le cœur, pur et délicat comme une aube matinale,

— Ma fille! — s'écria-t-elle. — Ma fille a passé par ici.

l'amour de Marguerite... et il quitterait une vie dans laquelle il avait connu plus de jours d'épreuves que d'heures de bonheur.

Envahi par ces pensées, il sentait moins l'endolorissement des liens lui coupant la chair, l'horrible étouffement de la chape épaisse enroulée autour de la moitié de son corps.

Les branches noueuses et chargées d'arêtes vénéneuses auxquelles il se heurtait faisaient atrocement saigner ses jambes.

Il s'en apercevait à peine.

La pensée de Marguerite effaçait sa douleur.

Et persuadé qu'ils étaient tombés au pouvoir de véritables bandits prêts à faire argent de leur liberté, il ne formait plus qu'un vœu : gagner au plus tôt leur campement.

Cette traite affreuse cesserait alors pour sa pauvre compagne.

Car c'était à elle surtout, à elle seule, qu'il songeait... gracieuse, mais délicate comme la fleur dont elle portait le nom!

Tout à coup, il butta contre une pierre.

— Lève le pied ! — ordonna la voix rude de l'individu qui le tenait par le bras.

Il obéit..

Un autre obstacle l'avait arrêté.

— Encore !...

Julien devina; il gravissait un escalier.

Ils touchaient donc au terme de leur voyage.

Marguerite était arrivée au bout de ces épreuves si cruelles, s'il en jugeait d'après lui-même, plus endurci cependant au mal.

Ses pas, ceux de ses compagnons résonnaient maintenant comme répercutés par des voûtes.

Il sentait, contre lui, l'arête abrupte et rugueuse d'un mur.

— Mon Dieu ! — pensa-t-il, — pourvu que je ne sois pas séparé de Marguerite.

Et, sous la sueur qui lui baignait le front, une moiteur froide perla.

Il venait de la voir seule et sans défense à la merci de ces scélérats.

Une seule chose la protégerait dans ce cas : leur propre intérêt, le souci de la rançon pour laquelle ils avaient dû accomplir cet attentat

A ce moment, un courant d'air glacial passa sur sa peau.

— Attention, — prononça de nouveau la voix de l'homme qui ne l'avait pas lâché.

Julien sentit le terrain manquer sous lui.

Ce n'avait été qu'une alerte.

Il avança le pied, tâtant devant lui.

Et il reconnut les marches d'un autre escalier. Seulement, cette fois, il fallait descendre au lieu de monter comme auparavant.

Du reste, une autre voix s'élevait derrière lui, celle de l'estafier qui conduisait la pauvre petite Marguerite,

— Descendez ! — ordonnait-il.

L'escalier sur lequel se trouvaient les deux infortunés se composait d'une quinzaine de degrés.

Il était gras, humide, glissant, ainsi que le sont ceux des lieux souterrains, surtout lorsqu'on ne les a pas visités depuis longtemps.

Julien, qui marchait le premier, toucha le sol : il le sentit inégal et raboteux.

Une fraîcheur chargée de la buée des caves lui tombait sur le corps.

Il y eut un bruit de porte pesamment verrouillée.

— On y voit comme dans un four, — grogna un des estafiers.

— Patience ! — grommela Stewart Bolton.

Le bruit d'un briquet frappant le silex se fit entendre.

Et, soudain, à travers le voile épais qui recouvrait leur visage, les deux prisonniers eurent la sensation d'une vive clarté jaillissant de la nuit.

— *Fiat lux !* — prononça Stewart Bolton parodiant la parole biblique : que la lumière soit ! Enlevez-leur le voile.

Les deux estafiers tranchèrent les cordes qui attachaient, autour des deux infortunés, les plaids qui les aveuglaient.

Julien et Marguerite s'aperçurent l'un l'autre dans le papillotement de leurs prunelles endolories par l'éclat d'une torche tenue par l'ancien intendant.

Mais, du même coup d'œil, ils virent aussi qu'ils étaient enfermés dans une pièce voûtée, un cachot souterrain, sans autre issue visible qu'une porte au bout de l'escalier qu'ils venaient de descendre.

*Fiat lux !* que la lumière soit...

L'affreux sarcasme dans cet antre sombre !

*ÉPILOGUE*

# LA FÉE D'AVENEL

## I

### LE PASSÉ

L'HEURE de Dieu approche, pour employer le langage des poètes arabes.

La destinée qui a conduit le fils du chevalier d'Avenel au manoir de Claymore, par des voies détournées, va lever les voiles qui existent encore...

Julien et Marguerite, la pauvre petite fleur d'Écosse, sont dans le caveau où leurs ravisseurs les ont entraînés.

Débarrassés enfin des plaids qui les empêchaient de voir autour d'eux, les deux infortunés captifs, après un premier regard l'un pour l'autre, avaient, dans un mouvement inconscient, considéré les hommes au pouvoir de qui ils étaient.

Les physionomies vicieuses, sournoises, dégradées des deux estafiers leur produisirent la même répulsion.

Et ils rapportèrent leurs regards sur le troisième personnage.

C'était Stewart Bolton.

Les traits exprimant la corruption grossière de ses deux acolytes leur avaient inspiré le dégoût; les yeux embrasés de ce dernier leur inspirèrent l'horreur.

L'espion s'en aperçut et un rire aigre sonna entre ses lèvres, affreux à entendre sous cette voûte.

— Ah! ah! ma vue n'a pas l'air de vous rassurer, — ricana-t-il. — Vous avez peut-être raison!

Et s'adressant à ses acolytes :

— Sortez. L'un veillera dans le couloir auprès de cette porte et l'autre au dehors.

— Ma foi, j'aime autant cela, — articula le prétendu Ewig du château d'Aireburg. — On doit moisir vite entre ces murailles.

Et son regard abject et gouailleur tomba sur les deux captifs.

Julien et Marguerite frémirent.

Ils devinaient l'intention menaçante contenue dans ces propos.

L'estafier rejeta sur son épaule le plaid qui avait servi à emmailloter la tête et le haut du buste de Julien, et, suivi de son compagnon, il gravit l'escalier.

Ils ouvrirent la porte, la refermèrent, et l'on entendit, assourdi, un double bruit de pas au dehors. Puis plus rien.

L'un des deux individus était sorti, allant veiller à l'extérieur de la vieille ruine; l'autre, adossé au mur, attendait avec placidité la sortie ou un appel de Stewart Bolton.

Ce dernier était demeuré silencieux jusqu'à ce que l'on eût cessé d'entendre les deux estafiers.

Son regard, durant tout ce temps, était resté attaché sur les deux jeunes gens, empli des mêmes lueurs lumineuses, violentes.

De leur côté, les infortunés ne détachaient pas leurs yeux de lui.

Ils étaient fascinés en quelque sorte par l'expression de mal, de fureur marquée sur ses traits.

Julien voyait bien qu'ils n'avaient pas affaire à un simple et vulgaire coupe-jarret agissant seulement par amour criminel du lucre.

Et ils se demandaient l'un et l'autre par suite de quelle fatalité cet homme, qu'ils ne se souvenaient pas d'avoir jamais vu, était aujourd'hui mêlé à leur vie.

Il y avait bien cette voix dont l'accent avait frappé Julien, mais sans signification précise pour lui, sans que cela éclaircît le mystère dans lequel il se sentait enveloppé.

Cette voix qui le faisait involontairement tressaillir s'éleva de nouveau, tranchante comme un couteau.

— Eh bien! Julien d'Avenel?... — fit l'ancien intendant.

L'adolescent releva brusquement la tête, le fixant ardemment.

Julien d'Avenel!... venait de prononcer le scélérat.

Les deux jeunes gens n'étaient donc point victimes de quelque haine mystérieuse, ainsi que venait de le craindre Julien?

Le nom que venait de lui donner leur abject interlocuteur l'indiquait: ce dernier, le voyant habiter le manoir de Claymore, avait donc cru réellement avoir affaire à un fils de famille opulente; il le prenait réellement pour le fils de Walter.

Et ses yeux, se rencontrant avec ceux remplis de trouble de Marguerite, exprimèrent un certain apaisement.

Il se prenait à espérer pour elle : le malfaiteur avait évidement voulu se procurer une forte rançon, et cet homme la rendrait à sa mère dès qu'il aurait été payé.

Quant à lui-même?... Julien n'y pensait seulement pas.

L'ancien intendant s'aperçut de ce changement.

— Tu ne me réponds pas, Julien d'Avenel?

Le jeune homme le dévisagea avec hauteur :

— Bandit, tu t'es figuré capturer riche proie ; tu t'es trompé, je ne suis pas celui que tu crois.

Il finissait à peine de prononcer ces paroles qu'il le regretta. Les brigands, en apprenant qu'il était pauvre et sans famille, n'allaient-ils pas se défaire de lui, sinon le remettre... peut-être... en liberté?

Et il vit Marguerite restée seule en leur pouvoir. Il ne serait pas auprès d'elle pour la protéger, ou l'essayer au moins.

Mais Stewart Bolton haussa les épaules, tandis que son rire grossier recommençait à se faire entendre.

Et se rapprochant du jeune homme, d'une voix basse et sourde, il reprit :

— Je te donne le nom qui t'appartient. Tu ne connais pas tes parents, mais je suis plus instruit, moi. Tu es bien le fils du chevalier Walter d'Avenel et de Marie de Melrose.

Devant cette affirmation, une stupeur immense saisit l'adolescent.

Cet homme disait-il vrai?

En effet, ce nom de Julien qu'il portait lui-même? N'était-ce là qu'une coïncidence?...

Mais il secoua ensuite la tête.

Ce bandit se moquait de lui ; ou bien, dépité d'avoir fait une fausse manœuvre, il affirmait cela au hasard.

— Tu ne me crois pas, — reprit l'espion d'un ton étouffé afin de n'être pas entendu de celui de ses complices qui veillait dans le couloir. — Eh bien! regarde-moi en face, ma vue ne te dit-elle rien?

Et il approcha violemment, de ses traits, la torche qu'il portait à la main.

Julien étudia ce visage sur lequel l'abjection et le vice avaient marqué leurs stigmates.

Il passa la main sur son front ; il lui semblait effectivement retrouver cette physionomie dans le passé, mais estompée, nébuleuse.

— Qui êtes-vous donc? — balbutia-t-il.

La fille d'Ellen Mercy, saisie par cette révélation, tenait ses grands yeux expressifs tour à tour attachés sur son ami et sur l'homme qui lui parlait.

Quoi! son doux et bien-aimé compagnon serait le fils du chevalier d'Avenel, qu'elle appelait son petit père; il serait le fils de la douce et bonne châtelaine!... Il serait l'enfant qu'ils croyaient perdu?

Elle oubliait presque l'horreur de leur situation, heureuse, dans son naïf amour, de découvrir à son ami une si noble filiation.

L'agent secret de Somerset accrocha la torche à un fer rongé par la rouille et fiché dans la muraille.

— Tu ne me reconnais pas. Je suis Stewart Bolton, l'ancien intendant de ton grand-père, le riche et puissant duc de Melrose. Je suis Stewart Bolton, passé, après la mort du duc, au service de ton père le chevalier d'Avenel.

— Stewart Bolton?... le duc de Melrose?... — répéta l'infortuné cherchant dans le lointain des années toujours enténébré pour lui.

Et secouant la tête :

— Oui... il me semble que ces noms ont été jadis prononcés devant moi, mais tout cela est vague, très vague... Depuis ce fatal combat naval à bord du *Forward*, depuis la blessure que je reçus à la tête, tout ce qui a précédé est confus, brouillé.

— Un combat naval?... Le *Forward*, le bateau-pirate?...

C'était maintenant le traître qui interrogeait, un soupçon venant de naître soudain dans son esprit.

Et il reprit vivement :

— Tu viens de citer le nom d'un navire sur lequel tu aurais assisté à un combat naval, le *Forward* as-tu dit; n'était-ce pas un navire corsaire? Et comment t'y trouvais-tu embarqué?

L'enfant eut un geste de mépris.

— Que t'importe? Du reste, je ne le sais pas moi-même; je me vois sur le pont du navire, attaché au grand mât, assistant à l'action dans toute son horreur... mon front saigne... je perds connaissance... A mon retour à la vie, tout le passé a disparu pour moi... A peine quelques-unes des phases du combat sont-elles gravées dans mon esprit... Tout le reste est mort... ou à peu près.

Si Julien ne pouvait se souvenir de ce qui s'était produit à une certaine époque, par contre Stewart Bolton possédait toute sa mémoire.

Il se rappela que le *Forward* était à l'ancre non loin de l'embouchure de la Tweed, lorsqu'il avait remis le petit Julien à John Robby pour le faire mourir.

Halbert et les deux montagnards continuaient à suivre les molosses.

Et il pensa :

— L'aubergiste du *Gué de la Mort* qui m'a trahi en déclarant à ce maudit Christie de Clinthill que j'avais jeté le cadavre de Julien dans la Tweed, n'aurait-il pas commencé ses trahisons en livrant le fils de Walter d'Avenel aux pirates, au lieu de lui briser la tête contre les rochers ainsi qu'il était convenu ?

Oui, cela devait être.

Le jeune homme, grièvement blessé à la tête, saisi par l'horreur de la bataille à laquelle il avait assisté dans des conditions particulièrement terribles, avait perdu la mémoire des faits antérieurs à cet événement.

Mais puisque son intelligence était restée intacte, peut-être serait-il possible de faire revivre cette période dans son esprit...

Il le fallait du reste, pour que l'intendant pût jouir de tout le mal qu'il avait prémédité.

— Tu ne te souviens plus, prétends-tu, — fit-il d'un ton incisif; — écoute donc, je vais faire renaître ta mémoire.

Julien attacha fiévreusement ses yeux sur le misérable : il sentait que cet homme allait lever le voile qui recouvrait une partie de sa vie.

Marguerite, encore tout étourdie de la catastrophe foudroyante qui l'avait arrachée à son foyer, considérait tour à tour, avec anxiété, Julien et leur énigmatique geôlier.

Elle sentait le mystère qui enveloppait son ami l'étreindre également dans le lieu souterrain où ils avaient été conduits.

Stewart Bolton reprit :

— Je t'ai dit que tu es le fils de Walter d'Avenel; nul ne le sait mieux que moi, car c'est moi-même qui t'ai arraché à ta famille.

L'infortuné qui entendait ces paroles porta la main à son front.

Il lui semblait qu'il le sentait craquer.

— Et écoute ceci, — repartit le sinistre évocateur, — peut-être ce que je vais t'apprendre va-t-il réveiller ta mémoire.

« C'est la nuit. Des lumières brillent dans le château désert de Melrose. Le chevalier d'Avenel vient de reparaître... lui que l'on croyait mort. Mais des partisans anglais qui ont suivi ses traces envahissent la seigneuriale résidence. Ils ont été introduits par trahison. Et tous ensemble ils assaillent; ils cernent, ils attaquent Walter d'Avenel.

Sa valeur ne fait rien contre leur nombre; il ne peut faire face de partout à la fois!... Un archer anglais saisit son épée, par derrière : elle échappe à la main de Walter. Il est vaincu!... Des liens entourent ses bras... les agresseurs l'entraînent violemment au dehors, afin de ne pas donner aux Ecossais le temps d'accourir, de venir leur arracher leur proie.

« L'écuyer de Walter d'Avenel, un vaillant et terrible guerrier, Christie de Clinthill, prévenu, rassemble ses soldats, et à leur tête s'élance à cheval afin de couper la retraite aux soudard sanglais. Le fils de Walter, un tout jeune enfant, supplie l'écuyer de l'emmener : il veut être parmi ceux qui délivreront son père. Il prie, il ordonne.

Christie cède, prend l'enfant sur son cheval... Et les voici partis dans la nuit.

« La Tweed est franchie... souviens-toi ! Christie de Clinthill s'est séparé de sa troupe. Tout à coup une détonation retentit... puis une autre. La monture de l'écuyer s'est abattue, atteinte par une première balle. L'écuyer lui-même, grièvement blessé, tombe, sa blessure aggravée par sa chute; il perd connaissance. Alors un homme surgit de la nuit, se jette sur le fils de Walter d'Avenel et l'emporte sous les plis de son ample manteau. Commences-tu à te souvenir, Julien d'Avenel?...

Le jeune homme, les yeux ardemment attachés sur Stewart Bolton, buvait âprement ses paroles.

L'homme qui lui faisait ces révélations s'exprimait avec une joie furieuse, mauvaise, et cependant il paraissait sincère.

En même temps, d'un effort violent, Julien essayait de soulever le voile de plomb qui écrasait les lointaines années dont il avait eu déjà, parfois, la notion confuse, aussitôt effacée, hélas!

A mesure que l'espion parlait, des ombres passaient devant son esprit : il avait cru voir en effet, comme dans un cauchemar, les partisans anglais assaillant par trahison Walter d'Avenel, l'entraînant.

Lorsque l'ancien intendant avait nommé Christie de Clinthill à la grande taille, la silhouette puissante et hardie de l'intrépide et loyal guerrier avait surgi devant lui.

Et à présent que la misérable fourbe racontait la tentative d'assassinat de l'écuyer, le rapt de l'enfant, une expression de révolte, de dégoût et de terreur mélangés contractait ses traits.

Ainsi que venait de le lui demander Stewart Bolton, il commençait à se souvenir.

La sueur coulait sur son visage dans la tension de ses facultés et l'émotion faisait bondir son cœur.

L'abject ennemi de sa famille palpita de joie à cette constatation.

— Tu commences à retrouver ce passé que tu croyais enseveli dans la nuit, — fit-il d'une voix cinglante. — Ecoute encore, ceci finira de l'éclaircir.

Et d'un accent âpre, en phrases haletantes, il lui raconta comment il l'avait emporté à l'auberge du *Gué de la Mort*, comment il l'avait livré à John Robby avec ordre de le faire périr.

Il lui répéta les paroles échangées à cette époque entre les deux lâches associés, ces phrases que l'ancien intendant n'avait pas oubliées, tellementil éprouvait de volupté ce jour-là... où il avait cru avoir détruit pour jamais la race d'Avenel...

Et, en effet, tandis que Stewart Bolton les redisait, Julien, le cou tendu, la tête en avant, semblait les entendre en lui-même.

Cet homme-là, ce misérable, ce cynique criminel ne mentait donc pas!

Et lorsque Bolton eut fini, scandant ses mots, attachant sur sa victime, ses regards de loup, Julien eut un geste terrible comme s'il arrachait tout à coup un voile de devant son front.

— Oui, — haleta-t-il, continuant de lui-même, comme sous une poussée mécanique, l'évocation de ces événements que le traître venait de rappeler. — Oui, tu es parti, ayant accompli ta part de crime et laissant à ton complice le soin de parachever ton œuvre abominable... Je me souviens...

« John Robby me jette au fond de sa carriole, sous ses pieds. Les cachots de la route meurtrissent mon corps ligotté... L'hôtelier arrive au bord de la mer. C'est là que je dois mourir. Mais un canot est sur le rivage, l'aubergiste m'y transporte après avoir parlementé avec son équipage...

« Le canot accoste un navire ancré à quelque distance. On me hisse à bord. Et là... là John Robby, après un entretien secret avec le capitaine des pirates, Harrys, me livre à lui. Il touche son salaire... le prix de la vente. Un rire affreux sur les lèvres glabres, il me recommande, oh! je comprends avec quelle affreuse intention, au chef des pirates dont l'œil sanglant me donne déjà le frisson. Et l'aubergiste s'en va... avec son or.

« Je suis sur le *Forward*... c'est le nom de ce navire de bandits. Oh! l'affreuse existence qui commence pour moi!... Oh! les abominables supplices infligés à l'enfant qui ne peut se défendre... qui ne peut qu'invoquer le ciel et la mer!...

« Tu me demandes si je me souviens. Ah! je ne me souviens que trop, traître infâme! Et puisses-tu être maudit dans toute éternité, toi, qui, je ne sais dans quel but, a ravi un enfant à sa mère et a fait des uns et des autres la proie du malheur. Maudit!... Maudit!...

Julien s'arrêta, l'œil dilaté, la voix rauque.

Un sanglot lui fit tourner la tête. C'était Marguerite qui pleurait.

En entendant le récit des malheurs subis par celui qu'elle aimait de toute la jeune spontanéité de son âme, son cœur s'était brisé.

Les larmes ruisselaient sur ses joues.

Et ils étaient l'un et l'autre au pouvoir d'un scélérat qui avait déjà un tel crime — ou plutôt tant de crimes sur la conscience!...

Un rictus sinistre tordait au contraire les lèvres du traître.

En effet, si le fils de Walter d'Avenel avait échappé une première fois à la mort, le martyre qu'il avait enduré était fait pour contenter Stewart Bolton.

Il était joyeux aussi parce que Julien avait enfin conscience de sa personnalité.

Il fallait cela pour que son bourreau sentît l'infortuné souffrir suffisamment.

— Tu es maintenant bien convaincu, n'est-ce pas, que tu es le fils de Walter d'Avenel? — demanda-t-il. — Tu ne me considères plus comme un imposteur ?

— Oui, — murmura Julien... — Le chevalier Walter d'Avenel, le gentilhomme aux traits nobles... j'étais bien jeune et cependant je revois son visage. Et celui si doux, si poétiquement rêveur de Marie... de ma mère. Ah ! je m'explique maintenant l'instinct irraisonné qui me rapprochait d'elle.

« Et la tour de nos ancêtres... Je revois aussi sa silhouette puissante... Et notre bonne Dame Blanche, protectrice d'Avenel !

Et joignant les mains dans un élan suprême :

— Oh ! pays de mes aïeux, quand donc vous reverrai-je ?... Béni le jour où j'y reviendrai entre mes chers parents enfin retrouvés !

Et se tournant vers la fille d'Ellen :

— Marguerite, j'y guiderai tes pas parmi les rochers, les forêts profondes... loin de l'Homme-Noir !

Mais les larmes de sa compagne firent tomber son exaltation passagère, le rappelèrent à toute l'horreur de la réalité.

Et ses traits s'assombrirent d'une façon affreuse.

Ils étaient réduits à la pire captivité ! Et cela juste au moment où le mystère de sa naissance se révélait à lui.

Julien joignit les mains, s'adressant à l'ancien intendant de sa famille :

— Je te reconnais, toi aussi. Eh bien, reconduis-moi auprès de ceux dont tu as causé la désolation. Je sens en moi que je puis te faire cette double promesse : ton crime sera oublié, et tu seras récompensé magnifiquement.

Un haussement d'épaules fut la réponse du misérable.

Riche ? il l'était bien davantage que le chevalier d'Avenel.

Mais certaines paroles de Julien avaient fait naître dans son esprit une inspiration nouvelle.

Et les flammes allumées dans ses prunelles indiquaient la joie qu'il se promettait.

D'un geste brusque, il désigna quelques objets d'une forme indistincte dans un coin du caveau.

— Il y a là de quoi ne pas mourir tout à fait de faim, — annonça-t-il. — Au revoir, Julien d'Avenel, au revoir Marguerite de Somerset... Devisez d'amour si bon vous semble... dans la nuit de ce cachot. A bientôt!

Et il s'empara de la torche à demi consumée et se dirigea vers l'escalier.

— Traître immonde! — clama Julien, — tu ne sortiras d'ici qu'en nous rendant la liberté.

Et il se jeta au-devant de lui, résolu à lui barrer le passage.

— Ah! le scorpion veut piquer, — grinça le bandit. — Eh bien! on lui écrasera la tête sans plus attendre, voilà tout. — Holà, du dehors! — cria-t-il d'une voix forte.

La porte qui fermait le cachot se rouvrit, et l'homme qui y veillait de l'autre côté parut.

— Tu vois! — nargua l'espion en s'adressant à l'adolescent.

Julien d'Avenel, ayant conscience de sa faiblesse, laissa tomber sa tête sur sa poitrine.

Stewart Bolton gravit alors les marches qui conduisaient hors du caveau.

Arrivé en haut de l'escalier, le scélérat se détourna vers ses deux captifs :

— A bientôt! — dit-il.

Et la porte se referma sur un rire atroce jailli de sa gorge.

## II

### AFFREUSES RECHERCHES

Après le départ de Stewart Bolton, Julien et Marguerite s'étaient trouvés plongés dans une obscurité complète.

Un immense accablement, une stupeur écrasante les prostraient l'un et l'autre.

Et un moment de silence absolu suivit le départ du misérable traître.

Le fils de Walter d'Avenel et de Marie de Melrose secoua enfin l'oppression qu'il ressentait, et qui était certes justifiée après ce qui venait de se passer.

Il pensa à sa compagne englobée, il ne savait pourquoi, dans la persécution dont il était l'objet.

Pauvre enfant. entourée jusqu'alors de tant de tendresse et recluse à cette heure dans cet affreux réduit.

— Marguerite !... — prononça-t-il d'une voix très douce.

— Julien !... — répéta l'enfant d'un accent mouillé de larmes.

Le jeune homme marcha dans la direction d'où provenait la voix de son amie.

Il arriva auprès d'elle, l'entoura fraternellement de ses bras.

La fille d'Ellen Mercy appuya sa tête éplorée sur son sein.

— Pauvre petite sœur, — murmura Julien. — Je t'ai entraînée dans mon malheur. Tu as entendu ce qu'a dit ce vilain homme. Ancien serviteur de ma famille, il a répondu aux bienfaits de mes parents par la plus noire ingratitude. J'avais échappé une première fois à sa haine. Je ne sais comment cet être maudit a retrouvé ma trace, et de nouveau il a tendu devant mes pas ses pièges affreux. Et comme tu étais avec moi, tu as été comprise dans le même attentat, de crainte sans doute que tu n'ailles donner l'alarme.

« Chère fleur d'Écosse aimée, c'est donc moi qui suis la cause involontaire de ton infortune,

Et tandis que l'enfant, l'âme anéantie, continuait à pleurer sur sa poitrine, Julien reprit :

— Quels peuvent donc être les inavouables mobiles de ce misérable ?

Arracher un fils aux auteurs de ses jours, quelle affreuse satisfaction pour lui?... Oui, il faut que ce scélérat ait un grand intérêt à ce crime pour s'acharnerains i contre moi!

Il baissa la tête, effleura le front de la jeune fille de ses lèvres.

Et très doux, préparé par ses anciennes épreuves à toutes les résignations :

— C'est ma destinée, il n'y a point à se plaindre. Qu'importe donc? Cet homme n'a aucun motif d'animosité contre toi; il ne va pas tarder à te relâcher... Marguerite, quand tu retourneras au manoir de Claymore, tu diras à ma mère que je suis mort en pensant à elle... Je vous unirais toutes deux dans la même pensée.

— Julien!... Julien!... Ah! pourquoi prononcer ces paroles?

— Console-toi, chère petite amie. A l'âge où d'autres sont encore dans la condition de pages, j'étais déjà soldat. Le fer qui m'a terrassé eût pu me coucher dans la tombe. La mort vient plus tard. Ne dois-je pas la bénir? Elle est généreuse puisqu'elle m'a laissé le temps de connaître la mère qui me donna le jour, de dormir sous le toit que domine le blason d'Avenel... puisqu'elle m'a laissé le temps, petite sœur aimée... de poser mes lèvres sur tes yeux.

Et Julien séchait les larmes de l'enfant sous ses baisers.

Des hoquets, des sanglots continuaient pourtant à convulser l'être délicat de la toute jeune fille.

Quoi, à l'âge où les autres naissent à la joie, au sourire, elle était plongée dans un noir cachot, sans que rien eût pu faire prévoir une telle catastrophe.

Julien lui parlait bien de liberté prochaine, de retour au foyer familial. Mais il avait évoqué son retour à elle seule.

Hélas! ce cachot sombre ne devait-il être pour lui qu'une étape vers le sépulcre?

Et elle sanglotait d'une façon affreuse, continue.

Les moments, les heures peut-être s'écoulaient dans cette déchirante désolation, sa voix brisée appelant sa mère, appelant aussi Marie d'Avenel et les dévoués serviteurs du manoir d'Avenel, comme s'ils avaient pu l'entendre et venir briser la porte de leur cachot.

. . . . . . . . . . . . . . . . . . . . . . . .

Ellen et Marie, hélas! quelle était leur angoisse à cette heure? quel était leur déchirant désespoir?...

Les deux mères, avaient vu s'écouler l'heure où Julien et Marguerite avaient l'habitude de rentrer chaque jour au château, leur promenade achevée.

— Nos enfants tardent beaucoup, — avait remarqué Ellen.

Stewart Bolton, tenant une torche à la main, les regardait.

Sans doute s'étaient-ils enfoncés plus loin dans le bois, et ils n'allaient pas tarder à reparaître.

Mais le soir s'était avancé sans les ramener.

Une véritable inquiétude, une angoisse irrésistible s'étaient alors emparées d'Ellen, en même temps que des transes inexplicables assaillaient, tenaillaient Marie d'Avenel.

Qu'étaient devenus « leurs enfants »?

Ellen s'était élancée au dehors dans un coup d'affolement subit, appelant sa fille.

Marie d'Avenel l'accompagnait; et sa voix, jetant le nom de Julien aux solitudes silencieuses de la forêt, faisait écho à celle d'Ellen Mercy appelant Marguerite de toute la force de son angoisse.

Mais les bois étaient demeurés sans réponse.

Halbert et le montagnard arrivé de la Tour d'Avenel s'étaient joints à elles dès le premier moment.

Redoutant quelque attentat après ce qui s'était déjà passé autrefois, ils se mirent à battre les environs, sondant les fourrés.

Le vigilant highlander qui avait déjà dérouté si souvent les projets de Stewart Bolton, après un moment de recherches isolées, s'était joint à eux.

Et s'appelant de loin en loin ils fouillaient tous les recoins de la forêt.

— Peut-être se seront-ils égarés, et se sont-ils réfugiés au château d'Aireburg, — dit Halbert.

Et il en prit le chemin en courant.

Là, on était sans nouvelles des deux jeunes gens.

Seulement les gardiens d'Aireburg furent frappés de l'absence prolongée des deux prétendus paysans du comté de Clowes qui étaient venus se faire engager récemment.

Et, eux aussi, ils se joignirent aux serviteurs de Claymore pour fouiller les bois.

Après ce qui s'était passé, la pensée d'un attentat avait surgi à l'esprit de chacun.

Malgré le danger qu'il pouvait y avoir si les deux jeunes gens avaient été victimes d'une agression, Ellen continuait à errer dans le bois en appelant sa fille.

Marie d'Avenel l'accompagnait, les lèvres décolorées, le sein contracté, cherchant à apercevoir à travers les branches la silhouette de Julien.

Ellen poussa tout à coup un cri strident; elle venait d'apercevoir, sur le gazon, une poignée d'anémones.

Leur tige avait été coupée depuis peu.

C'étaient les fleurs que cueillait Marguerite au moment où les estafiers engagés par Stewart Bolton s'étaient élancés sur Julien et sur elle.

Ellen Mercy était tombée à genoux, saisissant les fleurs dans ses mains tremblantes, les regardant avec une expression affolée, comme si elle pouvait lire, sur leurs pétales, ce qui avait eu lieu et ce qu'était devenu son enfant.

— Ma fille! — s'écria-t-elle. — Ma fille a passé par ici. Voici des fleurs récoltées par ses mains!

Elle les pressait convulsivement sur sa bouche, les inondait de ses larmes.

— Mon Dieu! — balbutiait Marie d'Avenel, — quel nouveau malheur a fondu sur nous?...

L'herbe, la mousse, autour d'elles, étaient piétinées, foulées, arrachées à certains endroits, indiquant qu'une lutte avait dû être livrée là.

Halbert arrivait à ce moment, venant tristement annoncer aux deux mères que ceux qu'elles cherchaient n'étaient pas au château d'Aireburg.

Devant la découverte faite par Ellen, les traces de violence qui existaient encore, il tendit le poing.

— Les misérables! — gronda-t-il. — Ayant appris ce qu'il en coûte de s'attaquer à ceux qui peuvent se défendre, ils s'en sont pris à des enfants!...

Haletant, tâchant de saisir un indice qui lui permît de se jeter sur la trace des malfaiteurs, il fouilla les buissons.

Il découvrit alors les endroits dans lesquels l'ancien intendant et ses deux complices s'étaient cachés.

Attirés par les cris déchirants et les lamentations d'Ellen, les autres serviteurs les avaient rejoints.

Et leur avis à tous exprimé d'une voix sourde fut unanime.

Deux ou trois hommes au moins étaient embusqués dans les buissons. Ils avaient attendu, invisibles, que Marguerite se baissât pour cueillir des fleurs, et que, sans doute, son jeune compagnon fût occupé à l'aider...

Ils les avaient assaillis à l'improviste.

— Le jeune chevalier a dû vouloir défendre la damoiselle, — dit Halbert. — Voyez comme la terre est foulée et, là, ces menues branches brisées. Hélas! sans armes et encore faible, quelle résistance pouvait-il opposer à des hommes faits et ayant combiné leur attaque?

Et il ajouta :

— Leurs préparatifs étaient sans doute arrangés depuis longtemps, et leur attaque a dû être foudroyante, pour que nous n'ayons rien entendu.

N'osant pas faire part de toutes ses craintes aux deux mères, il songeait aux deux nouveaux serviteurs si singulièrement disparus du château d'Aireburg.

Excepté à l'endroit où l'attentat avait eu lieu, le sol, couvert de petites feuilles sèches tombées des sapins, ne laissait pas deviner ce qu'étaient devenus ensuite les deux jeunes gens et leurs agresseurs.

Presque de tous côtés, des arbres de haute futaie dressaient leurs troncs dénudés !

Sous leur ombre, point de végétaux susceptibles de garder une trace, une marque.

De quel côté les malfaiteurs avaient-ils entraîné ou emporté les deux jeunes gens après s'être rendus maîtres d'eux, ainsi qu'on ne pouvait plus guère en douter ?

Aidé de ses compagnons, Halbert découvrit le sentier par lequel l'ancien intendant, ses estafiers et leurs victimes s'étaient enfoncés dans la forêt...

Mais rien n'indiquait suffisamment le passage de Marguerite et de Julien.

Le highlander qui avait pour mission de veiller au dehors du manoir retourna en courant vers les communs et lâcha les deux molosses, ses compagnons de faction.

Les deux énormes animaux, après avoir reniflé l'air de leur mufle épais, se lancèrent dans le sentier avec de rauques aboîments.

Ellen et Marie d'Avenel s'y étaient jetées après eux, affolées, avides de retrouver les chers êtres disparus.

Les trois hommes les accompagnaient, fouillant en même temps les environs, pour le cas où un objet quelconque ayant appartenu à Julien ou à Marguerite aurait pu servir d'indice complémentaire.

Mais bientôt les forces d'Ellen Mercy, éprouvées par son affreuse angoisse, la trahirent...

Elle dut s'appuyer au tronc d'un frêne pour ne pas tomber.

— Pauvre amie, — murmura Marie qui ne connaissait pas l'étendue de son propre malheur.

Après quelques minutes de repos, la fille de lord Mercy se remit en route.

Ses jambes flageolaient.

Tout à coup, elle tomba sur ses genoux.

— Amie infortunée !... — prononça Marie d'Avenel. — Le ciel vous refuse les moyens de continuer cette course douloureuse. Revenez au logis. Notre présence ne peut que retarder la marche des hommes courageux qui sont avec nous et qui feront tout ce qui est humainement possible pour retrouver ceux que nous aimons... et qui les délivreront !

Les larmes du désespoir inondaient le visage blêmi d'Ellen.

Mais elle le comprenait, une plus longue attente ne faisait que diminuer les chances de salut de son enfant.

— Allez donc ! — exhala-t-elle d'une voix déchirante. — Et, je vous en prie à genoux, ramenez-nous nos enfants !

Chose étrange et douce, elle englobait Julien dans cette supplication, comme si l'adolescent pour lequel sa fille s'était prise d'un amour si naïf et si tendre était une part de son enfant, de sa Marguerite.

— Nous reviendrons avec eux... ou le destin cruel nous aura empêchés de réussir, — répondit Halbert. — Mais nous réussirons...

Et pris d'une inquiétude subite :

— A moins que les bandits n'aient eu des chevaux cachés quelque part... et qu'il nous soit, en ce cas, impossible de les rejoindre.

— Des chevaux, c'est vrai !... — balbutia la malheureuse mère. — Oui, allez, allez vite.

Et, encore à genoux, tendant ses mains désespérées vers le ciel bleu déjà très assombri.

— Mon Dieu, vous qui avez voulu que je connusse les joies et les affreuses angoisses de la maternité, pitié pour mon enfant... pour nos enfants !...

Les chiens continuaient leur chasse, bondissant maintenant à travers les fourrés.

Les trois serviteurs étaient repartis sur leurs traces.

Ellen et Marie d'Avenel se trouvaient seules au milieu des grands bois.

Halbert, rempli de craintes pour elles-mêmes, avait proposé de les faire reconduire par un de ses compagnons.

Mais Marie d'Avenel avait refusé.

Ils n'étaient pas trop nombreux pour arracher Julien et Marguerite à leurs ravisseurs, s'ils parvenaient à les rejoindre.

Quant à elles, après le malheur qui venait de fondre sur leur toit, que pouvaient-elles redouter de pire?

Après une marche longue et pénible, après des haltes nombreuses causées par l'épuisement éploré d'Ellen, elles aperçurent enfin les tours du manoir.

Les cris de Tibbie et de sa sœur, Mysie, essayant d'appeler de leurs vieilles voix les malheureux enfants qu'on leur avait ravis, achevèrent de les guider.

Et les deux mères vinrent tomber accablées, en proie à toutes les terreurs, sur les degrés du perron, ne pensant pas à aller au delà, contemplant, dans un désespoir atroce ces lieux animés, quelques heures auparavant, par les deux enfants qui leur avaient été enlevés.

Marie d'Avenel ignorait que Julien était son fils; et pourtant c'est avec un deuil véritable dans l'âme qu'elle disait :

— Nos enfants!... nos pauvres enfants!...

Halbert et les deux montagnards continuaient à suivre les molosses dont le flair avait retrouvé la trace des deux jeunes gens et des bandits.

Mais le soir arrivait.

Les fauves habitants des forêts commençaient à sortir des retraits dans lesquels ils se tenaient durant le jour.

Des chevreuils et des daims montraient de loin en loin leur forme svelte et gracieuse.

Les chiens déroutés par les odeurs qu'ils rencontraient, les pistes nouvelles tracées par le passage des bêtes, galopaient dans les fourrés, cherchant la voie.

Un moment vint où il fut évident qu'ils l'avaient perdue.

Le highlander, les excitant, essaya de les lancer de nouveau.

Les courageux animaux repartirent, aboyant avec des rauquements brefs, mais ne tardèrent pas à recommencer leurs galops circulaires, flairant lourdement la terre.

Après plusieurs tentatives nouvelles, les trois hommes s'interrogèrent consternés.

L'espoir les abandonnait.

Ils continuèrent pourtant leurs investigations, séparés, s'appelant de loin en loin.

Le crépuscule qui s'avançait s'épaissit sans les arrêter.

Enfin la nuit vint tout à fait.

Ils n'avaient ni torche, ni rien qui pût les guider dans cette recherche incertaine.

Les chiens épuisés les suivaient, la langue pendante.

Les trois hommes se réunirent.

— C'est fini! — dit Halbert avec découragement. — Pauvre petite damoiselle, pauvre jeune chevalier, que sont-ils devenus?

On n'avait relevé aucune trace de chevaux. Et cependant, comment se faisait-il qu'on n'eût rien retrouvé les concernant, ni même le moindre indice d'une halte?...

S'obstiner davantage était inutile.

On ne voyait pas où l'on marchait.

Il fallut revenir sur ses pas.

Hélas! dans ce cas, le lugubre trajet que celui du retour!

Qu'allaient-ils dire à la mère éplorée et à la châtelaine?...

Cependant ils avaient fait tout ce qui était humainement possible.

Occupés à veiller sur le manoir et sur ses habitants, ils n'étaient jamais venus aussi loin.

Sans l'instinct des chiens, ils ne seraient même pas parvenus à retrouver leur chemin.

Lorsque, après avoir longtemps erré, ils reparurent au manoir de Claymore, Ellen Mercy et Marie d'Avenel étaient dans la salle basse, abîmées dans les plus amères pensées.

Les trois hommes se présentèrent devant elles, muets et la tête baissée...

Ils étaient désespérés et ils avaient honte.

Ils avaient promis de délivrer les deux adolescents au péril de leur vie. Et ils étaient là, sans blessures... et ils étaient seuls.

Hélas ! le sort n'avait même pas voulu expérimenter une fois de plus leur valeur.

— Nous n'y voyions plus, — expliqua Halbert d'une voix basse et sourde. — Les ténèbres nous entouraient.

Le silence des deux mères continuait, accablant... Il ajouta :

— L'espoir nous reste cependant. Ils sont vivants, les chiens auraient flairé le sang.

A ces mots, Ellen eut une secousse galvanique.

Elle venait de voir, par la pensée, Marguerite assassinée.

Cependant Halbert disait vrai. Si les ravisseurs de son enfant avaient voulu la faire périr, ils ne l'auraient pas entraînée aussi loin.

Il y avait un village à deux ou trois lieues de là, le highlander indiqua son intention de s'y rendre avant le jour.

— Les paysans ne refuseront pas de me suivre, — dit-il. — Avec leur aide nous fouillerons tous les bois.

Le regard morne d'Ellen s'attacha à lui.

Hélas ! le lendemain, combien c'était loin.

Accablés, ne sentant pas la fatigue, tellement leur tristesse était pesante, les trois hommes allaient se retirer lorsque des voix se firent entendre au dehors.

Les serviteurs de Claymore reconnurent l'accent des gardiens du château d'Aireburg. Pénétrés d'un espoir soudain, ils se hâtèrent de sortir.

Marie et Ellen avaient entendu, elles aussi.

La fille de lord Mercy se dressa dans un mouvement subit, les yeux illuminés.

La descendante des ducs de Melrose l'avait imitée, frémissante et murmurant :

— Mon Dieu, si on nous *les* ramenait !

Et elles parurent sur le perron, tragiques avec leurs vêtements encore lacérés par les épines, leurs traits pâlis.

Un flambeau à plusieurs flammes, haletant sous le vent de la nuit, les éclairait ainsi que les hommes d'Aireburg.

D'un coup d'œil, les deux mères virent qu'ils étaient seuls.

L'exaltation qui venait d'embraser soudainement leur regard tomba, et une prostration plus affreuse encore lui succéda.

— Plus d'espérance ! — murmura Ellen.

Le chef des gardiens du château d'Aireburg prit alors la parole.

D'un accent rempli de pitié pour les infortunées qui l'écoutaient, — ils croyaient Ellen la sœur de la châtelaine de Claymore, — il dit l'inutilité de leurs courses.

— Et cependant, nobles dames, veuillez nous croire : de la résidence d'Aireburg à la route, et de là jusqu'aux limites de la région boisée du côté d'Édimbourg, il n'est rien qui ait échappé à nos investigations.

Son intonation s'assourdit, comme s'il hésitait devant ce qu'il allait ajouter :

— Mais ce que nous avons vu prouve que le crime commis aujourd'hui était prémédité depuis longtemps. Derrière des touffes de genêts, nous avons découvert le cadavre déchiqueté d'un de nos compagnons disparu depuis quelque temps.

« J'avais cru alors qu'il nous avait quittés en désertant son poste. Tout indique qu'il a été assassiné.

Et, rapidement, il expliqua comment deux inconnus, prétendant arriver du comté de Clowes, s'étaient présentés pour se faire engager en remplacement du sommelier.

Leur disparition, quelques heures avant le rapt de Julien et de Marguerite, ne laissait plus subsister de doute.

Ils s'étaient servis de leur présence dans le voisinage du manoir de Claymore, pour préparer de longue main l'attentat dont les deux jeunes gens avaient été victimes.

L'homme plia le genou :

— Dames, pardonnez-moi. En accueillant à la légère ces deux étrangers qui me paraissaient de bonne foi, je me suis rendu indirectement complice de votre deuil.

Ellen leva lentement sa main décolorée.

— Le coup que je ressens aujourd'hui m'atteint dans la source même de ma vie, — prononça-t-elle. — Mais en agissant comme vous l'avez fait, vous ne pouvez vous douter du mal que vous alliez aider à faire à mon enfant... à moi-même : soyez absous... Quant à moi, si Dieu refuse de me rendre ma fille... qu'il me prenne. J'aime mieux mourir !

Lentement, ayant fait un geste d'adieu accablé, elle rentra dans le

Il s'arrêta avant de sortir de la ruine.

manoir et alla tomber sur un prie-Dieu, ployée, brisée, appelant la tombe.

A côté d'elle Marie d'Avenel, agenouillée, priait et sanglotait également, déchirée d'une douleur inconnue, atroce...

Et cependant... elle ne savait pas encore que Julien, que le jeune martyr, était son enfant !

## III

### SÉPARÉS

Durant ce temps, le fils de Walter d'Avenel et son infortunée compagne étaient plongés dans la nuit qui régnait impénétrable au fond du caveau où Stewart Bolton les avait enfermés.

Nuit au dedans, nuit au dehors.

Après les longues, les déchirantes lamentations des deux jeunes gens, des deux enfants, pourrait-on dire, lamentations mornes et affligées, surtout chez Marguerite, la faim avait fini par se faire sentir.

Ils étaient si fatigués !

La marche prolongée, rapide, à laquelle leurs ravisseurs les avaient forcés dans des conditions particulièrement douloureuses, le savait épuisés.

Et leurs larmes s'étant un peu taries, l'endolorissement de leurs membres s'étant engourdi, leur corps réclamait des aliments réparateurs.

Julien se souvint des paroles que l'ancien intendant lui avait adressées, et il chercha à tâtons l'angle du cachot où devait se trouver les provisions annoncées.

— Voici de quoi ne pas mourir tout à fait de faim, — avait prononcé le scélérat.

Julien sentit un sac sous sa main.

Il fouilla à l'intérieur et trouva une espèce de pain lourd et compact : une galette de farine de seigle sans doute.

C'est-à-dire la nourriture la plus grossière.

— Pauvre petite Marguerite ! — pensa-t-il. — Elle si délicate, tant choyée jusqu'ici, est-ce là tout ce qu'elle aura ?

En palpant tout autour sur le sol, pour voir s'il ne découvrirait rien autre, il manqua renverser une cruche à moitié pleine d'eau.

Ce fut avec une sorte d'âpreté qu'il s'en empara.

La souffrance morale, le désespoir, la fièvre allumée en lui par les révélations affolantes du misérable et lâche Bolton faisaient couler du feu dans ses veines.

Et il porta avec hâte le liquide à ses lèvres.

Mais il s'arrêta à la deuxième ou troisième gorgée.

Un être plus faible et plus malheureux encore se trouvait auprès de lui.

C'était Marguerite, et il devait songer d'abord à elle.

— Petite sœur, — appela-t-il d'une voix très douce.

Ils ne se voyaient pas : leur accent seul les guidait.

— Ou êtes-vous, Julien?

— Près de toi, Marguerite.

Sa main gauche étendue toucha l'épaule de l'enfant.

De la droite, il serrait contre sa poitrine le pain grossier et la cruche d'eau si parcimonieusement garnie.

— Voici de quoi te redonner quelques forces, — reprit-il. — Hélas! c'est la nourriture la plus sordide qu'il y ait. Jadis, au temps amer de mon enfance, sur le navire maudit dont je parlais à notre bourreau il y a quelques heures, j'ai eu parfois moins que cela encore. Lorsque je guerroyais, il y a peu de mois, je n'en ai pas non plus toujours eu à ma faim.

« Mais c'est toi que je plains, ma mignonne fleur d'Écosse.

Plus bas, il ajouta :

— D'autant plus que ceci me fait craindre aussi pour l'avenir.

En effet, le peu de ménagements montré par Stewart Bolton indiquait chez lui des projets inhumains.

L'homme qui agissait de la sorte envers des enfants devait ignorer la pitié.

Julien rompit le pain et tendit à sa compagne la plus grosse moitié.

Il lui offrit aussi la cruche à demi-remplie.

— Tu dois être altérée, petite sœur, — dit-il. — Tiens, bois à ta soif.

— Oh! oui, — répondit la jeune fille, — j'ai plus soif que faim.

Et elle but avidement.

Lorsqu'elle eut fini, le fils de Walter d'Avenel la prit par la main.

Et s'orientant, autant qu'il le pouvait du moins, dans les ténèbres, il se dirigea en tâtonnant vers l'escalier qui conduisait à la porte de leur cachot, tenant Marguerite par la main.

Il en toucha du pied la première marche, et ils s'assirent là.

Appuyés l'un près de l'autre, ils demeurèrent un moment silencieux, sans manger.

Puis Julien mordit dans son pain, aigri par une demi-journée de séjour dans ce caveau humide.

Marguerite, terrassée par la faim, l'imita.

Mais des larmes brûlantes humectaient leur triste nourriture.

Leur faim apaisée, ils restèrent assis à la même place, appuyés l'un sur l'autre.

Julien chercha les mains de sa compagne et les prit dans les siennes.

— Chère Marguerite si cruellement éprouvée, — dit-il avec une profonde tristesse, une affection infinie. — Chère petite fleur, pourquoi le ciel se montre-t-il aussi impitoyable envers toi qui n'as pu cependant susciter encore aucune inimitié?

Et l'attirant doucement vers lui :

— Appuie ta tête sur mon épaule, cela te reposera.

L'enfant obéit. Ses longs cheveux se mêlèrent à ceux de Julien, s'épandant sur sa poitrine.

Et son ami sentit la rosée de ses pleurs couler sur lui.

Alors, avec des expressions touchantes, l'exquise et parfois déchirante éloquence du cœur, le fils de Walter d'Avenel, si malheureux lui-même, la plaignit, la consola.

Et Marguerite écoutait ses paroles, ne lui répondant que par des gémissements.

Et cette consolation lui était douce, pourtant, lui était salutaire dans l'immense infortune qui l'accablait.

Parfois, laissant la parole mourir sur ses lèvres, Julien approchait ces mêmes lèvres de son front et y posait le baume apaisant de ses baisers...

Un peu d'adoucissement pénétrait alors dans l'âme de la jeune fille.

Puis, comme elle n'était guère encore qu'une enfant, ses yeux fermés dans les ténèbres cessèrent peu à peu de distiller des larmes... et elle s'endormit sur l'épaule de son ami.

Avec une tendresse presque maternelle, Julien la retint contre lui afin de rendre son sommeil plus facile.

Mais il était bien jeune lui aussi : les fatigues, les inoubliables émotions de ce jour l'avaient brisé...

Sa tête s'inclina à la longue sur sa poitrine... et le sommeil, le rêve vinrent l'arracher à l'affreuse réalité.

. . . . . . . . . . . . . . . . . . . . . . . . . . . .

Depuis combien d'heures goûtaient-ils ce repos incomplet?

Ils ne pouvaient l'évaluer, lorsqu'un bruit soudain, retentissant derrière eux, les réveilla en sursaut.

En même temps, une violente clarté les aveugla.

La porte venait de s'ouvrir, et Stewart Bolton, tenant une torche à la main, les regardait.

Il descendit l'escalier au bas duquel les deux jeunes captifs avaient passé la nuit.

Les infortunés s'étaient dressés et le considéraient.

Le misérable n'était-il pas l'arbitre de leur destinée?

Ils s'aperçurent alors qu'il n'était pas seul. Un de ses acolytes de la veille l'accompagnait.

Ce dernier s'arrêta au milieu des marches, tandis que l'ancien intendant continuait à descendre.

L'espion fixa tour à tour, froidement, chacune de ses victimes avec une joie sinistre.

Puis, prenant la parole :

— Vous allez vous séparer, — annonça-t-il avec une ironie affreuse. — Il n'est pas convenable qu'une jeune fille demeure seule ainsi avec un aussi brillant cavalier que l'est Julien d'Avenel.

Marguerite n'avait entendu, n'avait écouté que les premiers mots.

Elle se cramponna de ses deux bras à la taille de Julien.

— Te quitter? Jamais! — prononça-t-elle avec une inexprimable épouvante, le tutoyant pour la première fois.

Quant à Julien, un serrement atroce lui broyait le cœur.

On allait les désunir!...

Quels projets épouvantables cachait une telle menace?... Qu'allait-il advenir de l'enfant lorsqu'il ne serait plus là pour la défendre, pour la protéger, si peu efficace que fût sa protection dans ces terribles circonstances?

— Vous ne ferez pas cela, — dit-il d'une voix altérée.

— Pourquoi donc, mon gentil damoiseau?

Julien laissa tomber un regard de suprême pitié sur l'enfant serrée contre son sein.

Et l'accent triste, suppliant, il répondit :

— Vous ne le ferez pas, parce que ce serait aggraver le sort de la pauvre Marguerite, n'ayant plus personne pour la soutenir, la consoler.

Un ricanement aigre passa entre les lèvres minces de Stewart Bolton.

— Alors, monsieur joue au consolateur des jeunes filles affligées?

Et, la voix dure, impérieuse :

— Cela sera parce que je le veux, simplement.

Et il s'avança.

— Julien, ne me laisse pas partir! — supplia l'enfant.

Elle accrochait ses mains aux vêtements de son compagnon.

— Par pitié!... — implora encore le jeune homme.

Une insulte lui répondit.

La main brutale de l'espion se posa sur l'épaule de Marguerite.

— Obéissons. Et vite!

Le fils du chevalier d'Avenel comprit que la résolution du misérable était implacable.

— Vous ne l'emmènerez pas avant de m'avoir tué! — fit-il avec une farouche énergie.

Stewart Bolton fit un signe à l'individu qui attendait, immobile.

Celui-ci descendit les derniers degrés.

Il tenait une corde solide.

— Allons! — ordonna l'agent secret.

Et il essaya d'arracher la jeune fille, tandis que son complice se saisissait de Julien.

Le désespoir décuplait les forces du jeune homme.

— Attends! — gronda alors Bolton.

Il posa sa torche en un coin. Il allait avoir les deux mains libres.

En même temps, l'estafier qu'il avait amené, se baissant, entravait étroitement les chevilles de Julien.

— Nous allons bien voir, maintenant, — reprit le scélérat en revenant vers les deux martyrs.

Julien dressa son regard désolé vers le ciel.

Il comprenait que l'issue était fatale.

Un moment, il eut la pensée de supplier encore leurs geôliers... leurs bourreaux.

Mais à quoi bon?

Sans un mot, jugeant que c'était se donner là une peine inutile, Stewart Bolton abattit de nouveau ses doigts griffus sur Marguerite.

Son acolyte, meurtrissant les poignets de Julien, s'efforçait de dénouer ses mains.

Lutte silencieuse et atroce.

Tout à coup la jeune fille poussa un cri de douleur et ses doigts s'ouvrirent.

Stewart Bolton, pour en finir, venait de la piquer sournoisement sous le sein avec son poignard.

D'une secousse suprême, Julien se débarrassa de l'estafier et essaya de la reprendre, de la retenir.

Mais les liens qui embarrassaient ses jambes lui firent perdre l'équilibre, et il roula sur le sol, sa tête sonnant durement contre l'escalier.

Stewart Bolton, ayant enlevé la fille d'Ellen Mercy dans ses bras, se tenait à quelques pas.

Une expression de triomphe et de férocité luisait sur ses traits bestiaux.

Marguerite se débattit d'abord.

Puis la sensation que tout était fini l'anéantit. Et sa jeune tête s'inclina, tandis que son regard empli d'une désespérance infinie restait attaché sur Julien.

Stewart Bolton en profita pour l'emporter rapidement vers l'escalier.

La porte était devant lui.

Cette vue réveilla la fille d'Ellen Mercy de son abattement.

— Laissez-moi ! — cria-t-elle en tentant de se délivrer de nouveau de l'étreinte de l'espion. — Laissez-moi !... Julien !... Julien !...

Mais les genoux de l'estafier écrasaient celui-ci, l'empêchant de se relever.

En vain le fils de Walter d'Avenel, saisissant son adversaire, essaya de l'entraîner à terre avec lui, afin de se redresser lui-même, tenter de secourir Marguerite.

Stewart Bolton avait ouvert la porte.

Et appuyant sa main sur la bouche de la jeune fille pour étouffer ses cris, il l'emporta au dehors.

— C'est fini ! — gémit Julien, comprenant l'inutilité d'une plus longue lutte.

L'estafier l'abandonna alors.

Et saisissant la torche abandonnée par son chef, il s'élança vers l'escalier, rapassa la porte dont il fit jouer bruyamment les serrures.

Et Julien demeura seul dans la nuit de son caveau, étendu à terre, les jambes liées, écoutant s'il n'entendait pas la voix de Marguerite, et se rongeant les poings de désespoir.

## IV

### NOUVELLE ÉTAPE

STEWART Bolton, tenant contre lui la fille de Somerset et d'Ellen Mercy, était arrivé au jour.

Mais il s'arrêta avant de sortir de la ruine.

Il était dans une ancienne salle aux vastes proportions : des murs à moitié démantelés l'entouraient; au-dessus, on voyait le ciel.

Là, il déposa Marguerite à terre.

A la vue du jour, de l'éclatante pureté de l'azur apparaissant au-dessus d'elle, la jeune fille sentit instinctivement sa poitrine se dilater.

La clarté, l'air, c'était la vie, c'était la liberté...

Malgré ce qui venait de se passer, une espérance irraisonnée pénétrait en elle : celle de se soustraire à ses ravisseurs.

Et Julien?... L'oubliait-elle donc?

Oh! non.

Mais, libre, surgissant inattendue au manoir de Claymore, son premier cri, en tombant dans les bras de sa mère, ne serait-il pas :

— Sauvez Julien! Voilà où il se trouve captif.

Oh! oui, libre!... libre!... Et qu'il faisait bon déjà de respirer l'air pur, de contempler le firmament...

Mais Stewart Bolton n'avait pas abandonné l'enfant, la tenant étroitement par le bras.

Qu'attendait-il donc là?....

La prisonnière ne fut pas longtemps à se le demander.

Un bruit de pas se fit entendre, et presque aussitôt l'individu qui avait aidé l'ancien intendant à séparer les deux jeunes gens se montra.

Il tenait à la main une torche éteinte, mais encore fumeuse.

— Ça y est, — annonça-t-il. — Il est cadenassé.

Et il tendit, à l'agent secret, deux fortes clefs, à demi rongées par la rouille.

C'étaient celles du caveau utilisé par l'espion pour servir de prison à ses victimes.

Une forte barque se montra alors.

Marguerite devina qu'il s'agissait de Julien, et un soupir traduisit son immense chagrin.

Stewart Bolton la regarda avec un contentement visible. Et, gouailleur :

— On regrette son ami de cœur? — ricana-t-il. — Quand on est fille de lord, on ne s'amourache pas d'un si petit gentilhomme !

L'œil de l'enfant était attaché sur lui.

Il ne jugea pas nécessaire de lui donner d'explication. Il n'avait pas les mêmes raisons de l'instruire que Julien du secret de sa naissance, des conditions tragiques dans lesquelles elle avait vu le jour.

Il estimait qu'il y avait quelque chose de plus urgent.

— Apporte le paquet, — commanda-t-il à son aide.

Ce dernier alla prendre, dans un coin, un ballot que Marguerite n'avait pas encore aperçu.

Sur un nouvel ordre de Stewart Bolton, il le défit.

La jeune fille, le sein encore soulevé par les événements violents qui venaient de se succéder, le regardait agir avec anxiété.

Tout ce qui s'accomplissait de nouveau n'avait-il pas sa signification !

L'estafier sortit du paquet un vêtement de femme de peuple, de fille plutôt, sale, souillé, ayant traîné à la devanture de quelque brocanteur.

Stewart Bolton montra les hardes à sa jeune prisonnière :

— Passe ces vêtements par-dessus les tiens.

Et comme Marguerite hésitait, soulevée de dégoût devant la saleté sordide des étoffes, il grinça :

— Miss attend peut-être sa femme de chambre?... Houp ! et plus vite que ça, si l'on ne veut pas que je m'en mêle.

L'enfant, terrorisée, comprit qu'elle n'avait qu'à obéir.

Domptant ses répugnances, ses angoisses, elle revêtit la robe loqueteuse.

Angoisses justifiées, car dans quel but inconnu l'obligeait-on à revêtir ce déguisement?

L'ancien intendant du château de Melrose lui jeta alors son plaid sur les épaules.

— Prends ceci, — dit-il. — Et si nous rencontrons quelqu'un, — qui que ce soit, tu entends? — tu t'en envelopperas la tête et le buste comme si tu avais froid. Il faut que personne ne te reconnaisse.

Une lueur passa dans l'œil morne de Marguerite.

Si ce bandit lui parlait ainsi, c'est qu'ils allaient sans doute rencontrer quelqu'un des siens, quelque serviteur du manoir de Claymore.

Oh ! dans ce cas, loin d'obéir, elle appellerait à l'aide, se ferait reconnaître, dût le scélérat qui la tenait à cette heure lui enfoncer son poignard dans le corps.

Stewart Bolton lut sa résolution dans l'éclat de ses prunelles.

Et l'accent âcre :

— N'essaie pas d'outrepasser mes ordres. Il y va de ta vie et de celle de Julien d'Avenel. Tu entends, de Julien : il me répond de toi !

Un nuage accablé passa sur les prunelles avivées de la jeune fille. Attirer l'attention, appeler à l'aide si l'occasion se présentait, c'était causer l'assassinat de Julien... Elle était sans conteste, sans rémission, au pouvoir de cet homme... de ce monstre !

— Tu as bien compris, — reprit le sinistre personnage. — La moindre tentative de ta part pour m'échapper de façon ou d'autre, et c'en est fait de toi et de Julien d'Avenel.

« Et maintenant, en route! »

Ils allaient sortir, mais l'espion se ravisa.

On ne savait pas ce qui pouvait arriver. La fille d'Ellen avait peut-être aperçu autrefois, dans quelque excursion, les ruines au milieu desquelles ils se trouvaient.

Dans ce cas, elle les reconnaîtrait en sortant.

Qu'elle vînt à fuir malgré ses précautions, et elle guiderait les gens de Claymore vers le cachot de Julien d'Avenel.

— Enveloppe-lui la tête avec le plaid, — commanda-t-il à son acolyte.

Celui-ci se rapprocha.

L'épaisse étoffe de laine, dépliée, s'enroula autour du visage de la jeune fille, formant devant ses yeux un obstacle impénétrable.

— C'est fait, — articula l'estafier.

— Conduis-la... En avant!

Il étendit la main, montrant la sortie.

L'estafier prit Marguerite par le bras et la traîna au dehors.

Stewart Bolton marchait derrière, surveillant sa victime, — et en même temps son complice.

En qui un tel homme eût-il pu avoir confiance?

Marguerite crut comprendre qu'elle descendait les marches raboteuses qu'elle avait gravies la veille.

De même, ainsi que la veille, c'est la tête emmaillotée et sous le même masque étouffant qu'elle quittait le lieu qui venait de lui servir de cachot.

Hélas! elle y laissait celui qu'elle aimait; conduite elle-même, elle ne pouvait deviner vers quel endroit.

Au bout d'une demi-heure de marche, Stewart Bolton fit entendre le mot de halte.

Marguerite se demandait s'ils étaient arrivés à quelque autre lieu de captivité.

— Débarrasse-la de son masque, — dit l'espion.

L'estafier qui la conduisait obéit. La jeune fille vit alors le jour de nouveau...

Mais, à son étonnement, ils étaient en pleine campagne.

Elle regarda autour d'elle; en se détournant, elle aperçut des ruines au loin.

— En route! — fit brutalement Bolton.

Il avait voulu lui cacher la vue du cachot où elle avait passé la nuit, et voici que sa précaution menaçait de ne servir à rien.

Mais la captive n'avait pas paru reconnaître l'endroit où elle se trouvait ni d'où ils venaient.

L'heure pressait; ils avaient encore un long chemin à parcourir avant d'arriver là où voulait aller l'ancien intendant.

Le bandeau qui empêchait Marguerite de voir devant elle ralentissait la marche. C'est pourquoi il le lui avait fait enlever.

A présent, il tâchait de regagner le temps perdu.

Ils arrivaient à ce moment aux confins de la lande au milieu de laquelle subsistaient encore les vieilles ruines qui servaient de prison au fils du chevalier d'Avenel.

A leur droite, s'élevaient les grands bois dont les masses profondes leur cachaient le manoir d'Avenel.

Marguerite ne savait pas que sa mère était si peu éloignée d'elle!

Ils marchaient vers le nord.

Tout à coup, derrière une croupe du terrain, la jeune fille vit les mille toits d'une ville émerger de l'horizon.

Les pupilles dilatées, elle reconnut, dressant sa masse imposante, le palais des rois d'Écosse, celui dans lequel résidait à cette heure Marie Stuart.

L'estafier surprit l'expression de sa physionomie et son regard interrogea Bolton.

Mais celui-ci haussa les épaules avec indifférence.

La fille d'Ellen Mercy et de lord Somerset avait reconnu Édimbourg.

Et après?... La cité était trop loin pour qu'elle pût espérer le moindre secours de la part de ses habitants.

Du reste, elle ne devait pas avoir oublié la menace qu'il lui avait faite à la moindre tentative de révolte : la vie de Julien, lui avait-il annoncé, répondait de sa soumission.

Néanmoins, il se rapprocha davantage de l'enfant.

— Plus vite, — articula-t-il, l'accent bref.

Et modifiant la direction qu'ils suivaient, il la poussa tout à fait vers le nord.

A quelques centaines de toises, un chemin raviné traçait ses lacets sinueux; il s'y jeta.

Marguerite cessa alors d'apercevoir la capitale : le monde vivant venait de disparaître en quelque sorte à ses yeux.

Stewart Bolton dit quelques mots à l'oreille de son acolyte.

Celui-ci prit les devants : le chemin creux empêchant l'ancien intendant et sa prisonnière de se jeter sur le côté, s'ils venaient à croiser quelque passant, l'estafier devait faire en ce cas un signal convenu.

Ce signal devait donner le temps à l'espion d'obliger Marguerite à se cacher dans les plis épais du plaid, afin de déguiser absolument ses traits.

Mais le destin ne voulait même pas donner à la malheureuse enfant de fugitives espérances de salut.

Ils ne rencontrèrent pas âme qui vive !

Le martyrologe de la pauvre mignonnette était inscrit au livre du Destin. Son heure était arrivée de boire à la coupe amère du malheur.

## V

### VERS L'EXIL

Ils marchaient depuis de longues heures.

Épuisé lui-même, Stewart Bolton avait donné le signal du repos.

L'estafier qui l'accompagnait tira alors quelques aliments d'une espèce de bissac qu'il portait suspendu.

L'espion tendit sa part à Marguerite.

— Mange, — lui dit-il d'un ton bourru, — nous avons encore beaucoup à marcher.

L'enfant mordit tristement dans le pain qu'on lui présentait.

Il était moins mauvais que celui qu'elle avait partagé la veille avec Julien dans leur cachot. Mais c'était malgré tout le pain affreusement dur de la captivité... et avec quelles gens!

Elle revoyait son infortuné ami emmuré sous les voûtes noires du caveau qui les avait renfermés tous deux la nuit précédente... elle revoyait sa mère, Ellen Mercy, désespérée et réclamant sa fille!... et Marie d'Avenel, qui ne savait pas que l'autre victime enlevée par les bandits était son enfant!

Quant à elle-même, Marguerite se disait que c'était bien fini.

Elle ignorait les projets de l'homme au pouvoir de qui elle était. Mais Édimbourg, qu'ils avaient un moment entrevu, était loin d'eux, et elle apercevait à peine ses tours les plus hautes.

Plus d'espérance dans son pauvre cœur!...

Au bout d'une demi-heure de repos, le chef donna le signal du départ.

Le soleil avait parcouru la moitié de sa carrière : on traversait à présent de grandes terres nues.

A plusieurs reprises, ils aperçurent des groupes de paysans.

L'ancien intendant laissait alors tomber sur son infortunée victime un regard dur... significatif.

Mais ces hommes ne s'approchèrent pas d'eux une seule fois.

La pauvre enfant était définitivement abandonnée...

D'une hauteur où ils arrivaient, la mer apparut tout à coup, montrant son immense horizon aux vagues grisâtres et tourmentées.

La fille d'Ellen Mercy tourna son regard d'angoisse vers son bourreau.

— Marche! — dit brutalement celui-ci.

Et l'on marchait toujours, tout droit vers la mer menaçante.

L'enfant sentait une épouvante affreuse l'étreindre.

Pourquoi la conduisait-on vers le rivage? Que voulait-on faire d'elle?

Les yeux distendus par l'angoisse, elle ne découvrait aucun toit, aucune demeure indiquant qu'on la transportait dans une autre prison.

Ses pieds semblaient s'attacher au sol.

Mais son bourreau, ayant ramassé une branche morte pour s'en faire un bâton et soutenir sa marche, la poussait avec la pointe ainsi qu'on le fait aux bestiaux rétifs... Ils atteignirent ainsi le rivage.

Là, l'espion tira un sifflet de sa poitrine; et à trois reprises différentes, il lança des coups de sifflets aigus et prolongés.

Une forte barque, masquée au fond d'une crique encaissée entre des rochers élevés, se montra alors.

Deux hommes la montaient.

L'un d'entre eux montra du geste un banc de rochers sur le bord.

Stewart Bolton s'y rendit, continuant à pousser Marguerite devant lui... Ils arrivèrent sur l'écueil; la barque approchait.

La jeune fille, les pupilles absolument dilatées, l'âme envahie d'une épouvante inconsciente, considérait à la fois et la barque et la mer.

Le bateau, court et large, fortement ponté, toucha le rocher de son avant. Un des matelots y grimpa vivement et enroula une corde autour d'une de ses aspérités.

L'agent secret se tourna vers la fille d'Ellen Mercy. Et la voix âpre, impérieuse, frémissante de joie, car il était enfin arrivé à ce qu'il voulait :

— Descends dans la barque, — commanda-t-il.

L'enfant ne pouvait plus ne pas comprendre.

On voulait l'embarquer, l'emmener à l'étranger peut-être.

Un râle convulsif s'échappa de sa gorge, et elle se rejeta en arrière.

— Empoignez-la. Et leste! — commanda l'espion.

Ce n'était pas le cas d'attirer l'attention, de voir peut-être surgir quelque complication au dernier moment... Le marin et l'estafier avaient saisi l'infortunée Marguerite chacun par un bras...

Mais elle se débattait, se cramponnant aux aspérités du rocher, criant d'une voix étranglée :

— Non! je ne veux pas partir. Je veux rester en Écosse. A moi, mère! A moi, Julien!... Halbert, à moi! Au secours!

— Vas-tu te taire, mauvaise graine! — grinça Bolton.

Il suivit ses geôliers.

Et son poing s'abattit sur les mains de l'enfant, les écrasant, les meurtrissant pour lui faire lâcher prise.

— Emportez-la donc, par l'enfer ! — hurlait-il en même temps.

Les ongles de la jeune fille se déchirèrent contre les arêtes de la pierre... Les deux hommes, excités par les invectives de leur maître, cessaient de garder aucun ménagement.

Que pouvait faire la pauvre captive contre leurs efforts réunis ?

Elle se sentit violemment soulevée, arrachée, emportée.

Sa voix râlante remplit l'étendue. Appel désespéré, affreux... inutile !

Et elle se retrouva dans le bateau où le marin venait de la jeter.

Ses bras étaient encore tendus vers la terre, cette hospitalière terre d'Écosse où elle laissait tout ce qu'elle aimait... L'Écosse qu'elle se refusait à quitter... Espérait-elle donc attendrir son bourreau ?

L'accent de Stewart Bolton se fit entendre de nouveau, implacable. Il s'adressait au patron de la barque :

— Tu as tout ce que je t'ai remis ?

— Oui, maître.

— Tu connais mes instructions... Au large !

— Vous serez obéi. Adieu, maître !

L'espion ne répondit même pas. Son regard, luisant d'une joie fauve, était attaché sur la fille d'Ellen Mercy.

Le patron de la barque fit entendre un commandement. Le seul matelot qui l'accompagnait, appuyant une rame contre le rocher, repoussa l'esquif loin du bord, d'une vigoureuse poussée.

La voile monta le long du mât.

Le vent, qui soufflait par rafales haletantes, la gonfla.

Le timonier avait saisi la barre : la barque, s'inclinant sur le flanc, traça une large courbe.

Et, se soulevant à la houle, elle pointa tout droit vers l'horizon.

Marguerite, la pauvre petite fleur d'Écosse, écrasée, affalée près du bordage, n'avait plus que de rauques sanglots.

Tout était perdu pour elle. On l'emportait loin des siens, loin du pays où elle avait vécu... on l'emportait, comme jadis son Julien, elle ne savait où... C'était affreux : c'était pire que la mort.

Stewart Bolton, debout sur le rocher, regarda la barque s'éloigner, disparaître peu à peu dans les lointains de la mer.

Emportée par le vent puissant des contrées du nord, la voile ne fut bientôt plus qu'un point grisâtre sur l'infini des vagues.

Ce qu'il avait voulu s'accomplissait comme s'accompliraient aussi les autres événements qu'il avait résolus.

Les peuples se déchiraient, des mères sentaient saigner leur cœur !

Et lui, cet homme parti de rien, voyait le but qu'il s'était fixé se dessiner chaque jour plus distinctement devant lui. Chacun de ses pas laissait le mal derrière lui, comme s'il avait fait un pacte avec l'enfer... L'espion regarda la barque une dernière fois : il était à la fois radieux et sombre... Puis il se détourna et quitta le rivage, en murmurant :

— A l'autre maintenant !

## VI

### LOUCHES AMBITIONS

La barque qui emportait la fille d'Ellen Mercy avait continué à s'enfoncer dans l'horizon.

Le vent, trop favorable, hélas! la poussait avec rapidité vers le sud...

Marguerite, déchirée d'un affreux désespoir, avait vu les terres s'effacer peu à peu, puis disparaître totalement à sa vue.

Muette de terreur, d'angoisse, elle s'était trouvée perdue au milieu de l'immensité grise des vagues.

Après la prostration, l'accablement qui l'avait d'abord ployée, des paroles affolées étaient enfin venues sur ses lèvres.

— Où me conduisez-vous? — avait-elle gémi.

Un rire bref avait couru sur les lèvres du timonier.

— Tu le verras! — telle avait été sa réponse.

Et la nef avait continué à s'avancer à travers les flots, bondissant au milieu des lames, des embruns, fuyant le rivage où Marguerite, apercevant quelque autre embarcation, aurait pu appeler au secours.

Le soir était arrivé, traînant derrière lui la nuit si anxieuse en mer.

Et la barque avait continué sa course vagabonde, tandis que la pauvre petite fleur d'Écosse, affalée contre le bord, abandonnée à la désespérance, n'avait même plus de larmes et de prières.

Le programme arrêté par Stewart Bolton s'accomplissait donc conformément à ses haineuses prévisions.

Il envoyait la fille de Somerset et d'Ellen Mercy en Angleterre.

Mais ce n'est pas au favori de la reine Élisabeth que les marins avaient ordre de la livrer.

C'était à Percy, au digne fils de l'ancien intendant d'Avenel.

Ce dernier savait combien il pouvait avoir confiance dans l'intelligence sournoise de son rejeton.

Un pli cacheté, dont les marins étaient également chargés, lui ordonnait de mettre Marguerite en sûreté, à l'abri même des griffes de Somerset.

Ceci fait, le nouveau comte de Verbrock devait aller en personne remettre quelques lignes jointes par Stewart Bolton aux instructions qu'il adressait à son fils.

Ces lignes, les voici :

« Mylord duc,

« J'ai retrouvé Ellen Mercy et sa fille, c'est-à-dire la vôtre. Dans mon dévouement pour Votre Seigneurie, j'ai séparé cette enfant de sa mère. C'est là un service que, dans votre haute générosité, vous n'hésiterez pas à reconnaître à sa juste valeur.

« Mylord, votre principal ennemi est Walter d'Avenel : décrétez ce dernier déchu de son titre de chevalier et de celui de duc de Melrose dont il a hérité par son mariage.

« Faites-les passer sur ma tête, et je vous livrerai l'enfant dont vos ennemis paieraient l'apparition de tout leur or.

« C'est devant la tour d'Avenel que j'attendrai les lettres patentes que Votre Honneur ne refusera pas à son fidèle serviteur, afin de me conférer ainsi le pouvoir de faire mettre bas les armes aux rebelles qui y tiennent garnison.

« Par la tête et l'épée, je signe :

« Stewart Bolton,
« de Votre Honneur, sujet fidèle. »

On a bien lu !...

Dans son ambition effrénée, le misérable n'avait visé à rien moins qu'à spolier son ancien maître de ses titres, — et aussi de ses domaines.

Et la fille d'Ellen Mercy n'était entre ses mains qu'un instrument de suprême chantage.

Le duc de Somerset, affolé à la pensée de savoir en Angleterre l'enfant qu'il croyait morte depuis longtemps, n'oserait pas refuser à l'ancien intendant ce qu'il demandait.

Il savait trop que la jalouse et vindicative Élisabeth serait sans pitié si elle apprenait ce mariage qu'il lui avait toujours caché, si elle venait à être instruite de l'existence de Marguerite.

A cette heure, il ne suffisait plus à Stewart Bolton de voir remonter jusqu'à lui le titre de comte de Verbrock, conféré à son fils, l'horrible Percy. Il voulait... il exigeait cauteleusement beaucoup plus.

Il voulait triompher là même où il avait vécu, dans une position infime, préparant, perpétrant les trahisons qui l'avaient élevé peu à peu.

Les projets auxquels le sinistre personnage s'était définitivement arrêté étaient réellement grands d'horreur.

La tour d'Avenel tenait encore malgré le nombre considérable des Anglais qui l'assiégeaient.

Abondamment pourvus de vivres, grâce aux sages précautions du vieux Martin, les vétérans qu'il commandait avaient repoussé tous les assauts des ennemis en leur infligeant des pertes cruelles.

Et frère Jacques avait eu de nouveau l'occasion de montrer qu'il s'entendait non moins bien à manier la hache d'armes que le goupillon.

Les bannières d'Avenel et de Stuart flottaient toujours victorieuses et libres sur le donjon intact.

Eh bien ! Stewart Bolton avait trouvé un moyen, digne de son esprit abject, de mettre fin à cette résistance.

Il voyait que le pouvoir de Marie Stuart agonisait.

L'armée anglaise, jointe aux seigneurs révoltés, occupait près de la moitié de l'Écosse; Walter d'Avenel et les autres seigneurs fidèles luttaient en désespérés, — ne combattant plus guère que pour l'honneur.

La reine d'Angleterre, l'ambitieuse Élisabeth, venait de se qualifier de « Protectrice de l'Écosse ». Au point de vue du droit féodal, ce titre, appuyé sur la force des armes, lui donnait autorité sur la noblesse écossaise.

Stewart Bolton, en enlevant la fille d'Ellen Mercy et du duc de Somerset, avait songé à utiliser le premier les prérogatives souveraines usurpées par l'hypocrite Élisabeth.

Menaçant indirectement Somerset de livrer Marguerite à ses ennemis, il invitait le favori de cette reine à faire prononcer la déchéance de Walter d'Avenel et à faire passer ses titres et ses biens sur sa propre tête à lui, Bolton, le traître éhonté.

Et ce n'était pas tout ! Fidèles au serment prêté au chevalier d'Avenel, lors de son départ, les soldats, les vassaux fidèles de ce dernier continuaient à défendre sa forteresse.

Stewart Bolton tenait, sous sa main, le fils de Walter d'Avenel.

Il allait l'amener, le traîner, captif, chargé de liens, dans le pays de ses ancêtres.

L'espion n'avait rien à redouter de ce voyage : toute la contrée appartenait aux envahisseurs.

Parvenu dans le clan d'Avenel, il trouverait là, il n'en doutait pas, connaissant Somerset, les décrets royaux lui attribuant les titres et les domaines de Walter, frappé de déchéance. Il se présenterait alors avec Julien devant la tour, défendue par les vétérans.

Il se ferait reconnaître, il ferait reconnaître son malheureux prisonnier, car il possédait certains détails de nature à lever tous les doutes.

Ceci fait, il donnerait lecture des décrets lui conférant les seigneuries d'Avenel et de Melrose.

— Comme premier acte de ma souveraineté, — déclarerait-il alors, — je condamne l'ancienne race d'Avenel à disparaître, en frappant de mort son dernier rejeton.

Et devant les défenseurs mêmes de la tour, il plongerait au besoin son poignard dans le cœur de Julien.

— Comme second acte de ma puissance, — ajouterait-il alors, — je vous délie et vous déclare déliés de vos serments envers Walter, ancien chef du clan d'Avenel, à jamais déchu et mis au ban de la nation, à partir de ce jour !

Le misérable connaissait la passivité que la domination féodale avait introduite dans les mœurs du peuple.

Les montagnards d'Avenel, résolus à se faire tuer jusqu'au dernier, afin de rester fidèles au serment qu'ils avaient prêté à Walter d'Avenel, sentiraient leur foi hésiter en apprenant que la noblesse lui avait été arrachée... Déliés de leur engagement, menacés d'être traités en rebelles jusque dans leur postérité, ils ne tarderaient sans doute pas à courber la tête devant le nouveau maître qu'ils mépriseraient, certes, mais qu'ils ne craindraient que davantage.

Du reste, le supplice de l'infortuné Julien d'Avenel, opéré ou simulé tout au moins sous leurs yeux, achèverait de les convaincre que la race de leurs anciens maîtres était bien finie.

Stewart Bolton, résumant toutes ses ambitions, avait médité et implacablement résolu tout cela, durant la nuit passée par Marguerite et Julien dans le caveau, au fond des ruines, où il les avait enfermés.

— Investi des dignités arrachées à son époux, — s'était-il dit, — je présenterai à Marie d'Avenel son nouveau maître. Et comprenant que je ne suis pas de ceux auxquels il est prudent de résister trop longtemps, il faudra bien qu'elle se soumette... si elle veut revoir son fils... dont le trépas n'aura été, du reste, que reculé !...

Et étouffant les flammes de la passion qui passaient dans ses prunelles à la pensée de la mère infortunée, pantelante... à sa merci, son regard implacable regardait l'avenir.

Brisant tous les obstacles, il était arrivé jusqu'alors où il l'avait voulu.

Rien ni personne n'avait pu entraver sa marche, ne l'avait arrêté !...

De même, la dernière partie de ses projets s'accomplirait... celle après laquelle il pourrait se reposer, satisfait, repu.

Il avait trop bien calculé tout pour qu'il pût en être autrement.

Une sourde ivresse l'emplissait : il touchait à son but !

## VII

### A CHEVAL !

Trois jours s'étaient écoulés pendant lesquels Julien, toujours reclus, n'avait aperçu qu'une fois son sinistre gardien.

Ç'avait été pour lui apporter l'infime nourriture qui empêchait tout juste l'enfant de mourir de faim.

Le fils de Walter d'Avenel avait voulu interroger l'abject visiteur au sujet de Marguerite.

Mais le misérable s'était retiré sans même lui répondre.

En proie au plus morne désespoir, Julien s'étiolait dans le caveau humide, lorsque les ferrures qui immobilisaient la porte de sa prison claquèrent bruyamment.

Stewart Bolton reparaissait en même temps au sommet des marches.

L'abject bandit qui l'accompagnait, le jour maudit où il était venu arracher Marguerite de ses bras, était derrière lui.

— Avance ! — ordonna l'espion en s'adressant à l'enfant

Julien avait depuis longtemps détaché les entraves passées à ses chevilles par le complice de Bolton, lors de l'enlèvement de la pauvre petite fleur d'Écosse.

Aïnsi débarrassé, il avait essayé de trouver une issue... mais en vain.

Il obéit donc à l'ordre qui venait de lui être donné.

Mais il marchait péniblement, ses membres engourdis par l'humidité, étant affaibli en outre par une nourriture insuffisante.

Lorsqu'il arriva auprès de ses geôliers, le compagnon de Stewart Bolton lui saisit brutalement les poignets et les attacha solidement l'un à l'autre.

La corde en peau de buffle fortement tordue qui les liait laissait entre les deux poignets la distance d'une demi-coudée. De quoi se servir assez difficilement de ses mains pour les choses essentielles, mais pas assez pour permettre au jeune captif la moindre résistance.

L'ancien intendant regardait silencieusement.

Quand ce fut terminé, il jeta un lourd et large manteau sur les épaules de sa victime.

— Marche ! — fit-il. — Chacun son tour !...

Le jeune homme, les vêtements humectés par l'humidité du caveau, grelottait à l'air de la nuit arrivant par la porte ouverte.

Il crut que son geôlier jetait le manteau sur lui par humanité, et il en ressentit presque de la gratitude.

Il s'avança donc.

Stewart Bolton tenait une torche allumée, comme chaque fois qu'il s'était présenté.

Julien était arrivé les yeux bandés dans sa prison.

Dès qu'il en eut franchi le seuil, il jeta avidement un regard autour de lui.

Il aperçut un corridor voûté, mais où tout semblait déceler un long abandon.

Il lui fallut faire plusieurs détours.

Des pierres éboulées obstruèrent sa marche, et il se souvint d'avoir butté contre un obstacle, le jour où on l'avait traîné, avec son infortunée petite amie, dans ce sombre repaire.

Maintenant, des murs en partie écroulés se présentaient à droite et à gauche.

A n'en plus pouvoir douter, il était au milieu de ruines anciennes s'il en jugeait aux nombreux symptômes qui se présentaient devant lui.

Mais tout à coup une vision inattendue l'arrêta net.

Il venait d'apercevoir le ciel. En face de lui, comme le regardant, une étoile brillait.

Il la fixa, son âme montant vers elle.

L'étoile de l'espérance !... Elle lui sembla comme un augure favorable.

Le ciel !... le ciel !... une dilatation infinie remplissait son être.

— Eh bien ! — fit durement Stewart Bolton. — Crois-tu que nous allons demeurer ici à contempler la belle nature ?...

Le fils de Walter d'Avenel comprit.

Et sans cesser d'attacher son regard sur l'astre palpitant, il suivit ses geôliers...

Les ténèbres trouées par la lueur sanglante de la torche l'enveloppaient. Il ne savait ce qu'on lui voulait ni où on le conduisait.

Mais il revoyait le ciel magnifiquement étoilé : un réconfort inattendu descendait en lui.

Il lui semblait qu'il marchait à la conquête de sa liberté, à la délivrance de Marguerite.

Hélas ! s'il avait su !

Ils arrivèrent au dehors...

On traversait une contrée tourmentée entre des rocs puissants.

Julien promena avidement son regard devant lui.

Il n'aperçut que les noirs soulèvements du sol, et, sur l'étendue, les masses tourmentées et confuses des végétations rampantes de la lande.

— A droite ! — commanda son guide.

Alors, derrière un arceau à moitié effondré, le fils de Walter d'Avenel aperçut des chevaux.

Les rougeoîments de la torche éclairant leurs croupes montrèrent un homme immobile qui les tenait en main.

Julien reconnut en lui le second des deux bandits qui les avaient attaqués dans les bois de Claymore et avait aidé Stewart Bolton à les entraîner.

Il remarqua que cet homme était formidablement armé.

Reportant alors son regard sur les deux autres individus, il constata qu'ils avaient pris les mêmes précautions.

Stewart Bolton montra un des chevaux au jeune homme:

— Voici ta monture; en selle!

Un cheval... Un frisson de joie traversa les veines de Julien.

Les hommes qui le gardaient étaient armés et lui non; de plus il avait les mains étroitement attachées. Qu'importait cela?

Il avait un cheval: il le lancerait au galop à la première occasion favorable; et l'on verrait bien!

Malgré la gêne et la douleur que lui causait la corde de cuir qui lui liait les poignets, malgré son affaiblissement, il se hissa rapidement en selle.

Les deux estafiers qui accompagnaient l'ennemi de sa famille en firent autant.

Julien s'aperçut alors que le mors de son cheval était relié, de chaque côté, à la monture de chacun des bandits.

On avait pris les précautions nécessaires contre toute velléité d'évasion.

— Tu le vois, inutile de chercher à t'échapper, — dit alors Stewart Bolton qui l'avait deviné. — De plus, chacun de nous a une paire de pistolets tout chargés, pour le cas où tu ne serais pas sage. As-tu entendu?

— Je t'ai entendu! — repartit l'enfant avec dédain, l'œil sombre mais toujours résolu.

L'espion reprit :

— N'essaie pas de crier non plus, d'appeler; ces lieux sont déserts la nuit. Et si, par impossible, quelqu'un venait à paraître, nul ne te reconnaîtrait sous l'ample manteau qui te protège si bien contre la fraîcheur de la nuit.

La voix du triste sire sonnait, sarcastique.

Et Julien qui, un moment auparavant, se laissait aller à une involontaire reconnaissance!...

L'agent secret, l'homme qui avait nourri ce rêve immonde d'usurper les dépouilles de son ancien maître, s'était mis en selle à son tour.

La petite troupe s'ébranla.

Chacun des deux estafiers marchait à la droite et à la gauche de Julien, leurs chevaux étant reliés au sien.

Stewart Bolton se tenait derrière, surveillant son prisonnier.

Ils traversaient la lande aux végétaux rabougris et noueux.

Ils se dirigeaient vers le Sud.

Il y avait environ une heure qu'ils étaient en chemin.

Le sentier qu'ils suivaient gravissait une éminence.

Tout à coup, un frémissement secoua Julien.

Des forêts ténébreuses étaient auprès d'eux : ils allaient s'y engager.

Mais au loin, à travers une percée des arbres, un clocher et des tours venaient de lui apparaître.

Il avait reconnu, deviné plutôt, le manoir de Claymore.

Oh! quoi qu'il dût lui en coûter, dès qu'il serait arrivé sous bois, il sauterait de cheval.

Et bravant les balles des pistolets, il se dirigerait vers le toit hospitalier, le toit de ses ancêtres.

Il y trouverait celle qu'il savait être sa mère; il y trouverait aussi la mère de Marguerite.

Et instruit maintenant, fort de ce qu'il avait appris, il saurait, il pourrait agir.

Mais Stewart Bolton avait suivi la direction de son regard : il avait vu aussi.

Il ne quittait pas son prisonnier de l'œil : Julien était la rançon de sa vengeance, — et, lui semblait-il aussi, celle de son ambition.

Son intelligence vicieuse pénétra les espérances de l'enfant dont il avait expérimenté l'indomptable énergie.

— Halte tous ! — gronda-t-il d'une voix rauque.

S'approchant de celui des estafiers qui l'accompagnait un instant auparavant dans les ruines, il lui parla à l'oreille.

Ce dernier regarda Julien, fit un signe de tête et sauta à terre.

Et aussitôt il détacha une corde enroulée autour de sa ceinture, et que l'enfant n'avait pas remarquée, sous son manteau.

Rapidement, il en passa une extrémité autour de la taille de Julien, et l'y fixa solidement.

L'estafier enroula alors de nouveau le reste à son propre corps.

Le fils de Walter d'Avenel était désormais hors d'état de tenter quoi que ce fût pour recouvrer sa liberté.

Un spasme de douleur monta de son cœur à sa bouche, et s'en exhala en un gémissement.

— Cela te dérange, hein ! — ricana l'espion.

Et s'adressant à ses deux aides :

— En avant, et leste! Le voisinage de ces lieux cause trop de chagrin à notre jeune cavalier. Il faut ménager son bon petit cœur.

Le triste sire ne perdait aucune occasion de blesser, de persécuter son infortuné prisonnier.

Les chevaux avaient recommencé à marteler le sol sous leur sabot pesant.

Les voyageurs étaient sortis de la lande. Ils suivaient un chemin assez large pour permettre à trois cavaliers de s'y engager de front.

C'était une de ces percées ouvertes à travers les forêts par les bûcherons, afin d'y transporter sur leurs lourds chariots les arbres centenaires abattus par leur cognée.

Les grands chênes, les hêtres et les frênes géants à travers lesquels ils cheminaient rejoignaient en haut les feuillages épais.

Julien avait perdu de vue l'étoile dont l'aspect avait fait descendre en lui une inconsciente espérance.

Les toits du manoir de Claymore s'étaient également montrés à ses yeux... mais pour disparaître presque aussitôt, en même temps que ses persécuteurs redoublaient de rigueur envers lui.

Tout s'effondrait à la fois.

— Dieu m'a réellement abandonné, — pensait-il. — Il ne me reste plus qu'à subir mon sort.

Et sa jeune tête, creusée par le chagrin et la souffrance, pesait péniblement sur sa poitrine.

— Eh ! eh ! — reprit de nouveau la voix sarcastique de Stewart Bolton, — ces bois ne te disent donc plus rien pour y jouer à cache-cache avec nous !

— Lâche! — se contenta de gronder le jeune captif.

L'ancien intendant essaya de rire.

Mais son rire sonna faux.

Le mépris de l'enfant le touchait plus qu'il ne voulait le laisser paraître.

— Il est solidement bouclé, au moins? — reprit-il en s'adressant à l'estafier qu'il avait spécialement chargé des fonctions de tourmenteur. — Ce n'est pas un mal que la corde attachée à ses reins morde un peu les côtes, que les lanières de cuir fixées à ses poignets entament un brin la peau. Cela tient les sens éveillés.

— N'ayez crainte, chef, — répondit le bandit, — j'ai fait les choses en conscience.

Et à son tour, son éclat de rire indiqua la signification cruelle de ses paroles.

Le gredin ne mentait pas.

Les « bracelets » de cuir, passés aux poignets de l'enfant, étaient si cruellement serrés que le sang avait presque complètement cessé de circuler...

L'arête aiguë et dure des lanières, grossièrement tordues, lui entamait la peau.

Mais l'enfant ne se plaignait pas.

A quoi bon ?

Implorer la pitié de ses bourreaux ?...

Il n'eût fait que susciter leurs sarcasmes et causer leur joie.

Il avait trop de véritable fierté pour leur donner cette lâche satisfaction...

Il avait trop de dignité native pour s'humilier devant ce misérable, qui se vengeait sur lui, après avoir été le valet de ses parents.

Mais quelle affreuse désespérance était la sienne !

Ils marchaient depuis plusieurs heures, lorsque la troupe dont il faisait partie malgré lui déboucha sur une route ordinaire.

Stewart Bolton poussa son cheval en avant et s'approcha de Julien.

— Reconnais-tu cette route ? — lui demanda-t-il. — C'est celle qui mène au manoir de Claymore.

Il s'aperçut du mal que ses paroles causaient à l'enfant.

Et, joyeux, il ajouta :

— Mais elle ne va pas t'y conduire. Tu vas, au contraire, lui tourner le dos.

Il étendit le bras dans la direction prise autrefois par Walter d'Avenel, la nuit où il avait quitté cette demeure, afin de retourner dans le clan d'Avenel, lever des troupes.

— Voilà le chemin que nous allons suivre. Et, maintenant, au trot, mon garçon !

Les deux estafiers, qui encadraient, de chaque côté, le cheval de Julien, firent jouer l'éperon.

Et la sombre cavalcade s'enfonça rapidement sur le chemin obscur.

Stewart Bolton tenait à quitter ces parages avant le jour.

Ils étaient dangereux pour lui, avec Julien comme prisonnier.

Le chevalier d'Avenel et Mac Sweeny couvraient Édimbourg avec les dernières troupes rassemblées.

Ils étaient le suprême et héroïque rempart de la dynastie nationale contre l'invasion anglaise.

Les forces dont ils disposaient étaient restreintes et ils ne pouvaient songer qu'à la défensive.

Ils détachaient cependant, de temps en temps, quelques reconnaissances, afin de battre la campagne et surveiller les ennemis.

Stewart Bolton ne tenait nullement à tomber sur l'un de ces détachements... Julien n'aurait eu qu'à dire qu'il était le fils du chevalier d'Avenel, — maintenant que l'ancien intendant le lui avait appris !

Les soldats écossais se seraient empressés de conduire l'espion et ses deux acolytes devant Walter lui-même. Et le méprisable agent de Somerset savait, en ce cas, quel châtiment l'attendait.

Il tenait donc absolument à gagner le large avant le jour.

— Quand le soleil se lèvera, je serai dans les lignes anglaises, — s'était-il dit. — A ce moment-là, plus rien à risquer!

Bien mieux, en montrant certain parchemin dont il était muni, les « alliés » lui fourniraient même des gardes, s'il le jugeait nécessaire.

Julien ignorait cela. Mais la hâte que ses bourreaux mettaient à s'éloigner de Claymore lui montrait qu'ils redoutaient le voisinage du château.

— Ah ! — pensait-il, — que n'ai-je seulement une arme dans ma main libre.

Il se sentait capable de lutter contre eux tous.

Ou, s'il périssait, ce serait au moins dans la même contrée, sous le même ciel où respirait la mère, qu'il avait appris trop tard à connaître.

Hélas ! il n'avait pas même un épieu à sa portée, ses mains étaient attachées, et chaque foulée du cheval qui le portait l'éloignait davantage de cette mère dont il avait pu apprécier la bonté infinie...

Les premières blancheurs de l'aube commencèrent à teinter le ciel.

D'une voix impérieuse, Stewart Bolton ordonna de prendre le galop.

La troupe roula alors avec un bruit d'enfer, à une allure vertigineuse, à travers l'étendue...

On traversait une contrée tourmentée entre des rocs puissants.

Chacun se taisait, les malfaiteurs épiant l'ombre grise pour voir si quelque troupe écossaise ne surgissait pas au carrefour de quelque défilé... Malgré la fatigue des chevaux, ils gravissaient sans ralentir une côte escarpée.

Le jour se faisait de plus en plus clair.

Au sommet de la montée, le soleil, émergeant de l'horizon, les inonda tout à coup de ses clartés.

Stewart Bolton plongea alors ses regards anxieux sur la vallée où flottait encore le brouillard de la nuit.

Et un cri de joie, un cri de triomphe frénétique sortit de sa bouche.

Il venait de reconnaître la bannière anglaise au milieu de tentes dressées au loin sur les flancs d'un escarpement.

## VIII

### L'ADIEU AUX SOLITUDES

La belle saison, en faisant éclore les fleurs délicates sous les bois, avait été fatale à Julien et à la pauvre petite Marguerite.

Hélas ! ce réveil de la nature, qui faisait couler tant de larmes à cause de l'attentat qu'il venait de permettre, avait rempli d'autres cœurs d'espérance.

Les neiges, qui enfermaient en quelque sorte Christie de Clinthill et la charmante Ketty dans leurs solitudes désertes, avaient fondu peu à peu.

Et, un matin, l'ancien écuyer du chevalier d'Avenel, ayant gravi un pic élevé, d'où l'on voyait au loin, était revenu ensuite tout joyeux dans sa cabane, et il avait pu annoncer à sa compagne :

— La route est libre, nous pouvons partir !

La route... c'est-à-dire la succession de vallées et de montagnes qui aboutissaient ils ne savaient où.

Cependant les vestiges du passage de l'armée conduite autrefois par le chevalier d'Avenel à travers ces affreuses solitudes l'indiquaient : avec de l'énergie et de la persévérance on ne devait pas tarder à voir la limite de ces lieux tourmentés.

L'heure était donc venue pour eux de quitter le désert, où ils venaient de vivre de longs mois dans l'isolement le plus absolu.

Certes, ils avaient pu goûter ainsi les sensations intimes et si douces à certains moments de l'union de deux êtres dans ce qu'elle a de plus absolu.

Mais ils avaient senti passer également les lourdes nostalgies des noires nuits d'hiver, avec leur cortège d'inquiétudes et de sourdes menaces, quand les âpres rafales hurlaient à travers les rochers et venaient ébranler leur étroite chaumière.

Cela touchait donc à son terme.

Appuyés l'un sur l'autre, ils allaient revenir parmi les autres êtres humains.

Et cependant, au moment de le faire, une mélancolie invisible, une sorte de regret s'emparait d'eux.

Leur existence avait été bien misérable et bien précaire, il est vrai, dans ce morne désert.

Mais n'y avaient-ils pas été heureux, en somme?

Ils avaient éprouvé ce qu'une tendresse, une affection partagée a de puissance pour apaiser les épreuves de la vie.

— Il faut donc partir? — avait murmuré Ketty en promenant un long regard sur la chaumière et sur ce qui l'entourait.

— Oui, — reprit lentement Christie, — l'époque est venue de dire adieu à l'abri qui nous a protégés contre la colère des éléments déchaînés.

Les deux époux se comprenaient.

Il leur semblait qu'ils abandonnaient un ami fidèle et que jamais ils ne le reverraient.

Mais c'était la destinée.

Ils ne pouvaient vivre éternellement seuls dans ces solitudes.

Puis, le devoir parlait.

Christie de Clinthill, instruit par Stewart Bolton de la vérité sur la disparition et, — croyait-il, — la mort de Julien, devait tout faire pour essayer de rejoindre le chevalier d'Avenel.

Il l'instruirait à son tour.

Et ensemble, ils conviendraient du meilleur moyen d'atteindre l'agent secret de Somerset et de lui faire expier le forfait dont il s'était vanté.

Le soldat entreprit donc les préparatifs du voyage qu'il allait recommencer avec Ketty.

Il n'en pouvait prévoir la durée.

Il se mit en chasse.

Devenu extrêmement habile dans l'art primitif du trappeur auquel il avait eu recours pour ne pas mourir de faim durant leur long exil, il passait presque toutes ses journées dans les bois et rapportait le soir quelque pièce de gibier au logis.

Ketty préparait, faisait sécher au feu les tranches de venaison.

Un jour vint où leur provision fut suffisante.

Christie en fit deux ballots qu'il suspendit à chaque extrémité d'une branche souple qu'il porterait sur l'épaule.

Ils pouvaient quitter définitivement ces lieux sauvages.

Avec une sorte de piété émue, Ketty rangea auprès de l'âtre les grossiers ustensiles si péniblement fabriqués par Christie.

— Il ne faut point les mépriser, — dit-elle. — Ils nous ont permis de vivre... Puissent-ils sauver d'autres chrétiens!

Il passait presque toutes ses journées dans le bois.

Il lui semblait qu'un peu d'eux-mêmes y était resté !...

Elle ajouta :

— Si quelque infortuné se trouve chassé comme nous par le destin dans ces déserts, cette cabane lui servira d'abri : puisse ce peu que nous laissons lui être utile !

Tout était terminé : il ne leur restait plus qu'à se mettre en route.

Ketty s'agenouilla. Christie, le terrible et bon mécréant d'autrefois, en fit autant, à côté d'elle.

Les légendes des génies protecteurs du foyer ne sont point encore tout à fait mortes dans les montagnes de l'Écosse.

C'est à eux que, dans une naïve et touchante action de grâce, l'ancienne habitante du Moulin-Joli s'adressait en une muette prière.

Son époux et elle se dressèrent.

Silencieux et émus, ils sortirent.

Christie ferma la porte derrière eux par un morceau de bois placé en travers de la muraille à l'extérieur, de façon que, si quelque voyageur perdu venait à passer devant la chaumière il lui serait aisé de l'ouvrir.

Il chargea alors son fardeau sur son épaule, gardant à la main le hoyau emporté l'année d'avant du Moulin-Joli et qui lui avait servi à la fois d'outil et d'arme, — la seule qu'il eût !

— Adieu, humble et cher abri, — dit-il d'une voix profonde. — Nous ne t'oublierons jamais, adieu !

— Adieu ! — répéta Ketty.

Et se tournant vers le lointain, vers l'immense plaine des Trépassés par delà laquelle était la tombe de celui qui lui avait donné le jour, le sépulcre rustique du vieux meunier terrassé par le chagrin et les souffrances :

— Adieu, mon père ! — prononça-t-elle.

Deux larmes coulèrent le long de ses joues.

Sa tête s'abaissa sur sa poitrine.

Puis, se replaçant à côté de son compagnon, elle s'éloigna avec lui...

Ils marchèrent un long moment en silence.

Au moment de tourner une masse rocheuse qui allait leur faire définitivement perdre de vue le lieu de leur exil, ils se détournèrent encore, arrêtèrent une dernière fois leurs regards vers la chaumière abandonnée, vers les bruyères derrière lesquelles dormait le pauvre vieux père dans la paix du tombeau.

Et ils disparurent !

## IX

### CHRISTIE... BOLTON...

Christie de Clintill et Ketty marchaient vers le nord.

Plus loin, beaucoup plus loin, Stewart Bolton et les deux estafiers qui conduisaient le fils de Walter d'Avenel attaché au milieu d'eux se dirigeaient vers le sud.

Le rencontreraient-ils ?

Incertitude du destin!...

D'un côté, Stewart Bolton, ses aides et leur infortuné captif...

De l'autre, l'homme que l'ancien intendant, que le traître avait fait enfermer dans une citadelle et qu'il croyait y être encore, à moins qu'il ne fût mort.

Depuis plus d'un an qu'il se trouvait en Écosse, Stewart Bolton ignorait en effet ce qui s'était passé dans la sombre prison d'État.

Quelle stupeur pour lui s'il venait à rencontrer le redoutable guerrier, le terrible capitaine d'armes du chevalier d'Avenel!

Et cela tandis que l'espion avait avec lui l'important prisonnier dont il avait décidé le dernier supplice.

Mais Christie reconnaîtrait-il le fils de son ancien seigneur ?

L'agent secret de Somerset avait pu quitter Édimbourg sans nuire à l'œuvre dont son maître sanguinaire l'avait chargé.

L'heure des intrigues louches, des manœuvres souterraines était passée.

Au début, il avait fallu semer la trahison autour de Marie Stuart, acheter les consciences, provoquer les délations.

Stewart Bolton était passé maître dans cette tâche, et il avait réussi au delà de toutes espérances.

Actuellement la parole était aux épées. C'est pourquoi il avait pu partir sans regret.

Arrivé au camp anglais, le matin où il emmenait Julien avec lui vers le pays d'Avenel, il n'avait eu qu'à présenter certain parchemin et avait été reçu avec empressement.

Il avait trouvé abri et subsistance pour lui et les siens, et ils avaient pu prendre là un repos nécessaire après la chevauchée de la nuit.

Julien seul n'avait pas cédé au sommeil, malgré sa jeunesse et sa fatigue.

Trop d'affreuses pensées le torturaient pour cela.

Une fois bien reposé, les chevaux en état de continuer le voyage, Stewart Bolton se remit en route.

Les Anglais lui avaient fourni tous les renseignements qu'il pouvait désirer...

La contrée, lui apprirent-ils, était à eux jusqu'à la Tweed. Seule, dans toute cette immense étendue, la Tour d'Avenel faisait encore flotter les libres couleurs d'Écosse.

Cela confirmait les renseignements possédés par l'agent secret.

Il pouvait donc reprendre son voyage sans crainte de rencontre dangereuse.

L'escorte des deux bandits qui l'accompagnaient était plus que suffisante.

Les montagnes habitées par les bûcherons, à l'ouest, n'étaient pas encore soumises : mais la route ne passait pas par là.

Stewart Bolton se dirigea en conséquence dans les gorges d'Arfeld.

— Nous n'allons pas tarder à voir le pays où tu es né, — annonça-t-il d'un ton sarcastique à sa victime.

Ils pénétrèrent dans les étroits défilés où nous avons vu autrefois le chevalier d'Avenel chevaucher seul de nuit, lorsqu'il allait appeler ses fidèles vassaux aux armes.

L'espion reconnut, au récit qui lui avait été fait jadis, l'endroit où un guet-apens avait été tendu au chevalier de la reine.

— L'embuscade était pourtant bien choisie, — murmura-t-il.

Dans un accès de forfanterie, il mit Julien au courant de ce qui s'était passé.

— Dieu protège manifestement la race d'Avenel, — répondit bravement l'enfant. — Elle triomphera malgré toi, et tu seras châtié !...

L'espion saisit sa dague, pour faire expier sa franchise à l'enfant.

Mais il la repoussa dans son fourreau, en marmonnant :

— Ce châtiment serait trop doux !

Ils arrivèrent le soir à l'auberge de la *Croix d'Écosse*, celle-là même où Walter d'Avenel avait fait halte lors de son dangereux voyage.

L'agent de Somerset le savait.

— Holà ! — dit-il durement à l'hôtelier, — te souviens-tu de certain cavalier que tu avais ordre d'empêcher par tous les moyens de continuer sa route et qui a réussi à s'enfuir ?

L'aubergiste se rappela la fable qu'il avait inventée à cette époque afin de se faire pardonner par les brigands de lord Rosberg.

— Si je m'en souviens ! — gémit-il. — Par la Croix d'Écosse qui me sert d'enseigne, j'en étais encore écloppé plus d'un mois après.

— Eh bien ! nous amenons son fils. Surtout fais en sorte qu'il n'imite pas son père, si tu tiens à conserver tes deux oreilles.

L'aubergiste s'inclina très bas.

Il ne se sentait pas de taille à jouer deux fois au héros, quoique, la première fois, ç'avait bien été un peu malgré lui.

Quant à Julien, c'est avec une sorte de respect religieux qu'il refaisait les étapes du voyage dans lequel il retrouvait les traces du passage de son père.

Il marchait à la mort : que lui importait !...

A l'âge où les autres voient s'ouvrir la vie souriante, il allait terminer une existence qui n'avait été pour lui qu'amertumes.

— J'aurai la consolation de baiser en expirant la terre de mes aïeux, — se disait-il.

Et son regard inaltérable bravait celui de Bolton étincelant de fureur impuissante devant son stoïcisme.

— J'abattrai ton orgueil avec ta tête ! — grinçait le traître.

Et il comptait, anxieux, les jours que devait mettre le messager du duc de Somerset pour arriver au camp anglais établi devant la Tour d'Avenel, afin d'y être, lui aussi, en même temps et accomplir ses sinistres projets.

Encore deux ou trois jours à peine...

Infortuné Julien !

Attaché sur son cheval, leur troupe voyait à chaque instant diminuer la distance qui la séparait du but.

Durant ce temps, Christie de Clinthill, ses pieds nus enveloppés de peaux de bête, soutenant la marche de Ketty, continuait sa retraite à travers les rochers...

## X

### L'HEURE S'AVANCE...

JULIEN... oui, le vaillant Julien, digne rejeton, vrai et pur sang d'Avenel, marchait, le front levé, vers la mort qu'on lui annonçait chaque jour.

Un triple regret faisait seul, parfois, chanceler passagèrement son courage : c'était d'avoir vécu de si longs jours à côté de Marie d'Avenel sans avoir pu s'agenouiller devant elle en lui donnant réellement le nom si doux de mère ; c'était d'avoir combattu presque à côté de Walter d'Avenel et de n'avoir pu seulement entrevoir les traits du guerrier valeureux dont le sang circulait dans ses veines... c'était enfin le souvenir de l'enfant qu'il aimait, de la pauvre petite fleur d'Écosse.

La fille d'Ellen Merey, elle, était arrivée en Angleterre.

Mais Stewart Bolton, on le sait, avait donné des ordres rigoureux aux marins à qui il l'avait confiée.

Ils ne devaient remonter la Tamise que les heures des ténèbres arrivées, de façon à n'aborder à Londres qu'après minuit.

Là, masquée par une mante épaisse, la fille de Somerset et d'Ellen Mercy serait conduite directement auprès de l'odieux Percy.

Les instructions de l'agent secret avaient été, hélas ! ponctuellement exécutées.

Les marins avaient appris par certains exemples ce qu'il en coûtait de lui désobéir.

Marguerite, épuisée par son long, son affreux voyage, n'ayant plus de larmes à force d'en avoir versé, se vit enfin introduire dans une vaste et sombre salle... celle dans laquelle le fils de l'agent secret se tenait avec prédilection... là même où un fugitif s'était présenté autrefois, un Français, Henri de Mercourt.

Les battements de son cœur suspendus, arrêtés, Marguerite se trouva devant un jeune homme étrange, au visage livide et glacé.

C'était Percy, comte de Verbrock, c'était le fils de Stewart Bolton.

Un jeune homme, semblait-il à cause de son visage imberbe ; et cependant on n'aurait pu encore fixer aucun âge à ses traits blêmes et anguleux, à son regard à la fois aigu et fuyant.

Marguerite avait craintivement écarté la mante sous laquelle elle étouffait.

Ses conducteurs l'y avaient autorisée dès l'instant qu'elle était à l'abri, — à l'abri! — dans la maison de Stewart Bolton.

Elle apparut alors dans sa grâce innocente et affligée...

L'œil faux de Percy s'attacha sur elle. Des reflets y luisaient, troubles et louches.

Les instincts vicieux qu'il cachait en lui sous la lividité glacée de ses traits se montraient ouvertement devant la jeune et faible captive qu'il avait en son pouvoir.

Mais il se rappela qu'il n'était point seul.

Les marins qui avaient servi jusqu'alors de gardiens, de geôliers à la fille d'Ellen Mercy se tenaient debout à l'écart.

Et Percy n'avait pas l'habitude de laisser voir aux autres ce qui se passait en lui.

Reprenant de nouveau sa rigidité froide, il rompit le cachet du pli volumineux que les marins lui avaient remis en lui présentant la prisonnière...

Il lut lentement, imposant l'immobilité absolue à ses traits.

Il vit les instructions minutieuses, rigoureuses que son père lui transmettait ; il étudia, scruta la lettre de Stewart Bolton qu'il était chargé de remettre à Somerset.

Lorsqu'il eut achevé, il leva de nouveau son œil jaune et pesant sur la jeune fille.

Celle-ci se sentait mal à l'aise sous l'attention de ce jeune homme, sur les traits de qui étaient creusées certaines rides précoces autant que celles d'un vieillard.

— La fille de Somerset, — pensa-t-il. — Ce n'est donc pas pour moi... au moins pour le moment!

Il congédia les marins d'un ton bref et impérieux, leur ordonnant de se tenir à sa disposition.

La voix assourdie, il commanda ensuite à Marguerite de le suivre, de marcher à côté de lui.

L'enfant apeurée obéit : prenant un flambeau à la main, il sortit avec elle, gagna les étages supérieurs.

Il se sentait de taille à assumer à son tour le rôle de geôlier.

Arrivé au faîte de la maison, il ouvrit la porte d'une chambre étroite, qui prenait jour sur le toit.

La lucarne qui l'éclairait durant le jour était placée trop haut pour que l'enfant pût y atteindre.

Sans un mot, le fils de l'espion désigna le lit à Marguerite.

Et, ceci fait, il se retira, emportant le flambeau après avoir de nouveau laissé peser sur elle son regard louche, la laissant sans lumière.

Elle n'avait pas besoin d'y voir pour dormir ou pour pleurer!

Le lendemain, il irait trouver le favori d'Élisabeth ; il lui remettrait le pli dont il était porteur pour lui.

Chargé par son père de mettre Marguerite hors de la portée du sombre duc, il venait de réfléchir que si celui-ci voulait essayer de s'en emparer, il ne chercherait jamais dans la maison même de son agent, supposant qu'il avait dû enfermer l'enfant dans une retraite plus secrète.

Quant à la police du duc... Percy ayant hérité de la charge équivoque de son père, le comte de Verbrock n'avait pas à la craindre.

La pauvre Marguerite était donc à Londres, prisonnière, réservée à un sort qu'elle ne pouvait connaître, mais affreux, certainement.

Elle était à Londres où son aïeul, muré vivant dans un sépulcre, appelait la mort libératrice, au fond des souterrains de la Tour de Londres...

Il est vrai que des hommes intrépides, infatigables, travaillaient à lui rendre enfin la liberté.

Ils voulaient lui permettre de voir le jour avant d'expirer.

Ces hommes qui luttaient sans relâche contre la tyrannie d'un ministre n'étaient que deux!

Ils avaient pourtant entrepris une œuvre formidable.

C'était Henri de Mercourt, le gentilhomme français, le noble seigneur de Kervien, et Wilkie, l'ancien geôlier de la Tour de Londres.

Mais tandis qu'ils travaillaient avec acharnement à rendre la liberté à l'aïeul, ils ne soupçonnaient pas que la petite-fille arrivait captive dans la même ville...

Henri de Mercourt avait quitté la Bretagne paisible pour venir se remettre à la recherche d'Ellen... Ellen Mercy qu'il croyait morte...

Et il ne savait pas non plus, il ne pouvait savoir que l'enfant à qui l'on avait donné le surnom emblématiquement gracieux de Fleur d'Écosse venait de franchir ce seuil qu'il avait passé lui-même autrefois, — pour son malheur!...

Il ne pouvait supposer que la pauvre captive de Percy eût pu lui révéler l'existence de celle qu'il avait continué à aimer sans espoir.

Rencontrer Marguerite eût été encore davantage pour lui!... Ç'aurait été lui indiquer l'endroit où il pourrait retrouver Ellen, s'agenouiller devant elle et couvrir ses mains de baisers...

Henri de Mercourt prêta l'oreille.

Il est vrai qu'Ellen était mère, et qu'il l'ignorait.

Peut-être le déchirement serait-il trop cruel, chez Henri de Mercourt, après cette dernière révélation.

Il valait mieux qu'il l'ignorât, pour avoir le courage, la force de poursuivre son œuvre.

En effet, il fallait une énergie surhumaine pour continuer la vie effroyable à laquelle il s'était volontairement condamné.

Il n'avait plus quitté la maison de feu Jacksen l'orfèvre, depuis qu'il y était entré.

Le monde extérieur aurait été dès ce jour totalement ignoré de lui, s'il n'était pas venu quotidiennement prendre son poste d'observation derrière les volets à demi clos, tandis que Wilkie et sa courageuse femme reposaient.

Il redescendait ensuite dans son souterrain.

Le temps avait marché depuis les fêtes du jubilé de la reine Élisabeth. Son œuvre aussi !...

Mais quel implacable labeur, à la lueur rougeâtre et fumeuse d'une lampe qui charbonnait sous les profondeurs mal aérées du sol !

En effet, c'était un couloir étroit où arrivait à peine un peu d'atmosphère respirable.

Henri de Mercourt et Wilkie avaient achevé d'abord la galerie oblique, l'espèce de puits qui devait leur permettre d'arriver à une profondeur assez grande pour que leurs coups de pioche ne fussent pas entendus du dehors.

Leur besogne était un véritable travail de termites.

Mais ils savaient combien le sol porte au loin les vibrations des moindres chocs.

C'est pourquoi ils avaient donné leur premier coup de pic au moment où les canons de la Tour de Londres commençaient à tonner.

A l'heure même où l'infortunée Marguerite pénétrait dans la demeure de Stewart Bolton, Henri de Mercourt, ayant pris les quelques heures de sommeil qu'il s'accordait chaque nuit, venait de commencer la faction que chacun des trois habitants de la demeure de la « veuve » montait à tour de rôle.

Caché derrière les volets entre-bâillés, il épiait les moindres rumeurs, les rares mouvements de la rue à cette heure avancée.

Un bruit étouffé de pas, un froissement plutôt aviva tout à coup son regard...

Le gentilhomme français aperçut bientôt une longue et maigre silhouette.

Il reconnut, il devina plutôt le grand escogriffe au corps de squelette que Somerset avait lancé contre lui.

— Je ne me trompe pas, je ne pouvais me tromper, — murmura le seigneur de Kervien ; — c'est bien la marche de l'homme éternellement à l'affût, de l'individu qui voudrait que rien ne dénonçât son approche.

Attiré magnétiquement, eût-on dit, par l'œil sombre attaché sur lui par Henri de Mercourt, le policier se tourna de ce côté.

Mais il ne pouvait distinguer le gentilhomme français, couvert de vêtements foncés et plongé dans une obscurité complète.

Son instinct de limier avertissait l'homme qu'il devait se passer quelque chose d'anormal dans cette maison.

Secrètement, il l'avait surveillée, en compagnie de l'autre argousin aux jambes torses, au mufle de dogue, avec lequel il avait l'habitude d'opérer.

Mais la figure impassiblement souriante et paisible d'Annie, la femme de l'ancien geôlier, la coiffe méticuleusement propre enserrant ses bandeaux de veuve, avait fini par le convaincre qu'il se trompait.

Il passa donc... non sans se retourner une fois encore, attiré par l'obsession dont il ne parvenait pas à se défaire.

Le Français le suivit du regard.

L'agent arriva devant la porte de la Tour de Londres, hésita une seconde et en franchit l'entrée.

— Cet homme flaire l'ennemi, — murmura Henri de Mercourt. — Pourvu qu'il nous laisse le temps d'achever !...

# XI

## LA CHANSON BRETONNE

Le silence était retombé, absolu, aux environs de la Tour de Londres.

Seuls, les appels des sentinelles, se répondant au sommet des remparts, venaient le troubler.

Les infortunés renfermés dans l'immense et sombre citadelle oubliaient leurs souffrances dans le sommeil, — et peut-être dans le rêve qui leur donnait le décevant mirage de la liberté.

L'argousin allait troubler le repos d'un de ces malheureux, envoyé qu'il était par Somerset pour quelqu'une des louches et cruelles missions dont son maître avait l'habitude de le charger.

Henri de Mercourt, anxieux, prêta l'oreille, se demandant si quelque cri déchirant n'allait pas indiquer de nouveau les moyens mis en œuvre par le policier pour contraindre à parler ceux auprès de qui il était détaché.

Mais le sinistre messager travaillait sans doute en douceur cette fois, car l'homme en faction, car le gentilhomme ne perçut pas ces affreuses clameurs qui signalaient presque chaque fois sa présence.

Tout à coup pourtant, dans le silence, une voix s'éleva.

Elle provenait de la forteresse.

Henri de Mercourt prêta l'oreille. On eût dit les premiers vers d'une chanson.

Et le gentilhomme tressaillit violemment : cette chanson, cet air plutôt, il le connaissait. C'était une mélopée bretonne.

Le chanteur était trop loin sans doute pour que ses paroles parvinssent au dehors.

Mais l'air, la voix!...

Le seigneur de Kervien appuya convulsivement son poing noué sur sa poitrine.

Était-ce bien vrai ? Son oreille ne l'abusait-elle pas ?

A ce moment, lancées avec plus de force sans doute, des paroles, franchissant l'espace, parvinrent jusqu'à lui.

Non, il ne se trompait point.

C'était bien, en dialecte bas breton, une vieille chanson des bardes.

Et la voix, la voix elle-même, il venait de la reconnaître à ne plus pouvoir en douter.

— Martial !... — murmura-t-il haletant. — C'est Martial. Je lui ai juré de ne pas l'abandonner. Pensant peut-être que j'erre autour de la prison, il m'avertit ainsi qu'il existe toujours, et que toujours il est captif !...

Son émotion était telle que sa poitrine soulevée laissait à peine passer le souffle dans sa gorge.

— L'infortuné, — balbutia-t-il encore, — de quelle recrudescence de persécution, il va payer l'énergie qu'il vient de montrer !

Le gentilhomme écoutait encore, tous ses sens tendus.

Mais la voix s'arrêta brusquement, laissant inachevé le mot qu'elle prononçait.

Ce que venait d'appréhender Henri de Mercourt s'était réalisé : la voix de Martial n'avait pas attiré seulement l'attention de son maître; elle avait également attiré les geôliers...

Dans le saisissement qui l'étreignait encore, le Français essaya en vain de percevoir le moindre bruit,

Le silence était retombé, plus noir, plus accablant.

Cette chanson, c'était bien Martial en effet qui venait de la confier aux vagues de l'air, comme une messagère ailée.

C'est que, depuis plusieurs nuits, un songe singulier revenait au Breton : il revoyait son maître.

Cette nuit-là, l'écuyer dormait, apercevant, comme les autres nuits, Henri de Mercourt, appuyé sur son épée, lorsque le claquement des verrous de son cachot l'avait réveillé.

Et il avait vu devant lui, mais en chair et en os, l'inquiétante, la répugnante silhouette de l'agent à tête d'escogriffe, au corps de squelette.

Ce dernier attachait sur lui ses yeux luisants.

Somerset était parvenu à apprendre qu'on avait vu Henri de Mercourt voyager avec Wilkie, l'ancien gardien de la Tour de Londres : il savait qu'il avait pu de nouveau pénétrer dans la capitale de l'Angleterre.

Le favori, tremblant alors de lâcheté, avait fait appeler aussitôt l'agent dont il connaissait la redoutable habileté.

Il lui avait commandé de se transporter sans retard auprès de Martial Dacier.

— Ce prisonnier doit connaître le lieu où se cache son maître, —

avait dit le puissant ministre, — arrange-toi pour en obtenir l'aveu!

— J'y arriverai, monseigneur, faudrait-il pour cela briser, un à un, ses os sous les pinces à engrenage.

Mais Somerset avait secoué la tête avec humeur :

— Vous ne pensez qu'à cela, vous autres : la violence. Elle ne vaut rien auprès de cet homme. Je ne l'ai que trop expérimenté. Ne sais-tu pas que ce Français est homme à se couper la langue avec les dents et à nous la cracher au visage plutôt que de parler?

Il ouvrait un coffre de fer, montrant les richesses qui s'y trouvaient entassées.

— Voilà qui vaut mieux que les tenailles et le feu. Je puis te le dire, car si tu répétais une seule de nos paroles je te ferais écarteler. C'est avec cela que j'ai à moitié conquis l'Écosse. Tu m'as entendu, va! Et que cet homme parle. Qu'il parle quel que soit le prix qu'il faille mettre à ses paroles!...

Un sourire bas et cruel crispa ses traits.

Et sourdement :

— On n'est du reste pas obligé de payer ses dettes, et certaines oubliettes aboutissent tout droit au fond de la Tamise.

Il avait alors congédié l'argousin.

Et celui-ci s'était mis en mesure d'essayer d'accomplir cette mission nouvelle.

C'était la nuit. Il n'avait pas voulu perdre une minute.

Les gens que l'on trouble dans leur sommeil sont toujours un moment à reprendre possession de leurs facultés.

Le policier comptait là-dessus pour faciliter sa tâche.

C'est pour cela que Martial Dacier, en se réveillant en sursaut, avait vu devant ses yeux la tête à la fois effrayante et venimeuse de l'agent.

Le Breton avait encore à la pensée la vision de son rêve.

Et quand il entendit l'espion lui parler, dès ses premiers mots, il resta impressionné par le souvenir qui venait hanter son sommeil et la démarche de son visiteur.

Il écouta ce dernier lui répéter les offres de Somerset.

Mais devant l'esprit du Breton était toujours la fière image de son seigneur, appuyé sur sa vaillante épée.

Et il avait gardé le silence.

Le policier, le couvant de son regard oblique, s'était alors penché sur lui, courbant son échine osseuse.

Et la voix basse, hargneuse, l'homme étant exaspéré d'avoir à tenir un tel langage :

— Voyons, parle. Tu es un pauvre hère d'écuyer, m'a-t-on affirmé.

« Eh ! bien, tes paroles, en faisant ouvrir pour toi les portes de ce cachot, te rapporteraient assez pour t'armer et te monter comme le plus riche chevalier.

— Avec l'os de ma jambe non ressoudé encore, avec les plaies des brodequins non encore cicatrisées. Merci de ta proposition !

— Tu ne pourrais monter à cheval, prétends-tu ? Eh bien ! tu couleras la vie du seigneur châtelain dans quelque manoir : on te donnera assez pour cela. Tu ne peux refuser. Voyons, un véritable castel... Apprends-moi où se trouve ton ancien maître.

— Où se trouve mon ancien maître ? — fit le captif.

— Oui.

Et l'argousin, croyant que le prisonnier allait commettre la trahison demandée, retint son souffle, aux écoutes.

— Cela t'intéresse donc bien ?...

— Assez pour te payer le renseignement sans compter.

L'agent se disait qu'il ne risquait pas de trop s'engager ; du reste, son maître avait l'intention de faire disparaître le prisonnier quand il en aurait tiré ce qu'il désirait.

— Tu es généreux, — riposta Martial. — On ne peut rien te refuser !

— Alors...

Une lueur narquoise glissa sous les paupières du Breton :

— Alors, si tu désires tant connaître le refuge où se cache mon maître et seigneur, c'est que toi et tes pareils avez en vain battu Londres sans le découvrir ; merci... et continue à le chercher !

Un vif désappointement contracta les traits de l'agent :

— Prends garde, — siffla-t-il. — Tu joues un jeu dangereux.

Le Breton le regarda en face :

— Ni pour château ni pour trésor je ne vendrai mon maître. Porte ma réponse au tien !

Le policier serra ses poings osseux.

Somerset allait l'accuser d'avoir mal manœuvré.

— Réfléchis encore une fois... La liberté... la richesse...

« Un emploi auprès de mylord-duc même si tu y tiens...

Martial laissa tomber sur lui un regard de mépris :

— J'ai dit !

— C'est ton dernier mot ?...

— Non.

— J'écoute, parle vite.

— Mon dernier mot le voici : Mort à Somerset !

L'estafier envoya la main à son poignard.

Mais le duc de sang le lui avait ordonné : pas de violences !

Seulement son œil d'oiseau de proie attaché, dévorant, sur le prisonnier :

— Je rapporterai ta réponse à mylord-duc. Mais ce n'est pas lui qui mourra. Adieu !

Et il heurta la porte, pour qu'on lui ouvrît du dehors, continuant à attacher son regard de menace sur le captif.

Celui-ci ne se détourna même pas.

Son visiteur sortit, et les verroux claquèrent de nouveau.

Une joie ardente brillait sur les traits de Martial.

Depuis de longs mois, il s'était cru abandonné, oublié dans la tour de Londres.

Il ne savait ce qu'était devenu le vicomte de Mercourt, craignant qu'il n'eût péri obscurément.

Mais les questions du policier venaient de lui apprendre qu'il vivait encore.

Bien mieux, il était sans doute à Londres, menaçant Somerset puisque celui-ci, inquiet, faisait adresser de telles offres à l'écuyer !

Martial ignorait la mauvaise foi dont l'indigne favori se proposait d'user envers lui.

Mais il suffisait qu'on eût proposé une félonie au noble Breton pour que celui-ci l'eût refusée, après s'être donné la satisfaction de tenir un instant son envoyé ballotté d'espérances.

C'étaient les seules représailles qu'il eût en son pouvoir.

— Mon maître est libre, — se disait-il. — Libre et menaçant encore. Cette démarche me le prouve.

Et continuant à méditer :

— Il a pu autrefois pénétrer audacieusement dans cette sinistre forteresse... Qui sait s'il n'était pas caché aux environs même ?

Oh ! dans ce cas, comment l'avertir que son écuyer était toujours vivant, toujours captif, mais toujours fidèle ?

Une inspiration traversa son esprit.

Son maître connaissait comme lui une vieille chanson bretonne : c'était l'adieu d'un guerrier mourant en défendant le manoir de son seigneur parti aux croisades.

Les plaies de Martial, en partie guéries, avaient laissé un peu de vigueur revenir en lui.

Il se décida à jeter aux échos cette vieille chanson.

C'était la nuit. La voix alors porte au loin...

L'agent arrivait à la hauteur de la maison.

Si son espoir était justifié, si Henri de Mercourt parvenait à l'entendre, il comprendrait.

Et se rapprochant le plus possible de la lucarne de son cachot, il lança aussi fort qu'il le put les accents de la vieille mélopée.

Il ne s'était pas trompé !

Henri de Mercourt, en faction à la fenêtre de la maison « de la veuve », avait entendu.

Frémissant d'émotion et de joie, il avait compris !

Le policier traversait la cour du donjon au moment où l'accent du Breton s'était élevé, sonore, emplissant la nuit.

Un blasphème s'échappa de sa gorge.

— Ce chien de Français ose me narguer ! — rugit-il. — Peut-être même est-ce un signal ?

Et il s'élança furieux, exaspéré, dans le donjon, remontant en courant l'escalier.

Les gardiens le suivaient.

En haut, le Français chantait toujours à tue-tête.

. . . . . . . . . . . . . . . . . . . . . . . . . . . .

La porte s'était ouverte avec fracas.

Cinq ou six hommes, ivres de fureur, se précipitèrent en un clin d'œil sur Martial.

L'infortuné, terrassé, bâillonné, abîmé de coups épouvantables, s'abattit lourdement.

Mais son visage rayonnait.

Que lui importaient les tortures que le policier et les gardiens ivres de rage lui infligeaient ?

Sa tête saignait, il ne le sentait même pas.

La colère effroyable de ces hommes le lui indiquait : sa voix avait dû franchir les murailles...

Et quelque chose le lui disait :

Son maître l'avait entendu !

Il était là...

## XII

### PRÈS DU POIGNARD

Oui, palpitant d'émotion, Henri de Mercourt avait entendu, avait écouté.

Une joie ardente l'envahissait, tandis qu'il percevait quelques-unes des paroles de ce chant lointain, ce chant avec lequel son enfance avait été bercée, la vieille et héroïque ballade bretonne.

C'était en quelque sorte la voix du pays venant porter l'espoir à son âme...

Espoir justifié, lui semblait-il...

Martial devait être guéri, il devait avoir reconquis toute son ancienne vigueur, pour que son accent pût ainsi percer les murailles épaisses et parvenir au loin sur l'aile de la nuit.

Il semblait crier à son maître par delà les espaces :

— Je suis prêt!

— Moi aussi, je le serai bientôt ; — fit le gentilhomme avec force.

Ne pouvant contenir les sensations qui le secouaient, il s'assura que nul n'apparaissait au dehors et alla heurter à la cloison de la chambre dans laquelle dormait Wilkie.

Celui-ci, réveillé en sursaut, crut qu'ils étaient attaqués...

Deux pistolets chargés étaient toujours à portée de sa main.

Mais la voix du gentilhomme le rassura.

— Une bonne nouvelle, Wilkie! Un message!...

Un message?

L'ancien geôlier se hâta de sortir.

— Un message... monseigneur? Ai-je bien entendu?

— Oui, mon brave Wilkie. Pardonnez-moi d'avoir écourté votre repos. Mais je ne pouvais réprimer le besoin d'épancher, dans un sein ami, le contentement, l'espérance qui m'envahissent.

Et, en phrases pressées, il fit à son compagnon le récit de ce qui venait de se passer.

— Martial, mon fidèle, mon vaillant écuyer, a deviné que je ne l'abandonnerais pas, il a présumé que j'étais aux environs travaillant à sa libération, et il a, sans doute, voulu m'avertir ainsi qu'il m'attendait, qu'il était prêt à m'aider.

— Oui, oui, ce doit être cela, — répondit Wilkie. — Vous avez bien fait de me réveiller. Le temps presse. Les heures données au sommeil sont des heures perdues.

— L'avis de Martial signifie qu'il est prêt à nous aider.

— Pourvu que le gouverneur de la tour, soupçonnant la vérité, ne le transfère pas dans un autre cachot lointain?

Henri de Mercourt s'assombrit :

— Je n'y avais pas songé.

Mais il releva aussitôt la tête avec énergie :

— Je connais bien Martial. Il possède la ténacité bretonne. Renfermé ailleurs, il recommencera afin de me prévenir de son changement.

— Restent les souterrains.

— Oui, les souterrains... Le séjour d'enfer... Eh bien ! ne sommes-nous point près d'y atteindre? Nous le délivrerons en délivrant lord Mercy.

« Chooner, le geôlier de ces lieux maudits, nous désignera la porte de son cachot, lorsque je lui mettrai mon poignard sur la gorge.

— C'est une brute obstinée, monseigneur. Peut-être préférera-t-il se laisser tuer que de se soumettre.

— En ce cas... !

Le gentilhomme fit un geste terrible. Mais, se ravisant :

— Non, pas de sang, tant qu'on pourra l'éviter. Cet homme croit accomplir son devoir.

« Nous n'avons pas le droit d'attenter à sa vie avant d'y être absolument contraints. Je le plongerai dans le sépulcre qu'ils ont donné pour prison au noble père de miss Ellen. Ses amis le délivreront plus tard, s'ils le veulent.

« Munis de ses clefs, nous ouvrirons alors les portes de toutes ces affreuses cellules.

« Tous les captifs deviendront nos auxiliaires. Martial, renfermé dans ces antres ténébreux, se trouvera parmi eux.

« Et, à la tête de ces hommes avides de liberté et de vengeance, nous reviendrons au dehors, nous y reviendrons soit par le chemin qui nous aura amenés, soit en nous frayant de vive force un passage à travers les dédales de la citadelle elle-même !

Wilkie appuya tout à coup la main sur le bras de son interlocuteur.

— Quelqu'un dans la rue, — souffla-t-il.

La maison du mystère passait pour être habitée par « la veuve » toute seule.

Que l'on y entendît des voix, surtout des voix d'homme, et c'en était assez pour la désigner à la suscipion.

Les deux agents de Somerset avec qui Henri de Mercourt avait déjà eu à faire surgiraient immédiatement, prêts à la curée.

Le gentilhomme se pencha vivement sur la fenêtre, derrière le volet qui le cachait.

— Lui !... — s'exclama-t-il sourdement. — L'agent qui est passé tantôt. Martial m'a lancé son avis peu après l'entrée de cet homme dans la Tour de Londres.

« Et ce sinistre policier en sort presque aussitôt après que la voix de mon infortuné écuyer s'est arrêtée brusquement.

« N'y a-t-il là qu'une coïncidence?...

L'agent arrivait à la hauteur de la maison.

Il s'arrêta, la fixant avec obstination, écoutant si aucune rumeur révélatrice n'en sortait.

Les ténèbres cachaient totalement les deux hommes qui, anxieusement, l'observaient.

Immobiles, ils retenaient leur souffle.

Rien ne justifiait véritablement l'instinct hostile du policier, le doute inconscient qui lui était venu en voyant un nouvel habitant s'établir en face de la prison d'État.

Le donjon dans lequel Martial Dacier était renfermé laissait passer sa cime énorme.

L'argousin constata la singulière proximité de la maison et du donjon.

Mais tout dormait réellement dans l'ancien logis de l'orfèvre. La veuve qui l'habitait actuellement rêvait peut-être qu'elle possédait les trésors de feu Jacksen le bijoutier.

— Non, ce n'est réellement pas là que se cache ce maudit gentilhomme français, — pensa-t-il. — J'ai tenu le logis surveillé et l'on n'a jamais vu sortir âme qui vive, hormis la bonne veuve allant placidement à ses provisions.

De nouveau, il examina le voisinage du donjon et de l'habitation suspecte... malgré tout !

Et sa tête d'oiseau de proie penchée sur sa poitrine, il s'éloigna avec un regret visible.

Le duc de Somerset serait mécontent de lui, lorsque, au jour, il viendrait rendre compte de son échec.

Les tyrans sont des monstres auxquels leurs complaisants doivent fournir au moins une victime chaque jour, sous peine d'être sacrifiés eux-mêmes.

Et l'argousin avait peur des lueurs sanglantes qui passaient dans les yeux du cruel favori lorsque ses agents ne lui apportaient pas la proie exigée.

Quand l'homme eut fait une dizaine de pas, Henri de Mercourt se pencha à l'oreille de son compagnon :

— Voici deux fois durant cette nuit que cet homme stationne ici. Il a des doutes.

« Ayant appris, je ne sais comment, ma présence à Londres, il doit être venu auprès de Martial. C'est pourquoi mon fidèle Breton m'a lancé cet avis : c'est son *garde à vous !*

« Wilkie, ce policier est un danger permanent. C'est le mal et la ruse haineuse personnifiés. Je n'ai plus le droit d'hésiter, cet homme doit disparaître... ou nous !

L'ancien geôlier lui saisit le poignet.

— Qu'allez-vous faire, messire? Espérez-vous tuer cet homme du premier coup?

— Oui. Je me sens transporté d'assez de résolution, de force et d'audace pour cela.

— Soit. Mais, monseigneur, avez-vous songé à cela : la découverte du cadavre de ce limier aux environs?... C'est l'éveil donné, l'alarme sonnée, surtout s'il vient d'auprès de Martial, comme vous le supposez, avec raison peut-être.

« Ce sont les innombrables policiers de Somerset, envahissant, fouillant avec rage toutes les constructions avoisinant la forteresse.

— Et l'on nous découvrira... soit !

Les dents serrées, le ton amer, le gentilhomme ajouta :

— Mais la poudre amoncelée au fond du souterrain?... Je tiens trop peu à la vie.

« Vous emmènerez Annie en lieu sûr avec vous. Et j'engloutirai avec moi tous les suppôts du tyran Somerset.

Wilkie secoua lentement la tête.

— Et ceux que nous voulons sauver... lord Mercy... Martial... seront perdus pour jamais !

— C'est vrai, — balbutia le seigneur de Kervien. — La fatalité, le salut même de ceux que nous voulons rendre à la lumière, à la vie protègent cet homme.

« Mais qu'il prenne garde à l'avenir!

Il se pencha de nouveau à la croisée.

L'abject policier s'en allait, continuait à s'éloigner, allant sans doute remplir quelque autre abominable et lâche besogne pour se faire pardonner son insuccès.

— Il s'en va... il disparaît. Vous venez de lui sauver la vie, Wilkie. Fasse Dieu qu'il ne prenne pas les nôtres. Qu'importe, si c'est pourtant la destinée.

« Elle est obscure pour nous, comme la nuit éternelle qui règne dans les entrailles de ce sol que nous creusons chaque jour.

« Le jour va luire bientôt, redescendons au sein de cette terre, car je sens que le temps nous presse... terriblement.

Annie les rejoignait à ce moment, elle entendit leurs dernières paroles :

— Allez — dit-elle. — Et puisse votre tâche s'achever rapidement. Moi aussi j'éprouve à certains moments d'horribles angoisses, quand je vois certains êtres louches fixer leur attention sur moi. Surtout quand ce sont ces deux hommes qui sont presque toujours ensemble : cet individu à tête horrible de squelette et d'oiseau de proie en même temps, et son effrayant compagnon au muffle du dogue.

— Vous entendez, Wilkie? Peut-être avez-vous eu tort de m'empêcher d'aller rejoindre cet argousin.

— Monseigneur, voulez-vous que je vous l'avoue : il me semble que le sang versé fait lever des moissons sanglantes.

Les trois personnages gardèrent un instant le silence, ces paroles leur montrant tous les hasards de leur terrible entreprise.

Mais le gentilhomme breton s'arracha bientôt à cette dangereuse obsession.

— Voici le lever du soleil, emblème du labeur, de la vie et de la radieuse liberté.

« Allons à l'œuvre dans les ténèbres de notre nuit souterraine, — la nuit qui enfante le jour et la liberté!

Et laissant Annie les remplacer à leur poste d'observation, les deux hommes, également résolus, retournèrent s'enfoncer dans les entrailles enténébrées du sol...

Au travail!...

Au travail libérateur, encore et toujours!

Telle était devenue leur noble devise!

Une colonne d'eau vint frapper le pionnier en pleine poitrine.

## XIII

### SOUS TERRE

Redescendus dans leur domaine, dans leur chantier souterrain, Henri de Mercourt et Wilkie se mirent donc au travail avec un redoublement d'énergie.

Dès le début, ils avaient creusé leur galerie à une assez grande pro-



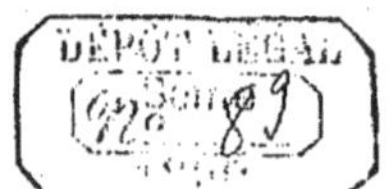

fondeur, afin d'éviter que les vibrations produites dans le sol par leurs coups de pioche ne parvinssent au dehors.

Depuis quelques jours ils l'avaient de nouveau inclinée.

L'homme qui vit longtemps confiné dans les entrailles de la terre acquiert une subtilité d'instinct, une sensibilité singulière.

Il y avait plus de trois mois qu'ils étaient attelés à leur œuvre souterraine.

Chaque jour voyait s'allonger davantage le boyau qu'ils ne cessaient de percer.

Progrès bien lents cependant à cause des conditions dans lesquelles ils travaillaient.

Plus d'une fois, des éboulements s'étaient produits, menaçant de les engloutir, compromettant leur tâche, en augmentant en tout cas la durée.

Ç'avait été pour les deux lutteurs un surcroît de labeur, de fatigue.

Wilkie avait à transporter ces amas de terre et de cailloux dans les caves et la maison, tandis que le gentilhomme les désagrégeait avec la pioche et le pic.

Chacun d'eux avait pris à peu près cette spécialité : à Henri de Mercourt l'attaque du terrain, à l'ancien geôlier le déblai, se relayant cependant de loin en loin quand l'un était fatigué à l'excès de sa tâche personnelle.

Cependant, il leur semblait reconnaître que quelque chose se modifiait dans leur obscur séjour, le fer de leur pioche résonnait davantage, comme s'ils avaient eu plus d'air autour d'eux.

Frappés de la continuité de ces phénomènes, ils chargèrent Annie de vérifier l'état du sol au dehors.

Eux ne devaient pas, ne pouvaient sortir même à la faveur des plus épaisses ténèbres.

Ç'aurait été compromettre, annuler leur long et pénible effort.

D'ailleurs cette étude devait être effectuée de jour afin de se rendre compte si quelque crevasse dans le sol ne produisait pas cette modification observée par les deux hommes.

Annie s'y prit à plusieurs fois pour remplir la mission dont on l'avait chargée.

Il lui fallait user de prétextes divers, ne pas se faire remarquer.

Enfin, ayant compté à l'extérieur, autant de pas que dans le souterrain, elle arriva au bord du fossé tracé au bas des fortifications.

Et elle se hâta d'aller porter cette nouvelle aux deux travailleurs

La sonorité, l'espèce d'aération plus grande observée dans le passage qu'ils creusaient s'expliquait.

C'était l'approche du fossé qui en était cause, l'épaisseur de la couche de terre diminuant entre eux et l'air libre... le terrain, cessant d'être comprimé, laissait passer l'air à travers les molécules dont il était formé.

Que les ouvriers des ténèbres continuassent à travailler droit devant eux... soudain un coup de pic abattant ce qui les séparait encore de l'air libre, ils allaient arriver au jour et se dénoncer.

Émotionnés à la pensée du péril qu'ils venaient de courir, de celui que venait de courir surtout leur mission, ils était revenus en arrière, avaient recommencé à incliner leur galerie.

Il était en effet indispensable de passer sous le fossé pour atteindre les fortifications.

Il fallait même descendre assez bas pour traverser les fondations des murailles et aller déboucher dans les cachots souterrains de la tour maudite.

Leur chemin, leur travail de mineurs se prolongeait en conséquence.

Il y avait en outre davantage de terre à extraire, à transporter au loin... où ?

Les caves étaient pleines. Un passage subsistait seulement au milieu.

La nécessité d'avoir le moins possible de ces maudites terres à porter ailleurs avait contraint les énergiques pionniers à restreindre au strict nécessaire l'ouverture du souterrain.

Il était juste assez large pour livrer passage à un homme, et encore fallait-il marcher presque plié en deux.

Il était donc impossible à Wilkie d'aider le gentilhomme dans le travail de creusement.

Il avait bien assez, du reste, de charrier au loin les matériaux abattus.

Les caves remplies, il avait fallu, en effet, chercher un autre endroit pour les déposer.

On fut obligé d'avoir recours aux chambres mêmes de la maison.

Mais en cas d'une perquisition, ce serait leur perte au premier pas que les agents feraient à l'intérieur.

Wilkie commença donc par transporter les déblais au grenier dont la charpente était d'une solidité à toute épreuve.

Cela doublait, triplait sa fatigue. Et Annie, de la fenêtre derrière laquelle elle montait sa faction, entendait parfois son pas lourd, las, sonner sourdement sur les marches.

— Mon pauvre Wilkie!... — pensait-elle. — Quand cela sera-t-il fini ?

Mais elle lui cachait sa tristesse afin de ne pas affaiblir son énergie.

Il en avait tant besoin!...

Et elle veillait avec un redoublement d'attention, se rendant bien compte, elle aussi, que les débris de gravats que les policiers apercevraient presque dès leur entrée seraient pour ceux-ci un trait de lumière.

Il est vrai qu'il y avait les sacs de poudre de mine apportés par le vicomte de Mercourt pour faire sauter la maison s'ils venaient à être découverts : elle y songeait, elle aussi, hélas !

Mais périr tous, même en entraînant les agents dans leur tombe, la simple et bonne femme du peuple n'entrevoyait une telle fin qu'avec une angoisse bien légitime.

Il lui aurait été si doux de voir s'écouler le reste de leurs jours dans une paisible retraite avec le compagnon de sa vie.

Pourtant, elle était résignée, et elle ne laissait rien voir de ses alarmes, redoublant seulement de vigilance.

Durant ce temps, le souterrain se prolongeait, s'insinuait sous le fossé...

Les mineurs improvisés pouvaient déjà évaluer dans combien de jours ils atteindraient les fondations des murailles... dans combien d'heures ils toucheraient aux souterrains mêmes de la Tour de Londres.

Le désir du vicomte de Mercourt était d'aboutir dans l'un des cachots.

De la sorte, Chooner, le gardien de ces tristes lieux, ne serait pas prévenu de leur approche.

Et lorsqu'il viendrait apporter sa nourriture au prisonnier, il serait relativement aisé de s'emparer de lui.

Tous ces projets encourageaient, soutenaient les deux hommes.

— Courage, Wilkie ! — disait Henri de Mercourt, — nous touchons au but.

— Tant mieux, monseigneur. Le ciel fasse que nous réussissions ! — répondait l'ancien geôlier.

Et poussant devant lui sa brouette chargée des matériaux que son noble compagnon venait d'arracher, il s'éloignait dans le long boyau faiblement éclairé par la lampe qui brûlait à côté d'Henri de Mercourt.

Et arrivé au bout du souterrain, il en versait le contenu dans des mannes qu'il chargeait sur ses épaules. Et il les transportait péniblement au faîte de la maison.

Le gentilhomme le voyait parfois si fatigué qu'il l'obligeait de changer de rôle, sans que Wilkie le lui demandât et c'était lui alors qui prenait la besogne de l'ancien geôlier.

A mesure qu'ils approchaient du fond du fossé, la terre devenait en effet plus humide, plus lourde.

— Pourvu que nous ne trouvions pas l'eau, que nous ne mettions pas quelque source à jour!... — murmurait parfois Henri de Mercourt.

Wilkie lui avait raconté que certains points des souterrains de la forteresse correspondaient en dessous avec la Tamise.

La rencontre d'un de ces conduits creusés depuis des siècles ou des infiltrations abondantes pouvaient être, au dernier moment, l'anéantissement de tout ce que les deux valeureux pionniers avaient accompli jusqu'alors.

Comme pour confirmer leur crainte, l'humidité du terrain augmentait constamment.

Henri de Mercourt prit alors une résolution héroïque : pour sauver l'œuvre commune il allait... ils allaient retarder l'heure où ils espéraient aboutir... ils allaient augmenter leur labeur.

Revenant sur ses pas à un endroit où il avait remarqué que la terre était particulièrement sèche, il commença à creuser un puits large et profond.

Quel redoublement de peine pour les deux hommes! quelle perte de temps surtout, alors qu'ils se croyaient si près d'atteindre le but.

Cependant il le fallait.

Des infiltrations abondantes se produisaient déjà dans le souterrain.

Quelques coups de pioche de plus, ils auraient été inondés, et ils risquaient d'être noyés dans l'affreuse nuit causée par les eaux emportant, éteignant la lampe, roulant leurs cadavres dans l'étroit passage soudain envahi.

Le gentilhomme français voyait avec inquiétude ces infiltrations s'accroître, et il creusait le puisard avec une hâte ardente et muette.

Mais sa tâche se compliquait. Il était obligé de mettre lui-même les déblais extraits dans des paniers et de les passer à bout de bras à Wilkie qui les emportait.

Lorsque le trou fut plus profond, l'ancien geôlier lui envoyait les paniers au bout d'une corde et les tirait ensuite à lui.

Cela marcha alors un peu plus vite, Henri de Mercourt se remettant à piocher tandis que son compagnon remontait le fardeau.

Des cailloux, des pierres assez grosses se trouvaient dans les débris qu'ils sortaient du puits.

— Que nous arrivions au rocher et nous sommes sauvés, — disait le gentilhomme.

L'eau filtre en effet avec assez de rapidité à travers les failles, les veines qui se trouvaient dans les roches.

Et cette eau, qu'ils n'allaient pas tarder de mettre à jour dès qu'ils reprendraient le percement du souterrain, s'engloutirait dans l'énorme puisard qu'ils établissaient, et elle filerait ensuite à travers les rocs.

Un moment vint où la pioche maniée par les mains devenues calleuses du gentilhomme sonna avec un bruit sec.

Avec une ardeur fébrile, le seigneur de Kervien écarta l'argile qui se trouvait sous lui.

C'était bien le rocher compact, tourmenté ainsi qu'il l'avait espéré.

— Nous sommes sauvés... et nos amis aussi! — clama avec force le gentilhomme.

— Dieu vous entende, monseigneur! — répliqua la voix grave de l'ancien geôlier.

Henri de Mercourt mit le rocher complètement à nu, faisant remarquer à son compagnon les crevasses qui devaient assurer leur salut.

Il remonta alors, et ayant déblayé toutes les terres susceptibles d'être emportées par le courant, il se dirigea vers l'extrémité du souterrain.

Les infiltrations avaient augmenté.

— Allons, — dit-il, — il faut pourtant commencer l'attaque.

Il entama la terre avec précaution afin de ne pas déterminer une irruption trop soudaine des eaux, redoutant une véritable inondation, le ravinement de la galerie à la façon dont les bouillonnements se produisaient à chaque coup de pioche.

Une pierre de forte dimension, glissant sur la terre détrempée, roula à ses pieds...

Aussitôt, n'étant plus soutenue par cet obstacle, la terre creva sous la pression du liquide; une colonne d'eau jaillissant avec force vint frapper le pionnier en pleine poitrine.

Et comme cède une vigne, les terres entamées s'éboulèrent, éventrées, emportées, chassées par le flot, couvrant, inondant Henri de Mercourt de boue et de graviers.

Aveuglé, il envoya ses mains aux parois du souterrain pour se retenir...

Sa lampe, atteinte par quelque reflux, échappa au crochet qui la soutenait, s'éteignit, emportée, roulée par le flot enfui, déchaîné.

Henri de Mercourt respirait à peine, se cramponnant avec l'énergie du désespoir, les ongles incrustés dans la terre qui cédait sous eux.

Il avait la perception que s'il fléchissait, s'il s'abandonnait une seule minute, c'en était fait de lui.

Terrassé, chassé comme une épave par le torrent qui venait de se déchaîner, il irait finir dans le puisard profond qu'il avait creusé.

Une obscurité complète l'entourait.

Il entendait dans un grondement de tempête effroyable les eaux rouler sinistrement le long du souterrain et s'abîmer avec un fracas effrayant dans le puits qu'il leur avait préparé, véritable cataracte s'écrasant dans un gouffre.

Au premier instant, il avait crié, avait jeté le nom de Wilkie, afin que celui-ci pût s'enfuir, se mettre à l'abri.

Mais le grondement de la masse liquide avait couvert sa voix.

Et, à cette heure, la foudre elle-même ne fût pas parvenue à dominer le tumulte horrible qui régnait sous ces voûtes.

Et dans l'affolement désespéré de cette crise, Henri de Mercourt pensait à son compagnon, se demandant si, surpris par l'élément furieux, il n'avait pas été précipité dans le gouffre ouvert de leurs propres mains, au prix de quels longs et patients efforts !

Ses forces commençaient à faiblir.

Plusieurs fois déjà, il avait dû reprendre prise, creusant la terre avec ses doigts... arc-bouté, roidi dans un effort suprême.

Mais cette situation ne pourrait durer.

Il roulerait donc, misérable épave humaine, dans ces abîmes, cette nuit ne faisant que commencer pour lui l'autre nuit, celle-ci éternelle.

Qu'importait après tout, ayant fait tout ce qu'il pouvait pour aller jusqu'au bout de son devoir. Il était seul !... Nul ne pleurerait sa disparition. Hélas, seul !...

Mais Wilkie, qui l'avait suivi dans cette aventure pleine de péril, Wilkie qui laisserait une veuve derrière lui. Une vraie veuve, désormais !

Et dans le désarroi de cette heure, dans ce grondement de tonnerre qui mettait le vertige dans son esprit, le gentilhomme, dans un adieu à tout ce qu'il avait connu, songeait que, sans lui, son infortuné compagnon coulerait sans doute paisiblement sa vie dans quelque retraite lointaine.

Il se disait qu'il emporterait dans la mort le regret d'avoir accepté son concours, tout le passé reparaissant à son esprit dans ces minutes d'angoisse...

Heureusement que l'ancien geôlier emportait au loin les dernières terres extraites du puisard tandis que lui-même se dirigeait vers le fond du souterrain, prêt à recommencer l'œuvre interrompue.

Le gentilhomme l'oubliait, dans la situation terrible où il se trouvait.

Le mari d'Annie venait en réalité de passer le seuil de la cave qui donnait accès au souterrain, lorsque l'eau avait jailli avec un fracas formidable... impétueuse, repoussant tous obstacles.

Wilkie, frappé de stupeur, n'avait pas entendu le cri d'avertissement du gentilhomme, et ce dernier n'avait pu percevoir non plus sa clameur d'épouvante.

Puis la nuit, brusquement, s'était faite tandis que le déchaînement des flots semblait croître en horreur.

Wilkie avait eu alors un moment d'anéantissement, d'écrasement complet, immense.

Puis, réagissant violemment, il remonta comme un fou vers la maison, les mains en avant pour guider sa course.

Annie, de son côté, avait cru entendre un cri humain accompagné d'une sorte de grondement lointain, inexplicable.

Anxieuse, apeurée, elle se tenait à la porte du premier caveau, prêtant l'oreille, prête à descendre déjà.

Elle entendit la course désordonnée de son époux.

— Wilkie!... — interrogea-t-elle, haletante.

Son mari surgit devant elle, pâle, les yeux égarés.

— Un flambeau! — fit-il. — Un flambeau, vite, vite!

Et des mots incohérents, haletants, sur ses lèvres :

— L'eau a crevé... le vicomte emporté peut-être... Sa lampe éteinte... Le puisard...

Sa femme avait tout deviné.

En un clin d'œil, un flambeau de résine dont elle s'était munie durant une des courtes absences qu'elle était obligée de faire parfois pour les provisions brûla dans sa main, répandant sa clarté fumeuse, mais violente.

Le courant d'air déchaîné par le sifflement des eaux ne ferait qu'aviver sa flamme sans l'éteindre.

— Je vais avec toi, — dit-elle.

— Non, — reprit son mari. — Ne faut-il pas veiller quand même sur l'œuvre commencée... et que je poursuivrai quand même, dussé-je y rester aussi!

Et saisissant le flambeau, il traversa les caves en deux bonds et s'élança dans le souterrain, en appelant de nouveau son compagnon.

Le roulement sinistre de l'eau lui répondit seul.

Précipitant sa course, il pensa au puisard.

La corde au bout de laquelle était attaché le panier qui lui avait servi à remonter les déblais gisait contre la paroi.

Il s'en empara et reprit sa course.

La flamme rouge de la torche claquait par rafales; à ses reflets sanglants, il apercevait au loin devant lui les bouillonnements bourbeux d'un torrent, rongeant les murs du souterrain.

Et cela disparaissait avec un fracas terrible dans le sol, dans l'abîme que lui avaient préparé les deux pionniers, sans s'attendre cependant à un pareil désastre...

Wilkie arriva auprès du gouffre.

Wilkie, rampant entre le gouffre et la paroi du souterrain, venait de le saisir.

Blême, pantelant, il s'agenouilla sur le bord, ayant peur d'être entraîné par l'aspiration des eaux tournoyantes.

Épaisses, limoneuses, couvertes d'une écume sombre, déjà elles atteignaient presque le sommet du puits.

Wilkie, silencieux, saisi d'épouvante, cherchait à découvrir un corps humain dans ce tourbillon sans cesse en mouvement.



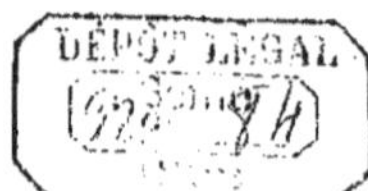

Rien!...

— Mon Dieu! — fit-il enfin. — L'infortuné gentilhomme, entraîné par la première irruption du torrent auquel il n'aura pu résister, serait-il couché au fond sous la terre charriée par le flot?

« L'infortuné aurait donc creusé sa propre fosse?

Longtemps, il demeura là, épiant les remous, croyant par moments apercevoir une forme humaine.

Il lui semblait aussi à certains instants que le torrent diminuait de violence : il croyait le constater à l'abaissement du niveau, mais s'apercevait bientôt que ce n'était là qu'une illusion.

— S'épuisera-t-elle assez pour me laisser retrouver le corps de mon pauvre compagnon? — pensait-il.

Il cherchait un endroit où il pourrait attacher, en la doublant, la corde qu'il avait emportée, afin de la lier à sa ceinture et descendre explorer cet abîme.

Il sentait combien cette détermination était hasardeuse; cependant il lui semblait criminel de demeurer spectateur inactif.

Il allait retourner en arrière et chercher un outil, des crampons, afin de les planter dans le sol et d'y fixer la corde.

Mais il eut un saisissement de stupeur et presque d'effroi.

Un éclat de son flambeau venait de lui montrer, semblait-il, au loin, devant lui, une forme humaine, se mouvant, se débattant dans le souterrain, au milieu des eaux

L'ancien geôlier s'avança, le cou tendu, les yeux dilatés.

Oui, c'était bien une créature comme lui, tordue, déjetée, soulevée par moments par les flots.

C'était Henri de Mercourt.

Défaillant, asphyxié par l'eau qui ruisselait sur lui, l'empêchait de respirer, il s'était rendu compte que prolonger son attente était s'exposer infailliblement à périr.

Pourtant, comment reculer?

N'allait-il pas être balayé dès le premier mouvement qu'il ferait, dès qu'il perdrait son point d'appui?

Il avait essayé de soulever ses pieds afin de constater la résistance qu'il pourrait opposer au courant.

En les dégageant du limon qui les couvrait, il avait senti un choc au genou...

C'était le manche du pic dont il se servait un instant auparavant.

— Ah! — pensa l'infortuné, — si je pouvais le reprendre!

Il avait alors rassemblé toutes ses forces, et écrasant son épaule contre la muraille pour présenter plus de résistance, les doigts de sa main gauche implantés dans la terre avec une énergie dernière, il s'était brusquement ployé, tordu, envoyant son bras droit dans le tourbillon, cherchant à saisir l'outil.

Il avait trébuché, soulevé, saisi par le courant.

Mais sa main tenait l'outil.

Dans un effort suprême, instinctif, il l'avait planté dans la paroi : le fer avait mordu.

Et haletant, le souffle éteint, il s'y était cramponné ainsi qu'à une ancre de salut.

Et ayant repris ses forces, toujours rivé au fer sauveur, il avait reculé d'un pas, et arc-bouté, présentant sa poitrine au flot pour résister davantage, il avait arraché l'outil, d'un coup bref, le plantant plus loin.

Cette fois encore il avait résisté.

— Parviendrai-je à m'arracher de cet abîme? — avait pensé le pionnier.

Et prenant les mêmes précautions, le corps tordu afin d'offrir moins de prise au courant, il avait recommencé sa tentative, avait continué, marchant à reculons.

Les rouges reflets de la torche, en lui apprenant que l'on était prêt à venir à son aide, avaient redoublé son courage.

Et il poursuivait sa lutte contre l'élément irrité.

Il n'apercevait pas Wilkie, ne pouvant se retourner, continuant à faire face à l'onde ennemie. Mais l'éclat grandissant de la lumière lui montrait qu'il approchait.

- Prenez garde au puits! — lui cria Wilkie, pris d'une nouvelle angoisse.

Henri de Mercourt ne put l'entendre, à cause de l'eau s'engouffrant avec une voix furieuse de tempête; mais cette voix elle-même l'avertit.

N'était-il pas, du reste, le principal ouvrier de ce gouffre ouvert derrière lui, à quelques pas... prêt à l'engloutir...

Il rasa le souterrain du côté opposé à l'endroit où le puits énorme présentait sa gueule béante, essayant de se dégager du torrent.

Mais le courant avait raviné, remué le sol...

Il glissait sur les accotements, entraîné fatalement vers cet abîme qu'il avait creusé lui-même...

Une main nerveuse s'agriffa alors à ses vêtements souillés.

Wilkie, rampant entre le gouffre et la paroi du souterrain, risquant la mort pour y arracher son noble compagnon, venait de le saisir.

Soutenu par le bras de l'ancien geôlier, Henri de Mercourt put chercher un point d'appui hors du courant, le découvrit enfin.

Sa pioche, plantée de nouveau dans un endroit plus favorable, lui servit d'aide dernière.

Et sentant l'imminence du péril qui, à la dernière minute, pouvait le, entraîner l'un et l'autre dans l'abîme, sans un mot, ne pouvant s'entendres pas à pas, les deux hommes reculèrent, côtoyant le gouffre hurlant...

Des minutes qui durèrent plus que des siècles...

Enfin, un halètement immense souleva la poitrine de Wilkie.

Ils avaient franchi l'obstacle redoutable.

Henri de Mercourt se retourna...

L'outil, qui avait si longtemps soutenu sa marche, lui échappa.

Il tendit les deux mains à son sauveur du dernier moment, de la minute décisive : elles étaient sans force.

Après certaines épreuves, les hommes les plus solidement doués ont ainsi de ces anéantissements.

Il semble alors que la mort, qui les a effleurés de son aile, les a marqués pour un instant !

## XIV

### LE ROCHER DE SISYPHE

L'EAU, comprimée entre des parois trop étroites, est irrésistible : il fallait laisser passer le torrent... attendre...

Henri de Mercourt, brisé par la lutte qu'il venait de soutenir, épuisé, envahi d'un morne découragement, avait passé le reste de la journée dans l'inaction.

Ces courants souterrains, qu'ils avaient rencontrés, jaillissaient avec une impétuosité qu'ils ne pouvaient prévoir; n'allaient-ils pas entraîner leur œuvre ?

Quoi, presque au moment d'aboutir, être brusquement arrêtés ?...

S'être condamnés, pendant des mois, à cette affreuse captivité volontaire, avoir vaincu des difficultés presque insurmontables et entendre, en quelque sorte, le destin proférer :

— Tu n'iras pas plus loin !

Le lendemain, résolu à se rendre compte du désastre, il redescendit pourtant d'un pas lourd dans le souterrain.

Wilkie, taciturne, silencieux, l'accompagnait.

Le grondement de l'eau arrivait jusqu'à eux, mais différent de ce qu'il était la veille, semblait-il.

Une espérance envahit les deux hommes à cette remarque; mais ils n'osèrent se la communiquer, de crainte d'une déception.

Ils arrivèrent auprès du puisard.

A la lueur du flambeau que tenait le gentilhomme, le courant ne paraissait pas avoir la même impétuosité que le jour précédent.

— On dirait que son niveau a baissé, — prononça Henri de Mercourt.

— Oui, oui ! — appuya Wilkie frémissant.

Le puits, le gouffre menaçant de la veille était devant eux : ils se penchèrent... Là aussi, le niveau avait diminué considérablement.

Les failles, existant dans les roches, avaient fait leur office.

— Nous pouvons donc reprendre notre tâche, — fit alors le gentilhomme.

Il voulait pousser plus loin, aller examiner les dégâts causés, tout au bout, par l'invasion du courant souterrain... Son compagnon s'y opposa.

— Messire, — supplia-t-il, — n'oubliez pas le but!...

Il fut alors convenu, entre les deux hommes, que des crampons, des cordes allaient être solidement fixés dans les parois du passage, en prévision d'une seconde invasion torrentueuse de l'eau.

L'on n'avancerait qu'au fur et à mesure que ces précautions seraient prises.

Wilkie était le promoteur de ce mode d'opération; et après le terrible péril qu'il avait couru la veille, Henri de Mercourt comprenait que l'ancien geôlier avait raison.

Le succès final de leur œuvre y était lui-même attaché.

Annie, qui attendait anxieusement leur retour, apprit avec joie le changement opéré et les mesures préventives qu'ils allaient prendre.

Elle les aida elle-même à tailler de solides rondins de chêne qui, enfoncés à coups de maillet dans les côtés du souterrain, permettraient aux deux hommes de lutter contre une nouvelle inondation possible!...

Lorsque les deux pionniers redescendirent dans les entrailles du sol, le courant avait encore baissé; les sources, qu'ils avaient rencontrées, s'étant probablement dégorgées de leur trop-plein.

Ils firent pourtant ce qui avait été convenu, et, pas à pas, ils arrivèrent jusqu'auprès de l'endroit où la terre avait cédé la veille.

D'énormes quartiers de pierre, au milieu d'un éboulement bourbeux, en défendaient l'approche.

— Il nous faut tourner l'obstacle, — dit Henri de Mercourt.

Aucune autre solution n'était possible, en effet... Peut-être qu'en changeant la direction du souterrain, ils éviteraient les sources.

— Annie a trouvé le moyen de s'approcher des remparts, — dit Wilkie. — D'après une marque qu'elle avait faite, le jour où nous l'avons envoyée mesurer la distance de la maison au fossé, elle estime que le point où la terre a crevé ne se trouve pas à plus de cinq ou six pieds du mur.

« On n'aurait pas pu construire les murailles à cet endroit si l'on avait rencontré l'eau avec abondance.

Il paraissait avoir raison.

Mais changer de direction pour revenir ensuite, en quelque sorte, au même point, après avoir évité l'endroit où l'eau avait jailli, c'était encore des jours de plus qui allaient s'écouler... Et durant ce temps!...

— Sommes-nous seulement certains de ne pas voir ces sources maudites nous barrer de nouveau la route!... — murmura le gentilhomme.

Mais ce n'était pas le moment de se décourager.

— Allons, — dit-il lorsque les préparatifs indiqués par la prudence furent terminés, — l'heure est venue de redoubler d'énergie.

Il allait recommencer sa tâche de Sisyphe.

Abandonnant une partie du terrain déjà conquis, Henri de Mercourt attaqua la paroi latérale du souterrain à un endroit où il avait remarqué précédemment la sécheresse du terrain.

Il maniait son outil avec un désespoir farouche.

Durant sa faction de la nuit qui venait de s'écouler, il avait tenu son regard attaché presque constamment sur la Tour de Londres, sur le donjon dont il apercevait le faîte.

L'oreille tendue, il écoutait si la voix de Martial ne parviendrait pas de nouveau jusqu'à lui...

Hélas! le seigneur de Kervien n'avait que trop prévu l'aggravation de peine qui résulterait sans doute, pour son fidèle écuyer, de son audacieuse résolution... Somerset, instruit par son abject séide de la façon dont le fier Breton avait accueilli ses offres et de ce qu'il n'avait pas craint d'oser ensuite, était entré dans une violente fureur.

— Oui, — grondait-il pendant que son envoyé terminait son rapport, — il a dû donner quelque avis secret à son maître dans cette langue que nul ne connaît autour de lui.

« Cet infernal, cet insaisissable gentilhomme français rôderait donc autour de ma forteresse?...

Et se mordant les poings, songeant au mépris souverain que lui avait montré autrefois l'humble Breton :

— A moins que ce prisonnier n'ait voulu me narguer. Oh! en ce cas!...

Une lueur rouge passa dans ses prunelles... Il y avait des évocations de tortures inédites dans ce regard, dans ces paroles.

— Mais je n'ai pas le temps aujourd'hui, — avait-il fait en considérant un papier plié sur sa table. — Il ne perdra rien pour attendre...

Il avait tracé alors deux lignes rapides sur un vélin.

— Tiens, porte ceci au commandant de la Tour de Londres. Sans retard, c'est l'ordre d'enfermer ce chien de Français dans les souterrains. Il pourra chanter désormais s'il veut : on ne l'entendra plus... Oui, il pourra chanter en attendant que je le fasse hurler... Va!

L'estafier s'était incliné.

La veille, Henri de Mercourt interrogeait sans résultat les ténèbres, tourné vers le donjon. Il pourrait attendre, épier, écouter désormais.

Ce devait être en vain!

La voix de son fidèle et malheureux écuyer ne viendrait plus lui porter les accents et le souvenir attristé du pays natal.

## XV

### UN LOUCHE PLÉNIPOTENTIAIRE

Tandis que le policier à tête d'escogriffe informait le duc de Somerset des incidents survenus à la Tour de Londres, le favori de la reine Élisabeth avait jeté un regard sur une feuille de papier déposée sur sa table et ployée.

C'était une missive, et il finissait de la relire pour la seconde fois lorsqu'on lui avait annoncé l'agent.

Il l'avait fermée à ce moment.

Le lord-chief de justice, le premier ministre d'Élisabeth, n'avait pas besoin que l'on connût ce que contenait cet écrit.

Certes oui, il n'avait pas le temps de s'occuper de Martial, ainsi qu'il venait de le dire à l'agent.

Ce papier n'était autre que la lettre de Stewart Bolton.

Percy, comte de Verbrock, était allé la lui remettre lui-même, selon la recommandation de son père.

Le venimeux et tortueux jeune homme avait commencé par protester auprès du puissant favori de son dévouement; il lui avait rappelé la félonie grâce à laquelle il l'avait averti autrefois de la présence d'Henri de Mercourt chez lui, où ce dernier était venu demander asile.

Et il avait ajouté :

— C'est parce que mon dévouement envers Votre Honneur est à toute épreuve que je n'ai pas voulu confier à un tiers la lettre que je vous remets.

« Les lettres s'égarent si facilement...

Et sur ces derniers mots, prononcés d'un ton équivoque, il lui avait tendu la missive de l'ancien intendant.

Le favori de la reine avait pâli en la lisant.

Les mots, les lignes flamboyaient, dansaient devant ses yeux.

Stewart Bolton, l'homme qui avait trahi ses anciens maîtres pour le servir, — et qui avait trahi pour de l'argent, — avait retrouvé la fille d'Ellen, c'est-à-dire sa propre fille!

Il la lui envoyait...

L'agent s'était jeté derrière un buisson.

Ou plutôt non, il l'envoyait en Angleterre, et certainement dans un endroit où elle pourrait être livrée aux ennemis de Somerset aussi facilement qu'à Somerset lui-même.

Et écrasé, livide, le ministre lisait les conditions que le redoutable maître chanteur mettait à son silence, — à la livraison de la malheureuse enfant qui lui servait d'otage.

Seigneur d'Avenel et duc de Melrose : à ce prix, le traître abject lui vendrait cette enfant.

Sous des formes respectueuses, presque ironiques, le marché était froidement, implacablement proposé. C'était lui dire :

— Ce que j'exige me sera accordé, ou bien la jalouse et implacable Élisabeth saura qu'il existe un témoignage vivant de ton mariage secret avec la fille de lord Mercy.

Et la reine, irritée d'avoir été trompée, bafouée, frappée dans son orgueil, serait implacable.

— Le vieux misérable!... — balbutia le duc.

Il oubliait qu'il était plus misérable encore que Bolton, lui qui, jadis, n'avait pas hésité à briser la vie d'une noble jeune fille... que le misérable, c'était lui encore qui avait ordonné d'assassiner l'enfant née de ses œuvres, oui, l'enfant et la mère.

Et il tremblait à cette minute où le passé, qu'il avait cru enterré avec ses deux cadavres, ressuscitait.

Le fils de Bolton avait entendu la parole insultante du duc.

Il n'avait pas sourcillé.

Il connaissait l'infamie de l'auteur de ses jours et elle ne le troublait pas, car le fils était digne du père.

Sa lecture achevée, le duc était demeuré immobile, silencieux, les poings fermés, semblant interroger le passé... ou l'avenir.

Percy avait été envoyé auprès de lui, moins comme un messager qu'à titre de plénipotentiaire.

Il jugea que le moment d'intervenir était arrivé.

La voix du nouveau comte de Verbrock sonna alors, lente et inquiétante à force de calme :

— Monseigneur, quelle réponse dois-je transmettre à mon père?

Le duc le considéra en dessous.

Il se demandait s'il ne ferait pas bien de réduire d'abord à l'impuissance ce visiteur menaçant, le porteur de cette terrible missive.

— As-tu lu cette lettre? — questionna le duc durement.

— Monseigneur, vous demandez à celui qui a l'honneur d'être devant vous : « Avez-*vous* lu la lettre que *vous* remettez? » Le comte de Verbrock ne saurait vous mentir. Et il vous répond : « Oui, je l'ai lue. »

Somerset venait de le tutoyer; le jeune homme lui rappelait qu'il était le comte de Verbrock et qu'un duc ne tutoie pas un comte.

Il baissa la voix :

— Quant à ceux par les mains de qui elle a dû passer, je réponds d'eux comme de moi-même.

Le cruel favori, épouvanté, avait croisé le regard louche de son visiteur.

Il devinait l'intention cachée sous ces paroles rassurantes en apparence.

Le hideux jeune homme l'avertissait que lui aussi avait pris ses précautions : d'autres que lui avaient lu également cette lettre terrible.

Ceux-là savaient sans nul doute où se trouvait la jeune fille.

Et s'il arrivait malheur au visiteur de Somerset, ils parleraient... ils agiraient.

Ce n'était pas le fils de Stewart Bolton qui était à la merci du ministre. C'était au contraire le ministre, le terrible favori qui faisait trembler un royaume, c'était le duc de Somerset qui était à la merci du jeune scélérat...

Et cependant Percy mentait.

Avant d'ouvrir la lettre de son père, il s'était assuré que les cachets de cire qui la fermaient étaient intacts.

Mais il venait de discerner les pensées de Somerset à la pesanteur de son regard et il prenait ses précautions.

La crispation qui passa sur le visage du ministre lui montra qu'il ne s'était pas trompé... Il se dressa.

Et froid, décidé à ne pas ménager l'homme qui, un instant auparavant, avait en lui-même débattu sa perte, il prononça :

— Monseigneur, j'attends vos ordres.

Cette phrase signifiait :

— Mes instants sont comptés : que décidez-vous ?

Somerset posa son regard torve sur le papier.

Des pensées contradictoires se heurtaient sous son crâne. Stewart Bolton lui avait affirmé autrefois qu'Ellen Mercy et sa fille étaient mortes.

S'il lui avait menti à cette époque, pourquoi avait-il attendu jusqu'à maintenant pour se servir de cette enfant ?

Habitué à la fourberie, il voyait là un moyen machiavélique et faux employé par l'espion pour satisfaire à la fois son ambition et sa cupidité.

Oh ! dans ce cas, comme il frapperait ces hommes qui étaient venus lui rappeler le passé... A son tour, il imposa le calme à son visage.

— Comte de Verbrock, — dit-il, — puisque vous avez lu le message de votre père, vous savez ce qu'il demande. Mais, pour les besoins de sa politique, notre auguste souveraine a pris des déterminations qui ne me permettent pas de vous répondre actuellement.

Il le regarda en face, afin de saisir la pensée du visiteur.

— Quant à cette jeune fille, *si elle est bien celle* dont me parle notre fidèle serviteur, je serai heureux de lui témoigner, le moment venu, la sollicitude que mérite la recommandation contenue dans cette lettre... Je la confie à vos bons soins jusqu'alors, vous entendez, comte?

Le fils de Stewart Bolton s'inclina... Il avait compris le doute contenu dans les paroles de Somerset, il avait discerné aussi la menace qu'elle renfermait pour la pauvre Marguerite.

C'était la mort pour l'innocente jeune fille, si le cruel Somerset reconnaissait en elle l'enfant issue de son mariage secret.

Il voyait surtout que le favori, en essayant de gagner du temps, avait peur de voir livrer à ses ennemis l'enfant qui pouvait être sa perte.

— J'exécuterai les ordres de Votre Honneur... et ceux de mon père!

Somerset se mordit les lèvres : Ceux de son père qui lui commandaient, en cas de refus, d'ébruiter le scandale.

— Si je lui en laisse le loisir! — pensa le sombre ministre.

Il n'ajouta rien d'autre. Percy se retira.

Il lui semblait deviner, dans l'ombre, les gardes prêts à se saisir de lui... Mais la présence de l'enfant découverte par son père, l'avis donné à Somerset que d'autres connaissaient le message qu'il venait de lui remettre le protégeaient... A peine fut-il dans l'escalier que le ministre appela un de ses agents privés.

— Suis le jeune homme qui sort d'ici, — lui commanda-t-il. — Et qu'aucun de ses pas ne t'échappe.

L'estafier, une de ces silhouettes pâles et minces qui passent partout, inaperçues, sans que rien les distingue, s'élança.

Et ayant rejoint le fils de Stewart Bolton, il se mit à marcher dans son sillage à une distance assez grande pour n'être pas remarqué.

Somerset, cessant de se maîtriser, les traits contractés, debout à la fenêtre de son cabinet, le regarda s'éloigner.

Le jeune homme qui venait de lui annoncer cette terrible nouvelle affectait la démarche la plus calme et il eut bientôt disparu.

Au moment de tourner l'angle d'une rue, il se ravisa, et revenant sur ses pas, prit par une autre direction, afin, semblait-il, de traverser le quartier de Londres fréquenté par les roués de l'époque.

N'avait-il pas été fait comte?

Mais, en se retournant, d'un air indifférent, il dévisagea tous ceux qui se trouvaient à ce moment devant lui.

Il marchait sans se presser.

A une certaine distance de là, il laissa tomber un de ses gants, se baissa pour le ramasser et, dans une inspection rapide, reconnut un des hommes déjà aperçus précédemment.

— Il me fait suivre, — fit-il. — Il oublie de qui je suis le fils!

## XVI

### ESPION CONTRE ESPION

Le fils de l'ancien intendant, celui que l'on n'appelait plus que le comte de Verbrock, était rentré chez lui.

Le favori de la reine s'amusait à le faire épier, eh bien! il allait lui démontrer que c'était peine perdue.

Sans se presser, il changea de costume, revêtit un habit de cavalier.

Ceci fait, il ordonna de lui seller son cheval favori : une bête noire à l'œil sombre.

Percy se laissa alors apercevoir fugitivement à une fenêtre et feignit de se dérober vivement comme s'il eût craint de laisser voir son changement de costume : juste le temps de donner l'éveil.

L'homme chargé par Somerset de l'espionner, ayant vu une maison aux jardins entourés de grands murs en avait rapidement étudié les environs; il avait aperçu la porte de côté par laquelle Henri de Mercourt avait essayé de s'échapper autrefois.

Il entendit soudain cette porte s'ouvrir : il avait aperçu le jeune homme en habit de cheval, il comprit qu'il allait sortir par cette porte dérobée.

Il courut de ce côté.

Le comte Percy de Verbrock montait à ce moment à cheval : il parut à cette porte, sembla s'assurer que nul importun n'était de ce côté.

L'agent s'était jeté derrière un des buissons qui garnissaient la pente du coteau.

Mais le jeune homme avait du sang de policier dans les veines, il distingua le frissonnement des branches, devina une ombre tapie derrière.

Une tension de ses lèvres minces dessina le seul sourire que ses traits glacials pussent connaître, l'agent mordait à l'hameçon : c'était ce qu'il voulait.

Et il lança son cheval au galop, comme s'il avait eu hâte de se dérober à toute curiosité.

L'homme attaché à ses pas par Somerset était bien stylé.

Il connaissait l'inutilité, les inconvénients même d'un semblant de poursuite qui n'aurait pas duré cinq cents mètres.

Laissant la porte se refermer, il chercha un poste d'observation où, sans être aperçu lui-même, il pût surveiller les deux issues de la maison.

Il allait attendre là le retour du cavalier. Il apprendrait ensuite à son maître à quel moment le comte de Verbrock était sorti à cheval, quelle direction il avait prise et à quelle heure il avait reparu.

Muni de ces renseignements le lendemain on ferait davantage.

Le fils de Bolton avait gardé le galop pendant une demi-heure, le temps de laisser croire qu'il avait gagné le large.

Alors, modérant l'allure de sa bête, il s'orienta vers la région boisée dans laquelle Henri de Mercourt avait jadis cherché une retraite.

— Son Excellence le lord-chief de justice tient à savoir où je cache celle dont l'apparition le trouble si fort, — pensa-t-il. — La forêt s'étend au loin, ses envoyés auront de quoi s'occuper. D'autant plus que je saurai mettre parmi eux quelques gens à moi qui se chargeront de leur faire battre la campagne.

Le temps était doux, le feuillage nouveau des arbres avait, dans le soir naissant, des teintes amollies; l'âme sèche du jeune homme trouvait un certain charme à cette grâce de la nature : cela le changeait pour un instant.

Et tandis qu'il errait ainsi sous les frondaisons peu à peu estompées par le crépuscule, il songeait à celle qui faisait trembler le ministre que les plus puissants eux-mêmes avaient appris à redouter.

Il pensait à Marguerite, prisonnière là où l'on ne soupçonnait certainement pas sa présence.

En même temps, son œil louche s'animait, des flammes aiguës et mauvaises le traversaient.

Ah! Somerset avait eu l'envie de répondre à l'offre de Stewart Bolton et à ses exigences en faisant ouvrir pour Percy, lui-même, un des cachots dans lesquels il renfermait les gens qui le gênaient.

Quelle vengeance intime que celle de profaner la fille de ce ministre orgueilleux.

Elle, l'héritière du premier lord d'Angleterre, lui le fils d'un espion, d'un valet.

Et il revoyait la beauté douloureuse, mille fois plus attachante de l'infortunée.

Cœur fermé à toutes les émotions, Percy ne savait même pas s'il était jeune, n'ayant aucune des passions de son âge.

Cela l'aurait détourné de son but, la soif du lucre, l'ambition.

En voyant son père demander, exiger les titres et les domaines d'Avenel et de Melrose, c'était moins l'orgueil que la cupidité qui avait frémi chez le nouveau comte de Verbrock.

Il était l'unique héritier de Stewart Bolton!...

Mais, puisque cette jeune fille avait été mise en quelque sorte dans sa main, puisqu'il pouvait cueillir ce fruit délicat sans se détourner de son chemin, puisqu'il trouvait en même temps là d'inavouables représailles, le triste jeune homme pensait de nouveau à Marguerite, seule, à sa merci, sans défense.

— N'est-ce pas que je serai bien vengé, Somerset? — ricana-t-il.

Il avait prononcé ces mots à mi-voix.

Il regarda autour de lui : il était réellement seul sous le bois.

La nuit venait... De crainte de s'égarer, il regagna le chemin qu'il avait quitté.

Il pouvait maintenant réintégrer sa demeure sans se presser.

Un assez grand nombre d'heures s'était écoulé pour laisser croire qu'il était allé retrouver sa prisonnière dans la retraite où il la tenait cloîtrée.

La nuit montait... un galop de cheval se fit entendre à quelque distance de la maison auprès de laquelle l'agent de Somerset n'avait pas cessé de veiller.

Un cavalier déboucha sur le chemin et frappa d'une certaine façon à la porte de côté.

A la robe noire de son cheval, à sa silhouette, l'agent reconnut le fils de Stewart Bolton, Percy, comte de Verbrock.

La porte s'ouvrit, le cavalier disparut à l'intérieur, et tout symptôme de mouvement cessa.

L'agent demeura encore longtemps en observation.

Tout bruit, toute clarté s'étaient éteints peu à peu dans la vaste demeure.

Le silence s'étendait également partout aux environs.

Londres entier dormait.

C'était l'heure où le duc de Somerset avait l'habitude de sortir de chez la reine et de réintégrer son palais.

L'agent savait où le trouver : il ne verrait vraisemblablement rien de nouveau, et ce qu'il avait à raconter à son maître, touchant la sortie et la rentrée mystérieuse du jeune cavalier, l'intéresserait sans doute.

Et doucement, sans être entendu, il quitta sa cachette.

Et s'étant assuré que nul symptôme de vie ne se manifestait dans le logis occupé par le fils de l'ancien intendant, il s'éloigna définitivement.

Il n'avait pas bien vu.

Ou plutôt, il ne pouvait constater ce qui se passait à l'intérieur de la maison.

Toute rumeur avait en effet cessé de s'y faire entendre. Les lumières y étaient mortes une à une.

Le fils de Bolton lui-même, retiré dans sa chambre, avait renvoyé ses serviteurs et n'avait pas tardé à souffler le flambeau à cinq branches qui l'éclairait.

Mais à côté était une chandelle de cire parfumée, et sur un support d'airain, une longue tige de moelle de sureau.

Avant d'éteindre, Percy avait approché une extrémité du sureau de l'une des bougies et l'avait embrasé.

La moelle braisillait lentement sans répandre aucune clarté.

Le jeune homme, assis dans un fauteuil, à côté, attendait, écoutait.

Il demeura plus d'une heure dans cette immobilité et ces ténèbres qui favorisaient le labeur de son cerveau toujours en travail.

Lorsque, de même que l'agent au dehors, il fut bien certain que le sommeil était descendu partout autour de lui, il se dressa, s'assura que certaines clés étaient bien dans sa poche.

Il prit alors le chandelier à flambeau de cire, la tige de sureau embrasée et se dirigea vers la porte de sa chambre.

Il l'ouvrit sans bruit, les joints en étant protégés par des bandes de laine feutrée pour les empêcher de battre.

Percy s'engagea alors dans le corridor ménagé au centre des constructions. Frôlant la muraille, il se dirigea vers l'escalier situé au bout de la galerie. Il était chaussé de brodequins à épaisse semelle de drap : on ne l'entendait pas marcher.

Ayant senti la rampe de fer arabesque qui courait le long de l'escalier, il commença à gravir des degrés menant au sommet de la maison.

Rien ne trahissait son ascension.

Après plusieurs haltes, afin de se rendre compte si personne n'avait bougé dans l'immense habitation, il ouvrit une porte de fer qui fermait l'escalier et isolait l'étage supérieur du reste du logis.

Une précaution des anciens possesseurs de la maison qui renfermaient là, plutôt que dans des caveaux humides, certains objets précieux.

La serrure récemment huilée n'avait pas claqué.

Le comte de Verbrock referma derrière lui et recommença à monter.

A ce même instant, l'espion chargé par Somerset de le surveiller s'apprêtait à apprendre à son maître les allées et venues du louche jeune homme...

— Sortez, — dit-elle avec force.

Et Somerset, serrant les lèvres, un éclat fauve dans le regard, en écoutant son rapport pensait :

— Je mettrai bien la main sur cette ressuscitée et cette fois elle ne reviendra plus...

« Et Stewart Bolton et son traître de fils apprendront ce qu'il en coûte de vouloir traiter de puissance à puissance avec moi !

## XVII

### UN LACHE

PERCY, comte de Verbrock, continuait sa marche circonspecte, rasant les murs pour se conduire.

Il atteignit ainsi le dernier étage de sa demeure et en longea le couloir.

Il palpait avec la main chaque porte qu'il rencontrait, en comptant le nombre.

Il s'arrêta devant l'une d'elles.

— M'y voici enfin, — murmura-t-il, en étudiant la surface.

C'était la pièce dans laquelle Marguerite avait été renfermée.

La jeune fille dormait d'un sommeil pénible, hanté de visions inquiètes, lorsqu'un bruit vague la réveilla.

Le repos qu'elle prenait ainsi était si léger, si rempli d'alarmes !

Immédiatement, elle se dressa sur son lit, ses grands yeux dardés sur les ténèbres.

Elle entendit distinctement une clef s'introduire dans la serrure, et les charnières grincer.

Plus de doute, quelqu'un entrait.

Dans un mouvement rapide, rempli d'angoisse, elle s'était laissée glisser à terre.

Le danger dans ces ténèbres était plus effrayant encore.

Et elle retenait sa respiration, pénétrée d'épouvante.

La porte se referma presque sans bruit.

La fille d'Ellen Mercy et de Somerset refoula alors la terreur qui la paralysait.

— Qui va là ? — demanda-t-elle d'une voix étranglée

On ne lui répondit pas.

Mais une flamme bleuâtre s'alluma.

Percy venait de souffler sur le morceau de moelle de sureau dont il s'était muni, et il l'approchait de la mèche de son flambeau, enduite de soufre.

Celui-ci venait de prendre feu et émettait cette petite flamme bleue.

Puis une clarté jaillit, et Marguerite reconnut son geôlier.

Elle respira alors : il lui semblait que la lumière la protégeait.

Le comte de Verbrock s'aperçut de la terreur encore imprimée cependant sur les traits de la jeune fille.

Un sourire équivoque passa sur ses lèvres minces, ou ce fut plutôt l'espèce de contraction grimaçante qui voulait ressembler chez lui à un sourire.

— Vous ne dormiez donc pas? — fit-il.

L'enfant ne lui répondit pas.

Ses grands yeux, attachés sur lui, cherchaient à lire la cause de sa venue à une heure aussi avancée.

Le fils de Stewart Bolton posa son flambeau sur une petite table qui, avec le lit et un escabeau, était tout le mobilier de la mansarde.

Le carreau qui éclairait cette pièce durant le jour donnait sur le toit, et il était sûr que l'agent du duc, s'il était encore embusqué au dehors, ne pourrait en apercevoir la lueur.

C'était non seulement pour mettre sa prisonnière hors d'état de communiquer avec qui que ce fût, c'était aussi pour que rien ne dénonçât sa présence de nuit et de jour qu'il l'avait enfermée là.

Absolument tranquillisé par les précautions qu'il avait eu soin de prendre, il tira à lui l'escabeau inoccupé et s'y assit.

— Vous ne m'avez pas répondu, ma belle enfant? — dit-il.

La jeune fille avait courbé la tête sous son sourire aigu, ne pouvant supporter la luisance de son regard.

— Que voulez-vous que je vous réponde? — fit-elle d'une voix basse.

Un moment de silence suivit.

Le fils de l'espion détaillait ses charmes naissants.

La cuirasse de glace qui l'enveloppait se fondait en même temps.

Et l'acuité croissante de son regard indiquait les pensées mauvaises qui naissaient, grandissaient peu à peu dans son cerveau.

Il jugea nécessaire de rompre le mutisme dans lequel ils étaient l'un et l'autre.

— Je vois que vous m'en voulez de la claustration que je vous ai imposée. Et vous ne me donnez même pas satisfaction quand je m'informe si ma venue n'a pas interrompu votre repos?

Il s'était efforcé de mettre de la douceur, une certaine aménité dans son accent.

Le louveteau prenait des allures cauteleuses de renard compatissant.

L'hypocrisie avec laquelle il s'exprimait abusa la jeune fille. Et elle répondit :

— Vous me manifestez de l'intérêt, et cependant c'est vous qui m'avez enfermée ici. C'est vous qui me retenez prisonnière...

— C'est vrai. Pauvre enfant !... Et si vous saviez cependant...

Le jeune homme à l'âme déjà aussi vicieuse que celle de son père avait mis un véritable et mensonger attendrissement dans ces derniers mots.

Marguerite s'y laissa prendre entièrement.

Elle avait toujours vécu dans un milieu simple et probe : elle ne pouvait prévoir toutes les subtilités de la corruption.

— Hélas ! — gémit-elle, — je ne sais qu'une chose, c'est que je vivais heureuse et confiante auprès de ma mère et qu'on m'en a arrachée.

— Quoi, vous étiez seule avec elle ?...

Pour ne pas la troubler, Percy avait cessé de la fixer ; mais il l'épiait sous le rideau de ses cils.

La pauvre petite fleur d'Écosse ne pouvait plus voir ainsi la flamme aiguë rivée sur elle.

Elle secoua lentement la tête.

— Non. Et cependant ceux qui m'entouraient n'ont pu me protéger contre mes ravisseurs. Mais puisque vous paraissez être moins méchant que les autres, par pitié ramenez-moi au manoir de Claymore : la bénédiction de ma mère, mon éternelle reconnaissance vous récompenseront.

— Le manoir de Claymore, en Écosse ?

— Oui, non loin d'Édimbourg.

Ayant besoin de croire qu'elle avait enfin rencontré un être compatissant, elle tendait, vers son visiteur, ses gracieuses mains jointes par la supplication.

Le fils de Stewart Bolton se dit que ce serait un jeu d'obtenir de l'infortunée toutes les confidences qu'il pouvait désirer.

La missive de l'ancien intendant était muette sur ce qui concernait la jeune fille.

Percy n'était pas fâché d'être plus amplement renseigné.

Variant adroitement ses questions, affectant une vive sympathie, il amena ainsi Marguerite à parler de Marie et de Walter d'Avenel, de Julien...

— Hélas ! — soupira l'infortunée, — j'étais seule avec lui dans le bois, occupée à cueillir des fleurs, lorsque ces méchants hommes nous ont assaillis.

— Et votre... ami ne vous a pas défendue ? Fi donc !

Marguerite releva vaillamment sa tête éplorée.

— Oh ! si ! Julien d'Avenel est aussi brave que bon ! Il a déjà combattu plusieurs fois dans de grandes batailles. Et il a lutté tant qu'il a pu. Mais il a été pris à l'improviste... il était sans armes. Et lui aussi a partagé mon sort.

A plusieurs reprises, des larmes étaient venues aux yeux de l'enfant, durant ces confidences dont son égoïste auditeur gardait avidement ce qui pouvait lui servir.

Elles coulèrent de nouveau en faisant allusion à la cruelle captivité dans laquelle elle avait laissé son bien-aimé.

— Ah ! ah ! nous avons notre petit cœur engagé, je vois, — pensa aigrement le fils de Stewart Bolton.

Et réfléchissant à tout ce qu'il savait :

— Il serait vraiment fâcheux pour mylord-duc lui-même que sa fille fût réservée au fils de son plus indomptable ennemi.

Et sourdement irrité par la pensée que l'infortunée en chérissait un autre :

— Elle sera pour ce petit hobereau, soit, mais plus tard... si elle vit... à moins aussi que Somerset ne veuille mettre une couronne de duc ou de marquis dans la corbeille de mariage de sa fille. Dans ce cas, le comte de Verbrock consentirait à se sacrifier. Mais en attendant...

Et oubliant son rôle hypocrite, laissant de nouveau son regard cynique courir sur la malheureuse :

— Réserver la primeur d'un fruit si tendre encore à quelque rustre d'Écosse !... Ah ! non, par exemple.

Percy n'avait plus rien à tirer de la captive.

Il pouvait jeter le masque.

— Il y aurait trop de danger pour vous, hors de ce logis, — dit-il. — C'est pourquoi je continuerai encore à vous garder quelque temps auprès de moi.

Et s'approchant davantage :

— A moins que mon voisinage ne vous déplaise... Je suis jeune, moi aussi, et...

« Et je vaux bien Julien d'Avenel, » — allait-il ajouter.

Mais son regard compléta sa phrase.

Marguerite était la fleur pure et virginale encore à son matin : nulle paroles sacrilège, nulle pensée inavouable n'avait jamais flétri le miroir transparent de son âme.

Mais il est des choses que brusquement l'on pressent, que l'on devine en face du danger.

La jeune fille vit luire les yeux de son interlocuteur, elle remarqua l'éclat fauve soudainement étendu sur ses traits, et instinctivement elle détourna la tête.

Ils étaient seuls. La nuit était profonde : la nuit complice des lâches et des infâmes.

Les serviteurs étaient, pour la plupart, des gens tarés comme un Bolton et un comte de Verbrock doivent en avoir à leur service. Du reste, ils étaient loin.

Des laves sourdes passaient dans le sang du misérable.

Il fit un pas de plus, saisit les mains de Marguerite.

— Cette captivité vous pèse, je puis l'alléger pour vous, — fit-il d'une voix ardente.

L'enfant avait fait un brusque mouvement pour se dégager.

Mais son visiteur parlait de lui rendre la liberté.

Elle crut qu'elle s'abusait, qu'il n'y avait dans ses démonstrations rien de répréhensible.

Il était jeune comme elle, il venait de le déclarer : il devait avoir pitié de son sort.

Et elle osa lever de nouveau son regard vers lui, croyant apercevoir déjà la délivrance, se voyant sur la route d'Écosse, volant dans les bras de la mère à qui on l'avait arrachée.

Mais elle rencontra le visage du sinistre jeune homme penché vers le sien.

L'appréhension d'un péril qu'elle ne pouvait expliquer la ressaisit.

De nouveau, elle tenta de se dégager.

Mais les mains nerveuses et sèches de Percy étaient nouées comme des anneaux de fer autour de ses poignets délicats.

— Tu voudrais te dérober, pourquoi ? — souffla le fils de Stewart Bolton. — Ne t'ai-je pas dit que je puis te rendre la liberté. Ta vie, oui, entends-tu, ta vie dépend de moi, de moi. Voyons, est-ce que je te fais horreur ? Est-ce que je ne vaux pas ton Julien d'Avenel ? Je suis comte et je suis riche.

Julien !... le misérable osait invoquer, rappeler le nom de Julien.

Lui dont le cœur était stérile et sec comme le rocher frappé de mort par la foudre, lui dont l'âme était aussi flétrie à vingt ans que celle d'un vieillard, il ne pouvait savoir que ce souvenir de l'être aimé est la meilleure, la plus sainte protection de la vertu.

Au nom de Julien, Marguerite, tremblante, apeurée, sentit une force invincible descendre dans son cœur.

Elle crut voir sa taille svelte et cependant virile apparaître auprès d'elle.

— Julien, — appela-t-elle comme s'il pouvait l'entendre et tirer l'épée que son jeune bras avait déjà maniée avec tant de vaillance.

Et rendue forte par le souvenir de cette vision qui venait de la traverser, d'une secousse brusque, avec une vigueur imprévue, elle s'arracha aux mains qui l'enserraient.

— Oh! oh! — fit son affreux persécuteur, — je crois que c'est la lutte!

Et de nouveau il marcha contre elle.

Marguerite, dans les yeux de qui brillait une révolte magnifique et aussi une horrible épouvante, se recula jusqu'au mur auprès du lit.

— Je t'offrais la liberté, l'indépendance, — reprit le fils de l'ancien intendant, en continuant à la traquer, — eh bien! tu as raison de la refuser, je ne te l'aurais pas accordée. C'était pour t'amadouer que je disais cela : on n'a pas besoin de marchander avec qui l'on possède!

L'abjecte hypocrisie du misérable mit le comble à l'horreur de la vierge.

— Une pareille lâcheté!... Et c'est un gentilhomme, cela!

Un rire âcre, un grincement de dents plutôt lui répondit, le fils de Stewart Bolton, Percy, comte de Verbrock, n'ayant jamais connu par lui-même ce qu'était le rire.

Et il jeta ses deux bras sur l'épaule de l'enfant.

Marguerite fléchit, une haletée d'angoisse contracta sa gorge, étouffant son souffle.

— Laissez-moi, — exhala-t-elle, chancelante, — où j'appelle à l'aide.

Un ricanement sourd lui répondit.

— Julien! — cria l'enfant, — à moi!

Elle n'eut pas le temps d'achever cet appel.

La main du jeune scélérat, cessant de la maintenir, s'était abattue sur sa bouche pour arrêter son cri.

Le souvenir de l'agent de Somerset embusqué au dehors venait de traverser son cerveau.

C'était la nuit : le moindre bruit porte loin dans le silence. Le policier entendant une voix de femme, une voix d'enfant, avertirait son maître.

Le duc de Somerset aurait vite fait alors d'ordonner une perquisition, s'il ne venait pas y présider lui-même.

Il découvrirait Marguerite.

Le terrible favori, n'ayant dès lors plus à craindre Stewart Bolton ni son fils trop précoce, ne songerait qu'à se venger du chantage qu'ils avaient voulu exercer.

Et Percy, on le sait, avait déjà discerné son intention de l'envoyer à la Tour de Londres réfléchir à l'inconvénient qu'il y avait à se charger de certains messages.

— Taisez-vous, — fit-il, l'accent effaré. — Taisez-vous; je ne vous veux aucun mal.

Et en même temps, étant aussi lâche que sournoisement vicieux, il se reculait en balbutiant.

— Vous le voyez, je vous laisse, je m'éloigne.

Sa main cessait également de fermer la bouche de la jeune fille, et il y avait une supplication peureuse dans son regard qui, un instant auparavant, luisait d'une façon si bassement menaçante.

La fille d'Ellen Mercy aperçut la sueur de la peur qui perlait sur le front du jeune misérable.

Elle comprit que son audace abjecte venait seulement de ce qu'il s'était cru certain de l'impunité.

— Ne faites pas un seul mouvement pour vous approcher de nouveau de moi, — dit-elle, — ou j'appelle de toutes mes forces.

La jeune captive avait réellement un grand air d'énergie en faisant entendre cette menace.

Percy, tout comte de Verbrock qu'il fût devenu, se rendit compte qu'elle était capable de le faire, et d'envoyer ainsi sa récente noblesse moisir à l'ombre de quelque sombre cachot.

— Vous n'avez rien à craindre de moi, je vous le réitère, — insista-t-il la voix tremblante maintenant. — Soyez calme.

« J'étais venu pour m'assurer que vous ne manquiez de rien... vous avez méconnu mes bonnes intentions.

Marguerite tenait son regard attaché sur lui.

Il exprimait tout le mépris qu'elle ressentait pour l'être qui n'avait pas hésité à capter sa confiance par l'hypocrite étalage d'une fausse commisération, et qui, ensuite, s'était conduit d'une façon aussi abjecte.

— Sortez, — dit-elle avec force. — Je ne veux rien, je n'ai besoin de rien. Je ne veux qu'être délivrée de votre présence.

Le fils de Stewart Bolton était chez lui, il eut un mouvement de révolte à cet ordre.

Mais la peur qui ravinait ses traits précocement flétris le fit plier.

La résolution de l'enfant lui en imposait aussi.

Il marcha à reculons vers la porte, le front lourd, son œil louche toujours attaché sur la prisonnière.

C'est que, le bras tendu, montrant la porte, la fille d'Ellen Mercy était réellement tragique à voir.

LA DAME BLANCHE

Elle tomba à genoux, les bras levés au ciel.

Percy ouvrit, et, dominé par ce regard fier, qui ne le quittait pas, il sortit.

La serrure claqua de nouveau, et Marguerite fut replongée dans les ténèbres.

Un silence de mort régnait, coupé seulement, à de lents intervalles, par le hululement des oiseaux de nuit...

Mais... ô horreur... ô suprême épouvante!

A travers ce silence même, elle sentait la présence angoissante et pleine de hideuses menaces du comte de Verbrock.

Et, en effet, le monstre était là, collé contre la porte du réduit de Marguerite, retenant son souffle, épiant son sommeil, attendant l'heure fatale du crime, de l'attentat lâche, féroce... irréparable!

Son cerveau roulait d'horribles, de monstrueux projets!

Il s'élancerait tout à l'heure, pareil à une bête de proie, sur la tendre colombe, endormie dans la sérénité de son innocence.

— Oui, — râlait-il; — elle sera à moi... ce soir!

Mais l'ange pur l'avait deviné, pressenti... Elle était sous l'étoile noire du démon.

Révoltée, désespérée, elle cria dans la nuit :

— Allez-vous-en, misérable... ou je ne cesserai de crier, d'appeler sur vous la justice de Dieu et des hommes que quand vous m'aurez tuée!

Cette fois, Percy battit définitivement en retraite...

Elle écouta anxieusement les pas de l'abject comte de Verbrock s'éloigner, assourdis.

Lorsqu'elle n'entendit plus rien, la force qui venait de soutenir la jeune fille durant ces affreuses instants l'abandonna.

Des sanglots convulsifs montèrent à sa gorge.

Elle tomba à genoux, les bras levés au ciel :

— Ma mère!... — exhala-t-elle. — Julien, à mon secours...

. . . . . . . . . . . . . . . . . . . . . . . . .

. . . . . . . . . . . . . . . . . . . . . . . . .

. . . . . . . . . . . . . . . . . . . . . . . . .

Ce n'est pas des êtres chéris qu'elle implorait que devait lui venir la délivrance.

## XVIII

### L'ULTIMATUM

Stewart Bolton avait mûrement réfléchi en proposant au duc de Somerset d'intervenir pour amener la capitulation de la Tour d'Avenel.

La reddition de la forteresse écossaise devait être en quelque sorte le cadeau de joyeux avènement qu'il offrirait au duc pour l'avoir investi des titres qu'il demandait.

L'objet du marché lui-même était l'infortunée Marguerite.

Partie liée : en échange du double apanage d'Avenel et de Melrose, le traître lui livrait la fille d'Ellen et devait, par surcroît, mettre fin à la résistance des défenseurs de la Tour; donnant, donnant!

C'est qu'en effet le vieux Martin n'avait pas oublié le serment qu'il avait prêté à son maître, au noble chevalier d'Avenel.

Les valeureux vétérans qui servaient sous ses ordres se souvenaient également du vœu solennel de tous les guerriers d'Avenel, à la veille du jour où leur chef devait partir avec les plus jeunes guerriers du clan, pour aller au secours de la reine.

Eux aussi étaient bien résolus à défendre pied à pied la citadelle confiée à leur valeur.

Pour ces braves gens, c'était leur honneur qui était en jeu.

Seuls les paysans, les vieillards, les femmes, renfermés derrière les murailles afin d'échapper aux brutalités et aux exactions des Anglais, auraient pu se plaindre, languir après une paix, même honteuse, qui leur permettrait de retourner dans leurs chaumières.

Leurs chaumières, disons-nous... si les partisans anglais ne les avaient pas démolies et incendiées, dans leur rage de destruction.

Mais ces paysans, ces laboureurs étaient patriotes ; ils avaient, les uns et les autres, une égale horreur de la domination étrangère.

Et souvent on entendait quelque voix chevrotante de vieillard ou quelque accent de femme prononcer :

— Vivre libres ou mourir !...

C'était en effet le mot d'ordre de la vaillante garnison.

Rumskorff, le chef des partisans envoyés par Somerset avec ordre de réduire le manoir reconstruit des seigneurs d'Avenel, avait menacé les Écossais de les faire passer tous, sans exception, au fil de l'épée, s'ils ne mettaient pas bas les armes.

Il avait envoyé cet ultimatum au commandant de la forteresse par un héraut.

Le vieux Martin avait alors montré à ce dernier les visages énergiques des chefs d'escouade qui l'entouraient.

Et il avait répliqué :

— Va dire à celui qui t'envoie que l'épée chargée de cette besogne n'est pas encore forgée.

« C'est devant mes lieutenants que je parle; vois donc s'ils paraissent redouter tes menaces.

Le héraut baissa la tête devant les regards ardents des Écossais.

Frères Jacques, le gros et brave moine, qui assistait à l'entretien, éclata d'un rire homérique devant la mine déconfite de l'envoyé.

Et relevant les manches de sa robe de bure, il montra ses biceps énormes.

— Il faut d'abord que l'épée de ton maître résiste à la pression de ces deux bras sans se fausser. Je suis prêt à l'épreuve.

— Bien parlé, sire chapelain! — approuvèrent les sergents d'armes. — Et avant de nous laisser occire, nous entendons, nous aussi, essayer sa trempe.

— Retire-toi donc, — avait dit le vieux Martin au héraut; — les flèches de nos braves archers sont impatientes de saluer ta retraite.

L'envoyé du chef anglais parti, le vieux défenseur du drapeau d'Avenel avait rassemblé ceux de ses guerriers qui n'étaient pas de garde aux remparts.

— Amis, — annonça-t-il, — les bandits anglais trouvent que le siège traîne en longueur; un trop grand nombre des leurs sont déjà couchés sous la terre d'Écosse. Ils voudraient bien ne pas s'exposer plus longtemps à vos flèches et à vos glaives. Leur chef n'a pas trouvé de meilleur moyen pour essayer de vaincre que de me demander de lui ouvrir les portes. Je lui ai répondu de venir les forcer s'il le peut. Vous êtes à cette heure mes soldats, je vous demande si j'ai bien agi?

— Oui, oui! — répétèrent deux cents voix. — Avenel pour toujours! Mort aux Anglais!...

Les acclamations des défenseurs du manoir parvinrent au camp ennemi au moment où le héraut, retourné auprès de son maître, lui rendait compte de sa mission.

Rumskorff tendit le poing.

— Par le fer, le feu ou la faim, j'aurai bien raison de vous tous! — gronda-t-il.

La fière réponse du commandant de la forteresse au héraut, sa harangue aux vétérans furent bientôt connus dans toute la Tour.

Les paysans, les femmes même ne cachèrent pas leur enthousiasme, et de nouveaux, d'unanimes hourras parvinrent jusqu'aux assiégeants.

Le chef anglais venait d'entendre le rapport de son héraut.

Il perçut ces vivats.

— Il nous faut donc les forcer à tout prix dans leur bauge! — marmotta Rumskorff avec répugnance.

Ce mot « leur bauge », appliqué à la forteresse soigneusement reconstruite, trahissait sa mauvaise humeur.

Il n'avait que trop éprouvé, contrairement à ses espérances, la solidité des muraillles dont il parlait de cette façon.

La preuve en était dans les renforts qu'il avait dû demander pour combler les vides causés dans ses rangs par les traits des assiégeants et les projectiles de leurs gros fusils de rempart.

Décidé, au début, à brusquer les événements, il avait renouvelé l'attaque au cours de laquelle il avait réussi une fois déjà à défoncer la poterne.

Mais son acharnement devait décider les assiégés à changer de tactique.

Martin, jugeant nécessaire d'exciter le moral de ses troupes, troublées par l'opiniâtreté d'un ennemi qui ne leur laissait ni trêve ni repos, avait ordonné des sorties.

Morfeld, le forgeron, s'était vu désigné pour les commander.

— Toi qui excelles à marteler le fer et à fabriquer les armes, — lui avait dit le vieillard devant les troupes rassemblées, — il s'agit aujourd'hui de battre les Anglais comme fer rouge sur l'enclume. Il s'agit d'essayer toi-même l'acier des claymores trempées par tes mains.

« Morfeld, te sens-tu capable de cette prouesse en compagnie des hommes qui t'entourent?...

Le forgeron, convié à ce rôle d'honneur, avait montré ses mains à la peau hâlée, brûlée par le feu.

— Maître, vous et les compagnons restés de garde aux bastions, vous verrez comment le forgeron sait manier l'outil. Seulement aujourd'hui Morfeld est soldat. Son outil sera sa claymore : j'ai fabriqué, exprès pour moi, celle qui pend à ma ceinture.

— Va donc!...

Les portes attaquées jusqu'alors par Rumskorff avec tant d'acharnement s'étaient rouvertes, et les Écossais, impatients de rendre coup pour coup, étaient allés chercher dans leur camp les partisans anglais.

Soutenus par les archers des remparts, ils avaient porté de véritables ravages dans les troupes qui les assiégeaient.

Après chacun de leurs exploits, ils rentraient dans la forteresse avant que leurs adversaires, encore tout meurtris de l'impétuosité de leurs attaques, eussent eu le temps de leur faire expier leur témérité.

Un jour vint pourtant où ils virent, du haut des remparts, les valets de l'armée anglaise creuser, dans les champs, de longues et profondes tranchées.

Elles devaient servir aux ennemis terrassés par les vétérans d'Avenel, à chacune de leurs irrésistibles sorties, pour se mettre à l'abri de prochaines excursions.

La situation des Anglais n'était donc pas brillante.

En sa qualité d'espion, Stewart Bolton n'ignorait pas ces événements. La Tour d'Avenel, debout et continuant à faire flotter les libres couleurs de l'Écosse, c'était l'invasion, la conquête anglaise entravée à sa base même.

La Tweed séparait l'Angleterre de l'Écosse, et, victorieuses à l'intérieur, les hordes envahissantes voyaient leurs communications directes interceptées avec leur pays d'origine.

La Tour d'Avenel commandait en effet la route d'Angleterre à Édimbourg par les gorges d'Arfeld.

Le reste de ces régions montagneuses était couvert de forêts et l'on a vu les horribles souffrances de Walter et de l'armée qui s'y était engagée à sa suite.

C'est pourquoi Stewart Bolton était convaincu que Somerset n'hésiterait pas à payer des apanages d'Avenel et de Melrose la reddition de l'indomptable place de guerre.

Le favori de la reine Élisabeth devait d'autant moins hésiter que cela ne lui coûtait rien.

Il devait se tromper cette fois.

On a vu l'accueil que lord Somerset avait fait à son envoyé, à son fils Percy... Le tout-puissant courtisan n'avait été préoccupé que par la réapparition de l'enfant qu'il croyait morte depuis longtemps; tout le reste, soucis d'État, devoirs de sa charge, disparaissant de son esprit devant cette impressionnante nouvelle.

Les manœuvres de l'ancien intendant lui paraissaient suspectes.

Quant à la Tour d'Avenel, les ordres énergiques et les secours envoyés au chef des partisans qui l'assiégeaient devaient, espérait-il, amener sa chute à bref délai. Et Somerset n'était, en conséquence, pas pressé de satisfaire l'insatiable appétit de son équivoque agent.

Il préférait garder pour lui-même ces riches domaines et les magnifiques terrains de chasse qui en dépendaient : c'est ce que Bolton ignorait.

Le lord se souvenait, en effet, que ce duché de Melrose avait été sur le point de tomber entre ses mains, à l'époque où il espérait épouser la jeune et charmante Marie, aujourd'hui dame d'Avenel.

— J'y joindrai, à titre de compensation, les terres de Mordrival... Et un pareil morceau serait pour les griffes crochues d'un parasite comme ce Bolton?... Ah ! non, par exemple ! — rugissait-il.

Il comptait bien, du reste, que la forteresse tomberait assez vite entre les mains de Rumskorff pour n'avoir même pas besoin de répondre par un refus à Stewart Bolton.

Et il avait dépêché un courrier à Rumskorff avec le commandement d'en finir coûte que coûte... Le chef des partisans, déjà épuisé par ses assauts répétés, avait vu ses soldats se débander en partie après les sorties furieuses commandées par Morfeld le forgeron.

Morfeld, l'Homme-de-Fer, comme ses compagnons l'avaient surnommé.

Les ordres irrités de Somerset arrivant là-dessus, il commença des travaux de fortification plus importants qu'auparavant, destinés à le mettre à l'abri de nouvelles attaques.

Il était venu investir la Tour d'Avenel et, depuis quelque temps, c'était lui qui avait à se défendre.

— Le duc de Somerset a raison, — avait-il pensé. — Il faut employer les grands moyens.

Il appela auprès de lui ses deux lieutenants les plus capables et leur soumit son plan.

— La Dame Blanche qui hante, dit-on, ces parages semble rendre ces Écossais invincibles. Voici ce que je compte faire pour en avoir raison. Je vais relier, par un véritable mur, les bastilles déjà élevées autour de cette maudite forteresse. J'enfermerai ainsi ses murailles dans une seconde enceinte. Et lorsque ces satanés vétérans et les femmes et les enfants qui se trouvent avec eux seront à bout de vivres, il faudra bien qu'ils viennent à composition.

— A moins que nous n'ayons réussi à jeter quelques ponts volants des murailles que nous allons élever à celles-ci, et que nous ne soyons parvenus à forcer la place, — ajouta un de ses lieutenants.

Rumskorff hocha le menton. Il comptait plus, maintenant, sur la famine que sur une attaque de vive force.

De nombreuses escouades partirent pour la forêt abattre des arbres.

Sur son ordre immédiat, les tranchées furent creusées de manière à établir d'abord un véritable fossé entre la Tour et les assiégeants.

En même temps, de nombreuses escouades partirent pour la forêt, afin d'abattre des arbres.

Un tiers de ses hommes était occupé à ces travaux, tandis que le reste, rangé en bataille, attendait les Écossais en cas d'une nouvelle sortie.



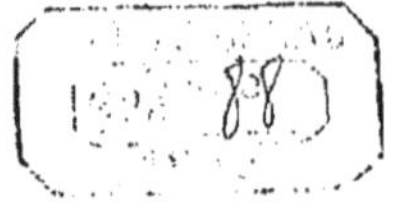

## XIX

### TRAVAIL NOCTURNE

Le commandant de la Tour d'Avenel avait trop peu d'hommes à sa disposition pour les lancer contre un ennemi prêt à la lutte.

Il attendit en observant.

Les vétérans en faction derrière les créneaux n'avaient pas tardé à voir les partisans envoyés dans les forêts revenir, traînant des troncs d'arbres, des branchages épais sur des chariots improvisés.

Ils remarquèrent que les Anglais avaient choisi des espèces non résineuses, c'est-à-dire moins exposées à l'incendie.

— Il faut avertir notre capitaine d'armes, — émirent les premiers qui s'en aperçurent.

Ils se mirent à la recherche de Martin.

Ils le trouvèrent au sommet du donjon.

Le vieillard, aussi prévoyant qu'infatigable, debout à côté du guetteur, surveillait, depuis le commencement, les nouveaux agissements des Anglais.

— Maître, — lui dirent ses soldats, — nous venions vous prévenir, mais nous voyons bien qu'il n'en était nul besoin : vous veillez pour nous tous.

— Vous avez bien agi néanmoins. Que veulent donc faire ces mécréants ? Ne perdez de vue aucun de leurs mouvements : ce sont eux qui nous renseigneront.

Ce manège dura pendant trois jours.

Les pieux, les troncs d'arbres s'amoncelaient dans le camp.

— Maître, — vint proposer Morfeld le forgeron, en s'approchant de son commandant, — ces Englishs du diable s'apprêtent à nous jouer quelque vilain tour. M'est avis que nous ne leur donnions pas le temps de compléter leurs préparatifs, si bon vous semble cependant.

Le vieillard frappa amicalement sur l'épaule de l'Homme-de-Fer.

— N'aie crainte, camarade, je te réserve d'autres occasions d'éprouver de nouveau ta vaillance. Mais un peu de patience, laissons nos adversaires nous indiquer quels sont leurs projets, pour que nous agissions en conséquence.

— La sagesse parle par votre bouche, maître. Mais quoi que vous décidiez, sachez que Morfeld le forgeron et ses compagnons sont tous prêts à retourner au combat.

— Je ne l'oublierai pas... si la nécessité le commande.

Le vieux serviteur de la famille d'Avenel, chargé aujourd'hui du soin de défendre l'honneur de son maître, était économe du sang de ses soldats, par humanité autant que par tactique.

Infatigable malgré son grand âge, il veillait actuellement nuit et jour, essayant de deviner ce que signifiaient ces nouveaux préparatifs.

La quantité de bois réunie par les assiégeants devenait réellement formidable.

Rumskorff, s'apercevant de l'attention des Écossais, augmentait ses approvisionnements, afin de tenir ses adversaires le plus longtemps possible dans l'ignorance de ses résolutions.

Il mit un grand nombre de ses hommes à équarrir les troncs les plus gros, tandis que les autres poursuivaient leur besogne dans les bois.

Les défenseurs de la citadelle, inquiets, étaient d'avis qu'on devrait sortir et incendier ces boisages.

Martin réunit les chefs de bastions.

Il prit un morceau de bois vert tranché sur un arbuste poussé dans la cour de la forteresse, et devant eux le jeta au feu.

— Voyez, — dit-il, — il ne brûle pas.

Et il ajouta :

— J'ai été avisé que quelques-uns de nos compagnons murmurent. Les préparatifs des Anglais les inquiètent, et ils se plaignent que je n'ordonne pas une sortie afin d'aller mettre le feu à tout le bois qu'ils ont entassé. Je viens de vous le montrer par un exemple, ces troncs énormes, ces grosses branches, abattus depuis quelques jours à peine, ne s'enflammeraient point : ce n'est pas le sang écossais dont on les arroserait qui les feraient brûler davantage.

« Allez, et dites à vos compagnons de préparer leurs armes en silence.

Les lieutenants avaient compris ; admirant la sage prévoyance du vieillard, ils allèrent répéter ses paroles.

Une attente anxieuse régnait dans la Tour d'Avenel.

Ces événements, se produisant après l'arrogante sommation du chef anglais, indiquaient que l'action décisive était proche.

Dans l'incertitude de ce qui allait se produire, Martin fit augmenter la provision de pierres, de quartiers de rocs, amoncelés de place en place sur le rempart.

Les munitions des fusils de rempart furent triplées à portée de la main de leurs servants; les archers déposèrent des faisceaux de flèches tout déliés à côté de chaque meurtrière où ils s'agenouillaient habituellement pour tirer.

Rumskorff et ses lieutenants avaient marqué certains points de repère tout autour de la citadelle.

Le vieux Martin, qui les observait du donjon, murmura :

— On dirait qu'ils tracent des lignes de fortifications contenues d'un poste à l'autre.

Il avait pensé déjà que ces troncs d'arbres, choisis visiblement parmi les plus gros de la forêt, devaient être destinés à quelques travaux de fortification.

Étant donné la quantité charriée, il s'attendait à quelque tour colossale, de taille à dominer les remparts de celle d'Avenel.

C'est pourquoi, dans l'incertitude où il se trouvait, il avait réfréné l'impatience de ses soldats.

Les Anglais pouvaient combler les vides causés dans leurs rangs par la mort, tandis que, chez les vétérans, toute perte était irrémédiable.

Le vieillard ne voulait frapper qu'à coup sûr.

Les allées et venues de Rumskorff et de ses aides détruisaient ses premières suppositions.

Qu'allaient donc faire les Anglais?...

La nuit vint.

Le camp ennemi se remplit aussitôt de rumeurs.

De grands coups y retentirent bientôt comme si l'on plantait en terre d'énormes pieux.

Des essieux grinçaient.

On aurait dit le cri plaintif des charpentes fixées par les partisans aux charriots rudimentaires qu'ils avaient fabriqués.

Ce fut une veillée d'angoisse pour les défenseurs de la tour d'Avenel.

Martin fit attacher des étoupes enflammés au fer d'un certain nombre de flèches, et fit lancer celles-ci vers les endroits d'où provenaient ces bruits alarmants.

Mais ces flambeaux improvisés n'éclairaient qu'à une courte distance autour d'eux.

Quant aux flèches enflammées qui tombaient même dans les lignes ennemies, les partisans se hâtaient de les éteindre.

Leur but était évidemment de dérober leurs travaux aux assiégés.

Une agitation extrême régnait parmi la garnison.

Le vieillard qui avait assumé la tâche de garantir contre toute insulte les deux bannières qui flottaient au plus haut des murs prévit les ravages de la démoralisation sur des hommes rendus impressionnables par un long siège.

Il parcourut les divers postes où les guerriers rassemblés échangeaient leurs réflexions à voix basse.

Son maintien était assuré, son visage vénérable se montrait souriant.

— Par le saint patron de notre Écosse, — disait-il dans chaque groupe, — voici que les ennemis nous servent à souhait. Ils s'éparpillent pour nous permettre de les battre plus facilement en détail. Quant aux abattis qu'ils sont probablement en train de coucher en terre, quand viendra le lever du jour, ils seront juste assez hauts pour permettre aux archers qui accompagneront les hommes d'attaque de s'accroupir à leur abri.

Devant son assurance, ceux à qui ils s'adressait retrouvaient leur confiance, toute leur ardente résolution des jours passés.

— Or ça, — reprenait le vieillard, — que tous ceux qui ne sont pas de garde aillent se coucher afin d'être plus dispos demain matin, lorsqu'il s'agira d'en découdre. Mon inspection terminée, j'en vais tranquillement faire autant de mon côté. Car je veux en être, cette fois. Allons, bonne nuit, tous, de façon à être frais et vaillants tandis que nos ennemis seront fourbus de leur travail de la nuit.

Ces discours du vieux chef, la bonhomie tranquille qu'il montrait avaient ranimé tous les cœurs.

Les guerriers qui pouvaient être appelés à combattre le lendemain allèrent vérifier rapidement l'état de leurs armes et se livrèrent ensuite au repos, joyeux d'avance de la supériorité qu'ils allaient certainement posséder sur les Anglais.

Leur vigueur compenserait leur infériorité comme nombre.

Après s'être adressé aux soldats, le commandant de la forteresse s'était rendu auprès des paysans, dans le quartier qui leur avait été réservé.

C'était dans les fortifications nouvelles ajoutées à l'ancienne tour féodale.

Là, le vieillard tint aussi un langage généreux et énergique.

Tous ceux à qui il s'adressait le connaissaient de longue date.

Son héroïsme calme et tranquille à l'heure actuelle, à côté de sa simplicité modeste d'autrefois, les enthousiasma.

— Nous combattrons avec les guerriers ! — clamèrent ceux qui possédaient encore assez de vigueur pour tenir une arme dans leurs vieilles mains calleuses.

Une femme s'avança, jeune, belle et hardie :

— Avec votre autorisation, nous sortirons aussi, nous autres, pour ramasser les blessés. Et, à l'occasion, nous montrerons à ces étrangers ce que valent les mères et les femmes des guerriers d'Écosse.

Un tumulte d'acclamations accueillit ces paroles.

Oui, les femmes d'Écosse prouveraient le courage dont elles étaient capables, elles aussi.

Et le vieux chef parti, une ardente animation régna dans le quartier occupé par les laboureurs.

Les faulx étaient emmanchées pour servir de piques, et aussi pour trancher les têtes ; les épieux étaient appointés, les femmes préparaient des linges, et beaucoup d'entre elles des haches et des coutelas, pour le cas où quelque soudard anglais tenterait de leur mettre la main dessus.

Une heure ou d'eux d'animation fébrile régna dans la forteresse, chacun terminant ses préparatifs pour le lendemain.

Puis le calme descendit peu à peu sur la vaillante garnison.

Selon la recommandation du sage et énergique vieillard qui la commandait, chacun était allé préluder par un repos nécessaire à l'engagement probable du lendemain.

Lui aussi s'était retiré dans la pièce qui lui servait de logement, afin de faire descendre la confiance dans l'esprit de tous en affectant la plus entière tranquillité.

En réalité, il ne dormait pas, écoutant les bruits confus qui continuaient à trahir le travail acharné des assiégeants.

# XX

## LA DIANE

La fatigue avait fini par avoir raison du commandant de la Tour d'Avenel.

Lorsqu'il se réveilla, après une heure ou deux de sommeil, une teinte grise commençait à barrer l'horizon.

Le vieillard sauta hors de son lit et se dirigea aussitôt vers une meurtrière.

Une ombre confuse noyait encore les lignes ennemies.

On croyait discerner pourtant les arêtes rigides de fortifications là où rien n'existait encore la veille.

Martin s'arma à la hâte, passa autour de son col le cordon qui supportait son cor de commandement.

Et il se rendit sur le donjon.

De là, dès que le jour serait suffisant, il pourrait embrasser l'ensemble des travaux effectués par les Anglais.

— Maître, — lui dit le guetteur, — les goddem ont l'air d'avoir fait beaucoup de besogne, autant que j'en puis juger.

— Nous la leur déferons, voilà tout. Ce sera encore plus rapide!

L'horizon s'éclaircissait...

On entendait le sourd piétinement de nombreuses allées et venues dans les couloirs de la citadelle.

Les gardes montantes relevaient les postes de la nuit.

Chacun s'empressait aussi de se rendre sur le rempart, afin de se rendre compte du travail effectué par les ennemis.

La conscience du péril avait sonné la diane.

Quand la clarté fut suffisante, une véritable stupéfaction se peignit sur tous les visages.

Les Anglais avaient réalisé un véritable tour de force.

A l'endroit où le terrain était nu, le jour précédent, un mur de deux mètres de hauteur déjà dessinait son arête abrupte.

Il s'élevait presque immédiatement au bord des tranchées.

Celles-ci même avaient dû être approfondies, à en juger par la quantité de terre rejetée du côté de la Tour d'Avenel.

Ces travaux avaient été combinés de façon à empêcher toute sortie de la part des défenseurs de la place.

La tranchée, profonde et large, servait de fossé.

Et ce fossé franchi, — s'ils y parvenaient, — ils n'auraient même pas la place nécessaire pour prendre pied sur l'autre bord.

Non seulement les défenseurs de la Tour d'Avenel étaient assiégés...

Mais. à partir de ce moment, ils se trouvaient emprisonnés dans leur fortifications.

Le formidable mur d'enceinte élevé nuitamment par les partisans de Rumskorff était formé par les troncs d'arbres que le chef anglais préparait depuis huit jours.

D'énormes pieux, fichés en terre à une grande profondeur, les retenaient, les assujétissaient.

Le rang extérieur était composé des arbres les plus gros.

Leur poids devait défier les efforts des Écossais pour les arracher.

Des troncs d'un diamètre moindre, de grosses branches formaient les autres rangs ; de la terre, versée entre les interstices, en faisait un ensemble réellement redoutable.

Des tas de bois, disposés de distance en distance, indiquaient, en outre, le projet des assiégeants de ne pas s'en tenir à ce qui était déjà construit.

Ils se proposaient certainement d'élever leur mur à une hauteur considérable.

Les vétérans d'Avenel considéraient tout cela avec une prostration véritable.

Ils étaient définitivement prisonniers !

Du haut de son observatoire, Martin faisait les mêmes constatations.

— C'est un duel à mort, — murmura-t-il lorsqu'il eut inspecté la position ennemie.

L'intention du chef anglais était visible :

Il allait enfermer absolument les Écossais. Sa muraille circulaire achevée, disposant d'un nombre d'hommes extrêmement supérieur à celui des assiégés, il n'aurait qu'à monter la garde derrière son inattaquable mur de bois et à attendre le jour ou ses adversaires, décimés par la famine, capituleraient sans combattre.

Martin s'en rendit immédiatement compte.

Il fit donc appeler Morfeld le forgeron et les principaux chefs de bastion.

Ceux-ci répondirent aussitôt à son appel.

Frère Jacques regardait achever le premier pont

La gravité particulière de leur physionomie indiqua leur inquiétude au vieillard... Il ne voulut pas leur laisser voir ses appréhensions.

— Eh bien! — leur dit-il, — je crois que nos adversaires nous ont préparé du bois pour nous chauffer durant l'hiver prochain.

— A moins qu'ils ne le destinent à confectionner des cercueils pour nous enterrer! — fit une voix.

— Eh quoi! Clifford, oublies-tu que les guerriers n'ont que faire de cercueils et se contentent d'être ensevelis dans leur gloire... ou dans le drapeau qu'ils ont défendu?

L'homme rougit. C'était un soldat irréprochable; mais ce qu'il avait vu l'avait troublé. La tranquillité intrépide du vieillard lui fit honte.

— Maître, — intervint Morfeld le forgeron, — le père chapelain sollicite l'honneur de faire partie du conseil de guerre.

— Frère Jacques manie aussi bien la hache d'armes que le goupillon; sa réclamation est juste; fais-le prévenir que nous l'attendons.

Le moine, qui se tenait à quelques pas, entra aussitôt, rayonnant.

— Par les saints canons de l'Église, — déclama-t-il dès la porte, — on va combattre pour de bon, cette fois.

Son entrain amena un sourire sur les lèvres du vieux chef.

— En effet, — dit-il. — Nous ignorions à quel usage ces obstinés destinaient toutes leurs charpentes. Et ma foi, il faut reconnaître qu'ils ont rudement employé leur nuit. Mais des bras qui ont manié la pioche ou le marteau se lassent assez vite de manier l'épée.

— Attaquons-les donc avant qu'ils aient eu le temps de reprendre de nouvelles forces, — appuya Morfeld.

— Oui, ne leur laissons pas le temps de respirer.

C'était le moine qui, ne rêvant que plaies et bosses, venait de prononcer ces dernières paroles avec son ardeur accoutumée.

Martin promena son regard sur l'assistance : devant l'ardeur de ceux qui venaient de parler, tous sentaient leur hésitation disparaître.

— Je ne crains pas la mort, — émit enfin celui qui s'était déjà montré le moins enthousiaste, — mais, maître, ne craignez-vous pas que nous n'allions nous enterrer dans leurs tranchées? Ceux qui parviendront à les franchir sur le corps de leurs camarades n'iront-ils pas se casser la tête contre leurs énormes abattis à pic?

Il eut à peine le temps d'achever.

— Leurs tranchées! — protesta l'accent enthousiaste du gros moine. — Nous jetterons des ponts par-dessus. Et ensuite, à la courte échelle, l'assaut sera vite donné. Je prête mon dos à ceux qui voudront monter.

A cette proposition originale, tous les visages se déridèrent.

Le moine, large et gros, formerait en vérité un appui solide.

— Seulement, — ajouta-t-il, — ceux qui se seront établis sur le mur m'aideront ensuite à monter, afin que je puisse faire besogne de guerre!

Martin s'applaudissait d'avoir admis le moine à la discussion.

— Mais qui jettera les ponts? — objecta encore Clifford.

Le moine releva ses manches de bure de son geste familier.

— Et ça? — fit-il en tapant sur ses bras noueux comme chêne.

— Le père chapelain a raison, — dit Martin. — Il nous a donné assez de preuves de son courage et de sa vigueur pour que nous puissions compter sur lui. La garnison contient en outre un assez grand nombre d'hommes habitués à manier de lourds fardeaux. Morfeld va les réunir.

« Une dizaine de ponts volants vont être immédiatement fabriqués. Ils les lanceront aux endroits que j'indiquerai. Les cultivateurs réfugiés dans le fort ont des échelles parmi les ustensiles qu'ils y ont mis à l'abri; leur hauteur sera plus que suffisante à cause du peu d'élévation des murailles que l'ennemi est en train de construire.

.. Clifford, pour faire oublier vos hésitations, vous dirigerez les archers du bastion sud, chargé d'empêcher les Anglais de se maintenir sur la partie de leur mur qui regarde votre côté, pendant que nos compagnons lanceront les passerelles. Vous, Mac-Clairfast, vous en ferez autant au bastion nord. Toi, Ciemthall, tu veilleras sur le pont-levis.

A ce moment, un sergent se présenta.

— Maître, — annonça-t-il, — les laboureurs demandent à quel moment commencera l'attaque. Vous leur avez promis hier qu'ils en seraient!

Le vieux commandant eut alors un mouvement superbe.

— Les hommes de labeur pacifique demandent à combattre, et vous autres des hommes d'épée vous hésiteriez, — lança-t-il avec force. — A l'œuvre tous, qu'on prépare les ponts de suite. Je sonnerai la charge.

Morfeld et les autres se précipitèrent au dehors allant exécuter ses ordres... Clifford, le chef du bastion sud, s'approcha de Martin.

— Maître, — dit-il, — vous avez pu croire que je reculais. Mais donnez-moi une place parmi les colonnes d'assaut; vous verrez que je ne parlais que par prudence et que je suis toujours digne de vous.

Grave et froid Martin lui dit :

— Je vous crois, mais il y a des heures où il faut refouler les paroles qui pourraient troubler ceux qui les entendent. Ce sera votre châtiment de voir combattre et périr vos compagnons. Mais ce sera ensuite votre pardon et votre récompense de les aider à triompher.

— C'est vrai, maître, j'ai failli. Mais vous entendrez parler des archers de Clifford... et de leur chef!

Il sortit... Les sévères mais amicaux reproches du vieillard l'avaient touché au cœur, et il était résolu à tout!

Dans la cour intérieure, les marteaux résonnaient déjà avec frénésie, assemblant les planches qu'on devait jeter sur les fossés afin d'attaquer les retranchements ennemis : Les soldats d'Avenel étaient assiégés, et c'est eux qui allaient donner l'assaut!

## XXI

### LE PONT MOUVANT

Rumskorff le chef des partisans envoyé par le duc de Somerset avec l'ordre impérieux de s'emparer de la Tour d'Avenel, était un de ces guerriers équivoques qui, l'occasion aidant, ne se faisaient aucun scrupule de passer d'un camp à un autre.

Les souverains de cette époque avaient fréquement recours à ces capitaines d'armée irréguliers.

Durant les périodes de paix, assez rares du reste, ils avaient toujours autour d'eux un état-major toujours prêt à recruter des troupes au premier signe.

L'habitude de la guerre faisait, de la plupart d'entre ces chefs de bandes, des généraux d'une réelle valeur.

Rumskorff était réputé pour ses coups d'audace généralement heureux.

Grâce à la vigilance du vieux chef de la Tour d'Avenel, et à l'héroïsme de ses vétérans, il n'avait pu réussir dans ses violentes attaques du début... Mais il venait de montrer qu'il possédait également à fond l'art des fortifications.

L'enceinte extérieure dans laquelle il avait emprisonné les défenseurs de la citadelle était à peu près la reproduction du moyen employé jadis par Jules-César pour réduire Vercingétorix, le défenseur des Gaules.

— Que les Écossais me donnent seulement vingt-quatre heures de répit, et je les tiens comme dans ma main, — disait-il en contemplant l'énorme travail accompli sur ses indications.

Ses hommes exténués n'avaient cessé leur travail qu'au jour.

Rumskoff envoya la moitié de son monde se reposer tandis qu'il faisait distribuer une abondante ration d'eau-de-vie de grain à ceux qui restaient à veiller en cas d'une offensive des Écossais.

Lui-même était las, ayant mis plus d'une fois la main à l'ouvrage.

Il entendait le bruit des marteaux résonner dans la citadelle.

Et il prévoyait une résolution extrême de la part des assiégés.

Le mur qu'il avait édifié dans la nuit, établi au bord d'une tranchée profonde, était assez haut pour arrêter et décourager un ennemi ordinaire.

Mais, contrairement à son attente, l'aspect des travaux qu'il avait exécutés n'avait fait qu'exciter une vériable furie chez ces montagnards qu'il méprisait avant de s'être rencontré avec eux sur le champ de bataille.

Un moment, il avait espéré que, en présence de ses opérations d'investissement, les assiégés allaient lui envoyer des parlementaires pour traiter de leur reddition.

Le bruit retentissant des marteaux devait vite le détromper.

— Bast! — se dit-il, — avant qu'ils aient descendu dans le fossé et dressé les échelles, nous aurons eu le temps de les accabler.

Il espérait bien que les Écossais une fois engagés dans la tranchée ne réussiraient plus à en sortir.

Et s'adressant à ses officiers, il ajouta avec un rire grossier :

— Nous n'aurons ainsi qu'à rejeter, sur leurs cadavres la terre enlevée : Ils seront ensevelis!

Dans la citadelle, les préparatifs s'avançaient fébrilement.

Martin les dirigeait en personne.

La colonnne d'attaque était déjà formée.

Morfeld, l'homme de fer, comme on le nommait, se tenait à leur tête.

Une cuirasse brunie couvrait sa poitrine.

Il avait laissé son épée au fourreau.

Il tenait dans sa main noircie par le maniement du fer et du feu une arme étrange, formidable : c'était un marteau de forge, un de ces marteaux énormes que l'on manie à deux mains.

Mais l'homme de fer en avait modifié la partie la plus légère; il l'avait apointée au feu et trempée ensuite à l'eau glacée.

Aucun casque ni morion, aucune cuirasse ne devait pouvoir résister à cet engin redoutable.

La flamme de l'ardeur héroïque brillait dans son regard et la cohorte qui devait suivre bouillait d'énergie mal contenue devant la décision de son chef... Derrière eux, les paysans se pressaient, impatients de suivre une aussi vaillante avant-garde : leurs faulx luisaient, aiguisées de frais, tranchantes comme des rasoirs, plus aiguës que des épées.

Tout au fond, se tenait un groupe compact de femmes.

Elles surtout étaient impressionnantes : résolues, la tête dressée, les narines frémissantes, elles semblaient déjà respirer le carnage.

L'approche d'une lutte qu'elles devinaient suprême les avaient transformées... Elles avaient toutes des bandes d'étoffes attachées à leur ceinture pour les premiers soins à donner aux blessés.

Mais, à cause des mœurs atroces des houspailleurs anglais, chacune portait aussi une hache ou un coutelas.

Dans l'énervement de l'attente, leurs mains s'agriffaient au manche de leur arme, et leurs regards luisaient d'une façon ardente.

Frére Jacques, les manches de sa robe de bure relevées au-dessus du coude, la hache d'armes pendant à la droite de son froc, une large dague à gauche, regardait achever le premier des ponts destinés à être jetés sur les tranchées... Celui-ci lui revenait de droit, affirmait-t-il.

Les autres était un peu plus étroits.

Les coups de marteau s'espaçaient : l'ouvrage touchait à son terme.

— C'est fini — annoncèrent les charpentiers.

D'un effort de ses bras robustes, frère Jacques souleva une extrémité du pont dont il voulait se charger seul, et il l'appuya sur ses larges reins.

— Han ! — fit-il, avec un bruit de soufflet de forge.

Et l'énorme charpente pesa sur son dos.

Le cor d'argent du vieux chef retentit alors.

Le pont-levis s'abattit avec fracas... Immédiatement, à ce signal, les bastions de la forteresse se hérissèrent de défenseurs.

— Alerte ! — cria Rumskorff en faisant sonner ses trompettes. — Voici les Ecossais !...

Ses guerriers, terrassés par le sommeil après leur écrasant labeur de la nuit, réveillés en sursaut, sautèrent sur leurs armes et coururent aux retranchements.. Et alors, saisis de stupeur; ils virent s'avancer une masse étrange, une sorte de large carapace ambulante.

C'était le pont mobile transporté par le terrible moine.

Aussi avisé qu'il était herculéen, frère Jacques avait penché l'avant du pont vers la terre, de sorte que les ennemis ne pouvaient l'apercevoir, dissimulé derrière la charpente, et ils ne savaient que s'imaginer.

Les soldats de Morfeld piétinaient, retenus à grand'peine, attendant que le moine fût arrivé assez prêt des tranchées pour s'élancer.

— Aux flèches ! — cria le chef anglais.

Son geste désignait à la fois les vétérans garnissant les bastions et les guerriers massés dans l'ombre de la voûte.

Ses soldats aperçurent surtout la charpente mouvante qui s'avançait immuable, pareille à un animal monstrueux.

Vingt, trente, cinquante traits sifflèrent, coupant l'air.

Et ils vinrent se planter, s'émousser sur les madriers.

Frère Jacques eut un rire sonore sous sa véritable carapace.

— Il grêle, je crois, — fit-il.

Et il pressa le pas, son fardeau ondulant sur lui avec des mouvements de roulis... Des remparts, des bastions, une nuée de dards s'envola, répondant à la salve des Anglais, couvrant les retranchements de ces derniers, protégeant la sortie.

Clifford ayant sur le cœur les reproches mérités du vieux Martin, dédaignant tout abri, était monté sur le rempart.

Les flèches convergeaient vers lui; mais il ne bougeait pas, rectifiant, guidant le tir de ses hommes, voulant montrer à son chef que, s'il avait eu un moment d'inquiétude, il était cependant resté digne de lui.

Un dard anglais l'atteignit, se planta dans sa chair : il l'arracha et continua à rester à son poste.

— En avant, Morfeld! — commanda Martin.

— Oui, maître. Hardi, les miens! — lança le forgeron.

Et d'un seul élan, il bondit sur le pont-levis.

Clifort, toujours sur le rempart, l'aperçut, vit déboucher le flot pressé de ses soldats dans lequel chaque trait des Anglais allait porter.

— Feu! — cria-t-il en se tournant vers les arquebusiers chargés de tirer les fusils de rempart.

Ces armes étaient prêtes, les fusiliers attendant à côté, la mèche allumée. Un étourdissant chapelet de détonations retentit.

Un jurement gronda sur les lèvres du chef anglais, un de ses brassards volait en éclats, fracassé par un biscaïen.

Autour de lui, une brèche rouge venait de s'ouvrir.

— Doublez! Doublez! — hurlait-il. — Aux flèches! Clouez ces païens sur leurs remparts.

— Tirez! tirez! — lançaient de leur côté et Clifort et Mac-Clairfast, les chefs des bastions nord et sud, et Moosford placé dans les courtines qui protégeaient directement le pont-levis.

Mieux qu'avec les armes actuelles, on pouvait suivre les phases du combat engagé par les archers des deux camps, mais surtout avec une fureur opiniâtre par les Ecossais, encouragés par l'exemple de Clifort sanglant et cependant toujours debout.

C'était la vie ou la mort, c'est-à-dire la défaite ou la gloire, la chute ou le triomphe des bannières, au drapeau aimé, qui flottaient au-dessus d'eux qui se trouvaient en jeu... Ils le savaient!

Les flèches qui coupaient l'air ressemblaient à deux vagues opposées.

Celles parties des remparts, traçant leur courbe rapide du haut des murs aux retranchements anglais : celles envoyées par les assiégeants s'abattant sur les cohortes sorties de la citadelle.

Les guerriers de Morfeld, de l'homme de fer, après avoir franchi en courant le pont-levis, s'étaient rapidement formés en trois groupes.

Au milieu d'eux, dissimulés derrière leurs rangs, des hommes s'élançaient en même temps, traînant avec des cordes les autres ponts.

D'autres, portant de courtes échelles de paysans faciles à manier, sortaient à leur tour de la forteresse.

— Ils veulent en finir! — cria Rumskorff. — A la rescousse!

La citadelle semblait vomir une fourmilière.

Derrière les soldats habitués à l'ordonnancement de la bataille, la horde des paysans venait de surgir, adolescents aux longs cheveux, aux yeux de fièvre, laboureurs à barbiche grise, vieillards même parfois galvanisés par l'enthousiasme patriotique.

Et au-dessus de leurs têtes, la mer luisante des faulx aux lames larges, effrayantes, des piques épaisses...

Et la clameur de tous ces hommes grisés déjà par la soif de combattre:

— Ecosse! Ecosse! Avenel! A mort l'Anglais! A mort!

Frère Jacques, portant le pont volant, — son bouclier, — allait atteindre le bord de la tranchée.

— Holà! — commanda Rumskorff aux hommes qui se trouvaient le plus près. — Sautez en dehors et culbutez-moi cela.

Le moine venait de buter contre la terre rejetée de son côté. Il releva l'avant du pont pour se rendre compte de la position, le jeter d'un bord à l'autre. Il se découvrit.

Les Anglais l'aperçurent.

Un seul homme maniant cette masse!... Ils eurent une minute de saisissement. Puis, une dizaine d'entre eux se laissèrent glisser au bas des abattis, l'épée luisant dans la main.

Le moine les vit. Ils voulaient le larder de partout à la fois.

— Oh! oh! — fit-il. — On se défendra!

Il mesura la distance qui le séparait de l'autre bord, compta d'un coup d'œil le nombre des Anglais.

En deux ou trois pas énormes, il acheva le chemin qui lui restait à faire pour toucher la tranchée, vit des Anglais en train de s'y glisser.

Le souffle bruyant qui s'échappait de ses poumons lorsqu'il déployait toute sa force, se fit entendre.

La charpente énorme se dressa comme un bélier, partit dans le vide... son avant s'inclina d'un coup sous son poids, rencontra les corps des Anglais en train de descendre dans le fossé, les plia ainsi que fétus, vint butter contre le mur d'abattis et retomba sur le sol, les trois hommes à moitié coupés en deux, les côtes enfonçées, les boyaux au vent.

— *Requiescant in pace!* — prononça le moine.

Et détachant sa hache d'armes, il sauta dans la tranchée...

Les houspailleurs qui s'y trouvaient, voyant arriver sur eux un pareil

Les refoulant, les écartant, une masse de paysans déboucha.

adversaire, ne pensèrent qu'à éviter sa rencontre, se groupant, voulant s'appuyer les uns sur les autres pour résister. Devant la citadelle, en tête de ses guerriers, Morfeld frappait la terre du talon, attendant que les autres passerelles fussent près d'atteindre les endroits désignés pour donner l'assaut. L'ardeur guerrière de frère Jacques l'avait fait avancer trop vite.

— Soutenez-le — commanda le forgeron à l'escouade la plus proche de lui en montrant le religieux en train de se jeter dans la tranchée à la poursuite de ses adversaires — Gardez le pont!

Une minute est parfois décisive... Rumskorff évalua le chemin que les Ecossais envoyés par Morfeld, avaient encore à parcourir.

— Ces planches dans le fossé!... Basculez-les de suite. Houp!

Sur le bastion sud, Cliffort toujours debout, à découvert, suivait ces premières péripéties. D'un geste, il avait arrêté ses archers : ils risquaient de blesser frère Jacques.

— Visez! — fit-il. — Et attention à mon commandement.

Le moine venait de disparaître derrière l'épaulement de la tranchée.

Cliffort n'avait pu entendre l'ordre du chef anglais, mais il vit une quinzainze d'houspailleurs dégringoler de leur mur d'abattis, devina leur but. Et il fit entendre son commandement. Quarante arcs lancèrent leur traits aigus. Un Anglais resta cloué contre un pilier, une flèche s'étant plantée dans le bois après lui avoir traversé un côté du cou. Quelques autres, atteints aux jambes ou blessés à mort, s'étaient abattus.

Ceux qui restaient, saisissant le pont, tâchaient de le faire choir dans la tranchée... Frère Jacques s'en aperçut, revint sur ses pas, planta sa grosse main dans le bois. Un coup d'épée lui fit lâcher prise.

Le moine sentit l'acier lui entailler les chairs, vit son sang généreux jaillir avec abondance... Un véritable mugissement de colère lui échappa. Il saisit de la main gauche l'épée de l'imprudent qui s'était attaqué à lui, la brisa comme une paille.

Et accrochant l'homme par une jambe, l'attirant à lui, il l'empoigna à la ceinture, le balança comme il le faisait des rochers qu'il semait sur les Anglais du haut des remparts lors de leurs derniers assauts.

Et ses bras détendus comme deux ressorts, l'homme partit en tournoyant, tel un projectile, arriva sur ses camarades en train de soulever le pont, les coucha à terre, les membres luxés, et vint donner contre un tronc, de sa tête, qui s'ouvrit comme une grenade.

Rumskorff, qui voyait déjà le passage intercepté eut un blasphème :

— Par Satan! arquebusez-moi ce moine d'enfer.

— Confesse-toi, blasphémateur! — lui cria frère Jacques en se rejetant avec un rire joyeux sous le pont où les flèches et les carreaux ne pouvaient rien sur lui... Et il accrochait les traverses de ses deux mains, retenant ainsi la lourde passerelle comme bâtie dans le sol.

La blessure qu'il avait reçue saignait toujours, mais n'était pas très grave. Un bruit de pas précipités au-dessus de sa tête, un cliquetis d'armes lui apprit que les hommes de Morfeld étaient arrivés.

Il avait réussi : la véritable bataille allait commencer!

# XXII

## LA VICTOIRE OU LA MORT!

Sur les balcons, les archers avaient de nouveau suspendu leur tir.

Continuer, c'eût risqué de frapper un ami.

Les Ecossais avaient en effet atteint de partout les tranchées.

Les ponts fabriqués et traînés par eux avaient presque tous mordu sur le parapet au pied de l'épaisse muraille d'abattis... Appuyée sur ces passerelles, dans le fossé même les échelles d'assaut se dressaient.

Mais une règle générale de l'art de la guerre est que les soldats qui attaquent des fortifications soient en nombre supérieur à ceux qui les défendent... Sans cela leur écrasement est certain.

Or les Anglais étaient trois ou quatre fois plus nombreux que les Ecossais : ils avaient en outre l'énorme avantage de la position.

Les archers d'Avenel dont le tir avait été si meurtrier jusqu'alors étaient réduits à l'inaction.

En vain, les vétérans, multipliant les prodiges de valeur, revenaient-ils sans cesse à l'assaut.

Dès que l'un d'eux parvenait à mettre le pied sur le parapet du mur, dix glaives s'abattaient sur lui.

Morfeld, l'homme de fer, chercha le chef anglais du regard.

Et l'ayant aperçu, il plaça une échelle à l'endroit où il se trouvait.

Un coup de hache en brisa l'extrémité, la fit glisser dans la tranchée.

L'homme de fer en saisit une nouvelle, la remit à la place de la première... Alors frère Jacques, voyant l'inutilité des généreux efforts des Ecossais, eut une idée digne de lui.

D'un coup de sa hache d'armes, il écarta le bas d'un des pieux noueux qui maintenaient les troncs d'arbres étagés.

D'une secousse brusque, il le fit craquer, l'arracha.

Et il en appliqua l'extrémité entre le joint de deux troncs, placés les uns sur les autres... Le pieu mordit!

Quelle formidable puissance devait avoir un levier entre les mains d'un tel homme! Sous sa pesée, la masse commença à vaciller.

— Hardi, père chapelain! — lui cria Morfeld.

Afin de soutenir leur chef, les Ecossais venaient de placer d'autres échelles auprès de la sienne, et montaient en nombre à l'assaut.

Le forgeron mit le pied sur le parapet.

— Chef de bandits anglais! — cria-t-il alors à Rumskorff pour le provoquer à un combat singulier, — approche, si tu n'as pas peur du bras d'un homme d'Ecosse.

Le capitaine de partisans ne lui répondit même pas.

— Jetez-moi ces chiens en bas, — dit-il à une escouade de réserve.

Qu'allaient pouvoir cinq ou six braves contre des ennemis qui n'avaient point encore combattu.

— A nous, Ecosse! — lança Morfeld.

A quelques pas, frère Jacques continuait son œuvre isolée.

Il n'avait certes nul besoin d'encouragements pour s'y mettre corps et âme... Mais les paroles du chef de l'assaut le lui indiquaient, on avait les yeux sur lui... En sueur, avec des haletées terribles, il pesait sur son levier à le faire craquer.

— Hum! ça y est! — cria-t-il d'une voix rauque.

Il donnait un dernier coup formidable.

Une masse énorme de bois s'ébranla, glissa, roulant dans la tranchée avec fracas, entraînant le mur sur un large espace.

Un cri de stupeur échappa aux Anglais.

Le moine avait disparu dans la poussière. Avait-il péri écrasé sous son triomphe ainsi que c'était à craindre?

Le combat s'était arrêté d'instinct autour de la brèche.

— Frère Jacques! — appela Morfeld, attristé à la pensée que leur valeureux compagnon était peut-être enseveli sous ces débris!

Un rire joyeux lui répondit... La grosse tête en sueur, apoplectique, du chapelain émergeait de la poussière!

Avec une agilité que l'on n'aurait pas soupçonnée de sa lourde masse, il avait bondi en arrière, au moment où son dernier coup de levier précipitait la chute du mur.

— Frappez et l'on vous ouvrira, a dit le Seigneur, — lança-t-il de sa bonne voix sonore. — A la brèche! à la brèche!

— A la brèche! — répétèrent les Ecossais.

Les débris avaient comblé la tranchée : les vétérans d'Avenel n'avaient plus à combattre que la supériorité du nombre.

Mais Rumskorff, frappé d'abord de saisissement, avait rapidement jugé la situation.

Au mur de bois abattu, il allait substituer un mur vivant.

Durant ce temps, par des matériaux charriés à la hâte, on édifierait une nouvelle muraille par derrière.

En effet, un bataillon aux rangs épais accourait opposer un rempart de piques et d'épées au torrent déchaîné des Ecossais.

La pique est plus longue que la claymore, et les soldats d'Avenel, ivres d'abord d'espérance et maintenant de fureur, se voyaient arrêtés.

L'annonce qu'une brèche était ouverte avait fait refluer les paysans de ce côté... N'étant pas accoutumés à suivre les chefs, ils poussaient devant eux les soldats réguliers presque incapables de se servir de leurs armes, pris entre les ennemis qui leur faisaient face et la cohue qui les pressait par derrière. Les refoulant, les écartant, une masse de paysans déboucha enfin au premier rang, en désordre, hurlante.

Les partisans anglais, arc-boutés sur leurs jarrets, et ces hommes d'âge, d'aspect différents, se considérèrent un instant.

Puis, brusquement, les faulx s'abaissèrent, plongèrent dans les lignes anglaises, fouillèrent dans le tas.

Une sorte de râle d'angoisse s'éleva... des têtes tombèrent moissonnées ainsi que des épis... De partout maintenant, les Écossais couvraient le mur d'abattis, entamaient la lutte.

Morfeld, son énorme marteau à la main, crevait les cuirasses et les casques autour de lui, cherchant à rejoindre le chef anglais...

Mais ce dernier se dérobait à ses coups : il tenait à vaincre, non à mourir, même glorieusement... Et il fit donner ses réserves!

A ce moment, un facteur nouveau entra en scène.

Les femmes étaient sorties pour ramasser les blessés.

Enlevées par la fureur guerrière qui planait depuis la veille sur la forteresse, irritées par le spectacle des souffrances de ceux qu'elles aimaient, l'odeur âcre du sang les avait énivrées.

Et démoniaques, effrayantes à voir, les cheveux flottants comme ceux des furies, des cris rauques s'échappant de leur gorge, elles parurent sur la brèche, la hache ou le couteau dans leur main crispée.

Elles ne virent plus ni des piques, ni des épées : elles ne virent plus que des poitrines pour leurs haches, pour leurs couteaux.

Rumskorff grinça des dents.

Allait-il donc se laisser vaincre, et par des femmes encore?

En ce cas, il pourrait s'abstenir de se représenter devant Somerset.

L'implacable ministre lui donnerait un cachot en guise de salaire.

Les sons stridents de son cor ramenèrent ses soldats en arrière.

Il allait choisir un autre terrain où le nombre infiniment supérieur de ses troupes retrouverait tous ses avantages.

Martin, penché à une barbacane située à quelques mètres au-dessus du sol, avait suivi anxieusement les diverses phases du combat.

Cinquante hommes lui restaient en réserve : ils attendaient en bas sous la voûte, près du pont-levis, qu'ils gardaient.

Il avait résolu de les conduire lui-même, si leur intervention devenait nécessaire. Il comprenait que de l'issue de cette lutte dépendait tout le siège.

— J'ai promis à mon maître que, moi vivant, la Tour d'Avenel ne sera pas au pouvoir de l'ennemi. Je tiendrai parole, — avait-il murmuré.

Sa décision était prise : il mourrait avant de voir tomber les glorieuses et bien-aimées bannières qui flottaient au sommet du donjon.

Il vit avec une tristesse profonde les bandes de Rumskorff, un moment terrassées, reculer, chercher un terrain plus large.

— C'est la fin des nôtres, — dit-il. — Allons !

Et il quitta son observatoire pour aller se mettre à la tête de sa réserve, apporter, à ses infortunés compagnons d'armes, ce dernier renfort... Après quoi, il en serait ce que le destin voudrait.

Comme il donnait ses ordres, Cliffort s'avança ayant quitté son poste. Les deux chefs du rempart l'accompagnaient.

— Maître, — dit Cliffort, — nos flèches ne peuvent plus grand'chose où nous sommes. Nous venons au nom de nos hommes vous demander de marcher avec vous.

— Mais toi-même, tu es blessé, Cliffort.

— Qu'importe ? puisque nous allons mourir !

Le vieillard ouvrit les bras.

— Embrasse-moi, — dit-il.

Leur étreinte fut rapide, ardente.

— Vous m'avez pardonné, — prononça le chef des archers. — Merci, maître ; maintenant le trépas me sera doux.

Les archers, ayant quitté leurs arcs et leurs flèches, devenus inutiles, avaient tiré leur large et courte épée. Le commandant de la forteresse comptait à présent deux cents hommes derrière lui. Plus d'un était blessé... Il en désigna une douzaine, ceux qui étaient le moins en état de combattre.

— Vous lèverez le pont-levis quand nous serons sortis, — ordonna-t-il. — Si la fortune nous est contraire, vous tiendrez derrière les remparts aussi longtemps que vous le pourrez, et vous brûlerez les bannières qui sont là-haut pour qu'elles ne servent pas de trophée à l'ennemi. Notre destinée à tous est entre les mains de Dieu.

Il donna le signal du départ. Quand le dernier rang fut passé, le pont-levis se releva lentement. Il ne restait plus que dix hommes blessés, presque des spectres, dans la citadelle : pitié pour eux, ô douce fée d'Avenel !

## XXIII

### NOBLE VICTIME

Au dehors, les deux cents hommes s'avançaient en silence.

Le vieillard marchait à leur tête d'un pas rapide et ferme; la flamme du sacrifice brillait dans son regard.

Il gravit la brèche au moment où le capitaine des bandes anglaises prenait ses nouvelles positions de combat.

Celui-ci vit le vieux commandant s'avancer à la tête de son dernier bataillon... Et son regard irrité tomba sur ce nouveau venu.

Rumskorff connaissait la fatigue de ses hommes, et Martin avait avec lui des troupes fraiches.

— Bast! nous sommes trois contre un, — dit-il en évaluant le nombre de ses ennemis.

Et reprenant toute son assurance, sûr de son triomphe :

— Angleterre! Mort et destruction! — lança-t-il d'une voix retentissante en se ruant en avant.

Martin découvrit sa tête blanche, illuminée par la clarté du jour ; il montra d'un geste plein de simplicité et de grandeur les deux bannières qui flottaient au sommet du donjon.

— Écosse! Avenel! prononça-t-il d'un accent religieux et profond.

— Avenel! — répétèrent d'une seule voix ses guerriers.

Un grand signe de croix passa à cet instant sur la foule : c'était le moine qui, se rappelant son sacerdoce à cette heure tragique, venait de prononcer sur les défenseurs de la patrie l'absolution *in extremis*.

Et les Écossais s'ébranlèrent, serrés les uns contre les autres, pareils à une forteresse mouvante.

Les deux armées s'abordèrent : un choc effrayant!

Frère Jacques, ayant repris sa hache, se taillait un chemin à travers les ennemis comme au milieu d'une forêt.

Morfeld, écrasant les casques et les têtes sous son marteau, cherchait toujours à se rapprocher du chef anglais.

Il devinait que, lui tombé, ce devait être la déroute pour les envahisseurs... Mais Rumskorff, louche et cauteleux, voulait un autre adversaire.

Et, entouré d'une escorte choisie exprès, il fonçait sur le commandant écossais... Un vieillard ne pèserait guère au bout de son épée; et lui aussi voyait la victoire comme résultat de cette lutte peu dangereuse.

Le choc des armes sur les cuirasses et sur les casques retentissait comme un martellement d'enfer.

Sur les flancs de l'armée anglaise, les paysans taillaient, avec leurs faulx, de larges trouées; les femmes, se ruant échevelées dans ces vides, le fer ensanglanté à la main, élargissaient la plaie.

Rumskorff, le sourcil contracté, marchait toujours vers Martin.

Celui-ci discerna la menace de son regard et la soutint intrépidement.

— Vieillard, ton heure est arrivée; meurs! — lui cria Rumskorff en se jetant sur lui, l'épée levée.

Mais un cri de rage lui échappa : le vieillard était toujours debout.

Un homme s'était jeté entre Rumskorff et sa victime : c'était Clifford.

Ayant rejoint son chef trop tard pour le défendre, il avait voulu recevoir le coup qui lui était destiné.

Il avait voulu payer le pardon généreux, pardon mérité, il avait voulu consacrer l'étreinte de son chef par le sacrifice de sa vie.

— Clifford, pauvre ami! — murmura le vieillard.

Et son regard affligé rencontra l'œil déjà voilé et cependant irradié du chef des archers.

— Partie différée, partie reprise! — ricana le capitaine de partisans, en bondissant de nouveau sur Martin.

— Partie reprise avec un adversaire dont les cheveux n'ont plus blanchi depuis plus de vingt ans, lâche et félon! — tonna une voix.

Et Morfeld, l'homme de fer, renversant, du moulinet terrible de son marteau, ceux qui les séparaient encore du chef anglais, bondit devant lui.

Rumskorff reconnut l'homme qui le cherchait depuis le commencement.

Le frisson de la crainte, — de la mort, — passa dans ses cheveux.

Il appréhendait, comme une sorte de menace fatale, ceux qui s'attachent à un adversaire.

— Ah! l'homme au marteau! — essaya-t-il de ricaner. — Coupez-lui les poignets pour lui enlever son jouet.

— Tu en as donc bien peur, toi qui n'oses pas te mesurer homme contre homme? Au large, vous autres!

Et Morfeld franchit l'espace qui le séparait de l'Anglais.

Celui-ci se courba, se plia pour éviter son attaque et lui darda son épée au défaut de l'épaule.

— Traître! — clama le forgeron,

D'un coup de revers, il releva la lame et revint sur lui.

Ketty lui montra son époux, seul contre deux adversaires.

— Toi qui ne frappes que par derrière, voyons si tu as un cœur dans la poitrine.

Son marteau, manié à deux mains, coupa l'air ; et la partie pointue, s'abattant avec une force irrésistible, creva la cuirasse, disparut dans la poitrine du chef anglais.

Une imprécation éructa avec un vomissement de sang aux lèvres de Rumskorff.... Et il tomba !

— L'Anglais est mort! — lancèrent dix voix.

— L'Anglais est mort...

Cette nouvelle volant aussitôt de bouche en bouche décida du combat. Les partisans, épuisés par leur nuit de labeur inutile, la longue lutte qu'ils soutenaient et n'ayant plus leur chef, commencèrent à lâcher pied.

Le vieux Martin jugea de suite l'avantage que procurait, à la cause écossaise, la chute du capitaine anglais.

Il n'avait même pas le droit de s'abandonner à la reconnaissance, étant lui-même chef d'armée, ayant des devoirs pressants à remplir.

— Merci, Morfeld! — dit-il seulement.

Mais l'accent valait plus que mille paroles.

Il jeta un dernier regard apitoyé sur Cliffort, mort pour lui, et se replongea dans la bataille.

L'énergie s'alliant chez lui à la prudence causée par l'âge, il donna rapidement les ordres nécessaires pour profiter de l'ébranlement des Anglais... L'épée à la main, il chargeait, et ses troupes, entraînées par son exemple, par l'espoir de la victoire, redoublaient de valeur, refoulant les derniers bataillons qui résistaient encore.

Les paysans, bondissant, frénétiques, sur les flancs des bandes désemparées des partisans, les moissonnaient véritablement avec leurs larges faulx... Les femmes, voyant la victoire assurée, avaient abandonné les armes dont elles venaient de se servir si furieusement.

Et, revenues à leur rôle de charité, elles relevaient les blessés

Les hordes anglaises furent bientôt en déroute complète.

Le vieux chef des Écossais lança quelques colonnes à leur poursuite afin de les empêcher de se rallier.

Et rappelant une partie de ses guerriers comme réserve, en cas d'un retour offensif de l'ennemi, il regagna le premier théâtre du combat.

Rumskorff agonisait, entouré d'Écossais blessés qui s'étaient redressés et s'étaient groupés autour de lui, formant une garde tragique, afin d'empêcher ses partisans de venir l'enlever.

Le vieillard s'approcha de lui.

— Vous êtes vaincu, Rumskorff, — dit-il d'une voix grave et douce, — vous êtes grièvement blessé; que puis-je pour vous? Je vous promets d'avance de l'accomplir, si ce que vous me demanderez est compatible avec mon devoir.

Le capitaine anglais fixa son interlocuteur d'un œil dans lequel nageaient déjà les ombres de la mort.

— J'aurais un dernier souvenir à envoyer aux miens, — prononça-t-il d'une voix à peine distincte.

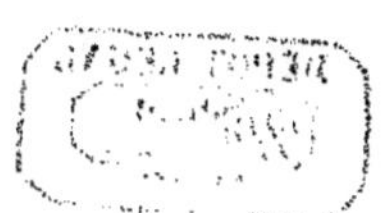

Martin se pencha pour écouter.

— Plus près, — souffla Rumskorff. — Je me meurs !

Le généreux Écossais s'agenouilla, penchant sa tête vers la bouche de l'agonisant, afin de recueillir ses dernières volontés.

Le chef des partisans avait encore sa dague.

On n'avait pas songé à le désarmer : pourquoi lui infliger cette humiliation puisqu'il allait trépasser ?

Il la tira sournoisement.

— Eh bien ?... — dit Martin.

— Eh bien !... meurs, toi aussi ! — proféra le bandit.

Et son arme, dans un effort convulsif, s'enfonça tout entière dans le flanc de son noble ennemi.

Le vieillard pâlit affreusement.

Les Écossais qui l'entouraient avaient entendu les sinistres paroles du moribond ; ils avaient vu son mouvement, trop tard, hélas ! pour l'arrêter.

Ils s'élancèrent malgré leurs blessures, soutinrent leur commandant.

Des épées se levèrent sur l'homme qui venait de se comporter non en soldat, mais en félon et en assassin, afin de l'achever.

Le vieillard étendit la main pour les arrêter : elles n'eussent frappé qu'un cadavre.

Rumskorff avait dépensé son dernier souffle de vie dans sa vengeance.

— Maître !... maître ! — disaient les Écossais, — est-il possible que vous soyez ainsi frappé à la fin de votre victoire ? Ce ne pouvait être que par la trahison. Maître, nous allons bander votre plaie, nous vous sauverons.

L'un d'eux, un peu versé dans la médecine, voulut arracher l'arme demeurée dans la plaie.

Le vieux chef l'en empêcha.

— Non. Elle est entrée trop profondément ; je sens que ma vie s'en irait avec elle. Laissez-la afin que je puisse franchir de nouveau le seuil de la Tour d'Avenel, que je puisse rendre le dernier soupir dans son enceinte, là-bas.

Son regard décoloré s'attacha sur les bannières qui claquaient au sommet du donjon... et s'illumina :

— Elles flottent toujours ! — dit-il avec émotion.

Les Écossais avaient confectionné une civière.

Ils l'y placèrent, avec des précautions touchantes.

Et, silencieux, recueillis, ils le transportèrent dans la citadelle.

Il se fit étendre sur un lit improvisé au milieu du préau, face au pont-levis... De là, il voyait flotter ses chères couleurs, le drapeau qu'il avait juré de défendre jusqu'à la mort.

Ses soldats avaient étalé sur son lit, pour qu'il y reposât, une enseigne au léopard d'Angleterre, enlevée aux partisans.

Les détachements envoyés à la poursuite des fuyards rentraient un à un dans la citadelle, ayant accompli leur mission.

Leur douleur, leur indignation étaient extrêmes en voyant leur chef allongé sur sa couche d'agonie, en apprenant comment il avait été frappé.

Dans leur premier moment de fureur, ils voulurent massacrer quelques prisonniers qu'ils avaient faits.

Mais la main de l'agonisant se leva de nouveau, et les épées rentrèrent au fourreau.

La douleur de Morfeld, qui ne se pardonnait pas de n'avoir point achevé le chef anglais; celle de frère Jacques, qui revenait, du sang jusque sur les manches retroussées de sa robe, étaient surtout violentes.

Le vieillard appela Morfeld auprès de lui et fit signe à ses guerriers de s'approcher autant qu'ils le pourraient.

— Je vais mourir, — dit-il. — Morfeld, je te confie le commandement de la Tour d'Avenel. Je te confie les deux chères bannières qui claquent fièrement là-haut. Jure-moi de les défendre jusqu'à la mort?

— Je le jure! — répondit l'Homme-de-Fer en laissant deux grosses larmes couler sur ses joues.

— Nous le jurons aussi! — firent spontanément les guerriers.

Frère Jacques avait senti son ardeur guerrière tomber brusquement en voyant le chef qu'il aimait frappé à mort.

Il reparut à ce moment.

Ce n'était plus l'homme d'action si ardent à la lutte quelques heures avant... Une profonde affliction marquait ses traits : et sous l'étole qu'il venait de revêtir, il avait la gravité du prêtre conscient de sa mission.

Il s'approcha de Martin, lui présenta un crucifix.

Quelques minutes s'écoulèrent encore.

Tous l'entouraient, tête découverte : plus d'un pleurait.

Le vieillard eut un frémissement.

— Adieu! — murmura-t-il. — Dites à notre maître que je suis mort à mon poste. Adieu!... Vive l'Écosse libre!...

Son regard se dressa une dernière fois vers les bannières tant aimées.

Puis ses paupières se refermèrent : Il avait cessé d'exister!

# XXIV

## UNE RENCONTRE IMPRÉVUE

Stewart Bolton attendait, à l'auberge de la Croix d'Écosse, des nouvelles de la Tour d'Avenel. Après réflexion, il avait retardé son arrivée au camp des assiégeants.

Il redoutait quelque coup de force, quelque ruse de guerre imprévue de la part des défenseurs de la Tour d'Avenel, lorsqu'ils apprendraient que le fils de leur maître, l'enfant qu'on avait cru mort, se trouvait captif dans le camp anglais.

L'ancien intendant ne voulait pas qu'on lui enlevât son prisonnier.

Il jugea préférable d'arriver dans le pays de ses premières trahisons en même temps que la réponse de Somerset, réponse qui ne pouvait qu'être conforme à ses désirs, supposait-il.

Des détachements de troupes rebelles gardaient la route comme autrefois, afin d'intercepter toute communication.

Stewart Bolton, arguant de sa qualité d'agent anglais, avait envoyé un de ses hommes à Rumskorff, l'aviser de l'endroit où il s'était arrêté.

Son messager n'était pas revenu. Cet homme était arrivé au camp anglais au moment de la sortie suprême des défenseurs de la Tour d'Avenel, et il avait été entraîné dans la déroute.

Stewart Bolton, dévoré d'impatience, se décida alors à se remettre en route.

— On veillera étroitement, — dit-il.

Et il quitta l'auberge de la Croix d'Écosse.

Julien cheminait entre les deux estafiers qui tenaient chacun un pistolet chargé à la main, pour le cas où il tenterait de s'enfuir.

L'exaltation du jeune homme justifiait ces précautions.

Méprisant la mort qui l'attendait au bout du voyage, il s'avançait avec une sorte de joie fiévreuse vers la contrée de sa naissance...

Durant ce temps, d'autres cheminaient aussi dans ces montagnes.

Christie de Clinthill et Ketty avaient en effet poursuivi le voyage qui devait les ramener au milieu de leurs semblables.

De même que, lors de la saison précédente, ils avaient suivi d'abord les traces laissées par le passage de l'armée de Walter d'Avenel.

Mais une année, les neiges et les rafales d'un hiver avaient passé là-dessus... Un moment vint où les deux voyageurs ne trouvèrent plus d'indication pour se guider.

Une rivière, un cours d'eau torrentueux plutôt, s'inclinait vers l'ouest au fond d'un ravin : ses bords étaient accessibles.

Ketty était certes courageuse; mais elle avait la faiblesse des femmes.

Cette nouvelle route serait moins pénible, Christie n'hésita pas.

— Suivons cette rivière, — dit-il. — Sans doute trouverons-nous une habitation sur une de ses rives.

Mais le torrent roulait ses eaux sonores parmi des solitudes absolues.

Les deux infortunés continuaient pourtant à le côtoyer.

Où aller, en effet ?...

La nuit, ils dormaient sous quelque arbre touffu, après que le guerrier avait allumé du feu afin d'éloigner les bêtes fauves.

Il espérait aussi que la flamme serait aperçue de quelque habitant de ces déserts. Mais chaque matin lui montrait l'inanité de son espoir.

Christie étudiait la marche du soleil.

— Ce ruisseau continue à couler vers l'occident, — disait-il, — c'est-à-dire vers la mer; si je me souviens bien, c'est donc vers la route qui conduit à Édimbourg. Nous trouverons certainement quelque créature humaine... pourvu que nous ayons la force d'arriver jusque-là.

Il était sûr de lui ; mais Ketty ?...

Elle ne se plaignait pas; mais il constatait sa lassitude, et profondément attristé de voir souffrir celle qu'il aimait, il la soutenait autant qu'il le pouvait. Hélas ! ce qu'il eût fallu à la jeune femme, c'eût été une bonne nourriture, et ils n'avaient que des viandes séchés, racornies..

Christie, ayant laissé sa compagne exténuée se reposer au pied d'un arbre, avait gravi une hauteur escarpée, afin de chercher s'il ne rencontrerait rien de nature à leur communiquer quelque espérance.

Soudain, dans un effluve de joie, il porta les mains à sa poitrine, en comprimant les battements.

Au loin, tordant ses lacets sinueux, il avait cru distinguer une route.

Après sa première émotion, il regarda avec une attention nouvelle, changea de place... Non, il ne se trompait pas, c'était bien un chemin assez large pour laisser passer plusieurs cavaliers de front.

Il redescendit comme un fou auprès de celle qui l'attendait.

— Sauvés ! — lui cria-t-il. — Nous sommes sauvés !

Et, ayant rejoint Ketty, il lui raconta ce qu'il venait de voir.

L'ancienne habitante du Moulin-Joli joignit les mains.

— Enfin! — murmura-t-elle.

Réconfortée par cette bonne nouvelle, elle se dressa, et d'un pas plus rapide se remit en marche.

La route était loin, le ravin qu'ils suivaient traçant de nombreux détours. La jeune femme refusa cependant de s'arrêter.

Elle avait peur de ne jamais arriver, si elle faisait halte de nouveau.

Ils aperçurent enfin le chemin devant eux.

L'œil enfiévré de Ketty s'y attacha âprement.

— Oui! — exhala-t-elle, — cette fois je crois que c'est vrai, nous sommes sauvés!

Et ses forces l'abandonnant tout à coup, elle se laissa aller, épuisée, sur un bloc roulé de la montagne auprès du chemin libérateur.

— Repose-toi, chère Ketty, — disait son compagnon, — la marche sera maintenant plus facile, et nous trouverons bientôt une habitation.

Ils stationnaient là depuis un long moment... Ketty annonçait qu'elle serait bientôt en état de continuer leur traite, lorsque, tout d'un coup, un bruit assez rapproché frappa leurs oreilles.

— Christie, as-tu entendu? On dirait des sabots de chevaux.

Le soldat avait entendu, lui aussi.

Une lueur de joie brilla dans sa prunelle, mais aussitôt étouffée.

Il venait de se souvenir qu'ils avaient été chassés par la guerre.

La troupe de cavaliers qu'ils entendaient était-elle amie ou ennemie?

Il chercha rapidement quelque retraite où Ketty pût se cacher, tandis que lui irait à la découverte.

— Viens par ici, Ketty, — dit-il en montrant des rochers.

Ils étaient séparés des cavaliers par une pointe avancée de la montagne qui les avait empêchés d'entendre de loin le bruit de leurs chevaux; ces derniers en débouchèrent tout à coup.

— Trop tard! — murmura Christie de Clinthill.

D'un coup d'œil expert, il les compta, les étudia rapidement.

Ils étaient au nombre de quatre, trois sur la première ligne, un derrière... Point d'uniforme militaire.

Mais ils étaient fortement armés.

L'homme d'armes s'aperçut alors que deux de ces hommes tenaient un pistolet à la main.

Ils avaient donc quelque motif de prendre des précautions?

Instinctivement, Christie inspecta son propre équipage.

Il était en haillons, il n'avait pour arme qu'un hoyau.

Il est vrai que l'épaisse lame de fer qui le terminait en faisait une massue redoutable entre ses mains... Mais que pouvait un pareil instrument contre des hommes munis d'armes à feu?

— On ne tue pas les femmes, — se dit-il pour se rassurer.

Et redressant sa haute taille, — sa barbe épaisse, ses cheveux flottants lui donnant un air d'énergie sauvage, — il attendit les cavaliers, fixant sur eux son regard intrépide.

Ceux-ci avaient brusquement ramené les rênes de leurs montures en l'apercevant... Celui des voyageurs qui venait le dernier parut adresser rapidement quelques paroles à ses compagnons, et le canon d'un pistolet parut également dans sa main.

Christie se mit à rire... Il avait donc l'air bien terrible qu'il en imposait de la sorte à des cavaliers portant épée, pistolet et le reste?

Il voulut montrer qu'il n'avait aucune intention hostile et se rassit, comme un voyageur fatigué.

Cependant, il considérait attentivement les inconnus.

— C'est singulier, — murmura-t-il, — le dernier semble avoir une vilaine allure que je connais.

Intrigué, ne sachant s'il devait s'inquiéter ou se réjouir, il cherchait à discerner ses traits cachés par ses compagnons.

L'homme d'armes s'aperçut alors que le cavalier du milieu paraissait être désarmé. Il vit flotter la corde qui reliait de chaque côté le mors de son cheval à celui des deux autres hommes.

— Mais c'est un prisonnier, — pensa-t-il. — Je ne me trompe pas, ses mains sont même attachées. Que signifie ceci?

Au temps de ses chevauchées, l'homme d'armes avait joué plus d'une fois au redresseur de torts.

Son premier mouvement fut de se préparer à s'interposer, à interroger les cavaliers sur le droit qu'ils avaient de conduire ainsi ce captif.

Mais son regard se tourna vers Ketty; il avait charge d'âme, il ne devait plus penser qu'à la sûreté de celle que le ciel lui avait donnée.

Puis, dans le dénûment où il se trouvait, que pouvait-il faire?

— S'il est possible de montrer une telle barbarie! — marmonna-t-il cependant. — Presque un enfant!

Mais à mesure que les voyageurs approchaient, l'expression du regard de Christie de Clinthill changeait. Sa pupille se dilatait; une émotion extraordinaire, une stupeur profonde, troublée, s'y lisait.

— Est-ce ma vue qui est trouble? — murmura-t-il. — On dirait... on dirait qu'il y a sur ce jeune homme quelque chose de mon ancien maître... du chevalier d'Avenel.

Une dizaine de pas tout au plus le séparaient des cavaliers.

Courbant sa grande taille, il plia le genou.

Devant son attention extrême, celui qui marchait à l'arrière-garde fit obliquer son cheval.

— Holà! toi, — cria-t-il au piéton, — écarte-toi si tu ne tiens pas à recevoir une balle de mon pistolet.

Son mouvement l'avait découvert.

Au son de sa voix, à sa vue, un cri terrible, un cri effrayant, dont tremblèrent les échos des montagnes, jaillit de la poitrine de Clinthill.

— Stewart Bolton!... Dieu nous met donc enfin de nouveau face à face! Stewart Bolton!... Mais quel est ce prisonnier?... Ah! si Julien d'Avenel n'était pas mort...

A cette apostrophe foudroyante, à l'éclat de cette voix de tonnerre, l'espion avait lui aussi reconnu son terrible vis-à-vis.

Une pâleur livide se répandit sur ses traits.

— Christie de Clinthill! — bégaya-t-il avec l'accent de l'épouvante. — Malédiction sur nous!...

Et il s'était rejeté de côté, dans sa lâche terreur, derrière les cavaliers.

Car c'était bien l'ancien intendant, le traître méprisable, et les deux estafiers qui conduisaient entre eux l'enfant capturé auprès du manoir de Claymore... Dans son épouvante, il n'avait même pas songé à faire usage du pistolet qu'il tenait à la main.

Christie de Clinthill... venait-il de bégayer... Christie, le redoutable et bon guerrier que le traître avait pris soin de rappeler lui-même à Julien.

Et le soldat venait de prononcer le nom du fils de Walter d'Avenel.

Les yeux distendus du jeune captif s'étaient attachés avec une expression indicible sur le colosse.

— Christie de Clinthill, — cria-t-il d'un accent suprême, — Christie, Julien d'Avenel n'est pas mort. Je suis Julien, encore vivant!

Tout cela avait duré ce que dure l'éclair... A ces paroles de Julien, Stewart Bolton retrouva sa présence d'esprit.

— Tue! tue! — hurla-t-il.

Et son pistolet s'abaissant sur l'ancien écuyer, du feu en jaillit.

Le bruit d'une détonation roula, formidable, d'écho en écho, un cri de femme, angoissé, mêlé à lui.

Ce cri, c'était Ketty qui, croyant son mari atteint, venait de le pousser... Et en même temps, surgissant du milieu des rochers où elle avait été invisible jusqu'alors, elle partit dans un élan fou, irraisonné, vers le compagnon de sa vie.

Christie secoua sa forte tête. Il était touché en effet... mais de la simple blessure qui met les lions en colère.

La balle de l'espion avait rencontré le manche du hoyau, et, glissant sur le bois, lui avait entamé l'épaule... Il eut un rire terrible.

— Tu vises mal, bandit! Un pistolet qui a manqué son coup n'est plus qu'un chien édenté. Malheur à toi !...

Les estafiers enrôlés par Bolton étaient des hommes d'embuscade admirables. Ils avaient agi merveilleusement dans le guet-apens qui avait fait tomber Julien et Marguerite en leur pouvoir.

Attendre un homme dans un endroit caché, bondir et lui planter leur couteau dans le dos avant qu'il ait eu le temps de se retourner : ils n'avaient pas de rivaux pour cela.

Mais la lutte face à face, en plein soleil, n'était pas leur élément.

A l'exclamation pleine de menaces du géant, à son redoutable aspect... car il était semblable à quelque sauvage habitant des forêts, ils avaient serré les rênes, inquiets et troublés.

Et tandis que Stewart Bolton poussait sa clameur de mort, ils promenaient leur œil hagard sur le chaos des rocs qui les environnaient, s'attendant à voir surgir quelque bande hurlante dont le géant était peut-être le chef.

La détonation qui venait de retentir, accrue par la répercution des montagnes, augmenta leurs craintes, et ils serraient leurs pistolets dans leur main crispée, n'osant pas les décharger sur l'homme que désignait leur chef, redoutant d'en avoir besoin pour se défendre tantôt contre d'autres ennemis.

Ce moment d'incertitude, cette minute de répit permirent à Julien de considérer la femme qui venait de s'élancer.

Stewart Bolton, en faisant revivre pour lui le passé, avait effacé totalement le mur noir élevé autrefois devant son souvenir. Et le passé, en lui étant rendu, était revenu tout entier un passé qui, pour lui, semblait dater d'hier.

Ketty était comme beaucoup de femmes qui, arrivées près de l'été de leur vie, restent des années sans vieillir, sans changer.

Julien regardait avidement ses traits. Et un nom, brusquement, jaillit de ses lèvres :

— Ketty!

Et ne sachant même plus que des liens le retenaient à ses geôliers, décidé à lutter, à se ranger du côté des défenseurs que le destin lui envoyait, il frappa violemment sa monture du talon.

Son cheval détendit ses jarrets : mais, retenu par les cordes qui reliaient de chaque côté son mors à la selle des deux estafiers, il se cabra.

Le meunière du Moulin-Joli avait entendu son nom poussé par le fils de son ancien seigneur.

Julien venait de la reconnaître, de la nommer. De même que Christie, elle ne pouvait plus douter.

D'ailleurs, l'émotion virile, le désir de combattre mettait dans les yeux de l'enfant une flamme nouvelle... Et maintenant, vraiment oui, c'était le regard de Walter d'Avenel.

— Oui, c'est bien lui! — clama Ketty saisie dans sa pitié de femme. — C'est bien Julien d'Avenel!

Stewart Bolton, devant ces péripéties qui se déroulaient, se succédaient avec la rapidité de la foudre, sentit sa rage, — doublée d'épouvante devant la possibilité du châtiment, — atteindre à son apogée.

— Feu donc, vous autres, misérables lâches! — hurla-t-il à ses compagnons. — Auriez-vous peur d'un seul homme?

Un seul homme, disait-il? En effet, personne autre n'apparaissait.

Mais Ketty s'était élancée : elle portait un couteau sous ses jupes, celui de Christie.

Une femme : les pistolets des estafiers n'étaient pas pour elle, pouvant être plus utiles envers d'autres.

Le premier de ces deux bandits poussa son cheval, pour la renverser sous ses sabots.

Ketty l'évita, on vit luire une lame, la corde qui reliait le cheval de Julien à celui du coupe-jarret fut tranchée.

— Venez, mon maître! — cria l'Écossaise en se rejetant en arrière.

— Oh! oui, merci, Ketty! — lança le jeune homme.

Ses talons, détendus comme deux ressorts d'acier, meurtrirent de nouveau les flancs de son cheval. L'animal se dressa tout d'une pièce : le dernier lien qui le retenait au deuxième bandit cassa.

— Mort! Mort à tous! — éructa Stewart Bolton.

Et ayant pris un deuxième pistolet, il fit feu encore, non sur Christie, mais sur Julien, tirant dans le dos.

Mais, enlevé par le bond formidable de son cheval, le jeune homme n'était pas un but facile à atteindre : il entendit le sifflement aigu de la balle qui l'avait manqué

Christie de Clinthill, brandissant son arme effrayante, avait bondi sur l'ancien intendant, dédaignant ses complices et ses gardes.

Mais le double cri de Julien, de Ketty, l'action inattendue de la jeune femme l'avaient fait dévier, avaient suspendu son élan.

Ketty s'exposant de la sorte!... Julien d'Avenel... le fils de son maître... l'enfant qu'il croyait trépassé!...

Que lui importait Stewart Bolton à cette minute?

Ce n'était plus qu'à eux deux qu'il pensait à présent, rugissant réellement comme un fauve.

Le premier des estafiers levait son poing au bout duquel son pistolet luisait.

— A toi! — gronda Christie.

L'homme n'eut pas le temps de se courber, de ramener son bras vers lui pour lui envoyer sa balle.

Le large fer du hoyau s'abattit.

Il y eut un bruit sec de tête fracassée, ouverte, et l'homme culbuta tout d'un coup.

Son cheval, effrayé, fit un bond de côté, se jetant sur celui de l'autre bandit, mettant pour une minute ce dernier hors d'état de nuire, découvrant Stewart Bolton, et il s'échappa, la crinière droite.

Un rire frénétique secoua la poitrine du géant :

— A nous deux cette fois, Bolton!

Julien d'Avenel, emporté par l'élan sauveur de son cheval, employait tous ses efforts pour le maîtriser, gêné par les liens étroits qui enserraient ses poignets. Il y parvint.

Embrasé d'ardeur, dévoré de la fièvre de la liberté, brûlant de venir prendre place auprès du valeureux géant qui combattait pour lui et de défendre, à son côté, Ketty qui venait d'agir en héroïne, il lança sa monture vers le lieu du combat.

Mais ses poignets étaient attachés l'un à l'autre.

Dans un effort désespéré, ses bras levés au ciel, il tenta de rompre les lanières de peau.

— Mon couteau!... — lui cria Ketty.

— Oui!... vite!... vite!

La lame affilée grinça sur le cuir tordu des lanières.

— Libre!

C'était Julien qui venait de prononcer ce mot, avec quelle expression!

Ketty lui montra alors d'un geste éloquent son époux seul contre deux adversaires..

Une telle recommandation, une telle prière n'étaient pas nécessaires avec l'enfant dans les veines de qui coulait un sang doublement noble, doublement valeureux.

Son cheval, enlevé, bondissait déjà des quatre fers.

Et Julien s'élança au combat, poussant d'instinct le cri de guerre de sa race :

— Avenel! Avenel!...

Il n'avait pas d'armes... Peut-être ne s'en souvenait-il même pas. Qu'importait d'ailleurs ? Il en prendrait sur le premier ennemi qu'il rencontrerait.

Stewart Bolton avait dégainé son épée en voyant Christie de Clinthill se ruer sur lui.

Que peut faire une épée entre les mains d'un lâche ?

La massue de Christie, en tournoyant, en rencontra la lame ; celle-ci claqua comme verre, et le traître, l'espion abject sentit le vent de la massue vengeresse près de lui.

Il se courba dans le reploiement de reins des bêtes de proie menacées, exhala un halètement d'angoisse, l'outil l'ayant atteint quand même, du sang aux cheveux malgré son morion de fer.

Livide, la teinte verte de l'épouvante la plus horrible affluant sous sa peau, ayant peur de la mort, lui qui tenait à la vie par tant de crimes, il ne vit plus qu'une chose : fuir.

Les éperons qu'il avait chaussés en prévision de sa noblesse prochaine s'enfoncèrent jusqu'à la rivure dans le ventre de son cheval qui hennit de douleur, s'arrachant du sol par un bond énorme.

Fou, éperdu, l'espion le lança dans les rochers, traçant un long circuit pour rebrousser chemin, ne voyant qu'une chose : s'éloigner.

L'estafier resté debout apercevant Christie et Bolton aux prises, s'était attaqué à Julien.

Le jeune homme était sans armes : la lutte lui semblait sans péril.

Mais il vit fuir son digne maître. Il allait rester seul contre deux adversaires.

Il mesura d'un coup d'œil la distance qui le séparait de Christie de Clinthill, celle qui existait entre le terrible jouteur et le bord de la route.

L'estafier n'avait nulle envie de se frotter à un pareil adversaire, malgré qu'il fût encore en possession de tous ses moyens de défense

Quant à gagner le large en se jetant dans la montagne, comme venait de le faire l'espion, c'était trop risquer.

Le cheval de Stewart Bolton venait de butter, et le bandit se voyait une fois démonté, à la merci de ses ennemis, s'imaginant que Christie, avec son costume étrange, devait être au courant des moindres recoins de ces contrées.

Ramenant les rênes, courbant le dos, il fit volte-face, lançant son cheval de toute sa vitesse, serrant le bord de la route, le plus loin possible de Christie de Clinthill.

Celui-ci le regardait avec un sourire de mépris : il ne se mesurait pas sans nécessité avec un gibier de pareil acabit.

— Au large ! Et que l'on ne te revoie plus ! — se contenta-t-il de lui lancer.

Le bandit le regardait d'un œil oblique, n'osant espérer s'en tirer à aussi bon compte.

Il se fit plus petit, plus mince en passant.

Et comme le géant n'ayant même pas levé le bras, il lui décocha sournoisement une balle.

Poudre perdue. Le bandit avait bien trop peur pour sa peau, pour viser juste.

— Le chien-loup !... — murmura le géant : — ça essaie de mordre quand on lui fait grâce.

. . . . . . . . . . . . . . . . . . . . . . . . . . . . . .

Après avoir galopé à travers la lande, positivement affolé, Stewart Bolton, à peu près rassuré ensuite, avait rejoint la route.

Filant tout droit devant lui, le bandit qui venait de s'enfuir à son tour l'avait rejoint.

Stewart Bolton regarda alors derrière lui.

Julien d'Avenel était libre.

La victime qu'il se proposait d'immoler de ses propres mains, ou qu'il ferait assassiner sous ses yeux pour être bien sûr de sa vengeance, venait de lui échapper.

Et il venait d'être délivré par Christie de Clinthill ; Christie, le redoutable guerrier qu'il croyait couché sous six pieds de terre, ou enfermé dans la forteresse de Korswerey.

L'espion ne serait donc pas devant la Tour d'Avenel avec son prisonnier, pour y recevoir le salaire qu'il espérait y trouver.

Et il allait avoir de nouveau affaire au terrible écuyer de Walter d'Avenel !...

Rentrant les épaules, croyant déjà voir se dresser au-dessus de lui la grande ombre du soldat, il ravagea de nouveau, de ses éperons, le flanc de son cheval, ayant hâte de s'éloigner, de disparaître.

Les rochers qui formaient le coude de la route le dérobèrent, et l'on entendit le double galop de son cheval et de celui de son triste compagnon s'éteindre peu à peu dans les montagnes...

Il atteignit l'autre bord ; ses quatre fers grincèrent sur le rocher.

## XXV

### L'ÉPÉE

Un sentiment d'ivresse profonde, et en même temps une sorte de stupeur, remplissaient l'âme de Christie de Clinthill, depuis le début des événements qui venaient de s'écouler.

Le fils du chevalier d'Avenel, Julien, l'enfant qu'il chérissait si ten-

drement, était vivant!... Et il le retrouvait entre les mains du cruel personnage qui s'était vanté auprès de lui d'avoir commandé son supplice!...

John Robby, le sinistre cabaretier du Gué de la Mort, avait donc trompé Stewart Bolton comme il l'avait trompé lui-même autrefois.

Julien vivait : par suite de quelles circonstances? Christie l'ignorait... Mais lorsque le jeune homme lui avait crié qu'il était Julien d'Avenel, il n'avait pas douté... Son affreuse situation, captif entre les deux estafiers commandés par le traître, suffisait à le convaincre.

— Ah! — avait juré au fond de son âme l'intrépide Christie, — j'y resterai ou je le délivrerai, cette fois!

Aussi, lorsque l'espion et son digne acolyte eurent disparu derrière la montagne, laissa-t-il tout ce qu'il ressentait se peindre sur lui. Il se détourna, cherchant Julien du regard. Le jeune homme venait de sauter de cheval.

Christie jeta son arme, et ouvrant les bras, dans une dilatation profonde de son être, se précipita vers Julien. L'enfant voulut lui éviter la moitié du chemin. Il se sentit enlevé, serré sur la large poitrine du guerrier.

— Toi! toi!... Toi vivant! — balbutiait ce dernier en l'étouffant sous ses grands bras. — Tu es bien Julien? Mon brave petit Julien d'autrefois?... Oui, je le sens, c'est bien l'ardeur de ton père comme c'était son regard, tout à l'heure, au moment de la bataille.

— Christie!... mon bon Christie!... Est-ce possible que ce soit vous que je retrouve pour me sauver dans ces montagnes... pour m'arracher à l'horrible individu qui a juré l'extermination de notre race?

— L'extermination de la maison d'Avenel?... Patience.

Le géant posa ses deux mains noueuses sur les épaules de l'enfant, le dévisagea de nouveau avec attendrissement.

— Il est donc vrai que ceux que l'on croyait partis pour le grand voyage reviennent quelquefois, — prononça-t-il d'une voix profonde.

— Oui, — répondit le fils de Walter d'Avenel, l'accent palpitant d'émotion, — ils reparaissent, et conduits par les destins à travers des chemins détournés, d'incomparables épreuves, c'est pour se retrouver en face de ceux qui tiennent dans leur passé une si grande place.

Julien se tourna vers Ketty:

— De ce passé lointain, des éclairs surgissent tout à coup... Et c'est ainsi que je vous ai brusquement reconnue, bonne et courageuse Ketty, qui avez tranché mes liens... Comment vous prouverai-je jamais ma reconnaissance?

La meunière ne l'avait pas quitté du regard, un sourire radieux sur ses lèvres, tandis qu'il échangeait avec Christie ces paroles émues

Elle rougit en l'entendant rappeler l'admirable énergie qu'elle venait de montrer... Ainsi que le proclamait le jeune homme, n'était-elle pas réellement sa libératrice?... C'était bien elle qui, obéissant à son élan spontané, à son cœur généreux, avait bravé la mort pour voler au secours du captif. C'était elle qui, en tranchant ses liens, avait changé la face du combat.

— Monseigneur, — balbutia-t-elle, — c'était si peu de chose... Puis cela faisait tant de peine à voir, un être si jeune, presque un enfant, captif entre les mains de ces méchantes gens!...

— Noble cœur ! — murmura Julien.

Le soldat, enivré, laissait aller son regard de Ketty à l'adolescent, ne sachant qui il devait admirer le plus.

— Ketty a raison, — fit-il. — Certes, son courage et son intelligence ont été admirables. Mais le devoir du vassal est de se dévouer pour son seigneur.

— Son seigneur!... Chétif seigneur, mes pauvres amis, que l'adolescent voué, il n'y avait qu'un instant encore, à son dernier supplice!... Seigneurie bien précaire que la sienne, vagabond sans foyer familial, sans abri longtemps pour y reposer sa tête.

Ketty, pénétrée de pitié à tout ce que ces paroles laissaient entrevoir de souffrances endurées, joignit les mains, avec un soupir...

— Mon pauvre Julien! — murmura Christie de Clinthill, — les brigands t'ont martyrisé, n'est-ce pas?

Il venait de le tutoyer encore, comme autrefois, tout entier à son affection attendrie.

Mais Julien n'était plus l'enfant qu'il faisait chevaucher sur le devant de sa selle... C'était un beau jeune homme, quoiqu'il eût la délicatesse de Marie d'Avenel et de Melrose, dont il possédait quelques-uns des traits gracieux comme, au moment de la lutte, il avait eu le regard éclatant de son père... Et le soldat n'avait donc plus le droit de le tutoyer.

— Pardon, — fit-il, — je me suis oublié; c'est l'habitude de l'ancien temps qui me revient toute seule...

Et secouant sa tête léonine, tandis que le jeune homme souriait, heureux de cette affection :

— Oh! les brigands!... Il faudra qu'ils paient tout le mal qu'ils vous ont fait... qu'ils ont causé à mes nobles maîtres...

Il ajouta d'une voix basse :

— S'il ne leur est pas arrivé de nouveaux malheurs depuis le temps que je suis reclus dans ces solitudes.

— Oui, — fit Julien avec une angoisse soudain revenue, — que s'est-il passé au manoir de Claymore après l'attentat dont j'ai été victime ainsi que l'infortunée Marguerite?...

Son regard se voila au souvenir de la jeune fille qu'il aimait. Mille transes horribles le reprenaient au sujet du sort que Stewart Bolton lui avait réservé.

— Marguerite, avez-vous dit, Julien? Serait-ce la fille de miss Ellen?

— C'était elle-même.

— Mais Ketty m'a appris que, après la destruction du château de Melrose par ces bandits d'Anglais, elle avait conduit lady Ellen auprès de mon infortunée maîtresse, la dame d'Avenel, votre mère, Julien, dans la retraite où elle s'était réfugiée.

Il n'osait pas dire :

— Vous étiez donc auprès de votre mère?...

Mais cette pensée tremblait dans son regard, en même temps que mille questions, qu'il ne formulait pas dans son angoisse, palpitaient sur ses lèvres au sujet de ses anciens maîtres.

Julien devina son attente :

— Hélas ! j'étais en effet auprès d'elle. Mais la fatalité ne voulait pas me donner la joie, l'ivresse de savoir que j'étais à côté de l'être chéri, si souvent invoqué au cours de mes épreuves : le ciel n'a pas voulu que Marie d'Avenel sût qu'elle avait auprès d'elle l'enfant qu'elle n'avait cessé de pleurer...

Ces paroles étaient incompréhensibles pour ceux qui les entendaient.

— Vous ne pourrez comprendre que lorsque vous connaîtrez les principaux événements de mon histoire, — fit le jeune homme. — Laissez-moi vous assurer seulement que ma sainte mère vivait lorsqu'on m'a arraché d'auprès d'elle, et que mon père, le noble chevalier d'Avenel, était à la tête des armées de la reine... — Dieu fasse que la trahison, le fer ennemi n'aient point accompli envers aucun d'eux leur œuvre de mal!... Il serait trop affreux de ne retrouver ma famille et la liberté que pour me voir orphelin !

— Dieu le fasse ! — répétèrent Christie de Chinthill et Ketty d'une seule voix.

— Mais cette route n'est pas bien choisie pour ces récits, — ajouta le guerrier. — L'équipage dans lequel voyageaient ce méprisable Bolton et ses acolytes indique, il est vrai, qu'ils n'avaient probablement aucun contingent derrière eux. Cependant, le sinistre bandit qui ne m'a pas laissé le temps de l'abattre est homme de ressource et d'invention dans le crime.

Il montra son outil de paysan au fer maculé de sang.

— Je n'ai que cette arme... et elle risquerait d'être insuffisante contre des adversaires nombreux.

Julien désigna alors l'estafier abàttu sur la route, le crâne ouvert.

— N'avons-nous pas celles de l'individu que vous avez terrassé?

Une expression de vif contentement passa sur le visage du soldat.

— Oh! oui. Il y a si longtemps que je n'ai senti une épée à mon côté.

L'outil rustique dont il s'était servi en guise de masse d'armes quelques instants auparavant, avec tant de succès, allait bien avec la vie primitive qu'il avait menée depuis son entrée dans la région des forêts. Mais dès l'instant qu'il reparaissait au milieu des autres hommes, il se retrouvait soldat et brûlait d'en reprendre l'aspect.

Il s'avança vers le cadavre de l'estafier. Le pistolet que le garde du corps de Stewart Bolton tenait à la main lorsque l'outil manié par le redoutable Christie l'avait renversé gisait à quelques pas; un autre était passé dans sa ceinture.

Le géant les posa à côté de lui, puis déboucla le ceinturon de l'estafier et où rapière et dague étaient accrochées.

Il se redressa prêt à le placer à sa taille à lui. Mais il s'arrêta, non sans regret. Et revenant vers Julien qui attendait au milieu du chemin, tenant son cheval par la bride, il prononça ces mots :

— Un gentilhomme doit marcher l'épée au côté ; monseigneur Julien, permettez à votre serviteur de vous offrir les trophées pris sur l'ennemi que nous avons combattu.

Courbant sa grande taille, il plia le genou et présenta ainsi, les bras tendus, les armes dont il se privait pour le fils de son maître.

Il y avait un singulier caractère de grandeur devant cet homme dans la force de l'âge, aux longs cheveux et à la barbe hirsute, agenouillé et tendant des armes à un adolescent.

Julien avait remarqué le plaisir de son sauveur à la pensée de ceindre une épée; il eut conscience du sacrifice qu'il lui faisait... Il hésita. Mais le sang généreux de son père parla; il se vit, en cas de danger, en état d'aborder l'ennemi. Christie garderait les pistolets qui lui permettraient de lutter sans s'exposer en corps à corps.

— J'accepte, — dit-il, — quoique je voie combien vous vous privez ; j'accepte parce que le fils de Walter d'Avenel ne doit pas laisser les autres braver le péril pour lui.

L'origine de ces armes était ennoblie par celui qui les portait, et c'est avec un véritable sentiment de fierté qu'il les sentit peser à son côté.

— Quittons maintenant le chemin, — proposa Christie. — Après les événements qui viennent de se produire, il n'est peut-être pas sûr pour nous.

— Vous avez raison, Christie, d'autant plus qu'il est entre les mains des Anglais et de leurs alliés.

L'ancien écuyer de Walter d'Avenel glissa, sous ses vêtements de fourrure, les deux pistolets, plaça dans ses poches les munitions de rechange qu'il avait découvertes sur le bandit, puis repoussa du pied le cadavre dans le fossé.

— En route, maintenant, — dit-il, — si vous le voulez bien, mon cher seigneur. Nous discuterons en sûreté sur ce qu'il convient de faire.

Il montra à Julien le ravin par lequel ils avaient débouché. Le fils de Walter d'Avenel l'y suivit, continuant à tenir son cheval à bout de rênes.

Ketty fermait la marche, considérant avec émotion l'héritier du nom d'Avenel, qu'elle avait vu si petit et qu'elle retrouvait à cette heure, portant l'épée à son côté avec la mâle assurance d'un chevalier accompli.

## XXVI

### AMÈRES CONFIDENCES

Les trois voyageurs s'étaient arrêtés à quelques cents mètres sur une hauteur, d'où ils pouvaient découvrir la route à une grande distance... Un demi-cercle de rochers leur permettait en même temps de se dissimuler si besoin était.

Christie de Clinthill, ayant battu deux silex, en fit jaillir des étincelles sur un tas de feuilles mortes... Un instant après, un feu clair faisait claquer sa flamme dans une anfractuosité où il était impossible de l'apercevoir du chemin... Puis Ketty étendait sur la braise les tranches de venaison séchée qu'ils avaient emportées de leur cabane.

– Mon cher et gentil seigneur, — dit gaîment le soldat, — voici le seul régal que puisse vous offrir votre féal écuyer. Cela redonnera à chacun de nous les forces dont il a besoin.

Son accent ensuite redevint grave :

— Et nous nous instruirons les uns les autres des dramatiques événements qui nous ont séparés. On prétendait que vous aviez cessé d'exister, mon cher Julien, assassiné par le traître Bolton et son misérable acolyte John Robby, le cabaretier. Que de larmes ont coulé !...

— Pauvres chers parents ! — murmura le jeune homme.

Et après un instant de méditation :

— Oui, le projet du traître Stewart Bolton était bien de me faire périr. Il avait confié cette tâche à John Robby. Celui-ci m'emporta dans sa carriole, ligotté, bâillonné, jusqu'au bord de la mer où il pensait jeter mon cadavre dans les flots. Mais un navire de pirates, le *Forward*, était à l'ancre à peu de distance : le sinistre gredin me conduisit à bord et me vendit au capitaine. De la sorte, j'étais bien mort pour les miens, et le lâche Judas ajoutait un nouveau salaire à celui que lui payait son complice et son chef. C'est miracle si j'ai survécu.

Et lentement, d'une voix triste comme s'il revivait toutes ses anciennes souffrances, il raconta sa lamentable existence à bord du navire pirate... Il dit la généreuse sollicitude de Joë, le protégeant dans la mesure du possible contre les féroces brutalités du capitaine Harrys.

Et regardant la grande taille de Christie, il prononça avec affection :

— Faible, persécuté, je devais toujours rencontrer de bons géants pour me venir en aide.

Il raconta ensuite son évasion du *Forward*, en compagnie du vicomte de Mercourt et de Joë, ce dernier ayant mis le feu aux poudres avant de partir.

Le soldat et Ketty l'écoutaient, anxieux, leurs yeux remplis de tristesse attachés sur les siens.

Ils semblaient vivre eux-mêmes les affreuses épreuves subies par celui qui n'était alors qu'un être faible, chétif, épuisé par les mauvais traitements et les privations.

Après leur avoir raconté son long séjour au château de Kervien, la noble affection de Henri de Mercourt et tout ce qu'il lui devait, ainsi qu'à Jean Dacier et à Martial, pour avoir fait de lui ce qu'il était devenu, Julien ajouta :

— Mais une mélancolie continuelle m'étreignait. Je voulais retrouver ma famille, faire l'impossible pour cela, et si ceux qui m'avaient donné le jour étaient morts, je désirais au moins aller prier sur leur tombe. J'ai quitté la Bretagne et suis parti pour l'Écosse avec Joë. Je sentais que je devais être le fils d'un soldat; le seigneur de Kervien m'avait fait apprendre à manier une épée, je suis venu offrir la mienne à la souveraine de mon pays où j'espérais retrouver la trace de mes parents... Et vous le voyez, j'y suis parvenu, hélas! sans savoir quel lien m'unissait à eux. Je vous ai retrouvé, mon bon Christie, et avec vous la courageuse et vaillante Ketty.

Mais ses interlocuteurs ignoraient à la suite de quelles circonstances il était parvenu auprès de ceux qui lui avaient donné la vie.

Julien dut leur faire connaître la part qu'il avait prise à la guerre. Il le fit avec confusion, passant rapidement sur ses jeunes exploits, tandis que les yeux de Christie s'enflammaient, devinant ce que le jeune homme ne disait pas, retrouvant en lui la bravoure traditionnelle de la race d'Avenel.

Ses deux auditeurs apprirent ainsi l'entrée du chevalier d'Avenel dans la tente où il dormait blessé. De sorte que, rapproché de son père à se toucher, il n'avait pu le voir encore.

— Pauvre enfant ! — murmura Ketty.

— Oh ! oui, Ketty, vous avez raison, c'est là le chagrin amer qui m'est resté. Si j'ignorais que la dame d'Avenel fût ma mère, au moins ai-je vécu auprès d'elle, ai-je pu lui prodiguer et recevoir d'elle des marques d'affection qu'on ne s'explique pas. Et si le destin hostile vient

Son corps pendit enfin tout entier dans la crevasse.

à faucher ma jeune existence, j'aurai cependant, à mon dernier soupir, son cher visage devant mon esprit, son sourire si doux!

Mentalement il ajouta :

— Et celui de Marguerite.

Et fixant son regard vers le nord, comme s'il pouvait y retrouver, y évoquer la silhouette du guerrier infatigable qui défendait pied à pied le

sol de la patrie contre les hordes envahissantes et les traîtres mille fois plus vils :

— Mais partir!... quitter cette terre où les jours de joie furent si rares, sans emporter cette vision qui m'eût été si chère, la vue du héros dont le ciel m'a fait naître!...

— Nous le retrouverons! — fit Christie avec énergie.

— Dieu t'entende et nous exauce! — ajouta Julien, en le tutoyant à son tour comme au temps où il était encore tout petit.

Un long silence avait suivi le récit fait par le descendant des chevaliers d'Avenel de la longue série de ses malheurs.

Christie, Ketty si compatissante avaient senti plus d'une fois leur cœur se briser en l'écoutant. Mais dans l'affliction que le soldat ressentait encore, une joie, une espérance invincible se levait dans son âme. Il venait de retrouver le jeune maître qu'il avait tant affectionné jadis, et il l'avait rencontré pour l'arracher au lâche ennemi de sa famille... N'était-ce pas là un augure heureux?

Une confiance nouvelle envahissait l'âme de Christie, et il se sentait de force à lutter contre une armée, pour se rapprocher de Walter d'Avenel et mettre enfin son fils dans ses bras.

Dans son orgueil haineux, Stewart Bolton avait levé tous les voiles du passé par le récit fait autrefois à Christie de Clinthill dans son cachot, et ensuite en obligeant Julien à se replonger dans ces années lointaines dont le souvenir s'était éteint pour lui.

Mais il restait à expliquer comment il se faisait que Christie se trouvait dans ces forêts avec ce costume et cet aspect qui rappelaient les anciens temps de la barbarie.

Le soldat tenait surtout à ce que le fils de son maître ne pût le soupçonner d'avoir déserté lorsque le malheur s'était appesanti sur la maison d'Avenel.

Il lui apprit donc son départ à la recherche du traître Bolton, sa longue incarcération dans la forteresse de Korswerey.

— Vois-tu, Julien, ton fidèle Christie acceptant de périr tranquillement de vieillesse au sommet d'une tour?... Non! Une belle nuit j'ai joué la partie. Je ne risquais que de me rompre les os. Après j'étais libre... et bientôt, me cachant comme une bête fauve, je reprenais la route d'Écosse.

Lui aussi venait encore de tutoyer son jeune seigneur, comme à l'heureux temps de jadis... C'était si bon d'être ainsi l'un à côté de l'autre après tous les obstacles qu'ils avaient surmontés.

Il indiqua ensuite les désastres qui l'avaient obligé à quitter les bords de la Tweed avec Ketty et le vieux meunier, le pauvre vieillard ayant suc-

combé à la peine, jalonnant leur route d'une tombe... pour arriver à cette dernière étape.

Des larmes mouillaient les yeux de Ketty au souvenir du père étendu sous le mausolée rustique élevé par Christie au fond des forêts désertes... Julien lui tendit les mains.

— Chère et bonne Ketty, — dit-il, — ceux qui ont souffert connaissent l'amertume de la douleur. Je suis presque un enfant encore, mais je sens combien votre deuil dut être affreux. Ketty, voulez-vous m'embrasser pour qu'un peu de consolation naisse en vous de sentir vos regrets partagés par d'autres. Car, moi aussi, j'affectionnais le bon meunier du Moulin-Joli.

La douleur nivelle tous les rangs... La compassion que le fils du chevalier d'Avenel montrait était sincère : l'adolescence ignore l'hypocrisie.

Ketty laissa sa tête aller vers l'épaule de Julien. Puis, confuse...

— Pardon, monseigneur; mais il était si bon, le pauvre vieillard!...

Toutes ces souffrances que ces trois êtres venaient de mettre en commun les avaient rapprochés encore davantage.

Le long intervalle de temps qui s'était écoulé depuis leur séparation semblait être effacé.

Encore impressionnés par les évocations qu'ils venaient de faire du passé les uns et les autres, ils demeurèrent un long moment silencieux... Christie reprit la parole le premier :

— Tous ces désastres démontrent la puissance du mal lorsqu'on en ignore la source. L'infâme Stewart Bolton a pu appeler le malheur et la ruine sur la maison d'Avenel, parce qu'on ignorait sa trahison. Il était le ver rongeur installé au cœur du fruit. Mais aujourd'hui il est complètement démasqué : un coup de talon sur la tête du serpent, et il n'est plus à craindre. Voici deux fois que je me trouve face à face avec le bandit. J'en jure par Dieu, la troisième fois, il n'échappera pas.

— Je serai à côté de vous pour vous aider, — fit Julien.

Le géant secoua la tête.

— La place de Julien d'Avenel est ailleurs. Une mère auréolée par une longue infortune, un père que le malheur a trop longtemps battu de son aile n'ont jamais oublié, tout l'indique, l'enfant qu'ils croient mort. Votre place, Julien, est auprès d'eux, afin de compenser, s'il est possible, les longues, les amères années de la séparation.

L'adolescent joignit les mains.

— Oui, connaître cette joie infinie après les incessantes persécutions de mon enfance, me trouver enfin entre le père et la mère que j'appelais, que j'implorais toujours!... Et cependant, Christie, vous laisser seul rechercher l'ennemi de ma famille, vous laisser seul châtier le criminel qui a fait couler les larmes de ma mère !...

— Ce jour n'est peut-être pas si proche que nous le désirons. Mais je ferai tant que j'espère bien l'avancer.

Julien glissa un regard hésitant vers Ketty.

— Christie, je vous proposerais de l'avancer en quittant ces lieux au plus tôt. Mais... les forces de votre compagne le permettent-elles?... Elle prendra mon cheval.

— Merci, seigneur Julien, — protesta Ketty. — Je suis reposée, je marcherai. Nous pouvons repartir.

— Accepte l'offre de notre jeune maître, — fit le soldat. — C'est dans l'intérêt de ceux que nous aimons. Nous cheminerons plus vite de la sorte. Et demain il te remplacera sur son cheval si la marche l'a éprouvé... Car il faut tout prévoir : qui sait si le misérable Bolton, devinant que nous allons nous diriger vers le manoir de Claymore, ne va pas de son côté agir de telle sorte que nous n'y trouvions plus que des cadavres en arrivant?... Un tel être est capable de tout!

Le jeune homme porta avec angoisse sa main à son épée.

— Oh! vous avez raison, Christie. Partons, partons vite. Arrivons avant cet homme, afin que lorsqu'il se présentera, — s'il l'ose! — il trouve cette épée pour défendre ma mère adorée, et pour l'immoler, lui!...

— Oui, partons, aujourd'hui plutôt que demain, à l'instant plutôt que dans une heure, car le but est lointain et le temps rapide!

## XXVII

### L'ABIME

Les trois voyageurs étaient prêts à se remettre en route. Mais il leur était interdit de suivre le chemin sur lequel Christie de Clinthill avait rencontré et délivré le fils de son ancien seigneur.

Il était au pouvoir des Anglais, ainsi que Julien l'avait annoncé.

Ils avaient à craindre que Stewart Bolton n'eût engagé quelques-uns des irréguliers qui composaient les bandes envahissantes et qu'il n'eût préparé une embuscade... Peut-être même avait-il simplement dénoncé Julien, Christie et Ketty aux divers chefs de poste qui occupaient la route.

De cette façon, les voyageurs seraient arrêtés et exécutés comme espions sans même qu'il lui en coûtât un sou.

Ils allaient même être obligés de se tenir loin du chemin, l'ancien intendant, le traître, étant en effet capable de faire battre les montagnes.

Soulevée par les bras robustes de son mari, Ketty prit place sur la selle... C'était une selle de voyage, large et forte, avec un porte-manteau et des fontes : le soldat avait eu vite fait de l'installer pour y monter en amazone... Et Ketty, souriante, un peu confuse d'en priver Julien, s'y trouva assez commodément installée.

Le soldat prit le cheval par la bride à cause de la difficulté du terrain, et l'on commença à descendre la montagne... On devait gagner le fond d'un ravin, et de là, à travers une découpure, se diriger vers une cime rocheuse que l'on apercevait au lointain.

— Nous ne l'atteindrons certainement pas avant le déclin du jour, — avait annoncé Christie. — Nous y établirons notre petit camp... sous le dôme épais de quelque chêne en guise de tente.

Depuis qu'il errait à travers les forêts, il avait acquis l'habitude de juger des distances... Ils avaient à franchir de nombreux obstacles, et ils devraient s'estimer heureux s'ils atteignaient le point indiqué par le soldat, même en faisant diligence.

Or, si un cheval permet de gagner du temps sur un terrain à peu près uni, il est loin d'en être ainsi dans une région montagneuse.

Il fallait chercher un chemin où la bête qui portait Ketty pût se mouvoir, surtout à la descente.

Elle glissait par moments des quatre pieds, et elle aurait roulé dans quelque précipice sans le poignet vigoureux de Christie.

Ils touchèrent cependant le fond du ravin, qu'ils suivirent quelque temps, cherchant à regagner le temps écoulé.

Ils cheminèrent ainsi jusqu'à ce qu'ils eussent reconnu un endroit à peu près découvert, afin de gagner la crête qui leur permettrait de passer dans les vallées voisines.

Ils s'engagèrent sur ce nouveau terrain.

Fiévreusement, Julien avait pris la tête.

Il entendait derrière lui sonner les fers du cheval sur les rugosités sonores de la pierre.

Christie de Clinthill fermait la marche, appuyé sur l'outil à manche noueux et à lame de fer qui, avec son costume étrange, sa chevelure flottante, sa barbe puissante, lui donnait réellement l'aspect de quelque géant resté seul vivant des anciennes races disparues. Son regard, vigilant et affectueux, allait de Ketty à Julien, veillant sur l'un et sur l'autre.

Grimpant en même temps sur les aspérités qu'il rencontrait, Christie s'assurait que tout était désert au loin comme auprès, et que rien ne les menaçait.

Ils atteignirent l'arête qui devait faciliter leur passage du massif montagneux qu'ils venaient de quitter à celui qu'ils s'étaient fixé comme limite de leur étape pour ce jour là.

Les voyageurs étudièrent la nouvelle région dans laquelle il leur fallait s'engager.

La traite qu'il leur restait à accomplir s'annonçait particulièrement pénible...

Un véritable entassement de roches basaltiques allongeant leurs croupes tourmentées leur barrait totalement le passage : des barricades de titans !

Ils allaient être obligés d'escalader et de redescendre chacune d'elles avant de pouvoir tenter l'ascension du pic élevé qu'ils s'étaient fixé comme point terminus de leur marche en ce jour.

— Allons, — dit Julien le premier, — en avant, si nous ne voulons pas que la nuit nous surprenne là-dedans.

Le soldat le considéra avec une admiration émue. Il retrouvait bien en lui son ancien élève, son petit Julien d'autrefois si courageux et si vaillant.

L'on se mit à redescendre. Le cheval, un peu plus habitué à présent au terrain montagneux, manœuvrait moins difficilement, s'accrochant des sabots aux aspérités.

Pourtant, lorsqu'ils atteignirent le fond, après une heure de cette marche, Christie de Clinthill, qui l'avait pris de nouveau par le mors, était en nage.

— A l'assaut, maintenant! — dit-il en montrant les entassements basaltiques qui obstruaient le chemin.

Jusqu'à ce moment, ils avaient été engagés dans d'énormes soulèvements montagneux couverts presque partout de forêts où un peu de terre végétale, tapie dans les creux, adoucissait pour eux, aplanissait parfois la dureté de l'étape; mais plus rien de cela actuellement. Des rocs déchirés sans un arbuste, sans une tache de gazon; des masses abruptes, des déchiquètements profonds...

On aurait dit des masses de laves brunes, vomies par le feu intérieur de la terre dans une tourmente, aux époques préhistoriques, et pétrifiées à tout jamais.

Un sol de malédiction et d'horreur...

Il fallait pourtant en tenter l'escalade.

Julien avait cassé une branche d'arbre fine et solide en guise de pique.

Il s'y élança avec l'impétuosité de son âge, plantant l'extrémité de son bâton dans chaque anfractuosité, pour s'élever, insensible à la lassitude.

Les fers du cheval qu'il avait cédé à Ketty raclaient le basalte derrière lui, faisant par moments jaillir des étincelles.

La bête enfin cessa d'avancer, ses naseaux dilatés cherchant l'air, à bout de souffle...

Il fallut que Christie vînt la prendre par le mors pour lui permettre d'achever cette effrayante montée. Mais après, il fallait redescendre encore... Julien et Christie se regardèrent; le cheval arriverait-il au bas, sans rouler dans quelqu'une des affreuses crevasses ouvertes sous leurs pieds?

Ketty avait mis pied à terre.

Elle se sentait assez forte pour marcher.

Puis, à plusieurs reprises, elle avait eu le vertige durant cette dernière partie de l'étape, voyant sa monture près de rouler dans un de ces précipices qu'elle côtoyait.

Chute horrible dans laquelle le malheureux animal l'eût emportée et eût entraîné également Christie.

A la vue des difficultés encore inconnues qui se présentaient devant eux, les deux hommes se demandèrent s'ils ne feraient pas bien d'abandonner le cheval. Mais le brave animal ne leur serait-il pas utile au sortir de ces régions?

Christie avait appris, par le récit de Julien, que le jeune homme était arrivé, cruellement affaibli par sa blessure, au manoir de Claymore. Il redoutait pour lui les conséquences des fatigues extrêmes qu'il était en train d'éprouver.

Quant au fils de Walter d'Avenel, il songeait qu'une femme voyageait avec eux.

Et chacun d'eux, obéissant à sa préoccupation, fut d'avis qu'il fallait conserver la monture que Stewart Bolton, dans le seul but d'aller plus vite en se sauvant, avait abandonnée à sa victime au commencement du voyage.

Il fut décidé seulement que l'animal serait livré à son instinct, pour accomplir cette descente véritablement périlleuse.

Christie, plantant le fer de son hoyau dans les ravinements du basalte, soutenait sa compagne.

Ils durent franchir une sorte de muraille à pic... Mais quelques mètres plus loin, ils se trouvèrent brusquement au bord d'une coupure profonde, inaccessible.

Remonter était impossible, l'espèce de muraille qu'ils venaient de passer, droite et lisse, les enfermant entre elle et le précipice.

Le cheval, qui s'était arrêté au-dessus d'eux, flaira le vide, pointa ses oreilles en avant...

Ses membres se resserrèrent, sa croupe s'infléchit.

Et tout à coup, ainsi qu'un ressort, ses membres se détendirent, et comme une masse énorme, effrayante, il parut au-dessus du précipice, lancé en avant, la crinière hérissée, les oreilles couchées, les yeux phosphorescents... sans doute dans l'épouvante de l'abîme ouvert sous lui.

Il atteignit l'autre bord ; ses quatre fers touchèrent en même temps, grincèrent sur la roche...

Il ballotta un instant, comme si le terrain inégal allait manquer sous lui, et reprit son aplomb, humant l'air.

Les trois voyageurs s'étaient arrêtés d'un même mouvement, leurs regards attachés sur lui, s'attendant à le voir s'écraser au fond du précipice.

Ketty lui échappa brusquement rejetée en arrière.

Ils s'étaient déjà attachés inconsciemment à ce compagnon de leurs fatigues !

— L'instinct des bêtes est un conseiller généralement bien inspiré, — dit le guerrier lorsqu'il eut vu le cheval de Julien sain et sauf de l'autre côté de la crevasse. — Peut-être existe-t-il, par là, un chemin plus praticable ?



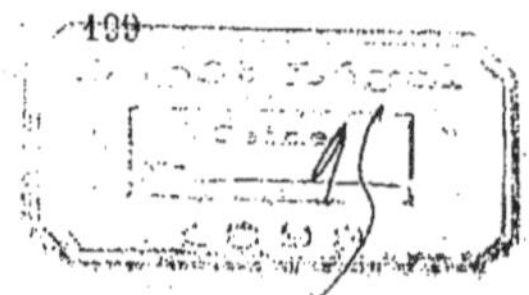

— Oui, — prononça Julien. — Mais comment y accéder ?

— Attendez-moi là un instant avec Ketty, — reprit le géant.

— Que voulez-vous faire, Christie ? — interrogea Julien inquiet, prévoyant quelque sublime folie.

— Ce serait trop long à expliquer. Voyez, le soleil a déjà parcouru les trois quarts de sa carrière.

« Le temps s'écoule, rapide. Julien promettez-moi seulement de ne pas vous séparer de Ketty.

Ces énigmatiques paroles étaient grosses de signification inquiétante.

— Christie !... — supplia la jeune femme en joignant les mains.

Julien avait gardé le silence : son cœur violemment bouleversé voyait leur compagnon périssant dans quelque tentative téméraire.

Il craignait aussi d'augmenter, par ses propos, l'angoisse de leur compagne... de celle dont il resterait en ce cas le seul défenseur.

Christie ne détourna pas la tête, ne répondit pas à l'appel de sa femme de peur de faiblir.

Et l'on cessa de l'apercevoir.

## XXVIII

### LE SALUT OU LA MORT ?...

Christie était au bord de la crevasse... Couché sur le ventre, les doigts crispés sur les rares aspérités de la pierre, il commença à en suivre l'arête.

Sa tête, penchée au-dessus de l'abîme, en étudiait les aspérités.

Ketty et Julien, retenant leur souffle, prêtaient anxieusement l'oreille... Ce dernier n'avait osé le suivre, après la prière de Christie de veiller sur sa jeune femme qui, pâle comme une morte, comprimait son sein tumultueusement soulevé, croyant déjà entendre la chute d'un corps dans l'abîme.

Enfin la voix du guerrier se fit entendre. Elle paraissait joyeuse.

— J'ai trouvé, — lança-t-il de l'endroit où l'on ne pouvait l'apercevoir. — Julien, faites glisser mon outil vers moi.

On ne connaissait pas ses projets. L'enfant ne pouvait qu'obéir aveuglément... Il poussa doucement le hoyau sur la pente, devant lui, par le manche d'abord, de crainte que le fer ne vînt à blesser l'homme qui spontanément se dévouait pour tous.

— Merci, — fit encore la voix du géant. — Ne bougez pas d'où vous êtes, jusqu'à ce que je vous ai prévenus.

Au-dessous de lui, sur les flancs même de l'abîme, il avait aperçu une espèce d'entablement, une plate-forme juste assez large pour un homme ou deux ... Comme si le déchirement de la masse rocheuse avait rencontré là une résistance, la distance qui séparait les deux parois de la crevasse était moins grande, et le rocher, de l'autre côté, présentait des excavations qui devaient permettre de remonter à l'air libre.

Mais, pour vérifier la réalité de cela, il était nécessaire de descendre dans l'abîme, d'atteindre la plate-forme située au-dessous de Christie de Clinthill.

Celui-ci avait évalué que sa grande taille lui permettrait probablement de le faire.

Mais le bord de la crevasse ne lui offrait aucune aspérité pour s'y cramponner, se laisser glisser dans le vide.

Il avait remarqué alors que la déchirure formait un peu plus haut une sorte d'angle rentrant avec un ravinement étroit à sa base.

Christie avait aussitôt pensé à mettre le manche de son outil en travers de ce vide, et se fiant à ce frêle appui de laisser pendre son corps dans le gouffre.

— Mes pieds arriveront probablement jusqu'à cette saillie, — calculait-il. — Et une fois-là, je verrai s'il est possible d'avoir accès de l'autre côté, en enjambant le vide.

Le manche du hoyau, formé d'une branche de chêne noueux serait peut-être assez solide pour supporter le poids du guerrier. Mais si l'outil venait à glisser ?...

En ce cas, le géant, précipité d'une hauteur énorme, irait se fracasser le crâne sur la dent aiguë des pierres qu'il apercevait à peine dans le fond... Christie serait mort en ce cas en se dévouant, et le destin, satisfait de son sacrifice, prendrait sans doute en pitié les deux infortunés qui restaient derrière lui.

Le hoyau, poussé doucement sur la pente par Julien, arriva à sa portée... Christie de Clinthill le prit, le plaça en travers du vide, en assujettissant le plus possible le fer dans la faille ouverte parmi la masse rocheuse, au temps sans doute où la montagne s'était ouverte.

— Allons, — fit-il, — je crois que je puis risquer la partie. A la grâce de Dieu !

Il s'aplatit sur le sol, ses deux mains nouées comme un étau sur le manche de l'outil... Et ses jambes commencèrent à pendre au-dessus du gouffre.

Lentement, il continua son mouvement, s'efforçant d'éviter toute secousse afin que le fer ne sortît pas de la rainure qui le maintenait... C'était là sa seule garantie, sa seule ressource.

En effet, le fer sorti de la faille étroite, rien ne retiendrait plus l'outil, entraîné en ce cas dans le précipice avec l'homme qui s'y cramponnait.

Les larges mains du soldat grinçaient autour du bois... Son corps s'avançait de plus en plus dans le vide : le moment vint où sa poitrine seule appuya encore sur le manche du hoyau. La minute suprême était arrivée.

Si Christie avait appelé Julien pour maintenir seulement le bois le danger aurait été bien moindre.

Mais le géant avait peur d'entraîner avec lui l'enfant dans le précipice, et il n'avait pas voulu l'avertir, préférant s'exposer davantage... — et périr seul.

Une légère moiteur sourdit à la racine de ses cheveux.

Il se laissa aller... L'outil cria sur le rocher, se déplaça, glissa de quelques centimètres, le fer entamant les bords de la rainure dans laquelle il était placé. Puis il s'immobilisa de nouveau.

Le brave écuyer de Walter d'Avenel allait-il donc être sauvé?... Allait-il réaliser sa périlleuse reconnaissance?

Il se laissa aller graduellement à la force du poignet, sentant l'outil vaciller au-dessus de lui...

Son corps pendit enfin tout entier dans la crevasse. Mais ses pieds ne rencontrèrent pas l'appui sur lequel il comptait.

Remonter était une chose impossible. La fragilité du soutien auquel ses mains étaient encore attachées ne le permettaient pas.

Si Christie ne parvenait pas à rencontrer, à atteindre la plate-forme sur laquelle il avait compté, il ne lui resterait plus qu'à demeurer suspendu ainsi jusqu'à ce que ses doigts se détendissent sous l'effet de la fatigue...

Julien et Ketty, demeurés à la même place, prêtaient l'oreille avec anxiété, cherchant à saisir quelque bruit.

Qu'était devenu l'époux de Ketty, puisque plus rien ne parvenait jusqu'à eux?... La jeune femme, les mains affreusement nouées, dressait son regard vers le ciel dans une détresse profonde, une épouvante grandissante.

Julien vit les affres qui l'envahissaient et qui répondaient à son propre trouble... Cette attente, cette incertitude étaient devenues insupportables.

— Christie, — lança-t-il d'une voix alarmée, — où êtes-vous?

Le soldat l'entendit, comprit le sens de ses paroles.

Il ne répondit pas, ne voulant pas les attirer auprès de lui, les rendre témoins de son agonie, s'il devait périr.

Essayant d'infléchir son corps; il cherchait à droite et à gauche, croyant avoir mal calculé la position de la plate-forme... L'outil en glissant avait dû le faire dévier.

— Christie! — répéta la voix troublée de Julien.

L'angoisse étreignit plus violemment le cœur du soldat. Il desserra son étreinte ne se tenant plus que par l'extrémité des doigts...

Et soudain une dilatation infinie allégea son âme... La pointe de ses pieds venait de rencontrer une résistance sur le côté. Etait-ce la saillie du rocher?

Résolument, Christie lâche son appui... Il allait en finir d'une façon ou d'une autre! Mais ses pieds touchèrent un sol ferme, en même temps que ses ongles s'agriffaient aux rugosités du rocher afin de ne pas perdre l'équilibre.

Il était en sûreté... le gouffre ne l'engloutirait pas, au moins pour le moment!

La sueur qui perlait un instant auparavant à la racine de ses cheveux l'inonda brusquement dans la réaction qu'il éprouvait... Christie de Clinthill était brave, certes; il l'avait montré en de nombreuses occasions; mais ce n'est pas en vain qu'on sent la mort vous étreindre, vous envelopper degré à degré. Il entendit à ce moment marcher au-dessus de sa tête et la voix de Julien qui s'élevait de nouveau.

— Christie!... Christie, — criait-on, — pourquoi ne me répondez-vous pas?

— Pourquoi vous troubler? — répondit l'accent du soldat, sortant des entrailles du sol.

Julien, ne sachant que penser, s'approcha.

— Prenez garde! — lui cria l'ancien écuyer.

Le fils du chevalier d'Avenel aperçut alors l'outil resté en travers de la déchirure; il eut la prescience de ce qui avait dû se passer.

— Grand Dieu! — fit-il, — vous êtes descendu seul dans cet abîme. Ketty et moi-même nous avions bien raison de trembler.

Durant l'échange de ces paroles, Ketty s'était dressée d'un mouvement presque somnambulique, les yeux distendus, se demandant si c'était bien la voix de son compagnon, de son époux qu'elle entendait... Elle ne pouvait discerner les paroles à cause de la distance; elle marcha vers la direction d'où elle venait,

La voix de son mari s'éleva de nouveau, répondant à Julien.

— Dites à Ketty qu'elle se rassure, nous pourrons sortir de ces lieux maudits: nous sommes sauvés.

— Lui! c'est bien lui!... Je t'entends, Christie! Ah! par quelles transes funèbres je viens de passer.

Tandis que le soldat échangeait les paroles précédentes avec Julien, il étudiait l'endroit où il se trouvait... En y venant, il prévoyait qu'il lui serait impossible de remonter.

Mais puisque ceux qu'il avait laissés pour venir courir cette aventure s'approchaient, il fallait leur éviter le désespoir de le voir relégué sur un étroit quartier de rocher sans pouvoir le secourir.

Et son œil ardent avait fébrilement étudié les parois de la crevasse de chaque côté, préférant, s'il le fallait, se précipiter au fond de l'abîme afin de ne pas assister au désespoir de ceux qu'il aimait.

Heureusement, l'espérance qui lui avait fait tenter cette périlleuse entreprise était fondée. Le déchirement de la crevasse, de l'autre côté, en rendait l'ascension possible... Quant au vide qui séparait les deux parois, il pouvait être franchi avec quelques précautions.

Ketty encore tremblante, plus affolée peut-être à la pensée du danger exact que venait de courir son mari, avait rejoint Julien d'Avenel au bord du gouffre.

— Julien, — prononça le soldat, — je vais faire appel à votre force d'âme. Les femmes doivent être mises les premières à l'abri du péril, et les hommes ont pour mission de les aider, de leur porter secours.

— C'est aussi mon sentiment, — interrompit le fils du chevalier d'Avenel d'une voix ferme. — Et je ne quitterai pas cet endroit que Ketty ne soit d'abord en sûreté.

— Vous avez bien l'âme d'un gentilhomme, jeune et cher seigneur; vous avez l'âme d'un homme!

Il fut alors convenu, entre Christie de Clinthill et Julien, que la jeune femme se cramponnerait, elle aussi, à l'outil qui avait permis au soldat de descendre, et qu'elle se laisserait glisser dans la crevasse, retenue par Julien... Christie, lui, la recevrait dans ses bras, et avec quelle force d'amour!

L'existence hasardeuse que l'ancienne habitante du Moulin-Joli menait depuis qu'elle avait dû fuir les rives de la Tweed, avait virilisé son caractère.

L'angoisse de perdre celui que son père lui avait donné pour époux étant maintenant dissipée, elle se retrouvait courageuse et forte.

Du reste, elle comprenait la nécessité de posséder tout son sang-froid, un faux mouvement pouvant entraîner avec elle soit Julien, soit son mari, peut-être les deux hommes, dans sa chute.

Elle noua donc ses mains qui tremblaient un peu sur le manche de l'outil et s'avança au-dessus de la crevasse, soutenue de toutes ses forces par Julien. Mais la vigueur de l'enfant n'était pas encore arrivée à son développement, et autour de lui, le rocher presque lisse ne lui offrait aucune saillie suffisante pour se retenir!...

Le poids de la jeune femme l'emporta... son pied rencontra le fer de l'outil à peine immobilisé dans la rainure où le soldat l'avait assujetti... Et Ketty lui échappa brusquement, rejetée en arrière avec le frêle appui qui venait de lui manquer tout à coup.

Une triple clameur retentit... remplit l'espace

. . . . . . . . . . . . . . . . . . . . . . . . .

Julien était parvenu à se raccrocher, il ne savait comment, au basalte.

Livide, il avait conscience du malheur dont il s'accusait.

— Christie !...

— Chère Ketty !...

Ces paroles frappèrent ses oreilles qui bourdonnaient... Le sang reflua à son cœur et à ses tempes dans un tourbillon... Et s'aplatissant brusquement sur le sol, il plongea avidement son regard au-dessous de lui. Ketty était auprès de son époux, retenue contre sa poitrine sur l'étroite plate-forme.

Le miracle qui s'était réalisé était facile à concevoir.

Ketty était arrivée peu à peu à avoir la moitié du corps en dehors, tandis que Julien la retenait... En bas, Christie, les bras tendus, s'apprêtait à la recevoir.

Mais le poids, devenu soudain trop pesant, avait échappé au jeune homme et l'infortunée était partie en arrière, poussant un cri d'angoisse auquel deux autres cris simultanés avaient fait écho.

Le soldat s'était arc-bouté en arrière, avait pu saisir l'infortunée par ses vêtements.

Et grâce à sa force herculéenne, il était parvenu à reprendre l'équilibre, tandis que le hoyau, échappant à la jeune femme, frappait contre le rocher et, revenant par ricochet sur Christie, lui balafrait la nuque et s'abîmait avec un bruit métallique au fond de la crevasse.

Les deux époux aperçurent au-dessus d'eux le visage affreusement décoloré du jeune homme.

Ketty appela un sourire sur ses lèvres encore pâles pour le rassurer, tandis que Christie prononçait :

— Le ciel nous protège visiblement. Il semble vouloir nous montrer que nous nous en tirerons malgré tous les obstacles de la nature, comme malgré les Bolton et autres. Confiance donc !

Il montra à Ketty, sur l'autre bord de la crevasse, les ravinements, les déchirures du basalte.

— Encore un peu de ce courage que tu as montré si souvent, chère Ketty. Il s'agit de mettre le pied sur l'autre côté.

— Je vais tâcher. — répliqua simplement la jeune femme.

Soutenue, guidée par la main du guerrier, elle envisagea le précipice avec un frémissement plus fort que sa volonté, et d'un large pas, d'un bond plutôt, franchit le vide... Elle était de l'autre côté.

Christie de Clinthill respira. Le plus redoutable était fait.

Julien immobile, anxieux, avait suivi cette nouvelle phase.

Il vit la jeune femme escalader les escarpements de l'autre bord. Et il ne respira que lorsqu'il l'aperçut sur le sommet.

Stewart Bolton, fuyant au triple galop, ruminait des pensées de représailles.

Une dilatation puissante soulevait en même temps la poitrine du soldat : jusqu'à cette minute, il avait douté.

Maintenant, il sentait sa force accrue du double.

Il restait, il est vrai, Julien d'Avenel, et celui-ci n'avait plus rien pour le soutenir. Mais, revivifié par le succès, il semblait au géant que le fils de son maître n'aurait qu'à se laisser aller pour qu'il pût le recueillir.

— A nous deux, mon jeune seigneur, — dit-il presque gaiement, — vous n'avez plus que la paroi fuyante de la pierre pour vous retenir Mais les hommes n'ont pas besoin d'autant d'aide que les femmes. Et pour le reste, je m'en charge.

Les misérables années de navigation avaient forcément développé l'agilité de Julien : l'éducation qu'il avait reçue ensuite au château de Kervien n'avait fait que l'accroître.

Il se laissa donc glisser lentement dans le précipice, se tenant suspendu au-dessus, à la force du poignet.

— Voilà ce qui s'appelle opérer par principes, — observa joyeusement le soldat. — On sent les leçons d'un bon maître.

Ses fortes mains saisirent les jambes de l'adolescent, raides comme du bois... C'étaient les leçons de Martial, l'infortuné écuyer d'Henri de Mercourt, prisonnier dans la tour de Londres, que Julien appliquait ainsi.

Ce fut en conséquence un jeu pour le puissant géant de le faire glisser à côté de lui.

— Hein, nous avons eu une fière peur, tout à l'heure, les uns et les autres, dit-il, mon cher petit Julien, lorsque Ketty t'a échappée. Mais va, d'après ce que je viens de voir, cela ne t'arrivera plus dans cinq à six mois d'ici, si, ce qu'à Dieu ne plaise ! il nous faut encore, à cette époque, courir les aventures.

Le jeune homme encore confus, troublé du malheur qui avait manqué se produire, ne répondit pas.

— Et maintenant, sortons d'ici au plus tôt, — reprit le soldat. — Je languis d'aller respirer à l'air libre.

Ainsi qu'il l'avait fait pour Ketty, il guida tendrement le fils de son maître, son ancien élève, pour lui permettre de passer de l'autre côté.

Il franchit ensuite lui-même cet espace.

Quelques minutes après, ils se trouvaient réunis tous trois de l'autre côté...

La jeune femme attacha son regard plein d'une émotion profonde sur le soldat impeccable que le sort lui avait donné pour époux, et ils tombèrent dans les bras l'un de l'autre. Ils avaient eu si grand'peur de se perdre !

Lorsqu'ils desserrèrent leur étreinte, Christie de Clinthill se tourna vers Julien :

— Laisse-moi t'embrasser, toi aussi, veux-tu, quoique je ne sois pas encore gentilhomme? Si tu savais ce que j'ai éprouvé là, durant le temps qui vient de s'écouler!

Il se reprenait ainsi à tutoyer, comme autrefois, le fils de son seigneur dans ses moments d'émotion trop intense.

Le descendant des chevaliers d'Avenel n'avait pas attendu la fin de ses paroles pour être dans ses bras.

Christie de Clinthill essuya sournoisement une larme importune.

Cela lui faisait plus d'effet qu'il ne l'aurait cru, de retrouver auprès de lui, sains et saufs, après de telles incertitudes, les deux êtres qui partageaient sa vie errante.

Un bruit indéfinissable attira alors leur attention, détournant le cours des pensées de chacun.

Christie monta sur une gibbosité du sol afin de voir au loin, grâce à sa grande taille, ce que ce pouvait être... Et un rire sonore passa entre ses lèvres.

— Parbleu, Julien, c'est votre cheval qui broute tranquillement des chardons, après nous avoir montré le chemin singulièrement peu commode pour sortir de cette abominable impasse où nous ne pouvions plus ni reculer ni avancer.

Ils s'avancèrent... C'était exact.

Le brave animal se refaisait des forces en attendant son maître.

Le sol, à quelque distance de la crevasse, changeait de nature : un peu de terre végétale se mêlait au dur basalte, et quelques herbes rustiques y avaient poussé.

Le terrain perdait en même temps son caractère d'âpre sauvagerie. Une pente plus praticable conduisait aux autres mamelonnements de cette région si profondément tourmentée.

Julien se dirigea vers son cheval qui se laissa approcher et prendre par la bride. Il le caressa en lustrant son encolure, puis on se remit en route.

Ketty, encore éprouvée par les violentes émotions qu'elle venait de traverser, préférait marcher : les deux hommes aussi.

On atteignit assez rapidement le bas de cet escarpement qui devait laisser son souvenir dans leur mémoire.

Une espèce de vallée sinueuse contournait les autres soulèvements rocheux qui séparaient les voyageurs du sommet qu'ils avaient fixé comme but de leur étape ce jour-là. Ils se décidèrent à la suivre. Ils ne savaient que trop les surprises que pouvaient leur réserver ces roches sombres qui gardaient encore tout le caractère du volcan d'où elles avaient jailli.

Mais le soleil avait disparu depuis longtemps de l'horizon. Les ombres violettes du soir descendaient sur les ravins...

La traversée si périlleuse de la crevasse, les difficultés presque insurmontables du terrain les avaient extrêmement fatigués.

Ils acquirent bientôt la certitude qu'il leur serait impossible d'aller camper sur le sommet désigné précédemment. Ils n'y verraient bientôt plus assez pour continuer à marcher.

Leurs pas, le martèlement des fers du cheval se faisaient seuls entendre dans l'immense silence que le crépuscule grandissant laissait planer sur ces solitudes...

Si Stewart Bolton, cessant de fuir parce qu'il n'avait plus rien à craindre, avait racolé d'autres coupe-jarrets, pour attaquer, exterminer les voyageurs, les bandits à ses gages étaient probablement encore loin.

Néanmoins, pour éviter toute surprise, Christie de Clinthill, se souvenant des combats héroïques d'autrefois, chercha un lieu de refuge assez escarpé, où la lutte fût possible.

Les voyageurs s'établirent au-dessus d'un escarpement taillé à pic sur une de ses faces et qu'abritait un énorme sapin au tronc capricieux, au large feuillage. Ils n'allumèrent aucun feu, ce qui aurait signalé leur présence de loin.

La nuit acheva de les envelopper complètement, comme ils terminaient leur installation.

Christie de Clinthill se coucha en travers du passage qui donnait accès à leur campement rudimentaire.

Une branche de chêne, noueuse et forte, véritable massue, placée à portée de sa main, remplaçait le hoyau resté au fond de la crevasse...

C'était le repos du soldat, toujours prêt à la lutte!

# XXIX

## LE FUYARD

STEWART Bolton, fuyant au triple galop, après sa rencontre avec Christie de Clinthill et la délivrance de Julien, ruminait des pensées de représailles sauvages, désespérées.

Quant à s'arrêter, il n'y songeait pas. Le fils du chevalier d'Avenel possédait un cheval ; celui de l'estafier abattu par le géant était peut-être tombé entre les mains de ce dernier.

Et le misérable voyait avec épouvante le jeune homme et le guerrier se lançant à sa poursuite... le rejoignant.

Et il paierait toutes ses dettes d'un seul coup, sans secours possible au milieu de ces solitudes. Et lui qui espérait, quelques heures avant, aller mettre le comble à ses projets d'ambition cupide et à ses rêves de haine!...

Lui qui n'avait pas rêvé moins que de jeter le cadavre de son fils à la malheureuse mère, et d'achever sa douleur et son abaissement en lui imposant son abjecte passion... voici que tout se brisait dans sa main... Voici qu'il fuyait, ne trouvant pas l'allure de son cheval encore assez rapide...

Le galop de l'estafier échappé à la mort, grâce à sa lâcheté, et qui tâchait, à présent, de le rejoindre, ne faisait que redoubler son épouvante.

Lorsque Stewart Bolton, ayant regardé peureusement derrière lui, le reconnut enfin, il respira.

Mais il ne s'arrêta pas avant d'être arrivé au premier poste établi sur la route par les seigneurs révoltés...

Alors, il essaya de reprendre contenance... Et, ne voulant pas avouer qu'un seul homme et une femme les avaient mis en déroute, il raconta une fable.

D'après lui, ils s'étaient heurtés à une troupe de montagnards formidablement armés, ayant avec eux une espèce de géant, leur chef, et une femme, une furie qui combattait à ses côtés.

Et, exhibant ses pouvoirs, il ordonna à l'officier qui commandait pour lord Rosberg de mettre ses adversaires à mort ainsi que Julien, s'ils apparaissaient... Il voulut aussi les requérir de battre les bois pour le cas où les trois voyageurs s'y seraient jetés.

Mais ici l'officier refusa d'obéir à ses réquisitions, le nombre de ses hommes étant trop réduit pour qu'il les dispersât de la sorte.

Le cheval du traître, celui de l'estafier qui l'accompagnait de nouveau étaient baignés de sueur... Le maître et le complice durent attendre qu'ils se fussent refaits... Et, dès qu'ils se trouvèrent assez reposés, les deux hommes remontèrent en selle.

Stewart Bolton ne se sentait pas encore en sûreté.

Christie de Clinthill devait connaître toutes ces régions, pensait-il.

Sa rencontre au milieu des montagnes, le vêtement de peaux de bêtes qui le couvrait indiquait qu'il avait dû se réfugier dans ces forêts, où il vivait sans doute depuis longtemps avec Ketty à la suite d'événements qu'il ne connaissait pas.

Après le vol du trésor d'Avenel, la tentative d'assassinat de John Robby par Bolton, leurs relations d'autrefois avaient en effet cessé complètement entre les deux complices.

Et l'ancien intendant redoutait que le terrible Christie, coupant à travers les montagnes par des raccourcis connus de lui seul, ne vînt l'attendre à un endroit où la défense et surtout la retraite seraient impossibles.

En même temps, un projet destiné à le venger quand même, à le venger de tout, se formait dans son esprit.

S'emparer de nouveau de Julien lui paraissait irréalisable en ce moment.

Eh bien! il allait agir autrement : Walter d'Avenel était retenu à l'armée, Marie d'Avenel n'avait auprès d'elle que quelques serviteurs.

Stewart Bolton allait cesser de louvoyer... Il savait où trouver des gens de sac et de corde en assez grand nombre pour tenter et réussir un véritable coup de force.

Il les lancerait à l'assaut du manoir de Claymore, les payant sans compter, et, pour être plus sûr qu'ils ne reculeraient pas, leur promettant le pillage.

Maître du château, il assouvirait son inavouable passion. Et l'infortunée Marie d'Avenel écrasée par son horrible malheur, il accomplirait son projet primitif et incendierait le manoir dans lequel Marie et Ellen seraient enfermées ensemble.

Et, s'étant arrêté à cette infernale résolution, il prononça :

— De la sorte, si Julien d'Avenel a réussi à échapper au poignard des séides que je placerai en outre sur ses pas, s'il revient au manoir de

Claymore pour y serrer dans ses bras la mère que je lui ai fait connaître, il n'y trouvera plus que son cadavre carbonisé... Ce sera aussi ma vengeance contre Walter lui-même... Après quoi quelque assassin que je soudoierai dans ses propres troupes me débarrassera de lui... Puis, après le lion, le lionceau. Je connais le moyen pour accomplir tout cela : jusqu'à maintenant j'ai lésiné; j'ai voulu arriver à mon but en m'enrichissant. Comme si je n'étais pas assez riche déjà. Je sèmerai l'or... et qui sème de l'or récolte du sang!...

Il avait parlé à mi-voix dans l'intensité de sa rage.

L'estafier galopait à côté de lui... Stewart Bolton le regarda d'un œil soupçonneux.

Cet homme ne l'avait-il pas entendu ; et, créature à double face comme les gens lâches, n'allait-il pas chercher un nouveau gain en le trahissant ?

Mais le bruit de la course de leurs montures étouffait ses paroles. Rien n'indiquait que son compagnon les eût entendues ou comprises. N'importe, l'espion ne se servirait plus de ces gens-là. L'instinct de la ruse étouffait chez eux toute virilité.

Il avait besoin désormais de brutes féroces, qui ne reculent pas, qui marchent toujours pourvu qu'il y ait de l'or au bout.

Et le sinistre personnage laboura plus cruellement les flancs de son cheval, trouvant que le galop furieux qui l'emportait ne le rapprochait pas assez vite de la revanche effroyable, implacable qu'il allait prendre.

. . . . . . . . . . . . . . . . . . . . . . . . .

Durant ce temps, l'aurore se levait sur les forêts montagneuses dans lesquelles Julien d'Avenel, Christie et sa courageuse femme venait de passer la nuit...

Nul n'était venu troubler le repos dont ils avaient un si impérieux besoin... Après un repas frugal, composé des seules viandes de venaison préparées autrefois dans la cabane abandonnée, non loin de la lande des Trépassés, ils se remirent en route.

De même que la veille, Julien avait obligé Ketty à se remettre en selle. Quant à lui, l'espérance et l'ardeur le vivifiaient.

Ils atteignirent enfin le pic élevé où ils n'avaient pu arriver la veille... Ainsi qu'ils s'y attendaient, ils dominèrent de là-haut une vaste étendue de ces régions.

La route traçait sous leurs yeux ses lacets incessants.

Et, s'étant orientés de façon à éviter les postes de soldats ennemis, dont Julien connaissait l'emplacement, ils reprirent leur marche vers le nord, à travers les forêts... vers le manoir de Claymore, si loin d'eux, et où Julien comptait retrouver une mère !...

## XXX

### ENCORE LES ARGOUSINS

La pensée de s'agenouiller devant ceux qu'il savait maintenant être les auteurs de ses jours guidait avec ardeur Julien d'Avenel.

Un autre souvenir aidait aussi à décupler son énergie. C'était celui de Marguerite, de la fille d'Ellen.

Hélas! délicate fleur d'Écosse, transplantée dans un autre climat, elle s'étiolait dans l'ombre d'une chambre étroite, isolée, d'une cellule plutôt, qui lui servait de prison.

Si, malgré les desseins de Stewart Bolton, Julien retrouvait en vie ce père et cette mère appelés, invoqués depuis si longtemps, quel désespoir, au milieu de sa joie, d'apprendre que Marguerite n'avait pas été retrouvée...

Tandis qu'elle était étroitement recluse dans sa cellule, lord Somerset avait mis tout son monde en campagne pour découvrir sa retraite, et faire mourir la jeune fille sans avoir à subir les exigences de Bolton.

Le cruel favori, le père dénaturé, aurait-il le temps d'exécuter son horrible résolution ?

Nul vengeur, nul justicier ne s'élèverait-il pas auparavant ?

Le vicomte de Mercourt et Wilkie continuaient leur galerie souterraine.

Son inondation avait retardé la marche de leurs travaux. Mais le creusement du tunnel, reporté sur un autre point, avançait, poussé avec une hâte fébrile.

Somerset, menacé par le message de Stewart Bolton de livrer sa fille Marguerite à ses ennemis s'il ne souscrivait pas à ses conditions; inquiété, d'autre part, par une cabale formidable des courtisans jaloux de son pouvoir, sévissait avec un réel affolement contre tous ceux qui lui portaient ombrage, excitant ses policiers, leur reprochant de mal le servir.

Annie, la femme de l'ancien geôlier de la Tour de Londres, cachée derrière les volets de sa fenêtre, voyait avec inquiétude l'agent à corps de squelette, à tête d'escogriffe, et son compagnon à mufle de dogue,

L'agent tira son stylet et en approcha la pointe de la poitrine d'Annie.

rôder de nouveau autour de la maison... Le mystère de cette demeure les préoccupait.

Annie apprit un jour que l'on s'était informé, auprès de ses fournisseurs, de la quantité de vivres qu'elle achetait.

Elle avait tremblé en reconnaissant, dans le portrait qu'on lui avait fait, le premier des deux agents, comme celui de l'homme qui s'était livré à cette enquête.

Le policier savait maintenant que la prétendue veuve transportait chez elle, chaque jour, beaucoup plus de provisions qu'il n'en fallait pour une seule personne.

Plus morte que vive, Annie avait appris cette menaçante nouvelle à son mari et à Henri de Mercourt.

— L'orage gronde, — fit celui-ci, — et notre œuvre touche à sa fin. Pourvu que la foudre ne tombe pas trop tôt !

Les deux hommes préparèrent leurs armes à tout événement, mirent à nu la poudre de mine destinée à les ensevelir avec leurs ennemis si tout venait à être perdu.

Ils avaient placé des armes à l'entrée même du souterrain pour les trouver dès la sortie en cas d'alarme.

Ils retournèrent à leur labeur afin d'abattre les quelques mètres qu'il leur restait à creuser encore pour se trouver sous les murs de la forteresse.

— Le temps presse, nous travaillerons cette nuit, — avaient-ils annoncé à leur compagne.

Celle-ci, ayant mélancoliquement pris son repas solitaire, se préparait à aller occuper son poste de faction au premier étage, lorsqu'elle entendit heurter doucement à la porte de la rue.

Annie eut un coup au cœur, la prescience d'une catastrophe. Elle ne bougea pas.

— Ouvrez donc, la veuve ! — dit une voix du dehors.

En même temps, l'on frappait plus vigoureusement. La femme de Wilkie comprit qu'elle ne pouvait plus feindre d'ignorer cet appel. Elle se dirigea vers la porte, afin de demander à travers le bois ce qu'on lui voulait.

— C'est pour un de vos voisins qui vient de se trouver mal, — répondit-on.

Annie devina une ruse pour l'obliger à ouvrir.

— Hélas ! que peut une pauvre veuve sans connaissance dans l'art de guérir et qui a grand'peur de la nuit. Notre autre voisin à côté a femme et enfants, il vous sera certainement d'un plus grand secours, — dit-elle.

Mais le visiteur insistait, s'étonnant d'une façon peu à peu impérieuse de sa résistance.

Le cœur battait à la « veuve ». Ayant répondu avec le plus de naturel possible à ses paroles, dont elle sentait la fausseté, elle se disposait à aller épier, par la fenêtre, à qui elle avait affaire, lorsqu'un grincement de l'escalier la fit se détourner brusquement.

Annie poussa un cri... un cri qu'elle n'acheva pas.

Une forme longue et maigre venait de se dresser tout à coup devant elle. Dans un éclair, elle avait reconnu l'agent à tête d'escogriffe et avait voulu donner l'alarme.

Mais elle n'avait pu achever sa clameur; le policier, avec une dextérité de praticien au courant de la manœuvre, lui avait jeté son manteau au visage, et, arrivant sur elle d'un bond, la bâillonnait brutalement.

— Ah! ah! la veuve, — fit-il d'une voix sifflante, — nous avons donc de bonnes raisons pour nous claquemurer.

D'une main, il emprisonna ses poignets pour l'empêcher d'arracher son bâillon, et de l'autre il descella la barre qui assujettissait la porte, fit jouer la serrure et ouvrit.

— L'oiselle est prise, — dit-il en même temps.

Un grognement de joie se fit entendre alors et un homme se glissa à l'intérieur et referma sans bruit. Ne pouvant parler, les yeux dilatés par l'épouvante, la femme reconnut alors les deux agents qui avaient si souvent tourné près de la maison.

La porte de la pièce dans laquelle les habitants de la maison prenaient leurs repas était ouverte, l'agent à tête d'escogriffe l'y entraîna tandis que son second veillait sur le seuil, un pistolet à la main.

— Tu vois que ce n'est pas la peine de ruser avec nous, la veuve, — avertit alors le premier. — Tandis que tu refusais d'ouvrir la porte à mon collègue, j'entrai par la fenêtre au moyen d'une échelle. Conduis-nous donc à l'endroit où sont les gens qui se cachent avec toi dans cette maison si tu veux avoir la vie sauve.

Annie montra son bâillon, faisant signe qu'elle ne pouvait parler.

— Tu n'as pas besoin de rien dire : tu serais capable de crier pour avertir tes complices. Conduis-nous seulement. Du reste des hommes à nous sont cachés à deux pas d'ici, prêts à accourir au premier signal : ainsi n'essaie pas de nous tromper. Il t'en cuirait!... Marche.

La femme ne bougea pas. L'agent tira son stylet et en approcha la pointe de la poitrine d'Annie.

Les prunelles de celles-ci battirent, mais elle ne bougea pas.

L'homme appuya l'arme : Annie sentit la pointe dans sa peau ; son souffle s'arrêta, mais elle resta immobile.

— Peste soit de la créature ! — gronda le policier, — c'est bien une conspiratrice... Eh bien ! nous agirons sans elle.

Il sortit un brin de chanvre mince et solide de sa poche où il en avait une provision, et lui ligotta rapidement les poignets derrière le dos.

— Prends la lampe et filons, — ordonna-t-il à son compagnon.

Et ils sortirent fermant la porte à clef sur Annie qu'ils laissaient dans les ténèbres et hors d'état d'arracher son bâillon.

Les deux argousins s'interrogèrent alors rapidement.

Ils étaient seuls, sans agent de renfort malgré ce qu'ils venaient de dire mensongèrement à Annie, afin de l'impressionner. Convenait-il qu'ils courussent en chercher ?

Mais, dans ce cas, c'était diminuer leur part dans la prime à toucher, s'ils effectuaient une bonne prise. Et le mutisme de la femme, bravant la mort plutôt que d'obéir, permettait de l'espérer.

— Marchons, — fit sourdement le policier à mufle de dogue, — nous sommes assez de deux pour le moment.

Flairant comme un chien en chasse, il se demandait par où commencer, lorsqu'il eut une sorte de glapissement de joie. Il venait d'apercevoir dans le corridor une motte de terre grosse comme une noisette, et, deux pas plus loin, la trace d'un talon d'homme marqué sur de la terre écrasée : puis plus loin le même indice, à peine visible, mais suffisant pour lui.

— La cave ! — souffla-t-il.

Les deux hommes échangèrent un regard diabolique : ils s'étaient compris.

L'établissement de la « veuve » aussi près de la tour de Londres s'expliquait maintenant.

L'agent à tête d'escogriffe espérait découvrir le motif de la chanson bretonne entonnée par Martial dans le donjon. Il allait peut-être mettre la main sur Henri de Mercourt, le gentilhomme français... Et ses yeux brillèrent réellement à faire peur.

D'un pas violent, il se rapprocha de la cave. Mais, près de l'ouvrir, il s'arrêta... Les deux argousins savaient-ils ce qui les attendait derrière cette porte ?... Et ne feraient-ils pas bien réellement d'aller chercher du renfort ?

Mais si le gibier s'esquivait dans cet intervalle ?... Puis ils étaient armés jusqu'aux dents ; et d'après les vivres achetés par la « veuve », les hommes qu'elle cachait ne pouvaient être plus de deux. Forts et agiles, avec les ruses du métier qu'ils possédaient, la partie serait plus qu'égale, d'autant plus que la police en impose toujours.

— En avant! — dit sourdement le plus grand. — Et s'ils sont en train de forer quelque souterrain, ils y seront pris comme des rats.

Et il ouvrit résolument la porte... La lampe qu'il tenait éclaira la première cave. Et aussitôt un amoncellement de terre rangée contre le mur de façon à dissimuler le plus possible un travail occulte frappa ses regards.

Il le montra à son compagnon. Il n'y avait plus de doute à conserver, les hommes qu'il s'agissait de saisir étaient en train de creuser un passage souterrain pour arriver à la Tour de Londres.

Henri de Mercourt devait en être; Somerset les récompenserait magnifiquement s'ils arrivaient à le lui livrer, sans oublier le vieux compte qu'eux-mêmes avaient à régler avec lui.

Étouffant le bruit de leurs pas, ils se dirigèrent vers le second caveau. Les tas énormes de terre qui l'obstruaient presque en entier ne laissaient plus subsister la moindre illusion.

L'œuvre accomplie par les conspirateurs était réellement impressionnante.

Saisis de stupeur, presque d'admiration, les deux hommes prêtaient l'oreille, inquiets de ce qu'ils voyaient, se demandant s'ils n'allaient pas avoir affaire à un nombre d'adversaires plus grand qu'ils ne se l'étaient figuré.

Un bruit sourd, lointain, celui d'un outil frappant le sol leur apprit que l'on travaillait en dessous; ils s'avancèrent le pistolet au poing.

Une ouverture à fleur de terre les arrêta. C'était l'entrée du souterrain...

L'agent au corps de squelette se pencha et son regard exprima aussitôt une joie sauvage : deux paires de pistolets, deux épées larges et courtes étaient disposées près de la paroi.

Les hommes qui avaient accompli ce travail de géant dont ils voyaient la trace n'étaient que deux, ces armes l'indiquaient. Croyant être prévenus à temps par la femme qui habitait la maison, ils avaient déposé leurs armes à l'entrée du souterrain, en cas d'une descente de police, afin d'être prêts à se défendre.

Ces armes enlevées, ils étaient hors d'état de résister.

— Nous les tenons! — fit-il.

Se glissant rapidement dans l'étroit passage, il saisit les épées, les pistolets, et les rejeta dans le caveau sur un tas de terre.

Il ne remarqua pas la poudre entassée dans un coin, sans quoi il aurait frémi et n'aurait peut-être pas osé avancer, de crainte que d'autres fourneaux de mine ne fussent disposés de distance en distance...

Son compagnon l'avait suivi. Ils se trouvèrent bientôt dans le souterrain même... Une lumière brillait au loin devant eux. Ils cachèrent la lampe qu'ils tenaient, et lentement s'avancèrent, rampant comme des fauves.

La lumière se rapprochait.

Henri de Mercourt et Wilkie, exténués par leur labeur supplémentaire, revenaient pour prendre un repas dont ils avaient le plus impérieux besoin.

Quelques-unes des dernières pierres des fondations de la tour avaient roulé sous leur pioche, et ils avaient besoin de toutes leurs forces pour continuer cette dernière partie de leur œuvre et être prêts à tout événement.

Tout à coup, Wilkie s'arrêta, se pencha à l'oreille du gentilhomme :

— On marche dans le souterrain. Avez-vous entendu?...

— Oui, — murmura Henri de Mercourt. — C'est Annie sans doute. Que se passe-t-il donc?

— Non, ce n'est pas elle. Ce n'est pas son pas.

Une angoisse terrible étreignit alors les deux hommes. Ils étaient donc découverts?... N'ayant aucune arme pour se défendre, regrettant de les avoir laissées au loin, ils allaient être pris. Ils n'auraient même pas la ressource de s'ensevelir avec leurs ennemis sous les ruines, puisqu'ils avaient déposé également leur poudre là-bas.

Les deux agents continuaient d'avancer, un rire silencieux dans leurs yeux féroces... Ils avaient perçu le chuchotement d'Henri de Mercourt et de l'ancien geôlier, et les voix portées au loin dans l'étroit couloir leur confirmaient qu'ils n'avaient affaire qu'à deux hommes... deux hommes désarmés, tandis qu'eux avaient quatre balles ne demandant qu'à partir, sans compter le reste.

— Attendez là, — souffla le Français à son compagnon de labeur.

S'emparant de la lanterne que portait l'ancien geôlier, il marcha rapidement, voilant à demi la clarté sous sa main. Et brusquement il la démasqua, dirigeant son réflecteur de façon à en faire tomber les rayons sur leurs agresseurs.

Deux silhouettes apparurent : la taille oscillante de l'un, la masse épaisse de l'autre.

— Ce sont eux, — pensa le gentilhomme, — les limiers de sang de Somerset. Nous n'avons qu'à nous défendre comme nous pourrons et à périr!...

Et il rétrograda, afin de regagner le fond du souterrain ; une fois là, ils lutteraient avec leurs outils.

Les argousins virent la lumière s'éloigner... Ils craignirent que les conspirateurs n'eussent préparé quelque issue dérobée par laquelle ils allaient leur échapper.

— Sus, — siffla à voix basse le premier.

Ils avaient constaté que le sol du souterrain était régulier, solidement battu... Ils s'élancèrent d'un seul élan, décidés à une offensive déclarée.

Mais, tout à coup, un cri, une sorte d'imprécation âcre, aiguë, déchirée, retentit, suivie aussitôt d'un espèce de rauquement de dogue.

Les argousins avaient rencontré le puisard ouvert pour laisser s'écouler les eaux souterraines : l'agent à tête d'escogriffe était tombé le premier en poussant une malédiction de sa voix aigre, et l'autre l'avait suivi, n'ayant pas le temps de se retenir.

Wilkie, Henri de Mercourt entendirent leur double clameur.

Ils comprirent.

Pantelants, ils écoutèrent encore ; une sorte de clapotis parvint jusqu'à eux...

Ils se rapprochèrent alors, se penchèrent au-dessus du puits. Et la lumière, projetée vers le fond, les leur montra se débattant dans la vase liquide, pareils à des bêtes monstrueuses.

Un mouvement d'instinctive pitié étreignit les deux hommes. Mais Wilkie se souvint de sa femme, à qui il était sans doute arrivé malheur, puisqu'elle n'avait pu donner l'alarme.

— C'est Dieu qui les punit et venge la victime qu'ils ont dû faire là-haut, — dit-il sombre.

Et les deux hommes, laissant les misérables continuer à se débattre, à s'enliser vivant dans la vase qui les recouvrait de plus en plus, s'élancèrent en courant vers l'entrée du souterrain, vers la maison...

Soudain la terre s'était effondrée : un jet de lumière avait illuminé son cachot.

## XXX

### LA DERNIÈRE ÉTAPE

Wilkie et le gentilhomme français avaient traversé les caves d'un trait et avaient fait irruption dans la maison, l'angoisse au cœur.

Qu'était devenue Annie, puisque les deux ignobles argousins qui se noyaient dans la vase, — une tombe digne d'eux, — avaient pu arriver jusque dans le souterrain ?

La lampe abandonnée par les policiers dans le dernier caveau éclairait les armes rejetées par eux au loin.

Henri de Mercourt avait saisi une épée en passant : il ne savait ce qui allait arriver.

L'ancien geôlier, le désespoir et la rage au cœur, parcourait avec frénésie les pièces du rez-de-chaussée.

D'un coup de genou, il jeta bas la porte de la pièce dans laquelle les policiers avaient renfermé la courageuse femme. Et chancelant de saisissement, de joie mêlée de crainte, il l'aperçut.

Une seconde après, le bâillon qui l'étouffait, les liens qui enserraient ses poignets étaient arrachés par les deux hommes... Annie jeta alors ses bras autour du cou de son mari, et lui la serra ardemment sur sa poitrine.

Puis la femme de l'ancien geôlier raconta fiévreusement ce qui s'était passé. Et tout d'un coup, revenue à la nécessité de la situation, avec une fermeté d'âme puissante :

— Il faut que je sorte, — fit-elle retrouvant son énergie, — il faut que je retire l'échelle au moyen de laquelle cet homme s'était introduit ici !...

Elle ouvrit la porte, sortit, tandis que son mari et le gentilhomme français étaient aux écoutes, prêts à lui porter secours... Un instant après, une échelle faite d'un bois léger et résistant était allongée dans le corridor.

Annie n'avait rien remarqué de suspect au dehors; les argousins, se fiant à leur habileté, avaient dû agir isolément.

— Ils ont probablement voulu m'intimider, — dit-elle, — en affirmant que des hommes à eux étaient cachés au dehors. Ils se seraient déjà montrés.

C'était l'avis du gentilhomme et de Wilkie.

Mais le danger était néanmoins pressant... Lorsque Somerset ne les verrait pas reparaître, de minutieuses recherches seraient certainement entreprises.

— Il faut que nous en finissions, — prononça Henri de Mercourt, — ou bien nous succomberons sans avoir délivré nos amis.

Aussi quelle nerveuse impatience durant les heures de faction qu'il passa ensuite au cours de cette nuit.

Et quel acharnement le lendemain, lorsque, après quelques heures de sommeil indispensable, ils reprirent l'outil, après avoir jeté quelques pelletées de terre dans le puisard où étaient enlisés, dans la vase, les cadavres des deux policiers.

Le gentilhomme français surtout montrait une ardeur farouche.

Ils étaient trop près du but pour continuer à emporter les matériaux au loin. Wilkie et lui attaquaient de concert les fondations de la forteresse.

Les pierres roulaient sous leur pic. Mais le mortier qui les reliait opposait de la résistance. De plus, la répercussion de l'outil sur la pierre risquait de donner l'alerte à l'intérieur, d'être entendue de Chooner, le sauvage geôlier des souterrains.

— Nous ferions mieux d'ouvrir un vide sous le mur, — proposa Wilkie. — Les pierres n'étant plus soutenues céderont sans doute sous quelques coups de levier.

— Oui, — approuva Henri de Mercourt. — Et nous ne riquerons pas autant d'être entendus.

Ils se mirent à fouiller le sol sous les énormes fondations des remparts, couchés à plat ventre, s'exposant à être écrasés si un éboulement de la bâtisse était venu à se produire.

Lorsque le vide fut assez étendu, ils placèrent ensemble leurs leviers entre les joints de la maçonnerie.

Après quelques pesées sans résultat, un craquement sourd se fit entendre et une masse de pierres et de gravats s'abattit, roula à leurs pieds, les couvrant de poussière.

Cela avait presque produit l'effet d'une mine.

— Allons, au déblaiement, — dit le gentilhomme.

Les deux hommes commencèrent à charrier les pierres qui obstruaient maintenant l'issue du souterrain.

Ils les étageaient à la hâte des deux côtés de la paroi.

Il restait toujours assez de place pour passer.

La difficulté qu'ils avaient eu à établir une cavité sous les fondations, le transport rapide de ces matériaux les avaient mis en nage.

Malgré leur ardente volonté de hâter le dénoûment, il furent obligés de se reposer.

La fraîcheur du souterrain séchait leur sueur sur la peau. Un frisson les secoua. Ils se mirent à l'ouvrage.

Le résultat obtenu leur indiquait la voie à suivre.

Ils se remirent donc à creuser sous les fondations.

Mais les constructeurs de la tour, autrefois, avaient dû, sans doute, rencontrer une faille dans le sol, car les outils des deux pionniers résonnèrent bientôt sur un corps dur.

Ils venaient de rencontrer une espèce de béton.

Le découragement saisit les deux ouvriers des ténèbres... Allaient-ils donc se heurter, au dernier moment, à des obstacles insurmontables?

Et tout le leur disait, il fallait aboutir promptement sous peine de voir annuler leur long, leur ténébreux travail de ces derniers mois.

Ceux qu'ils avaient voulu délivrer seraient perdus à jamais et eux-mêmes auraient à partager leur captivité... si on ne les faisait pas mourir dans les tourments.

Le vicomte de Mercourt revit, dans son manoir de Kervien, le vieux et fidèle Jean Dacier attendant en vain son fils et son maître qu'il ne reverrait plus l'un et l'autre.

Ce souvenir lui remémora la gracieuse, l'inoubliable apparition d'Ellen dans sa demeure, la vision éblouissante qui avait illuminé sa vie... Cette pensée lui redonna toute son énergie.

— Je n'ai pas le droit de me laisser aller, — murmura-t-il. — Allons, Wilkie, soyons des hommes jusqu'au bout.

Saisissant son outil, il s'accroupit de nouveau et commença à émietter le béton... Son exemple entraina l'ancien geôlier.

Il prit place à côté du gentilhomme; et l'acier, manié silencieusement par eux avec une sombre obstination, poursuivit son œuvre.

La couche de béton se trouvait moins épaisse qu'ils ne l'avaient craint.

Après quelques heures de travail, ils l'eurent traversée.

Mais ne les avait-on pas entendus, la résistance de la maçonnerie ayant dû porter au loin les vibrations produites par le choc répété du fer?

Quelle affreuse déception si, après la longue réclusion à laquelle ils s'étaient condamnés, après avoir achevé cet ouvrage surhumain en dépit de tous les obstacles, le dernier coup de pioche donné, ils se trouvaient en présence de soldats, de gardes prêts à se jeter sur eux!...

Ils ne pouvaient pourtant s'arrêter : il leur était même interdit de ralentir. La tentative des deux agents de police ensevelis au fond du puisard, leur disparition elle-même présageait que l'heure de la crise était proche.

Infatigables, les deux hommes reprirent le forage qui leur avait si bien réussi, sous les fondations...

Ces terribles labeurs, l'extraction des déblais les avaient menés jusqu'au soir. D'un commun accord, ils convinrent de persister durant quelques heures encore.

Bientôt, sous l'effort des leviers mis en mouvement, de nouvelles masses de maçonnerie s'abîmaient, roulaient sur le sol.

Lorsque leurs bras à bout de force abandonnèrent l'outil, le rempart était franchi.

Ils étaient sous les souterrains de la Tour de Londres.

La nuit qui s'écoula ensuite, le reste de la nuit plutôt, fut pleine de fièvre et d'alarmes.

Selon l'habitude, chacun des deux hommes devait dormir pendant quelques heures, tandis que l'autre veillait.

En dépit de leur énorme fatigue, ils ne purent goûter le sommeil, toutes leurs facultés étant tendues vers les événements du lendemain.

Durant ce temps, celui d'entre eux qui était en faction, hanté par les mêmes pensées, l'oreille tendue, aux aguets, tressaillait au moindre bruit, croyant voir parfois des ombres se mouvoir, appréhendant une catastrophe au dernier moment.

La venue du jour fut pour eux un véritable soulagement.

— C'est pour aujourd'hui, — dit Wilkie à sa femme.

Les deux époux restèrent un moment embrassés.

L'heure suprême allait venir. Se reverraient-ils seulement?

Les deux hommes prirent leurs armes. Ils transportèrent au fond du souterrain une abondante provision de poudre de mine.

C'était afin de faire sauter le souterrain et d'engloutir leurs adversaires avec eux, si l'alerte avait été donnée et si les créatures de Somerset les attendaient.

Ils avaient emporté également des limes, des pinces, des marteaux, une hache, afin d'enfoncer les portes des cachots, rompre les chaînes des prisonniers...

Arrivés au fond du passage, la vue des fondations éventrées leur donna une nouvelle résolution.

Déposant leurs armes à côté d'eux, ils s'attelèrent à l'ouvrage avec un redoublement d'énergie... Ils devaient se trouver sous les cachots souterrains s'ils ne s'étaient pas trompés dans la direction donnée à la galerie.

La supposition d'une telle erreur que Wilkie communiqua au gentilhomme dans un coup de doute, d'inquiétude leur cassa les bras...

Mais ils réagirent presque en même temps.

— Ce n'est pas possible, — dit le Français. — Annie ne nous a-t-elle pas averti qu'elle a remarqué un léger affaissement de terrain sur le bord du fossé, en face du donjon. Et cet affaissement n'a-t-il pas correspondu à l'invasion du souterrain par les eaux?

En effet, cette observation semblait indiquer qu'ils se trouvaient dans la bonne direction.

Il leur fallait à présent creuser en obliquant pour atteindre le niveau des cachots.

Mais aussi près du but, le bruit de la pioche risquait d'être entendu. Ils ne devraient donc se servir seulement que des leviers et désagréger la terre peu à peu...

C'était une difficulté de plus

Mais que ne peuvent ceux qui touchent au but?

De longues, d'émouvantes heures s'écoulèrent encore. Les deux prisonniers de la terre n'échangeaient pas une parole.

La sueur ruisselait sur leurs outils...

Ils allaient toujours.

. . . . . . . . . . . . . . . . . . . . . . . . .

Ils venaient d'avaler quelques gorgées de gin pour se redonner de la vigueur...

Ils avaient déjà gravi plusieurs mètres depuis le bas des fondations.

Ils s'étaient remis à leur besogne de ténèbres.

Tout à coup, une épaisse nappe de terre se détacha, les couvrit l'un et l'autre.

Et un air plus frais fouetta leur visage, tandis qu'ils se débarrassaient de cet éboulement, en même temps qu'un tressaillement violent les secouait.

Une voix venait de se faire entendre!

Ils étaient découverts.

L'heure redoutable était sonnée.

## XXXI

### UN NOUVEAU COMPAGNON

Revenons pour quelques instants en arrière...

Le vicomte de Mercourt et Wilkie avaient renoncé depuis des heures à la pioche.

L'arête aiguë du levier effritant lentement la terre sans l'ébranler leur permettrait d'avancer sans signaler leur approche... Ils l'espéraient du moins.

Mais la moindre rumeur est d'une répercussion considérable dans les entrailles du sol.

Les cachots souterrains de la Tour de Londres étaient semblables à des tombes.

Le silence de la mort les emplissait, lorsque quelque captif, atteint à la fin par la folie, dans ces in-pace ténébreux, n'y faisait pas retentir ses hurlements sinistres.

Les prisonniers avaient, pour seule distraction, le bruit des pas des geôliers, lorsque ceux-ci venaient se remplacer.

Hors de cela, c'était l'abandon, la suspension de tout...

Aussi arrivaient-ils rapidement à percevoir le bruit insaisissable pour tout autre des insectes de nuit travaillant dans les angles éloignés de leurs caveaux.

Henri de Mercourt, visitant autrefois les souterrains, grâce au costume de geôlier qu'il avait revêtu, avait été frappé de saisissement à la vue d'un grand vieillard enchaîné, Robert de Noxfort, comte de Lancashire, issu de l'ancienne famille royale de Lancastre.

Il n'avait pu oublier que Robert de Noxfort avait réussi à desceller l'anneau qui l'attachait à la muraille, tandis que lui-même se trouvait avec Chooner auprès de lord Mercy.

C'était même par suite de cette circonsfance que le gentilhomme français avait pu s'entretenir quelques minutes avec le père d'Ellen.

Le comte de Lancashire, attaché avec une solidité à décourager toute nouvelle tentative d'évasion, était plongé dans ses amères réflexions, lorsqu'un bruit indécis s'était fait entendre vers l'extrémité de son sépulcre.

— C'est quelque rat en train de creuser son terrier, — avait pensé le captif.

Et il avait murmuré :

— Lui est libre au moins, s'il aime à vivre dans ces ténèbres !...

Mais ce bruit avait continué, persistant, de plus en plus rapproché.

Le prisonnier avait senti un frémissement profond l'agiter.

Ce qu'il percevait ne pouvait être le labeur des rongeurs qui hantaient ces solitudes,

Il le distinguait, cela provenait de deux endroits, ainsi qu'un travail parallèle.

Était-ce donc l'œuvre de quelque captif cherchant à s'ouvrir une issue... et creusant la terre de ses deux mains.

Robert de Noxfort ne pouvait y trouver que cette explication.

Hélas ! en ce cas, quelle affreuse déception se préparait l'infortuné qui ne s'évadait d'un cachot que pour aboutir à un second.

Penché en avant, rapproché de l'endroit d'où parvenait ce bruit, autant que le lui permettait la longueur de sa chaîne, il écoutait âprement.

Maintenant, il lui semblait qu'on grattait le sol à quelques pieds de sa surface.

Soudain la terre s'était effondrée : un jet de lumière avait illuminé son cachot. De la lumière !... Les prisonniers n'en avaient jamais !

Alors, quoi !... N'était-ce pas un captif ?... Mais au contraire quelque ami fidèle, un parent d'un des infortunés condamnés à la lente agonie de ces sépulcres, et ayant creusé ce passage.

Un de ses parents à lui ou un de ses amis... s'il lui en restait encore !

Et d'une voix sourde, ardente, voilée, de peur d'être entendu du dehors, au cas où quelque espion eût été dehors aux écoutes, il avait lancé un appel, une interrogation.

C'est sa voix qu'Henri de Mercourt et Wilkie avaient entendu.

Achevant de se débarrasser de la terre qui les couvrait, l'ayant écartée d'un geste violent, ils atteignirent la saillie, s'y cramponnèrent, sautèrent dans le cachot l'épée à la main, prêts à tout.

Le gentilhomme, plus jeune. plus agile, avait passé le premier.

L'ancien geôlier avait saisi la lanterne afin d'éclairer leurs ennemis, voir à qui ils avaient affaire. Les rayons tombèrent sur le prisonnier, montrant également les nouveaux venus à l'habitant de ce séjour de ésespoir... Il y eut un moment de silence solennel.

Le geôlier vit Robert de Noxfort penché au-dessus de lui, ainsi que ses deux libérateurs.

Robert de Noxfort regardait avidement les deux pionniers, les armes qui brillaient dans leurs mains.

Ces inconnus ne venaient pas pour lui. Il ne les connaissait pas. Mais il comprenait leur but.

Henri de Mercourt, après quelques secondes d'observation ardente, avait mis un nom sur le visage ravagé de l'homme qui était devant lui.

— Monseigneur le duc de Noxfort, comte de Lancashire, — dit-il en s'inclinant respectueusement, — permettez-moi de vous saluer.

Le saisissement qui paralysait le captif fut accru encore davantage en s'entendant nommer.

— Vous savez donc qui je suis? — balbutia-t-il.

— Oui, monseigneur...

— Comment?... comment?... — haleta l'habitant du cachot.

— Ne vous souvenez-vous pas d'un geôlier à qui Chooner, le porte-clés gardien des souterrains, fit visiter votre triste séjour le jour où vous vous êtes déferré.

— Si je me souviens!... — gronda Robert de Noxfort.

— Ce visiteur, c'était moi... Le costume que je portais n'était qu'un déguisement.

— Un déguisement?... Mais, alors, vous vous seriez introduit dans cet enfer pour vous entendre avec quelqu'un des damnés qui l'habitent?... Et aujourd'hui vous êtes venus pour le délivrer?... Hélas! vous vous êtes trompé.

— A demi, monseigneur. Ne doit-on pas tendre la main aux infortunés que l'on rencontre sur son chemin?...

— Vous me délivrerez aussi!... Serait-ce possible?

Mais il s'arrêta brusquement... Le résonnement distinct quoique étouffé d'un pas venait de se faire entendre au dehors.

Le gentilhomme français et Wilkie échangèrent un regard rapide, farouche... un regard qui contenait du sang.

Et l'ancien geôlier cacha sa lanterne sous ses vêtements pour en étouffer la clarté.

Les trois hommes se taisaient, les deux pionniers la main nerveusement crispée sur leur épée, vers la porte.

Les pas s'approchèrent... cessèrent de se faire entendre... On s'était arrêté, devant le cachot : sûrement on prêtait l'oreille, épiant sans doute si rien d'anormal ne se passait.

Puis le sourd martèlement des pas recommença à se faire entendre et s'éloigna.

— C'est Chooner, — souffla le prisonnier, — je reconnais son pas.

Henri de Mercourt se dirigea vers la porte, y colla son oreille.

Le promeneur qui venait de leur causer une telle émotion avait continué son chemin.

Mais sa halte n'indiquait-elle pas qu'il se méfiait de quelque chose?...

Les rayons de la lanterne sortie par l'ancien geôlier éclairaient de nouveau les trois hommes. Le duc de Noxfort lut une inquiétude dans le regard du Français et il dit :

— Chooner s'arrête ainsi chaque fois qu'il passe devant ma prison. C'est son habitude.

Henri de Mercourt courba la tête en une courte méditation.

Les instants étaient précieux, l'heure décisive, peut-être : les résolutions devaient être promptes.

— Monseigneur, — dit-il. — Nous nous sommes introduits dans la Tour de Londres pour en arracher deux de nos amis : le ciel nous a fait aboutir dans votre cachot, nous vous délivrerons aussi, — et avec vous tous ceux que nous pourrons. Mais je vous demande auparavant votre parole de gentilhomme que vous ne ferez rien sans mon assentiment... que vous obéirez à mes ordres.

Le grand seigneur captif eut un mouvement d'orgueil révolté. Puis il s'inclina :

— Vous avez l'honneur d'avoir tenté, — et accompli jusqu'à présent, une tâche dangereuse. Il est juste que le dernier venu vous obéisse, celui-ci fût-il, comme moi, le descendant des anciens rois d'Angleterre.

Il avait prononcé ces mots avec un caractère de grandeur réelle... Il ajouta :

— Si j'avais seulement une arme pour vous seconder le cas échéant !...

— Nous y avons pourvu, monseigneur.

Henri de Mercourt se tourna alors vers l'ancien geôlier.

— Les limes, Wilkie, vite, que nous sciions les fers de cet infortuné avant le retour de Chooner. On ne sait ce qui peut arriver... Des limes !... une arme pour lui aussi !...

Le courageux auxiliaire du gentilhomme français se glissa rapidement dans le souterrain. Il revint presque aussitôt porteur des limes et des pinces dont les deux pionniers étaient munis.

— Messire, — dit-il au seigneur de Kervien, — limer des fers est plutôt métier d'homme du peuple. Laissez-moi faire tandis que vous écouterez si nul ne s'approche, car le grincement des dents de l'acier sur ces chaînes doit s'entendre de loin.

— Soit, Wilkie ; mais à une condition. C'est que vous me préviendrez pour vous remplacer dès que vous serez fatigué. D'ailleurs, nous irons plus vite ainsi !

Le grand seigneur anglais, habitué à l'orgueil de sa race, considéra avec une admiration involontaire ces deux hommes qui, unis par une longue confraternité dans le danger, agissaient sur le pied d'une touchante égalité, malgré la déférence de l'homme du peuple.

Henri de Mercourt alla se poster de nouveau contre l'issue du cachot, prêtant anxieusement l'oreille aux rumeurs qui pouvaient provenir du dehors d'un moment à l'autre.

Et l'arête tranchante de la lime commença à mordre sur les anneaux rouillés... Celui qui maintenait le pied droit de Robert de Noxford tomba enfin.

Wilkie attaqua alors l'anneau rivé autour de la cheville gauche. Mais comme c'était long!

La rivure sauta à son tour.

L'ancien geôlier était fatigué, à cause de la hâte qu'il avait mise à cette besogne.

Puis la longue claustration, son travail depuis plusieurs mois dans la nuit du souterrain, l'avait débilité.

Une immense espérance emplissait l'âme de Robert de Noxfort.

Il se voyait déjà libre... se vengeant du cruel Somerset qui, pour se débarrasser d'un rival dangereux, l'avait fait plonger dans ces ténèbres mortelles sous le prétexte d'une fausse conspiration.

Le vicomte de Mercourt venait de remplacer Wilkie, et sous son poignet vigoureux la lime mordait en plein contre l'épaisse ceinture de fer qui liait par la taille le vieux duc à la muraille.

— Alerte! — lança l'ancien geôlier.

Il fallait son attention extrême pour avoir discerné un bruit inquiétant; il fallait que son oreille touchât le joint même de la porte.

Chooner déguisait ses mouvements et marchait sur la pointe des pieds.

Il agissait ainsi souvent pour épier plus sûrement ses malheureux pensionnaires.

L'homme aux aguets l'entendit se rapprocher. Il songea tout à coup à la clarté qui, filant sous la porte, risquait de les dénoncer.

— La lanterne! — fit-il avec angoisse.

Le vicomte de Mercourt eut conscience de la gravité de son oubli. C'était assez, en effet, pour les perdre tous trois.

Il jeta son mouchoir sur les verres, et, comme Wilkie précédemment, cacha ensuite la lanterne sous son pourpoint...

Chooner avait eu un violent soubresaut. Il avait cru voir un rais de lumière devant le cachot occupé par le duc de Noxfort.

Mais cela n'avait réellement duré qu'un éclair.

— C'est un trouble de mes yeux, — pensa-t-il, après une longue et minutieuse attention. — Je me fais vieux!

Il stationna devant la morne cellule : pas la moindre rumeur; plus rien.

— De la lumière, — fit-il. — Où ce vieux fou l'aurait-il prise? A moins qu'il n'ait fabriqué de la clarté avec de la nuit comme le bon Dieu.

Et sur ces mots ironiques qui indiquaient les ténèbres éternelles auxquelles l'infortuné était condamné, il passa.

Henri de Mercourt se remit alors à sa besogne, mais sourdement... Savait-on si le soupçonneux gardien n'allait pas revenir en prenant encore de plus grandes précautions?

La lime emporta enfin le dernier obstacle. Les pinces mordant le fer en écartèrent les branches sciées.

— Libre! — exhala Robert de Noxfort. — Je suis libre!

Après le premier mouvement d'ivresse, il tendit avec effusion les mains à ses deux sauveurs.

— Oh! merci! — fit-il, — merci!... Et maintenant donnez-moi une épée, une arme quelconque. Et je vous aiderai à racheter la liberté de ceux qui vous sont chers, car mourir en combattant, même sous ces voûtes maudites, ce n'est plus périr dans les fers.

Wilkie alla chercher les autres armes restées dans le souterrain et les posa à terre devant le grand seigneur.

Celui-ci choisit une épée et un poignard solidement trempés.

— Je suis prêt, — dit-il. — Que faut-il faire, car j'ai promis de vous obéir.

— Ce qu'il faut faire, — murmura le seigneur de Kervien, le sourcil contracté, — c'est forcer cette porte... Et c'est peut-être la partie la plus inquiétante de notre œuvre... Il faut la forcer avant que ce boule-dogue de Chooner n'ait eu le temps de donner l'alarme. Nous avons des leviers, des pics...

Le grand seigneur sourit avec amertume.

— Ne savez-vous pas que c'est une porte de fer?... — dit-il. — Mais Chooner est rempli d'égards envers ses pensionnaires. Il vient chaque jour renouveler les provisions de ses prisonniers avant qu'un autre geôlier ne prenne son service. Une occasion pour vérifier si leurs fers n'ont pas bougé, si les anneaux tiennent bien au mur. J'ignore actuellement s'il fait jour ou s'il fait nuit au dehors; mais j'ai été accoutumé à mesurer le temps depuis les années que j'agonise dans ces épouvantables in-pace. L'heure où Chooner va m'apporter de quoi faire durer mon supplice et où il va secouer mes chaînes pour s'assurer de leur solidité ne doit pas tarder à sonner, et...

Le regard de ses deux interlocuteurs brilla. Ils l'avaient deviné.

— Attendons-le donc, — murmura le Français, — quoique mon sang bouille en moi, même sous ces voûtes glacées

D'un commun accord, les trois hommes prirent alors rapidement leurs dispositions...

La lanterne fut placée dans un coin, et le vicomte de Mercourt la recouvrit de sa toque pour masquer sa clarté.

Wilkie et lui se cacheraient derrière le battant de la porte lorsque le hargneux porte-clés entrerait, et bondissant sur lui à l'improviste devraient l'empêcher de crier et de prendre ses pistolets.

Quant au duc de Noxfort, accroupi à terre à sa place accoutumée, afin de ne pas éveiller l'attention de Chooner, cachant ses armes sous lui, il attendrait l'attaque de ses deux libérateurs pour agir au mieux, selon les circonstances.

— Et il faudra bien que Chooner m'indique où est Martial, quand je le tiendrai sous mon poignard, — dit Henri de Mercourt. — Car c'est son cachot qui doit s'ouvrir le premier... même avant celui du noble lord Mercy ! C'est le devoir...

Et les trois hommes, muets, attentifs, comptèrent les secondes au battement de leur cœur.

## XXXII

### DÉLIVRANCE

Dans l'immense, dans l'accablant silence des souterrains, un bruit soudain venait de s'élever.

Des portes s'ouvraient et se fermaient avec des grincements sinistres, indiquant chaque fois un nouveau cachot, une victime de plus.

La rumeur brutale, atroce, se rapprochait.

Dans le cachot de Robert de Noxfort les trois hommes avaient pris leurs places respectives.

Leur cœur cessa soudain de battre dans leur poitrine.

Un pas lourd venait de leur côté.

Il s'était arrêté devant la porte même du cachot.

Les clés qui fermaient les serrures et les verrous extérieurs grincèrent, et, lourdement, la porte s'ouvrit.

Chooner parut au sommet des quelques marches qui descendaient dans le cachot... Il projeta avec méfiance les rayons de sa lanterne de ronde à l'intérieur, comme s'il se doutait de quelque chose.

Il n'aperçut que le duc de Noxfort, accroupi à terre dans une pose accablée : les armes qu'il cachait ne frappèrent pas son attention.

Henri de Mercourt et Wilkie, blottis derrière le battant même de la porte, ne faisaient aucun mouvement.

Le porte-clés, rassuré, prit à terre la pitance du prisonnier et commença à descendre.

Comme il touchait le sol, les rayons de sa lanterne tombèrent sur l'excavation qui avait donné passage aux deux pionniers.

Mais au même instant, comme sous un coup de foudre, il culbuta, roula à terre, tandis que sa lanterne brisée s'éteignait.

Étourdi, il eut conscience d'un complot, d'une agression destinée à le mettre hors d'état de nuire et voulut crier, faire feu, donner l'alarme.

Mais une main vigoureuse s'était abattue sur sa bouche, d'autres mains tordaient ses bras, en même temps qu'une voix sifflait à son oreille :

— Un seul cri et c'en est fait de toi ; la mort !

D'une force herculéenne, Chooner essaya de se dégager, de prendre un des pistolets qu'il avait à sa ceinture.

Mais une corde saisit ses poignets, tandis qu'un tampon d'étoffe, introduit dans sa bouche en guise de poire d'angoisse, assurait les conjurés de son silence.

Il était réduit à l'impuissance : il n'était plus à craindre, au moins pour le moment.

Henri de Mercourt découvrit alors sa lanterne, et le geôlier des souterrains vit Robert de Noxfort penché au-dessus de lui, en même temps que ses deux libérateurs.

Une flamme furieuse passa dans ses yeux, en reconnaissant le faux geôlier qui l'avait si audacieusement joué autrefois... Mais il était absolument au pouvoir des trois hommes.

— Chooner, — dit alors le gentilhomme français d'une voix rapide, — ton existence est à notre merci. Indique-nous le cachot où se trouve un prisonnier français, Martial Dacier, mon écuyer, enfermé autrefois dans la tour du Donjon, et je t'accorde la vie sauve. Tu ne peux parler, mais voici ton trousseau de clés, tu fermeras les yeux quand j'arriverai à celle qui ouvre la porte de son caveau.

Il les montra une à une au guichetier, mais celui-ci ne bougea pas.

— Prends garde ! — gronda le gentilhomme, — tu joues gros jeu.

Une flamme de dédain provocant passa dans les prunelles du geôlier... Wilkie appuya alors la pointe de son poignard sur la poitrine de Chooner, sans que celui-ci détournât seulement les yeux.

— Tu ne veux pas répondre, — fit le Français, — c'est donc que mon infortuné écuyer est réellement dans les souterrains dont tu as la surveillance. Eh bien ! nous nous passerons de toi, grâce à ceci.

Et il montra le trousseau de clés... Chooner eut un mouvement convulsif pour se dégager : mais ses liens étaient solides.

— Vous allez laisser cet homme-là... en vie? — fit sourdement Robert de Noxfort.

— Ce peut être un otage, — répliqua le seigneur de Kervien

Il s'assura hâtivement que les cordes qui attachaient ses poignets ne pouvaient se relâcher. En même temps, sur son invitation, Wilkie lui entravait les chevilles et le désarmait totalement.

— En route ! maintenant, — ordonna le chef de l'expédition.

Robert de Noxfort, en qui sourdait un impérieux besoin de vengeance, laissa tomber un véritable regard de regret vers le geôlier qui l'avait si longtemps torturé.

Il vit un homme armé et résolu, barrant la route.

Mais il devait suivre ses libérateurs. Quant à Chooner, il le retrouverait bien.

Les trois hommes sortirent du cachot dont ils refermèrent la porte, laissant Chooner dans les ténèbres, étendu à terre ainsi qu'un paquet.

Henri de Mercourt montra, au mari d'Annie, le couloir voûté qui conduisait vers le donjon.

— Wilkie, — dit-il, — vous allez remplir un rôle grave et périlleux, il s'agit de vous tenir là afin de donner l'alarme au cas où l'on descendrait dans les souterrains, et arrêter, coûte que coûte, ceux qui l'essaieraient.

— Je ne serai donc pas auprès de vous lorsque vous délivrerez mon maître vénéré?... Cependant, puisqu'il le faut, j'obéirai.

Et rasant les murs, il se dirigea vers l'extrémité du long et tortueux couloir où il s'arrêta, l'épée à la main.

Durant ce temps, le gentilhomme français, accompagné du duc de Noxfort, s'enfonçait dans le dédale des cachots.

— Martial! — appelait-il d'une voix sourde et ardente en passant devant chaque cachot. — Martial!...

— Qui m'appelle? qui a prononcé mon nom? — fit une voix paraissant venir des entrailles du sol.

Le seigneur de Kervien s'élança. Les clés qu'il maniait tremblaient dans ses mains. Il parvint enfin à ouvrir.

La lanterne qu'il tenait éclaira un homme appuyé à la muraille.

Malgré le lamentable décharnement de ses traits, il reconnut le fils de Jean Dacier, le fidèle intendant du manoir de Kervien.

Il bondit, les bras ouverts, et les deux hommes s'étreignirent, tandis que des interjections se croisaient.

— Toujours blessé! estropié peut-être, mon brave Martial, — gémissait le gentilhomme.

— Oh! je marcherai quand même pour vous suivre et combattre à vos côtés, mon cher seigneur. Car je m'attendais toujours à vous voir.

Mais les minutes étaient précieuses. Wilkie était seul, là-bas, pour défendre le passage si un autre geôlier, si des gardes venaient à descendre...

Puis lord Mercy qu'il fallait délivrer aussi!

Il s'était chargé, ainsi que Robert de Noxfort, des instruments qui avaient rompu les chaînes de ce dernier.

Ils se mirent à l'œuvre l'un et l'autre, avec un acharnement fébrile.

La limaille de fer pleuvait sous leurs limes brûlantes.

Chaînes, carcans, bracelets, tout s'ouvrit, tomba sur le sol.

Alors, dans un élan irrésistible, Martial se jeta de nouveau dans les bras de son maître, de son sauveur.

— Mais point d'armes, seulement!... — balbutia-t-il lorsqu'ils se séparèrent.

Le duc de Noxfort lui tendit celles enlevées à Chooner

— Voici les armes de notre geôlier, — dit-il d'une voix sombre, —

car moi aussi je gémissais dans cet enfer... Prenez-les, elles vous serviront contre ses pareils.

Martial les saisit sans parler. Il ne connaissait pas le compagnon de son maître et l'heure n'était pas aux explications.

— Attendez-moi là, — dit le vicomte de Mercourt, — ma tâche n'est pas encore accomplie en entier.

— Je marcherai bien, je ne vous quitte plus, — répondit le Breton

Son regard traduisait son indomptable énergie.

Et, s'accrochant au mur, il fit quelques pas dans la direction que venait de prendre son maître.

— Allons! — fit celui-ci, — et que Dieu nous protège dans la dernière partie de notre tâche.

Martial avançait sans qu'un seul gémissement trahît ses souffrances.

Et cependant son séjour dans ces lieux humides avaient ravivé ses blessures en voie de guérison auparavant.

Les trois hommes poursuivaient leur marche sans échanger une seule parole. Ils arrivèrent devant la voûte étroite au fond de laquelle était le sépulcre de lord Mercy.

— Il n'y a plus personne! — firent d'une seule voix les deux compagnons du gentilhomme français en se trouvant dans la salle vide, fermée d'une dalle.

— Hélas! vous n'avez pas encore sondé, l'un et l'autre, toute l'horreur de ces lieux maudits, — répondit le premier.

Il leur montra, sur le sol, une barre de fer fermée d'un gros cadenas, l'ouvrit.

Et, d'un effort nerveux, il souleva la dalle, la fit glisser de côté.

Les deux captifs qui le suivaient poussèrent une exclamation de saisissement indigné.

Reclus jusqu'à cette heure dans ces affreux séjours, ils n'en avaient pas encore sondé, avant cette heure, toute la cruauté.

La lanterne saisie par le duc de Noxfort venait de leur montrer, dans cette tombe véritable, un vieillard décharné, — presque un cadavre.

— Monseigneur, — fit alors la voix frémissante d'Henri de Mercourt au prisonnier qui s'y trouvait, — je vous avais promis que je reviendrais. Je tiens parole!

Lord Mercy, car c'était lui que des chaînes chargeaient toujours, s'était dressé, tendant ses mains tremblantes.

— Vous!... vous!... — balbutiait-il. — Je reconnais votre voix...

Mais le Français s'était déjà introduit dans l'ouverture ouverte au ras du sol.

Et, sans tarder, il attaquait ses fers, comme il l'avait fait aux deux autres captifs précédemment libérés.

Robert de Noxfort l'avait suivi.

— Messire, — fit-il en s'inclinant, — daigne le noble et vertueux lord Mercy permettre au duc de Noxfort d'aider ce brave gentilhomme à rompre vos chaînes.

— Vous, duc... — murmurait le père d'Ellen, — le jour de la rédemption luirait-il enfin?

Martial, retenu par ses blessures, assistait anxieusement au labeur des deux hommes qui attaquaient les fers du vieillard, ne pouvant aller les seconder.

Chooner et ceux qui le payaient, jugeant que le sépulcre où lord Mercy était emmuré était une garantie certaine contre toute possibilité d'évasion, l'avaient chargé de fers moins compliqués, quoique ceux qui attachaient ses chevilles à la terre fussent inutiles dans ce réduit infâme.

Il les sentit bientôt choir à ses pieds.

— Dieu soit clément envers vous, mes sauveurs! — fit-il alors avec un geste solennel.

Mais il fallait sortir de cette tombe. Le vicomte de Mercourt, en qui la vie rude qu'il menait depuis son débarquement en Angleterre avait développé la vigueur et l'adresse naturelles, se hissa au dehors.

Penché alors sur la trappe, il saisit les mains du vieillard que Robert de Noxfort soulevait dans ses bras...

Et ce fut avec une sorte de piété respectueuse qu'il arracha le père d'Ellen de l'abîme dans lequel Somerset l'avait condamné à mourir.

Le duc de Noxfort, cramponné à l'une des chaînes que le gentilhomme français glissa par l'ouverture de la trappe, et saisi par lui à la ceinture, les eut bientôt rejoints.

— Partons, maintenant, — fit le jeune chef de l'expédition en haletant, — Wilkie est tout seul à l'entrée des souterrains.

— Wilkie, avez-vous dit, monsieur? — prononça lord Mercy.

— Oui, mylord... c'est à votre serviteur que je dois d'avoir pu tenir ma parole; c'est grâce à son courage indompté, à sa noble intelligence...

L'illustre captif murmura une action de grâces... Il était donc bien vrai qu'il existait des créatures d'élite sur la terre. Ce qui se passait en était la preuve...

Ils se hâtaient, épiant les bruits du lointain. Autour d'eux, dans les cachots, éclataient des cliquetis de chaînes.

Pareils aux fauves dans leurs cages, les prisonniers, devinant qu'il se passait quelque chose d'extraordinaire, rugissaient après la liberté...

Mais le vicomte de Mercourt n'osait s'arrêter et mettre à exécution son projet généreux de délivrer toutes ces victimes : une voix intérieure lui criait depuis un moment de se hâter.

Dominant les cliquetis funèbres qui emplissaient ces sombres corridors, il lui semblait qu'une rumeur différente parvenait à lui.

Bientôt, il ne put plus en douter.

— On se bat là-bas! — fit-il soudain avec éclat.

Et, laissant aux mains de Martial la lanterne qui guidait leur marche, il s'élança en avant dans les ténèbres.

Il ne s'était pas trompé dans ses craintes!...

Wilkie montait sa faction périlleuse depuis un moment, lorsque des pas nombreux s'étaient fait entendre dans l'escalier qui menait du donjon aux cachots souterrains.

L'ancien geôlier pensa alors que l'heure était venue pour lui de mourir.

Il assujettit plus fortement la poignée de son épée dans sa main, tira son poignard et attendit.

Quelques minutes s'écoulèrent encore; puis cinq hommes apparurent sur les dernières marches : quatre gardes et un prisonnier.

L'ancien geôlier s'était dérobé dans l'ombre formée par la saillie d'une porte. Quand les cinq hommes furent engagés dans le couloir voûté, il se plaça au milieu.

— On ne passe pas! — prononça sa voix énergique.

Le chef de l'escouade dirigea vers lui la clarté de la torche dont il s'était muni.

Il vit un homme armé et résolu, barrant la route.

— Trahison! — s'était-il écrié. — Sus à cet homme!

Il s'était rué sur Wilkie, avec un de ses gardes, les deux autres n'osant abandonner le nouveau prisonnier qu'il conduisait à Chooner.

— Alerte! — criaient en même temps ces derniers.

C'étaient ces cris, le battement rapide des épées que le Français avait entendus.

Wilkie était décidé à lutter jusqu'à son dernier souffle. Mais la lame de son épée était courte et il avait affaire à deux adversaires.

— Tenez bon, Wilkie, me voici! — clama soudain une voix derrière lui.

Et Henri de Mercourt surgit dans le cercle de lumière rougeâtre projetée par la torche qui brûlait renversée à terre.

Les gardes stipendiés par Somerset, voyant que la partie cessait d'être aussi inégale, sentirent leur lâcheté naturelle prendre le dessus.

D'autres voix venaient des corridors, annonçant un nouveau secours. Ils rétrogradèrent, fuyant vers l'escalier, redoublant leurs clameurs d'alarme.

Leurs compagnons étaient remontés déjà, en entraînant leur prisonnier.

Des appels, des commandements précipités retentissaient dans le donjon.

— En retraite, Wilkie ! — commanda le gentilhomme. — Il y va du salut de nos amis.

Il ramassa la torche et revint en arrière avec l'ancien geôlier sur les vêtements duquel quelques blessures légères distillaient leur rosée.

Ils rencontrèrent le duc de Noxfort qui accourait à leur secours précédant de quelques pas Martial traînant lord Mercy.

— Au souterrain ! — fit Henri de Mercourt d'une voix brève. — L'alarme est donnée !...

Il fallut reculer jusqu'au cachot où l'on avait laissé Chooner ligotté. Le gentilhomme fit jouer les serrures : une clef refusa de tourner.

Il y eut un moment d'angoisse terrible.

A l'entrée du souterrain, des rumeurs grandissantes annonçaient que les gardes et les soldats arrivaient en nombre, cette fois.

Le moment était tragique.

Wilkie prit la main de son ancien maître et y posa ses lèvres.

— Noble et brave Wilkie, — prononça le vieillard, — je vous bénis, car c'est peut-être notre heure dernière.

Le Français fit un effort à tordre la clef : la serrure joua.

Et les cinq hommes s'engagèrent sur les degrés qui descendaient dans l'ancien cachot du duc de Noxfort.

Henri de Mercourt resta le dernier. Et, s'arc-boutant pour empêcher d'ouvrir du dehors :

— Wilkie, — fit-il d'une voix rapide, — les leviers, vite, pour caler la porte.

L'ancien geôlier avait compris. D'un bond, il s'élança vers le souterrain.

Et il revint bientôt avec deux leviers.

Plantés dans les pierres de l'escalier et dans les saillies du fer, ils allaient arrêter la tourbe des geôliers et des soudards pendant quelques minutes.

Chooner, étroitement ligotté, gisait toujours à terre, mais la luisance venimeuse de son regard montrait son espoir que cette barricade tiendrait peu de temps.

Robert de Noxfort leva son épée vers lui.

— Monseigneur, — dit Henri de Mercourt, — laissez cet homme. Dieu nous tient compte souvent du sang humain épargné. Au souterrain !... Le temps presse !...

— Je vous ai promis obéissance, — murmura le comte de Lancashire d'une voix sombre. — Que ce misérable chien vive donc !

Les uns après les autres, les cinq hommes disparurent dans le souterrain.

Comme précédemment, le gentilhomme français avait voulu rester le dernier.

Les gardes, reconnaissant aux marques restées sur le sol le cachot dans lequel avaient disparu les fugitifs, en attaquaient la porte qu'ils sentaient déjà chanceler.

Henri de Mercourt les entendit. Il prépara la poudre apportée le matin, disposa une mèche de mine qui devait brûler une minute ou deux et l'enflamma.

Wilkie et ses compagnons atteignaient à ce moment le puisard où étaient noyés dans la vase et enterrés les deux policiers.

Une rumeur menaçante remplit tout à coup le cachot où Chooner se tordait dans des spasmes d'impuissante fureur.

Et tandis que quelques gardes se mettaient en mesure de détacher le geôlier, les autres, apercevant le souterrain, s'y risquaient avec une clameur féroce.

Mais à peine y avaient-ils fait quelques pas qu'une sourde détonation faisait trembler la terre.

L'entrée du souterrain venait de s'effondrer, et avec lui les voûtes du cachot, en engloutissant tous ceux qui s'y trouvaient.

## XXXIII

### LA DERNIÈRE ŒUVRE

La nuit était venue tandis que ces événements s'accomplissaient.

Annie, l'héroïque femme du peuple, le cœur glacé, venait d'entendre une sourde et lointaine détonation ébranler le sol et faire trembler sa maison.

Était-ce le signal de la mort de son mari ? Dans ce cas, elle ne lui survivrait point.

Elle écoutait encore, l'âme perdue. Elle se dirigeait, chancelante, vers les caves, voulant se rendre compte de son malheur, lorsqu'un bruit de pas s'était fait entendre, montant des entrailles de sa demeure.

Et Wilkie était apparu, puis un vieillard défaillant... des inconnus. Tous marqués des affreux stigmates de la captivité.

— Je te revois enfin !... — balbutiait l'épouse. — J'ai eu tant peur !...

— Oui, femme, c'est nous... sains et saufs.

Henri de Mercourt était arrivé ensuite, couvert de terre.

— Nous sommes sauvés pour l'instant, — dit-il d'une voix précipitée. — Mais cette maison a cessé d'être sûre pour nous. Y rester une minute de plus c'est nous faire prendre. Il faut partir.

— Partons ! — fit la femme du peuple avec résolution.

Son mari était auprès d'elle ; les dangers du dehors ne l'effrayaient pas.

— Messire, — dit Wilkie à Henri de Mercourt, — la maison de Fabers, le corroyeur, sera encore un asile pour vous ; il le sera aussi pour votre brave écuyer. Si mon noble maître, lord Mercy, n'y met point obstacle, la retraite dans laquelle Annie et moi avons pu vivre à Londres avant notre installation dans cette demeure deviendra la sienne aussi. Et celle aussi de monseigneur le duc de Noxfort, s'il veut bien l'accepter.

— Merci, — dit le descendant des Lancastre avec un amer sourire. — Je vous dois à tous deux une éternelle reconnaissance, mais je vous demanderai de me laisser aller seul de mon côté : j'ai affaire !

— Soit, monseigneur, — répondit Henri de Mercourt, — mais quoi qu'il arrive, veuillez vous souvenir que, après-demain, à la pointe de White Cross, un cotre de pêche quittera Londres à deux heures de la

A peine si la lame brilla, tant l'éclair en fut rapide.

nuit... à moins qu'il ne nous arrive malheur d'ici là... et qu'une place vous y sera réservée.

— Merci de nouveau, — prononça le grand seigneur. — Votre main à tous, et que Dieu vous ait en sa sainte garde!

Toutes les mains serrèrent la sienne dans une étreinte muette; l'instant était solennel, critique et il s'élança au dehors.

Une vive agitation régnait dans la Tour de Londres, on voyait des lumières errer rapides derrière les meurtrières.

Mais nulle figure suspecte ne se montrait aux environs.

— A nous ! — dit le gentilhomme français. — Partons, tandis qu'il en est temps encore.

Ils franchirent la porte à leur tour, la refermèrent sans bruit, et, rasant les maisons, remontèrent vers le derrière de la citadelle.

Arrivés à la première rue, ils se séparèrent.

Une émotion intense les étreignait. Qu'allait-il arriver aux uns et autres après cette séparation ?

— A après-demain, milord, — dit le vicomte de Mercourt avec un trouble insurmontable au père d'Ellen. — Wilkie, Annie.... à après-demain !

Entre le gentilhomme et l'homme du peuple si loyal et si dévoué, une poignée de main dans des circonstances pareilles eût semblé misérable après la longue confraternité qui venait de les unir.

Ils s'embrassèrent comme l'auraient fait deux frères qui viennent de partager les mêmes dangers, puis se séparèrent, allant chercher deux abris momentanés contre les recherches ardentes de la police.

Quelles paroles, brèves, haletantes, prononcées à cet instant !

L'angle d'une rue les déroba à la vue les uns des autres, le bruit de leurs pas cessa de parvenir rapidement aux uns et aux autres.

Henri de Mercourt marchait, ayant encore dans l'esprit les paroles prononcées par le père d'Ellen lorsqu'ils s'étaient séparés.

Il semblait au gentilhomme que c'était un peu d'elle-même qu'il venait de retrouver.

Mais il s'aperçut que son écuyer le suivait péniblement.

— Tu souffres, mon pauvre Martial, — lui dit-il avec effusion. — Appuie-toi sur mon bras.

Le Breton essuya une sueur glacée qui coulait sur son front.

— Veuillez me pardonner... ce doit être le grand air, après cette longue réclusion. Un verre de genièvre... me remonterait, mais cela passera...

Henri de Mercourt regarda autour de lui, cherchant où il pourrait trouver un peu d'aide pour son brave écuyer. Et un rire âcre éclata brusquement sur ses lèvres :

— Regarde, Martial, au bout de cette ruelle, ne vois-tu pas flamboyer cette enseigne? C'est celle de Norbert Robby. Là, tu te réconforteras. Qui donc osera, en effet, nous soupçonner de nous aventurer encore chez ce misérable traître?

A ce nom, à cette vue, un frémissement de colère chassa la syncope qui venait d'envahir le Breton.

— Oui, appuie-toi sur moi. — reprit son maître. — Au peu d'animation du quartier, je me rends compte que ce n'est pas encore l'heure où les guichetiers de la Tour affluent chez Norbet Robby. Et s'il est seul, je crois bien que tu boiras pour rien : c'est juré !

Quelques minutes après, les deux hommes arrivaient devant l'auberge de la *Rose*.

A travers le joint de la porte, ils n'aperçurent qu'un marin à demi ivre endormi dans un coin.

- Entrons, — fit le gentilhomme.

Le frère du cabaretier du Gué de la Mort était dans l'espèce de bouge qui lui servait de cuisine.

— Une bouteille de gin et deux verres, dans la salle du fond, — commanda Henri de Mercourt en déguisant sa voix.

Sa toque penchée sur ses yeux masquait une partie de ses traits ; quant à Martial, son long martyre l'avait rendu absolument méconnaissable.

Le cabaretier dévisagea les deux clients avec méfiance : il lui semblait, malgré tout, avoir entendu cet accent quelque part.

Cependant, une bouteille de gin, c'était de l'argent ; il porta ce qu'on lui demandait.

Henri de Mercourt le laissa passer le premier, referma la porte sur eux et versa une rasade que Martial but avec avidité.

Le gentilhomme rejeta alors sa toque en arrière, et fixant l'aubergiste avec des yeux flamboyants :

— Me reconnais-tu ? — dit-il les dents contractées.

— Le Français ! — bégaya le gredin en blêmissant. — Lui... à l'aide ! c'est encore le Français !

— Oui, le Français qui vient te payer sa dette.

Henri de Mercourt tenait son stylet tout ouvert dans sa poche.

A peine si la lame brilla, tant l'éclair en fut rapide.

Le misérable pourvoyeur de geôles n'eut même pas le temps d'ouvrir la bouche...

Il s'abattit d'un bloc.

Le gentilhomme venait de lui ouvrir la poitrine, jusqu'au creux de l'estomac.

— Allons-nous-en maintenant, le bandit ne nous dénoncera pas !... Justice est faite... enfin !

La liqueur avait redonné de la force à Martial.

Les deux Français sortirent ensemble sans que personne pût donner l'alarme.

Vingt minutes après, ils étaient sur l'autre rive de la Tamise; et, s'enfonçant bientôt dans l'ombre de l'église Saint-Paul, ils arrivaient devant la maison de Fabers le corroyeur.

La boutique du marchand était fermée. Sur un signal, sa porte s'ouvrit, et les fugitifs se trouvèrent à l'abri.

Ils étaient d'autant plus en sûreté que les deux policiers qui les connaissaient étaient enfouis dans la vase du puisard creusé au pied de la Tour de Londres, et que bonne et terrible justice venait d'être faite par le gentilhomme de l'abject Norbert Robby... le traître des traîtres par excellence!

. . . . . . . . . . . . . . . . . . . . . . . . . . . . .

Le lendemain, Fabers faisait retirer la somme déposée chez le juif Lévy et affrétait, soi-disant pour son commerce, un petit cotre, solide et fin voilier, à bord duquel tout était aussitôt préparé pour le départ au moment où on l'ordonnerait.

Mais le seigneur de Kervien estimait qu'il lui restait à faire une visite avant de quitter Londres... momentanément.

Car il reviendrait y châtier Somerset, s'était-il juré.

La nuit du lendemain arrivée, il dit à Martial :

— Si, à une heure du matin, tu ne m'as pas revu, tu te rendras à la pointe de White-Cross; et si je ne suis pas là, vous vous embarquerez à l'heure convenue et vous ferez voile pour la France.

Il refusa de se laisser accompagner, malgré l'insistance de son écuyer qui tremblait pour les dangers que son maître allait certainement courir, fit ses adieux au loyal Fabers et s'éloigna.

Une demi-heure après, Henri de Mercourt heurtait audacieusement à la porte de Stewart Bolton.

— Un message pressé de lord Somerset pour le fils de Stewart Bolton, — annonça-t-il au domestique qui se montra.

Au nom du puissant favori, toutes les portes s'ouvraient.

Le prétendu messager fut conduit au perron où il fut prévenu que le comte de Verbrock l'attendait dans son cabinet.

— Ah! il est comte maintenant, — pensa le Français, tant mieux. Je verrai ce qu'un comte de cette trempe peut peser au bout de mon épée... si toutefois il en est digne.

Un instant après, il était en présence du fils de l'ancien et criminel intendant.

Une joie sournoise luisait sur le visage livide de Percy : Somerset lui envoyait sans doute le prix fixé par son père pour lui livrer la fille d'Ellen.

Prévoyant en ce cas une crise de révolte de la part de Marguerite, il renvoya ses serviteurs avec ordre de ne point bouger quoi qu'ils entendissent.

— C'est Dieu qui me le livre, — pensa Henri de Mercourt.

Il attendit que les portes se fussent refermées au loin sur tous les valets.

Sortant alors de l'ombre dans laquelle il s'était tenu constamment, il se posta en face du comte de Verbrock, en pleine lumière.

— Regardez-moi bien, — dit-il. — Ne me reconnaissez-vous pas, jeune homme?

Percy resta un moment à le dévisager; les cheveux longs maintenant du Français modifiaient sa physionomie.

— L'homme que je voulais livrer à Somerset, — balbutia-t-il enfin épouvanté.

— Oui, l'étranger, le proscrit qui était venu vous demander asile et que vous avez vendu à son ennemi. Ce n'est pas un envoyé de ce lord sans honneur, comme j'ai dû feindre de l'être pour franchir de nouveau ce seuil. C'est un justicier.

« Percy Bolton, les criminels trop précoces ne doivent pas vivre.

Et tirant son poignard, il franchit, d'un large pas, la distance qui le séparait du comte de Verbrock.

Celui-ci portait une dague au côté, dans l'intérieur de sa demeure, depuis qu'il était noble.

Mais il était lâche.

Il se rejeta en arrière et appela à l'aide...

Nul ne bougea.

— N'as-tu pas pris soin d'ordonner toi-même à tes serviteurs de ne point se montrer. Allons, défends-toi, s'il est vrai qu'on a payé ta félonie du titre de comte, — cingla Henri de Mercourt, en le tutoyant comme un valet.

— A moi! — râla encore le misérable.

La terreur étouffa la voix dans sa gorge, et son appel ne franchit même pas les murs de la pièce.

— Défends-toi donc, — reprit le vicomte de Mercourt, — si tu ne préfères périr comme un chien.

Percy avait tiré sa dague, mais il reculait.

Il gagna la porte : son visiteur s'élança, craignant qu'il ne la refermât sur lui; et il barra le chemin qui aurait permis au fils de l'espion de descendre, de fuir.

Tenant toujours sa dague contre sa poitrine, Percy rétrograda jusqu'à l'escalier qui conduisait aux étages supérieurs.

— Je te poursuivrai jusqu'à la dernière marche, s'il le faut! — gronda le gentilhomme, — mais je te forcerai bien à faire tête.

Percy ne répondait rien, continuant à reculer, l'œil louche.

Il songeait à la porte de fer qui obstruait l'escalier.

La lampe d'albâtre qui brûlait dans le corridor allait bientôt cesser de l'éclairer.

C'était ce qu'il attendait, soit pour se ruer sur son adversaire, soit pour lui échapper.

Il sauta brusquement en arrière... franchit plusieurs marches d'un seul élan.

Henri de Mercourt entendit une clé grincer : il bondit à son tour, au hasard, se tenant à la rampe; et un double cri s'éleva, cri de joie de sa part, cri de rage de Percy.

Le seigneur de Kervien était arrivé à temps pour empêcher la porte de fer de se refermer.

On ne voyait plus clair.

Mais, guidé par les pas du jeune traître, Henri de Mercourt le suivit jusqu'au dernier étage.

— Grâce! — hoqueta le misérable,

— Pas de grâce! — tonna la gentilhomme. — Les monstres n'ont pas droit à la vie.

A ce moment, des coups violemment frappés à une porte, une voix de femme, presque d'enfant, attirèrent son attention.

— Au secours! délivrez-moi! — entendit-il.

— Cette demeure est donc un enfer! — murmura le Français.

— Il ignorait s'il pourrait atteindre le précoce scélérat qui continuait à reculer; sa lâcheté commençait à l'écœurer. Il ne le trouvait plus même digne de son poignard.

Il s'approcha rapidement de la porte et la fit sauter d'un coup d'épaule.

A la clarté lunaire tombant de la lucarne, il aperçut alors une jeune fille, tremblante...

C'était Marguerite : elle avait entendu des bruits de lutte et avait appelé à l'aide.

— Par pitié, qui que vous soyez, emmenez-moi, — supplia-t-elle.

Le fils de Stewart Bolton profita de cette intervention pour se jeter dans l'escalier.

Il allait rassembler ses gens, et son ennemi paierait cher son incroyable audace.

Le vicomte en eut l'intuition.

— Venez, — dit-il vivement à la jeune fille.

Il ne savait quelle était cette prisonnière.

Mais il fallait avant tout sortir de cette maison maudite sans attendre que les issues fussent obstruées : il était réellement assez vengé par la lâcheté du maître.

Ensuite, il interrogerait la jeune fille.

Percy, arrivé au rez-de-chaussée, ameutait ses domestiques.

Henry de Mercourt parut sur le perron, suivi de Marguerite. La flamme d'un de ses pistolets zébra l'air balayant la valetaille.

Le passage était libre de nouveau.

Son épée brillait dans sa main droite. De l'autre main, guidant Marguerite, il parut terrible, devant la poterne qu'il connaissait bien et que le concierge, terrorisé, ouvrit.

Comme ils disparaissaient, lui tenant à mettre, avant tout, la jeune fille qu'il venait de délivrer à l'abri de toute poursuite, ils aperçurent une dizaine de gardes de Somerset.

Un constable était au milieu d'eux.

L'officier de police était porteur d'un mandat d'incarcération dans la Tour de Londres, visant le comte de Verbrock, pour « complot contre la sûreté de l'État ».

Cet ordre était contresigné de la reine.

Un tel ordre, signé par la souveraine, — elle-même !...

Si le favori venait à tomber, sa chute laisserait ainsi l'arrêt toujours intact.

Était-ce donc une précaution du duc rouge qui, s'étant décidé à frapper, voulait que sa vengeance lui survécût ?

Un tel ordre ainsi dressé équivalait à la prison éternelle ; c'était pire que la mort.

# XXXVI

## COUP DE FOUDRE

Le concierge avait refermé la porte qu'il avait ouverte devant Henri de Mercourt et Marguerite.

Le constable se détacha de l'escorte qui l'entourait.

Et s'avançant, il prononça ces mots à voix haute :

— Au nom de Sa Majesté, je réclame l'entrée !

Au nom de la redoutée souveraine, disait-il !

Le gardien, déjà fortement impressionné par les événements qui venaient de se passer, pensa que c'était décidément un jour d'émotions.

Il s'avança, tremblant, et fit jouer un judas, établi dans le mur lui-même.

Il distingua le scintillement des armes des cavaliers, reconnut l'uniforme redouté de la garde particulière du ministre.

L'officier de police, trouvant qu'on le faisait trop attendre, frappa du poing la grille principale et réitéra l'ordre impérieux de lui ouvrir de suite.

Dans l'intérieur, le silence avait succédé au tumulte, après l'évasion du vicomte de Mercourt et de Marguerite.

Percy entendit nettement le constable faire entendre son nouveau commandement.

— Les gens de justice ! — se dit-il soudainement troublé. — Qu'est-ce que cela signifie ?...

Il n'osait s'arrêter à aucune supposition.

Leur venue ne pouvait se rapporter à l'audacieuse visite du gentilhomme français ; ce dernier était l'ennemi mortel du duc de Somerset.

Le fils de Bolton le savait de bonne part, puisqu'il l'avait livré autrefois au duc.

Puis, si le favori avait été informé de la présence de l'ancien commandant du *Saint-Michel* dans la maison de Stewart Bolton, il aurait envoyé des estafiers retors plutôt que des cavaliers dont l'approche était suffisante pour donner l'alarme.

La flamme d'un de ses pistolets zébra l'air, balayant la valetaille.

Le fils de l'espion devait donc abandonner cette hypothèse.

— Somerset aurait-il soupçonné la présence de sa fille, ici? — pensa-t-il. — Et, dans ce cas, aurait-il envoyé ces hommes pour s'en emparer?

A cette supposition, une vive joie se mêla au dépit qu'il éprouvait de se voir découvert, supposait-il, malgré ses précautions minutieuses.

Le puissant homme d'État, prévenu de la disparition de l'enfant dont il voulait s'assurer, se laisserait certainement aller à sa colère contre l'homme qui venait de la lui ravir.

Il lancerait sa meute tout entière sur l'adversaire assez audacieux pour lui soustraire sa proie, au moment où elle allait tomber en son pouvoir.

— C'est une divinité propice qui envoie ces soldats, — conclut le nouveau comte de Verbrock. — Ce Français maudit n'aura forcé mon seuil, ne m'aura enlevé ma capture que pour se voir châtier aussitôt et châtier de main de maître.

La cruauté habituelle du ministre lui en répondait.

Ayant rapidement fait ces réflexions, il se prépara à donner l'ordre d'ouvrir.

Mais le concierge l'avait devancé : il n'y avait plus de maître pour lui devant la terreur que causait le redoutable favori.

La grille s'ouvrit donc à deux battants, avant que le fils de l'espion en eût fait entendre le commandement: et le constable, les gardes s'avancèrent.

Les flambeaux, dont les serviteurs s'étaient munis à la hâte à la suite des événements précédents, éclairèrent la physionomie soucieuse des gardes, les traits impassibles et froids du constable.

Ce dernier tenait un papier déplié dans sa main.

D'un coup d'œil, en quelque sorte instinctif, le fils de Stewart Bolton distingua, malgré la distance qui les séparait encore, le large sceau de cire rouge qui le chargeait.

Une divination subite de la vérité, ou plutôt, une angoisse soudaine le prit.

Somerset, en apprenant que la fille d'Ellen était cachée auprès de lui, n'avait-il pas l'intention de le punir?

Il avait jugé pouvoir le braver, assuré de l'impunité, croyait-il, par la possession de la fillette que le lord-chief de la haute justice supposait morte depuis longtemps.

Mais Somerset, las de cette résistance, se décidait à montrer qu'il était le plus fort.

Percy Bolton comprit que, dans ce cas, il était perdu sans rémission.

Et il pensa à se dérober.

Les écuries donnaient sur la porte de côté par laquelle Henri de Mercourt avait essayé de fuir autrefois, la porte par laquelle il avait lui-même dépisté récemment les agents de Somerset.

Le fils de l'ancien intendant se dit qu'il lui suffisait d'atteindre cette issue pour gagner rapidement les bois.

Monté sur un de ses excellents chevaux, il serait promptement hors de portée.

— Une fois loin, je trouverai sans peine une retraite sûre chez quelqu'un de ceux dont mon père a appris à connaître les secrets, — calcula-t-il. — Ils n'oseront pas me livrer, car cela pourrait leur coûter trop cher!

Et, caché à tous les yeux, il attendrait de connaître les véritables intentions de Somerset, pour passer à l'étranger ou pour reparaître.

Vains calculs!

Il avait trop voulu jouir des prérogatives de son titre de comte et il s'était trop fréquemment montré à la cour.

Le constable le connaissait de vue.

Il discerna son mouvement de retraite.

— Comte de Verbrock! — fit-il d'une voix haute et claire, — par ordre de la reine, attendez-moi!

— Moi! — bégaya Percy.

Les paroles de l'officier étaient équivoques.

Était-ce lui qu'il voulait pour proie, ou bien était-ce de sa main qu'il avait l'ordre de recevoir la fille d'Ellen Mercy et de Somerset?

Quoi qu'il en fût, il sembla à Percy que le danger n'était que plus grand.

Et, brusquement, il se rejeta en arrière, dans un coup de terreur, les yeux braqués sur les nouveaux venus, mesurant la distance qui le séparait d'eux, se disant qu'il n'avait même plus le temps de seller un cheval...

Mais la maison donnait elle-même sur un bois, par derrière, un parc touffu et sauvage.

Et il espéra qu'une fois là il escaladerait le mur, du côté où il avait vu le Français s'échapper autrefois, lui qui connaissait enfin aujourd'hui les affres de l'être menacé de captivité.

Mais il aurait dû savoir que les hommes de police ont des instincts de fauves, de félins affamés.

Le chef des gardes ne le quittait pas des yeux.

Il prononça un commandement bref que Percy n'entendit pas.

Aussitôt des arquebuses s'abaissèrent, dirigées vers le fils de Stewart Bolton.

— Comte de Percy, plus un pas, plus un mouvement, ou je fais tirer sur vous ! — prononça alors à voix haute l'officier de police.

Percy était plus que lâche.

A l'aspect des armes braquées sur lui, son sang s'était glacé.

La menace du constable ne pouvait plus laisser subsister le moindre doute... la moindre espérance.

Une teinte verte, cadavéreuse, courut sur son visage, blême d'habitude...

Il était si horrible ainsi que ses serviteurs, instinctivement, s'éloignèrent de lui.

Et cependant, Stewart Bolton et lui-même avaient choisi des gens en état de pactiser avec leurs propres vices.

Les yeux distendus par l'épouvante, il demeura immobile, rivé au sol, n'ayant même pas la force de parler, de protester de sa soumission.

Le constable et quelques-uns de ses hommes continuaient à s'avancer, tandis que les autres tenaient toujours Percy en joue.

Le supplice que causait, au fils de Bolton, la vue de ces armes braquées sur lui, lui rendit l'usage de la parole.

— Je me rends, — bégaya-t-il.

Quelques pas séparaient seulement le constable de lui.

Un sourire méprisant glissa sur les traits de cet homme.

Dans sa carrière, il avait eu à faire à toutes sortes de gens, jusqu'aux plus vils, aux plus misérables : aucun ne lui avait paru descendre aussi bas dans l'ignominie.

Percy se rendait, disait-il... Il n'avait pas même fait un mouvement pour se défendre.

— Et c'est un comte, cela ! — pensa-t-il.

Il arrivait auprès du fils de l'ancien intendant.

Sur un signe, deux des gardes de Somerset sautèrent rapidement de cheval et s'approchèrent de Percy.

L'officier de police, sans quitter l'étrier, montra alors au méprisable jeune homme le mandat scellé du sceau royal que Percy avait reconnu déjà depuis longtemps.

— Percy Bolton, comte de Verbrock, — annonça-t-il en même temps d'une voix forte, — par mandat de Sa Majesté la Reine et sur expédition transmise par Son Honneur le lord-chief de justice, je vous mets en état d'arrestation.

Il étendit le bras vers Percy debout sur une marche du perron, comme pour prendre possession de lui.

Dans un mouvement presque machinal, le fils de Stewart Bolton saisit le fatal papier.

Et, dans cette minute terrible, une sorte de folie d'espérance traversant son cerveau, il voulut s'assurer que c'était bien son nom qui était porté sur le mandat d'arrêt.

Comme pour savourer le désespoir de sa chute, le constable lui laissa le temps de lire à son aise.

Les flambeaux que les serviteurs immobiles, pétrifiés, continuaient à tenir, projetaient sur le velin leurs flammes agitées par le vent de la nuit.

Leurs lueurs donnaient aussi une expression saisissante aux traits anguleux et livides du jeune homme, à l'éclat éperdu de ses yeux.

Son bras s'abaissa enfin, s'abattit tout à coup, comme si le papier qu'il tenait eût été une lourde masse de plomb, ce papier qui, en lettres flamboyantes, portait ces mots entre autres :

« Ledit Percy, comte de Verbrock, devant être remis à notre gouverneur de la Tour de Londres pour être enfermé en ladite tour à notre plaisance. »

C'est-à-dire afin d'être jeté dans un des cachots de la morne citadelle sans savoir quand cette captivité devait prendre fin... sans savoir même si elle cesserait jamais.

Tout jeune, Percy avait accompagné à plusieurs reprises son père dans la sombre forteresse.

A cette époque, Stewart Bolton s'y rendait afin d'exécuter les ordres de Somerset, ces ordres qu'il devançait, dépassait même parfois, certain d'être approuvé, par suite de son intelligence malfaisante.

Dans une joie malsaine, l'ancien intendant se faisait un plaisir de montrer à son fils ce lieu de désespoir.

Cela l'instruirait pour l'avenir, disait-il aux gardiens avec un rire horrible.

L'enfant, de son côté, éprouvait une véritable satisfaction à côtoyer ces détresses lamentables.

Et c'est sur sa demande que son père l'y avait ramené plusieurs fois.

Avec son esprit précoce dans le mal, il connaissait donc, il avait donc pu sonder toute l'abomination de cette géhenne.

Et dans une vision rétrospective, l'horreur funèbre des cachots, les captifs écrasés sur le sol par le poids des chaînes qui les liaient, repassaient devant son esprit.

Et cela allait être son existence... pendant combien de mois!... combien d'années!

Jusqu'à la mort peut-être.

Ses yeux s'étaient refermés comme pour chasser cette affreuse vision. Il les rouvrit tout à coup, dans une secousse nerveuse.

Deux mains, brutales et pesantes, venaient de se poser sur ses épaules.

Il regarda et reconnut les deux gardes qui s'étaient approchés de lui, tandis que, doutant encore, il parcourait le fatal mandat.

Leurs mains, s'appuyant ainsi, signifiaient que c'était fini, irrémédiablement.

Un de ces hommes lui arracha l'ordre d'écrou et le rendit au constable qui le replia. En même temps, son compagnon mettait à jour une chaîne aux maillons minces et solides, rendus luisants par l'usage.

Il en passa une extrémité à un des poignets de Percy.

Le jeune homme eut un frisson en sentant le froid de l'acier.

L'affreux bracelet enserra son autre poignet, et une clé fit grincer les ressorts d'un cadenas. A partir de ce moment, le fils de Stewart Bolton ne s'appartenait réellement plus.

Ses bras étaient si étroitement attachés qu'il ne pouvait même pas saisir la dague qu'il avait au côté, et dont il n'avait pas su se servir à aucun moment, dans cette nuit mouvementée et tragique.

Il avait, en effet, montré tellement de lâcheté que les gardes de Somerset n'avaient même pas songé qu'il pouvait avoir une arme sur lui. Celui qui venait de lui enlever le mandat d'arrestation remarqua à ce moment la riche poignée de la dague.

Il en décrocha le fourreau et le plaça à sa ceinture.

— Voilà une bonne aubaine, — murmura-t-il.

Puisqu'on amenait le prisonnier à la Tour de Londres, il ne serait pas à même de rien réclamer de longtemps.

Le fils de l'ancien intendant éprouvait une sorte d'écrasement de passer ainsi de l'opulence, de la prospérité, au noir esclavage des prisons.

Tout venait de se briser, de se fondre en lui.

Et cependant, lorsqu'il se vit dépouillé de cette arme, à la poignée enrichie de pierres comme un joyau, un frémissement d'avarice révoltée le secoua, et il eut un geste instinctif pour essayer de reprendre son bien, l'objet, l'arme, qu'il avait été incapable de manier.

C'était la dernière palpitation de son être, — vile et méprisable comme lui... sa dernière convulsion...

## XXXV

### UNE VISITE DOMICILIAIRE

Mais les ordres donnés à l'officier de police ne comportaient pas seulement de s'assurer de la personne du fils de Stewart Bolton.

L'envoyé du duc de Somerset devait visiter en outre la maison, faire une véritable perquisition domiciliaire.

A la vérité, le favori d'Élisabeth n'avait pas attribué assez d'audace au fils de son agent secret pour supposer que Marguerite se trouvât chez lui.

Bon juge en fait de vices, il avait « apprécié » depuis longtemps le comte de Verbroch.

Pour lui, le jeune homme devait avoir peu de rivaux pour les œuvres basses et viles.

Quant à faire montre de virilité, c'était différent.

Aussi, comme Percy l'avait prévu avec une sagacité indéniable, le duc rouge n'avait pas cru chez lui à cette témérité qui constituait cependant la prudence la plus raffinée de la part du jeune homme.

Du reste, les précautions que Percy avait eu soin de multiplier, ses marches et contremarches pour faire croire que la fille d'Ellen Mercy et de Somerset était reléguée dans une retraite lointaine, avaient totalement dépisté ce dernier.

Mais il savait que l'on laisse toujours traîner quelque papier compromettant.

Et il pensait que, dans une visite domiciliaire chez Bolton et son fils, ses agents découvriraient peut-être quelque document, un indice qui lui livrerait le secret de la retraite de sa fille.

De là peut-être la résolution de faire arrêter le dangereux jeune homme; de là cette perquisition.

Le constable donna en conséquence l'ordre aux cavaliers de son escorte de garder toutes les issues de la maison.

Les serviteurs reçurent injonction de demeurer groupés au bas du perron sous la surveillance du gros des cavaliers.

Ils se placèrent au centre de l'escorte.

Ceci fait, le constable appela un sergent.

— Monseigneur, — dit-il au comte de Verbrock, — maintenant vous allez nous suivre ; ou plutôt vous allez nous conduire à l'intérieur.

Les deux gardes qui avaient ligotté et désarmé le fils de l'ancien intendant, l'encadrèrent à droite et à gauche, le sergent se plaça sur le côté, l'épée à la main.

Et sur un mot de celui qui les commandait, ils se dirigèrent vers l'entrée de la maison, continuant à garder le prisonnier au milieu d'eux.

L'officier de police ouvrit la porte qui se referma sur les cinq hommes.

Craignant quelque surprise, quelque attaque inopinée peut-être, pour lui enlever son captif, il avait armer ses pistolets cachés jusqu'alors sous les pans de son manteau.

Mais, la maison était absolument vide, tous les domestiques s'étant élancés au dehors en même temps que le maître dont ils n'avaient à cette heure plus à recevoir les ordres.

Le constable se rendit d'abord dans les pièces du rez-de-chaussée.

Mais il fut bientôt convaincu que si Percy Bolton avait quelques documents ou papiers secrets, ce n'était pas là qu'ils étaient cachés.

Ils prirent alors l'escalier, espérant découvrir, dans la chambre à coucher de Percy, quelque armoire, quelque cachette où ils feraient plus abondante récolte.

Ils fouillèrent en effet sa chambre, puis le vaste et sombre cabinet dans lequel le morne et dur jeune homme avait coutume de se tenir.

Mais le fils de l'ancien intendant avait conservé le caractère astucieux de son père.

Tout en menaçant Somerset avec la présence de Marguerite, ainsi qu'il avait fait, il avait pris diverses mesures de prudence.

Il savait que le favori d'Élisabeth était homme à employer tous les moyens pour supprimer le danger que lui causait sa fille aux mains d'étrangers.

Certes, Percy n'avait pas supposé que Somerset braverait ces périls en le faisant incarcérer, mais il s'était attendu à ce qu'il fît soudoyer quelqu'un de ses domestiques afin de lui soustraire des papiers susceptibles de lui servir.

Sans renseigner Somerset au sujet de sa fille, ces papiers risquaient de nuire à Stewart Bolton.

L'ancien intendant avait en effet trop souvent travaillé pour lui-même en paraissant opérer pour le ministre.

Aussi Percy avait-il détruit tout ce qui pouvait devenir une arme contre son père, — et par ricochet contre lui-même.

Les envoyés de milord-duc ne découvrirent donc rien de ce que leur maître avait espéré.

Le constable, voulant se mettre à couvert contre les reproches de son chef, tint à visiter toute la maison.

Il espérait trouver, en quelque coin reculé, des documents qui témoigneraient de son zèle.

Cette conviction fut accrue par la vue de la porte de fer qui isolait le dernier étage.

Percy, les poignets enchaînés, sa tête osseuse et livide penchée sur sa poitrine, suivait, en proie à une prostration absolue.

Il perçut néanmoins l'expression de joie manifestée par les traits de l'officier de police en présence de la porte de fer.

— Cet homme saurait-il que la fille de Somerset était prisonnière ici ? — pensa-t-il. — S'il en est instruit, son maître le sait certainement aussi. En ce cas, je suis perdu sans retour.

Ses jambes flageollaient sous lui.

Les soldats le regardèrent avec une pitié méprisante.

Ils se disaient que, quoique jeune encore, il avait dû acheter sa récente noblesse par une action bien infâme pour être si misérablement lâche.

Ils le poussèrent devant eux, et le triste personnage gravit les marches en buttant contre elles.

Ils atteignirent le couloir dans lequel, quelques instants avant, Henri de Mercourt, en poursnivant le fils de Stewart Bolton, avait entendu les appels désespérés de Marguerite.

Des portes existaient à droite et à gauche. Les soldats firent sauter d'une pesée celles dont Percy déclara ne pas avoir les clés sur lui.

L'officier de police se mordait les lèvres de colère : il n'avait mis la main sur rien d'important : l'ombrageux lord-chief de la haute justice ne serait pas satisfait.

Il aperçut ouverte, à demi arrachée, la porte de la chambre dans laquelle la fille d'Ellen Mercy était restée captive depuis son arrivée à Londres.

Mais rien n'y attestait le séjour de la malheureuse enfant.

Néanmoins, le constable fit remarquer, au rejeton de Stewart Bolton, les traces de violence restées sur le bois.

Celui-ci trouva, dans sa terreur elle-même, la force de réagir.

— Que me font les dépréciations de quelque valet ! — répondit-il d'un air rogue.

L'envoyé de Somerset était habitué aux ruses des prisonniers : une explication tortueuse de Percy l'aurait certainement mis sur ses gardes.

Mais le courroux, la révolte d'un jeune homme orgueilleux, nouvellement investi du titre de noblesse et échouant presque aussitôt dans un cachot, lui parurent sincères.

— Allons, nous ne trouverons rien, — bégaya-t-il entre ses dents.

Son regard mécontent tomba sur son prisonnier.

— Heureusement que nous rapportons le gibier.

Et il donna le signal de la retraite.

Quelques minutes après, les cinq hommes reparaissaient sur le perron.

Les gardes encadraient encore plus étroitement le comte de Verbrock.

Après l'insuccès de leurs recherches, ils tenaient absolument à garder au moins cet otage.

Et cependant une sorte de joie brillait sur les traits de Percy.

La perquisition que ces gardes venaient d'effectuer lui avait montré qu'on ne l'avait pas cru assez audacieux pour cacher la fille d'Ellen chez lui...

La vue même de la chambre dans laquelle elle avait été recluse jusqu'à ce jour n'en avait pas fait naître le soupçon dans leur esprit.

Joie de courte durée : ses domestiques, parquées dans un coin par les gardes, n'avaient-ils pas raconté à ceux-ci les événements qui venaient de précéder leur arrivée ; la sortie d'Henri de Mercourt se frayant violemment un passage tenant une jeune fille par la main ?...

Dans ce cas, tout se révélerait...

Et le gentilhomme français et celle qu'il avait délivrée devaient être encore assez près pour que les gardes puissent les rattraper.

Mais le silence des soldats restés en faction au dehors le rassura.

Ses domestiques, bouleversés par les incidents aussi dramatiques qu'inattendus pour eux de cette nuit, bourrelés d'appréhensions pour eux-mêmes, avaient gardé le silence durant la perquisition, n'osant seulement pas échanger leurs propres impressions.

— Somerset, en me faisant enfermer, n'aura rien fait en réalité pour écarter le danger qui le menace, — calcula le fils de Stewart Bolton chez qui son sang-froid commençait à revenir. Sa fille restée libre c'est la foudre suspendue de nouveau sur sa tête.

Dans sa disgrâce, il exultait même ultérieurement, à présent qu'il pouvait mieux juger sa situation.

Et il bénissait Henri de Mercourt d'être venu dans le but de se venger de son ancienne félonie.

Il le remerciait avec un contentement haineux et secret de l'avoir poursuivi jusqu'au dernier étage afin de l'immoler à sa juste colère.

Cela lui avait permis d'entendre l'appel désespéré de la jeune fille et de la sauver.

— Sans la venue du Français, sans son intervention, ces hommes trouvaient Marguerite chez moi, — pensa-t-il.

Et envahi d'un orgueil soudain :

— Mais elle est libre. Somerset, tu ne sais où elle se trouve. Toi dans ton palais, moi dans mon cachot, nous pourrons continuer à lutter.

Malgré son indignité, il y avait une certaine grandeur dans la situation de ce jeune homme pâle et blême et qui, enchaîné, ayant moralement cessé d'exister, au moment où il allait être conduit dans un de ces cachots dont il connaissait l'horreur, songeait encore à tenir tête au ministre tout-puissant.

Le constable fit entendre un commandement : les gardes, disséminés aux diverses issues de la maison, rallièrent l'escouade.

Tous remontèrent à cheval, à l'exception des deux hommes dont la main s'était appuyée sur l'épaule du comte de Verbrock, pour lui montrer qu'à partir de ce moment il était en leur pouvoir.

Ils se placèrent au centre de l'escorte en poussant leur prisonnier.

— *Go on !* Allons-nous-en ! — prononça le constable

Et l'escouade se mit en marche.

Les gardes emmenaient avec eux le fils de l'intendant enrichi par ses crimes et ses trahisons, le louche jeune homme qui avait acheté, par ses dernières infamies, le titre de comte de Verbrock.

## XXXVI

### RÉVÉLATION

Henri de Mercourt et Marguerite, en voyant apparaître les gardes de Somerset, au moment où eux-mêmes sortaient de la demeure de Stewart Bolton, s'étaient arrêtés, immobiles.

Avant l'arrivée des cavaliers, immédiatement après avoir franchi la poterne, le gentilhomme français s'était hâté de diriger les pas de la jeune fille vers le terrain broussailleux qui s'étendait sur un des côtés du parc.

On sait par suite de quelle douloureuse expérience il avait été amené à connaître les environs de ce logis.

Il craignait que, revenus de leur première surprise, les gens du comte de Verbrock ne se missent à leur poursuite.

Seul contre tous, comment pourrait-il défendre efficacement la prisonnière qu'il venait de délivrer ?

C'est pourquoi il avait songé de suite à ces fourrés dans lesquels Marguerite et lui parviendraient assez facilement à se dérober et à gagner le large.

Ils y pénétraient seulement lorsqu'ils entendirent les pas des chevaux et aperçurent les premiers cavaliers.

La main vigoureuse d'Henri de Mercourt força alors la jeune fille à se courber, tandis que lui-même s'écrasait à terre afin que leur vue n'attirât pas l'attention des nouveaux arrivants.

— Des gardes de Somerset ? — se disait-il en même temps. — Que se passe-t-il donc ?

Ces soldats ne venaient-ils pas chercher la jeune prisonnière, vendue sans doute au cruel favori par Percy Bolton, par suite de quelque infâme marché ?

Rempli d'épouvante pour la malheureuse enfant dont il était la seule ressource à cette heure, Henri de Mercourt ne songeait qu'à s'éloigner avec elle, afin de la soustraire au sort horrible qui l'attendait peut-être, une fois livrée à l'abject favori.

Mais il fallait attendre que les gardes fussent entrés, ainsi qu'ils allaient le faire probablement.

De l'ombre dans laquelle il se trouvait, il vit le constable s'avancer et donner l'ordre d'ouvrir au nom de la reine.

Cette manière de se présenter, employée par les représentants de l'autorité, ne semblait rien indiquer de bon.

— Ces soldats viendraient-ils réellement se saisir de la captive que j'ai enlevée à ce jeune coquin ? — se demanda-t-il ; — ou bien quelque félonie commise par les habitants de ce logis maudit contre Somerset lui-même aurait-elle irrité ce dernier ?

Et il prêta une attention plus ardente encore à ce qui allait se passer.

Marguerite, encore haletante, n'osait faire un mouvement, éperdue au milieu de tous les événements dont elle était en quelque sorte le jouet, depuis le jour fatal où Bolton et ses estafiers l'avaient arrachée avec Julien du manoir de Claymore.

Les yeux grands ouverts, des flammes d'angoisse emplissant ses prunelles, elle regardait les cavaliers, s'interrogeant elle aussi sur la signification de leur présence à cette heure devant la demeure abhorrée où elle avait été enfermée jusqu'alors.

L'immobilité, l'attention de l'homme à qui elle devait la liberté, faisaient battre son sein.

— Mon Dieu, — gémissait-elle intérieurement, — n'aurais-je échappé à l'horrible captivité dans laquelle je me trouvais que pour tomber au pouvoir de nouveaux ravisseurs ?

« Serais-je condamnée à ne plus revoir ni ma mère, ni Julien ?

Elle ne savait pas que le nom de Julien, prononcé à l'oreille de son compagnon, aurait fait éclater son émotion et sa joie.

Elle ignorait que, dans la surprise, l'émotion, le saisissement de rencontrer, dans la captive délivrée par lui, quelqu'un qui pût lui donner des nouvelles de son ancien protégé, il l'aurait interrogée ?...

Quelle révélation dans ce cas !

Et il aurait estimé certainement alors qu'il n'était pas trop de précautions pour achever de sauver l'enfant d'Ellen, dût-il avoir le cœur brisé par ce qu'il apprenait.

Mais la fatalité retenait, sur ses lèvres, les noms des êtres qu'elle chérissait, ces noms qui seraient devenus pour elle un talisman !

Henri de Mercourt et elle entendirent grincer les larges gonds de la grille de fer et le quintuple rang des gardes disparut à l'intérieur.

Le gentilhomme français entendit le constable prononcer d'une voix éclatante et impérieuse ces mots qui n'étaient point ceux d'un envoyé ordinaire :

— Comte de Verbrock, attendez-moi !

Il entendit la menace adressée par l'officier au fils de l'espion de faire tirer sur lui.

Et enfin ces paroles foudroyantes frappèrent son oreille :

— Percy Bolton, comte de Verbrock, par mandat de Sa Majesté la Reine et sur expédition transmise par son honneur le lord chief de justice, je vous mets en état d'arrestation.

— Serait-ce bien vrai ? — pensa Henry de Mercourt. — Ce jeune homme, presque un adolescent, serait-il déjà tellement mûri dans le mal et le crime qu'il aurait tourné, contre lui-même, son abject protecteur ?

Il réfléchit une seconde à ce qu'il lui convenait de faire.

Cette arrestation achevait de le venger; d'autre part il songeait à la barque qui l'attendait, à la pointe de White-Cross, près de l'emporter en France avec Martial, lord Mercy, Wilkie et sa courageuse femme, et sans doute aussi le duc de Noxfort.

Mais l'enfant qui était à côté de lui ?...

Allait-il l'abandonner, sans foyer peut-être où elle pût se réfugier ? Ou bien l'emmènerait-il avec lui, sauf à aviser plus tard ?

S'éloigner ?... Il jugea qu'il ne le devait point sans essayer de pénétrer la cause de cette arrestation, sans en connaître les suites. Peut-être ce qu'il apprendrait l'instruirait-il au sujet même de cette jeune fille, au moment où il allait être obligé de prendre une détermination.

Et il résolut d'attendre, prêtant âprement l'oreille pour tâcher de saisir quelque indication, un éclaircissement.

Mais cette attente n'allait-elle pas lui faire manquer le rendez-vous suprême auquel ses amis l'attendaient ?

Il avait appris, durant ses longues navigations, à compter les heures d'après les mouvements des astres.

Il interrogea le ciel.

La marche des étoiles lui montra que l'heure fixée pour le rendez-vous à la pointe de White-Cross et pour le départ de la barque était encore assez éloignée.

La constellation de l'aigle arrivait à peine au Zénith, les premières étoiles du groupe des Pléiades commençaient seulement à effleurer l'horizon.

Il avait donc le temps : il pouvait attendre.

Quant à profiter de ce délai pour interroger sa jeune compagne, non; il se dit que ce serait pour plus tard, ne voulant pas s'exposer à perdre une seule des paroles qui, à cette distance, parvenaient difficilement jusqu'à lui.

Il entendit les pas sonore des gardes allant occuper les différentes issues

Il vit reparaître la troupe armée.



de la bâtisse, puis un temps prolongé s'écoula sans qu'il pût discerner ce qui se passait.

Alors d'une voix basse, étouffée, afin de percevoir les nouveaux bruits qui viendraient à s'envoler de l'intérieur, il interrogea Marguerite.

— Le temps presse, — dit-il, — ne croyez pas de ma part à une indiscrète curiosité. Mais vous étiez retenue captive dans cette demeure maudite, apprenez-moi succinctement par suite de quelles circonstances, afin que je puisse vous rendre aux parents qui vous pleurent sans doute, si c'est en mon pouvoir!

— Hélas! je n'ai que ma mère!

— Votre mère, pauvre femme!..,

— Ah! oui, ce qu'elle doit souffrir, après les épreuves qui ont déjà attristé sa vie!

— Mais pourquoi étiez-vous enfermée dans cette maison?

— Pourquoi?... Je n'en sais rien moi-même. On m'a fait débarquer de nuit d'une barque et l'on m'a conduite dans cette maison, où l'on m'a enfermée dans la chambre d'où vous avez eu la générosité de m'arracher. Je ne sais pas même où je suis.

— Est-ce possible? vous êtes à Londres.

— Oui, — murmura comme intérieurement la jeune fille. — J'ai entendu prononcer ce nom entre eux par les marins qui m'ont emportée. Mais ils ont refusé de me répondre lorsque je les ai interrogés.

Les réponses de l'enfant plongeaient le gentilhomme français dans une stupéfaction émue.

Quoique étranger lui-même, il reconnaissait que l'accent de l'infortunée n'était pas celui des habitants de Londres.

Il s'était interrompu, cessant d'interroger, ayant vu à travers les arbres, des lumières éclairer successivement les fenêtres de ce sombre logis.

En même temps, il se demandait quelle affreuse machination cachait le sort de cette jeune fille, presque une enfant, débarquée nuitamment dans la capitale de l'Angleterre et conduite dans ce repaire sans qu'elle connût même l'endroit où elle se trouvait.

— On vous a donc ravi à votre mère? — reprit-il.

— Hélas! — gémit Marguerite avec une expression de douleur navrante.

— Les bandits qui ont osé cela ont-ils accompli leur attentat loin d'ici?

— C'est en Ecosse. Nous sommes restés plusieurs jours en mer dans une barque étroite, et j'ai beaucoup souffert

— En Ecosse! — répéta Henri de Mercourt songeant que Julien s'était rendu dans cette contrée.

Et à part lui, il ajouta :

— Quels peuvent donc être les desseins secrets de tous ces gens pour aller accomplir un tel rapt à une aussi grande distance et ramener ici leur victime?

— L'Ecosse est loin, — murmura-t-il. — Comment vous reconduire?

Il songea alors au côtre qu'il avait fait apprêter par Fabers le corroyeur et il se demanda si, au lieu de le faire se diriger vers la France, il ne ferait pas mettre le cap sur l'Ecosse.

— Quel est le nom de votre mère? — demanda-t-il, — et en quelle région de l'Ecosse habite-t-elle, pour que je voie s'il m'est possible de lui ramener son enfant?

Marguerite joignit ses mains avec élan et, malgré les ténèbres qui les enveloppaient, le gentilhomme vit le regard de la jeune fille tourné vers lui avec une émotion intense.

Le scintillement d'une étoile se reflétant dans sa prunelle mouillée lui montra une larme d'émotion qui y roulait.

— Oh! — bégaya-t-elle, — si vous me rameniez auprès de ceux dont on m'a séparée, comme je vous bénirais!

Et des sanglots étouffés dans la voix, au souvenir de l'affreuse séparation :

— C'était au manoir de Claymore, non loin d'Edimbourg... ma mère s'appelle lady Ellen Mercy!

Un halètement étouffé, impossible à rendre, montant de la poitrine du seigneur breton, ponctua ces paroles.

— Ellen Mercy!...

Ces deux mots sortirent de la gorge du gentilhomme dans une oppression inouïe, extasiée et atroce à la fois, dans un râle.

Ellen Mercy, celle dont la vision avait rempli sa vie, celle dont il était venu chercher l'image... ou la tombe en Angleterre si elle n'était plus!...

Voici que son nom résonnait brusquement à son oreille.

Il avait en vain fouillé Londres et ses environs; il avait affronté le seuil redouté des prisons pour demander un renseignement, un mot, une lumière, capables de le guider dans sa nuit!...

Et voici que brusquement, alors que rien ne l'y préparait, il apprenait le lieu de sa retraite.

Mais aussi, hélas! il apprenait qu'elle était mère.

Tandis que lui édifiait dans ses insomnies, dans son souvenir sans cesse grandissant, un temple, un tabernacle à l'amour qu'il lui avait voué, ignorante de ce culte elle se mariait, et elle avait un enfant.

— Mère! — gémit l'infortuné.

Marguerite ne pouvait comprendre l'amère signification de ce mot pour celui qui le prononçait.

Surprise, affligée, pleine d'une crainte vague devant le changement qui venait de se produire en lui, elle n'osait l'interrompre, ne sachant que penser.

Elle se demandait même si le gentilhomme, pour être ému de la sorte, n'avait pas été aussi quelque ennemi de sa famille, et s'il n'allait pas la repousser, l'abandonner?

Henri de Mercourt passa la main sur son front comme pour détendre un cercle pesant qui l'aurait enserré.

Sa mère s'appelait Ellen Mercy, avait dit cette jeune fille. Mais ne pouvait-il pas y avoir là une coïncidence, une simple similitude de nom.

Il voulut s'en assurer de suite.

Du reste, les enfants ne portent pas d'habitude le nom de leur mère.

Il était probable que la malheureuse enfant qu'il venait de délivrer appartenait seulement à la famille de Mercy, dont un membre s'était peut-être réfugié en Écosse après la disgrâce imméritée de lord Mercy.

— Seriez-vous parente de lord Mercy, ancien lord-chief de justice du royaume anglais? — questionna-t-il.

— Le lord-chief emprisonné dans la Tour de Londres est mon grand-père, — répondit la jeune fille. — Mais l'injuste persécution dont il est victime ne m'a pas permis de connaître ses traits vénérés.

— Lord Mercy serait votre aïeul! — reprit le gentilhomme d'une voix altérée. — Le noble vieillard avait donc un fils?

— Non, messire. Ma mère, Ellen Mercy, est sa fille unique.

Après ces paroles catégoriques de l'enfant, il n'y avait plus à douter.

Une lamentation douloureuse sortit de la gorge du gentilhomme français.

C'en était réellement fait de l'amour qu'il avait si pieusement conservé jusqu'alors, malheureux cadavre des illusions qu'il s'était obstiné à nourrir malgré tout.

Une désolation affreuse l'emplissait, comme si l'inéluctable loi de la nature qui pousse les créatures humaines à se constituer une famille ne devait pas s'exercer envers la fille de lord Mercy, puisque lui, Henri de Mercourt, n'avait pas su découvrir sa retraite et lui faire partager sa tendresse.

— Mais pourquoi a-t-elle continué à porter le nom de son père, au lieu d'adopter celui de son époux? — pensait-il éperdu, — quel est ce nouveau mystère?

Il se rappelait aussi que lord Mercy ne lui avait pas parlé de son gendre.

La fille de l'ancien ministre d'Elisabeth avait-elle donc contracté une de ces unions que l'on n'avoue pas?

Oh! en ce cas, la blessure était plus cruelle encore : l'idole n'était même plus digne du piédestal qu'il lui avait élevé.

Le vicomte de Mercourt eut un moment de colère, de malédiction pour l'enfant innocente qui venait de lui faire une telle révélation.

Il allait l'abandonner à son sort. Mais un remords immédiat le saisit à la suite de ce mouvement de rancune.

— Hélas! l'infortunée! — pensa-t-il, — elle ne sait même pas la cause du déchirement de mon âme. Pourquoi la rendre responsable du mal qui m'a été fait? Comme si je n'aurais pas dû m'attendre à ce lamentable dénouement.

Une grande pitié, une sorte d'affection instinctive le rapprocha de Marguerite. Et il murmura :

— La pauvre petite!... N'est-elle pas quelque chose d'Ellen!

Il se rapprocha de l'infortunée, qui demeurait silencieuse, traversée des plus pénibles incertitudes.

— Comment vous appelez-vous, vous-même? — interrogea-t-il d'une voix très douce.

— On m'a baptisée Marguerite, comme les fleurs abandonnées des champs.

Sa voix avait comme un tremblement d'ailes en prononçant ces mots, qu'une inspiration affligée avait portés à ses lèvres.

L'émotion, la pitié que ressentit Henri de Mercourt en furent augmentées... Dans un élan irrésistible, il saisit dans l'obscurité les mains de Marguerite.

— Mon enfant, — prononça-t-il d'un accent contenu, — Dieu a voulu que je connaisse votre famille. Ayez confiance en moi, je vous protégerai jusqu'au bout; je vous remettrai dans les bras de votre aïeul vénéré, le noble lord Mercy...

Sa voix se troubla :

— Je vous rendrai à votre mère.

— Oh! — fit l'enfant avec effusion, — comme je vous aimerais!... Mais vous avez nommé mon aïeul... Hélas! n'est-il pas détenu dans un cachot de la Tour de Londres?...

— Il en est sorti. Et je vous le répète, j'espère bientôt vous conduire auprès de lui.

Le regard tremblant de Marguerite se leva vers les étoiles qui palpitaient au ciel.

Etait-ce possible que, dans le plus fort de son infortune, le destin lui eût suscité un défenseur, un sauveur généreux, que ce gentilhomme fût un ami de sa famille et qu'elle passât de l'excès de ses maux à cette joie suprême : se retrouver sous l'égide du vénérable aïeul, dont sa mère lui avait parlé si souvent, et pour qui, si souvent aussi, agenouillées à côté l'une de l'autre, elles avaient prié.

Ses lèvres balbutiaient des actions de grâce.

Henri de Mercourt le devina.

Une résolution plus ardente d'accomplir la promesse qu'il avait faite à la jeune fille pénétra en lui.

— Oui, je vous le promets, — répéta-t-il — à moins que je ne succombe à la tâche.

A ce moment, une voix s'éleva, venant de la maison de Stewart Bolton. C'était celle de l'officier de police, ordonnant aux gardes de se rassembler de nouveau.

La perquisition était terminée et il allait conduire son prisonnier dans la citadelle qui devait désormais lui servir de demeure.

Henri de Mercourt entendit le mouvement de la troupe reformant ses rangs. Puis le commandement de mise en marche du chef de l'escouade parvint à son oreille.

Les gardes emmenaient-ils avec eux le misérable jeune homme qui avait fait, de ce logis, un antre de trahison et de douleurs? Il se le demandait, étant donné le temps qui s'était écoulé depuis leur arrivée.

Le pas des chevaux se rapprochait de la grille.

En même temps, de vives lueurs en éclairaient les barreaux.

C'étaient les serviteurs du comte de Verbrock qui, inquiets pour leur propre sort, éclairaient les cavaliers jusqu'à leur sortie afin qu'ils pussent témoigner de leur soumission auprès du duc.

La porte se rouvrit et la troupe armée sortit.

Le fils de Stewart Bolton cheminait à pied entre les deux gardes qui marchaient de même à ses côtés pour plus de sûreté.

Les cavaliers qui les encadraient empêchaient de les apercevoir.

Henri de Mercourt, les regards braqués sur leur troupe, essaya de voir.

Il dégagea son buste des branchages qui le masquaient et qui gênaient aussi sa vue.

Il aperçut alors nettement le comte de Verbrock à pied, les chaînes aux mains, entre les gardes.

Mais il s'était découvert lui-même.

La clarté d'une torchère tenue par un des serviteurs tomba sur lui.

Percy Bolton l'aperçut.

Tous les calculs qu'il avait faits cédèrent devant l'impulsion de sa rancune, de sa haine envers l'homme devant lequel il reculait avec tant de lâcheté un instant auparavant. Sa main enchaînée le désigna en même temps que sa voix éclatait, âcre et violente :

— Arrêtez cet homme! — lança-t-il. — C'est le vicomte de Mercourt, l'ennemi personnel de mylord-duc, et contre qui il y a mandat. Arrêtez-le, je vous le dénonce!

## XXXVII

### LA CURÉE

Ces paroles du fils de Stewart Bolton avaient produit un véritable coup de théâtre.

Elles avaient retenti, âpres, coupantes, cinglantes.

Le constable, les gardes s'étaient d'abord arrêtés, interrogés, saisis par la violente animation du jeune homme, hésitant les uns et les autres sur ce qu'ils devaient faire.

Ils se demandaient si ce n'était pas là une ruse du prisonnier pour amener une diversion, faire cesser la surveillance dont il était l'objet, et s'évader.

Avec son intelligence d'être vicieux et pervers, Percy le comprit de suite.

Ses domestiques étaient encore sur le seuil, attendant que l'escorte qui emportait leur maître se fût éloignée pour se livrer à leurs commentaires.

Il se tourna vers eux.

Et désignant Henri de Mercourt de ses mains enchaînées :

— Sus à cet homme, vous autres. C'est le Français qui s'était sauvé à cheval !

L'accent du comte de Verbrock avait repris ses intonations de commandement, brèves, ardentes.

Son œil morne, voilé un instant auparavant, brillait d'un éclat frénétique.

C'était, disait-il, le Français vêtu en homme du peuple qu'on avait traqué autrefois avec la police, et qui, blessé, saignant, avait réussi à gagner les bois après avoir fait franchir le mur au cheval fauve dont il s'était emparé.

Les regards des valets avaient suivi la direction que le fils de leur maître leur indiquait.

Et sous le rayonnement de la lumière, dans l'espace d'un éclair, ils avaient aperçu, avaient reconnu le visiteur qui s'était présenté dans le courant de cette nuit en se prétendant envoyé par le duc de Somerset.

C'était le gentilhomme dont la flamme du pistolet les avait balayés, tandis qu'ils tentaient de s'opposer à sa sortie avec la jeune fille qu'il tenait par la main.

A ce moment, il leur avait semblé en effet que ce visiteur ne leur était pas inconnu.

Maintenant, après les paroles de Percy, ils ne doutaient plus.

Oui, c'était bien le malheureux vêtu du simple costume de l'homme du peuple auquel ils avaient fait autrefois une chasse si furieuse, si acharnée.

Un Français, c'est-à-dire un habitant de ce pays qu'ils détestaient, à cause de la supériorité de sa civilisation, de ses riches contrées qu'ils avaient espéré conquérir autrefois, grâce à la complicité de traîtres soudoyés à prix d'or et d'où ils avaient été expulsés malgré tout par la noble Jeanne d'Arc.

Un Français, cela signifiait l'ennemi national.

Et heureux de prendre leur revanche de la contrainte qui pesait sur eux depuis l'arrivée des gardes, les valets obéirent; ils s'élancèrent, se ruèrent sur la proie qu'on leur désignait.

Ils se retrouvaient à cet instant les limiers aux bas instincts policiers que Stewart Bolton et son fils étaient seuls capables d'engager à leur service.

Henri de Mercourt avait été frappé de stupeur par les paroles, par la brusque dénonciation de Percy.

Quoi! voué déjà au cachot, le sinistre et abject adolescent avait ces mœurs dégradantes de délation tellement ancrées en lui que, chargé lui-même de fers, il se retrouvait pourvoyeur de geôles!

Et, tout d'un coup, la pensée de Marguerite, de la fille d'Ellen, exposée aux dangers qu'il courait, envahit son esprit.

Il s'était imprudemment exposé, oubliant qu'il avait charge d'âme.

Il lui fallait réparer sa faute.

Le gentilhomme comprit qu'il ne le pouvait qu'en mettant la jeune fille hors d'état d'être rejointe par ceux que l'ignoble Percy essayait d'ameuter.

Il se rejeta donc en arrière, se replongea dans l'ombre, un peu rassuré par l'hésitation des gardes.

La furieuse invitation adressée par le fils de Bolton à ses domestiques, le brusque élan de ces derniers lui montrèrent qu'il devait abandonner toute espérance.

Attendre les domestiques de pied ferme, entamer une lutte contre eux serait folie.

Son épée battit l'air et piqua dans la gorge de celui qui l'avait attaqué.

Seul contre eux tous, il ne tarderait pas à être débordé.

Et qu'adviendrait-il, en ce cas, de l'enfant dont il avait assumé la protection?

C'était la fille d'Ellen : elle lui était deux fois sacrée.

Henri de Mercourt chercha, dans l'ombre, la main de Marguerite, la serrant dans la sienne à la briser.

— Venez! — souffla-t-il, la voix rapide.

La jeune fille avait entendu : elle aussi, elle avait compris.

Elle percevait d'ailleurs la course furieuse des valets, rivalisant entre eux dans leur immonde émulation, chacun d'eux voulant être le premier à remettre, aux agents de la police, l'étranger, le Français qu'on leur avait désigné.

Les misérables se préparaient à se jeter sur son vaillant défenseur.

A cette pensée, la pitié vibrait dans son sein.

Mais aussi l'épouvante; elle était si jeune et si frêle!

Son sauveur abattu, ces hommes se précipiteraient sur elle. Et l'infortunée se vit réintégrée dans la cellule d'où elle était sortie, ou dans quelque antre peut-être plus affreux encore.

Au moment où elle entrevoyait l'aurore de la délivrance, le retour au foyer, allait-elle donc retomber aux mains de ses ravisseurs?

Ces pensées, rapidement évoquées par son esprit, l'avaient déjà mise debout, prête à la fuite, prête à tout, plutôt que de retomber dans sa cruelle captivité.

Ses doigts frémissants se cramponnèrent à ceux du gentilhomme, et elle prit son élan pour bondir.

Mais elle ne connaissait pas le terrain. Les branches qui se trouvaient devant elle l'embarrassaient, la jeune fille ne sachant où se diriger dans l'obscurité.

Un espace vide se trouvait à gauche d'Henri de Mercourt.

Ils risquaient d'être vus en s'y engageant, de servir, durant quelques instants, de point de mire aux individus lancés contre eux.

Mais cet inconvénient paraissait moindre au gentilhomme breton que ce piétinement dans le fourré, tandis que leurs adversaires gagnaient du terrain.

— Par ici! — fit-il haletant.

Marguerite s'arracha aux frondaisons qui la paralysaient.

Et tous deux, se tenant par la main, apparurent dans l'espace découvert.

Les flambeaux tenus par quelques-uns des domestiques qui n'avaient pas encore pris part à la poursuite laissaient une demi-clarté arriver jusqu'à cet endroit.

Les gardes qui emmenaient Percy s'étaient arrêtés devant cet incident imprévu.

Les cavaliers qui encadraient le prisonnier s'étaient tacitement écartés, pour lui permettre de suivre les phases de cette chasse, de cette action poignante.

Le fils de Stewart Bolton vit donc l'homme dont il voulait la perte surgir de l'ombre afin de gagner le large.

Mais il aperçut en même temps, à côté de lui, une frêle forme féminine, et il reconnut, ou plutôt il devina en elle la prisonnière qu'Henri de Mercourt lui avait enlevée.

Il se rendit compte alors de toutes les conséquences que sa rancune pouvait comporter pour lui-même.

Marguerite, livrée à Somerset en même temps que le vicomte de Mercourt, c'était la preuve de sa félonie.

Il est vrai que le favori savait à peu près à quoi s'en tenir à ce sujet.

Mais la jeune fille tombée également en son pouvoir, le favori de la jalouse et orgueilleuse Élisabeth n'aurait plus à redouter de voir ses ennemis se servir de sa présence.

Et Percy, qui était déjà son prisonnier, se voyait totalement à sa merci.

Le duc de Somerset était implacable envers ceux qui avaient essayé de lutter contre lui. Il le savait.

Et brusquement, apeuré devant les suites de la double arrestation de Henri de Mercourt et de Marguerite, il ouvrit la bouche pour arrêter les poursuivants.

— *Stop!* halte! — râla-t-il d'une voix étranglée.

Mais son appel se perdit, confondu avec le hourra poussé par les poursuivants, en apercevant nettement le gentilhomme et la jeune fille.

Ceux-ci, loin de s'arrêter, rectifiaient leur direction, obliquant afin de gagner du terrain.

— Il n'y a plus rien à faire! — pensa le fils de Stewart Bolton, la sueur au front. — Le sort en est jeté!

Et ses mains décharnées se portant à sa poitrine, les ongles aigus en lacérèrent la peau.

Les gardes, qui suivaient les péripéties de cette scène inattendue, le regardaient, étonnés du cri de : halte! qu'il venait de pousser.

Certaines de ses paroles avaient frappé le constable, et celui-ci suivait les événements d'un œil attentif, attendant l'occasion d'intervenir.

Percy vit le soupçon passant dans son regard.

Le duc de Somerset lui avait commandé de rechercher, dans la demeure du comte de Verbrock, tous les documents qui pouvaient se rapporter à une jeune fille.

Et voici qu'une jeune miss se trouvait justement avec l'inconnu désigné quelques minutes auparavant par le prisonnier comme un ennemi du lord-chief...

Et aussitôt que Percy Bolton l'avait aperçue, il avait essayé d'entraver la poursuite des fugitifs!...

Le fils de l'espion discerna ce qui se produisait dans l'esprit du constable.

Il entrevit l'abîme ouvert sans retour sous lui si l'officier de police ordonnait lui-même à ses hommes de courir dessus.

Marguerite, interrogée, déclarerait qui elle était.

— Mon intervention tardive serait ma perte définitive, — conclut le tortueux jeune homme.

Alors, prenant une décision soudaine, il alla de lui-même au-devant du danger.

Et, l'accent haché, s'adressant au constable :

— Je voulais lancer ces hommes dans une autre direction, afin de couper la retraite aux fugitifs. Les misérables, ils sont capables de les laisser échapper!... Monsieur, je m'adresse à vous, vous êtes un serviteur du lord-duc... Sus à cet homme et à sa compagne. Ce sont ses plus mortels ennemis, vous dis-je!

Un feu pourpre était monté à sa face osseuse et si blême d'habitude; ses yeux fourbes lançaient des éclairs, son haleine sifflait.

La fureur de se voir acculé dans cette impasse, de voir qu'il n'allait plus être qu'un jouet entre les mains du terrible ministre, coulait une véritable ivresse dans ses veines : ivresse de fureur et de rage.

S'il devait expier sa fourberie et son ambition cupide, il entraînerait au moins d'autres victimes avec lui dans sa chute.

Et faisant oublier par son surcroît d'acharnement sa tentative inutile pour ramener ses domestiques, un instant auparavant, sa voix s'éleva de nouveau, aigre, rauque, semblable à un accent d'aliéné dans un accès :

— Hardi! Rejoignez-les! Ne leur laissez pas le temps de gagner le large! Mille guinées, sur ma cassette, au premier qui rejoindra l'homme..

Et il ajouta :

— Autant pour la femme!

Il venait de songer que cette offre d'une récompense, pour le Français seul, risquait de lui être imputée à crime.

La haine de l'homme dont la visite vengeresse avait été comme le présage de sa déchéance s'alliait à sa terreur du châtiment, l'épouvante des cachots souterrains où son père l'avait conduit jadis, et où il retourna avec joie, savourant avec volupté les lamentations, les râles d'agonie des captifs.

Et tout cela battait son crâne dans un tourbillon de folie.

Qu'on les saisît donc tous les deux, le libérateur et la fugitive; cela le vengerait aussi de ce que Marguerite l'avait repoussé la nuit où il avait cru que son rôle de geôlier lui permettait l'infamie suprême.

Et sa raison se faisant jour dans le chaos de ses fureurs et de ses épouvantes. il se disait :

— Puisqu'elle est découverte, il vaut mieux qu'elle soit prise; et qu'elle le soit par mes soins surtout. Ce sera ma défense auprès de Somerset.

« D'ailleurs ce Français, capturé seul, aurait parlé, il aurait raconté la découverte de cette fille de sorcière chez moi.

Il ne savait encore comment il se disculperait aux yeux du favori.

Qu'importait, du reste? Il comptait sur les ressources de son esprit.

Et, en effet, n'était-ce pas lui qui aurait, en définitive, remis entre ses mains la fille d'Ellen Mercy, puisqu'il venait d'envoyer ses serviteurs à sa poursuite?

La promesse qu'il venait de leur faire, la récompense qu'il avait annoncée pour les premiers qui s'empareraient du gentilhomme et de sa à sa compagne, avait redoublé leur ardeur.

Henri de Mercourt, entraînant toujours Marguerite avec lui, venait de franchir l'espace découvert pendant le trajet duquel il avait servi de point de mire aux regards braisillants de ses poursuivants, excités par l'appât du gain.

Ils allaient se plonger de nouveau dans les broussailles.

Pour le gentilhomme breton, l'essentiel était de gagner un peu d'avance, de s'enfoncer assez profondément dans le dédale des taillis pour dépister les limiers lancés après eux.

Alors, à la faveur des ténèbres, il pouvait espérer leur échapper.

Il avait appris déjà à connaître le chemin pour gagner les hautes forêts.

Il était décidé à s'y réfugier si c'était nécessaire.

Mais, il l'avait constaté peu d'instants auparavant à l'inspection des étoiles, il lui restait plus de temps qu'il n'en fallait pour rejoindre par des chemins détournés le cotre amarré à la pointe de White-Cross.

Et il ne désespérait pas de le rallier avant l'heure du départ.

Son projet était de laisser croire aux limiers aboyant à ses trousses qu'il avait gagné ces forêts.

Et tandis qu'ils en battraient les dédales, il reviendrait vers la Tamise en faisant un crochet.

Seul, il était certain de réussir, connaissant sa vigueur et son adresse.

Mais il s'agissait de sauver la jeune fille avec lui.

Et quoi qu'il dût arriver, il était résolu à ne pas l'abandonner.

N'était-elle pas la fille d'Ellen?... Ellen pour laquelle il n'avait plus même le droit de nourrir un amour sans espoir !

— Courage! — fit-il à la jeune fille. — Gagnons seulement ces masses touffues et nous serons à l'abri!

L'enfant ne faiblissait pas.

Elle aurait couru jusqu'au moment de tomber inerte, afin de ne pas se voir de nouveau aux mains des gens qui l'avaient arrachée à sa famille et l'avaient transportée au loin et enfermée, dans de secrets desseins qu'elle ne pouvait, n'osait évoquer!

Le fils de Stewart Bolton, l'œil braqué sur eux, les vit près de disparaître derrière les épaisseurs boisées.

Henri de Mercourt avait réussi à lui échapper déjà une fois, grâce à la configuration et aux accidents du même terrain.

Il prévit qu'il était capable de sortir indemne de cette situation critique, tandis que lui sentirait la lourde porte d'un cachot se refermer derrière ses pas.

A cette perspective, un coup de révolte fit contracter ses mâchoires et grincer ses dents.

— Cela ne sera pas! — gronda-t-il intérieurement.

La découverte d'Henri de Mercourt par lui, la dénonciation du gentilhomme faite par lui aussi au constable, son appel à ses serviteurs, la ruée de ceux-ci, la sortie du gentilhomme français et de Marguerite des cépées où ils se tenaient cachés, tout cela s'était succédé rapide, précipité, ardent.

Des minutes égales à des heures pour les principaux acteurs de ces scènes tragiques... des minutes pendant lesquelles l'officier de police qui commandait l'escorte suivait ces événements avec l'attention d'un homme habitué à démêler, à sonder les intentions de ceux à qui il avait affaire.

A ce moment, le comte de Verbrock se tourna de nouveau vers lui.

— Monsieur, — prononça ce dernier, — je vous jure que ce fugitif est un Français recherché par ordre du lord-chief! Je vous jure que cette jeune fille est celle au sujet de laquelle vous aviez ordre de découvrir chez moi des documents capables de vous indiquer sa retraite.

Le dépit, la colère avaient mis une flamme de sincérité dans son regard faux d'habitude.

Il ajouta :

— Envoyez vos hommes, je vous donne ma parole d'honneur, ma parole de gentilhomme de ne point bouger d'ici.

Le pli presque invisible d'un sourire intraduisible pinça les lèvres du constable.

Mais sa conviction était déjà faite.

Au moment ou Percy Bolton s'adressait de nouveau à lui, il venait d'appeler le sergent pour lui donner ses instructions.

Il acheva l'ordre qu'il avait commencé à formuler :

— Prenez trois cavaliers avec vous et arrêtez ces gens ! — fit-il.

Les prunelles du fils de Stewart Bolton se dilatèrent, reluisant comme des escarboucles.

Les chevaux allaient donner, allaient bondir à travers les fourrés. Ils allaient couper la retraite aux deux fugitifs, les rabattre sur ses domestiques comme la venaison dans le laisser-courre.

Et il regrettait de n'avoir pas les poignets libres pour planter des premiers sa main sur ce gentilhomme qui l'avait couvert de son mépris.

Ce serait une belle revanche pour cette main tellement lâche qu'elle n'avait pas même eu le courage de tirer sa dague du fourreau.

Le sergent désigna les trois premiers cavaliers pour l'accompagner, et piqua son cheval de l'éperon.

Les trois hommes suivirent dans un flottement de crinières.

Mais Henri de Mercourt et la fille d'Ellen étaient déjà loin.

Quatre cavaliers, serait-ce assez pour les découvrir au milieu du dédale qu'ils étaient parvenus à atteindre?

La crainte de les voir échapper fouetta l'abject adolescent.

— Ces bois sont touffus, — souffla-t-il l'haleine ardente en s'adressant de nouveau au constable. — Vous ne serez pas trop nombreux pour cerner les deux fuyards. Je fais serment de ne point chercher à m'enfuir...

Le regard glacé du constable fut plus significatif que de nombreuses paroles.

— Il y a bien assez de quatre cavaliers pour un seul homme et pour une femme, — grommela-t-il entre ses dents.

Et il demeura à la même place, continuant à garder celui dont il refusait la parole, et suivant de loin ce qui allait se passer.

## XXXVIII

### CHIENS ABOYEURS

Henri de Mercourt, tenant toujours Marguerite par la main, s'orientait rapidement autant que la nuit le permettait afin d'amener les valets sur une fausse piste et de regagner Londres où ses amis devaient l'attendre.

La distance était trop grande maintenant pour qu'il pût entendre l'ordre donné par le constable.

Mais la passée des chevaux à travers les premières broussailles vint frapper brusquement son oreille.

— Les cavaliers ! — murmura-t-il.

L'angoisse avec laquelle il venait de prononcer ces mots laissa à peine la voix sortir de sa gorge.

Les cavaliers, c'est-à-dire les gardiens de Somerset entrant en scène à leur tour, les grands chevaux trouant les fourrés d'un élan.

Son regard dilaté par le désespoir sonda les épaisseurs feuillues, cherchant les taillis aux branches basses et touffues à travers lesquelles la cavalerie ne pouvait se mouvoir.

Un de ces taillis, rasé quelques années auparavant et dont les pousses avaient rejailli, vigoureuses, s'étendait à quelque distance; le Breton y entraîna la jeune fille.

Mais, pour y pénétrer, il fallait se rapprocher de la valetaille détachée la première et excitée par le fils de l'espion.

Il fallait s'exposer de nouveau.

Ils l'avaient fait une première fois pour sortir alors du milieu des obstacles qui avaient empêché la jeune fille de se mouvoir.

Cette fois-ci, ce serait pour mettre des obstacles entre eux et les cavaliers qui entraient en scène.

Mais cette nouvelle résolution allait avoir pour conséquence immédiate de leur faire perdre une partie de l'avance qu'ils avaient sur les valets.

Il n'y avait pourtant aucun autre moyen de salut.

— Encore un effort, Marguerite, — disait en même temps Henri de

Un cavalier apparut, penché sur l'encolure de son cheval.

Mercourt. — Les coquins abjects qui vous retenaient prisonnière ont réussi à lancer les gardes après nous. Mais là-bas, ils ne pourront rien. Et si nous parvenons à gagner ces hauteurs que vous distinguez devant nous, dans la nuit, je ne les crains plus.

Il ne voyait en effet maintenant d'autre moyen de se soustraire au sort qui les menaçait que de pénétrer dans les forêts qui l'avaient déjà une fois sauvé lui-même.

Dans ce cas, il lui fallait renoncer à rejoindre les amis qui l'attendaient sur le bord de la Tamise. Il lui fallait dire adieu à l'espérance de revoir avec eux les rives de France.

Revoir sa patrie?... N'y avait-il pas déjà renoncé dès l'instant qu'il avait songé à pousser Marguerite dans les bras de lord Mercy, son aïeul?

N'avait-il pas formé en même temps, au fond de son âme, le projet de ramener le vieillard et l'enfant auprès d'Ellen...

Ellen qu'il voulait revoir encore une fois, après quoi il irait se faire tuer dans les rangs d'une des armées de Marie Stuart.

Marie Stuart était veuve d'un roi de France, elle combattait l'Angleterre hypocrite et rapace : périr à son service, ne serait-ce pas en quelque sorte mourir pour la France?

Ce serait son amour malheureux qui l'aurait tué, et il serait cependant mort sans regret puisque ç'aurait été pour sa patrie.

Mais ce rêve amer menaçait de demeurer lui-même irréalisable.

L'existence des êtres traqués, hors la loi, réduits à la condition des bêtes fauves, allait commencer pour Marguerite et pour lui.

Hélas! la pauvre enfant serait-elle encore en état de supporter cette rude vie?

— Oh! — se dit-il tandis qu'il bondissait de buisson en buisson avec Marguerite, pour atteindre l'endroit qu'il lui avait désigné, — que le sort me permette seulement de me jeter tout à fait sous bois! Alors, je regagnerai Londres avant le jour, je conduirai Marguerite chez le digne et loyal Fabers. Nous quitterons cette ville maudite au bout d'un jour ou deux. Et je remettrai quand même, entre les mains d'Ellen, l'enfant qu'elle pleure... Après quoi je disparaîtrai de ses yeux.

Et ces pensées, décuplant ses forces, il entraînait, il emportait presque la jeune fille.

Brusquement, il s'arrêta, un jurement de douleur à la bouche

A sa droite, à quelques pas de lui, il avait entendu repousser violemment les branches.

Quelques-uns de ceux qui les pourchassaient, ayant deviné son projet ou guidés par le hasard, s'étaient précipités de ce côté.

— Malheur à ceux-là! — gronda le gentilhomme.

Mais lutter, c'était s'arrêter; c'était donner à d'autres le temps de survenir.

D'un regard désespéré, Henri de Mercourt chercha un autre chemin, une autre retraite.

Ah! s'il n'y avait pas eu les cavaliers dont il entendait le galop sourd, par bonds irréguliers, à travers les obstacles formés par les touffes serrées des végétations, combien cette meute mercenaire aurait peu pesé au bout de son fer !

Ou bien s'il avait été seul!...

Mais non, il n'y avait pas d'autre abri que ces bois, grimpant au flanc du coteau, il n'y avait pas d'autre voie de salut.

Il fallait affronter ces hommes qu'il entendait non loin, ou se rejeter sur les gardes lâchés à leur rescousse.

Henri de Mercourt avait laissé jusqu'alors son épée au fourreau : elle l'aurait gênée à travers les obstacles qu'il lui fallait franchir.

L'heure était venue de s'en servir : il mit la lame au clair.

— Allons! — fit-il en reprenant sa marche.

Et il serra plus étroitement la main de la fille d'Ellen Mercy, comme s'il pressentait que le moment de la protection suprême avait sonné.

Sa tête mâle s'était redressée, plus virile, plus énergique, respirant la force, la résolution invincible.

Marguerite avait entendu, elle aussi, l'approche de leurs poursuivants.

Elle avait vu son sauveur tirer son épée : c'était l'indice que les circonstances s'aggravaient.

Un frisson passa sur son corps : elle était femme, et elle l'était à l'âge où celles de son sexe sont le plus impressionnables, fleur délicate et encore fragile à l'aurore de sa vie.

Elle se sentit faiblir durant une seconde.

Puis, l'âme d'héroïque résignation de sa mère sembla passer en elle.

Son regard s'attacha plein de confiance et d'émotion contenue sur Henri de Mercourt.

Et comprimant les battements plus tumultueux de son cœur sous sa main restée libre, elle suivit résolument son guide.

Ceux contre qui ce dernier allait avoir à lutter se rapprochaient.

Un dernier craquement de branches se fit entendre devant eux.

Et un homme surgit... puis un autre.

Un saisissement les cloua d'abord immobiles en se trouvant à quelques pas des fugitifs : ils étaient surtout hardis de loin.

Une étoile accrochait son scintillement à l'épée nue du Français, mais la distance qui les séparait les mettait à l'abri.

L'un d'eux poussa alors une clameur de triomphe, l'hallali du chasseur qui voit la proie cernée.

— Vous ne nous tenez pas encore, chiens aboyeurs! — lança le Breton.

Et, décidé à les abattre, il fonça sur eux.

Cependant, il n'avait pas lâché Marguerite.

Il craignait que, tandis qu'il chargerait l'un des limiers, l'autre ne se jetât sur la jeune fille, et, profitant de la faiblesse de l'enfant, ne l'enlevât.

Les laquais étaient surexcités par la promesse faite par Percy. Quoique leur maître fût prisonnier, ils espéraient bien toucher la prime annoncée, puisque le gentilhomme français était un ennemi personnel du lord-chief de justice.

La récompense était énorme : c'était presque la fortune pour qui mettrait le premier la main sur chacun des fugitifs.

Et ils étaient deux, haletants devant la double proie qui s'offrait à eux!...

Ils s'étaient élancés avec les armes qu'ils avaient prises à la hâte avant l'arrivée des gardes et à l'appel de leur maître, afin de barrer déjà une première fois le passage à Henri de Mercourt : l'un, un long poignard; l'autre, une pique.

Leur adversaire n'avait à côté de lui qu'une enfant... qu'il couvrait de son corps.

Et cependant, malgré l'appât du gain, malgré l'avantage de leur situation, ils avaient reculé.

C'est que, dans l'attaque foudroyante du vicomte de Mercourt, ils venaient de revoir l'ennemi de leur maître balayant leur tourbe qui tentait de s'opposer à son passage un instant auparavant.

— Alerte! — criaient-ils en même temps, — nous les avons. Par ici, tous à la rescousse!

Ils attendaient d'être à dix ou douze sur ce seul adversaire pour le combattre.

Leur manque de courage allait favoriser la fille d'Ellen et le gentilhomme breton.

Celui-ci s'en aperçut aussitôt.

— Fuyez par là! — dit-il à Marguerite.

Et, abandonnant sa main, il fonça à corps perdu sur les deux hommes.

Les deux laquais accélérèrent alors leur retraite avec une nouvelle clameur d'appel.

Celui d'entre eux qui tenait une pique, dans sa précipitation, butta contre une souche, s'embarrassant dans les branches.

Il eut peur, fit volte-face et décocha un coup de pique au vicomte.

Celui-ci devina le mouvement plus qu'il ne le vit.

Il était lancé.

Il se pencha pourtant vivement sur le côté et la pointe de l'arme ne fit que l'effleurer, portant dans le vide.

Le Breton n'avait eu que l'intention de chasser ces deux individus, et de donner ainsi à la fille d'Ellen le temps de se mettre à l'abri.

Mais les coquins prenaient l'offensive. Tant pis pour eux!

Son bras se détendit comme un ressort, son épée battit l'air et piqua dans la gorge de celui qui l'avait attaqué.

Le valet envoya la main gauche pour retenir l'arme; la lame glissa entre ses doigts, les lui entaillant, et fila comme un trait à travers les chairs.

— Hââ! — fit le blessé avec un halètement de bête qu'on saigne.

Ses jarrets fléchirent soudainement comme s'ils avaient été tranchés d'un même coup foudroyant.

Et il s'affala de tout son poids, s'arrachant de lui-même à l'épée.

Cet adversaire avait, comme combattant, tout au moins, cessé d'exister.

Le gentilhomme chercha alors le compagnon de cet individu.

Ce dernier, en voyant Henri de Mercourt engagé, avait songé à en profiter.

Percy avait crié :

— Mille guinées sur ma cassette à qui mettra le premier la main sur cet homme.

Mais ces paroles du fils de Stewart Bolton semblaient indiquer que cette récompense serait accordée seulement à celui qui le prendrait vivant.

Un coup de poignard est vite décoché, surtout quand la victime visée ne peut se défendre.

Il devait y renoncer pourtant, si tentante que fût l'occasion... Il le fallait afin de toucher sûrement toute la prime annoncée.

— Je vais saisir le Français par derrière, tandis qu'il est occupé, — avait donc rapidement pensé le deuxième valet.

Et faisant une brusque conversion, il surgissait à ce moment sur le dos du seigneur de Kervien.

Son calcul était juste.

Arrivant d'un bond sur leur adversaire sans être vu, il espérait bien lui saisir à la fois les deux bras.

Plus moyen en ce cas, pour son antagoniste, de se servir de son épée.

Un instant de lutte seulement, pendant lequel il suffirait d'empêcher son prisonnier de se dégager.

Durant ce temps, les autres laquais accourraient. Il entendait déjà leurs cris, et leur course à travers les cépées.

Attaquer son ennemi à revers : on voit que cet homme avait été réellement à bonne école.

Et c'était le cas de dire, tel maître, tels valets.

Mais le gredin avait compté sans la rapidité de décision de celui dont il comptait s'emparer par surprise.

Il ne savait pas que ce dernier avait l'âme d'un soldat et qu'il avait été jugé digne de commander à des soldats, à ces marins héroïques qui ont fait la gloire de la France et la terreur de l'Angleterre, si orgueilleuse aujourd'hui.

Le vicomte de Mercourt avait évité le coup de pique destiné à le clouer au sol, il avait tendu l'épée, et son antagoniste avait mordu le gazon !

Tout cela avait duré ce que dure un éclair.

Et il cherchait le deuxième de ses téméraires ennemis.

Il sentit alors le souffle de cet homme derrière lui, et se tourna tout d'une pièce.

— Toi aussi ! — fit-il.

Il rompit d'un pas pour prendre du champ, donner à sa rapière humide le jeu nécessaire.

La rosée rouge qui en teignait la pointe voilait l'éclat de l'acier : dans l'ombre épaisse, le laquais n'en vit pas le scintillement. Il allait payer l'essai de sa traîtrise !

Mais son camarade, sur lequel il comptait, venait de s'écraser pesamment à terre et celui qu'il croyait assaillir traîtreusement lui faisait face.

Son coup de Jarnac était manqué.

L'épouvante de la mort mit une sueur glacée à la racine de ses cheveux et il se jeta en arrière de toutes ses forces.

— Chien ! — siffla le Français.

Son épée prête à planter sa marque dans le corps de cet assaillant s'arrêta.

Il leva le bras, et sa lame, coupant l'air comme une cravache, vint cingler le valet à la joue sur laquelle elle traça un sillon sanguinolent.

L'individu eut un rauquement de douleur.

Mais sa vie était sauve.

D'un bond forcené, il se précipita dans le fourré ne songeant qu'à fuir.

Des deux hommes qui venaient de s'opposer à son passage et à celui de Marguerite, l'un était étendu inerte sous les branches, l'autre était en fuite.

Le terrain était déblayé.

Marguerite, après une seconde d'hésitation, avait obéi à son libérateur : le bois en taillis dans lequel les cavaliers ne pourraient pas les suivre n'était qu'à quelques pas d'elle.

Ils étaient sauvés !

## XXXIX

### L'ÉPÉE BRISÉE

L'oiseau qui vole et plane dans le ciel a pour lui l'immensité. Devant ses ailes, la vie s'ouvre éternelle, semble-t-il, sans limite, comme l'horizon, comme le ciel.

Mais le plomb du chasseur coupe l'air en sifflant, et l'oiseau retombe à terre, foudroyé.

Henri de Mercourt avait écarté l'obstacle, surgi un moment entre Marguerite, lui et le but vers lequel ils tendaient.

Personne ne les séparait plus des taillis, leur espérance et sans doute leur salut.

Un court espace seul restait encore à franchir pour y atteindre.

La jeune fille surtout en était rapprochée.

La meute humaine qu'ils entendaient derrière eux arriverait trop tard.

— Fasse le ciel que nous nous enfoncions seulement de quelques toises dans le bois, — pensait le gentilhomme. — La nuit fera le reste.

De nouveau, il entrevoyait comme possible la faculté pour eux de gagner ensuite la Tamise, et qui sait d'arriver peut-être à temps à White-Cross?

Il se hâta de rejoindre Marguerite.

Derrière lui, à travers les fourrés, retentissaient les clameurs, les cris de ralliement de leurs poursuivants.

— Vaines menaces ! — pensa le soldat.

Mais l'alerte lancée par les deux hommes dont il avait abattu l'un et ignominieusement chassé l'autre avait été entendue également par les cavaliers.

Et ceux-ci, prévenus, avaient rectifié leur direction.

Galop, éclats de voix, craquements de branches, tout cela se confondait, ne permettant pas à ceux que l'on poursuivait de discerner un détail particulier dans cet ensemble menaçant.

Il avait semblé au seigneur de Kervien qu'il avait vu passer une grande ombre dans une éclaircie.

Mais dans l'obscurité la forme humaine qu'il avait cru entrevoir, surgissant de derrière des masses épaisses de feuillage avait disparu presque aussitôt masquée par d'autres frondaisons, pareille à quelque fantastique galopeur des légendes.

Le spectateur de cette apparition n'avait plus rien distingué et il avait cru à une illusion, à une hallucination de sa vue.

Tout à coup, les rameaux flexibles d'une cépée s'écartèrent avec fracas.

Et un cavalier apparut, penché sur l'encolure de son cheval, cherchant à percer la nuit.

Il distingua l'ombre fugitive de Marguerite.

— Holà ! — fit-il d'une voix rude.

Ses éperons s'abattirent tous deux à la fois sur les flancs de sa monture qui s'enleva d'un bond terrible, guidant droit sur la jeune fille.

Marguerite avait entendu le cri du cavalier : Elle détourna la tête en courant, distingua sa silhouette accrue, amplifiée par l'ombre.

Un cri effaré lui échappa, et elle repartit, pareille à un oiseau blessé qui tente de se soustraire au chasseur.

— Halte-là, la belle ! — reprit l'accent brutal et gouailleur du cavalier.

La fille d'Ellen Mercy l'entendit-elle, comprit-elle la familiarité soldatesque de cette injonction ?

Il semblait que la terreur lui donnât des ailes.

Mais, le vicomte de Mercourt l'avait entendu, lui.

C'était le sergent des gardes de Somerset envoyé par le constable, à l'effet d'aider les laquais du comte de Verbrock.

Il vit avec angoisse la distance qui séparait cet homme de la fillette diminuer rapidement.

Lui-même, il n'arriverait jamais assez tôt pour la défendre.

— Arrête donc plutôt, toi qui n'es bon qu'à te mesurer contre des femmes ! — cria-t-il d'une voix forte.

Le sergent se détourna du côté d'où provenait la voix.

Il n'avait pas aperçu jusqu'alors celui qui l'interpellait. Et certainement, à la faveur de la nuit, le gentilhomme français aurait pu gagner l'abri des bois.

Le cavalier distingua sa silhouette menaçante.

Et il hésita un instant, mesurant l'intervalle qui, d'une part, le séparait de l'enfant, et de l'autre de son défenseur.

Son incertitude fut de courte durée.

La jeune fille était plus près ; elle était surtout de capture plus facile... et moins périlleuse !...

Les corps abattus à ses pieds lui servaient de rempart.

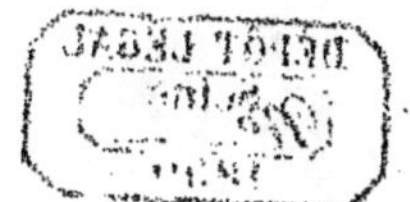

Quant à l'homme qui essayait de le détourner en le provoquant, les autres gardes qui le suivaient, joints à la bande des laquais, s'en chargeraient bien.

— A moi! — lança-t-il d'un accent qui tonna, dominant tous les autres bruits, — le gibier est par ici!

« A moi, tous!

Et, redonnant de l'éperon à son cheval, il le lança à toute bride à la poursuite de la fille d'Ellen Mercy et de Somerset.

En même temps, ses genoux collés aux côtés de la selle, il se penchait sur l'encolure de son coursier, le bras tendu, prêt à saisir la jeune fille en quelque sorte au vol, à l'enlever d'un élan, à la jeter en travers de sa selle et à l'emporter.

Un halètement de désespoir déchira la gorge d'Henri de Mercourt en voyant que le cavalier refusait de se mesurer avec lui.

Et, brusquement, il porta sa main à sa ceinture.

Il était homme d'épée dans la pleine acception du mot; il était réellement un des descendants de ces Gaulois intrépides qui combattaient à découvert, armés seulement d'une courte épée, afin, disaient-ils, de voir l'ennemi de plus près.

Obéissant à l'instinct de sa race, il n'avait songé d'abord qu'à combattre à l'arme blanche, oubliant qu'il avait, sur lui, un pistolet chargé.

En effet, pour s'ouvrir un passage entre les valets ameutés par le comte de Verbrock, à la sortie de la demeure du vicieux et fourbe jeune homme, il n'avait déchargé qu'un seul des deux pistolets dont il s'était muni.

Et il venait de songer à cela.

Le bras du seigneur de Kervien se tendit.

Il visa rapidement dans la masse.

Et une déflagration soudaine claqua en coup de tonnerre sous les voûtes retentissantes des bois.

Elle résonna avec des répercussions lointaines, dominant les fracas des appels, des chevauchées, des passées furieuses.

Un craquement de branchages lui fit écho, suivi d'un bruit sourd, énorme, de chute.

Le Breton vit une masse noire s'effondrer tout entière, et presque aussitôt une forme, des bras s'agiter, ceux du sergent cherchant à se dégager.

La balle avait épargné l'homme, trouant le flanc du cheval, lui crevant le poumon, brisant net son élan.

Et monture avec cavalier avaient roulé à terre.

Henri de Mercourt, dédaigneux de la vie de cet adversaire qu'il pouvait immoler sans peine, courut derechef à Marguerite.

L'enfant, en voyant s'abattre le garde, alors qu'il s'apprêtait à la saisir, en voyant arriver celui qui, deux fois déjà, avait été son sauveur, s'arrêta instinctivement.

Sa main était tendue vers le gentilhomme.

C'était le geste instinctif de la créature faible et menacée envers celui de qui elle attend tout.

Le vicomte de Mercourt la prit de nouveau.

Et désignant le bois qui les aurait déjà dérobés à la poursuite des limiers lancés contre eux, sans les obstacles qui venaient de les retarder :

— Repartons ! Et Dieu puisse-t-il nous accorder seulement quelques minutes de répit!

Quelques minutes!... c'est-à-dire de quoi trancher vingt fois une vie!

Le coup de pistolet au moyen duquel le Français avait débarrassé Marguerite de l'attaque imminente du sergent des gardes avait été, hélas! en même temps, comme le signal de ralliement de la horde disséminée dans la brousse.

Il avait complété ce que l'appel des deux laquais avait commencé.

Flairant, sentant la chair fraîche, l'odeur du sang mêlée à celle de la poudre, tous les limiers lâchés contre les deux malheureux convergèrent vers le même point, lançant des clameurs féroces.

Les deux fugitifs les virent surgir de tous les côtés autour d'eux.

Les yeux embrasés, le gentilhomme français serrait la poignée de son épée à y incruster la marque de ses doigts.

Malheur à celui qui se placerait le premier entre le bois et Marguerite et lui.

— Vite, mon enfant! — haleta-t-il en même temps, le souffle étranglé.

La fille d'Ellen Mercy ne répondit pas; mais ses pieds effleurèrent à peine le sol.

Devant elle, le coteau tordait ses inégalités indistinctes dans la nuit.

La bande se rapprochait, hurlante.

Tout à coup, Marguerite s'arrêta.

Ses pieds venaient de rencontrer une souche au ras de terre.

Elle fléchit soudain, puis se releva à demi, sa main ayant échappé à celle de son guide dans cette secousse.

Mais ses jupes s'étaient accrochées aux branches sarmenteuses de la plante funeste.

Et elle retomba sur ses genoux, les meurtrissant cruellement aux arêtes du bois.

Une fauve acclamation de joie avait retenti tout autour des deux infortunés.

Cette chute de la jeune fille allait donner à ceux qui le traquaient le temps de les rejoindre.

— Mille guinées pour la capture de l'enfant, — avait crié Percy Bolton.

Avec elle il n'y avait pas de risque à courir, et elle était à terre.

Auquel d'entre eux les mille guinées ?

Quant à son compagnon... ils étaient dix ou douze dont trois soldats solidement armés. Eh bien ! on le larderait à distance, s'il était trop difficile à aborder.

Le sergent achevait de se dégager de dessous son cheval.

Contusionné seulement par sa chute, il se mit sur pied, vit d'un côté Henri de Mercourt arrêté, la garde de l'épée ramenée contre la poitrine, le corps ramassé prêt à défendre l'enfant... la jeune fille, et Marguerite, abattue par la douleur, l'épuisement qu'elle ressentait enfin, prostrée à l'endroit où elle était tombée.

Le sergent tira, lui aussi, la rapière et, prenant le commandement, désignant le seigneur de Kervien :

— En avant ! Tous ensemble sur cet homme !

Un rire douloureux contracta la gorge de celui qu'ils se proposaient d'accabler sous le nombre.

— Tous ensemble ! Tant mieux ! On frappe à coup sûr en frappant dans un tas de mécréants !

Les laquais se pressaient en grappe, ayant soif du butin promis, mais lâches devant l'épée tendue.

Les gardes avaient sauté à terre et s'avançaient la lame au clair.

Le gentilhomme, le Français, jugea qu'il ne fallait plus songer qu'à tomber noblement.

Mais Marguerite, mais la fille d'Ellen ?...

La laisserait-il succomber avec lui et retomber au pouvoir de ces êtres abjects ?

— Fuyez ! — lui dit-il, — jetez-vous dans la forêt et marchez tout droit devant vous, vers le nord. Dieu aura peut-être pitié de vous.

La jeune fille, l'enfant se relevait péniblement, les genoux encore endoloris, ayant laissé des morceaux de sa robe aux branches cruelles qui l'avaient arrêtée.

Les paroles de son défenseur parvinrent confusément à son esprit tout à fait affolé.

Soudain un des laquais, qui s'était approché sans être remarqué en rampant, se dressa tout d'une pièce, à quelques pas, les doigts ouverts en griffe sur la jeune fille.

Henri de Mercourt le vit en même temps que Marguerite.

Son talon fit résonner le sol ; un seul bond le porta au-devant du domestique ; on entendit le coup de fouet rapide de l'acier, et le laquais s'affala.

— Par le prêche ! — gronda le sergent, — cet enragé va-t-il nous démolir tous un à un ? Chargez ! chargez donc !

Et, formant avec ses aides deux groupes, afin d'attaquer leur rude adversaire de deux côtés à la fois, il prit résolument l'offensive.

Son mouvement encouragea les laquais, avides de gain.

Ils se rapprochèrent également, bande de loups affamés, prêts à l'attaque.

Le gentilhomme français parcourut, d'un œil sanglant, leur cercle de plus en plus rétréci.

Espérer maintenant leur échapper eût été folie.

Encore une minute, l'issue du bois elle-même allait être fermée.

— Fuyez ! — reprit-il en s'adressant à Marguerite. — Fuyez tandis qu'il en est temps encore. Je vous en prie ! Je vous l'ordonne !

Sa voix avait revêtu un accent d'autorité solennel et grave.

— Vous quitter ? — balbutia la fille d'Ellen. — Et vous ?...

— Moi ?... Vous direz à lady Ellen Mercy que le vicomte Henri de Mercourt a bravé une fois de plus la mort pour lui rendre son enfant. Adieu !

Marguerite hésitait, son instinct se révoltant contre cet abandon.

Les laquais n'avaient pas entendu les paroles du noble gentilhomme.

Mais, comme s'ils l'avaient deviné, deux ou trois d'entre eux se glissèrent entre le bois et les infortunés.

— Vous voyez ! — exclama douloureusement le seigneur de Kervien.

Et, agitant sa tête comme un lion, il partit sur ces hommes.

Il ne les atteignit pas :

Ces gens-là avaient appris à le redouter.

La voie était libre de nouveau, libre pour quelques secondes encore.

— Adieu ! — reprit le courageux sacrifié d'un accent suprême. — Partez ! adieu !

Une supplication, un accent de commandement infinis palpitaient dans ses paroles.

— Adieu ! généreux Henri de Mercourt ! — répondit la jeune fille.

Et s'arrachant à la prostration, au désespoir qui l'hypnotisaient, elle s'élança vers la forêt comme une folle.

Une clameur de désappointement et de rage jaillit de la bouche des laquais et des gardes.

Et une ruée les poussa vers le sentier faiblement distinct par lequel la jeune fille s'était jetée dans le bois.

Mais Henri de Mercourt y fut avant eux, et le moulinet terrible de son arme zébra de traits de sang la peau des premiers assaillants qu'il rencontra.

A droite et à gauche de ce sentier, le bois était garni sur une grande profondeur comme d'une muraille de ces sortes d'arbustes épineux qui avaient accroché la robe de la jeune fille et avaient failli la livrer à ses ennemis.

A cette heure, ces buissons malencontreux protégeaient sa retraite.

Ils la protégeaient, grâce à Henri de Mercourt qui, debout, au milieu du sentier ouvert entre eux, luttait avec une énergie farouche.

— A mort ! — hurlaient les limiers de Percy Bolton en bondissant comme des forcenés.

Le Français ne répondait pas.

Mais son bras infatigable dardait, partout à la fois, autour de lui, l'éclair de son épée.

— A mort ! — répétaient les laquais.

La mort, c'était lui qui la donnait.

Les corps abattus à ses pieds lui servaient de rempart.

La nuit elle-même, en empêchant ses adversaires de prendre les dispositions nécessaires, semblait se prononcer pour lui.

Il connaissait le résultat fatal de cette lutte héroïque.

Mais, durant ce temps, la fille d'Ellen gagnait les retraits qu'il savait exister dans ces forêts.

En tout cas, il serait impossible de l'y découvrir avant le jour. Et d'ici là savait-on ce qui aurait lieu?

Henri de Mercourt lutterait donc jusqu'à l'épuisement de ses forces ou jusqu'à ce qu'une blessure grave arrachât le fer à sa main.

Blessé, il l'était déjà : mais il ne le savait même pas.

Tout à coup, un claquement sec se fit entendre, et un gémissement douloureux lui échappa.

Un des laquais, se servant d'une branche de frêne en guise de massue avait violemment heurté son épée en cherchant à l'atteindre lui-même.

Et la lame venait de se briser à quelques pouces à peine de la garde.

Il était désarmé.

Le cri plaintif de l'acier, le gémissement rauque du gentilhomme avertirent ses adversaires.

Il n'y avait plus à le craindre.

Comme une meute véritable, ils s'élancèrent sur lui.

C'était à qui lui planterait le premier ses ongles dans la peau.

Le fils de Stewart Bolton n'avait-il pas promis mille guinées pour sa capture ?

Henri de Mercourt comprit que c'était fini, qu'il était à la merci de ses ennemis.

Mais une consolation tempérait son désespoir, mettait une joie amère dans son âme.

Marguerite était sauvée pour le moment.

Il succombait...

Mais ç'avait été en sauvegardant la liberté et la vie de la fille d'Ellen, qu'il avait aimée jusqu'alors d'un si décevant amour.

Et lorsque celle-ci reverrait sa fille, elle saurait au moins que c'était lui qui la lui avait rendue, lui, dont lord Mercy lui raconterait le culte chevaleresque et fidèle.

Et tandis que la meute humaine, démuselée à présent, terrassait le brave gentilhomme, méprisant leur acharnement, il se disait :

— Quel que soit mon sort, elle pensera à moi quelquefois !

« Je n'avais plus rien à espérer... puisqu'elle s'est donnée librement, en mon absence... à un autre !...

Il se tourna vers le Français tendant le poing.

## XL

### APRÈS LA CHUTE

Les gardes avaient posé à leur tour leur lourde main sur Henri de Mercourt.

Leur intervention avait eu au moins l'avantage d'écarter la tourbe des valets rués sur l'infortuné dès qu'il avait été désarmé.

C'était en effet à qui d'entre eux l'agrifferait le plus fort, chacun prétendant revendiquer la prime promise pour sa capture.

Le laquais dont le gentilhomme avait marbré la joue du revers de son épée était le plus forcené, maintenant que sa lâcheté n'avait plus rien à craindre.

Le sergent les écarta sans ménagement.

Il portait l'uniforme, il était de la garde particulière du lord-chief de justice, cet homme lui appartenait de droit.

Du reste, il n'était pas fâché de faire plus directement connaissance avec le terrible jouteur qui l'avait si proprement désarçonné.

— Or çà, arrière, marauds ! — grogna-t-il. — Vous vous disputerez plus tard pour la pâtée. Ce particulier a fait feu sur un sergent de la reine, et il a mis mon cheval à bas, c'est moi qui le garde.

Le seigneur de Kervien était tombé, à demi écrasé sur le sol.

Le sergent l'aida à se redresser, le tenant du reste avec force, en cas de quelque velléité de fuite.

Avec un chevalier doué de cette énergie, on ne savait jamais, pensait-il.

— Relevez-vous, mon gentilhomme ; et soyez sans crainte, — dit-il, — la valetaille vous respectera !

L'ancien commandant du *Saint-Michel* distingua, dans la pénombre, l'uniforme de celui qui lui parlait et de ses trois subordonnés.

— Vous êtes soldat, — dit-il. — Je puis donc me rendre.

Le sergent ne répondit pas, un peu confus.

Soldat, il l'était en effet par le costume, par les armes, mais il était de ceux qu'on ne voit pas souvent sur les champs de bataille.

Quoi qu'il en fût, l'homme qu'on leur avait désigné comme un ennemi intraitable de leur chef suprême était pris.

Mais sa jeune compagne avait réussi à gagner le large.

Plusieurs valets s'étaient déjà jetés dans le sentier devenu libre, et ils battaient le bois avec fureur.

Seulement, les broussailles épineuses qui bordaient la lisière continuaient à l'intérieur à s'étendre entre les troncs des arbres.

De plus, l'obscurité était intense sous le couvert des feuillées

Le sentier ne tardait pas à se ramifier avec d'autres, et il leur était impossible de découvrir une piste.

On les entendait courir comme des fauves, s'interpellant les uns les autres, des malédictions et des menaces à la bouche.

Mais ils ne découvraient rien, et ils finirent par revenir, déclarant, avec d'horribles blasphèmes, qu'il était trop tard, que « la petite gueuse » avait pris du champ.

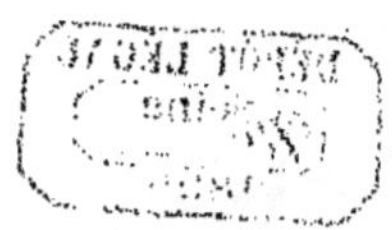

En entendant leurs déclarations, marquées par la colère, Henri de Mercourt rayonna.

La fille d'Ellen était sauvée.

Sans doute le destin, l'ayant arrachée à ses ravisseurs, persisterait à la protéger.

Même parmi le peuple, de nombreux Anglais étaient las du joug de Somerset qu'ils ne subissaient que par contrainte.

Des paysans accorderaient probablement l'hospitalité à l'infortunée ; et, touchés par sa jeunesse et sa douceur, ils lui procureraient le moyen de retourner auprès de ses parents.

— On ne rencontre pas toujours des tigres et des loups-cerviers sur son chemin, — pensait-il.

Il ignorait que deux ou trois des domestiques lancés contre lui par le fils de l'espion, les plus cupides, étaient restés dans le bois, résolus à continuer la chasse.

Puisque la jeune fille avait réussi à les dépister, le sergent pensa qu'il n'y avait plus rien à faire dans ces endroits.

— Marchons, — ordonna le sous-officier. — Les autres doivent commencer à trouver le temps long, s'ils nous ont attendus.

Un de ses gardes saisit fortement le gentilhomme par un bras, un second par l'autre, et ils quittèrent le lieu du combat.

Le Français n'était pas enchaîné : les soldats pensant n'avoir à faire qu'une seule arrestation avaient apporté seulement les fers nécessaires à Percy.

Ces hommes avaient omis de demander à leur nouveau prisonnier sa parole de ne point chercher à s'enfuir.

Habitués à la force, ils comptaient d'instinct sur leur rude poignet.

Le seigneur de Kervien se souvint qu'il avait débardé sur les quais de Londres, au temps où il avait eu recours au déguisement d'homme du peuple pour dépister les agents de Somerset.

Et il avait été des plus robustes alors parmi les porteurs de fardeaux, occupés à décharger la cargaison des navires amarrés contre les quais de Londres.

Les gardes comptaient sur leur vigueur ; ils ne pensaient pas, en outre, qu'un homme désarmé essayât d'entamer une nouvelle lutte, épuisé comme leur captif devait l'être par les blessures, légères il est vrai, mais nombreuses, qu'il avait reçues durant ce combat homérique, seul contre tous.

Henri de Mercourt promena sourdement son regard autour de lui.

Les gardes l'entouraient ; les laquais marchaient à distance ; quelques-uns même devançaient le gros de la troupe afin d'aller annoncer la capture du Français, — et réclamer la prime pour eux seuls.

Un effort inattendu, violent, et il se débarrasserait des deux hommes qui le maintenaient, et en quelques bonds il aurait gagné le bois, lui aussi.

Il rassembla ses forces, contractant ses muscles pour la tentative décisive.

Mais il se souvint de Marguerite errant à travers la forêt.

S'il parvenait à s'arracher à ceux qui le conduisaient, s'il cherchait, lui aussi, un abri dans ces profondeurs où l'enfant était parvenue à se réfugier, les gardes, les valets, redevenus plus furieux encore, s'y jetteraient, après lui.

Et, nombreux comme ils l'étaient, l'un d'eux ne découvrirait-il pas la fille d'Ellen ?

L'infortunée, incapable de se défendre, serait alors une proie facile.

Cette réflexion traversa l'esprit du gentilhomme : il lui sembla que, dans ce cas, c'est lui-même qui aurait livré la fille d'Ellen.

Et ses muscles se détendirent aussitôt.

Dans un nouveau sacrifice, il se résigna à son sort.

— Je subirai la captivité et la mort, — pensa-t-il, — mais la fille de celle que j'ai si longtemps aimée, à travers les mers comme à travers le temps, sera libre... et bénira peut-être mon nom.

Un frisson le saisit pourtant à l'idée de ce que cette captivité pouvait être... Le souvenir des tortures infligées à Martial lui permettait de présager celles qui lui seraient réservées à lui-même une fois dans les mains de son ennemi.

Quelle joie pour Somerset de venir se repaître de ses souffrances !...

— On meurt quelquefois dans les tourments, — se dit-il.

C'était sa lugubre consolation.

Et il continua à marcher, la tête inclinée sur sa poitrine, disant déjà adieu à tout... Un moment pourtant, il redressa son visage vers le ciel.

La constellation du Taureau étalait dans le firmament les sinuosités de son dessin lumineux.

Henri de Mercourt les étudia longuement, tristement.

Et en français, dans la chère langue natale, il exhala à mi-voix ces paroles que les gardes ne pouvaient comprendre :

— Aldébaran scintille à l'extrémité des étoiles qui tracent la corne du Taureau : l'heure est arrivée, le côtre amarré à la pointe de White-Cross va gagner le large en emmenant mes amis, ceux que je vais remplacer peut-être dans un des cachots d'où je les ai arrachés. Ils vont revoir les rives de France et je ne serai pas avec eux. Qu'importe, et que Dieu protège leur voyage !

Il parcourait de nouveau le chemin qu'il avait fait pour fuir ; malgré l'ombre atténuant les choses, des feuillages arrachés, des branches tordues et cassées indiquaient son passage et celui de la meute acharnée qui avait fini par le capturer.

Une forme humaine gisant parmi les branches attira son attention : c'était celle du laquais qui avait voulu le frapper avec sa pique.

Celui de ses compagnons de chasse qui avait partagé avec lui le poids de la colère du gentilhomme se pencha un instant au-dessus de lui avec indifférence ; de la curiosité le poussait seule à voir ce qu'il était advenu de son camarade... Ce dernier était inerte et râlait. Mais sa vue réveilla sa rancune, lui rappelant le soufflet de l'épée qui sillonnait encore sa joue et surtout l'échouement de ses espérances cupides.

Il se tourna vers le Français qui suivait à quelques pas entre les soldats... Et tendant le poing, une fureur aveugle portant son ivresse à son cerveau :

— Tu paieras cela, toi. Je demanderai au tourmenteur de lui servir d'aide le jour où il te « travaillera » !

Le captif ne le regarda même pas... Il arrivait auprès du domestique qui avait attenté à ses jours et qu'il avait terrassé... Il se pencha sur lui sans que les gardes, surpris, eussent songé à l'en empêcher.

Il approcha sa joue de sa bouche, chercha la place du cœur à travers le sang qui souillait ses vêtements.

— Ce malheureux vit encore, — dit-il avec gravité en se redressant. — Il faut l'emporter, lui donner des soins.

Un frémissement de surprise passa parmi les soldats.

Cette marque d'humanité, ce stoïcisme dans la cruelle situation où le gentilhomme se trouvait était digne des chevaleresques paladins des temps anciens.

Ils le regardèrent avec admiration et regret : leur regret provenait de ce qu'ils étaient obligés d'aider à le plonger dans quelque antre de souffrance, au lieu d'avoir à servir sous ses ordres.

Ils se disaient qu'un tel chef ennoblit les soldats qu'il commande.

Les valets, honteux de leur insensibilité, s'étaient arrêtés.

Quelques-uns d'entre eux s'approchèrent.

Ils soulevèrent le blessé et ils l'emportèrent.

Et Henri de Mercourt suivit ses gardes, méditatif, des pensées graves et hautes se lisant dans son attitude, dans sa démarche, comme si chaque pas ne les rapprochait pas du sort le plus morne, le plus affreux.

## XLI

### LES DEUX PRISONNIERS

Le constable et ceux qui étaient restés avec lui pour garder le comte de Verbrock avaient entendu les appels des valets lancés à la curée. C'était pour eux l'indice que l'action se corsait, s'aggravait.

Le fils de Stewart Bolton se mordait les lèvres jusqu'au sang, avide maintenant de jouir de sa vengeance.

Et il avait réitéré à l'officier de police l'offre de sa parole pour que ce dernier envoyât le restant de ses hommes à l'aide de la bande cependant nombreuse, et tenue en échec.

Le constable s'était contenté de secouer négativement la tête : il avait l'habitude des criminels, et Percy était de ceux que, après un coup d'œil, il méprisait...

L'officier de place, ses cavaliers et le comte de Verbrock suivaient ainsi en quelque sorte les péripéties de la chasse.

La détonation du pistolet d'Henri de Mercourt vint bientôt raviver encore leur attention haletante.

Il y avait lutte, ce qu'ils entendaient le leur indiquait.

Et ils étaient demeurés incertains du résultat, le constable se demandant s'il n'allait pas envoyer du renfort pour réduire cet adversaire intraitable, s'il en jugeait par les imprécations qui parvenaient jusqu'à lui à travers la nuit.

Quant à Percy, il se rongeait les poings de rage impuissante, ayant par instants comme des tensions de nerfs pour rompre ses chaines et se ruer sur son ennemi, lui aussi... oui, lui qui n'avait pas même eu le courage de tirer sa dague du fourreau quand le valeureux gentilhomme lui criait de se défendre.

Mais l'issue de l'action avait été enfin conforme à ses désirs.

Des clameurs de triomphe le lui apprirent.

A partir de ce moment, un rictus de joie aiguë avait éclairé ses traits blêmes.

Il suivait âprement l'indice du retour de ses limiers, — ses bons limiers de chasse.

Il allait contempler enfin, entre leurs mains, l'homme qui l'avait couvert de tant de honte ignominieuse.

Ah! si on le livrait entravé, enchainé, à ses griffes à lui!

Ils ramenaient, sans doute, aussi la prisonnière qu'il lui « avait volée ». Mais en vérité sa haine tenait moins à elle qu'à lui.

Lorsque quelques-uns de ses valets se présentèrent les premiers, annonçant la prise du fugitif, et réclamant leur paie, le prix de leur proie, une dilatation immense gonfla sa poitrine osseuse.

— Oui, oui, — fit-il avec une expression de joie infernale, — vous serez tous récompensés, tous! Lord Somerset ratifiera ma promesse, j'en suis sûr!

Il exultait réellement, ne tenant pas en place.

Quant à la disparition de Marguerite, il y songeait à peine, tout à l'âpre satisfaction de savoir le gentilhomme français capturé.

Lorsqu'il vit apparaître un groupe sombre entre les derniers buissons, il sembla que ses prunelles glauques jetaient des lueurs phosphorescentes dans l'intensité de sa volonté pour découvrir, au milieu, l'homme qu'il détestait de tout le fiel cuvé en lui.

Quelques domestiques avaient repris leurs flambeaux abandonnés et mourants.

Leur clarté laissa voir les gardes et entre eux un homme désarmé, les lambeaux de ses vêtements, les maculatures sanglantes de ses traits indiquant l'acharnement de sa lutte.

Percy Bolton éclata alors d'un rire convulsif, âcre, un rire de joie forcenée.

Henri de Mercourt et les gardes approchaient.

Le fils de Stewart Bolton le fixa le premier, se repaissant de la félicité qu'il éprouvait à le voir entre les soldats, oubliant sa propre chute dans son ivresse malsaine.

Il attendit que le noble Breton fut à quelques pas.

Ses lèvres minces comme la lame d'un couteau, ses lèvres sans couleur, découvrirent alors ses dents aiguisées.

— Te voilà donc, l'invincible, — éructa-t-il d'une voix grinçante. — Te voilà donc, le pourfendeur d'obstacles, Henri de Mercourt, je crois, le justicier et le vengeur. Eh bien! te voici entre les mains de la justice: tu vas voir ce qu'elle fera de toi!

Une telle haine, un contentement si bas, si féroce éclatait dans ses paroles, dans son accent, que l'officier de police, les gardes ne purent maitriser un véritable mouvement de dégoût.

— Henri de Mercourt, — reprit l'affreux louveteau, — le duc de

Somerset va avoir un heureux réveil ; le tourmenteur de la Tour de Londres va avoir aussi, j'en suis sûr, une heureuse journée, et c'est avec joie qu'il va faire rougir au feu les pinces qui arrachent les ongles, les tenailles qui mordent les chairs, les mâchoires de fer barbelées qui déchiquètent le corps, car il touchera haute paie !

Son rictus hideux couvait l'infortuné qu'il exécrait de toute la force de sa lâcheté, de tout le dépit de sa propre chute, de la ruine de ses honteuses espérances.

Il était réellement joyeux aussi, car il espérait que Somerset lui tiendrait compte de la capture de son ennemi, et qu'il lui pardonnerait peut-être sa trahison à cause de sa délation.

Le gentilhomme français n'était plus qu'à deux pas de lui : une nouvelle insulte siffla entre les lèvres du fils abject de Stewart Bolton, un outrage immonde dans lequel il engloba la pure et innocente enfant qu'il avait retenue prisonnière jusqu'à ce jour.

A cette dernière ignominie, un flot de sang monta au visage du véritable gentilhomme dans la force de son indignation.

Mais il referma sa bouche : l'insulte partait vraiment de trop bas.

Son regard seul s'arrêta sur l'ignoble insulteur, un regard écrasant, un regard chargé d'une hauteur de mépris indicible.

Et il passa...

Le constable, les gardes avaient entendu ; ils avaient vu.

Et, silencieusement, ils jugèrent.

Henri de Mercourt portait sur lui les marques de sa bravoure.. l'autre portait sur ses traits les stigmates de son indignité : une répulsion les secoua, eux qui pourtant étaient blasés sur l'infamie humaine.

A ce moment, le laquais renversé par l'épée du gentilhomme apparut entre les bras de son camarade.

Le fils de Stewart Bolton n'eut pas même un regard pour lui.

Ses dents déchiquetaient ses lèvres, sous le coup du mépris de son ennemi et celui non moins équivoque des soldats.

Les valets emportaient le blessé à l'intérieur.

Il se souciait vraiment bien de cette victime indirecte de sa malfaisance !

Cet individu n'avait-il pas agi, du reste, par instinct de lucre ?

L'épée du Français l'avait payé.

Et il ne fit pas seulement entendre un mot de pitié : un valet, cela n'existait pas pour lui, fils d'un ancien valet...

Tout au nouvel affront que Henri de Mercourt venait de lui infliger, il ruminait les moyens de surexciter encore la colère de Somerset contre son ennemi... espérant déjà en profiter pour rentrer en grâce.

— Qui est là ? — interrogea une voix creuse. — Ceux qui vous attendent.

Il cherchait également à compromettre l'officier de police dont il avait discerné le mépris silencieux, et qui n'avait pas craint de le menacer de faire tirer sur lui lors de son arrestation.

La voix de l'envoyé de Somerset, à qui il ne pardonnait pas d'avoir exécuté contre lui les ordres reçus, le tira de ses tortueuses réflexions.

Le constable venait de reformer sa troupe, et il faisait entendre à cet instant le commandement de se mettre en marche.

Sur un mot de lui, les deux hommes qui tenaient le seigneur de Kervien par les bras, l'avaient lâché.

Ils se tenaient seulement debout de chaque côté.

Aucun lien ne chargeait ses poignets.

— Merci, monsieur, — prononça alors le vicomte de Mercourt en s'adressant au constable. — Vous ne m'avez pas demandé ma parole de ne pas chercher à m'enfuir.

« Je vous la donne.

Un halètement de rage grinça entre les dents de Percy.

Il était noble, lui aussi, — quelle noblesse ! — il était comte. Il avait offert sa parole et on l'avait refusée.

Et l'on montrait de tels égards envers son ennemi !...

Et son regard venimeux allant du gentilhomme français au commandant de l'escorte, il se jura qu'il se vengerait certainement de ce dernier, lorsque Somerset viendrait dans son cachot.

Car il y viendrait, il en était certain, puisque la fille d'Ellen Mercy avait pu disparaître.

Au commandement du constable, les soldats s'étaient mis en mouvement encadrant les deux prisonniers.

Henri de Mercourt marchait le premier, les mains libres, la tête haute.

Percy Bolton suivait, enchaîné, le regard en dessous, fomentant ses louches et lâches complots.

## XLII

### A WHITE-CROSS

La nuit, un silence absolu s'étendait sur la ville.

Londres dormait.

Le fleuve qui la traverse troublait seul par son clapotis, sur ses bords, cette suspension de tout bruit et de toute vie apparente.

A la pointe de White-Cross, un côtre solide était retenu au bord par une seule amarre.

Les matelots qui le montaient interrogeait les cieux, et aussi la terre aussi loin que la vue pouvait porter.

Sur la rive, deux hommes sondaient eux aussi les rives du fleuve et la profondeur des terres.

— Personne encore! — murmuraient-ils parfois à voie basse. — Aucun d'eux ne paraît.

Une anxiété inquiète faisait trembler leur voix.

L'un de ces hommes était Martial Dacier, l'écuyer du vicomte de Mercourt.

L'autre était Wilkie, l'ancien geôlier de la Tour de Londres.

— Seigneur! protégez le vaillant Henri de Mercourt, — prononça en ce moment une voix solennelle sur le pont du navire.

Et l'on vit les mains tremblantes d'un vieillard se dresser vers les étoiles, comme si celles-ci pouvaient quelque chose pour les destinées humaines.

C'était le vénérable lord Mercy qui, arrivé au rendez-vous avec Wilkie et Annie, épiait, du pont du navire, l'arrivée de son sauveur.

A cause de son grand âge, de la faiblesse de ses membres, — après l'horrible captivité qu'il avait subie dans le fond du sépulcre où on l'avait comme enterré vivant, — il était monté à bord tandis que Wilkie demeurait sur le rivage.

A côté de lui, Annie, si courageuse et si vaillante durant les longs jours qu'elle avait passés en face de la Tour de Londres, se retrouvant femme dans l'exception entière du mot, priait, agenouillée, pour l'absent.

Hélas! la prière semble pareille au vol de l'oiseau qui passe.

Rien ne paraît en subsister dans le ciel.

Le temps passait et Henri de Mercourt n'arrivait pas.

Le duc de Noxfort manquait lui aussi au rendez-vous.

Certes, ils s'intéressaient les uns et les autres au sort du rejeton de l'ancienne famille des Lancastre, trop longtemps victime des haines de Somerset et d'Elisabeth.

Mais leur inquiétude à son égard ne pouvait être égale à celle qui les étreignait au sujet du noble seigneur de Kervien.

Ils avaient eu de telles occasions d'admirer, d'aimer Henri de Mercourt!

Il avait été l'âme de ce généreux complot, poursuivi dans les ténèbres avec une si énergique persévérance, de cette entreprise herculéenne qui avait abouti à la délivrance de lord Mercy et de Martial, et en même temps à celle du descendant de race royale.

Il avait prouvé à l'orgueilleuse Elisabeth et à son terrible ministre que leur Tour de Londres, leur Bastille, plus sombre encore que la nôtre, n'était pas invulnérable... et que leur pouvoir n'était pas sans limite.

Et quand le moment arrivait de couronner son œuvre, d'en cueillir les fruits, d'aller goûter un repos mérité dans la satisfaction de la tâche accomplie, réalisée... il ne paraissait pas.

Sur la berge, Wilkie et Martial, mortellement inquiets, ne cessaient d'inspecter l'horizon, ou du moins ce qu'ils pouvaient en distinguer

— Oh! — murmurait l'écuyer breton, — pourquoi lui avoir obéi? pourquoi l'avoir laissé aller seul? On lui aura peut-être tendu quelque piège; ses ennemis se seront mis à plusieurs pour l'accabler. Et malgré sa vaillance, il aura fini par succomber.

Et intérieurement :

— S'il ne revient pas, je ne quitterai point cette terre fatale!

Wilkie l'ancien geôlier, eut alors une inspiration.

Il se courba et appuya son oreille sur le sol.

— On marche! — annonça-t-il après une attente prolongée.

Et continuant à écouter avec une attention ardente :

— C'est en amont du fleuve : un homme seul... Il se dirige vers nous.

Le fils de Jean Dacier souffrait encore des abominables tortures qui lui avaient été infligées autrefois et que son séjour dans une cellule humide avait aggravées.

Il s'agenouilla péniblement, ne pouvant se baisser autrement, et il voulut écouter aussi.

— Oui, — fit-il, — je perçois aussi les pas d'un piéton.

Mais le marcheur allait à grandes enjambées saccadées et comme hésitantes.

— Je ne reconnais pas l'allure de mon maître, — prononça-t-il à voix basse. — A moins qu'il ne lui soit arrivé malheur et qu'il n'avance qu'avec peine.

Il se redressa.

— Wilkie, si ces pas sont ceux de mon maître, c'est qu'il a besoin d'aide. Je vais à sa rencontre.

L'ancien compagnon d'Henri de Mercourt dans les souterrains posa sa main sur le bras de l'écuyer.

— Moi non plus, je n'ai pas reconnu la démarche du vaillant seigneur de Kervien. Mais le rendez-vous est ici, l'heure du départ est proche : nous ne devons pas nous éloigner sans des motifs impérieux. Si l'homme que nous venons d'entendre continue à avancer, nous devons attendre. S'il s'arrête, il sera temps d'aller à sa rencontre. Et alors, je vous accompagnerai. Car, dans les circonstances où nous nous trouvons, il faut tout prévoir... Puis un autre de nos compagnons ne manque-t-il pas aussi à l'appel?... Le duc de Noxfort !...

Le marcheur continuait de frapper la terre de son large pas incertain.

Tout à coup une grande ombre sortit de la nuit.

— Le duc de Noxfort ! — balbutia Wilkie.

A mesure que le piéton s'avançait, on distinguait mieux sa silhouette osseuse et l'embroussaillement d'une longue barbe blanche que le vent nocturne agitait sur sa poitrine.

— Hélas! ce n'est pas encore mon maître, — prononça Martial.

Le descendant des anciens rois d'Angleterre aperçut, à cet instant, les deux hommes immobiles.

Il s'arrêta net, en même temps que le canon d'un pistolet qu'il tenait à la main s'élevait, luisant furtivement dans les ténèbres.

— Qui est là? — interrogea sa voix creuse.

— Ceux qui vous attendent !

Le grand vieillard reprit sa marche.

— Y êtes-vous tous? — interrogea-t-il en arrivant.

— Non, monseigneur, — répondit l'ancien geôlier. — Il manque le plus vaillant d'entre nous, — il manque notre chef, le vicomte de Mercourt.

Et à voix basse :

— Pourvu qu'il ne soit pas arrivé malheur à celui qui s'est dévoué pour les autres !

— Je tremble aussi, car Londres est devenu un traquenard immense, — reprit le duc.

Et après une minute de silence douloureux :

— Je ne pars pas avec vous. Mais j'ai voulu vous serrer la main à tous, quoiqu'il fasse meilleur pour moi à cette heure dans mes montagnes du duché de Noxfort que dans la capitale de la reine.

A ce moment, une voix s'éleva sur le côtre : c'était celle du timonier.

— Les étoiles de la tête du taureau sortent de l'horizon, le moment du départ est arrivé, — prononçait-on.

Un instant de silence angoissé suivit ces paroles.

Sur le côtre, lord Mercy le rompit le premier.

— Attendons encore un peu. Nous ne pouvons partir : un des nôtres manque à l'appel.

— Votre Honneur sait que mes matelots et moi nous risquons notre tête, — reprit le timonier d'un ton solennel. — Pourtant nous attendrons encore une demi-heure. Mais, après, ce serait vraiment tenter Dieu.

Aucune parole ne suivit celle du marin.

Tous reconnaissaient la gravité de ses raisons.

Wilkie, l'oreille de nouveau collée au sol, cherchait à percevoir les bruits éloignés.

Mais la terre demeurait sans vibrations.

Tous écoutaient, attendaient, observaient.

. . . . . . . . . . . . . . . . . . . . . . . .

La demi-heure était écoulée : il n'y avait plus d'espoir à conserver.

Le descendant des Lancastre monta alors à bord, pour prendre congé de lord Mercy.

— Mylord, — déclara-t-il, — je vais retourner là où l'on n'osera venir me reprendre. Mais avant de nous séparer, peut-être pour toujours, j'ai voulu vous dire que si un homme indigne ne vous avait pas remplacé, comme chef de la haute justice, le fils des Lancastre n'aurait pas gémi dans un cachot jusqu'au jour où des lutteurs généreux l'en ont retiré. Adieu, mylord, que Dieu vous protège et veille aussi sur Henri de Mercourt... en attendant que je puisse m'acquitter envers lui.

— Adieu, monseigneur ! — prononça d'un accent grave et triste le père d'Ellen. — Et si le généreux gentilhomme français auquel nous devons l'un et l'autre notre liberté...

Il n'eut pas besoin d'achever.

— Si le vicomte de Mercourt est resté contre son gré à Londres, le duc de Noxfort vous donne sa parole qu'il fera pour lui... tout ce que peut faire un proscrit, — interrompit le rejeton des rois déchus.

Il adressa aussi quelques paroles d'adieu à Annie dont la courageuse résolution avait permis au seigneur breton et à Wilkie d'achever leur tâche. Et il descendit, comme les matelots s'apprêtaient à détacher l'amarre qui les retenait encore.

Il serra les mains de Wilkie et de Martial.

— Je reste aussi, — déclara ce dernier d'un ton sombre. — Là où se trouve le maître doit être le serviteur.

Il y eut une minute de nouveau silence.

Robert de Noxfort tira brusquement une pièce d'or de sa bourse, et, la perçant d'un double trou avec son poignard, il la tendit ensuite à Martial en disant :

— Prenez ceci et, quoi qu'il arrive, présentez cette pièce au gardien du château de Noxfort. L'heure de mon départ a sonné, elle est même dépassée, et d'autres m'attendent. Si vous ne retrouvez pas votre maître, avertissez l'homme dont je viens de parler. Pour chacun de vous ma mémoire sera toujours fidèle. *Remember!*

— Remember ! — répondirent Martial et Wilkie. — Souvenons-nous !

Le grand vieillard arma de nouveau un de ses pistolets, et ayant fait un signe d'adieu il s'enfonça dans la nuit.

— On largue les amarres ! Embarquez ! — fit la voix du timonier.

— Adieu mylord, adieu brave Annie, adieu, vous aussi, Wilkie, — partez sans moi, — allez au manoir de Kervien, ainsi qu'il était convenu ; dites à mon père ce qui s'est passé et demandez-lui de me bénir.

L'ancien geôlier et Martial se jetèrent dans les bras l'un de l'autre, tandis que de mornes paroles d'adieu s'élevaient sur le bateau.

Le côtre s'éloignait déjà du rivage, Wilkie hésitant n'eut que le temps de sauter à bord.

Il ne pouvait pas abandonner sa vaillante épouse, ni lord Mercy.

Et le noble, l'illustre et malheureux vieillard, brisé par sa longue claustration dans un véritable tombeau, ne pouvait plus supporter lui-même l'existence agitée des proscrits.

Un bras dévoué et fort était nécessaire auprès de lui.

D'une dernière poussée, les matelots lancèrent le bateau au large.

Des adieux se croisèrent encore entre celui qui restait et ceux qui s'éloignaient. Saisi par le courant, le côtre s'enfonça dans la brume, nageant au-dessus des méandres du fleuve, et sa masse sombre s'éloigna rapidement et disparut enfin.

## XLIII

### RETOUR A BABYLONE

Martial était seul sur le rivage désert.

Il demeura la tête inclinée sur sa poitrine, n'entendant même pas l'eau qui gémissait et pleurait à côté de lui.

Une sensation d'isolement, d'abandon, de souffrance morale, telle qu'il n'avait jamais rien ressenti de semblable l'accablait.

Même lorsqu'il s'était trouvé enfermé dans la Tour de Londres, il avait été moins malheureux.

Peut-être était-ce parce que la souffrance matérielle diminuait alors celle de l'esprit.

Il y avait autre chose aussi :

Arraché à sa prison, il avait caressé ce rêve : revoir son pays, et le vieux père qui lui avait donné un nom auquel il faisait si dignement honneur, Martial Dacier, un nom simple, fier, lumineux.

Et la nef qui devait l'emporter là-bas, dans la chère Bretagne, auprès du vieillard qui panserait ses plaies, venait de partir... le laissant seul, perdu dans cette nuit, sur cette terre inhospitalière.

Un soupir souleva sa poitrine, et il murmura :

— Mon père, tu m'as fait jurer de ne point me séparer volontairement du seigneur de notre famille, tu ne vas pas tarder à savoir que je suis fidèle à mon serment.

Le souvenir de l'énergique et loyal intendant du manoir de Kervien coula un surcroît de virilité dans son être.

L'accent raffermi, la tête redressée vers le firmament, il prononça :

— Tu as eu raison, père vénéré, de me demander de m'engager par ce vœu solennel, quoique j'eusse accompli mon devoir sans cela. Il est juste en effet que nous nous sacrifions pour celui à qui nous devons tout.

Il s'était exprimé à voix haute : la berge était absolument déserte, plate et nue à une assez grande distance pour lui permettre de se rendre compte qu'il était seul... affreusement seul.

Et il avait obéi à ce besoin maladif qui pousse parfois l'homme isolé à

Alors exténué, il s'appuya contre une colonne du vieux temple.

chercher un confident dans l'immense Nature, comme s'il devait se trouver ainsi un peu moins malheureux.

Martial se tourna alors vers la ville dont les maisons tranchaient confusément en masses sombres sur les vagues ténèbres.

— Allons! — fit-il, — il faut rentrer dans la Babylone où règnent le vice et la tyrannie... Londres! Londres! quand donc se dressera la main

qui promènera sa torche incendiaire du centre aux quatre coins de tes faubourgs !

Il se mit en marche.

Mais ses plaies, ouvertes en partie durant son séjour dans le cachot souterrain au fond duquel on l'avait jeté en dernier lieu, le faisaient cruellement souffrir. Et il ne tarda pas à reconnaître que ses forces n'étaient pas encore à la hauteur de son courage.

Le trajet lui avait déjà été pénible de la demeure de Fabers, le corroyeur, à la pointe de White-Cross. Et, cependant, il était reposé lorsqu'il l'avait entrepris. Puis l'espoir le soutenait, alors, malgré l'ennui qu'il éprouvait d'avoir vu son maître se séparer de lui quelques heures avant le moment fixé pour le rendez-vous à White-Cross.

Actuellement, cette fièvre était tombée, et rien ne l'aidait plus à tromper sa souffrance.

Faisant violence à sa douleur, il se dirigeait vers le logis de Fabers à qui il avait dit adieu quelques heures auparavant.

Il dut faire halte à plusieurs reprises; ses jambes ouvertes, déchirées autrefois par les brodequins, crevées par les coins de fer enfoncés à coups de masse au point de faire craquer ses os... ses jambes tuméfiées ne pouvaient plus le porter.

Et il fallait pourtant qu'il se hâtât, s'il ne voulait pas être aperçu en chemin, et peut-être reconnu par les limiers toujours en chasse de Somerset.

On arrivait aux jours les plus longs de l'année.

Une barre grisâtre commençait à se dessiner à l'horizon.

C'était l'aurore qui s'annonçait.

Martial avait d'autant plus besoin de se presser que, si on le voyait rentrer chez le marchand de cuir, c'était presque sûrement la perte de ce dernier.

Et le Breton ne voulait à aucun prix, même à celui de son propre salut, compromettre l'homme qui avait si généreusement accordé l'hospitalité à son maître et à lui-même.

Il aurait considéré cela comme une sorte d'infamie.

Les dents serrées pour maîtriser sa souffrance, il pressa le pas, les yeux fixés droit devant lui, comme s'il pouvait abréger ainsi le chemin.

— Oh ! — fit-il un moment, — on dirait que des loups affamés me déchirent les chairs.

Et alors, dans la solitude qui l'enveloppait encore, il se mit à chanter... afin de tromper son mal.

Ah ! quel chant âpre, sauvage, torturé et dans lequel ses dents grinçaient parfois dans la révolte furieuse de son mal.

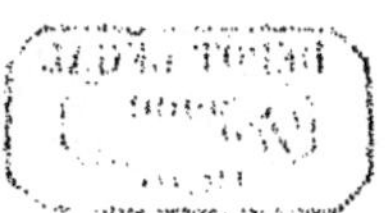

Il s'engagea ainsi, en chantant de sa voix sifflante, dans les bas quartiers de Londres. Les habitants se réveillaient en se disant :

— C'est quelque matelot ivre qui regagne son navire.

Et ils se retournaient sur un autre côté pour se rendormir.

Quant aux agents de Somerset errants, inquiets, le nez au vent aux coins des carrefours, les gens qui chantaient ainsi ne leur semblaient pas être du gibier pour eux.

L'écuyer breton arriva enfin devant l'église Saint-Paul.

Alors, exténué, il s'appuya contre une colonne du vieux temple.

Une sueur glacée l'inondait, coulant de ses tempes.

Il crut qu'il allait s'évanouir.

L'effort qu'il avait dépensé pour atteindre son but avant le lever du jour était réellement au-dessus de ses moyens de résistance.

Pourtant, il se remit debout d'une secousse nerveuse.

— Quoi, je m'attarderais ici quand il ne me reste que quelques pas à faire, — haleta-t-il.

Le jour s'avançait rapidement. Encore quelques instants, et il serait trop tard. On le verrait entrer chez l'artisan.

Il se remit debout.

Il ne chantait plus; l'entraînement factice qui l'avait soutenu jusqu'alors avait cessé d'agir sur lui.

Il n'avançait plus qu'en chancelant.

Mais les instants devenaient précieux. Il avait entendu une porte s'ouvrir à quelque distance : qu'un passant vînt à se montrer, et l'on saurait qu'un inconnu avait été introduit secrètement chez le maître corroyeur.

Il n'était pas en effet dans les usages des commerçants de recevoir des visiteurs armés à des heures pareilles.

Le Breton franchit d'un élan nerveux la distance qui le séparait encore de la maison de Fabers.

Et il vint presque tomber devant la porte, où il frappa convulsivement de la même manière qu'il l'avait vu faire au vicomte de Mercourt, la nuit où ils étaient venus y chercher un refuge, après avoir quitté la maison située en face de la Tour de Londres.

L'artisan avait veillé longtemps, épiant les bruits du dehors, pour le cas où le gentilhomme français ou son écuyer n'aurait pu s'embarquer.

Mais l'heure fixée pour le départ du côtre ayant passé depuis longtemps sans qu'il vît apparaître personne, il s'était livré sans contrainte à la joie de voir les proscrits hors de danger.

Il s'était alors couché, et il était dans son premier sommeil, si accablant toujours... et nul ne répondit à l'appel de Martial.

Celui-ci recommença alors : un signal plus précipité, plus pressant.

La servante avait été à demi réveillée par les premiers heurts.

Au deuxième appel, elle sauta de son lit, passa un jupon et, les pieds nus, ses traits maigres contractés par l'angoisse, elle courut à la porte de son maître.

— Maître ! maître ! — dit-elle d'une voix basse et courte. — On frappe en bas de la façon que vous savez. Avez-vous entendu ?

Le marchand de peausseries avait perçu confusément ce second signal.

L'esprit encore lourd de sommeil, l'âme angoissée, il se leva précipitamment. Il se glissa sans bruit jusqu'à sa fenêtre dont il avait laissé par prudence les volets entre-bâillés.

Et à la clarté grise qui commençait à remplacer les ténèbres, il reconnut la silhouette de Martial.

Relevant aussitôt la tête, il inspecta rapidement les environs.

Les quelques maisons qui se trouvaient derrière l'ancienne église avaient leurs volets et leurs contrevents hermétiquement clos.

L'heure n'était pas encore arrivée où les bourgeois paisibles cessaient de goûter leur sommeil.

Dans la rue, excepté Martial, pas un être humain.

Fabers descendit rapidement, et entre-bâilla légèrement l'huis de sa boutique afin de dévisager de plus près son visiteur.

— Ouvrez vite, maître ! — suppliait le Breton.

Cet accent leva tous les doutes du corroyeur.

Il livra passage au nouveau venu.

Mais en même temps les craintes qui venaient de l'assaillir en croyant reconnaître l'écuyer du gentilhomme français l'envahissaient entièrement. Lors du précédent séjour fait par le Breton, il avait remarqué sa faiblesse.

Il s'aperçut qu'il titubait, et, le soutenant, il le guida dans son arrière-boutique, tandis que la vieille servante refermait sans bruit.

Un curieux ou un agent de Somerset, l'oreille collée aux volets du magasin, aurait pu entendre ce qui s'y disait.

Mais aucune des paroles prononcées dans l'arrière-boutique ne pouvait parvenir au dehors, pas plus que l'on ne risquait de distinguer la lumière qui y était allumée.

C'est pourquoi Fabers y avait entraîné l'écuyer breton, de même qu'il y avait reçu autrefois le vicomte de Mercourt.

Il était avide de l'interroger, de savoir.

Le gentilhomme et l'écuyer étaient partis séparément.

Et le brave artisan se demandait si Martial, ayant rencontré quelque obstacle sur son chemin, était arrivé au lieu du rendez-vous après le démarrage du bateau...

Il se demandait aussi, — et c'est ce qui l'angoissait le plus, — si quelque ignoble espion n'avait pas surpris le secret de leur embarquement projeté... et s'il n'avait pas été tous capturés à l'exception de l'écuyer. Martial, à peine arrivé, se laissa tomber sur un escabeau.

Une moiteur abondante perlait sur ses traits exsangues.

Le corroyeur se préparait à l'interroger, inquiet, oppressé.

Le Breton le prévint.

Mais ce fut pour questionner lui-même.

— Avez-vous revu mon maître ? — demanda-t-il d'une voix creuse.

L'artisan le considéra avec stupeur.

Le seigneur de Kervien avait donc manqué au rendez-vous !...

Mais, en ce cas, pourquoi son écuyer revenait-il ?

Et au milieu du trouble qui l'agitait, il vit de nouveau un désastre se produisant tout à coup... les fugitifs poursuivis, dispersés ou pris.

— Mon Dieu ! mon Dieu ! — fit-il, — que s'est-il donc passé ? Votre retour inattendu, votre question me bouleversent. Serait-il donc arrivé malheur au noble gentilhomme !... à tous vos amis peut-être ?... Parlez au nom du ciel !

Mais il se repentit aussitôt de l'inquiétude nerveuse qu'il venait de montrer. Il demandait des explications à l'infortuné, et ce dernier paraisssait près de succomber de faiblesse.

— Donne-moi la bouteille de gin... un verre, — commanda-t-il à sa servante qui venait de finir de consolider la fermeture.

Il en versa fébrilement une rasade et la présenta à l'écuyer, en disant :

— Buvez, cela vous remettra. Vous m'apprendrez ensuite ce qui est arrivé, car je tremble.

Mais le nouveau venu ne l'entendait pas.

Ecrasé sur le siège où il était tombé, le regard atone, il semblait regarder au dedans de lui.

— Mon maître n'a pas reparu, — pensait-il. — Ce que j'appréhendais s'est donc produit. Il est mort ou prisonnier !...

A moins qu'Henri de Mercourt n'eût été grièvement blessé.

Et cela au cours de la sortie où il avait refusé de l'emmener.

Mais dans ce cas, ce n'avait pu être qu'en luttant contre les gens ou les amis du duc de Somerset : et, blessé, le vicomte avait dû fatalement tomber aussi au pouvoir de ses ennemis.

Un moment, l'écuyer songea à quelque intrigue galante liée par son maître, ayant eu un dénouement fatal, et le gentilhomme gisant en quelque coin inconnu... où il lui serait impossible de le retrouver!

Mais cette supposition ne dura pas.

Il connaissait le culte exclusif voué par le noble Breton au souvenir d'Ellen Mercy.

Non, c'était alors le malheur qu'il avait prévu.

Martial sentit à ce moment une main affectueuse appuyée sur son épaule. Il releva sa tête accablée, eut conscience de la vérité entière.

Il aperçut la rasade d'eau-de-vie de genièvre que le corroyeur lui présentait. Dans un coup de résolution soudaine, il prit le verre, le vida d'une seule rasade.

La liqueur ardente allait lui rendre sa vigueur morale en même temps que sa force physique, et il verrait plus clair autour de lui.

Il tendit de nouveau son verre :

— Encore! — fit-il.

Il but cette nouvelle dose en deux reprises.

Il se sentit alors plus robuste; son esprit était aussi plus lucide.

— Cela va mieux, mon pauvre camarade? — interrogea Fabers. — Allons, il ne faut pas céder au découragement; si la fatalité vous a atteint, vous avez un abri ici, aussi longtemps que votre retraite ne sera pas découverte. Plût à Dieu qu'il en soit de même de nos amis, car je crains de deviner la signification de votre retard.

Martial discerna les inquiétudes du brave corroyeur.

— Lord Mercy, Wilkie et sa femme sont sauvés, — annonça-t-il. — Ils se sont embarqués sur le côtre que vous aviez apprêté. Le duc de Noxfort a préféré repartir pour ses montagnes... Seul, mon maître, le seigneur de Kervien, a manqué à l'appel... et je venais avec l'espérance qu'une circonstance imprévue l'avait peut-être ramené auprès de vous... Hélas! il me faut abandonner cette croyance. Qu'est-il donc devenu?

Une prostration accablante se lisait sur ses traits.

Fabers, le corroyeur, avait pu apprendre à connaître le vicomte de Mercourt durant les journées qu'il avait passées à son humble foyer.

Certes, son oppression avait diminué en apprenant que Wilkie, son excellente femme et leur ancien bienfaiteur avaient pu quitter l'Angleterre, sains et saufs.

Mais il appréciait vivement le gentilhomme.

Et il partageait la morne affliction de Martial.

Comme lui, il se demandait ce qu'était devenu son ancien hôte, ce dernier, en quittant sa maison, n'ayant rien dit qui fût de nature à fournir un éclaircissement.

Les deux hommes échangeaient maintenant de cruelles réflexions, cherchant à s'éclairer l'un l'autre sur ce qui avait pu arriver au vicomte de Mercourt.

— Voici peut-être une indication, — dit tout à coup l'artisan ; — avant son premier séjour chez moi, votre maître avait eu affaire au fils d'un certain Stewart Bolton, une des créatures maudites du duc de Somerset, et, paraît-il, le chef de sa police occulte. Le fils de Bolton a essayé de le livrer à Somerset afin de se faire bien venir du favori. N'y serait-il pas retourné?

Martial brûlait déjà de s'en assurer.

Mais il était trop épuisé : les plaies de ses jambes s'étaient envenimées.

Il était matériellement hors d'état de faire quoi que ce fût.

Il s'enquit auprès du corroyeur du quartier où la maison de l'espion se trouvait bâtie. Celui-ci le lui apprit.

— Ce sera pour demain, — dit Martial. — Je serai reposé; j'irai rôder aux alentours de cette demeure, je fouillerai les environs, je ferai causer les domestiques...

L'artisan secoua la tête.

— Si c'est là réellement qu'il est arrivé malheur à votre maître, votre accent étranger vous trahira. Je vous accompagnerai. C'est moi qui interrogerai. Ou plutôt j'irai seul : voici en effet le jour qui se lève, et dans l'état où vous êtes, vous n'êtes pas près de pouvoir vous remettre en route.

Ces observations n'étaient que trop fondées.

Martial était obligé de s'incliner; mais il ne le faisait qu'en frémissant.

Appuyé sur le bras de l'artisan, il gravit, en se traînant, les degrés qui conduisaient à la chambre qu'il occupait la veille encore avec le seigneur de Kervien.

Et il tomba sur son lit, les yeux braisillant de fièvre et de volonté concentrée, échafaudant déjà des plans pour découvrir ce qu'était devenu le vicomte de Mercourt.

Et son hôte s'étant retiré, il murmurait :

— Mon maître et seigneur a bravé les périls les plus extrêmes pour me rendre la liberté. Je lui dois la vie. Je m'acquitterai de ma dette ou je pourrai dire, selon la vieille légende des bardes :

Adieu, ô ma mère, ô Bretagne,
Landes abruptes, noirs rochers.
La mort s'approche : elle me gagne.
Adieu, tous mes jours sont tranchés!

## XLIV

### VOIX SOUS BOIS

Martial Dacier, cédant à l'accablement de ses forces, gisait sur son lit...

Lord Mercy, Wilkie et Annie, graves et attristés, sur le côtre qui les emportait au milieu du courant grisâtre de la Tamise, étaient près d'atteindre la mer...

Durant ces mêmes heures, celui dont ils ne prononçaient le nom qu'avec une admiration émue, Henri de Mercourt, voyait s'ouvrir pour lui le seuil redouté de la prison qu'il avait autrefois si audacieusement franchi...

Et tandis que ces instants s'écoulaient, une jeune fille, une enfant qui avait été sur le point d'être leur compagne de voyage, se voyait vouée à toutes les incertitudes.

C'était la pauvre Marguerite.

Lorsque la fille d'Ellen Mercy avait obéi au vicomte de Mercourt lui ordonnant de fuir, elle s'était élancée dans le bois.

On se souvient qu'à cet endroit existait un sentier dont les abords étaient garnis d'arbustes épineux.

C'est ce qui avait permis au gentilhomme français de favoriser sa disparition en défendant l'accès de ce sentier.

Aussi, lorsqu'il eut succombé non sous la vaillance mais sous le nombre, Marguerite avait réussi à gagner du terrain.

Soudain, elle avait entendu la ruée de la valetaille sous le couvert.

C'était pour elle l'annonce que son héroïque défenseur venait de succomber.

C'était en quelque sorte l'épouvante de la bête fuyant devant la chasseur qui recommençait pour l'infortunée.

Et elle s'était précipitée en avant avec un redoublement d'effroi.

Mais elle avait dû ralentir aussitôt son allure.

Le dessous du bois était sombre, enténébré, et à peine si elle distinguait devant elle, à quelques pas, les sinuosités du sentier dans lequel elle s'était jetée à tout hasard...

Prostrée, les yeux agrandis par l'épouvante, elle écoutait.

Un sentier?... Un passage plutôt, frayé par les bûcherons ou par les fauves qui venaient rôder la nuit jusqu'à quelques lieues de la ville.

Mais cette obscurité qui entravait sa marche la sauvegardait également.

Les domestiques du comte de Verbrock, après avoir débordé dans le bois avec fureur, n'avaient pas tardé à réfréner leur ardeur.

L'opacité de la nuit les empêchait de voir au loin, de distinguer, à travers les arbres, la silhouette fuyante de Marguerite.

Le bruit qu'ils faisaient, en outre, en écartant les branches ne leur permettait pas d'entendre le froissement de la robe de la jeune fille entre les feuilles, ce qui les aurait guidés dans d'autres conditions.

Ils étaient donc revenus sur leurs pas, tandis que trois de leurs camarades plus acharnés continuaient seuls la poursuite.

La fille d'Ellen et de Somerset avait donc entendu le bruit de leur course désordonnée à travers les buissons diminuer et s'éteindre, et elle avait un peu respiré.

Des voix parvenaient encore à elle, mais plus lointaines.

C'étaient les interjections, les exclamations de joie, et en même temps les menaces des valets à l'adresse du gentilhomme français terrassé et renonçant forcément à la lutte.

Marguerite suspendit alors sa course désordonnée, reprenant haleine.

Mais ce fut pour trembler de nouveau.

Un bruit de paroles venait de se faire entendre à une distance assez réduite.

C'étaient les trois hommes qui n'avaient pas abandonné la partie.

Marguerite ne les avait pas entendus approcher.

Avides de toucher la prime annoncée par le hideux fils de Stewart Bolton, ils avaient laissé avec joie leurs compagnons renoncer à la chasse après leur irruption bruyante.

Et ils avaient convenu de prendre, entre eux, toutes les mesures de prudence nécessaires pour réussir.

Plus avisés que leurs autres camarades, ils comprenaient que la première condition était de ne pas attirer l'attention de la fugitive.

— Il ne faut pas qu'elle s'aperçoive de notre présence, — avait proposé l'un d'eux; — il ne faut pas qu'elle nous entende marcher, afin que l'écho de sa marche à elle nous indique en quel endroit de la forêt elle se trouve.

Aussi, étant arrivés sur le bord d'une clairière, ils y avaient cheminé au lieu de continuer à fureter sous le bois.

L'herbe faisait comme un tapis sous leurs pieds.

Rien ne devait donc avertir la jeune fille de leur approche.

Et ils prêtaient avidement l'oreille, n'entendant rien, eux non plus... rien que les rumeurs de plus en plus éloignées, affaiblies, provenant de l'endroit où le gentilhomme français les avait tenus si longtemps en arrêt.

Mais aucun froissement de branches ne parvenait jusqu'à eux, rien qui fût de nature à leur servir d'indication

C'est que la fille de Somerset était, durant ce temps, immobile elle-même.

Si jeune, presque une enfant encore, ayant passé jusqu'alors toute sa vie auprès de sa mère, auprès de ses deux mères, pourrait-on dire, — étant donnée la tendresse de Marie d'Avenel envers la fille de son amie, — quel devait être le désordre, l'anéantissement de la pauvre Marguerite, seule, perdue de nuit dans une forêt, après les événements foudroyants qui venaient de se succéder!...

L'oppression de son cœur provenait autant du désarroi de son esprit que de la vitesse de sa course.

Au moment où ce bruit de paroles avait frappé son oreille, une attention poignante l'oppressait.

Prostrée, les yeux agrandis par l'épouvante, elle écoutait alors les clameurs éloignées, cherchant inconsciemment à en saisir le sens.

Hélas! elle n'en pouvait que trop discerner la signification.

Elles indiquaient la chute fatale, le sacrifice héroïque, sublime, du gentilhomme qu'elle ne connaissait même pas quelques heures auparavant et qui venait de braver la mort pour lui permettre d'échapper à ceux qui voulaient s'emparer d'elle de nouveau.

Et dans le trouble qui l'emplissait, qui la secouait, l'enfant se demandait si l'infortuné n'avait pas succombé déjà.

Ses prunelles distendues par l'épouvante dans les ténèbres, elle croyait apercevoir un corps étendu, déjà décoloré par le trépas, éclaboussé de sang maintenant caillé, et, à côté, des yeux féroces rivés sur ce cadavre.

Les yeux des hommes maudits qui, dans un instant, se rueraient peut-être encore sur elle.

Et brusquement, tandis qu'elle pensait cela, elle avait frissonné, sentant les battements convulsifs de ses artères s'arrêter net.

Elle venait d'entendre parler bas.

C'étaient les trois individus qui avaient décidé de poursuivre quand même leur expédition.

Ne percevant rien qui fût susceptible de leur indiquer la voie à suivre, l'un d'eux proposait à ses compagnons de se séparer.

— La fille a peut-être gagné du terrain, — disait-il. — Moi, je vais continuer tout droit. Vous deux, vous devriez obliquer, l'un à droite, l'autre à gauche, de manière à nous éloigner continuellement les uns des autres. L'un de nous arrivera bien à découvrir ou à entendre quelque chose. Dans ce cas, un sifflement aigu, et les deux autres rejoindront.

— Entendu! — répliquèrent ses acolytes.

Une cinquantaine de pas, tout au plus, séparaient à ce moment ces derniers de la jeune fille.

La nuit, les paroles portent loin. Et, quoique ces individus eussent baissé le ton, Marguerite avait pu percevoir non leurs paroles, mais l'écho de leurs voix...

Elle ignorait ce qu'ils disaient, mais qu'importait?

Dans la situation critique où elle se trouvait, elle ne pouvait se méprendre sur leur but.

S'ils se trouvaient dans ces parages à un pareil moment, c'est qu'ils savaient qu'elle s'y était réfugiée.

Ils n'avaient donc pas renoncé à s'emparer d'elle.

A cette pensée, les mains nerveusement crispées de Marguerite s'appuyèrent sur sa poitrine pour y comprimer les violentes pulsations de son cœur qui, après un arrêt soudain, battait d'une façon terrible.

Et ses muscles se contractèrent dans l'élan impulsif de l'être menacé, pour fuir de nouveau, mettre plus de distance entre ses tenaces poursuivants et elle.

Mais un éclair de son intelligence suspendit son mouvement.

Elle ne connaissait pas le pays dans lequel elle se trouvait jetée : elle devait attendre de savoir ce qu'allaient faire ces hommes qu'elle venait d'entendre, pour agir.

Et puis sa frayeur, bien compréhensible, la clouait là!

— Ils vont probablement se mettre ou se remettre en marche, — pensa-t-elle. — Je me dirigerai vers le côté opposé.

De la sorte, elle était sûre qu'ils ne la trouveraient pas.

Sûre?

L'était-elle dans l'incertitude affreuse qui suspendait sa vie?

## XLV

### BATTEURS D'ESTRADE

Hélas! plaintive enfant!... Voilà quel était à cette heure le destin de la gracieuse Fleur d'Écosse, élevée, grandie au milieu de la tendresse de deux mères qui l'aimaient presque pareillement.

Errer!... errer sans cesse!...

Aller devant elle au hasard sans même entrevoir le but, l'abri final dans lequel elle pourrait reposer son pauvre être meurtri!...

Fuir, toujours, toujours plus loin!

Et si elle parvenait à se dérober aux recherches des hommes qu'elle venait d'entendre, n'est-ce pas pour succomber plus tard, dans quelques heures, le lendemain peut-être...

Ces pensées passèrent dans le cerveau de Marguerite avec rapidité.

Et cependant, loin de l'affoler davantage, elles la raffermirent au contraire.

La souffrance, l'angoisse, la menace suspendue sur sa jeune tête faisaient entrer dans son âme une maturité précoce.

Le cou tendu, elle attendit, épiant les sons nouveaux qui ne pouvaient tarder à la renseigner, à lui indiquer de quel côté ces hommes allaient se diriger.

Elle ignorait leur nombre, mais le chuchotement qu'elle avait perçu, grâce à la sonorité des bois, lui montrait qu'ils étaient au moins deux.

Et, faible ainsi qu'elle l'était, il eût suffi d'un seul de ces individus appliquant sa main brutale sur son épaule, pour la faire fléchir.

Un passage, frayé par les bûcherons, se présentait devant celui des valets qui venait de proposer à ses camarades de se séparer.

Il l'emprunta, après deux ou trois mots échangés encore.

Mais les autres n'avaient pas les mêmes facilités : ils durent s'ouvrir un chemin à travers les branchées.

Et soudainement, le bruissement caractéristique que connaissent bien ceux qui ont l'habitude des forêts annonça à la jeune fille que ses poursuivants s'étaient décidés à agir.

— Ils sont deux, — murmura-t-elle en les entendant s'orienter vers des points opposés.

Rassemblant son énergie, reprenant possession de ce sang-froid que l'imminence du péril met parfois dans les jeunes têtes, elle demeura immobile après un premier mouvement pour s'enfuir.

Il le fallait pour qu'elle se rendît compte de la direction que ces hommes prenaient.

Avec une joie ardente, elle constata qu'ils s'éloignaient l'un de l'autre :
— « L'espace qui reste entre eux est donc libre, » — pensa-t-elle.

Mais un nuage obscurcit promptement son espoir.

Peut-être ne s'écartaient-ils ainsi que pour battre le terrain.

Ils possédaient, sans doute, parfaitement la topographie de la contrée, et, parvenus à un endroit fixé, ils étaient capables de revenir sur leurs pas en ramenant le gibier sur quelque autre de leurs compagnons demeuré à l'affût.

La pensée de se trouver traquée, livrée aux rabatteurs, fit passer un frisson sur la chair de la jeune fille.

Mais avant que les deux hommes qu'elle entendait continuer à s'écarter se fussent rejoints, elle serait loin.

La tête penchée, elle écouta attentivement pour se convaincre qu'ils n'avaient pas modifié leur itinéraire.

Ils continuaient à obliquer, chacun vers un point différent de l'horizon.

D'autre part, les rumeurs diminuaient à l'endroit où avait eu lieu le combat désespéré livré par le vicomte de Mercourt pour donner à la fille d'Ellen le temps de se mettre à l'abri.

Marguerite se demanda si leurs ennemis ne s'éloignaient pas après avoir massacré son sauveur, ou après l'avoir laissé pour mort.

Et la pitié s'élevant dans sa jeune âme, y coulant le courage, l'enfant se dit qu'elle ferait bien de retourner là-bas.

Marguerite sentait sous ses pas la terre lisse et ferme du sentier qui l'avait menée jusque-là.

Elle ne se souvenait pas que, allant devant elle au hasard, elle s'était jetée dans les bifurcations nombreuses qu'il faisait à divers endroits.

Elle ne voyait plus qu'une chose : l'homme généreux qui l'avait tirée de sa captivité gisait peut-être sous un buisson, sans que la vie se fût encore retirée de lui.

— Je lui donnerai des soins, — pensait-elle. — Il pourra peut-être m'indiquer le moyen de prévenir ses parents ou ses amis à la faveur de la nuit. Et à mon tour je l'aurai sauvé !

Elle entrevoyait cela avec une émouvante pitié.

Et au bout, comme récompense pour sa bonne petite action, l'espoir se levait, dans son cœur, lui montrant le retour auprès de sa mère qui lui ouvrait les bras au milieu de ses larmes.

Et elle était contente du sentiment généreux qui venait de la prendre, se disant que c'était son bon ange qui venait de le lui inspirer.

Elle rassembla ses jupes autour d'elle, afin que l'étoffe ne s'accrochât pas aux buissons, ne révélant pas ainsi sa présence sur ce sentier aux deux hommes qui persistaient à couper obliquement à travers le dédale des troncs et des fourrés.

Pauvre robe qui avait déjà laissé tant de morceaux, tant d'épaves aux ongles aigus des épines!...

— Va, ma petite Marguerite, — fit-elle, — accomplis ton devoir, et la bonne Dame Blanche d'Avenel te bénira.

Mais brusquement, un sursaut d'effroi horrible la secoua.

Elle venait d'entendre marcher...

Et c'était à cinq ou six pas à peine.

C'était sur le sentier même qu'elle se proposait de remonter pour se rendre à l'endroit où elle s'était séparée du vicomte de Mercourt.

Alors la malheureuse se rendit compte de l'horreur de sa situation, en aggravant même l'état suffisamment critique.

Tandis que les deux hommes qu'elle supposait occupés à se rendre à un point connu, pour la rabattre ensuite devant eux, poursuivaient leur traite, un troisième s'était engagé sournoisement sur le sentier.

On l'avait vu s'y glisser, sans doute, et le départ des deux individus à travers la forêt n'était qu'une feinte pour la tromper, la rassurer, tandis l'autre se faufilait sans bruit là où l'on supposait qu'elle se trouvait encore.

Sans doute même, ces hideux limiers avaient-ils pris leurs dispositions pour l'enserrer entre eux, si par hasard elle parvenait à se soustraire au dernier.

Et elle qui se préparait à revenir en arrière, à retourner auprès du gentilhomme dont elle ne connaissait même pas le nom!...

Le saisissement, l'épouvante subite avait, de nouveau, cloué la jeune fille sur le sol.

Ses pieds semblaient rivés à la terre.

Le fouettement d'un rameau faible, tordu par le marcheur qui venait de surgir, en la faisant tressaillir, la rappela à elle.

Cela venait d'avoir lieu à deux ou trois pas à peine.

Encore une minute, peut-être moins, et cet homme qu'elle ne pouvait distinguer, qui ne l'apercevait pas encore à cause d'une sinuosité du chemin, planterait ses doigts sur son épaule tremblante.

A cette vision, toute sa vigueur redescendit dans les veines de la jeune fille. Ses pieds s'arrachèrent d'eux-mêmes au sol où ils paraissaient fixés.

Et elle partit devant elle d'un trait, repoussant tous les obstacles, avec la force d'impulsion irrésistible des créatures affolées.

Le valet qui cherchait sa piste entendit son élan.

Il eut lui-même une demi-minute de stupeur et d'inquiétude, croyant à la présence de quelque ami du gentilhomme actuellement à la merci de la tourbe qui l'avait assailli, craignant l'attaque de quelque autre défenseur de la jeune fille.

Et sa lâcheté de laquais mit une sueur glacée à la racine de ses cheveux.

Mais on fuyait, au contraire, et il ne pouvait s'y méprendre.

La personne qui se dérobait de la sorte devait en outre être jeune encore à en juger par sa légèreté.

La pusillanimité naturelle de l'homme disparut aussitôt qu'il eut vu qu'il n'y avait rien à craindre.

Sous un rayon d'étoile, passant à travers les frondaisons, il distingua le flottement d'une robe.

Il ne pouvait plus s'abuser... C'était une femme qu'il avait devant lui, c'était la jeune fille sortie de la maison du comte de Verbrock en compagnie du gentilhomme terrassé.

A cette conviction, un coup de colère fouetta le valet, le dépit de penser que la jeune fille, l'enfant, était à la portée de sa main et qu'il l'avait laissée s'écarter.

La cupidité, l'idée de la récompense promise par le fils de l'espion galvanisa ses nerfs, et il fonça avec une fureur de dogue flairant l'appât, tout droit devant lui, pour atteindre la jeune fille, planter ses pattes velues sur elle.

Mais Marguerite avait repris de l'avance. L'épouvante d'une nouvelle captivité lui donnait des ailes.

Elle se revoyait livrée de nouveau à l'horrible Stewart Bolton, l'affreux bandit qui les avait enfermés, Julien d'Avenel et elle, dans un cachot souterrain, sans lumière et sans air.

L'homme, dont le rire bas et cruel, à son seul souvenir, la faisait encore trembler, et qui l'avait ensuite traînée vers la mer et fait jeter dans le bateau qui l'avait emportée; l'homme qu'elle ne se rappelait qu'en une sorte de cauchemar, elle ferait même ce qui est humainement impossible pour ne pas retomber en son pouvoir.

Oh! oui, elle tenterait tout, elle épuiserait jusqu'au dernier atome

Elle crut sentir sur elle le contact des mains de cet homme.

de son souffle plutôt que de devenir la proie des misérables qui étaient sans doute les agents de cet homme... plutôt que de se voir de nouveau livrée à eux ou à lui!

Le valet s'aperçut que la violence de sa rage n'atteindrait jamais, ne dépasserait pas l'énergie désespérée de la jeune fille.

Il était gauche et lourd...

Il fallait pourtant qu'il s'emparât d'elle par tous les moyens, avant qu'elle l'eût devancé.

Car la chance qu'il avait eue de lui tomber dessus, pour ainsi dire, ne se représenterait peut-être plus.

Et, en ce cas, c'était la prime perdue, cette superbe prime qu'il tenait en quelque sorte au bout de son bras et qui allait peut-être lui échapper.

La sordidité de cet homme, la mauvaise foi qui est au fond de presque tout être humain lorsque le maudit argent est en jeu, lui avait fait espérer s'approprier, — pour lui tout seul! — les mille guinées promises pour la capture de la jeune fille.

Et cela, sans avoir à partager avec les deux autres batteurs d'estrade, ses associés.

Mais puisqu'il y avait péril de tout perdre, il jugea qu'il valait encore mieux les appeler à son aide.

Il porta deux doigts de sa main droite à sa bouche, à la manière des bergers qui veulent se signaler leur présence d'une montagne à l'autre, et il en tira un coup de sifflet strident, aigu et prolongé.

## XLVI

### SIGNAL D'APPEL

L'APPEL, le coup de sifflet du laquais, avait troué violemment le silence général des bois, affolant les oiseaux endormis sur les branches.

Et aussitôt deux autres sifflements saccadés et lointains, venant de deux points différents de l'espace, avaient répondu au sien, répercutés par les voûtes ombreuses.

Les deux autres valets, entendant le signal convenu avec leur associé, lui répondaient de la même façon.

Et l'un et l'autre, cessant de poursuivre leur chemin, rétrogradèrent aussitôt vers celui qui les appelait.

Marguerite s'était sentie presque défaillir au signal brusquement lancé par l'homme acharné après elle.

Ce coup de sifflet avait certainement une signification sur laquelle elle ne pouvait se méprendre.

C'était l'indice que cet individu signalait sa présence, annonçait qu'il l'avait découverte.

La réponse presque immédiate des deux autres valets confirma son angoisse.

L'homme acharné à ses trousses ne la quitterait pas. Rejoint bientôt par d'autres, il la pourchasserait à corps perdu... et ce serait fini.

Un lamentable déchirement prit la jeune fille à la pensée de n'être sortie de captivité, de n'avoir goûté l'air pur de la liberté, que pour perdre celle-ci aussitôt.

Elle pensa au gentilhomme tombé, frappé à mort, ou capturé par leurs ennemis communs, afin de protéger sa retraite, et dont le sacrifice, en ce cas, aurait été inutile.

Dans cette minute d'horrible oppression, elle songea à sa mère, à Julien, pour qui elle allait être perdue sans retour, si une circonstance providentielle ne la mettait pas hors de portée.

Et, pourquoi ne pas l'avouer, elle pensa au printemps de la vie qui s'ouvrait seulement devant elle. Et dans un mouvement instinctif de son être, l'épouvante de cette tombe qu'est un cachot, la saisit, envahissant son cerveau.

— Ah! n'importe! — râla-t-elle, — plutôt mourir que de retomber dans cette abominable sujétion.

Elle n'attendrait donc pas que les auxiliaires de l'individu attaché à ses pas eussent rejoint ce dernier.

Traquée par eux tous, sa destinée serait vite tranchée!

Et elle redoubla d'énergie et de vitesse.

Mais le valet ne voulait pas perdre ses traces.

Sa ténacité s'accrut des efforts désespérés de la jeune fille.

Il comprit qu'elle avait deviné la signification des signaux échangés.

C'était donc une lutte acharnée, sans merci, qui allait s'engager entre elle et lui.

Il comptait sur sa force de résistance pour lasser la fugitive.

Mais à une condition cependant, c'est qu'il ne lui permît pas de le distancer.

— Maudite nuit! — grondait-il.

Sans ces ténèbres qui l'obligeaient à la suivre « au bruit », il l'aurait eu bientôt rejointe, coupant à travers les taillis.

Obligé de faire halte à certains moments pour se guider et rectifier sa direction, il constata avec rage qu'il avait perdu du terrain.

— La chance tournerait-elle?... — grommela-t-il en mordant ses lèvres desséchées par la course.

Il fonça avec un redoublement de fureur, résolu à rejoindre coûte que coûte « cette petite gueuse » qui le tenait ainsi en échec.

La fille d'Ellen entendit les branches craquer et crier derrière elle sous sa poussée terrible.

L'extrémité d'un rameau repoussé dans la violente ruée de l'homme qui la talonnait fouetta ses reins, lui arrachant une haletée d'angoisse.

Elle crut sentir sur elle le contact des mains de ce valet, se cambra dans une sensation d'épouvante intraduisible, et repartit avec l'éperduement d'une biche que les chiens serrent de près.

A deux ou trois reprises, l'homme arriva ainsi sur ses talons ; une fois même, il sentit le flottement de sa jupe, envoya les doigts sans pouvoir l'empoigner.

Mais les galops furieux qu'il venait de fournir l'essoufflaient.

Il s'aperçut qu'il faiblissait.

Le dépit fit monter la menace à ses lèvres.

— Arrête-toi, coquine, — souffla-t-il, l'accent rauque, — si tu ne veux pas que je fasse parler mon pistolet!

Marguerite perçut un bruit de paroles sifflantes, mais n'en comprit pas la signification.

— Arrête-toi, — jeta l'homme plus fort, — ou je fais feu !

Il mentait; il n'avait comme arme qu'une sorte d'épieu.

Mais il espérait que la peur allait mettre la fugitive à sa merci.

Cette fois, la fille d'Ellen Mercy avait clairement entendu.

Elle eut un brusque mouvement d'arrêt, un frissonnement nerveux secouant son pauvre corps.

Mais cela dura une seconde à peine.

La vision de la face horrible de Stewart Bolton dans le cachot des ruines où il l'avait enfermée avec Julien reparut devant son esprit, et, par contraste, la figure douce de son ami et le souvenir maternel y jaillirent aussi...

Face à face, en quelque sorte, tout le mal qui l'attendait, tout ce qu'elle perdrait sans doute à jamais.

Ce fut un contact galvanique qui la revivifia, la ranima.

Et elle repartit!

Le valet eut un rauquement de rage.

Il avait espéré la tenir, et voici qu'elle se dérobait de nouveau.

Ah ! s'il avait réellement possédé une arme à feu, comme il venait de s'en vanter, elle n'aurait pas fait dix pas de plus.

De nouveau, il porta ses doigts à sa bouche et lança un nouveau sifflement haletant et âcre.

Un autre coup de sifflet lui répondit sur la droite, puis un autre à gauche, mais un peu en avant.

Un vif contentement pénétra alors l'homme qui poursuivait la jeune fille.

Le dernier de ses acolytes avait mal pris ses mesures, il avait poussé trop loin devant lui.

— Tant mieux ! — pensa-t-il. — Il lui coupera la retraite et il la rejettera sur moi.

Pour le coup, elle y était!

Du reste, l'épuisement commençait à raidir aussi les jarrets de la pauvre enfant.

La sueur coulait de son visage et inondait son corps.

Si l'individu qui s'obstinait à sa perte n'avait pas été atteint lui-même dans sa vigueur par ses tentatives désordonnées afin de se rapprocher d'elle, c'eût été vite terminé.

Elle continuait à courir, mais plutôt dans une impulsion mécanique que par suite de la force qu'elle paraissait avoir.

Et, tous les cinq ou six pas, elle détournait peureusement la tête, s'attendant toujours à voir paraître derrière elle l'ombre de l'individu dont la seule présence mettait des affres dans son cerveau.

D'instants en instants, des coups de sifflets brefs et de plus en plus rapprochés trouaient l'espace.

Ils étaient émis tantôt par l'homme qui galopait dans son sillage, tantôt par ses deux compagnons.

A ces signaux, la fille d'Ellen pouvait juger qu'ils se rapprochaient rapidement.

Que cette course, que cette chasse sans pitié durât quelques instants de plus, et les deux autres rabatteurs apparaîtraient à leur tour.

Il n'y aurait alors plus d'espoir que la mort pour l'infortunée.

Marguerite constata alors avec désespoir qu'un léger blanchissement de l'horizon se montrait dans le ciel, à travers les éclaircies des arbres.

La nuit seule l'avait protégée jusqu'alors.

Si le jour paraissait, ce serait bien la fin.

Tandis qu'elle attachait douloureusement son regard sur cette aube naissante, qu'elle aurait bénie en d'autres circonstances, elle ne s'apercevait pas qu'elle avait quitté le sentier dont le tracé étroit et incertain était à peine perceptible.

Du gazon couchait, sous elle, ses tiges flexibles au milieu d'un vide laissé entre les arbres.

Soudain, son pied rencontra une inégalité du sol, le terrier de quelque habitant de ces retraits.

Les obstacles contre lesquels elle avait heurté à plusieurs reprises au milieu des ténèbres de la nature avaient déjà failli la livrer à ses poursuivants.

Cette fois-ci, c'était la chute fatale.

Et elle tomba, elle s'abattit, rendue, achevée !

# XLVII

## LA CLAIRIÈRE

La fille d'Ellen Mercy avait plié son jeune corps sur la terre en étouffant le cri de détresse de son âme éperdue.

Et elle ferma les yeux pour ne pas voir l'homme acharné après elle lui sauter dessus, lui planter ses ongles dans le cou.

Le valet arrivait à cette minute à l'endroit où, — sans le savoir, — Marguerite avait quitté le sentier.

Étourdi par le tumulte de sa propre course, il ne put remarquer que le froissement des branches s'élevant au passage de la jeune fille avait brusquement cessé.

Il passa à demi courbé dans la concentration de ses forces défaillantes.

Marguerite, elle, retenant son souffle, l'entendit bondir à quelques pas de là.

Il ne l'avait pas aperçue, la croyant toujours devant lui, le gazon qui couvrait l'étroite clairière ayant assourdi le retentissement de la chute de la fugitive.

Une branche se brisant à dix mètres, sous la poussée démente de l'homme lancé en avant pareil à un lourd sanglier, réveilla tout à fait la jeune fille.

Ses yeux se rouvrirent, dardés devant elle avec une sorte de flamme de folie, et elle distingua la masse noire de la brute, partie comme un projectile.

Une nouvelle haletée d'espérance afflua alors à son cœur.

A cet instant, un coup de sifflet s'élevant à quelque distance lui prouva que les compagnons de l'homme qui avait déployé de tels efforts pour la capturer n'étaient plus guère éloignés.

En effet, à ce sifflement, bref, interrogatif, un second avait répliqué de l'autre côté; puis un troisième poussé par celui vers lequel ils convergeaient.

L'appel de ce dernier était plus prolongé, plus aigu, plus pressant, disant la fureur, la violence...

C'est que le valet du comte de Verbrock venait de s'apercevoir qu'il

La lugubre caravane traversait Londres endormi.

avait perdu la piste de la fugitive, et son coup de sifflet était en même temps une sonnerie de colère écumante et d'alarme.

Et en des élans affolés, frénétiques, il fonçait autour de lui, à travers les bois, au hasard, cherchant à retrouver les traces de sa proie qu'il avait laissée échapper.

Marguerite, encore prostrée, sentit soudain l'intuition de la vérité jaillir de son cerveau.

— Ah ! — fit-elle intérieurement, — c'est la Providence qui a peut-être eu, enfin, pitié de moi !

Et elle se remit debout d'un bond.

Ses prunelles, distendues, remplies de flammes dans lesquelles une véritable démence luisait, inspectèrent rapidement l'endroit où elle se trouvait...

L'espèce d'étroite clairière sur laquelle elle s'était engagée à son insu se prolongeait sur sa droite, tournant le long d'un massif de végétations extrêmement rapprochées les unes des autres.

La bande de gazon qui formait cette clairière était assez large pour que la jeune fille pût la suivre sans toucher les branchages dont le froissement l'aurait signalée.

La vague clarté des étoiles qui scintillaient encore, passant entre les cimes des arbres, écartées à cet endroit, l'indécis éclaircissement de l'horizon montrèrent tout cela à Marguerite.

Écoutant anxieusement du côté où se trouvait l'homme qui l'avait pourchassée avec tant d'acharnement, afin de s'assurer qu'il ne revenait point en arrière, elle s'aventura sur ce nouveau terrain.

Elle se rapetissait, se courbait de crainte qu'on ne l'aperçût.

Un moment, elle craignit que l'homme, que le chasseur d'enfant ne revînt de son côté.

En effet, secoué d'une véritable frénésie, le valet se plongeait à droite et à gauche, en avant, en arrière, à travers les masses feuillues les plus épaisses, éructant des imprécations et des menaces, espérant découvrir la jeune fille blottie derrière quelque tronc d'arbre.

Mais il s'arrêta à quelques mètres de la clairière, ne soupçonnant pas que Marguerite était aussi près de lui.

L'infortunée continuait à s'éloigner, n'osant pas respirer.

Elle eût bientôt contourné le massif autour duquel s'étendait la bande gazonnée qui étouffait le bruit de sa marche.

A ce moment, son cœur resserré se dilata.

Dans un éclair de foi, elle entrevit la possibilité du salut.

Le salut?... Si elle avait eu pour guide le vaillant gentilhomme tombé en la défendant, elle aurait eu peut-être raison d'y croire.

Mais elle ne savait même pas où elle était.

Elle ne venait d'échapper à ces individus que pour tomber peut-être sur d'autres plus mal intentionnés encore.

— Dieu me protégera ! — pensa-t-elle.

L'aube se levait, s'accentuait.

Il était urgent pour elle de s'éloigner au plus vite avant que les

batteurs d'estrade ne se fussent rejoints, avant que le jour ne leur permît de reprendre leurs recherches avec plus de succès.

Elle se remit donc en route, tous ses sens tendus.

De loin en loin, les coups de sifflet qu'elle entendait lui indiquaient que les traqueurs se rapprochaient.

Ils la guidaient en quelque sorte. Et elle n'avait qu'à marcher dans une direction opposée.

Elle atteignit ainsi la lisière de la forêt.

Et grâce à l'aube grise qui pointait, elle aperçut à une certaine distance une imposante construction.

A demi penchée en dehors, elle fixait anxieusement cette bâtisse, se demandant si elle ne ferait pas bien d'aller y demander un abri, ayant peur de se rejeter dans le bois où étaient restés les gens dont elle ne connaissait que trop les intentions.

En tout cas, les habitants de cette demeure, les serviteurs lui indiqueraient sans doute le moyen de s'éloigner, de quitter cette région.

Après avoir inspecté les environs et s'être assurée qu'ils étaient déserts, elle se préparait à sortir tout à fait de sa retraite.

Mais soudain une inspiration mit sur ses traits une pâleur glacée.

Si cette demeure était celle dans laquelle elle avait été enfermée depuis son arrivée à Londres?

En même temps que cette pensée naissait en elle, la fille d'Ellen Mercy détaillait avidement les alentours de l'immeuble.

Cette inspiration lui était venue juste à temps.

Marguerite avait dû, en effet, revenir sur ses pas, afin de se mettre hors de la portée des valets, transformés en batteurs d'estrade.

Si même elle avait obliqué dans ce retour en arrière, ce n'avait pu être que d'une façon insignifiante.

Il était donc évident que la maison qu'elle avait sous les yeux ne devait guère être éloignée de celle où elle avait gémi jusqu'à la veille, jusqu'à cette nuit.

Son regard s'attacha alors avec plus d'intensité sur cette bâtisse qui présentait tour à tour l'espérance et la menace à son esprit.

Certains faits revenaient en même temps à sa mémoire.

Elle se souvenait avoir remarqué que de grands murs entouraient la maison où les bateliers l'avaient obligée à entrer, la nuit où ils l'avaient débarquée à Londres.

Tandis que ceci revenait devant son esprit, un arbre qui étendait ses grands bras presque sans feuilles et pareils à des potences jusqu'auprès du toit frappa sa vue.

Et dans un rappel foudroyant, elle se souvint nettement en avoir vu un semblable sur le côté de la maison maudite, d'où le vicomte Henri de Mercourt l'avait arrachée.

— Et j'ai été sur le point de m'adresser là! — murmura-t-elle, tout angoissée.

La fille d'Ellen tremblait à cette pensée.

Elle était donc revenue presque absolument à son point de départ.

Dans le fond du bois, derrière elle, les coups de sifflet de ralliement avaient cessé de se faire entendre.

Les trois hommes étaient sans doute réunis et se concertaient, prêts à repartir.

— Maintenant que le jour paraît, ils m'apercevront facilement de loin, — pensa la jeune fille avec terreur. — Comme ils seront plusieurs contre moi, ce sera, en ce cas, ma perte irrémédiable.

Comme la pauvrette sentait à cette heure l'absence du généreux gentilhomme français à qui elle devait sa délivrance!

La constatation qu'elle était revenue à l'endroit, à peu près, où elle avait cherché un refuge sous le couvert de la forêt, fit renaître cependant dans son brave cœur le désir de rechercher si son vaillant compagnon n'était pas abandonné, blessé, sur la partie de la lisière du bois où ils s'étaient séparés.

Ce lieu ne devait pas être difficile à retrouver, étant donnés sans doute le piétinement du sol, les empreintes laissées tout autour par la lutte.

Pour la seconde fois, Marguerite pensa qu'elle ferait son devoir en secourant celui qui s'était dévoué pour elle.

Si elle le retrouvait, elle le soutiendrait et il dirigerait leurs pas de façon à gagner une retraite sûre.

Après une inspection rapide de tout ce qui l'entourait, la fugitive conclut qu'en longeant le bois, sur sa droite, elle ne tarderait pas à arriver sur le théâtre de la lutte.

Ces mots, « la lutte », étaient remplis d'une signification angoissante pour la jeune fille.

Pourtant elle raffermit son âme.

Le cou tendu, elle écouta anxieusement:

Aucun bruit ne s'élevait nulle part.

Les yeux dilatés, fouillant les moindres accidents du terrain, évitant de se montrer, elle recommença à marcher.

Des branchages jonchant le sol ne tardèrent pas à frapper sa vue.

La fille d'Ellen Mercy s'arrêta, violemment impressionnée.

Mais les épreuves aguerrissent, elles virilisent le cœur.

Celle qui, peu de temps auparavant, n'était encore qu'une enfant craintive continua à avancer, son attention anxieusement surexcitée.

Elle arriva à un endroit où l'herbe était terriblement foulée, le terrain piétiné comme si une légion de démons s'y était ruée à l'envi.

Quelques gouttes de sang, restées humides à cause de la fraîcheur de la nuit, avaient éclaboussé des feuilles.

C'étaient bien là tous les symptômes d'un engagement peu ancien encore.

Mais nul blessé, personne.

Marguerite remarqua en outre qu'aucune flaque rouge, dont la signification eût été cruellement significative, ne tachait le sol.

En cherchant, elle découvrit un tronçon d'épée.

Une lumière douloureuse se fit alors dans son esprit.

— Je ne puis me tromper, — murmura-t-elle. — L'épée du vicomte de Mercourt s'est brisée, et, comme il était désarmé, ils se sont jetés tous ensemble sur lui et l'auront fait prisonnier.

Sa tête se pencha péniblement sur sa poitrine.

Elle voyait son généreux sauveur en proie à l'horrible réclusion des cachots.

Mais, s'il était captif, sa vie était sauve cependant.

Quant à elle, elle était sans merci condamnée aux affres de l'existence des proscrits.

L'infortunée n'avait plus rien à attendre que de sa bonne étoile.

Lentement, lourdement, la pauvre créature étudiait le sol tout autour d'elle.

Par suite des indices qu'elle venait de relever, elle reconnaissait le sentier par lequel elle s'était enfoncée dans le bois.

Chercher de nouveau un abri par là était impossible.

Elle risquait de retomber sur les trois hommes à qui elle avait eu tant de peine à échapper.

Que faire alors ?...

Marguerite jeta un dernier regard sur le lieu témoin du combat désespéré d'Henri de Mercourt.

Le soleil à ce moment apparaissait au-dessus de l'horizon.

Elle se tourna vers lui, s'orienta, chercha où se trouvait le nord.

Le nord, c'est-à-dire l'Écosse.

Et, suivant la limite de la forêt, afin de n'être pas aperçue de la plaine, n'osant pas non plus s'enfoncer sous bois de crainte de se heurter aux batteurs d'estrade qui l'avaient si longtemps poursuivie sans pitié, elle se dirigea vers le nord, où, pareille à l'aiguille aimantée, elle tendait quand même. Hélas ! pauvre petite !...

## XLVIII

### LA DEUXIÈME SECTION

PENDANT que les trois valets les plus opiniâtres du fils de Stewart Bolton s'acharnaient à la poursuite de l'infortunée Marguerite, la lugubre caravane formée par les gardes du lord-chief de justice traversait Londres endormi.

Le vicomte Henri de Mercourt et celui qui portait maintenant le nom de comte de Verbrock étaient au milieu d'eux.

Le cortège déboucha devant le pont-levis aboutissant à l'entrée principale de la Tour de Londres.

Le gentilhomme français reconnut avec un amer sourire le seuil redouté qu'il avait affronté autrefois sous l'uniforme de Joweler, le porte-clefs.

Il allait donc pénétrer de nouveau derrière ces sombres murs. Mais cette fois ce n'était plus en pleine liberté et venant braver audacieusement la tyrannie dans sa forteresse elle-même.

Il avait trop voulu tenter la fortune.

Et cependant il ne regrettait rien.

S'il était tombé, s'il avait été pris, c'était pour avoir cédé au caractère chevaleresque de sa race.

Et, non seulement il n'éprouvait aucun regret, mais au contraire une joie secrète l'inondait dans son malheur.

Il avait été récompensé au delà de ses espérances pour avoir obéi à son devoir : il avait appris enfin ce qu'était devenue Ellen et où elle se trouvait.

Il est vrai, hélas! que ç'avait été pour apprendre également qu'il fallait briser le long rêve de son amour.

Mais ne s'était-il pas accoutumé depuis longtemps à se sacrifier?..

Pourvu seulement que l'infortunée jeune fille arrachée à ses lâches geôliers parvînt à regagner l'Écosse sans encombre... allant apprendre à sa mère quel noble chevalier l'avait délivrée.

— L'influence tutélaire qui m'a conduit jusqu'à elle par des voies détournées ne l'abandonnera pas, — se disait-il pour se rassurer.

Il avait besoin de cela pour ne pas trembler au sujet de cette faiblesse jetée, ignorante de tout, au milieu des pires dangers.

La vue du seuil trois fois maudit qu'il allait franchir en vaincu, en captif cette fois, détourna ses pensées.

Il pensa à ses amis qui voguaient à cette heure en liberté, qui naviguaient à pleines voiles vers la France.

Et, malgré son stoïcisme, il ne put se défendre d'une affliction amère en se voyant au moment d'être plongé dans un des cachots de la Bastille anglaise, tandis que d'autres avaient autour d'eux et l'espace et l'air libre.

— Je paie leur rançon, — soupira-t-il en relevant sa tête accablée un instant auparavant.

Et revenu en pleine possession de son calme par cette réflexion, son œil intrépide se fixa sur les noirâtres et épaisses murailles qu'il allait franchir.

L'escorte atteignait à ce moment l'extrémité du pont-levis.

A un commandement du constable, les gardes retinrent leurs chevaux immobiles.

Et l'officier de police s'avança seul, allant parlementer avec le chef du poste.

Il exhiba son mandat et fit connaître l'arrestation supplémentaire du gentilhomme français.

Un captif de plus était toujours bien accueilli dans le sombre édifice.

La large porte que nous avons vue s'ouvrir un soir devant le duc de Somerset et son cortège tourna lourdement sur ses gonds.

Un morne sourire glissa sur les traits du seigneur de Kervien.

On leur faisait autant d'honneur qu'au favori de la reine.

L'escorte s'ébranla de nouveau et le fer des chevaux des gardes éveilla le lugubre écho de la haute et profonde voûte.

Henri de Mercourt portait maintenant la tête haute, et ce fut d'un pas assuré, l'âme de nouveau pénétrée d'une résignation et d'un calme virils qu'il affronta ce seuil funèbre.

Quelle différence avec le comte de Verbrock.

Il est vrai que ce dernier était plus jeune.

Mais l'esprit du fils de Stewart Bolton, mûri par le vice, portait déjà, comme son visage, l'empreinte d'une vieillesse précoce.

Sa lividité s'était accrue, ses jambes flageolaient, tandis que, poussé par les gardes, il était encore sur le pont-levis.

Lorsqu'il mit le pied sous la voûte, ses jarrets fléchirent véritablement. Il fallut que les gardes descendus de leur monture dès son arrestation le prissent chacun par un bras pour le soutenir.

Son œil éteint laissait rouler ses pupilles déjà vitrifiées, semblait-il, comme celles d'un mort.

Les employés de la prison de service à l'entrée manifestèrent un vif étonnement en le reconnaissant.

Quoi! le jeune comte de Verbrock, le fils de celui qu'ils avaient considéré à bon droit comme l'agent secret et confidentiel de mylord-duc... lui qu'ils avaient vu pénétrer maintes fois avec son père dans la citadelle, tel un louveteau qui flaire la proie nouvelle!...

Lui qui venait goûter un tel régal dans la vue des « pensionnaires » logés dans leurs cellules, les fers aux chevilles et aux poignets, il allait donc partager leur sort?...

Et considérant son délabrement moral et physique, les guichetiers pensaient que son cas devait être singulièrement grave pour qu'il leur fût envoyé à peine au sortir de l'adolescence, — et pour se trouver dans un tel état d'affaissement.

Les portes s'étaient refermées; les deux prisonniers se trouvaient dans la cour où nous avons vu autrefois lord Somerset laisser son escorte la nuit où il avait tenu à interroger Martial.

Le vicomte de Mercourt reconnut l'endroit.

C'est là où il s'était trouvé après avoir franchi les trois guichets, dans cette nuit terrible où Martial avait été arrêté après une chute effroyable, et où lui-même, ayant revêtu l'uniforme d'un des gardiens de cette maison de force, avait eu la témérité de s'y introduire, afin d'arriver si possible jusqu'à lord Mercy.

Le constable traversa la place d'armes sans s'y arrêter, se dirigeant vers une des lanternes qui trouaient la nuit déclinante.

— C'est le couloir qui conduit à la cour du donjon, — se dit Henri de Mercourt. — Je suis en pays de connaissance.

L'officier de police fit entendre le commandement de halte.

Et après quelques mots adressés au sergent, il s'enfonça dans la nuit.

Il se rendait auprès du lieutenant du gouverneur.

Le gentilhomme français reconnut alors le poste des gardiens où il s'était adressé pour savoir où rencontrer Chooner, le geôlier des souterrains.

— Les hommes qui m'ont renseigné alors sont peut-être encore de veille, — se disait-il. — Allons, je suis presque chez moi!

Devant lui, se trouvait le large corridor qu'il avait suivi pour pénétrer dans la seconde cour.

Au bruit des chevaux, les surveillants en permanence dans le poste sortirent vivement...

Des anneaux de fer encerclèrent rapidement ses chevilles.

Et ils s'approchèrent curieusement des nouveaux pensionnaires qu'on leur envoyait : c'était une une distraction !

L'un d'eux interrogea les cavaliers, et le gentilhomme français crut reconnaître l'accent de l'homme qui lui avait autrefois répondu.

Il refaisait donc cette ancienne et mémorable étape dans la sinistre citadelle.

Hélas! ce n'était plus pour en étudier les êtres, afin de délivrer quelques-uns de ceux qui y gémissaient. Il y entrait à son tour en captif.

Durant ce temps, le constable était introduit auprès du gouverneur en second.

Ce dernier était de quart, en quelque sorte, tandis que son chef dormait, ou s'absentait.

Le ministre d'Élisabeth avait édifié sa fortune autant sur la terreur que sur le caprice de la reine.

Et, par son ordre, un de ceux qui le représentaient veillait sans cesse dans l'antre où s'affirmait le plus sa tyrannie.

Le constable lui tendit le mandat qui concernait le fils de Stewart Bolton.

Le lieutenant-gouverneur eut un haut-le-corps en prenant connaissance du terrible parchemin.

Ses fonctions l'avaient mis à même d'être renseigné en partie sur Stewart Bolton.

Il connaissait en outre dans quelle circonstance solennelle Percy avait été fait comte de Verbrock par la reine.

Ce qu'il voyait lui montrait combien la faveur du redoutable favori était instable pour ceux qui le servaient mal.

Le constable l'informa ensuite de la seconde capture qu'il avait faite.

— Le comte Percy de Verbrock, afin de se faire bien venir de Son Honneur le lord-duc, je suppose, m'a désigné ce personnage comme un ennemi privé de notre chef suprême. J'ai donc cru devoir m'assurer de sa personne... d'autant plus qu'il a résisté à la force armée et a même abattu le cheval de mon sergent... C'est un gentilhomme français, nommé, paraît-il, le vicomte de Mercourt.

Le vicomte de Mercourt!... C'était le jour des surprises.

Ce nom résonna en sonnerie de fanfare à l'oreille du lieutenant-gouverneur.

Il n'ignorait pas l'interrogatoire infructueux de Martial par le duc de Somerset, secondé par les tourmenteurs.

Ce nom avait été naturellement prononcé aussi après la retentissante évasion du même Martial, de lord Mercy et du duc de Noxfort...

L'audace et l'opiniâtreté avec lesquels avaient agi le ou les libérateurs n'avaient laissé subsister aucun doute dans l'esprit de Somerset.

— Henri de Mercourt! Je reconnais sa main! — s'était écrié le favori...

Et plein de fureur, — et de crainte lâche en même temps, — il avait

exhalé les plus sinistres malédictions contre sa police impuissante.

La délivrance de lord Mercy, du père d'Ellen aurait achevé de l'édifier si ç'avait été nécessaire.

Le sous-gouverneur voyait donc, à son tour, dans l'arrivée du célèbre conspirateur dans la citadelle, l'occasion de faire sa cour au ministre tout-puissant.

— Vous êtes bien sûr de l'identité de cet homme ? — observa-t-il au constable.

— Le comte de Verbrock me l'a expressément désigné ainsi. Ce gentilhomme l'a avoué ensuite. Et il n'est guère probable que l'on s'attribue un nom et des titres fictifs pour le plaisir d'aller en prison.

Le gouverneur en second sourit : ce n'était en effet pas habituel.

Il était heureux : il allait prouver son zèle au duc de Somerset.

Et il sortit avec l'officier de police, allant reconnaître les nouveaux locataires qu'il lui amenait.

Il fut bientôt auprès d'eux.

Le lieutenant de place n'accorda qu'une attention superficielle et rapide à Percy : son attitude n'était pas faite pour le surprendre.

Par contre, il fut frappé de l'air mâle et fier du seigneur de Kervien.

— C'est assurément un vrai gentilhomme, — pensa-t-il.

Il remarqua qu'aucun lien ne l'entravait. Et obéissant malgré lui au même sentiment qu'avait déjà éprouvé le constable :

— Vous êtes gentilhomme français, monsieur? — interrogea-t-il.

— Oui, monsieur, — répondit avec gravité celui à qui il s'adressait, — je suis le vicomte Henri de Mercourt, seigneur de Kervien.

Et, après une seconde d'hésitation, il ajouta :

— Ancien commandant du navire de guerre français le *Saint-Michel*, chargé jadis d'un message de mon gouvernement pour votre souveraine.

La franchise et non un mouvement d'orgueil avait dicté ces dernières paroles.

Tombé au pouvoir de son ennemi, il dédaignait toute équivoque : et loyalement, fièrement, il disait en quelque sorte à Somerset, par cette déclaration qui lui serait transmise promptement :

— Voilà qui je suis, tu peux frapper sans crainte de te tromper

Le lieutenant du gouverneur eut un moment de silence impressionné.

Il avait discerné l'intention de son interlocuteur.

Mais avec un tel homme, les précautions les plus minutieuses n'étaient pas de trop.

L'attaque audacieuse dont la Tour de Londres avait été l'objet, la triple évasion de lord Mercy, Martial Dacier et du duc de Noxfort étaient du reste un enseignement.

Son regard s'attacha sur les traits énergiques et froids du gentilhomme, tandis qu'il se demandait s'il n'était pas réellement un des auteurs de cet attentat dont Somerset et sa souveraine étaient encore tout émus.

Et s'adressant aux geôliers sortis du poste, lesquels se tenaient silencieusement à quelques pas :

— Conduisez ce prisonnier dans un des cachots de la deuxième section.

Un gradé s'avança après avoir fait signe à deux de ses subalternes.

— Venez, — dit le premier en appesantissant sa main sur le bras du gentilhomme.

Le seigneur de Kervien salua le constable en reconnaissance des égards qu'il lui avait témoignés, puis il s'inclina devant le sous-gouverneur de la forteresse et suivit ses guides.

Quant au fils de Stewart Bolton, au délateur qui avait voulu l'entraîner dans sa disgrâce et s'en faire un bouclier, Henri de Mercourt semblait avoir même oublié qu'il existât.

Percy Bolton, tremblant et livide, devina tout l'immense mépris de cette attitude.

Cependant une haletée de joie domina, durant un instant, l'accablement qui le prostrait : il connaissait les cellules de la deuxième section : c'était l'avant-dernier pas dans ce lieu de malédiction.

Le vicomte de Mercourt n'avait pu remarquer le contentement exprimé par les traits du comte de Verbrock : il ne s'était seulement pas retourné de son côté.

Il s'engagea sous la voûte, balayée par l'air froid de la nuit, qui lui rappelait aussi le souvenir de sa première visite.

Ses conducteurs traversèrent la sombre cour du donjon.

Une sorte de triste sourire tendit les lèvres du gentilhomme.

Ces hommes tenaient vraisemblablement à lui faire recommencer son voyage d'autrefois dans le dédale de la forteresse.

— Peut-être vont-ils m'attribuer la cellule dans laquelle mon pauvre Martial a gémi si longtemps, — pensa-t-il.

Après avoir franchi la porte du donjon, il aperçut des matériaux de maçonnerie entassés, les ouvriers ne travaillant pas à cette heure.

Le vicomte de Mercourt comprit que ces pierres, cette chaux, ce sable devaient servir à réparer le désordre causé par l'explosion au moyen de laquelle il avait arrêté la poursuite des gardes, dans les cachots souterrains.

Le chef des porte-clés heurta du poing une porte enfoncée sous une ogive, et que le gentilhomme français n'avait pas remarquée dans l'émotion de sa première visite.

Un judas s'ouvrit : le porte-clés prononça un mot de passe.

Et un des battants roula pesamment sur ses gonds.

— Avancez! — intima l'un des compagnons du vicomte de Mercourt.

Celui-ci obéit.

Le lourd panneau doublé de fer se rabattit derrière lui et ses conducteurs.

Il se trouvait à l'entrée d'une voûte de forme ogivale, comme la porte, et dont les nervures, se rejoignant de place en place pour se souder chaque fois à la clé de voûte, attestaient l'antique labeur de ces ouvriers de l'art gothique dont tant de remarquables monuments attestent l'impérissable gloire.

Une lanterne à la flamme épaisse et fumeuse éclairait le commencement de ce sombre couloir.

Le nouveau venu inspecta, à sa lueur, le séjour dans lequel on l'introduisait.

Il aperçut un homme debout derrière la porte et qui le considérait avec curiosité.

— Ce gardien doit remplir ici le même rôle que le vieux Chooner dans les souterrains, — se dit Henri de Mercourt.

Il essaya d'étudier le sombre asile qui allait vraisemblablement lui servir de demeure.

Au fond de la voûte une autre lanterne projetait son rouge rayonnement : il distingua une silhouette humaine se mouvant sous sa clarté.

C'était l'autre surveillant des cachots de la deuxième section.

De la sorte, si quelque audacieux intrus ou quelque prisonnier révolté tentait de réduire l'un d'eux à l'impuissance, comme on l'avait fait au méfiant Chooner dans les souterrains, son camarade pourrait se porter à son secours ou donner l'alarme.

— Les précautions sont bien prises, — remarqua le gentilhomme.

Les gardiens qui le conduisaient transmettaient au guichetier de ces voûtes les ordres du lieutenant-gouverneur.

— Au fond, — grommela le guichetier.

Il décrocha la lanterne, et, sans rien ajouter, se mit à marcher devant.

Le nouveau « locataire » qu'on lui amenait et ses conducteurs suivaient.

Le premier releva ainsi la présence d'une série d'ouvertures étroites situées de loin en loin de chaque côté de la voûte.

Parvenu devant l'une de ces ouvertures, le gardien de ces sombres lieux fit halte.

Sa lanterne éclaira une porte en retrait, et il en fit jouer une des serrures...

— C'est ici, — dit-il.

Et il disparut à l'intérieur.

L'ouverture ne donnait passage qu'à une personne à la fois.

Henri de Mercourt, poussé par ses gardiens, s'y engagea après lui.

Il se trouva dans une pièce étroite, sans fenêtre ni soupirail, un couloir plutôt; car une autre porte apparaissait à son extrémité.

Le guichetier fit jouer encore les ferrures de cet huis; — ce vieux mot était bien justifié par l'aspect rébarbatif des madriers et l'enchevêtrement de clous et de ferrailles qui le chargeaient.

Le vicomte de Mercourt avait conservé sa sérénité d'âme durant toutes les phases précédentes, si douloureuses cependant.

Pourtant, à la vue du triste réduit dans lequel il allait être reclus désormais, il ne put dominer son accablement.

Le cachot avait environ dix ou douze pieds de long sur un peu plus de moitié de large.

Ainsi qu'il venait de le voir, une double porte se dressait contre toute tentative d'évasion : un trou, à peu près large comme la main, placé tout en haut sous la voûte même, laissait arriver l'air et, sans doute, un semblant de lumière pendant le jour.

Ces lieux avaient réellement peu de chose à envier aux cachots creusés au-dessous, dans les entrailles de la terre.

— Donne tes bras, — fit rudement le guichetier.

En s'entendant tutoyer, un mouvement instinctif de révolte fit tressaillir le Français.

Mais, à quoi bon s'indigner? pourquoi résister? se rebeller?

Ces hommes étaient des brutes endurcies dans leur métier.

Ils auraient été capables de tutoyer, avec la même inconscience, leur souveraine, si, le lendemain, la destinée la leur avait livrée captive.

Le vicomte tendit ses deux bras.

Le geôlier mit, autour de chaque poignet, les larges bracelets de fer, retenus au mur par d'épaisses chaînes.

— Tes jambes, maintenant, — ajouta-t-il.

Des anneaux de fer encerclèrent rapidement ses chevilles et il entendit claquer solidement les cadenas qui les fermaient.

— Voilà, c'est fini, — dit alors le gardien principal de la deuxième section ; — vous pouvez aller l'annoncer au gouverneur.

Les trois gardes et lui-même se retirèrent, sans un mot de plus.

Henri de Mercourt entendit les serrures et les verrous, qui assujettissaient la première porte, bruire successivement.

D'autres grincements de fer parvinrent ensuite jusqu'à lui.

C'était la seconde issue qui se refermait à son tour.

Maintenant plus aucun bruit n'arrivait au prisonnier. Les ténèbres l'enveloppaient.

C'était bien le symbole de l'abandon de tout auquel il était condamné désormais.

Toute l'horreur de sa position vint à son esprit.

Il revit, de nouveau, ses amis voguant en pleine mer vers sa chère Bretagne, tandis que lui... lui qui devait les conduire, tombait du haut de son espérance dans un cachot... un cachot où tout lui disait que ceux qui y étaient une fois entrés n'en devaient probablement plus sortir... vivants.

— Mon Dieu ! mon Dieu !... — fit-il en une lamentation profonde. — Donnez-moi du courage !

Il était dans la force de l'âge ; il était riche et il aurait eu le droit de prétendre à la plus brillante destinée, — et, au contraire, il avait cessé de compter !

Il se recula instinctivement comme pour se dérober au sort qui l'accablait.

Il rencontra une saillie de la muraille, une sorte de banc de pierre, et il s'y laissa aller, toute sa mâle énergie se brisant, à la fin, devant l'immensité de sa chute.

## XLIX

### SILENCE

Si le sous-gouverneur de la Tour de Londres avait jugé bon d'assigner à Henri de Mercourt un séjour de nature à mater toute velléité d'évasion, un coup d'œil lui avait suffi pour juger le comte de Verbrock.

L'écœurant effondrement du fils de Stewart Bolton indiquait suffisamment qu'il n'y avait pas à nourrir les mêmes craintes de son côté.

Malgré son âge, qui est celui de toutes les hardiesses, il n'y avait pas à redouter de coup de force de sa part, mais plutôt des tentatives de corruption envers les geôliers.

Et il s'était contenté, en conséquence, de le faire conduire dans un des cachots ordinaires.

Le jeune misérable respira, lorsqu'il eut constaté l'état de la pièce dans laquelle on l'introduisait.

Elle n'avait rien de l'horreur de la plupart des cachots qu'il avait visités autrefois.

Il se reprit donc à l'espoir, se demandant si le lord-chief de justice avait envoyé des instructions à son sujet, ou si c'était déjà l'effet de sa dénonciation envers le vicomte de Mercourt.

Quoi qu'il en fût, son cas n'était pas désespéré et il ne dépendait, sans doute, que de lui d'apaiser la colère de Somerset.

Et, s'adressant aux deux geôliers qui venaient de l'introduire dans sa cellule, d'une voix tremblante, il protesta de son innocence.

Il crut même bon d'ajouter qu'il était absolument dévoué à leur chef commun, Sa Grâce le lord-chief :

— Priez de ma part M. le gouverneur d'assurer Sa Grâce le lord-duc que je ne demande que l'occasion de lui prouver de nouveau mon dévouement... ainsi que j'ai déjà eu l'occasion de le faire cette nuit même.

Le triste jeune homme revendiquait déjà le mérite de l'infamie qu'il avait commise en livrant le gentilhomme français aux gardes de Somerset, le tyran!...

Les deux hommes le regardèrent d'un air soupçonneux.

Mais les geôliers auxquels il venait d'adresser ces paroles ne lui avaient pas répondu.

Le sous-gouverneur ayant constaté en quoi le jeune homme était à craindre avait interdit aux porte-clés d'échanger la moindre parole avec lui. Le fils de l'ancien intendant du château de Melrose ne s'y arrêta pas outre mesure, d'abord.

Il vit le chef des guichetiers passer, autour de ses reins, une forte chaine dont une extrémité était scellée au mur selon l'usage de ces temps.

Le porte-clés l'assujettit étroitement à sa taille par un gros cadenas dont il s'était muni au préalable, et le ferma soigneusement.

Le lieutenant-gouverneur lui avait donné ordre de lui rapporter la clé, de même qu'il avait également commandé de ne répondre à aucun des propos du prisonnier, de n'avoir aucune conversation avec lui, sous aucun prétexte.

Il se défiait de toutes ses machinations.

Et la porte se referma sur le fils de l'espion, de même que, quelques instants auparavant, celles d'un autre cachot plus âpre, plus rébarbatif, étaient retombées sur l'homme victime de sa haine.

Le jour commençait à poindre et sa lueur grise, encore vague, passant à travers l'étroite fenêtre, ménagée au sommet de la muraille, y laissait descendre un peu de clarté et de vie.

Ce retour du jour acheva de redonner une certaine confiance à Percy.

— Oui, — se dit-il, — Somerset m'a fait incarcérer pour en finir au sujet de sa fille. Il pense que, me voyant pris, je parlerai. Il ne veut pas accepter les conditions de mon père. Maudit soit donc l'orgueil de l'homme qui m'a donné le jour! De quel droit prétend-il, en effet, exiger qu'on lui confère les titres de seigneur d'Avenel et de Melrose.

Se voyant captif, cette prétention de l'ancien intendant d'arriver lui aussi à la noblesse lui paraissait inadmissible.

N'était-ce pas assez de lui, qui était comte de Verbrock?

Et, les dents serrées, les yeux mauvais, il ne cessait de marmotter de sourdes imprécations contre Stewart Bolton.

Son cœur, sec et égoïste, n'avait pas la moindre reconnaissance envers l'homme qui, au milieu de tous ses vices, de tous ses crimes, n'avait gardé qu'un seul bon sentiment : l'amour paternel.

Il ne voulait pas se souvenir que cette richesse, dont il avait été si orgueilleux jusqu'à ce jour, il la devait à l'ancien intendant, à l'ancien valet infidèle.

Percy refusait également de se rappeler que ce comté de Verbrock, dont il portait enfin le titre, Stewart Bolton le lui avait acheté, il y avait longtemps, et qu'il avait ensuite entassé les infamies et les bassesses pour obtenir de Somerset qu'il fît accorder les parchemins nécessaires au fils ingrat qui le reniait presque à cette heure.

Ses lèvres murmuraient de véritables malédictions.

Il désirait ardemment être interrogé par Somerset.

Percy était résolu, dans ce cas, à lui avouer tout ce qu'il savait.

Il ferait même tout retomber sur son père : ce dernier se défendrait ensuite comme il le pourrait.

Et il regrettait amèrement que la jeune fille n'eût pas été capturée avec le gentilhomme français.

— Somerset est, en effet, capable de me garder en prison jusqu'à ce qu'il ait mis la main sur elle, — pensait-il.

Et l'instinct de la race reprenant le dessus :

— A moins qu'il ne me fasse relâcher pour me confier le soin de découvrir sa retraite, de la lui amener. Ah ! dans ce cas, malheur à elle ! Limier plus ardent que moi n'aura jamais chassé la proie !

Le jour était venu tout à fait lorsqu'un des geôliers se présenta, lui apportant la nourriture pour la journée.

Percy lui demanda si l'on avait transmis au gouverneur de la citadelle la communication qu'il désirait voir apporter au duc de Somerset.

Il n'obtint aucune réponse.

Le prisonnier réitéra sa question, sans plus de succès.

L'espoir qui l'avait gagné le matin s'effondra alors brusquement en lui...

Il était donc condamné à l'encellulement le plus affreux, celui pendant lequel le patient était condamné au silence absolu, éternel.

Comme le porte-clés ressortait après avoir déposé sa subsistance en un coin, Percy tenta un dernier effort et l'interpella de nouveau.

Le surveillant ne détourna même pas la tête et referma bruyamment la porte sur lui.

Une lourdeur terne passa alors dans les yeux du fils de l'ancien intendant.

Et il s'adossa pesamment au mur, ne se souvenant pas qu'on venait de lui apporter de quoi manger et qu'il n'avait rien pris depuis la veille, une sueur glacée montant à ses tempes, d'autant plus anéanti, écrasé, qu'un espoir plus grand remplissait tantôt son âme flétrie.

## L

### LE PROMENEUR

Tandis que les deux prisonniers emmenés par le constable faisaient connaissance avec les cachots différents qu'on venait de leur donner, un homme se dirigeait vers la demeure sans maître maintenant de Stewart Bolton.

Cet homme portait le costume des artisans ou plutôt des petits bourgeois de Londres.

Il cheminait, une baguette à la main, comme un oisif qui va goûter le plaisir de la promenade à travers la campagne.

Ce promeneur n'était autre que Fabers le corroyeur, chez qui Martial était retourné après le départ du côtre.

La maison de l'espion était en effet, il le savait, sur les confins de la ville, à l'entrée de la pleine campagne.

Stewart Bolton s'était établi là autrefois sur les recommandations mêmes de Somerset, afin d'y recevoir ceux qui ne devaient pas être vus.

Ce logis, qui avait vu se nouer tant d'intrigues louches, qui avait vu s'élever et s'accroître encore l'opulence impure de Stewart Bolton, était à peu près abandonné à cette heure.

Le vieux traître était en Écosse, errant, au moment où il s'attendait à triompher, et son fils, la veille encore insolent et rempli de foi en l'avenir, se trouvait claquemuré derrière les remparts sourcilleux de la Tour de Londres.

Les serviteurs, tout à l'émotion que leur causaient les événements de la nuit, répandus dans le jardin, formaient des groupes et appréciaient les divers incidents de mille façons.

La grille était ouverte, et le portier qui était resté prudemment confiné dans la loge, durant les complications auxquelles il s'était soigneusement abstenu de se mêler, écoutait un palefrenier lui en narrer les détails, maintenant que sa curiosité ne risquait plus de le compromettre.

Fabers approchait à ce moment de la maison des Bolton père et fils.

Il devina, au costume, la condition sociale des deux hommes en train d'épiloguer devant la grille ouverte.

Cela lui parut d'un singulier augure.

Les seigneurs comme les riches bourgeois anglais tenaient beaucoup au décorum.

Et ce laisser-aller des deux domestiques sur le seuil de la grille ouverte indiquait qu'un événement assez grave avait dû se passer.

Les deux fonctionnaires attachés au service de Bolton et de son fils cessèrent de parler en voyant un nouveau venu s'avancer.

Fabers s'en aperçut.

Un « Dieu vous garde ! » sortit de ses lèvres, s'adressant aux deux serviteurs. Ceux-ci répondirent distraitement à sa politesse.

Fabers constata alors, à l'intérieur, la présence des domestiques attroupés, causant et gesticulant d'une façon animée, en tout cas avec une émotion visible.

Et il ne douta plus que quelque fait important n'eût eu lieu.

— En vérité, — dit-il, — l'animation de tous ces gens ne se rapporterait-elle pas à l'absence du vicomte de Mercourt ?

Il feignit de dépasser la grille, puis, comme s'il s'était ravisé, adressa la parole aux deux causeurs réunis au dehors.

— Le deuil serait-il donc tombé sur cette maison, que vous paraissez si affectés ? — interrogea-t-il.

Les deux hommes le regardèrent d'un air soupçonneux.

Le quidam n'avait-il pas été envoyé pour les faire parler ?

Mais ils songèrent que les autorités devaient être suffisamment renseignées puisque c'étaient leurs agents qui avaient opéré.

Fabers avait d'ailleurs le visage tranquille et la mise correcte des petits industriels d'Angleterre, qui devaient former la souche des brasseurs d'affaires d'aujourd'hui.

Et les domestiques à qui il s'adressait avaient trop l'habitude des gens équivoques, que leur premier maître Stewart Bolton était accoutumé à recevoir avant son départ pour l'Écosse, pour ne pas flairer, à cent mètres loin, les hommes de la police.

Or, celui-ci n'en était pas : ils le sentaient.

C'était un bon bourgeois, taquiné certainement par le désir d'une promenade matinale.

Le portier, rassuré, profita donc de l'occasion qui se présentait de se donner de l'importance.

— Non, — dit-il, — il n'y a point eu mort d'hommes, grâce en soit rendue au ciel. Mais il s'en est fallu de bien peu.

— Une tentative de meurtre?... — balbutia le promeneur avec un air de componction tout à fait « bourgeois ». — Hélas! les mœurs sont bien changées...

Les deux domestiques échangèrent un demi-sourire.

Ils ne s'étaient pas trompés ; ils avaient réellement affaire à quelque boutiquier facilement impressionnable.

Le portier crut alors devoir prendre sur lui de calmer ses inquiétudes. Du reste, ses fonctions, un peu en dehors de la domesticité ordinaire, le rapprochaient lui-même de cette bourgeoisie à laquelle le promeneur devait appartenir.

— Heureusement non, — dit-il. — Mais notre maître appartient à la noblesse du royaume. Et il a dû être desservi par quelque rapport hostile, car des cavaliers de Son Honneur le lord-duc, — que Dieu l'ait en sa sainte garde! — sont venus le quérir. Mais son sang n'a pas coulé.

— Cela vaut mieux ainsi : les coups de rapière sont si troublants pour les gens paisibles comme nous.

Le concierge se rengorgea : le promeneur l'assimilait lui-même à ces gens paisibles, — et bourgeois, — dont il parlait.

Aussi ressentit-il la plus vive sympathie pour ce nouvel interlocuteur. Il crut donc devoir appuyer l'observation du corroyeur d'un soupir approbatif.

— Et vous voilà donc sans votre seigneur, — ajouta Fabers. — Je comprends votre émotion.

— Ah! si ce n'était encore que cela! — repartit le concierge en levant les bras au ciel. — Mais le proverbe est bien vrai lorsqu'il dit : un rocher ne se détache pas de la montagne sans qu'un autre ne se joigne à l'avalanche.

Et définitivement gagné, désireux de lâcher les écluses de son éloquence :

— Il était donc écrit qu'un malheur n'arrive jamais seul.

« Quelques instants avant l'arrivée du constable et de son escorte, un visiteur vêtu en gentilhomme, au costume sévère, s'est présenté, disant venir au nom de Son Honneur lord Somerset.

Le concierge appuya sa main contre sa poitrine comme pour donner plus de force à son récit :

— C'est à moi qu'il s'est présenté, à moi-même, puisque je tiens les clés de la porte.

« Un envoyé de Sa Hautesse le lord-duc, vous comprenez que je n'allais pas le faire attendre. Je l'ai donc fait conduire respectueusement jusqu'au perron.

« Ah ! si j'avais su !... Car nous sommes si confiants, n'est-ce pas, nous autres, les gens du tiers.

Fabers approuva d'un hochement de tête.

— En effet, vous allez voir, — reprit le portier définitivement charmé par cette solidarité bourgeoisante que lui concédait le promeneur. — Introduit auprès de notre maître, le comte de Verbrock, le visiteur et lui sont restés seuls, ce dernier ayant renvoyé tout le monde, avec ordre exprès de ne point bouger, quoi qu'il arrivât. Que voulez-vous, on a beau être gentilhomme, on est jeune, on n'a pas notre prudence à nous autres...

« Des bruits insolites s'étaient effectivement bientôt élevés, les serviteurs commençaient à se rassembler, inquiets, lorsque notre seigneur parut soudain en criant à l'aide.

« Presque aussitôt le visiteur qui s'était présenté à moi, en se servant du nom du lord-duc pour obtenir l'entrée, surgissait conduisant une jeune fille par la main.

« Il fit feu sur les serviteurs rassemblés, et, profitant de leur surprise, arriva jusqu'à la porte où il me somma d'ouvrir.

« Je n'avais pour arme que ma conscience : Je dus obéir.

Son regard, son attitude semblait dire à Fabers :

— Hein ! quel drame !...

Celui-ci hochait le menton gravement : En réalité il ressentait une véritable déception.

Quel rapport ce récit tout dramatique, et probablement exagéré, pouvait-il avoir avec les événements qui le préoccupaient ?

Et il se demandait s'il n'avait pas fait fausse route en supposant qu'il apprendrait des nouvelles du seigneur de Kervien dans la demeure des Bolton. Etant données les mœurs du blême jeune homme qui habitait cette maison, il n'était point étonnant que des drames violents s'y fussent accomplis.

En outre, de même qu'il n'avait pas hésité, autrefois, à trahir les lois de l'hospitalité, en essayant de livrer le vicomte de Mercourt à Somerset, de même il avait dû trahir à son tour le ministre favori.

De là son arrestation, coïncidant avec le drame dont on venait de l'entretenir.

Mais aussitôt cette pensée surgit à son esprit : à quelle heure le gentilhomme dont on venait de lui parler s'était-il présenté ?... Ce visiteur dont le costume sévère rappelait malgré tout, à Fabers, le seigneur français.

— Et tous ces événements viennent de s'accomplir à l'aube de ce jour, — fit-il. — Je comprends que vous soyez encore si impressionnés.

Dans sa pensée, ces derniers mots devaient porter le concierge à préciser. Il ne s'était pas trompé.

— A l'aube!... — s'exclama celui-ci. — Je n'ai même pas fermé l'œil de la nuit. Le couvre-feu était sonné quand ce visiteur s'est présenté.

Et, heureux d'avoir trouvé un auditeur complaisant à qui confier ses alarmes durant cette veillée tragique, il lui narra comment les gardes emmenaient son maître quand celui-ci avait aperçu, à quelque distance, son visiteur de l'instant auparavant, et l'avait dénoncé.

— Pensez donc, c'est un de ces Français d'enfer qui soutiennent la cause de l'Écossaise!

A ces derniers mots, Fabers eut peine à retenir un sursaut de surprise.

Il ne le cacha qu'en simulant un intérêt plus vif pour le récit...

— J'espère qu'on va faire connaître le nom de cet étranger, — trouva-t-il la force de dire, — pour le cas où il aurait des affiliés.

— C'est, parait-il, un certain comte ou vicomte de Mercourt.

Le corroyeur ne pouvait plus douter.

Ce fut donc avec une attention palpitante qu'il écouta le récit de la poursuite exercée par les domestiques et ensuite par les gardes.

Le portier l'amplifiait en outre, y ayant *presque* assisté.

De temps en temps, le palefrenier y ajoutait un détail, un mot.

Fabers apprit ainsi la lutte acharnée soutenue par le gentilhomme breton, jusqu'au moment où son épée s'était brisée.

— C'est mille guinées à partager entre le personnel, — compléta le palefrenier. — Notre maître avait promis cette somme à qui s'emparerait de l'étranger. Et nous lui sommes tombés tous dessus à la fois, quand nous l'avons vu désarmé. Mais la fille, elle, nous a échappé.

Le corroyeur eut mille peines à ne pas laisser voir son abattement.

Ses interlocuteurs venaient de le lui apprendre, les gardes avaient conduit le vicomte de Mercourt dans la sombre prison d'État qui, aujourd'hui encore, laisse peser son ombre sur la cité de Londres.

Il savait donc pourquoi le gentilhomme n'avait pas paru au rendez-vous, à White-Cross.

— Hélas! — pensa-t-il, — que pourra Martial, son pauvre et fidèle écuyer, pour lui venir en aide?... On ne pénètre pas deux fois par surprise dans la Tour de Londres.

Mais quelle était cette jeune fille qui se mêlait à ces scènes tragiques?

Il essaya d'interroger adroitement les domestiques, se demandant si ce n'était pas quelque autre victime du misérable habitant de cette demeure.

— Cette jeune fille devait être recluse dans quelque coin secret de cette maison, — pensait-il. — Et Henri de Mercourt avait probablement tenté

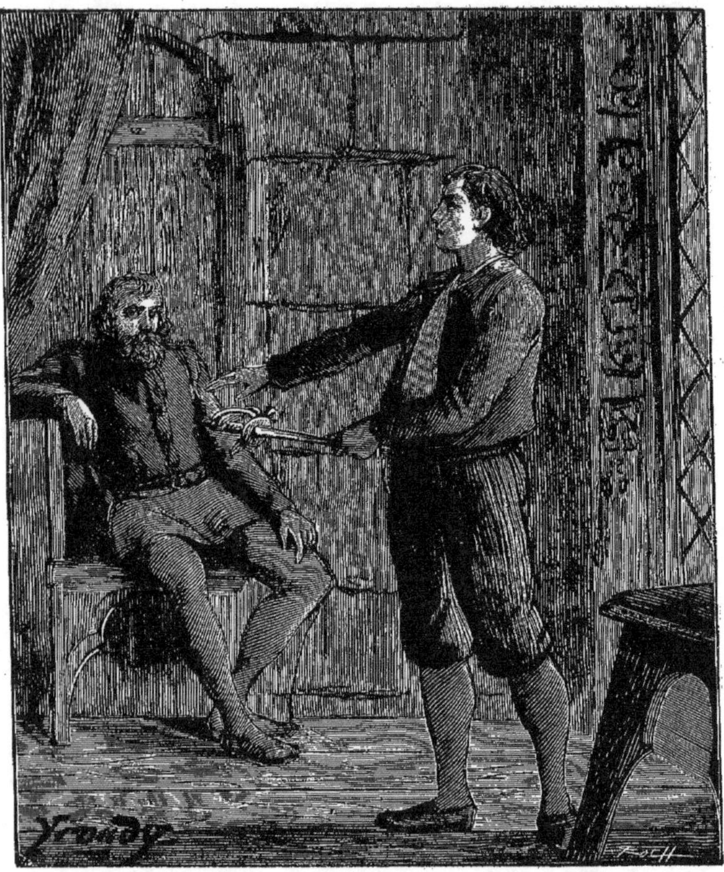

— Sur cette lame brisée, je renouvelle le vœu que j'ai prêté autrefois.

de la délivrer, elle aussi, avant de partir, voulant que sa dernière heure de présence sur le sol anglais fût signalée par une œuvre généreuse.

Mais d'autres serviteurs, voyant un étranger, vinrent se mêler à la conversation. Et le portier, après avoir fait un signe à Fabers et au palefrenier, se tut, se souvenant de la défense impérieuse que le comte de Verbrock lui avait faite, de raconter, à âme qui vive, l'arrivée nocturne de Marguerite et des marins qui la conduisaient.

Les domestiques qui avaient pris part à la lutte de la nuit comptaient sur le retour de leur jeune maître pour recevoir leurs mille guinées de récompense. Ils ne croyaient pas à une captivité prolongée.

Lui escomptait aussi son prochain retour pour toucher le salaire dû à son silence, — plus ou moins complet.

Il est vrai que, à cette heure, le secret était éventé.

Le promeneur n'avait plus rien à apprendre.

Il demeura encore quelques minutes, afin de ne pas donner à penser aux domestiques; puis il continua son apparente promenade.

Il se dirigeait vers la campagne lorsqu'il avait passé devant la maison de l'espion politique : c'était vers l'endroit où le vicomte de Mercourt avait tâché de chercher un refuge avec la fille d'Ellen.

Il allait donc refaire cette étape.

Il la parcourt avec une émotion douloureuse, retrouvant la marque du passage du gentilhomme et de ceux qui avaient fini par le capturer.

Herbes froissées, branches rompues, feuilles jonchant le sol, tout gardait encore le souvenir des scènes ardentes et farouches de cette nuit... Il chercha s'il ne rencontrerait rien, s'il ne trouverait aucun objet ayant appartenu à Henri de Mercourt, quelques tablettes peut-être renfermant des explications sur les événements dont le dénouement avait été si fatal.

— Qui sait, — se disait le brave corroyeur, — le vicomte de Mercourt, se voyant cerné, aura peut-être jeté, sous un buisson, quelque écrit révélant certains faits de nature à faciliter sa délivrance.

Mais c'est en vain qu'il s'agenouilla sous les fourrés les plus épais, étudiant minutieusement chaque endroit...

Il ne découvrit rien... rien qu'un tronçon d'épée.

Comme Marguerite l'avait déjà constaté à la prime aube, le piétinement du sol, quelques éclaboussures purpurines lui apprirent que la lutte suprême avait eu lieu à cette place.

Cette lame brisée était donc celle du vaillant Breton.

Fabers plongea longuement son regard dans tous les retraits du bois. Et ramassant pieusement la lame d'acier, il la glissa sous ses vêtements. Il la rapporterait à celui qui l'attendait, caché dans son modeste logis de petit commerçant, derrière Saint-Paul.

Quittant alors ces tristes lieux, il se dirigea de nouveau vers la ville en évitant de repasser devant la maison de Stewart Bolton.

Martial reconnaîtrait sans doute l'épée du gentilhomme, ce débris glorieux qui avait décidé en quelque sorte de sa destinée et qu'il lui rapportait comme une relique.

## LI

### SUR L'ÉPÉE

Sur la mer aux flots grisâtres, aux vagues sans cesse irritées, une forte barque aux flancs épais, à la solide mâture, glisse, voguant vers l'ouest. Un vieillard, un homme aux cheveux grisonnants mais au visage énergique, une femme sont à son bord comme passagers.

Ils regardent, profondément remués par mille pensées, fuir et s'estomper les rivages de l'Angleterre. Les côtes dentelées, rugueuses, et qu'un brouillard cotonneux enveloppe déjà s'éloignent, se fondent, pareilles à un souvenir lointain qui s'efface et meurt peu à peu.

Le vieillard qui est à bord se nomme lord Mercy; il a été le premier ministre de la reine Élisabeth.

Il a mérité d'être appelé le juste : c'est pour cela qu'il est tombé

Proscrit après avoir été captif, il fuit, allant chercher une terre plus généreuse, plus hospitalière.

Ses deux compagnons de voyage sont les deux solitaires dans la cabane desquels Henri de Mercourt, presque mourant, avait aperçu jadis le portrait du noble vieillard, du père d'Ellen : c'est Wilkie, l'ancien geôlier de la Tour, et Annie, sa courageuse et sa fidèle compagne.

Ils voguent vers l'avenir... vers l'inconnu, en songeant à ceux qui devaient les accompagner et qui sont restés.

Le vent et la mer les emportent!...

Ceux qui sont restés, avons-nous dit...

Dans un cachot voûté selon le style de la vieille et forte achitecture gothique, et fermé par une double porte, un homme est prostré sur un banc de pierre. Il est là depuis plusieurs heures peut-être et n'a pas songé à bouger, à changer de position.

A-t-il seulement la notion du temps qui s'écoule?

Sous le plafond cintré, une bande crépusculaire indique seule l'accroissement graduel du jour, de même que son changement de direction doit signaler la marche des heures à ceux qui sont habitués à ces séjours.

Mais le bas de la cellule demeure enténébré.

Ce prisonnier a pour noms et pour titres : Henri, vicomte de Mercourt, seigneur de Kervien.

C'est un vaillant entre les vaillants, et cependant le voici bien las.

C'est qu'il songe, lui aussi : il songe à ceux qui sont partis et qu'il suppose plus nombreux qu'ils ne le sont en vérité... il songe à la patrie qu'il espérait revoir et dont il ne touchera sans doute jamais plus le sol.

Il se croit seul, abandonné à Londres.

Et cependant, au fond d'une chambre, dans une petite maison, située derrière l'église de Saint-Paul, un homme aux traits fatigués, creusés par de longues souffrances, attend, dévoré d'inquiétude.

C'est Martial Dacier qui, contrairement aux ordres de son maître, a refusé de s'embarquer sur le côtre qui devait le conduire en France, puisque le vicomte de Mercourt n'était pas avec eux.

Il attend Fabers, l'honnête corroyeur parti aux informations.

Les plus sombres conjectures hantent son esprit, et par moments il se prend même à craindre pour le loyal artisan.

La porte de la boutique de peausseries s'ouvre enfin au-dessous.

Martial prête anxieusement l'oreille.

Il entend jouer les fermures de l'arrière-boutique, puis gémir sourdement les marches de l'escalier.

Cette fois, il ne doute plus, c'est bien son hôte : c'est Fabers.

L'écuyer breton se dresse, insensible à la souffrance que lui causent ses jambes encore gonflées par les fatigues de la veille et dont son insomnie tourmentée de la nuit a plutôt augmenté le mal.

Il se traîne jusqu'à l'entrée de la chambre.

Et lorsque Fabers en pousse la porte, le corroyeur aperçoit l'impotent devant lui, dardant ardemment son regard enfiévré sur le sien.

La flamme maladive qui brille dans les prunelles de Martial est toute une interrogation. Le nouvel arrivé le comprend : il a conscience du chagrin cuisant qu'il va causer au fidèle serviteur dès qu'il ouvrira la bouche. Et cependant il ne peut se taire.

— Fabers, Fabers, qu'avez-vous donc appris? — fait Martial en constatant la contrainte du commerçant.

Celui-ci jette son chapeau de feutre sur un meuble, évitant la question directe de son compagnon.

Il se laisse tomber sur un siège, tandis qu'un soupir s'exhale de sa poitrine. Puis des paroles sourdes, lentes, sortent de sa bouche.

Et il raconte sa décevante odyssée... son apparition devant la maison de Stewart Bolton, les conciliabules des domestiques... En phrases lourdes, comme si les mots lui venaient à regret, il refait l'historique des événements, tels que le portier le lui a narré à lui-même

Il s'interrompt parfois, pour fixer son interlocuteur... Mais le Breton écoute : pas une fois il n'interrompt la terrible narration de Fabers.

On dirait que chaque mot de ce dernier se grave dans sa mémoire.

Le marchand a fini de répéter le récit qui lui a été fait.

Il arrive maintenant à la visite opérée par lui aux environs du bois, sur le terrain même où le vicomte de Mercourt a tenu si longtemps en échec la meute forcenée acharnée à sa perte.

Martial l'écoute toujours dans un silence concentré.

Mais ses yeux luisent d'un éclat plus aigu, ses mâchoires serrées expriment la violente tension de ses facultés; sa main a des contractions nerveuses, comme si elle voulait se crisper sur la garde d'un poignard, d'une dague... Sa pensée suit la lutte du gentilhomme, seul à tenir tête contre la bande hurlant autour de lui; il en devine les phases terribles.

— Oh! que n'étais-je à son côté? — pense-t-il avec un amer regret.

Mais Fabers a terminé. Il n'a plus rien à apprendre à celui qui l'écoute et pour qui aucun doute n'est plus possible.

Henri de Mercourt est enfin tombé au pouvoir de l'ennemi qu'il a si longtemps défié et tenu en échec. Tout est terminé.

Un morne silence succède à la narration du corroyeur.

Mais celui-ci tire alors lentement de dessous son justaucorps un tronçon d'acier, l'extrémité d'une lame rompue, faussée.

Il la tend à l'écuyer.

— Prenez ceci, — dit-il d'une voix grave et triste, — c'est la lame brisée de l'épée du vicomte de Mercourt. Je l'ai rapportée pour vous.

A cette vue, une humidité tremblante brille dans les yeux de Martial, du fils de la vieille Armorique.

Avec un respect pieux, il prend la relique que le bon Fabers lui présente, qu'il a conservée à son intention.

Religieusement, il l'approche de ses lèvres, après un regard de reconnaissance muette et ardente envers son interlocuteur.

— Fabers, — dit-il, — vous à qui je ne sais comment exprimer la gratitude que je ressens, soyez témoin de mon serment.

Et la main étendue au-dessus du tronçon d'épée, il prononça ces paroles d'une voix sourde et forte :

— Sur cette lame brisée, je renouvelle le vœu que j'ai prêté autrefois de ne pas abandonner, quoi qu'il arrive, mon seigneur et maître le sire de Kervien. Sur ce débris d'acier, emblème de la lutte sans trêve, sans merci, je jure de ne quitter l'Angleterre qu'avec mon maître... ou de périr à la tâche!...

## LII

### MÈRE ÉPLORÉE!

Ah! la vie!... l'âpre, la torturante vie du monde!...

Qui fera le total des joies, des sourires d'une existence humaine et mettra en regard les tristesses, les souffrances, les larmes de cette même existence?...

A Londres, Marguerite errante, traquée comme une pauvre créature par les chasseurs; celui qui l'avait arrachée aux griffes de ses geôliers, de ses bourreaux, livré lui aussi à cette heure aux geôliers; et l'aïeul dans les bras de qui il voulait la remettre s'éloignant ballotté par les flots amers...

Et loin d'eux tous, en Écosse, une mère, Ellen, égrenant toutes les indicibles angoisses, épuisant toutes les prières de son âme et toutes les larmes de son être.

Le déchirement, l'affreux désespoir éprouvé par l'infortunée en constatant la disparition de sa fille, n'avaient fait que s'accroître...

Malgré les indices trop convaincants de violence relevés à l'endroit où Stewart Bolton et ses estafiers avaient tendu leur embuscade, la malheureuse mère, après les premières alarmes, avait essayé de se persuader que la catastrophe était moins grande qu'on ne l'avait cru d'abord.

Elle voulait croire que Julien et Marguerite ayant prolongé leur promenade s'étaient égarés dans les méandres de la forêt.

La présence du jeune homme auprès de sa fille était pour Ellen la cause de ce fragile espoir.

Elle avait remarqué, ainsi que tous, la sympathie mutuelle qui unissait les deux jeunes gens.

Désireux de sentir davantage l'isolement autour d'eux pour échanger, avec une plus grande plénitude, les sentiments de leur âme, Julien avait dû entraîner au loin sa confiante compagne.

Et lorsqu'ils avaient voulu regagner le manoir, le jeune chevalier, — instinctivement on avait continué à donner ce titre à Julien, — n'avait pu retrouver son chemin.

La nuit les avait alors surpris, et ils avaient sans doute continué à errer dans la forêt.

Se cramponnant à cette espérance, — espérance qui se leva dans sa désolation comme une consolation éphémère, — Ellen s'attendait à les voir reparaître au jour.

Le retour d'Halbert et de ses compagnons au milieu de la nuit, après leur course infructueuse sur la piste des ravisseurs, l'avait, il est vrai, plongée d'abord dans un accablement immense, dans un nouveau désespoir.

Mais, avec la ténacité des infortunés qui se refusent à accepter leur malheur, elle n'avait pas tardé à redresser, dans un mouvement farouche, sa tête éplorée.

— Non, — se dit-elle, — si ces hommes ne sont pas parvenus a rejoindre Marguerite et Julien, c'est que mon enfant n'avait pas suivi ce chemin. Les traces sur lesquelles Halbert s'est laissé entraîner sont celles de quelque chasseur.

Mais le bouquet d'anémones abandonné par la fillette, par la jeune fille, assaillie par les brigands embusqués ?...

La mère si horriblement éprouvée était obligée ici de se rendre à l'évidence.

Mais son cœur, son imagination avides de s'abuser jusqu'à ce que la preuve irrécusable de son malheur, se révélât tout entière dans sa vérité cruelle, son besoin d'espérer contre toute espérance lui suggérèrent une explication.

Ces fleurs avaient certainement été cueillies par son enfant : elle avait un tel culte pour elles. Mais elle les avait laissées là afin de les reprendre au retour, de crainte qu'elles ne fussent fanées par suite de leur délicatesse si elle les emportait dans le reste de leur promenade.

Hélas ! il est si cruel pour une mère ayant passé par toutes les épreuves qu'avait connues Ellen Mercy de voir sombrer la seule consolation laissée par le destin.

Il était si affreux pour elle de se dire : c'est fini ; je n'ai plus d'enfant !

Aussi, lorsque le Highlander avait annoncé qu'il allait proposer aux habitants d'un village situé à quelque distance de se joindre aux serviteurs du manoir de Claymore pour battre les bois, avait-elle demandé à voir le montagnard.

Et tremblante, des lueurs affolées dans le regard, toute secouée de frissons, elle avait serré ses mains noueuses entre les siennes, agitées de tremblements nerveux.

— Oui, vous avez raison, c'est le moyen de les retrouver ; j'irai avec vous et nous les ramènerons... les deux enfants prodigues.

Elle n'avait aucune parole de reproche, ni de blâme pour Julien.

N'avait-elle pas constaté sa tendresse pour son enfant et ne devait-il pas être infiniment malheureux lui aussi s'ils se trouvaient perdus ensemble dans la forêt ?

Puis, en ce cas, n'était-il pas à cette même heure la seule protection, la seule défense de la pauvre enfant?

Le Highlander était parti de suite afin d'engager les paysans à se joindre à eux.

Comme il s'éloignait, Marie d'Avenel lui remit une forte somme d'argent afin de décider ceux des villageois qui pourraient hésiter à coopérer aux battues projetées.

Mais on était à l'époque des grands travaux des champs.

Quand le Highlander se présenta au bourg, la majeure partie de la population s'en était déjà allée, afin de se livrer aux cultures qu'ils poursuivaient au loin sur les pentes des collines.

Les autres, ayant leurs bœufs trapus attelés aux chariots, se préparaient à se mettre en route.

Le serviteur du manoir de Claymore put réunir à peine cinq ou six hommes.

Il tenta au moins d'engager un nombre suffisant de rabatteurs pour le lendemain.

Ceux à qui il fit connaître le lamentable événement dont les hôtes du manoir de Claymore étaient victimes lui exprimèrent une vive pitié.

Mais la guerre avait pris la plus grande partie des hommes valides.

D'autre part, à cause de la tiédeur de la température, beaucoup d'entre les paysans, dont les terres de culture se trouvaient à une grande distance, y couchaient sous des abris passagers.

Ce ne pouvait donc être ce qu'on avait espéré.. et ce qui aurait peut-être permis de réduire à néant le guet-apens accompli par Stewart Bolton...

Peut-être !...

Deux des plus dévoués se rendaient au manoir de Claymore.

## LIII

### HÉLAS !

Mais renoncer à tout effort, à toute tentative si illusoires soient-ils ?... Quelle mère s'y résignerait ?

La battue avait donc commencé, malgré le peu de monde dont on pouvait disposer au début.

Ellen tint à en être.

Les yeux dilatés, le corps en avant, elle fouillait les fourrés, laissant des morceaux de sa robe aux épines, insensible aux morsures venimeuses qu'elles lui faisaient.

Sa voix alarmée jetait à l'air le nom de son enfant.

Mais les lents échos des forêts lui répondaient seuls... en lui renvoyant, affaibli et mourant ainsi qu'une plainte, ce nom chéri.

Marie d'Avenel avait voulu suivre Ellen.

Mais l'arbuste que la foudre a frappé reste à jamais languissant : la descendante des ducs de Melrose avait ressenti dans son corps les atteintes qui avaient meurtri son âme au point d'altérer autrefois sa raison.

Ses forces incertaines trahissant sa volonté, un moment vint où elle ne put suivre son amie, — celle qu'elle nommait sa sœur, — dans ses mortelles recherches.

Et cependant, un sentiment qu'elle ne pouvait définir la poussait, elle aussi, en avant, malgré un profond et morne découragement.

A les voir, on eût dit deux mères dont l'une avait au cœur une sorte d'espérance démente, et l'autre le morne accablement du deuil le plus affreux.

Marie d'Avenel se traînait avec peine, voyant noir devant elle comme dans son âme.

Une sensation de vertige étreignait son cerveau sous l'empire des émotions qui la poignaient et de l'épuisement matériel.

Son pied rencontra un obstacle et elle serait tombée si elle n'avait pas rencontré un tronc mince pour y cramponner ses mains.

Marie tenta de réagir, de se redresser; mais le vertige qui battait son cerveau semblait faire tourner les objets autour d'elle.

Elle retomba, écrasée.

Ellen l'aperçut.

— Pauvre mère ! — prononça-t-elle, oubliant dans un élan sublime qu'elle était elle-même cette pauvre mère, ainsi qu'elle nommait Marie d'Avenel.

Effaçant, du revers de la main, les larmes qui sillonnaient son visage, elle se pencha vers Marie, lui tendit les bras pour l'aider à se relever.

— Pourquoi vous obstiner à subir ces fatigues ? — lui dit-elle. — Vous avez trop souffert, Marie. Dieu mesure notre martyre à nos forces. Il a sans doute trouvé que je n'avais pas encore assez payé mon tribut. Mais vous, à qui rien n'a été épargné, c'est trop.

— J'irai tant que l'espoir vous soutiendra vous-même, — répliqua la fille des Melrose.

— Hélas ! — repartit Ellen Mercy d'une voix creuse, — je vois bien que vous n'osez pas partager ma foi... Ma foi, mon âpre espérance, le seul bien qui me reste... et dont je sens à certaines minutes la fragilité.

Les deux femmes se contemplèrent, l'une à travers le brouillard des larmes, l'autre à travers celui de son vertige.

Marie d'Avenel avait en elle la faculté de divination que possèdent certains êtres qui ont beaucoup souffert et qui *sentent*, dirait-on, les événements.

Quelque chose l'avertissait de l'inanité de ces recherches auxquelles elle avait pourtant tenu à prendre part.

Elle comprit qu'en imposant sa présence à Ellen, c'était lui rappeler en quelque sorte le doute obstiné qui la hantait.

D'autre part, la faiblesse qui venait de la terrasser ne devait que retarder ces recherches, et celles-ci ne pouvaient aboutir que par la promptitude même de l'action.

— Adieu donc ! — fit-elle avec regret, — puisque je ne puis vous suivre comme je le désirerais. Puisse le ciel bénir votre persévérance... et ramener ceux que nous avons perdus !

Elle ne parlait pas seulement de Marguerite.

Julien aussi occupait son souvenir, Julien qu'elle ne savait pas être son fils !

Sort cruel ! Pour expliquer vis-à-vis d'elle-même la place occupée dans sa mémoire par la triste victime de Stewart Bolton et de John Robby, le cabaretier du *Gué de la Mort*, elle ne pouvait qu'invoquer l'attachement que l'on porte à ceux que l'on a vus persécutés et malheureux.

Et elle se le disait sans oser l'avouer à Ellen : elles ne retrouveraient ni Julien ni Marguerite dans le dédale des forêts.

Morne et dolente, l'épouse de Walter d'Avenel reprit donc le chemin du manoir de Claymore.

Malgré le danger qu'il pouvait y avoir pour elle à cheminer seule dans la forêt, elle refusa de se faire accompagner, ne voulant détourner aucun de ceux qui aidaient la fille de lord Mercy à fouiller les retraits où, seule, apparaissait, de loin en loin, la trace des fauves.

La châtelaine ne consentit à prendre avec elle qu'un des molosses qu'on lâchait la nuit autour du manoir, depuis les tentatives des êtres malfaisants qui avaient rôdé si longtemps aux environs.

L'énorme dogue bondissait autour d'elle, flairant le sol de loin en loin, ses crocs à l'air, et, après avoir battu les buissons à droite et à gauche, venait frôler les jupes de sa maîtresse de ses flancs puissants.

Elle regagna sa demeure sans encombre.

Tibbie et sa sœur Mysie, restées seules au manoir en compagnie du vétéran de la Tour d'Avenel, l'ayant aperçue de loin, se portèrent aussitôt à sa rencontre.

Durant ce temps, le soldat debout au haut du perron devenait immobile et attentif, appuyé sur sa claymore nue, continuant, factionnaire vigilant, à veiller sur le manoir dont il était resté le seul défenseur.

Lorsque, la nuit venue, Ellen reparut, le visage défait, les traits creusés par le chagrin et la lassitude, son seul aspect suffit pour indiquer à Marie d'Avenel que les forêts n'avaient point révélé leur secret.

Elle n'essaya point de consolation banale. A quoi bon? elle savait par expérience que cela n'atténue rien.

Puis, elle-même était prostrée d'une façon étrange, un poids écrasant semblait broyer son sein.

Et involontairement, le nom de Julien revenait à tout instant à son esprit.

— C'est le souvenir inconscient de l'innocent martyr à qui j'avais donné le jour qui en est cause, — se disait-elle.

Mais Ellen n'avait pas renoncé.

A la vérité, elle n'avait presque plus d'espoir : c'est pourquoi elle se montrait si acharnée.

Cela dura deux jours encore de la sorte.

Les paysans, s'étant raconté les uns aux autres le douloureux acharnement de cette mère, étaient venus en masse.

Ellen, le visage plombé, les épaules à demi penchées vers la terre, n'ayant plus de force apparente que dans le feu sombre de ses regards, les guidait.

Le mur humain qui s'avançait formait ainsi une ligne de plusieurs centaines de toises.

C'est dans ces conditions que se fit la dernière battue, celle qui devait être décisive, avait-on pensé.

Il était impossible, en effet, à tout être confiné dans ces solitudes, de n'être pas rencontré par l'un ou l'autre de ces sortes de trappeurs.

Les végétations de la forêt gémissaient sous la poussée incessante de cette houle humaine.

Par moments, de grands cris s'en élevaient, lançant le nom des deux disparus.

— Mon Dieu! mon Dieu! — murmurait Ellen intérieurement, — serait-ce donc vrai? les deux infortunés auraient-ils été victimes d'un infâme guet-apens? Mais accompli par qui, et dans quel but?

C'était ce qui l'angoissait peut-être le plus.

Les divers attentats accomplis sur les hôtes du manoir lui faisaient se demander si Somerset n'était pas parvenu à percer le secret de l'existence de sa fille.

— Ils nous croit mortes l'une et l'autre, — se disait-elle, comme conclusion.

Morte, son enfant? Sa fille ne l'était-elle point puisqu'on ne parvenait à relever aucun vestige?

Et elle répétait :

— Morte!... Ma pauvre Marguerite assassinée par ceux qui ont peut-être réussi à percer le mystère de sa naissance. Mon père enfermé dans un cachot où il a peut-être péri, ma fille trépassée aussi... Oh! en ce cas, il ne me restera plus qu'à mourir également.

Elle tenait pied aux rabatteurs en roulant ces idées lugubres dans sa tête.

Et la nuit venue, derechef elle vint encore s'échouer au manoir de Claymore, pauvre loque humaine n'ayant presque plus rien de la vie.

Les paysans, convaincus de l'inutilité d'investigations plus prolongées, avaient regagné leur village et avaient repris leurs travaux.

Une journée morne, écrasante, une de ces journées pendant lesquelles les heures semblent distiller du noir, s'écoula encore.

Les deux habitantes du manoir erraient à travers les pièces de la vieille résidence, sans échanger une parole.

Tout ressort d'énergie paraissait aboli en elles.

Les deux mères étaient plongées dans la même prostation.

Halbert et les autres serviteurs, devant le désespoir des deux femmes, résolurent d'eux-mêmes de renouveler encore une tentative.

Une préoccupation les arrêtait pourtant.

Chacun des trois hommes désirait participer à ces nouvelles recherches.

Ils se disaient en outre qu'ils ne seraient pas trop nombreux au cas où, découvrant une piste, il leur faudrait engager une lutte pour délivrer « les deux enfants ».

Avec leur instinct d'hommes d'action, ils ne se faisaient, en effet, aucune illusion.

Julien et Marguerite avaient certainement été victimes d'un attentat.

Et il fallait se préparer à tout : il fallait tout prévoir.

Il fallait prévoir, entre autres, le cas où, prévenus de leur absence, les ennemis de leur maître en profiteraient pour venir porter peut-être une main criminelle sur les deux nobles femmes restées au manoir, seules, sans défenseurs.

Halbert, préoccupé de ses pensées, se rendit au château d'Aireburg, et demanda aux braves gens qui le gardaient si quelques-uns d'entre eux consentiraient à les remplacer pendant une journée au manoir de Claymore.

L'intendant de la somptueuse résidence se considérait comme responsable en partie du malheur arrivé à cause de l'imprudence avec laquelle il avait accueilli les faux montagnards du comté de Cowes.

Il se fit donc un devoir de mettre à la disposition de l'époux de Mysie autant d'hommes que celui-ci le désirait.

— Deux seulement, vigilants, braves et bien armés, — demanda Halbert.

En conséquence, le soir même, deux des plus dévoués serviteurs d'Aireburg, armés comme pour une bataille, se rendaient au manoir de Claymore.

Chacun d'eux portait en outre un cor en bandoulière.

Ils devaient, en cas de danger, en tirer une sonnerie convenue; et leurs camarades se porteraient aussitôt à leur aide.

Halbert et les deux Highlanders, à qui ils firent part des dispositions arrêtées, les remercièrent vivement : ils pourraient donc s'éloigner en toute tranquillité.

Le mari de la bonne Mysie se rendit alors auprès de Marie d'Avenel et de Melrose.

Ainsi qu'il s'y attendait, la châtelaine et Ellen étaient réunies, leur commune affliction les rapprochant encore plus s'il était possible.

L'ancien chasseur mit un genou en terre devant les deux nobles femmes.

— Dames infortunées, — dit-il, — vos larmes ne cessent de couler ; je viens, en mon nom et au nom de vos deux autres serviteurs, vous demander licence afin d'aller faire certaines recherches auxquelles nous avons songé.

L'œil d'Ellen s'éclaira d'une lueur fiévreuse, interrogative, et ses mains se joignirent.

Halbert avait-il quelque indice ?

Marie d'Avenel essaya de lire dans l'esprit de son serviteur.

— Halbert, — fit-elle d'une voix grave, — ne craignez-vous pas de donner un faux espoir à une mère accablée ?

L'époux de Mysie avoua qu'il ne savait rien.

Mais, — ajouta-t-il, — ses camarades et lui étaient plus aptes à supporter certaines fatigues que les paysans alourdis par leur labeur. Et ils avaient l'intention de pousser plus loin.

— Nobles maîtresses, à ma prière, deux de ces braves serviteurs dont vous avez pu apprécier le dévouement désintéressé feront bonne garde autour de vous, si vous voulez les y autoriser. Ils sont déjà à leur poste.

Il indiqua qu'il comptait se mettre en route avant le lever de l'aube, si matinale en cette saison.

De cette façon, ils seraient déjà loin lorsque le jour paraîtrait tout à fait.

— Dames, — continua-t-il, — voulez-vous permettre aux deux prud'hommes qui vont nous remplacer momentanément de vous prêter leur vœu d'allégeance ?

Marie d'Avenel avait vu les pâles flammes d'espérance qui palpitaient dans les regards d'Ellen.

Elle donna son acquiescement.

En même temps, son âme exhalant une muette évocation, elle demandait à la destinée si cruelle envers elle d'avoir pitié d'Ellen.

Un instant après, les deux serviteurs du château d'Aireburg s'agenouillaient devant Marie d'Avenel et devant la fille d'Ellen Mercy, après avoir déposé à terre, devant eux, leur claymore nue.

Cela signifiait que, à partir de ce moment, leur épée était dévouée à leur service.

Ces hommes se retirèrent ensuite.

Et tandis que les deux Highlanders et Halbert allaient se préparer à leur départ, les deux mères restèrent seules, anxieuses... Ellen tordant ses mains dans le trouble qui la martyrisait, et se demandant si elle reverrait sa fille.

Il contourna le fourré et vit le molosse qui flairait la terre.

## LIV

### VERS LA LANDE

Il faisait encore nuit lorsque trois hommes apparurent successivement hors de la porte dérobée du manoir de Claymore.

C'étaient ceux à qui Walter d'Avenel avait confié la mission de veiller sur l'épouse qu'il laissait, lorsqu'il était parti lui-même, pour aller défendre sa patrie.

Deux autres hommes, armés de toutes pièces, les suivaient.

— Frères, — dit Halbert à ces derniers, — j'ai votre serment que vous veillerez comme nous l'aurions fait nous-mêmes et que, quoi qu'il arrive, vous n'abandonnerez pas nos saintes maîtresses... et les autres femmes qui restent au manoir.

— A partir du moment où nous avons touché ce seuil et jusqu'à votre retour, nous nous considérons comme les serfs fidèles de Claymore, — répondirent ces derniers.

Des adieux furent échangés à voix basse.

Puis Halbert, le Highlander et le vétéran qui le suivaient s'enfoncèrent dans le bois.

Ils glissaient entre les arbres et les masses de végétations que l'on apercevait confusément, évitant le plus possible de se faire entendre.

Un des molosses, tenu en laisse par le vieil et noueux Highlander, les accompagnait.

Ils prévoyaient le cas où quelque émissaire ennemi aurait été caché aux environs.

C'est pourquoi ils voulaient éviter qu'on ne s'aperçût de leur départ.

Ils s'enfoncèrent dans la nuit.

L'un des deux hommes qui restaient partit alors pour se poster en sentinelle sur le perron, tandis que l'autre allait et venait sur l'autre face du manoir, sondant la nuit, écoutant.

. . . . . . . . . . . . . . . . . . . . . . . . . .

Halbert, le vieil Higlander et le vétéran du clan d'Avenel s'étaient dirigés d'abord vers l'endroit du bois où avait eu lieu le guet-apens à la suite duquel Stewart Bolton avait pu s'emparer de Julien et de Marguerite.

Mais ils le dépassèrent après y avoir jeté un coup d'œil gros de signification.

Ils avaient décidé de porter de nouveau leurs investigations du côté où ils avaient suivi la première fois la trace probable des deux jeunes gens et de leurs ravisseurs.

La battue opérée de ce côté ne leur avait pas paru encore assez complète.

L'ancien intendant, l'espion politique du duc de Somerset, prévoyant des recherches immédiates, avait, on s'en souvient, entraîné ses deux captifs à travers des fourrés inextricables, des sentiers confus, où rien ne devait indiquer leur passage.

C'est pourquoi, lors de leurs premières recherches, les serviteurs du manoir de Claymore avaient fini par s'y perdre, d'autant plus que leur tâche avait été bientôt compliquée par la nuit, lors de ces recherches.

Ils avaient étudié le terrain depuis lors.

Et ils savaient qu'une suite presque continue d'éclaircies, situées entre les domaines d'Aireburg et de Claymore, aboutissait non loin de l'endroit où, n'y voyant plus, ils avaient dû cesser leur marche en avant... au hasard.

Ces clairières avaient en outre l'avantage d'éviter le bruit qu'ils auraient fait inévitablement à travers les étroits passages des bois.

Ils pouvaient garder ainsi leur marche cachée.

Le molosse que le vieil Higlander tenait auprès de lui ne donnait pas pas le moindre signe d'agitation.

C'était l'indice probable que nul autre qu'eux ne se trouvait à cette heure dans les forêts.

Les trois hommes n'en persistaient pas moins à user des mêmes précautions.

Lorsque les premières lueurs de l'aube parurent, ils se trouvaient déjà fort loin.

—Nous ne devons pas être à une distance bien considérable de l'endroit où nous nous sommes arrêtés le jour de l'attentat, — observa Halbert.

Son ancienne pratique de coureur de forêts lui permettait d'en juger à certains indices : la hauteur et l'espèce des arbres, semblables à celles qu'il avait remarquées précédemment.

Les trois hommes se séparèrent alors, et il fut convenu que le premier qui retrouverait les traces de leur ancien passage ferait entendre le cri du geai, — le geai bleu couleur du ciel.

Les autres devraient rallier aussitôt.

Un triple froissement de branchages s'éleva aussitôt, indiquant le cheminement des piétons.

De loin en loin, quelque oiseau s'envolait effrayé.

Le Highlander avait détaché son chien.

L'animal suivit d'abord son maître, se tenant placidement sur ses talons.

Mais bientôt il renifla l'air fortement, et il passa devant.

L'homme le rappela sourdement, de crainte qu'il ne s'éloignât et ne poussât quelque rauque aboiement.

Mais les oreilles dressées de la bête, ses efforts pour ne pas se précipiter en avant lui montrèrent qu'elle avait dû découvrir quelque chose.

Abandonnant donc la direction qu'il avait prise, le montagnard se mit à le suivre.

L'animal pressait de plus en plus son allure.

Tout à coup, il fit un saut brusque, bondit à travers un fourré, et son maître entendit un grognement sourd.

C'était un appel de l'intelligente bête pour lui faire savoir qu'il avait trouvé une piste? un objet quelconque? un cadavre?...

— Qu'y a t-il donc? — fit l'homme.

Il contourna le fourré à la hâte, et vit le molosse sur un sentier étroit à peine frayé. Il flairait là terre et regardait alternativement son maître.

— Que veux-tu dire? — interrogea le Highlander, comme si son compagnon pouvait répondre.

Il regardait, cherchant à reconnaître l'endroit où il se trouvait : il aperçut une branche cassée à deux endroits.

A quelque distance, une autre branche rompue de la même façon.

— Ah! — murmura-t-il, — c'est le chemin où nous avons passé le jour de l'attentat. Ces branches cassées ainsi à deux endroits sont les signes que nous avions faits pour retrouver notre chemin. Tu ne t'es pas trompé, compagnon.

Il fit entendre en conséquence le cri du geai ainsi qu'il avait été convenu.

Mais, resté sans réponse, il le renouvela jusqu'à trois fois, de plus en plus fort.

Le cri de ce volatile imité cette fois à s'y méprendre, traînant et prolongé comme lorsqu'il le pousse en volant, lui répondit.

C'était Halbert qui, se souvenant du temps où il exerçait sa profession de chasseur, venait de signaler qu'il avait entendu le signal.

Il sembla aussi au vieil Highlander qu'il en avait entendu un autre encore, mais perdu dans l'éloignement.

Des branches, écartées avec précautions, faisaient entendre, par moments, une faible plainte dans le grand silence des bois.

Les trois hommes ne tardèrent pas à être réunis.

Le Highlander montra les indications qu'il avait relevées après avoir été conduit par le flair du chien.

— Voici qui est d'un augure favorable, au moins pour la continuation de nos recherches, — fit Halbert. — Si le brave animal a senti nos traces, alors que nous ne sommes pas revenus ici depuis le jour où le jeune chevalier et la gente demoiselle ont été enlevés, il montrera sans doute les mêmes qualités pour découvrir celles des deux malheureux enfants.

Et il caressa le molosse qui répondit par un sourd grognement de joie en découvrant ses crocs énormes.

Les serviteurs de Claymore continuèrent donc à suivre le sentier.

Une chose les surprenait, les inquiétait pourtant.

C'était la tranquillité du chien qui se contentait de les suivre à présent, flairant à peine le sol de temps en temps.

Cela tenait, ils s'en rendaient forcément compte, à ce qu'ils ne suivaient pas la voie par laquelle les ravisseurs avaient entraîné leurs victimes.

Ils regrettaient à cette heure de n'avoir pas amené l'autre molosse.

Cela leur aurait permis de se diviser de nouveau, et peut-être l'un des deux dogues aurait mis à jour la véritable piste.

Mais ils l'avaient laissé à Claymore afin d'aider, dans leur mission de vigilance, les deux serviteurs du château d'Aireburg.

Quoi qu'il en fût, ils continuaient à s'éloigner du manoir de Claymore, et ils voulaient quand même ne pas désespérer.

A diverses reprises, ils rencontrèrent des vestiges indiquant le passage des rabatteurs qui avaient battu les forêts les jours précédents.

Mais ces traces coupaient le sentier, indiquaient que la battue avait eu lieu transversalement, c'est-à-dire dans une autre direction.

C'est du reste ce qui les avait décidés à revenir sur le terrain.

On n'avait rien trouvé : ils devaient donc persister à remonter vers le nord.

Ils se frayaient maintenant un passage à travers un fouillis inextricable, n'ayant, pour se guider difficilement, que les doubles cassures des branches.

Ils avaient fait passer le chien devant, mais sans que celui-ci donnât aucun signe d'agitation nouvelle.

Puis, les marques de leur ancien passage cessèrent : le chien s'arrêta.

Les trois hommes étaient arrivés à l'endroit où, enveloppés par les ténèbres, ne sachant où ils allaient, ils avaient renoncé à une marche sans résultat, lors de leurs premières recherches.

Halbert considéra le molosse comme pour l'interroger.

La bête, après avoir flairé le vide à droite et à gauche, s'était allongée, ses lourdes griffes croisées l'une sur l'autre.

— Il ne sent rien, — dit l'ancien chasseur. — Cependant, il n'y a que la région vers laquelle nous nous dirigeons qui n'ait pas été visitée.

— Les paysans assurent qu'il n'y a par là qu'une lande inculte, — observa le vétéran du clan d'Avenel.

— J'en ai moi-même longé le bord un instant dans la dernière battue, — appuya le Highlander. — Il est vrai que je n'avais pas les chiens à ce moment.

— Eh bien! avançons toujours, — reprit Halbert avec force. — Mais nous arriverons bien jusqu'à cette lande. Et une fois là, nous verrons ce que nous avons à faire.

Il passa le premier, se souvenant de son habileté à se frayer un chemin à travers les épaisseurs les plus impénétrables des forêts à l'époque où il vivait et soutenait Mysie du produit de ses chasses, dans l'humble chaumière où Marie d'Avenel avait trouvé un refuge, après l'incendie de son château par les hordes de Somerset.

C'était le poste le plus pénible : mais il sembla à l'époux de Mysie que ce n'était là qu'un jeu.

Si ce n'eût été l'affliction qu'il ressentait de se trouver dans les bois à cause du malheur qui venait de fondre sur le manoir, il aurait été content de reprendre en partie son ancienne existence.

Il eut tout à coup une exclamation de saisissement et de surprise.

Il venait de déboucher sur une de ces bandes de terrain dénudées comme on en rencontre de loin en loin dans les forêts.

Sur le bord, son œil attentif avait découvert l'empreinte d'un étroit brodequin, — empreinte en partie recouverte, effacée malheureusement par d'autres, larges et fortes.

— Voyez, — fit-il tout ému. — Seraient-ils passés par ici?

Le Highlander montra les traces au molosse.

Le chien fit entendre un aboi étouffé, rauque et joyeux, et se précipita en avant.

Mais bientôt le sol écrasé, piétiné en divers endroits, des feuilles arrachées depuis peu attestèrent le passage d'une troupe nombreuse.

Les rabatteurs avaient traversé par là.

Et l'animal ne tarda pas à errer au milieu de tous ces relents humains qui se confondaient.

— Hélas! — fit Halbert, — j'avais eu un moment de grand espoir. Mais après ce que nous remarquons, ce que nous voyons, c'est sans doute la preuve seulement que l'infortunée lady Ellen est venue jusqu'ici.

Les pionniers continuèrent cependant leur exploration durant un instant.

Mais le terrain était couvert d'une herbe épaisse et drue.

Il n'était pas possible d'y relever aucune indication.

De plus, l'herbe ne conservant pas les émanations étrangères comme le font les pores de la terre, le dogue la fouillait en vain de son mufle.

Il n'y avait plus qu'à poursuivre, tout droit, toujours tout droit.

Les fidèles serviteurs du manoir de Claymore débouchèrent enfin hors du bois.

C'était sur le bord de la lande dont le Highlander avait parlé.

Ils en parcoururent l'étendue du regard.

Partout, le vide, la solitude, la nudité presque absolue de la terre à peu près stérile.

Pas une créature, pas même quelque fauve des forêts environnantes.

Un monticule, au sommet duquel végétaient quelques arbrisseaux rabougris, masquait une partie de cette morne étendue.

Cette élévation du sol leur cachait la ruine attestant que des êtres humains avaient essayé autrefois de vivre là, — et qu'ils y avaient renoncé.

Les trois hommes décidèrent qu'ils allaient suivre la lisière de la forêt.

— De cette façon, le chien donnera l'éveil, — dit Halbert, — si monseigneur Julien et la demoiselle se sont aventurés sur cette lande, soit seuls... soit plus accompagnés qu'ils ne l'auraient voulu, je ne le crains que trop!

— Cherche bien, — commanda le Highlander au molosse.

Et, attentifs à tout, les trois hommes commencèrent cette longue traite.

Halbert et le vétéran du clan d'Avenel sondaient avidement la plaine, tandis que le noueux Highlander ne perdait pas un des mouvements du molosse.

Le vétéran, qui s'était avancé sur la lande, eut soudain une exclamation.

— Une habitation, là-bas! — fit-il.

Et son bras désignait quelques pans de mur, à peine visibles au milieu des masses de végétation qui avaient poussé au milieu des pierres effritées.

— Oui, c'est la ruine, — répondit laconiquement le Highlander.

## LV

### LIEN INVISIBLE

La ruine!... le cachot que Stewart Bolton avait bien su trouver, lui, pour y enfermer ses deux jeunes et infortunés prisonniers; mais sa vue était sans signification pour le Highlander.

Ce qui le préoccupait surtout, c'était le changement d'allure du chien.

Ses flancs battaient avec force. Il marchait pesamment, le museau presque attaché à la terre.

On aurait dit qu'un lien, qu'un fluide mystérieux, filtrant à travers les pores du sol, l'attirait en avant.

Comme tous les habitants de la contrée, le Highlander savait que ces ruines étaient plus anciennes que les vieillards les plus âgés.

Il savait aussi que, de temps immémorial, elles étaient inhabitées.

Une sorte de malédiction s'attachait même à leur chaos désolé, et les braconniers qui poussaient parfois dans la lande à la poursuite de quelque gibier n'aimaient pas à s'en rapprocher.

Halbert fixait ardemment ces murailles lointaines.

Le Highlander, plus ancien que lui dans la contrée, interrogé, lui donna rapidement les renseignements qu'il possédait.

— N'importe, je voudrais bien visiter ces débris, — murmura l'ancien chasseur.

Il avait déjà remarqué le changement opéré dans la marche du molosse.

Et il considérait tour à tour l'animal et ces ruines éloignées.

Il lui semblait inconsciemment qu'un lien existait entre l'attitude du chien et ces vestiges désolés.

Le mari de la bonne Mysie aurait voulu se séparer de ses compagnons et se rendre de suite là-bas.

Mais si le dogue découvrait enfin une piste, comme il commençait à l'espérer, il ne serait pas là.

Il se résigna donc.

Le chien, maintenant, précipitait sa marche.

Elle se penche au dehors, cherchant à écarter le voile de la nuit.

Les trois hommes ne le quittaient presque plus du regard, Halbert relevant à peine la tête de loin en loin pour fixer les ruines dont chaque pas l'éloignait à regret.

Le molosse eut tout à coup un éclat de voix rauque, bref.

Et ayant fait un bond en avant, ramassé sur lui-même, il flaira le sol avec force et se mit brusquement à en gratter la surface avec ses pattes de devant.

Les trois hommes eurent une minute de déception profonde.

Ils crurent que leur compagnon, leur guide en quelque sorte dans leur marche incertaine, avait simplement senti quelque gibier caché dans son terrier, et qu'il cherchait à l'atteindre.

Le chien, ayant rejeté la croûte superficielle de terre, qui n'avait probablement gardé que des émanations affaiblies par le contact de l'air, colla positivement son large mufle au sol.

Et bondissant soudain sur le côté, raclant les rares touffes d'herbe sèche, il sauta dans le bois, fouilla avec violence à droite, à gauche, revint sur ses pas, appliqua de nouveau son museau à l'endroit qu'il avait creusé.

Et il s'avança sur la lande, sa tête touchant la terre.

Au bout de deux ou trois pas, il s'interrompit, creusa encore avec ses griffes, allant chercher jusque sous la terre les odeurs qui le guidaient.

Il eut encore une sorte d'aboiement.

Et brusquement, ayant trouvé une voie, il partit à travers la lande elle-même.

— Les ruines!... Il va vers les ruines! — s'exclama Halbert.

La prescience secrète qui avait semblé l'avertir dès le début ne l'avait donc pas trompé.

Ces murailles dégradées et frappées par la malédiction de la mort renfermaient peut-être ceux dont la disparition faisait couler tant de larmes.

— Serait-ce possible? — fit-il haletant.

Le trajet était long de la lisière de la forêt jusqu'aux ruines.

Par moments, des chênes restés à l'état embryonnaire par suite de la stérilité du sol tordaient à fleur de terre leurs branches sarmenteuses.

Avant eux, Marguerite et Julien d'Avenel, leur visage caché sous les plaids qui les masquaient, avaient lutté souvent contre leur obstacle dans leur marche à travers la lande, quelques jours avant.

Le chien allait tout droit, sautant par-dessus ces branchages d'un bond roide et court.

Et il recommençait, de l'autre côté, à s'attacher à la voie invisible qu'il n'avait plus quittée.

Les trois hommes avaient maintenant la même pensée.

Les individus malfaisants qui, dans un but quelconque, s'étaient emparés traîtreusement des deux jeunes gens avaient dû d'abord les entraîner vers ces ruines.

Ils supposaient évidemment que l'anathème qui pesait sur elles suffirait à éloigner tout curieux.

S'y trouvaient-ils encore avec leurs prisonniers?

Les trois pionniers se posaient cette question, ne voulant pas mettre en doute que la piste à laquelle ils s'étaient attachés ne fût bien celle des deux jeunes amoureux.

Ils se demandaient aussi si les ravisseurs, ayant peut-être caché des chevaux dans ces ruines, n'y avaient pas conduit leurs pauvres captifs quelques instants seulement, pour les emmener ensuite plus loin, dans quelque retraite inconnue, inaccessible.

Au cas où ces malfaiteurs tiendraient encore garnison derrière ces murailles, il fallait les empêcher de s'éloigner, il fallait les empêcher d'entraîner leurs prisonniers.

Les serviteurs du chevalier d'Avenel ignoraient le nombre des adversaires qu'ils risquaient de trouver, qu'ils espéraient rencontrer encore.

Eux-mêmes étaient peu nombreux. Mais ils avaient leurs armes et du courage.

— Il faut cerner ce repaire, pour le cas où messire Julien et la gente demoiselle s'y trouveraient, — dit Halbert.

Les deux compagnons approuvèrent.

Quelle joie s'ils ramenaient les deux pauvres disparus au manoir!

Il fut donc convenu que Halbert et le vétéran d'Avenel contourneraient chacun les ruines d'un côté, tandis que le vieil Highlander continuerait à suivre le chien.

Les deux premiers passèrent donc devant afin d'arriver à temps à leur poste.

Tandis qu'ils approchaient, ils étudiaient l'amoncellement presque entièrement abattu des murailles.

Ils remarquèrent avec inquiétude que nul ne s'y montrait.

Se seraient-ils abusés?

A mesure que la distance diminuait, le molosse pressait son allure.

Halbert et le vétéran avaient à peine pris position, qu'il arriva devant les ruines.

Avec un jappement qui fit claquer ses mâchoires, ses crocs les uns contre les autres, il franchit le premier amoncellement de pierres qui se trouvait entre lui et le but de sa course.

Une espèce de porte à demi éventrée se présentait au haut de plusieurs marches, à quelques toises.

L'animal s'y dirigea tout droit.

L'homme qui l'accompagnait n'hésita pas : et il s'y précipita à sa suite.

Les deux compagnons, de l'endroit où ils étaient postés, le virent aborder les ruines.

Nul ne paraissait de leur côté; ils craignirent de le voir tomber dans un guet-apens, et ils accoururent.

Ils arrivèrent à temps pour le voir franchir l'ancienne porte de ces bâtisses, et ils le rejoignirent.

Des salles encombrées des débris de maçonneries et dans lesquelles des végétaux avaient poussé plus puissants et plus vigoureux que dans la lande s'offrirent à leur vue.

Mais le molosse continuait à s'enfoncer à travers les ruines.

Les trois hommes le suivaient toujours sans échanger une parole, mais fortement impressionnés.

Ils ne tardèrent pas à se trouver dans une sorte de corridor voûté : l'assemblage des pierres avait seul préservé ce dernier vestige de la destruction... La nuit apparaissait à son extrémité.

— Halte ! — commanda Halbert.

Et il siffla le chien que le Highlander saisit par le collier.

Des herbes sèches pendaient à quelques pas, au joint des pierres. Il les arracha, les tordit rapidement en forme de torche.

Le vétéran ayant deviné son projet avait tiré un silex de la bourse de fourrure qui pendait à sa ceinture, et il en fit jaillir des étincelles sur le manche de fer de son poignard.

Les herbes s'enflammèrent avec un ardent pétillement.

Le Highlander lâcha le molosse qui repartit en avant.

Et les trois hommes s'élancèrent, éclairés par la torche qui crépitait.

Le dogue disparut brusquement à leurs yeux.

Il venait de se précipiter à travers la porte ouverte du caveau dans lequel Julien et Marguerite avaient été enfermés par Stewart Bolton.

L'ancien intendant, en emmenant le fils de Walter d'Avenel, avait dédaigné de refermer cette porte.

A quoi bon, en effet ? Le caveau ne contenait plus personne.

Les trois hommes eurent une sourde exclamation en se voyant à l'entrée de cette salle souterraine, restée debout, ainsi que le vestibule qui y donnait accès, au milieu de la dévastation générale.

La vérité venait de leur apparaître dans une sorte de révélation subite.

Les bandits qui s'étaient emparés des deux jeunes gens disparus avaient dû les conduire dans cette retraite, puis étaient repartis ensuite.

La presence de ce caveau, de ce véritable cachot ne pouvait guère laisser de doute.

Profondément attristés, ils descendirent les degrés, tandis que les herbes se consumaient rapidement au bout du poignet d'Halbert.

Ce dernier aperçut alors une torche tombée à terre et à demi brûlée.

Il la ramassa, la ralluma, en disant :

— Hélas ! voici qui ne prouve que trop que des êtres humains étaient ici récemment.

Dans un coin, ils découvrirent quelques vivres grossiers, restant de la maigre nourriture que Stewart Bolton avait consenti à donner à Julien et à Marguerite pour les empêcher uniquement de mourir de faim.

Cette dernière découverte était cruellement éloquente.

Les trois hommes, navrés, abattus, comprirent qu'ils étaient arrivés trop tard à peine d'un jour ou deux.

Comme ils considéraient ce morne cachot dans un abattement extrême, un objet de nuance claire frappa leur vue.

Halbert se baissa. C'était un morceau d'étoffe, froissé, déchiré.

Il le prit, l'approcha de la torche.

Et alors, les larmes aux yeux, il reconnut un lambeau de la ceinture de Marguerite. Elle l'avait perdu, arraché dans la lutte à la suite de laquelle Stewart Bolton l'avait séparée de Julien, l'avait emportée.

— Pauvre damoiselle ! — gémit l'ancien chasseur. — Aucune illusion n'est plus possible.

— Hélas ! — répondirent ses deux compagnons, — voilà donc tout ce que nous pourrons rapporter à sa mère éplorée.

Ils fouillèrent le cachot pour voir s'ils ne retrouveraient pas d'autres indices : peut-être quelque écrit laissé par le jeune chevalier.

Ils relevèrent seulement, sur la terre humide, les empreintes de deux pieds minces et délicats de tailles différentes.

C'était l'indication que Julien et Marguerite avaient partagé cette sombre prison. On les avait donc conduits ailleurs, ensemble encore.

Mais où?...

Et ces hommes, ignorant quelle était la famille du jeune hôte du manoir de Claymore, se demandaient pour quelle raison ceux qui venaient d'apporter le désespoir au foyer du chevalier d'Avenel englobaient le jeune étranger dans leur haine.

Ils n'avaient plus rien à voir, plus rien à apprendre.

L'ancien chasseur enferma pieusement dans sa ceinture le bout de ruban qu'il venait de trouver, et ils sortirent.

Ils décidèrent de battre les environs, afin de découvrir si possible le chemin que les ravisseurs avaient pris pour s'éloigner.

Des traces de chevaux frappèrent tout à coup leur vue.

— C'est bien ce que nous appréhendions, — fit le vétéran en qui ses habitudes de bataille se réveillaient. — Ah ! que ne sommes-nous arrivés à temps pour obliger les brigands à mettre le fer à la main.

Il leur paraissait inutile de mettre de nouveau le flair du chien à l'épreuve, les empreintes des chevaux leur paraissaient significatives.

Ils crurent que les malfaiteurs avaient emmené leurs victimes ensemble,

Et ils se mirent à suivre quelques traces laissées par les fers des chevaux. Il leur était difficile d'en évaluer le nombre à cause de la dureté du terrain.

Les trois hommes retraversèrent la lande et s'enfoncèrent de nouveau dans les bois. Ils reconnurent certains endroits où ils étaient passés avec les rabatteurs.

Mais lors de la battue on n'avait relevé le passage d'aucun cavalier. C'était l'indice que ces cavaliers avaient passé depuis peu.

— Les misérables ont dû quitter les ruines cette nuit même ou la nuit précédente, — fit Halbert avec douleur.

— Oui, ils se seraient bien gardés de cheminer de jour, — gronda le vieil Highlander en crispant sa main sur la poignée de sa claymore.

Leur douleur fut plus grande encore lorsqu'ils constatèrent que les cavaliers et ceux qu'ils emmenaient prisonniers avaient cheminé non loin du manoir de Claymore.

— Pauvres chers captifs, ce qu'ils doivent avoir eu le cœur déchiré en se voyant aussi près de leur logis, — murmura le vétéran.

Les fidèles serviteurs marchaient depuis de longues heures, sans avoir rien pris, sans paraître ressentir la fatigue.

Ils débouchèrent enfin sur la route d'Édimbourg.

C'était aussi le chemin du sud, celui qui conduisait vers l'Angleterre et vers les contrées qui étaient au pouvoir des révoltés.

Quelques empreintes, perdues bientôt au milieu de la route, ne leur laissèrent plus de doute.

— Les traîtres ! — gronda le vétéran. — Ils ont voulu punir notre seigneur et les siens de sa fidélité à la cause nationale. Ils ont emmené leurs innocentes victimes au milieu des révoltés.

La nuit tombait. Une exaltation nerveuse avait soutenu les trois hommes durant ces longues et pénibles étapes.

Devant la conviction qu'il n'y avait plus d'espoir, une fatigue écrasante vint briser leurs membres et ils se laissèrent aller sur le bord du chemin.

Enfin, comme les ténèbres couvraient tout autour d'eux de tristesse et de deuil, ils se dressèrent et reprirent, accablés et silencieux, le chemin du manoir de Claymore, — où deux femmes veillaient, attendant...

## LVI

### SOMBRE VEILLÉE

La nuit est fraîche.

Ellen Mercy, le front appuyé contre les étroites lames de verre enchâssées dans du plomb, est debout à l'une des fenêtres du manoir de Claymore, et regarde dans les ténèbres.

Le froid de la nuit apaise un peu le feu de sa tête brûlante.

Cherche-t-elle à voir au dehors ?

Le ciel est noir; noire est la terre.

Elle regarde en elle; elle regarde dans le passé.

Le passé ?... Elle y voit une enfant, frêle et plaintive, une sorte d'orpheline; car son père l'a reniée, la pauvre petite !

Mieux que cela, ce père dénaturé a voulu la faire périr.

Cette enfant, qui n'a eu, pour protéger ses jeunes ans, que la tendresse d'une mère et que l'affection d'étrangers au cœur généreux, c'est celle d'Ellen. C'est la fillette à qui elle a donné, au jour de sa naissance, le nom délicat de Marguerite, le nom de la blanche fleur d'amour.

Chère et pauvre mignonne pour laquelle sa mère avait tremblé si longtemps, craignant de voir à chaque instant paraître un assassin !

La vision d'Ellen Mercy voit l'enfant grandie, formée, épanouie chaque jour davantage dans sa grâce juvénile.

Et, à cet aspect rétrospectif, à ce passé qui ne date que de quelques jours à peine, des pleurs corrodent de nouveau les paupières endolories de la mère.

C'est que, les années s'étant écoulées, Ellen s'était habituée à croire que tout danger était écarté, que l'ange du mal s'était enfin détourné.

Et elle se laissait aller à sa joie attendrie, devant son charme ingénu, chaque jour grandissant.

Mais cette sérénité trompeuse du passé a fait place tout à coup au plus affreux réveil.

L'enfant à laquelle elle songe... l'être mille fois adoré que son esprit revoyait tantôt lui a été enlevé, dérobé.

Oh ! l'affreuse sensation de deuil, de vide, de désolation, que celle qui étreint Ellen.

— Ma fille, — murmure-t-elle d'une voix chevrotante à force de douleur, — où es-tu à cette heure?... Hélas ! vis-tu seulement encore ?

Mais elle se souvient que trois hommes, dont elle connaît le dévouement, la valeur et l'abnégation, sont partis pour une tentative désespérée, afin de retrouver la chère disparue, ou pour savoir au moins ce qu'elle est devenue.

Ils sont absents depuis le milieu de la nuit précédente, et presque la moitié de cette autre nuit s'est écoulée sans qu'ils aient reparu.

— Mon Dieu ! mon Dieu ! — fait la mère en se tordant les mains, — auraient-ils découvert enfin quelque indice ? Dois-je interpréter la prolongation de leur absence comme un présage consolant ?

Et levant son regard vers une étoile qui laisse filtrer, timide, ses rayons entre deux nuages :

— Oh ! l'espérance !...

Elle essaie de voir, de distinguer à travers l'espace des ténèbres, se demandant, avec des palpitations intenses, si l'un des trois hommes ne va pas reparaître, s'il ne revient pas auprès d'elle, en messager, lui annoncer le succès de leurs recherches.

Oh ! quelle ivresse, quelles actions de grâces, en ce cas !

Soudain, un aboiement puissant retentit au-dessous, montant du sol.

Elle a tressailli.

C'est le dogue, laissé au manoir, qui vient de donner de la voix.

Quelqu'un s'approche donc. C'est un piéton, car Ellen Mercy n'a pas entendu le pas d'un cheval.

— Seigneur ! — balbutie-t-elle, — aurais-je pensé vrai ? Serait-ce ce que j'espère. Ma fille !... Oh ! si l'on me ramenait ma fille ?...

« Ou si l'on m'indiquait seulement où elle est, afin que je puisse aller la chercher, serait-ce en me traînant sur les genoux.

Sa main frémissante ouvre la croisée.

Les vitraux claquent et grincent, tellement elle tremble.

Et elle se penche au dehors, cherchant à percer la masse des feuillages, à écarter le voile de la nuit.

Sur le perron, elle distingue une forme immobile.

C'est un des serviteurs du château d'Aireburg qui, fidèle à la parole donnée, monte sa faction.

Lui aussi, averti par le jappement du molosse, interroge le lointain, la claymore à demi sortie du fourreau.

Le chien fait entendre de nouveau son rude aboiement, mais il semble à Ellen Mercy qu'elle reconnaît ses intonations de joie, comme s'il saluait le retour d'un ami...

— Voici, dit-il, tout ce que nous avons découvert.

Alors, plus de doute, c'est certainement un de ceux qui sont partis.

Ellen crispe ses poings sur sa poitrine en se demandant :

— Que va-t-il... ou que vont-ils m'apprendre?

Elle s'acharne à percer plus opiniâtrement le voile opaque qui lui cache l'approche du manoir.

Mais tout à coup la terreur la saisit.



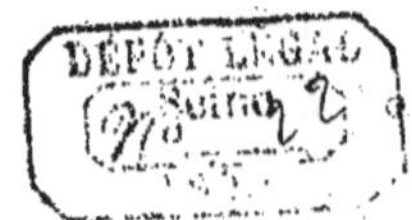

Si les trois hommes revenaient seuls?...

En effet, après les battues effectuées les jours précédents, que pourrait-elle attendre? Quel rêve insensé pourrait-elle nourrir encore?

Elle tremble soudain de voir sombrer l'espérance qui l'a envahie.

L'espérance, la seule chose qu'il lui reste!

Et elle s'arrache de la fenêtre, ayant peur d'entendre maintenant, ayant peur de cette révélation qui l'exaltait déjà.

. . . . . . . . . . . . . . . . . . . . . . .

Dans l'allée ouverte à travers les arbres centenaires, trois hommes s'avancent lentement, péniblement.

La fatigue à laquelle ils étaient restés insensibles tout le long du jour ploie leur corps.

Ils semblent se traîner.

Peut-être aussi n'ont-ils aucune hâte d'arriver.

On touche toujours trop tôt au but, lorsqu'on n'apporte pas de bonnes nouvelles, — celles que l'on voudrait.

Ils n'échangent aucune parole, chacun d'eux ayant assez de ses propres pensées, — poids trop lourd quelquefois.

Ils débouchent enfin dans l'espace vide qui s'étend devant le manoir de Claymore, le vieux toit d'Avenel.

— Qui va là? — lance l'homme en faction.

— Ecosse! Avenel!

C'est Walter qui a répondu.

Sa voix est grave et pleine, mais triste aussi.

Ellen Mercy retirée, anxieuse, vers le fond de la chambre a entendu.

Elle a reconnu l'accent de l'époux de sa bonne Mysie.

C'est bien ce qu'elle a pensé. Mais est-il seul?...

C'est-à-dire ramène-t-il sa fille? Reconduit-il Marguerite?

— Ah! je veux savoir! — exhale-t-elle.

Mais ses membres vacillent et ploient comme des roseaux, et elle retombe sur son siège.

En bas, Walter! le vieil highlander et le vétéran du clan d'Avenel ont continué de s'approcher.

Ils gravissent lourdement les degrés du perron et échangent avec l'homme en faction de nouveaux signes de reconnaissance.

— Merci, frère, de nous avoir remplacés, — prononce le mari de Mysie.

Et à l'interrogation du serviteur d'Aireburg sur le résultat de leur dernière tentative, il répond par ce seul mot:

— Perdus!...

Et sombre, écrasé semble-t-il par ses propres paroles :

— Allons, — ajoute-t-il, — allons apprendre à la malheureuse mère toute l'étendue de son deuil.

— Va, Halbert, — répondent ses deux compagnons, — Va seul, les larmes d'une femme sont trop déchirantes à voir.

Et ils se laissent tomber exténués sur les degrés du perron, racontant d'une voix sourde à l'homme qui a veillé en leur absence, les décevantes étapes de leur longue journée.

Au qui-vive de la sentinelle, à la réponse d'Halbert, Tibbie et Mysie se sont avancées.

Cette dernière a reconnu, dans le vestibule, les pas de son mari : les deux femmes paraissent, une lampe à la main.

Leurs regards interrogent l'ancien chasseur.

Celui-ci tire alors de sa bourse, le ruban ramassé par lui dans le caveau des ruines.

— Voici, — dit-il, — tout ce que nous avons découvert.

Et laissant les deux femmes désespérées de cet insuccès après lequel il n'y a plus rien à attendre, il gravit les degrés qui vont le conduire auprès de lady Ellen Mercy.

Une main vient de heurter à la porte de la pièce dans laquelle celle-ci attend, traversée des anxiétés les plus angoissantes.

Ellen a tressailli en entendant frapper.

— Mon Dieu, pitié ! — implore-t-ellle, trop éperdue pour répondre.

Halbert a frappé de nouveau.

La fille de lord Mercy se dresse alors tout d'une pièce, et d'un pas de fantôme se dirige vers la porte.

Et toute droite, elle l'ouvre, braquant son regard plein d'un feu concentré sur le visiteur.

Devant ces prunelles fiévreuses dont il ne devine que trop l'interrogation, Halbert baisse la tête.

— Ma fille ?... — scande alors la mère infortunée.

Ainsi qu'il l'avait fait un instant auparavant, l'ancien chasseur prend le frêle ruban découvert dans les ruines.

Et comme s'il voulait se faire pardonner de remettre à lady Ellen ce souvenir d'une signification si affreuse, il s'agenouille.

Et ainsi prosterné, il le lui tend, sans un mot.

Minute saisissante.

Ellen Mercy considère l'homme, le frêle tissu qu'il vient de lui présenter.

Et tout à coup un cri jaillit de sa gorge angoissée.

— Ma fille !... Ma fille est morte !

Clameur affreuse ! Oh ! mères qui avez vu partir, disparaître dans le néant d'où nul ne revient jamais, les êtres chéris formés de votre chair, songez ce que dut être l'horrible déchirement de cet autre cœur de mère.

Sa fille avait cessé de vivre; après toutes les noires appréhensions résultant pour elle du passé, elle ne pouvait plus en douter.

Somerset n'avait-il pas essayé jadis de faire périr Marguerite et de l'ensevelir également dans le même suaire?

Puisque, selon toute apparence, il était parvenu à la retrouver, ce ne pouvait être que pour accomplir le forfait : devenir enfin le meurtrier de sa fille !

Le ruban découvert par Halbert lui en paraît la preuve déchirante.

Son œil affolé a aperçu immédiatement la déchirure du frêle tissu.

Il était donc tombé à la suite d'une lutte, de quelque résistance désespérée de la pauvre petite !

A travers les larmes ruisselant sur ses joues, Ellen y cherche quelques gouttes de sang.

Elle n'en aperçoit aucune, mais cela ne diminue, n'attiédit point son désespoir.

Elle n'a que trop appris à connaître l'implacable férocité de l'homme en qui elle voit le ravisseur de sa fille, elle a eu suffisamment l'occasion de constater la cruauté barbare de ses agents.

Halbert, accablé devant l'explosion de cette douleur, demeure écrasé par le spectacle du mal qu'il vient de causer.

Il balbutie quelques paroles confuses.

Mais Ellen n'entend pas, n'écoute pas : le coup a été trop violent : il semble avoir altéré sa raison.

Et ses lèvres n'ont plus que ces mots déchirants :

— Morte !... Morte !...

A cet instant, la porte s'ouvre, comme sous la poussée d'une main invisible.

Et une forme sombre paraît.

C'est Marie d'Avenel.

Enfermée dans le vieil oratoire du manoir, la clameur de désespoir d'Ellen Mercy est parvenue jusqu'à elle.

L'épouse du chevalier d'Avenel s'est redressée alors.

Comme un glas affaibli, ce mot déchirant a frappé son oreille : morte !...

A ce mot, entendu de loin, Marie a tout compris en effet; toute pâle, elle dresse ses yeux vers le ciel ; puis, ouvrant la porte du lieu de prière dans lequel elle s'était réfugiée, elle se dirige vers la chambre de l'autre mère.

Sa place n'est-elle pas auprès de l'éprouvée, si elle ne s'est pas trompée, si elle a bien entendu?

Et maintenant, la porte repoussée par sa main tremblante, elle est auprès d'Ellen.

Glissant presque sur le parquet, tellement son pas est insensible, elle s'avance vers son amie.

Et joignant ses bras sur les épaules de l'infortunée, l'attirant à elle, dans un immense mouvement d'affection désolée:

— Ellen, je viens pleurer avec vous.

La fille de lord Mercy appuie sa tête sur l'épaule de son amie, de celle qu'elle nomme sa sœur, tandis que des sanglots convulsent sa poitrine.

Un seul témoin est là pour contempler le touchant tableau des deux femmes, des deux mères embrassées.

La pitié lui rendant ses esprits, il tâche de réparer le mal qu'il a fait, en expliquant doucement comment il a trouvé ce morceau de ruban.

— Il n'y avait aucune trace de sang aux alentours, nobles dames, — insiste-t-il.

Ellen s'étant un peu calmée, Marie d'Avenel interroge Halbert avec précaution, de façon à ne pas réveiller la douleur de son amie.

Son brave serviteur donne alors des détails que le désespoir de la malheureuse mère ne lui avait pas laissé le temps de faire connaître.

Il dépeint le caveau au milieu des ruines; il indique les traces de chevaux qu'ils ont suivies jusqu'à la route où elles se sont perdues vers le sud.

Ce récit sèche un peu les larmes d'Ellen.

Sa fille n'a donc pas cessé d'exister sans doute, d'après le récit qu'elle vient d'écouter

Malgré son affliction, quel allègement après ce qu'elle vient de passer!

Mais où les ravisseurs ont-ils emporté Marguerite? Vers le sud, vient de dire l'ancien chasseur, c'est-à-dire vers l'Angleterre.

Hélas! n'est-ce pas là seulement un répit?

Somerset n'a-t-il pas voulu assister lui-même au supplice de sa fille pour être certain de sa mort, n'avoir plus peur que, surgissant un jour à l'improviste, la révélation de sa naissance n'irrite l'implacable Elisabeth contre lui?

— Je veux aller en pèlerinage dans le noir cachot où mon enfant a été renfermée, — dit-elle. — Ce sera une des stations de mon calvaire.

Sa bouche prononce quelques paroles de remerciement ému pour le vaillant pionnier et pour ses fidèles compagnons.

Et l'ancien chasseur se retire, tandis que la mère, tombée sur un siège, couvre de baisers et de larmes le bout de soie qui vient de lui être remis et qui lui rappelle son enfant.

. . . . . . . . . . . . . . . . . . . . . . . . . .

Halbert retrouve en bas la vieille et énergique Tibbie, la bonne Mysie, profondément affligées de ce que le vieil highlander et le vétéran du clan d'Avenel leur ont appris.

Tibbie surtout est amèrement accablée : elle a été en quelque sorte la mère nourrice de Marguerite, trouvant en guise de lait des aliments légers pour son petit être délicat.

Et une nourrice n'est-ce pas souvent une seconde mère?...

— Hélas! les malheurs qui ont fondu sur nos maîtres ne seraient-ils pas achevés? — gémit-elle en levant ses bras maigres vers le ciel.

Les serviteurs d'Avenel sont de retour de leur expédition : une autre tâche leur revient maintenant.

Malgré leur fatigue, c'est à eux qu'incombe, dès cette heure, la responsabilité de veiller sur leurs maîtres.

Les gardiens d'Aireburg les quittent donc après de fraternelles poignées de mains.

Et le silence retombe sur le vieux manoir, où une lampe, brûlant derrière les vitraux d'une fenêtre, indique la pièce où Ellen Mercy et Marie d'Avenel continuent à veiller...

Ellen pressant sur son cœur, sur ses lèvres et baignant encore, de la rosée brûlante de ses pleurs, un frêle petit morceau de ruban !

## LVII

### LE GOLGOTHA

Ellen Mercy, fidèle au vœu qu'elle avait formé, s'était rendue dans les ruines.

Défaillante, déchirée de sanglots, elle avait descendu les degrés humides du caveau dans lequel sa fille avait été enfermée par l'immonde Stewart Bolton.

Affreux pèlerinage!...

Marie d'Avenel l'accompagnait.

Elle avait voulu ne point se séparer d'elle comme amie, afin de soutenir Ellen dans ce que celle-ci avait nommé avec raison les stations de son calvaire.

Elle l'accompagnait aussi à un autre titre.

Ses serviteurs lui avaient raconté qu'ils avaient relevé dans le sol humide du caveau, les empreintes de deux pieds fins et nerveux mais de longueur différente.

— Celles du jeune chevalier et de la demoiselle, vraisemblablement, — avaient-ils conclu.

Et profondément apitoyée, l'épouse du chevalier d'Avenel avait dit à Ellen Mercy :

— J'irai avec vous; je ne vous quitterai pas.

Elle serait donc auprès de sa compagne, prête à la consoler, à sécher ses larmes.

Et elle referait en même temps les étapes de souffrance parcourues par les deux enfants : Marguerite dont elle était comme la seconde mère, et Julien, — Julien qui lui rappelait l'enfant ravi à sa tendresse.

Certes, l'affection qu'elle portait à la pauvre petite fleur d'Écosse aurait suffi à lui faire affronter les tristesses de ce voyage.

Mais le souvenir du jeune chevalier parlait aussi en elle plus fort qu'elle ne l'aurait cru.

Ne lui rappelait-il pas son fils? Ne lui remémorait-il pas le fruit de son amour?

Cœur touchant des mères qui voit en tout un souvenir de l'ange aimé, même longtemps après la séparation.

Dans son ignorance, elle croyait ne s'apitoyer que sur le malheureux sort de l'infortuné qui était venu frapper à sa porte, blessé et sans asile, et à qui elle avait prodigué les trésors accumulés d'une affection restée sans emploi.

Elle ne se rendait pas compte encore que ce qui parlait en elle à son insu, c'était justement cet instinct maternel frappé d'affliction.

On a vu dans les tableaux, la mère du Christ descendant, l'âme brisée, les rochers du morne Golgotha où son fils est sacrifié.

Ellen ressemblait à cette *Mater dolorosa*, à cette mère de la douleur, tandis qu'elle s'enfonçait, degré à degré, dans l'escalier qui menait au caveau où sa fille avait été recluse.

Halbert et le vétéran du clan d'Avenel escortaient les deux affligées.

Ellen supplia l'ancien chasseur de lui indiquer l'endroit où il avait ramassé le bout de ruban qu'elle tenait dans sa main crispée.

— C'est là, noble-dame, — fit celui-ci.

Il désignait, non loin de l'escalier, l'emplacement où avait eu lieu la lutte inégale à la suite de laquelle Stewart Bolton, aidé d'un de ses estafiers, avait arraché Marguerite d'auprès de Julien.

En même temps, il abaissait la torche dont il s'était muni avant de partir.

Ellen distingua alors des marques de chaussures étroites et cambréees qui auraient levé tous ses doutes s'il lui en était resté.

Le talon, profondément enfoncé dans le sol, indiquait que la jeune fille avait dû se rejeter en arrière pour fuir, pour éviter quelque péril menaçant ou quelque contact abhorré.

Dans un mouvement subit, Ellen tomba à genoux.

Un sanglot secoua son être, tandis que les mains nouées dans une attitude désespérée, elle tenait son regard attaché sur ces signes trop réels du séjour de la pauvre petite en ce sombre réduit.

— Hélas ! — gémit-elle, — je ne comprends que trop la signification de ces empreintes.

Et comme si l'absente avait pu l'entendre :

— Chère martyre, c'est en vain que tu as essayé de te dérober à l'affreuse destinée qui t'a atteinte.

A côté des empreintes qu'elle inondait de ses larmes, se trouvaient celles de Julien, et, écrasant à demi ces dernières, d'autres plus larges, informes.

Marie d'Avenel vit tout cela.

Un geste, d'une simplicité éloquente, les montra à son amie.

— Voyez, — prononça-t-elle. — Il a dû essayer de la défendre;

— Mon enfant, — bégaya-t-elle, — ma Marguerite !

voyez ces marques pesantes. Mais si jeune, encore convalescent, il n'a pu lutter contre les hommes qui ont imprimé là ces marques de leur présence.

Chez elle, la mère prenait en main inconsciemment la cause de celui qu'elle ne savait pas être son fils.

— Oui, infortuné Julien, — murmura Ellen. — Il expie aussi le

malheur que nous avons eu d'attirer sur nous la haine des misérables qui n'ont pas encore assez de leurs crimes passés.

« Pauvre Marguerite !... Pauvre Julien !...

Marie d'Avenel la considéra avec reconnaissance.

Elle était touchée de la voir, dans son affreuse affliction, trouver un mot de commisération pour celui qu'elle chérissait sans se rendre compte de la cause véritable de son amour.

Maintenant, la fille de lord Mercy continuait à gémir, ne pouvant se lasser de détailler les hideurs du refuge souterrain où son enfant avait subi une claustration qui la faisait frémir.

Marie se rendait compte que la prolongation de leur séjour dans ce lieu de désolation ne pouvait qu'aggraver les souffrances de son amie.

— Venez, — conseilla-t-elle d'une voix douce, — nous allons revoir les autres endroits où les pauvres enfants ont laissé pour vous, pour nous, un peu de leur âme.

— Vous l'avez bien dit, chère Marie, c'est en effet un peu de leur âme qui est demeurée dans ces lieux de tourment. Il me semble que j'entends encore les sanglots de mon enfant.

Et un hoquet de douleur secoua lamentablement la poitrine d'Ellen.

Marie d'Avenel essuya ses yeux où des larmes venaient de sourdre aussi.

Mais il fallait qu'elle fût forte et vaillante vis-à-vis de la mère éplorée.

— Venez, — fit-elle de son accent rempli d'affection émue.

Sa main s'était posée sur la taille de son amie.

Celle-ci céda à cette pression fraternelle; et, lentement, elle gravit les premières marches de l'escalier, le corps courbé en deux, écrasée par le poids de son affliction.

Elle fit halte au milieu de la montée, exhala un nouveau soupir et se détourna, voulant repaître de nouveau sa vue du morne aspect du caveau.

— Allons, — fit la châtelaine de Claymore avec une tendre autorité.

Ellen Mercy obéit.

Elle acheva de monter les derniers degrés.

Arrivée là, sur le seuil de ce cachot, de ce sépulcre, elle embrassa une dernière fois du regard la voûte lépreuse sur laquelle les reflets fulgurants de la torche tenue par Halbert projetaient de rouges lueurs.

Son cœur se déchira dans un spasme irrésistible.

— Mon enfant, — bégaya-t-elle, — ma petite Marguerite ! Après la vue de ce cachot à quoi ne dois-je pas m'attendre encore?... Hélas ! n'es-tu pas perdue pour moi... et pour toujours?...

— Oui, n'êtes-vous pas perdus pour nous, l'un et l'autre? — fit mentalement Marie d'Avenel.

Mais dans ces douloureuses circonstances, son rôle était celui d'une sœur aînée.

Et elle entraîna sa compagne.

La fille de lord Mercy fit en chancelant le trajet du vestibule aux arceaux à demi éboulés.

Elle se trouva de nouveau en plein soleil.

Ses guides la conduisirent alors contre le mur extérieur des ruines, où Stewart Bolton et son estafier avaient attaché les chevaux qui devaient les conduire, ainsi que Julien, vers le clan d'Avenel.

— Voici donc la preuve que les ravisseurs ont emporté mon enfant au loin, — vers les pires supplices peut-être, — haleta la fille de lord Mercy, en constatant les vestiges qui restaient de la présence en cet endroit d'une troupe de cavalerie dont on ne pouvait juger l'importance.

« Oh! je veux refaire cette funèbre étape jusqu'au bout, jusqu'à ce que la terre ne garde plus un indice que je puisse suivre, auquel je puisse m'attacher.

Elle se tourna, toujours éplorée, vers Marie d'Avenel, comme pour quêter son assentiment.

— Oui, avançons, — acquiesça l'épouse du chevalier de la reine d'Écosse. — Moi aussi, je veux faire avec vous cette marche vers notre Golgotha.

Et toutes deux, penchées vers la terre, pour y suivre les marques laissées par les fers des chevaux, elles s'acheminèrent de nouveau à travers la lande.

Hélas! l'infortunée Ellen, sans aucun autre indice que ces empreintes imprimées de loin en loin dans le sol, elle tournait le dos à la direction vers laquelle sa fille avait été entraînée, elle s'éloignait de la mer, — la mer où aucune trace ne demeure de ceux qui sont passés!

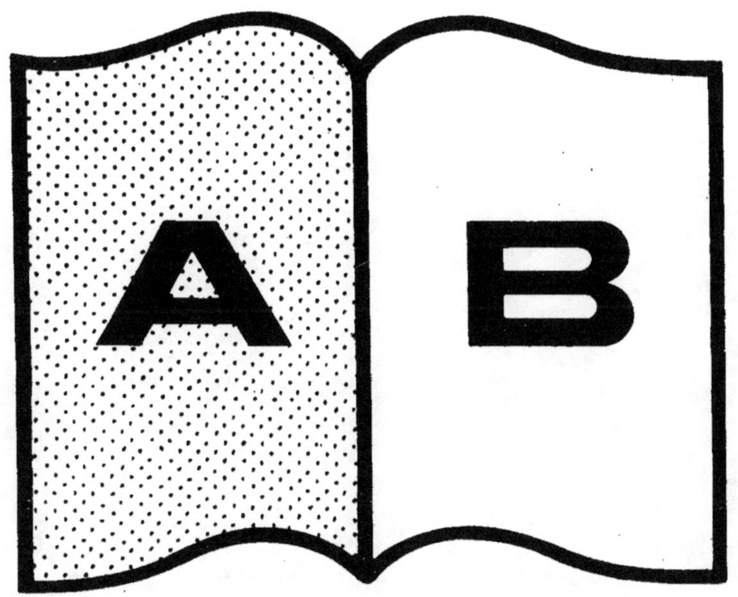


Contraste insuffisant

**NF Z 43**-120-14

www.ingramcontent.com/pod-product-compliance
Lightning Source LLC
LaVergne TN
LVHW011242110826
845149LV00001B/27

* 9 7 8 2 0 1 3 3 7 0 1 1 0 *